Riket vid vägens slut

JAN GUILLOU

Riket vid vägens slut

pirat

JAN GUILLOU:

Om kriget kommer 1971
Det stora avlöjandet 1974
Journalistik 1976
Irak – det nya Arabien (med Marina Stagh) 1977
Artister (med Håkan Dahlström) 1979
Reporter 1979
Ondskan 1981
Berättelser från det Nya Riket (med Göran Skytte) 1982
Justitiemord 1983
Nya berättelser (med Göran Skytte) 1984
Coq Rouge 1986
Den demokratiske terroristen 1987
I nationens intresse 1988
Fiendens fiende 1989
Reporter (reviderad utgåva) 1989
Åsikter 1990
Den hedervärde mördaren 1990
Gudarnas berg 1990
Vendetta 1991
Ingen mans land 1992
Den enda segern 1993
I Hennes Majestäts tjänst 1994
En medborgare höjd över varje misstanke 1995
Vägen till Jerusalem 1998
Tempelriddaren 1999

ISBN 91-89426-02-9
© Jan Guillou 2000
Utgiven av Piratförlaget
Omslag: Kaj Wistbacka
Tryckt hos Fälth&Hässler, Smedjebacken 2000
Boken är tryckt på Munken Book Cream 80 g

"Vi som är starka är skyldiga att hjälpa de svaga med deras bördor och får inte tänka på oss själva. Vi skall var och en tänka på vår nästa, på vad som är gott och bygger upp."

ROMARBREVET 15:1–2

VÄSTRA GÖTALAND 1150–1250

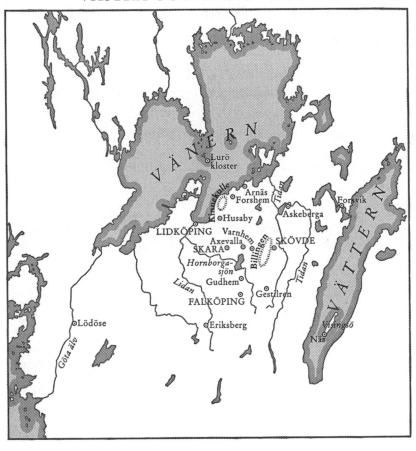

I

I NÅDENS ÅR 1192 vid tiden strax före Eskilsmässan då nätterna vitnade och arbetet med att så rovorna snart skulle börja kom ett mäktigt oväder över Västra Götaland. Stormen varade i tre dagar och tre nätter och den förvandlade den ljusa löftesrika årstiden till höst.

Den tredje natten efter midnattsmässan sov ändå de flesta av bröderna på Varnhems kloster gott i sin förvissning om att deras böner stod mörkrets krafter emot och att stormen snart skulle bedarra. Det var då Broder Pietro ute i receptorium först trodde att han väckts ur sin sömn av en inbillning. Han hade vaknat och satt sig upp i sängen utan att förstå vad han hört. Utanför murarna och receptoriums kraftiga ekport fanns bara stormens ylande och regnets piskande mot tegelpannor och de höga askarnas bladkronor.

Men så hörde han det igen. Det var som om en näve av järn bultade på porten.

Skräckslagen tumlade han ur sängen och grep efter sitt radband och började mumla en bön som han inte riktigt kom ihåg men som skulle skydda mot onda krafter och så gick han ut i portvalvet och lyssnade i mörkret. Då hördes de tre tunga bultningarna än en gång och Broder Pietro hade inte annat att göra än att försöka ropa genom ekporten för att den främmande skulle ge sig tillkänna. Han ropade på latin, eftersom det språket hade bäst styrka mot mörka krafter och eftersom han var för yrvaken för att kunna få till något på det egendomliga sjungande folkspråk som talades utanför murarna.

"Vem kommer på Herrens stigar denna natt?" ropade han med munnen tätt intill dörrlåset.

"En Herrens tjänare med rena avsikter och gott ärende", svarade den okände på alldeles felfri latin.

Det lugnade Broder Pietro och han slet en stund med det tunga lås-vredet i svart smidesjärn innan han fick upp porten på glänt.

Där ute stod en främling i fotsid läderkappa med huva till skydd mot regnet. Främlingen stötte genast upp porten med en styrka som Broder Pietro aldrig hade kunnat stå emot och steg in i valvets skydd samtidigt som han knuffade munken framför sig.

"Guds fred, en mycket lång resa har nu tagit slut. Men låt oss inte tala i mörker, hämta din lampa inne i receptorium, min okände bro-der", sade främlingen.

Broder Pietro gjorde som han blev tillsagd, redan lugnad av att främlingen talade kyrkospråket och dessutom visste att det fanns en lampa inne i receptorium. Där inne fumlade han en stund med den sista glöden i värmefatet innan han fick eld på en veke som han stop-pade ner i en oljelampa. När han på nytt steg ut i valvet utanför re-ceptorium lystes både han själv och främlingen upp av det ljus som kastades tillbaka från de vitkalkade väggarna. Främlingen svepte av sig läderkappan han burit till skydd mot regnet och skakade den. Broder Pietro drog omedvetet efter andan när han såg den vita vapenskjortan och det röda korset. Från sin tid i Rom visste han mycket väl vad det var han såg. En tempelriddare hade kommit till Varnhem.

"Mitt namn är Arn de Gothia och du har intet att frukta från mig broder, för här i Varnhem fostrades jag och härifrån red jag en gång mot det Heliga Landet. Men dig känner jag inte, vad är ditt namn broder?"

"Jag är Broder Pietro de Siena och jag har bara varit här i två år."

"Du är alltså ny här. Det är därför du får sköta porten när ingen an-nan vill. Men säg mig nu genast, lever Fader Henri?"

"Nej, han dog för fyra år sedan."

"Låt oss be för hans salighet", sade tempelriddaren, korsade sig och sänkte sitt huvud en stund.

"Lever Broder Guilbert?" frågade tempelriddaren när han såg upp på nytt.

"Ja, broder, han är en gammal man med mycket kraft kvar."

"Det förvånar mig inte. Vad heter vår nye abbé?"

"Hans namn är Fader Guillaume de Bourges, han kom till oss för tre år sedan."

"Det är nästan två timmar kvar till ottesången, men vill du ändå väcka honom och säga att Arn de Gothia har kommit till Varnhem?" frågade tempelriddaren med något som nästan såg ut som en retfull glimt i ögonen.

"Inte gärna, broder. Fader Guillaume brukar framhålla att sömnen är en gåva från Gud som vi är skyldiga att förvalta väl", svarade Broder Pietro oroligt och skruvade på sig av obehag inför tanken på att väcka Fader Guillaume för en sak som kanske inte var tillräckligt viktig.

"Jag förstår, men gå då i stället och väck Broder Guilbert och säg honom att hans lärjunge Arn de Gothia väntar i receptorium", sade tempelriddaren vänligt men ändå som en befallning.

"Broder Guilbert kan också vara tvär... jag kan ju inte lämna min post vid receptorium mitt i denna onda natt", försökte Broder Pietro slingra sig.

"Ånej!" sade tempelriddaren med ett litet skratt. "För det första kan du nog med förtröstan lämna vakten åt en Herrens tempelriddare, starkare ersättare än så kan du inte få. För det andra svär jag på att du kommer att väcka den gamle björnen Guilbert med en god nyhet. Så! Gå nu, jag väntar här och sköter din vakt efter bästa förmåga, det lovar jag."

Tempelriddaren hade uttalat sin befallning på ett sätt som inte kunde motsägas. Broder Pietro nickade tyst och försvann bort i valvgången ut mot den lilla gården som var sista anhalten innan man kom in genom en ny ekport till själva klausuren.

Det dröjde inte länge förrän dörren mellan klausuren och receptoriums gård slogs upp med ett brak och en välbekant röst ekade mot de vita valven. Broder Guilbert kom med långa steg och ett tjärbloss i handen nedför gången. Han tycktes inte lika väldig som förut, inte längre som en jätte. När han upptäckte främlingen nere vid porten höjde han sitt bloss för att se bättre. Så räckte han över tjärblosset till Broder Pietro och steg fram och omfamnade främlingen utan att någon av dem yttrade ett ord på en lång stund.

"Jag trodde du stupade vid Tiberias, min käre Arn", sade Broder Guilbert till slut på frankiska. "Det trodde Fader Henri också och många onödiga böner bad vi således för din själ."

"Inte var de bönerna så onödiga om jag kan tacka dig redan i detta livet, broder", svarade Arn de Gothia.

Sedan var det som om ingen av de två kom sig för att säga något mer och som om de båda fick behärska sig hårt för att inte bli opassande känslosamma. Det föll Broder Pietro in att de två måste ha stått varandra mycket nära.

"Har du kommit för att be vid din mor Fru Sigrids grav?" frågade Broder Guilbert slutligen i en ton som om han talade till en vanlig resande.

"Ja, helt visst vill jag göra det", svarade tempelriddaren i samma tonfall. "Men lika visst har jag en hel del annat att göra här hemma i Varnhem och jag måste först be dig om hjälp med en del små saker som bäst låter sig göras innan man tar sig an de stora sakerna."

"Du vet att jag hjälper dig med allt, säg bara vad så sätter vi igång."

"Jag har tjugo män och tio vagnar där ute i regnet. Många av männen är sådana som inte utan vidare kan beträda området innanför murarna. Jag har också tio tungt lastade vagnar och de tre första av dessa vagnar skulle passa bättre innanför murarna", svarade tempelriddaren snabbt som om han talade om vardagligheter fastän lastvagnar som skulle skyddas innanför murar måste gälla något stort.

Utan att svara grep den väldige Broder Guilbert tjärblosset i sin yngre broders hand och steg ut i regnet utanför receptoriums port. Där ute stod mycket riktigt en rad med tio leriga vagnar som måtte haft en svår resa. Vid oxtömmarna satt sura och hukande män som inte såg ut som om de hade håg att resa längre.

Broder Guilbert skrattade till när han såg dem, skakade leende på huvudet och ropade på sin yngre broder och började utdela order som om han vore tempelriddare och inte cisterciensermunk.

Det tog mindre än en timme att ordna det som skulle göras för besökarna. En av många regler på Varnhem sade att den som kom resande i natten skulle tas emot med samma gästfrihet som om han vore Herren själv, en regel som Broder Guilbert upprepade då och då för sig själv, först halvt på skämt men desto mer roat när han från tempelriddaren fick höra att just rökta skinkor kanske inte vore den bästa välkomstfägnaden. Lustigheten om rökta skinkors olämplighet gick dock Broder Pietro fullständigt förbi.

Emellertid låg Varnhems hela hospitium öde och svart utanför murarna, eftersom få resande kommit under de senaste dagarnas oväder och snart var gästerna både inkvarterade och undfägnade.

Därefter drog Broder Guilbert och Arn de Gothia isär de stora tunga portarna till klostret så att de tre vagnarna som krävde murars skydd kunde köras in på gården intill verkstäderna och oxarna selas av och ställas för natten.

När det arbetet var klart började regnet avta och det syntes tydliga ljusa revor i de svarta molnen. Vädret var på väg att slå om. Det var ännu någon timme kvar till ottesången.

Broder Guilbert gick före sin gäst till kyrkan och låste upp porten. De steg in utan att säga något.

Under tystnad stannade Arn vid dopfunten strax innanför portarna. Han drog av sig sin vida läderrock och lade den på golvet, pekade med en frågande blick mot vattnet i dopfunten, som inte ens var försedd med lock, och fick en jakande nick från sin äldre broder. Han drog sitt svärd, doppade fingrarna i dopfuntens vatten och svepte med tre fingrar över svärdets bredsida innan han körde tillbaka det ner i skidan. Han tog på nytt av det heliga vattnet och vidrörde sin panna, sina båda axlar och hjärtat. Därefter gick de sida vid sida uppför altargången till den plats som Broder Guilbert pekade ut, och där knäföll de och bad under tystnad ända tills de hörde bröderna komma för ottesången. Ingen av dem sade något. Arn kände till klostrets regler om dygnets tysta timmar lika väl som någon annan broder.

När man samlades för sången hade stormen bedarrat och redan hördes fågelsång i det första ljuset.

Fader Guillaume de Bourges kom först i raden av bröder in genom sidoskeppet. De två bedjande reste sig och bugade tyst och han bugade tillbaka. Men så upptäckte han riddarens svärd och himlade med ögonen. Broder Guilbert pekade på Arns röda tempelriddarkors och sedan på dopfunten nere vid kyrkporten och Fader Guillaume nickade då med ett lugnat leende att han hade förstått.

När sången började förklarade Broder Guilbert på klostrets hemliga teckenspråk för sin resande vän att den nye abbén var strikt med tystnadsregeln.

Under sången, där Arn de Gothia deltog som alla andra, eftersom han kunde psalmerna, sneglade han från broder till broder. Nu kom ljuset allt starkare in i kyrkorummet och man kunde se varandras ansikten. En tredjedel av männen kände igen tempelriddaren och kunde försiktigt besvara hans hälsningsnick. Men de flesta var honom helt främmande.

När sången var över och bröderna började sin procession ut mot korsgången kom Fader Guillaume fram och tecknade till Broder Guilbert att han ville tala med dem båda i parlatorium efter morgonmaten och de bugade till bekräftelse.

Arn och Broder Guilbert gick under fortsatt tystnad ut genom kyrkoporten, förbi gården med verkstäderna och ner mot hästhagarna. Morgonsolen stod redan strålande och röd och fåglarnas sång hördes från alla håll. Det skulle äntligen bli en vacker sommardag igen.

När de kom ner till hästarna gick de genast mot de hagar där hingstarna hölls. Tempelriddaren tog tag i översta träbommen med båda händerna och svingade sig över i ett enda språng och tecknade överdrivet höviskt till Broder Guilbert att göra detsamma. Men denne skakade leende på huvudet och klättrade stadigt och långsamt över som folk gjorde mest. I andra änden av hagen stod tio hingstar avvaktande tillsammans, som om de ännu inte hade bestämt sig för vad de skulle anse om mannen i vitt.

"Nå, min käre Arn", sade Broder Guilbert när han utan vidare bröt regeln om tystnad tills efter morgonmaten, "har du nu äntligen lärt dig hästarnas språk?"

Arn gav honom ett långt prövande ögonkast innan han nickade långsamt och menande. Sedan visslade han till så att han fick hingstarna där nere att lystra. Och så ropade han lågt till dem, på just hästarnas språk:

"I den Barmhärtiges, den Nådefulles namn, ni som är vindens söner, kom till era bröder och beskyddare!"

Hästarna lystrade genast och deras öron stod rätt upp. Så började en kraftfull skimmel skritta upp mot dem och snart följde de andra efter och när den förste skimmeln höjde svansen och ökade till trav ökade de alla och så kom de i galopp så att marken skakade.

"Vid Profeten, frid över honom, du har sannerligen lärt dig hästarnas språk där nere i Outremer", viskade Broder Guilbert på arabiska.

"Helt sant", svarade Arn på samma språk och slog ut med sin vita mantel för att bromsa de anstormande hingstarna, "och du tycks ännu minnas det språket som jag en gång faktiskt trodde var hästarnas och inte de vantrognas tungomål."

De satt upp på varsin hingst, fastän Broder Guilbert nu måste leda in sin till gärdesgården innan han kunde få stöd nog att sitta upp. Så red de runt i hagen barbacka med bara vänsterhanden i ett lätt grepp om hästens man.

Arn frågade om det fortfarande var lika eländigt, att västgötarna som några av de sista männen i världen ännu inte begripit dessa hästars värde och Broder Guilbert bekräftade med en suck att så var det. På de flesta andra håll i den cisterciensiska världen var hästar den bästa av affärer. Men inte här uppe i Norden. Hit hade ännu inte den beridna krigskonsten kommit. Därför var dessa hästar inte värda mer utan snarare mindre än västgötska hästar.

Arn häpnade och frågade om hans fränder fortfarande trodde att man inte kunde använda rytteri i krig. Broder Guilbert bekräftade åter med en suck att så var det. Nordiska män red *till* sitt krig, steg av hästen och band den och sedan rusade man på varandra med hugg och slag på närmaste äng.

Men nu kunde Broder Guilbert inte längre hålla inne med alla de frågor han helst av allt hade velat ställa sedan första ögonblicket han såg sin, som han trodde, förlorade son stå droppande av regn och lerig av lång resa ute i receptorium. Arn började sina mycket långa berättelser.

* * *

Den unge oskuldsfullt rene Arn Magnusson som en gång lämnat Varnhem för att tjäna i det Heliga kriget intill döden eller intill dess tjugo år passerat, vilket vanligtvis vore detsamma, fanns inte mer. Det var ingen ren riddare Perceval som kommit åter från kriget.

Detta förstod Broder Guilbert nästan genast när samtalet med Fader Guillaume tog sin början ute i korsgången. Det hade blivit en strålande vacker morgon med molnfri himmel och utan vind och därför hade Fader Guillaume tagit sin ovanlige gäst och Broder Guilbert ut till samtalsplatsen vid stenbänkarna i korsgången i stället för att kalla dem till parlatorium. Således satt de nu praktiskt taget med fötterna på Fader Henris grav, ty han och hans brutna sigill låg just här precis som han önskat på sin dödsbädd. De hade börjat sin sammankomst med att be för Fader Henris salighet.

Broder Guilbert betraktade noga Arn när denne började framföra sina ärenden till Fader Guillaume. Denne lyssnade uppmärksamt och vänligt och som vanligt lite lätt nedlåtande som till någon som visste mindre. Fader Guillaume var en skicklig teolog, det var obestridligt, men han dög föga till att genomskåda en tempelriddare, tänkte Broder Guilbert som snart anade vart Arn ville komma.

Det syntes tydliga spår i Arns ansikte att han inte varit en sådan broder som tjänat den högsta makten med skrivarbete och räkenskaper. Han måste ha tillbringat största delen av sin tid i det Heliga Landet i sadeln med svärd och lans. Först nu hade Broder Guilbert lagt märke till den svarta randen längst ner på Arns mantel som visade att han var av borgherres rang bland tempelriddare och således befäl över både krig och handel. Vadhelst han ville skulle han nog snart få den yngre och mindre erfarne Fader Guillaume att gå med på utan att denne ens själv hann inse vad han gjorde.

Arn hade som första svar på frågan om vad han önskade sig i Varnhem sagt att han kommit för att genomföra en donation på inte mindre än tio marker guld. Varnhem hade ju varit den plats där bröder med Guds hjälp fostrat honom och tio marker guld var sannerligen inte en för låg summa för att uttrycka sin tacksamhet. Dessutom önskade han sin framtida gravplats intill moderns grav inne i kyrkan under altargången.

Inför dessa goda och kristliga förslag blev den unge Fader Guillaume säkert just så medgörlig som Broder Guilbert föreställde sig att Arn avsåg. Och än bättre blev det när Arn ursäktade sig och gick bort till oxkärrorna innanför murarna och kom tillbaka med en tung klirrande lädersäck som han ytterst vördsamt och med en djup bugning överlämnade i Fader Guillaumes händer.

Det syntes att Fader Guillaume hade svårt att avstå från att öppna läderpungen och börja räkna guldet.

Arn gjorde då sitt nästa drag. Han talade en stund om Varnhems vackra hästar, om det sorgesamma i att hans fränder i denna nordliga trakt inte förstod dessa djurs rätta värde och om det stora och berömvärda arbete som hans gamle vän Broder Guilbert utan lön lagt ner under många år på hästarnas skötsel och förbättrade avel. Han tillade att många trägna arbetare i Herrens vingårdar fick sin lön sent i förhållande till det arbete de lagt ner, medan andra, som tvärtom kommit senare till arbetet, fick lön mycket mer lättvindigt. När Fader Guillaume allvarligt begrundat detta välkända exempel på hur människans syn på rättvisa så ofta tycktes skilja sig från Guds mening föreslog Arn att han skulle köpa alla Varnhems hästar och det till ett mycket gott pris. På så vis, tillade han fort innan Fader Guillaume hunnit hämta sig från överraskningen, skulle Varnhem äntligen lönas för detta hårda arbete. Och dessutom kunde man ju bli av med en hantering som ändå inte gav inkomster här uppe i Norden, allt i ett enda beslut.

Arn tystnade där och väntade med sin fortsättning just till det ögonblick då Fader Guillaume såg ut att ha samlat sig för att brista ut i tacksägelser.

Det fanns möjligen en liten hake med en så stor affär, inflikade Arn snabbt. Ty för hästarnas skötsel behövde köparen en kunnig hand och den kunniga handen fanns ju i Varnhem och var Broder Guilbert. Å andra sidan, om Broder Guilberts viktigaste arbete försvann med hästarna...?

Fader Guillaume föreslog då genast att Broder Guilbert skulle följa med köpet för att åtminstone under någon tid, nej så lång tid som erfordrades, bistå köparen. Arn nickade tankfullt som åt en mycket klok synpunkt och Broder Guilbert som nu betraktade hans ansikte noga kunde inte se en enda liten min som avslöjade om detta verkligen varit Arns avsikt. Han såg bara ut som om han med eftertanke fann sig i den kloka Fader Guillaumes förslag. Sedan föreslog han att man skulle se till att få donationshandlingarna utskrivna och sigillfästa redan samma dag, eftersom båda parter ändå befann sig samman.

När Fader Guillaume genast gått med på även detta slog Arn ut med händerna i en gest av tacksamhet och lättnad och bad de båda andra om att få lite kunskaper av sådant slag som man bara kunde finna hos kyrkans män, om hur det verkligen stod till i hans hemland.

För, som han fort förklarade, kunskapen om vem som var kung, jarl och drottning hade han redan fått nere vid handelsplatsen i Lödöse. Att det varit fred länge i landet visste han också. Men svaret på frågan om denna fred mellan Göta länderna och svearna skulle bestå i framtiden kunde man bara få hos kyrkans män, ty bara där fanns de djupare sanningarna.

Fader Guillaume såg glad ut vid tanken att de djupare sanningarna bara fanns hos kyrkans män, och han nickade instämmande och gillande, men han verkade ändå osäker på vad det var för kunskaper Arn ville åt. Arn hjälpte honom med en kort men mycket hård fråga som han framsade med låg röst utan att förändra en min.

"Om det ändå skall bli krig i vårt land på nytt, varför och när?"

De två klosterbröderna rynkade sina pannor en stund i eftertanke och sedan svarade Broder Guilbert först, med Fader Guillaumes tillåtelse, att så länge kung Knut Eriksson och hans jarl Birger Brosa hade makten fanns ingen fara för krig. Frågan var alltså vad som skulle ske efter kung Knut.

"Och då vore risken för nya krig stor", suckade Fader Guillaume.

Han berättade att vid förra årets kyrkomöte i Linköping hade den nye ärkebiskopen Petrus tydligt visat för kyrkans män var han stod. Han var anhängare av den sverkerska ätten och han hade fått sitt pallium av danske ärkebiskopen Absalon i Lund, och samme Absalon intrigerade mot den erikska ätten och ville ha tillbaka sverkrarna till götars och svears kungakrona. Det fanns också ett medel för att nå det målet, som kung Knut Eriksson säkert kände lika lite till som han visste att hans nye ärkebiskop var en danskarnas och en sverkrarnas man. Hos biskop Absalon i Lund fanns ett brev från salig abbedissan Rikissa som hon låtit skriva på sin dödsbädd och där hon redogjorde för hur kung Knuts drottning Cecilia Blanka under sin tid bland familiares i Gudhems kloster hade avlagt löftena om kyskhet och att evigt förbli en Guds tjänarinna. Eftersom kung Knut senare hämtat Cecilia Blanka från Gudhem och gjort henne till sin drottning och då hon därefter fött honom fyra söner och två döttrar...

Så kunde man hävda att kungens barn var oäkta och inte hade någon rätt till kronan, summerade Arn snabbt. Hade den Helige Fadern i Rom sagt sin mening i denna sak?

Nej, eftersom det just blivit en ny påve, som tagit sig namnet Celestinus III, visste man ännu ingenting om vilken mening den Heliga stolen hade om äkta eller oäkta götaländska kungasöner. Större frågor än så fanns säkert att genast ta itu med för den som blivit upphöjd till den Heliga stolen.

Och om ingen av kung Knuts söner kunde efterträda honom, konstaterade Arn mer än han frågade, skulle ärkebiskopen Petrus och måhända andra biskopar alls inte oväntat komma att föreslå en sverkersman som ny kung?

De båda klosterbröderna nickade dystert bekräftande. Arn satt tankfull en stund innan han reste sig med en min som om han avfärdat dessa små bekymmer, tackade för den viktiga kunskapen och föreslog att man genast skulle bege sig till scriptorium för att noga väga upp guldet och få donationshandlingarna skrivna och fästa med sigill.

Fader Guillaume, som någon stund tyckt att samtalet tagit en alltför låg och ointressant vändning, antog genast detta förslag.

* * *

När den egendomliga foran med tunga oxkärror omgivna av lätta och snabba saracenska hästar nästa morgon lämnade Varnhems kloster på väg mot Skara befann sig Broder Guilbert bland allt det nyinhandlade godset. Det var så han själv ironiskt såg på den plötsliga förändringen i sitt liv. Arn hade köpt honom med samma lätthet som han köpt sin gravplats, alla hästarna och så gott som allt sadeldon och remtyg som tillverkats i Varnhem. Inte ens om han protesterat hade Broder Guilbert kunnat få det på annat sätt, eftersom Fader Guillaume tyckts förblindad av det guld som Arn kunnat betala med. I stället för att invänta livets slut i stillhet i Varnhem red han nu med främmande män mot ett främmande mål och fann att detta var mycket gott. Vad Arn hade för avsikter visste han ingenting om, men inte trodde han att alla dessa hästar köpts bara för att glädja ögat.

De saracenska ryttarna kring foran – ty att de var saracener var ingen hemlighet för Broder Guilbert – verkade barnsligt förtjusta över att få fortsätta sin långa resa till häst och det var lätt att förstå, särskilt när de fick rida så ypperliga hästar. Det föll Broder Guilbert in att Helige Sankt Bernhard i sin himmel skämtade med sin munk som en gång i förtvivlan över att ingen velat köpa Varnhems hästar skrikit i sin vanmakt att det då åtminstone måtte komma saracenska köpare. Nu red dessa oväntade saracener högljutt skämtande och pratande omkring honom på alla kanter. Vid oxtömmarna satt män med andra språk. Broder Guilbert hade ännu inte kommit underfund med dem, vilka de var och var de kom ifrån.

Dock fanns ett stort bekymmer. Ty det Arn gjorde var en form av bedrägeri som den unge och oerfarne Fader Guillaume inte haft vett att genomskåda, förblindad som han blivit av allt guld. En tempelriddare kunde inte äga mer än en munk i Varnhem. Den tempelriddare som avslöjades med ett enda guldmynt skulle omedelbart få avstå sin vita mantel och i skam lämna tempelherreorden.

Broder Guilbert bestämde sig för att det obehagliga kunde göras förr hellre än senare, så som varje tempelriddare lärt sig att tänka, manade på sin skimmel och red upp jämsides med Arn i täten på foran och ställde frågan utan omsvep.

Arn tycktes dock inte ta den hårda frågan så illa, utan log bara och vände sin utsökta hingst som var från Outremer men av en sort som Broder Guilbert inte kände till, och galopperade ner till en av de sista kärrorna i foran, hoppade upp och började leta efter någonting i packningen.

Strax var han tillbaka med en vattentät läderrulle och räckte utan ett ord över den till Broder Guilbert, som öppnade den lika nyfiken som orolig.

Det var en skrivelse på tre språk undertecknad av tempelriddarnas Stormästare Gérard de Ridefort. Där stod att Arn de Gothia efter tjugo års tjänst som *temporär* broder nu lämnat sin ställning i tempelherreorden, därifrån löst av Stormästaren själv, men att han på grund av alla de tjänster han gjort orden, vid vart tillfälle som han valde, efter eget skön, hade rätt att bära den vita manteln med samma grad som han haft då han lämnat orden.

"Så du ser, min käre broder Guilbert", sade Arn och tog arket, rullade ihop det och förde försiktigt tillbaka det i läderhöljet, "jag är tempelriddare och ändå inte. Och ärligt talat kan jag inte se något stort fel i att den som så länge tjänat det röda korset då och då söker skydd bakom det."

Vad Arn menade med det var till en början inte helt klart för Broder Guilbert. Men då de ridit en stund började Arn berätta om hemresan och då blev orden om skydd bakom det röda korset mer begripliga.

De män som nu red med dem i foran hade Arn köpt, tillfångatagit eller hyrt in till sin tjänst på vägarna runt om i Outremer, där alla blivit allas fiender och där den saracen som tjänat de kristna levde lika farligt som den kristne som tjänat saracener. Att få ihop en besättning och en grupp män som kunde göra god nytta om man kom hela vägen fram till Västra Götaland hade inte varit det svåra.

Värre var att finna ett lämpligt skepp, även om han i norrmannen Harald Øysteinsson hade en skeppare som nog skulle klara det mesta. Så när han i hamnen i Saint Jean d'Acre funnit flera tempelriddarskepp, som saknat både besättning och last efter alla de stora nederlagen för de kristna, hade idén snart varit given. För om man bara fraktade dyrbar last men få män som kunde slåss var resan över Medelhavet en mardröm. Men inte om man förde tempelriddarnas segel och färger, visade det sig. Han själv hade sålunda inte varit den ende ombord som bar en tempelriddares vita mantel. Så fort ett främmande skepp kom för att undersöka det tänkbara bytet hade alla ombord fått dra över sig en vit mantel. Bara en gång hade de träffat på pirater som varit okloka nog att anfalla; det var i det trånga sundet på väg ut från Medelhavet till Stora havet. Tack vare Guds beskydd och mycket skickligt arbete av rorsmannen Harald Øysteinsson hade de ändå kommit helskinnade därifrån.

Och upp efter Portugals och Frankerrikets kuster var tempelriddarkorset så känt att ingen fara hotade förrän man passerat England och närmade sig de nordiska länderna. I Lödöse hade det varit få män som visste vad det var för främmande segel som kom uppför Göta älv.

När Arn slutat berätta om den långa resan till havs, möjligen därför att Broder Guilbert till slut visat något tecken på otålighet, red de tysta en stund som om Arn väntade på nästa fråga.

Broder Guilbert studerade sin väns ansikte då och då när han trodde att denne inte såg det. I Arns yttre fann Broder Guilbert ingenting som förvånade honom. Hade man bett honom gissa hur Arn skulle ha sett ut om han mot allt förnuft verkligen överlevde tjugo år som tempelriddare i Outremer, skulle han ha gissat att han såg ut så här. Blont skägg som ännu inte börjat gråna men ändå tappat sin lyster. Naturligtvis, alla tempelriddare bar skägg. Kort hår, lika självklart det. Vita ärr på händerna och överallt i ansiktet, märken efter pilar och svärd och kanske ett yxhugg över ena ögonbrynet som gjorde blicken från det ögat lite stel. Ungefär så skulle han ha gissat. Kriget i Outremer var inget gästabud.

Men det fanns en oro i Arns inre som inte lät sig fångas lika lätt med blicken. Att han ansåg att han tjänat färdigt i det Heliga kriget hade han berättat redan under gårdagen och det var inga dåliga skäl han anfört. Men när han nu red näst sista dagsmarschen hem och dessutom med stor rikedom, vilket sannerligen var ett ovanligt sätt för en tempelriddare att återvända, borde han varit lyckligare, mer uppsluppen och fylld av ivriga planer. I stället fanns en stor osäkerhet hos honom, nästan som en rädsla, om nu det kunde vara rätt ord för en tempelriddare. Det fanns ännu mycket att förstå och att fråga om.

"Varifrån har du fått denna väldiga mängd guld?" frågade Broder Guilbert sammanbitet när de just passerat Skara utan att ge sig in i staden och han kände att han måste återuppta samtalet.

"Om jag svarade dig på den frågan just nu skulle du kanske inte tro mig, käre Guilbert", svarade Arn men såg samtidigt ner i marken framför sig. "Eller än värre, du skulle kunna tro att jag begått förräderi och en sådan tro hos dig, om än bara för en tid, skulle göra både dig och mig sorg. Tro mig på mitt ord. Denna rikedom är inte orätt fången. Och jag kommer att berätta allt för dig när vi har gott om tid för det är ingen lättbegriplig historia."

"Jag tror dig förstås, men be mig aldrig igen om att bli trodd", svarade Broder Guilbert surt. "Du och jag ljög aldrig för varandra innanför murarna och utanför murarna tar jag för givet att vi talar till varandra som de tempelriddare vi båda var en gång."

"Just så vill jag också ha det, jag skall aldrig upprepa en begäran om att bli trodd", nästan viskade Arn, fortfarande med blicken i marken.

"Nå, då frågar jag om något enklare", sade Broder Guilbert med högre röst och muntrare tonfall. "Vi rider nu mot Arnäs, dina fäders gård, eller hur? Nå, du kommer med ett bagage som inte är illa och däribland hästar från Outremer och en munk du just inhandlat i Varnhem, nej säg inte emot mig! Jag ingår också i ditt köp, jag medger att jag är ovan vid sådant men så är det nu. Och andra män har du köpt, möjligen under svårare förhandlingar än den du förde med Fader Guillaume, men de skall användas till något, precis som jag. Vill du säga mig något om allt detta? Vilka är förresten alla de andra här i foran?"

"Två män, de två som rider varsitt sto nere till vänster om dig är läkare från Damaskus", svarade Arn utan att tveka. "De två som sitter på oxkärrorna längst bak är desertörer från kung Richard Cœur de Lions armé, en bågskytt och en armborstskytt. Norrmannen Harald Øysteinsson, som rider i en tempelriddarsergeants mantel, han tjänade hos mig just som sergeant, har jag redan berättat om. De två som sitter på oxkärrorna just bakom oss är armeniska vapenhandlare och hantverkare från Damaskus och i övrigt ser du mest byggnadsfolk och sappörer från båda sidorna i kriget. De är alla i min tjänst, utom Harald, för att jag i deras svagaste stund gav dem erbjudanden som de svårligen kunde avböja. Är det svar på din fråga som du egentligen ville ställa?"

"Ja, till inte så liten del", svarade Broder Guilbert eftertänksamt. "Du ämnar bygga något stort. Vill du säga mig vad du vill att vi alla skall bygga?"

"Fred", svarade Arn sammanbitet.

Broder Guilbert blev så överraskad av svaret att han inte kom sig för att fråga något mer på en lång stund.

* * *

När foran på andra dagens resa närmade sig kyrkan i Forshem hade sommaren återkommit i hela sin kraft. Det var svårt att föreställa sig att hela bygden skakats av storm och oväder för bara några dagar sedan. Träd och annan bråte som fallit över vägar och gårdar var redan undanstökat. Ute på fälten var rovsådden i full gång.

Eftersom det varit fred länge i landet, red inga väpnade hirdmän vägarna fram och åter och ingen störde de resande trots att det på långt håll syntes att många av dem måste vara främlingar. De som arbetade ute på fälten rätade på ryggarna en stund och betraktade nyfiket oxkärrorna och ryttarna på de livliga hästarna men återgick sedan till sitt arbete.

När de kom fram till kyrkan i Forshem ledde Arn hela sin karavan upp på kullen till kyrkbacken och signalerade rast och vila. När alla suttit av gick han över till Profetens folk som oftast höll sig för sig själva och sade att det var gott om tid än till eftermiddagens bönetimme, men att här skulle Bokens folk bedja en stund. Därefter bjöd han de två armeniska bröderna samt Harald och Broder Guilbert att stiga in i kyrkan. Just som de närmade sig porten kom prästen skyndande från sin gård och ropade åt dem att inte beträda Guds hus i oordning. Han sprang fram och ställde sig framför träkyrkans gammaldags ornamenterade portar och spärrade vägen med utslagna darrande armar.

Arn sade då lugnt vem han var, att han var herr Magnus till Arnäs son och att alla i hans sällskap var goda kristna och att de efter en lång resa ville framsäga sin tacksägelse vid altaret och därvid också offra något. Strax blev de insläppta av prästen som inte förrän nu tycktes upptäcka att en av främlingarna var cistercienser i vit kåpa och att två av dem bar stora röda kors som sköldemärken. Fumligt och ursäktande låste han upp kyrkdörrarna.

Dock hann Arn inte gå långt uppför altargången innan prästen var ikapp honom och ryckte i hans svärd och sade något på en konstig blandning av latin och folkspråk om att svärd var en styggelse i Guds hus. Broder Guilbert viftade då undan honom som en fluga och förklarade att det var ett signat svärd vid herr Arns sida, ett tempelriddarsvärd om så det enda som någonsin befunnit sig just i Forshems kyrka.

Vid altaret knäföll de kristna, tände några ljus på det enda som brann vid altaret och bad sina böner. De lade också silver på altaret, vilket genast lugnade den upphetsade prästmannen bakom dem.

Efter en stund bad Arn att få bli lämnad ensam med sin Gud och alla åtlydde honom utan att göra invändningar, gick ut och stängde kyrkdörrarna.

Arn bad länge om stöd och råd. Det hade han gjort ofta. Men aldrig förr hade han känt något inom sig eller sett något tecken på att Vår Fru svarade honom.

Trots denna ständiga brist på svar hade han dock aldrig drabbats av tvivel. Människorna uppfyllde jorden, just så som Gud föreskrivit. I vart ögonblick måste Gud och helgonen höra tusentals bedjande och om de då skulle ge sig tid till att svara alla skulle det bara bli oreda. Hur många enfaldiga böner framförde inte människorna i vart ögonblick om jaktlycka, om lyckad affär, om att få en son, om att få vara kvar i jordelivet?

Och hur många tusen gånger hade inte Arn bett Vår Fru om

beskydd för Cecilia och hans och hennes barn? Hur många gånger hade han inte bett om krigslycka? Inför varje anfall i det Heliga kriget där alla med vita mantlar satt till häst knä vid knä för att strax störta mot döden eller mot segern hade Vår Fru fått lyssna på dessa böner. Nästan alla böner hade ett själviskt uppsåt.

Men denna gång bad Arn till Vår Fru att hon måtte vägleda honom och råda honom i det han kunde och skulle göra med all den makt han förde hem, att han inte måtte förfalla och bli en girig man, att han inte måtte frestas av vetskapen att han var en krigare som kunde mer än hans fränder, att inte allt det guld och all den kunskap han nu hade i sin hand måtte falla på hälleberget.

Och då, för första gången någonsin, svarade Vår Fru den bedjande Arn så att han kunde höra hennes klara röst inom sig och se henne i ljuset som just nu slog ner bländande i hans ansikte från ett av den lilla träkyrkans höga fönster. Något mirakel var det inte, eftersom många människor kunnat vittna om bönesvar. För Arn var det dock första gången och han visste nu med säkerhet vad han skulle göra, ty Vår Fru hade själv sagt det till honom.

Det var bara två rasters väg upp från Forshems kyrka till borgen Arnäs. På halva vägen stannade man för en kort vila, ty det var bönetimme för Profetens folk. De kristna lade sig då att sova.

Men Arn gick ut i en skogsglänta och lät Guds ljus strila ner genom de spröda ljusgröna boklöven mot sitt ärrade ansikte. För första gången under den långa resan kände han frid inom sig, eftersom han slutligen förstått vad Gud haft för avsikt med att så länge spara hans liv.

Det var det viktigaste, det avgörande. I just denna stund lät han sig inte störas av det näst viktigaste.

* * *

Sedan någon tid tillbaka löpte ett märkligt rykte runt Västra Götaland. Ett mäktigt främmande skepp hade siktats först vid Lödöse i Göta älv och därefter ända uppe vid Trollens fall. Främmande män hade försökt dra skeppet uppför fallen med många oxar och inhyrda dragare. Men till sist hade de tvingats ge upp och återvända nedför älven till handelsplatsen vid Lödöse.

Ingen kunde förstå avsikten med att försöka dra ett sådant skepp upp i Vänern. Några av de norska hirdmännen på Arnäs borg menade att skeppet säkert hade ärenden på den norska sidan av Vänern, att kung Sverre i Norge mer än en gång genomfört de märkligaste krigståg genom att komma med skepp dit ingen väntade sig. Men just nu var inte mycket till krig i Norge, även om där inte heller var fred.

Ingen kunde heller säga säkert att det var ett krigsskepp, för ryktet talade om att skeppets stora snedställda segel förde ett rött kors som var så stort att man på långt avstånd skulle se detta kors innan man såg något annat. Sådant märke förde inga skepp i Norden, det var ändå säkert.

Några dagar spanade man extra vaksamt ut över Vänerns lugna sommarvatten från höga tornet i Arnäs, ända tills de tre stormdagarna kom. Men då inget skepp visat sig och eftersom det var en tid av fred i Västra Götaland återgick snart allt till vanliga sysslor och det försenade arbetet med rovsådden.

En man tröttnade emellertid inte på att sitta där uppe i tornet och plåga sina rinnande gammelmansögon med att se ut över den solblänkande vattenytan. Det var herren till Arnäs, ty det var han så länge han levde, Magnus Folkesson. För tre vintrar sedan hade han fått slaget och sedan dess kunde han inte tala förståndigt och var förlamad på sin vänstra sida från ansiktet till tårna. Han hölls för sig själv där uppe i tornet med ett par husträlar som om han skämdes för att visa sig bland folk. Eller om det var för att hans äldste son Eskil tyckte illa om att se sin far begabbad på ryggen. Nu satt ändå gubben där uppe var dag så att alla på Arnäs kunde se honom. Vinden rev i hans toviga vita hår men hans tålamod tycktes oändligt. Man och man emellan skämtades det något om vad gubben trodde sig se där uppe.

Den hånfullheten skulle var skämtare ångra. Herr Magnus hade haft ett varsel. Ty det visade sig att han väntat på ett mirakel sänt av Vår Fru. Det var han som uppe från sitt vida blickfång först av alla såg vad som skedde.

Tre trälgossar kom springande längs den fortfarande våta och leriga vägen från Forshem till Arnäs. De ropade högt och fäktade med armarna och var alla tre lika angelägna om att komma först, eftersom det hände att den fattige som kom med viktiga tidningar fick ett silvermynt.

När de kom ut på den långa gungande träbron som ledde över sankmarkerna fram till själva borgen slog den av dem som var något större och starkare än de andra krokben först för den ene och sedan för den andre, så att han själv andfådd och röd i ansiktet kom först med de andra två linkande långt efter.

Man hade sett dem redan innan de kommit ut på bron och kallat på Svein som var hirdens anförare och han mötte myndigt den förste löparen i porten till borgen, knep den unge trälen om nacken just som han försökte springa förbi in i borgen, tvingade ner honom på knä i en vattenpuss och höll kvar honom i ett hårt grepp med sin järnhandske och bad om besked. Det fick han inte så lätt, kanske för att hans grepp gjorde så ont att gossen mest ynkade sig, kanske för att de andra två som nu kom ikapp självmant kastade sig ner på knä och i munnen på varandra försökte berätta vad de sett.

Hirdman Svein örfilade då dem alla tysta och frågade ut gossarna en och en. Så fick man till slut något vettigare kunskap om vad de hade sett. En fora med många krigare och tunga oxkärror närmade sig Arnäs på vägen från Forshem. De var inte sverkrar och heller ingen ätt förbunden med sverkrarna, men lika lite var de folkungar eller erikar. De var från främmande land.

Det blev larm av horn som blåstes och hirdmän som sprang mot stallarna där stallarträlar redan börjat sadla hästarna. Folk sändes för att väcka herr Eskil som vid denna tid på dagen sov sin herremanssömn och andra sändes till vindbryggan nere vid bron för att dra upp den, så att de främmande inte skulle kunna komma in i Arnäs innan man utrönt om de var vänner eller fiender.

Snart satt herr Eskil till häst jämte tio hirdmän vid den upphalade vindbryggan framför Arnäs och betraktade spänt den andra sidan sankmarken där främlingarna strax skulle visa sig. Det var sent på eftermiddagen och därför hade männen utanför Arnäs solen i ögonen, eftersom brons början låg i söder. När främlingarna visade sig på andra sidan hade man svårt att se dem i motljuset. Någon sade sig se munkar, någon annan att det var främmande krigsmän.

Främlingarna där borta tycktes villrådiga en stund då de upptäckte den uppdragna vindbryggan och män i fulla vapen på den andra sidan. Men så red en ryttare i vit mantel och vit vapenskjorta med rött kors ensam och sakta ut på bron mot den fällda vindbryggan.

Herr Eskil och hans män väntade under spänd tystnad medan den skäggige barhuvade ryttaren närmade sig. Någon viskade att främlingen kom på en märkligt ynklig häst. Två av hirdmännen satt av för att kunna spänna sina bågar.

Nu inträffade det som somliga i efterhand skulle kalla ett mirakel. Gamle herr Magnus ropade något uppe från höga tornet och i efterhand fanns det de som kunde svära på att herr Magnus tydligt uttalat orden om att Herren vore prisad, ty den förlorade sonen hade kommit åter från det Heliga Landet.

Eskil hade en annan mening. För som han senare förklarade hade han begripit allt i samma ögonblick han hört en av hirdmännen tala om ynklig häst, då han hade både goda och pinsamma minnen från sin ungdom om vilken sorts hästar som kallades ynkliga och fruntimmershästar och vilka män det var som red sådana hästar.

Med en stämma där någon tyckte sig höra darr och svaghet befallde herr Eskil att vindbryggan skulle fällas för den främmande ryttaren. Han måste befalla två gånger innan han blev åtlydd.

Herr Eskil steg därefter av sin häst och sjönk ner på knä i bön framför den gnisslande vindbryggan som nu sänktes så att solen snart slog alla i ögonen. Den vitklädde ryttarens häst såg ut som om den dansade över vindbryggan långt innan den var helt nere i sina fästen. Ryttaren kastade sig av sin häst med en rörelse som ingen sett förut och var snabbt framme, på knä även han, framför herr Eskil. De två omfamnade varandra och man kunde se tårar i herr Eskils ansikte.

Om det var dubbelt eller enkelt mirakel kunde man därefter tvista. Osäkert var om det var just i denna stund som gamle herr Magnus uppe i tornet fått sitt förnuft tillbaka. Men säkert var att Arn Magnusson, den krigare om vilken bara sagorna visste berätta vid denna tid, hade kommit åter efter många år i det Heliga Landet.

* * *

Stort larm och oreda blev det den dagen på Arnäs. När husfru Erika Joarsdotter kom ut för att hälsa gästerna med välkomstöl och fick se Arn och Eskil gå över gården med armarna om varandras axlar tappade hon allt hon bar och sprang fram med öppen famn. Arn, som släppte sin bror Eskil, sjönk ner på knä för att höviskt hälsa sin styvmor och blev därvid nästan slagen till marken då hon kastade sig om hans hals och kysste honom så oblygt som bara en mor kan göra. Var och en kunde se att den hemkomne krigaren var ovan vid sådana seder.

Vagnar drogs knakande och gnisslande in på borggården, tunga kistor och en mängd vapen lastades av och bars in i tornets kammare. Utanför murarna restes i hast ett tältläger av skeppssegel och utländska mattor och många tjänstvilliga händer hjälpte till att slå grind och gärdesgård för herr Arns alla hästar. Ungdjur togs till slakt och stekvändarna tände sina eldar. Runt Arnäs spreds snart en löftesrik doft om den afton som väntade.

När Arn hälsat alla hirdmännen, varav några varit ovilliga att böja knä för honom, frågade han plötsligt efter sin far med spänt ansikte som om han förberedde sig på ett sorgligt besked. Eskil svarade kärvt att deras far inte längre var vid sina sinnen, utan hölls uppe i tornet. Arn gick genast mot tornet med långa steg och den vita manteln med det röda korset utsvept som ett segel omkring sig så att de som kom i hans väg fort flyttade sig undan.

Uppe vid högsta bröstvärnet fann han sin far i eländigt skick men med lycklig min. Fadern stod intill muren med en husträl som stöd på sin förlamade sida och med en grov käpp i sin friska hand. Arn böjde fort sitt huvud och kysste faderns friska hand och tog honom sedan i sin famn. Fadern kändes tunn som ett barn, hans friska arm var lika smal som hans sjuka och han luktade surt. Arn stod så utan att komma på vad han skulle säga när fadern med stor ansträngning och runkande huvud lutade sig fram mot honom och viskade något: "Herrens änglar... skall glädjas... och den gödda kalven... slaktas." Arn hörde orden alldeles tydligt, och förståndiga var de ju, eftersom de så klart syftade på Helga Skrifts berättelse om den förlorade sonens återkomst. Allt tal om faderns tappade förstånd var således strunt. Lättad lyfte Arn upp honom i sina armar och började gå runt bröstvärnet för att komma underfund med hur han levde här uppe. När han såg det mörka tornrummet var det värre än han fruktade. Han rynkade pannan åt den sura doften av piss och oäten mat och vände tvärt och gick mot trappan medan han talade till sin far som en man med förstånd som alla andra, så som ingen talat till honom på flera år, och sade att i en svinstia skulle inte herren till Arnäs få bli kvar särdeles länge.

I den vindlande trånga torntrappan mötte han nu Eskil som kommit långsamt efter då trappan inte var byggd för män av storlek och buk. Eskil fick knotande vända om och börja gå nedför med Arn efter sig som bar deras far som ett knyte över ena axeln medan han i stränga ord talade om allt det som nu måste göras.

Ute på gården lyfte Arn ner fadern i sina armar då det vore ovärdigt att längre bära honom som en skördebörda, och Eskil befallde husträlar att hämta bord och bolster och draksnidat säte till ett av de mindre kokhusen vid södra muren som bara användes vid stora gillen. Arn röt att faderns tornrum måtte skuras från golv till tak och många par ögon följde förvånat de tre herrarnas väg över hela borggården.

Sätet med drakslingor kom genast till kokhuset och där satte Arn ömt ner sin far och sänkte sig ner på knä, tog faderns ansikte mellan sina händer, såg honom i ögonen och sade att han visste väl att han talade till en far som förstod allt lika gott som förr. Eskil stod tyst bakom honom utan att säga något.

Men gamle herr Magnus verkade nu så överväldigad och andades så häftigt att det kunde vara fara att han skulle få slaget på nytt. Arn tog händerna från faderns ansikte, reste sig och gick med långa steg förbi sin villrådige äldre bror ut på borggården och befallde något på ett språk som ingen kunde förstå.

Strax kom två män bland de många främlingar som funnits i Arns följe. De båda var klädda i mörka mantlar och hade blått tyg lindat runt sina huvuden, den ene var ung och den andre gammal och deras ögon var svarta som korpars.

"Dessa båda män", sade Arn dröjande till sin bror, men också till sin far, "heter... Abraham och Josef. De är båda mina vänner från det Heliga Landet. De är båda mästare i läkekonsten."

Han förklarade något på ett obegripligt språk för de två korpögda männen som nickade att de förstod och försiktigt men utan överdriven vördnad började undersöka herr Magnus. De studerade hans ögonvitor, lyssnade på hans andning och hjärta, slog med en liten klubba på hans högra knä så att foten sparkade rätt ut, gjorde sedan om samma sak flera gånger med det vänstra benet där de bara åstadkom en liten ryckning, som de dock tycktes särdeles intresserade av, och övergick därefter till att flera gånger lyfta och släppa ner hans svaga vänstra arm medan de hela tiden viskade inbördes.

Eskil som stod bakom Arn kände sig åsidosatt och villrådig av att se två främlingar hantera herren till Arnäs som om det gällde att undersöka vilken som helst trälunge. Men Arn tecknade åt honom att allt var som det skulle och så förde han ett kort viskande samtal på det främmande språket, varefter de två läkarna smög ut med djupa bugningar mot Eskil.

"Abraham och Josef har goda nyheter", sade Arn när han och Eskil blivit ensamma. "Vår far är just nu för trött men i morgon kommer läkningsarbetet att börja. Med Guds hjälp kommer vår far att både gå och tala."

Eskil svarade inte. Det var som om den första stora glädjen över att träffa Arn redan hade grumlats och som om han skämdes något över att framstå som den som inte tog hand om sin far. Arn såg forskande på sin bror och tycktes förstå de dolda känslorna. Plötsligt slog han ut med armarna och så föll de i varandras famn. De stod så länge utan att säga ett ord. Eskil som tycktes besväras mer av tystnaden än Arn muttrade till slut att det var en mager liten bror som kommit till gästabud.

Arn svarade roat att det syntes honom som om Eskil väl kunnat hålla svälten från dörren på Arnäs och alls inte vansläktades på deras ätte-fader jarlen Folke den tjocke. Då brast Eskil i skratt och skakade med låtsad harm sin yngre bror fram och åter och Arn lät sig skakas medan han skrattade med.

När deras munterhet lade sig ledde Arn sin bror fram till fadern som satt alldeles stilla med hängande vänsterarm i sitt älskade säte med draksniderier. Arn föll på knä och drog ner Eskil intill sig så att deras huvuden kom tätt samman. Sedan talade han, i alldeles vanlig ton och inte som till en man som mist sitt förstånd.

"Jag vet att ni hör och förstår allting som förut, käre far. Ni be-höver inte svara mig nu, för om ni anstränger er för mycket så blir det sämre. Men i morgon skall läkningen börja och från och med i morgon skall jag sitta hos er och berätta om allt som hände i det He-liga Landet. Men nu går jag och Eskil så att han först får berätta för mig om det som hänt här hemma, för det är mycket som jag otåligt vill veta."

Därvid reste sig de båda sönerna och bugade sig för sin far som förr och de tyckte sig se ett litet leende i hans sneda ansikte, som glöden från en eld som var långtifrån slocknad.

När de steg ut från kokhuset tog Eskil fast en förbiskyndande hus-träl och sade till om att herr Magnus skulle ha säng, vatten och piss-krus buret till sig i kokhuset och att man skulle löva det med björk.

På borggården sprang folk och husträlar runt i stor brådska med allehanda sysslor inför den oväntade välkomstfesten som nu i hast måste göras bättre än ett vanligt gästabud på Arnäs. Men de som kom i närheten av de två folkungska bröderna som nu arm i arm gick mot porten vek undan nästan som i förfäran. Det sades att herr Eskil var den rikaste mannen i hela Västra Götaland, och alla människor för-stod att frukta den makt som fanns i silver och guld, fastän herr Eskil själv lockade många snarare till löje än till fruktan. Men bredvid ho-nom gick nu hans bror, den försvunne krigaren Arn som sagorna gjort mycket längre och bredare än han var i verkligheten. Alla såg ändå på hans sätt att gå, hans ärrade ansikte, hans sätt att bära svärd och ring-brynjerustning som om det vore hans vanliga klädsel, att nog hade den andra makten nu kommit till Arnäs, svärdets makt som de flesta förnuftiga människor fruktade mycket mer än silvrets makt.

Eskil och Arn gick ut genom porten och ner till det tältläger som höll på att färdigställas av alla de främmande män som Arn haft i följe. Arn förklarade att de bara behövde hälsa på de män som var fria och inte på hans trälar. Först bjöd han Harald Øysteinsson att komma fram och berättade för Eskil att de två varit stridskamrater i snart femton år. Då Eskil hörde det norska namnet rynkade han pannan som om han letade efter något i sitt minne. Han frågade sedan om Harald möjligen hade en släkting i Norge med samma namn och när Harald bekräftade det och sade att den mannen var hans farfar och att hans far hetat Øystein Møyla nickade Eskil eftertänksamt. Han skyndade sig att bjuda Harald till kvällens gästabud i långhuset och han påpekade också att där inte skulle saknas nordiskt öl i tillräcklig mängd, något han nog trodde skulle glädja en långväga frände. Harald sken upp och brast ut i ord så varma, nästan som välsignelser, att också han snabbt kom bort från ämnet om sina fäder.

Därefter hälsade de på den gamle munken Broder Guilbert, vars hårkrans var alldeles vit och vars blanka skalle visade att han inte längre hade något besvär med att raka sin tonsur. Arn berättade kort att Fader Guillaume i Varnhem hade gett Broder Guilbert permission så länge han arbetade för Arnäs. Eskil förvånade sig när han tog munken i hand av att känna en grov näve, som en smeds och med en smeds styrka.

Fler män som talade nordiska fanns inte i Arns följe och Eskil fick snart svårt att uppfatta de främmande namn som Arn rabblade inför bugande män på ett språk som i Eskils öron ibland lät som frankiska och ibland som något helt annat språk.

Särskilt ville dock Arn förevisa två bröder som var mörka i huden men båda bar ett guldkors om halsen. De hette Marcus och Jacob Wachtian, förklarade Arn och tillade att de båda skulle bli till stor glädje i såväl vad som skulle byggas i stort och smått som i affärer.

Tanken på goda affärsmän piggade upp Eskil men annars hade han redan börjat känna sig olustig bland dessa främlingar, vars språk han inte kunde förstå men vars miner han misstänkte att han kunde läsa alltför väl. Han fick för sig att de sade ting som inte var särdeles vördnadsfulla om hans mäktiga buk.

Arn tycktes också snart märka Eskils bryderi så han avfärdade alla män omkring dem och ledde sin bror tillbaka upp mot borggården. När de kom in genom porten blev han plötslig allvarlig och bad att de två snart skulle ses ensamma uppe i tornets räkenskapskammare för ett samtal som bara var för deras öron. Men först hade han en liten enkel sak att klara av som vore förarglig att glömma före gästabudet. Eskil nickade lite brydd och gick mot tornet.

Arn klev med långa steg iväg mot de stora kokhusen i tegel som stod kvar där han själv som ung varit med om att bygga dem, han hann nöjt märka att de här och var hade reparerats och förstärkts och på intet sätt var förfallna.

Där inne fann han som väntat Erika Joarsdotter klädd i långt läderförkläde ovanpå en enkel brun linnesärk men i fullt bestyr som ett rytteribefäl i strid inför husträlinnor och pigor. När hon upptäckte honom ställde hon fort undan ett stort fat med rykande rotfrukter och föll honom för andra gången om halsen. Denna gång lät han det ske utan att blygas, eftersom det bara fanns kvinnor där inne.

"Vet du, min käraste Arn", sade Erika på sitt något svårbegripliga språk som kom lika mycket genom näsan som genom munnen och som ju Arn inte hört på länge, "att när du en gång kom hit tackade jag Vår Fru för att hon sänt en ängel till Arnäs. Och här är du nu åter, i vit mantel och vapenskjorta med Vår Herres tecken, i sanning som en Guds stridande ängel!"

"Det människan ser och det Gud ser är inte alltid detsamma", mumlade Arn besvärat. "Vi har mycket att tala om du och jag, och det skall vi, var så säker. Men just nu väntar min bror, och jag vill bara be dig om en liten tjänst för kvällen."

Erika slog glatt ut med armarna och sade något om vilken som helst aftonens tjänst, på ett fräckt sätt som Arn inte riktigt trodde sig begripa men som fick de andra kvinnorna att mitt i kokhusets brådska brista ut i illa dolt fnitter. Arn låtsades inte om det, även om han bara till hälften hade förstått, och bad fort om att det mindre gästabudet ute vid tälten skulle bestås med fårkött, kalv och hjort, men inte svin av vare sig den vilda eller den fetare, tama sorten. Eftersom hans begäran först föreföll svårbegriplig, skyndade han sig att tillägga att i det Heliga Landet, varifrån gästerna kom, fanns inte svinkött och att alla därifrån nog med desto större glädje skulle föredra fårkött. Han bad också att man vid sidan av öl skulle se till att skänka ut rikligt med friskt vatten som måltidsdryck.

Det syntes att Erika Joarsdotter fann denna begäran underlig. Hon stod stilla och tankfull en kort stund, med röda kokhuskinder och andfådd av all brådska så att hennes barm hävde sig upp och ner. Men så lovade hon att ombesörja allt just så som Arn hade begärt och skyndade iväg för att ordna med ny slakt och nya stekvändare.

Arn gick brådskande till tornet vars nedre port nu vaktades av två hirdmän som stirrade som förstenade på hans vita mantel och vapenskjorta när han närmade sig. Men denna blick hos män som såg en tempelriddare komma mot sig hade Arn sedan många år lärt sig att ta för given.

Han fann sin något otålige bror uppe i räkenskapskammaren och krokade utan förklaring av sig sin vita mantel, drog av sig vapenskjortan och vek båda plaggen noga i den ordning den Heliga Regeln föreskrev. Han lade dem försiktigt på en pall, satte sig och bad Eskil med en gest att också sätta sig.

"Du är vorden en man van att befalla", muttrade Eskil med en blandning av skämt och retlighet.

"Ja, jag har fört befäl i krig i många år och det tar tid att vänja sig vid fred", svarade Arn, korsade sig och såg ut att be en kort bön för sig själv innan han fortsatte. "Du är min älskade äldre bror. Jag är din älskade yngre bror. Vår vänskap bröts aldrig, bådas vår saknad har varit stor. Jag har inte kommit hem för att befalla, jag har kommit hem för att tjäna."

"Du låter fortfarande som en dan när du talar, eller kanske hellre som en dansk kyrkans man. Jag tycker inte vi skall överdriva det där med att tjäna, för du är min bror", svarade Eskil med en skämtsamt överdriven välkomsgest över bordet.

"Nu är ändå den stund kommen som jag fruktat mest när jag tänkt så länge på min hemkomst", fortsatte Arn med obrutet allvar som för att visa att han inte antog inbjudan om skämtsamhet just nu. Eskil fann sig genast.

"Jag vet att vår barndoms vän Knut är kung, jag vet att vår fars bror Birger Brosa är jarl, jag vet att det i många år varit fred i riket. Så nu till allt det jag inte vet..."

"Du vet ändå det viktigaste, men hur kunde du finna den kunskapen på din långa resa?" avbröt Eskil som det verkade av uppriktig nyfikenhet.

"Jag kommer från Varnhem", svarade Arn sammanbitet. "Vi hade först för avsikt att segla hela vägen till bryggorna här utanför, men vi kunde inte komma upp och förbi Trollens fall, eftersom vårt skepp var för stort..."

"Det var du som kom med skeppet med kors i seglet!"

"Ja, det är ett tempelriddarskepp som kan ta stor last. Det skall säkert komma till nytta. Låt oss tala om det senare. Men vi var alltså tvungna att ta landvägen från Lödöse och då fann jag det klokt att stanna i Varnhem. Därifrån har jag kunskaper och min vän Broder Guilbert och de hästar du såg ute i hagen. Nu till min fråga. Lever Cecilia Algotsdotter?"

Eskil stirrade förvånat på sin yngre bror som verkligen såg ut att lida kval inför svaret då han med båda sina ärrade händer grep hårt tag om bordsskivan och liksom spände sig som inför piskrapp. När Eskil kom förbi sin förvåning över denna oväntade fråga, i en stund där så mycket viktigt fanns att tala om, brast han först i skratt. Men Arns brinnande blick fick honom fort att dölja munnen med ena handen, harkla sig och fort bli allvarlig.

"Du frågar som första ting om Cecilia Algotsdotter?"

"Jag har andra frågor som är lika stora för mig, men först denna."

"Nå då så", suckade Eskil och drog ut lite på sitt svar och log på ett sätt som fick Arn att tänka på sin ungdoms minnen av Birger Brosa. "Nå då så... Cecilia Algotsdotter lever."

"Är hon ogift, har hon avgett löftena i kloster?"

"Hon är ogift och är *yconoma* på Riseberga kloster."

"Hon har alltså inte avgett löftena, hon sköter klostrets affärer. Nå, var ligger Riseberga?"

"Tre dagars ritt härifrån, men dit bör du inte rida", retades Eskil.

"Varför inte det? Finns fiender där?"

"Nej, sannerligen inte. Men drottning Blanka har varit där någon tid och hon är nu på väg till Näs, som är kungens borg..."

"Minns att jag har varit där!"

"Jo, det är ju sant. När Knut dräpte Karl Sverkersson, det är sådant man inte borde glömma men gärna glömmer. Men nu är ändå drottning Blanka på väg till Näs och då är jag säker på att Cecilia är med. De två är svåra att skilja som lera och halm. Nej, ta det nu lugnt och stirra inte så där på mig!"

"Jag är lugn! Fullkomligt lugn."

"Ja, det ser jag ju tydligt. Lyssna då lugnt vidare. Om två dagar skall jag rida till rådsmöte på Näs för att träffa kungen, jarlen och en hoper biskopar. Jag tror nog att alla på Näs skulle glädjas om du kom med mig."

Arn hade fallit på knä och knäppt sina händer i bön och Eskil fann inte skäl att avbryta honom, även om han själv kände sig främmande för dessa ständiga knäfall. I stället reste han sig eftertänksamt som om han prövade en idé, nickade för sig själv och smög tyst iväg mot trappan som ledde ner till vapenrummet. Det han tänkte hämta kunde han lika gärna göra nu som senare, han hade ändå bestämt sig.

När han kom tillbaka upp, pustande i trappan utan att Arn lät sig störas, satte han sig på nytt för att vänta tills han tyckte att bönerabblandet pågått mer än tillräckligt och harklade sig.

Strax steg Arn upp med ett ljus av lycka i ögonen som föreföll Eskil mer än lovligt barnsligt. Dessutom tyckte han att detta fåraktiga ansiktsuttryck stämde illa med en man i dyrbar ringbrynja från huvudet till de stålförstärkta skorna med sporrar av guld.

"Se här!" sade Eskil och sköt över en vapenskjorta till Arn. "Skall du nödvändigt bära krigsmanskläder så är det väl ändå dessa färger du bör ära från och med nu."

Arn vecklade utan ett ord ut vapenskjortan och betraktade kort det upprättstående folkungska lejonet över tre strömmar och nickade liksom bekräftande för sig själv innan han med en rask rörelse drog på sig plagget. Eskil reste sig med en blå mantel i händerna och gick runt bordet. Han såg Arn kort och allvarligt i ögonen. Sedan hängde han folkungamanteln över hans axlar.

"Välkommen en andra gång. Inte bara till Arnäs utan också till våra färger", sade han.

När Eskil nu till bekräftelse ville omfamna sin bror som han så lättvindigt hade återupptagit till ätten och till arvsrätt sjönk Arn återigen ner i bön. Eskil suckade men hann se hur Arn med en van gest svepte undan manteln på vänster sida så att svärdet inte trasslade in sig. Det var som om han i vart ögonblick var beredd att resa sig med draget svärd.

Denna gång var dock Arn inte frånvarande så länge i sin bön och när han reste sig var det han som omfamnade Eskil.

"Jag minns lagen om pilgrimer och botgörare, jag förstår vad du gjorde. Jag svär en tempelriddares ed på att jag alltid skall hedra dessa färger", sade Arn.

"För min del kan du gott svära som en folkung, hellre som en folkung", svarade Eskil.

"Ja, nu låter det sig väl göras!" skrattade Arn och slog med båda armarna ut folkungamanteln som om han härmade en rovfågel och åt detta skrattade de båda.

"Och nu borde det väl ändå för djävulen vara dags för en första öl på alltför länge mellan bröder i blå färger!" röt Eskil högt men ångrade sig genast när han såg hur Arn ryckte till vid det ogudaktiga språket. För att fort bli av med förlägenheten reste han sig och gick fram till en skytteglugg mot gården och vrålade någonting som Arn inte hörde men som han förmodade kunde gälla öl.

"Nu till min nästa fråga. Förlåt min själviskhet då annat kunde vara viktigare för både vårt land och Arnäs, men det är ändå min nästa fråga", sade Arn. "När jag reste på min botgörarfärd väntade Cecilia Algotsdotter mitt barn..."

Det var som om Arn inte vågade fullfölja frågan. Eskil, som visste att han ändå hade ett gott besked att komma med, drog ut på sitt svar och menade att han var alldeles för torr i halsen för att tala om detta innan han fått sin öl. Och så reste han sig otåligt och gick fram en andra gång till skyttegluggen och vrålade det som Arn nu alldeles säkert förstod handlade om öl. Det hade han inte behövt göra. För redan hördes brådskande bara fötter nere i den vindlande torntrappan. Snart stod två stora skummande trästånkor framför bröderna och trälflickan som kommit med dem försvann som en ande.

Bröderna höjde stånkorna mot varandra. Eskil drack mycket längre och manligare än Arn, vilket inte överraskade någon av dem.

"Då skall jag säga dig hur det står i den saken", sade Eskil och makade sig närmare bordet, drog upp ena knäet och ställde ölstånkan där. "Jo, det var det där om din son, ja..."

"Min *son!*" avbröt Arn.

"Ja. Din son. Hans namn är Magnus. Han växte upp hos sin farfars bror Birger Brosa. Han har inte tagit ditt namn men inte heller namnet Birgersson. Han kallar sig Magnus Månesköld och bär en måne i skölden intill vårt lejon. Han är ätteledd vid tinget och därmed äkta folkung. Han vet att han är din son och han har övat sig att bli den mäktigaste bågskytten i hela Östra Götaland då han hört att du skulle vara något särdeles. Vad vill du mer veta om honom?"

"Hur kan han veta något om mitt bågskytte, vet han också vem som är hans mor?" frågade Arn lika brydd som upphetsad.

"Det sjungs sånger om dig, käre bror och det berättas sagor. Somt kommer från alla götars ting den där gången du vann envig mot... vad hette han nu?"

"Emund Ulvbane."

"Just så hette han, ja. Och från munkarna har väl ett och annat berättats, som när du ledde tjugotusen tempelriddare till en lysande seger vid Grisarnas Berg där hundratusen otrogna föll för era svärd, för att inte tala om..."

"*Grisarnas* Berg! I det Heliga Landet?"

Arn brast plötsligt ut i ett skratt som han inte kunde hejda. Han upprepade för sig själv orden Grisarnas Berg och så skrattade han ännu mer, höjde sin ölstånka mot Eskil och försökte dricka som en man men satte genast i halsen. När han torkade sig om munnen tänkte han efter och sken upp,

"*Mont Gisar*", sade han. "Det slaget stod vid Mont Gisar och vi var fyrahundra tempelriddare mot femtusen saracener."

"Nå, det var ju heller inte illa", log Eskil. "Sanning var det ju och att sanningen får mer lyster i sånger och sagor är inte fel. Men var var vi? Jo! Magnus vet från sagorna vem du är, därav det att han ständigt övar sig med båge. Det var det ena. Det andra var att han känner sin mor Cecilia. De kommer väl överens."

"Var bor han?"

"På Bjälbo hos Birger Brosa. Han växte upp hos Birger och Brigida. Ja, det är så sant, du känner inte Brigida, hon är kung Harald Gilles dotter och talar fortfarande som en norrman liksom du talar som en dan. Nå! I många år bodde han på Bjälbo som deras son och trodde själv ingenting annat. Numera räknas han som fosterbror till Birger, därför det där med måne i skölden i stället för Birgers lilja. Vad vill du mer veta?"

"Jag anar att du tycker att jag borde ha börjat fråga i en annan ände. Men jag hoppas du förlåter mig. Först såg jag dig, sedan vår far Magnus och behövde inte fråga om det som var både närmast och uppenbart. Men under alla krigen bad jag inför varje slag för Cecilia och det barn jag inte kände. Under den långa resan över haven fanns nästan inget annat att tänka på. Berätta nu om dig och de dina och om far och Erika Joarsdotter."

"Väl talat, min käre bror", sade Eskil och smackade skämtsamt när han tog munnen från sin stånka som om det varit det ljuvaste vin. "Du kan lägga dina ord väl och måhända får du användning för den gåvan när det skall lirkas med hopen av biskopar i kungens råd. Men minns nu att jag är din bror och att vi alltid stod varandra nära och Gud hjälpe oss att det får så förbli. Med mig skall du aldrig lirka utan bara tala till som den jag är, din bror!"

Arn höjde sin stånka till tecken på sitt samtycke.

Eskil berättade därefter mycket kort, vilket han förklarade med att så mycket ändå fanns att säga efter så många år, så skulle man göra det riktigt skulle det ta hela natten. Ont om tid skulle man dock inte ha så snart kvällens gästabud var över.

Om sig själv berättade han att han bara hade en son, Torgils, som var 17 år gammal och nu red som ungsven för att lära i kungens hird. Två döttrar hade han också, Beata och Sigrid, som båda var gott gifta i Svealand med drottning Blankas ätt men ännu inte hade fött några söner. Själv hade han intet att klaga över. Gud hade stått honom bi. Han satt i kungens råd och svarade för all handel med utlandet. Numera talade han det lübska språket och två gånger hade han själv seglat till Lübeck för att sluta avtal med Henrik Lejonet av Sachsen. Från svears och götars land seglade man med järn, ull, skinn och smör men framför allt med torkad fisk som fiskades och bereddes i Norge. Från Lübeck hämtade skeppen stål, kryddor och tyger, spunnen tråd i guld och silver, och klingande silver som var betalning för den torkade fisken. Det var ingen liten rikedom som förts in i landet genom denna handel och Eskils del var inte ringa, eftersom han ensam handlade med just den torkade fisken mellan Norge, båda Göta länderna, Svealand och Lübeck. Nu var Arnäs säkert mer än dubbelt så rikt som den gången Arn reste.

Eskil blev ivrig när han talade om sina affärer. Han var van att lyssnarna snart tröttnade och ville byta till tal om annat. Men när han nu skrävlat längre än vanligt utan att bli avbruten blev han både glad och förundrad över att hans bror verkade så intresserad, som om han förstod allt om affärer. Han blev nästan misstänksam av Arns uppmärksamhet och ställde därför några frågor som för att se om Arn verkligen följde med eller om han bara satt och drömde om annat men var skicklig i att se lyssnande ut.

Men Arn kom ihåg hur de en gång, just den gången då de ridit till alla götars ting som slutade så olyckligt för sverkerska sidans kämpe men så lyckligt för folkungarna, hade talat om just denna tanke att man borde frakta den torkade fisken från Lofoten i Norge i stor mängd. Det hade alltså blivit verklighet.

Det menade Arn var en mycket god nyhet. Liksom han höll det för mycket klokt att ta betalt för den torkade fisken i rent silver och inte i sådant som hade värde bara för fåfänga. Dock frågade han sig hur bra affär det kunde vara att frakta järn till Lübeck och stål andra vägen i stället för att tillverka stålet av det järn man redan hade?

Eskil gladde sig mycket åt sin brors oväntade förstånd som han ju inte visat den gången då han reste till det Heliga Landet, även om de nog båda fått sitt huvud från mor Sigrid. Men nu var Eskils öl slut och han reste sig på nytt mot skyttegluggen och vrålade sin befallning medan Arn bakom hans rygg hällde över hälften av sitt öl till sin törstigare bror.

Den här gången hade en husträl väntat nere vid porten till tornet med nytt öl, ty två nya stånkor kom snabbt som vinden.

När de drack på nytt, Eskils halvfulla stånka hade burits ut utan att han märkte det och Arn kände sig ungdomligt nöjd med att ha undgått upptäckt, hade de kommit av sig i allt det som måste berättas. Båda såg den andres belägenhet och båda försökte komma till ordet först.

"Vår far och Erika Joarsdotter...", sade Eskil.

"Du förstår väl att jag ämnar dricka brudöl med Cecilia!" sade Arn samtidigt.

"Det bestämmer inte du!" sade Eskil häftigt men ångrade sig genast och slog ut med handen som om han ville vifta undan sina ord.

"Varför inte det?" frågade Arn lågt.

Eskil suckade. Det fanns ingen möjlighet att vika undan för broderns fråga hur gärna han än skulle vilja skjuta både den och mycket annat till nästa dag.

"När du nu kommit hem, och må Gud välsigna din hemkomst som är oss alla till omätlig glädje, så ändras spelbordet helt", svarade Eskil snabbt och lite lågt som om han talade om affärer med torkad fisk. "Ättetinget avgör, men om jag känner vår Birger Brosa rätt kommer han att säga att du skall gå i brudsäng med Ingrid Ylva. Hon är dotter till Sune Sik och har således Karl Sverkersson som farfar, kung Karl alltså."

"Skulle jag dricka brudöl med en kvinna vars farbror jag var med om att mörda!" utbrast Arn.

"Det är just det som är den goda tanken, sår och fejd skall läkas för fredens skull och det sker hellre med brudsäng än med svärd. Så tänker vi. Mannens lem är starkare i fred än mannens svärd. Därför Ingrid Ylva."

"Och om jag i så fall föredrar mannens svärd?"

"Jag tror ingen vill skifta hugg med dig och det tror nog inte du heller. Din son Magnus är också giftasvuxen, liksom hon. Någon av er blir det nog, men det beror också på hur mycket silver som krävs. Nej, oroa dig inte för den saken min bror, morgongåvan kommer vi från Arnäs att stå för."

"Jag står själv för morgongåvan. Jag hade inte tänkt mig något omåttligt, utan Forsvik som en gång blev avtalat vid mitt och Cecilias fästningsöl. Avtal skall man hålla", svarade Arn lågt och snabbt utan att med en min visa vad han kände, fastän hans bror ändå borde förstå.

"Om du ber mig om Forsvik så kan jag svårligen säga nej. En första afton som denna kan jag inte säga nej till något du begär av mig", fortsatte Eskil i samma tonfall som om två vana affärsmän talades vid. "Men jag skulle ändå vilja be dig vänta med en sådan begäran till efter vår första dag och afton samman efter så många år."

Arn svarade inte utan tycktes begrunda affären. Så reste han sig plötsligt och drog fram tre nycklar som han bar i en läderrem runt halsen och gick fram till de tre mycket tunga kistor som först av allt burits upp i tornet från hans fora. När han raskt låste upp dem en efter en spreds ett starkt gyllene ljus i rummet där solen nu stod lågt in genom den västra skjutgluggen.

Eskil reste sig långsamt och gick runt bordet med ölstånkan i handen. Till Arns både glädje och förvåning såg han inte lysten ut när han betraktade guldet.

"Vet du hur mycket det där är?" frågade Eskil som om han fortfarande talade om torkad fisk.

"Nej, inte på vårt sätt att räkna", svarade Arn. "Det är ungefär trettiotusen besanter eller gulddinarer på frankiskt sätt att räkna. Kanske är det tretusen marker på vårt sätt."

"Och det är inte orätt fånget?"

"Nej, det är inte orätt fånget."

"Då kan du köpa dig Danmark."

"Det är inte min avsikt. Jag har bättre köp än så."

Arn stängde långsamt de tre kistorna, låste dem och kastade sedan de tre nycklarna förbi Eskil så att de gled över bordet men stannade mitt framför Eskils plats. Sedan gick han långsamt tillbaka till sin pall och bjöd med armen sin bror att sätta sig på nytt. Eskil gjorde så under tankfull tystnad.

"Jag har tre kistor och tre tankar", sade Arn när de druckit av ölet och höjt stånkorna mot varandra. "Mina tre tankar är enkla. Jag skall som med allt annat berätta mer om det när vi får mer tid. Men först vill jag bygga kyrkan i Forshem i sten och med de vackraste bilder som kan göras i sten i Västra Götaland. Sedan, eller rättare samtidigt, eftersom all sten måtte komma från samma håll, skulle jag vilja bygga Arnäs så starkt att ingen här i Norden kan ta det. Om hur man bygger sådant vet jag och de män som rest med mig mycket som man ännu inte vet här borta hos oss. Och den tredje kistan som därefter återstår delar jag gärna med min bror... efter att ha köpt Forsvik förstås."

"Till en så rik man får Cecilia Algotsdotters fränder snärjigt att ge riktig hemgift, hennes far är förresten död, han åt sig lam och blind vid förra julölet."

"Frid över hans själ. Men Cecilia behöver bara en hemgift lika stor som värdet av Forsvik."

"Inte heller det har hon råd med", svarade Eskil, men nu med ett litet leende som visade att han nog inte vägde varje mynt i den affären.

"Det har hon alldeles säkert. För Forsvik behöver hon inte betala mer än fyra eller fem marker guld och jag vet lika säkert som du varifrån hon kan få en sådan liten summa", svarade Arn snabbt.

Nu kunde inte Eskil hålla sig längre utan brast ut i ett rungande skratt så att ölet skvätte ur hans stånka.

"Min bror! Min bror, i sanning min bror!" frustade han och dök på nytt ner i sitt öl innan han fortsatte. "Jag trodde att en krigare kommit till Arnäs, men du är ju en affärernas man som är min egen like. Det måste vi dricka på!"

"Jag är din like, eftersom jag är din bror", sade Arn när han sänkte sin stånka efter att bara ha låtsats dricka. "Men jag är också tempelriddare. Vi tempelriddare gör många affärer där det mest egendomliga gods skiftas och vi kan göra sådana affärer med djävulen själv och till och med med nordmän!"

Eskil höll skrattande med om allt och föreföll som om han behövde nytt öl men genast ångrade sig när han såg ut genom skyttegluggen i väster mot det falnande ljuset.

"Det blir nog inget gott gästabud utan oss två", mumlade han.

Arn instämde med en nick och sade att han gärna ville hinna med en stund i badhuset och att han också borde hämta den av sina män som bäst hanterade en hårkniv. I en folkungamantel kunde man inte stinka som i en tempelriddares mantel. Ty nu hade ett nytt liv börjat och det hade sannerligen inte börjat illa.

* * *

För bröderna Marcus och Jacob Wachtian var ankomsten till Arnäs en bedrövelse. Uslare borg hade de aldrig sett och Marcus som var den mest skämtsamme av de två hade sagt att en man som greve Raymond av Tripoli skulle ha tagit en sådan borg på kortare tid än det tog att rasta soldater och hästar under hård marsch. Jacob hade utan ett leende invänt att en man som Saladin nog skulle ha ridit rakt förbi, eftersom han inte ens skulle ha upptäckt att detta var en borg. Om det stora och viktiga arbete Sir Arn hade talat om skulle bestå i att göra en god befästning av detta kråknäste blev det sannerligen hårt arbete för kroppen snarare än för huvudet.

Sant var förstås att de inte haft mycket att välja mellan när Sir Arn räddat dem ur knipan efter Jerusalems fall. Den våg av segerrus som då svepte fram över Damaskus hade snart gjort staden outhärdlig för kristna, hur goda hantverkare och affärsmän de än var. Och under flykten mot Saint Jean d'Acre hade de alltför många gånger träffat på kristna som visste att dessa bröder varit i de ogudaktigas tjänst. De hade också blivit plundrade på alla ägodelar de burit med sig, och även om de hade lyckats ta sig fram ända till den sista kristna staden i kungariket Jerusalem skulle det nog inte dröjt länge innan någon på nytt känt igen dem. I värsta fall hade det slutat med galgen eller bålet. Och vid denna tid skövlades deras hemland Armenien av vilda turkar så resan dit skulle ha blivit än mer osäker än resan till Saint Jean d'Acre.

Den gången då de uppgivet stannat vid vägkanten och bett sina sista böner till Guds Moder och Saint Sébastien om underbar räddning hade de innerst inne inte trott på någon sådan.

I denna förtvivlade stund hade Sir Arn funnit dem. Han kom med ett litet följe från Damaskus och han red mirakulöst orädd, trots att trakten vimlade av saracenska rövare, som om den vita tempelriddarmanteln skulle skydda mot vad som helst ont. Han hade genast känt igen dem från deras affärer och verkstäder i Damaskus, vilket just då föreföll obegripligt, eftersom ingen tempelriddare borde ha kommit levande från Damaskus. Strax hade han erbjudit dem sitt beskydd mot att de gick i hans tjänst för en tid icke mindre än fem år och dessutom följde honom till hans hemland i norr.

Brödernas val hade inte varit stort. Och Sir Arn hade inte på något sätt förespeglat dem annat än en hård och farlig resa och hårt, till en början även smutsigt, arbete vid framkomsten. Ändå var det de hunnit se av eländet i detta av Gud glömda land i nord värre än de kunnat föreställa sig ens i sina dystraste och mest sjösjuka stunder.

Just nu hade de hur det än var inga möjligheter att bryta överenskommelsen. Hårda, dystra och smutsiga fyra år väntade således, om man kunde räkna bort den tid på ett år som resan tagit. I det avseendet var deras kontrakt oklart.

De hade kommit något i ordning i sitt tältläger utanför den låga och bräckliga muren. För att göra det enklare hade man delat upp lägret i två delar så att muslimerna hade en avdelning för sig själva och de kristna den andra. Förvisso hade de alla samsats på ett trångt skepp i över ett år, men eftersom bönetiderna var olika hade det blivit mycket snubbel i natten när muslimer skulle upp och be och kristna sova, och tvärtom.

Uppe från borgen hade unga kvinnor kommit ner med stora bördor av fårskinn som de främmande gästerna först tagit emot med stor glädje, eftersom de redan lärt sig att Norden hade kalla nätter. Dock hade någon snart upptäckt att de varmt inbjudande fårskinnen var nerlusade och skrattande åt varandras ogudaktiga tal och otacksamma skämt hade både troende och vantroende stått länge sida vid sida för att piska lusen ur fällarna.

Märkligt var dock hur de unga kvinnorna, varav somliga mycket vackra, kom så oblygt med oskyddat hår och bara armar till främmande män. En av de engelska bågskyttarna hade halvt på skämt nappat efter baken på en ung kvinna i rött hår och hon hade alls inte blivit förskräckt utan bara vant och vigt som en gasell hoppat undan för de grova händer som sträcktes efter henne.

Därefter hade de två vantroende läkarna skällt ut bågskytten på ett språk som han ändå inte förstod. Bröderna Wachtian hade mer än gärna översatt och instämt och alla i lägret hade snart enats om att i ett så främmande och egendomligt land finge man ta det försiktigt i början, i all synnerhet med kvinnfolk, tills man lärt sig vad som var gott och ont eller lag och olag. Om det ens fanns några lagar hos detta vilda folk.

På aftonen strax före bönetimmen kom Sir Arn ensam ner till tältlägret. Först hade ingen känt igen honom, eftersom han verkade mycket mindre. Han hade lagt av sin tempelriddarmantel och vapenskjorta och bar nu i stället blå och lite urblekta kläder som hängde slankiga kring hans kropp. Dessutom hade han rakat av sig skägget så att hans ansikte nu var läderbrunt i mitten och blekt runtom och han såg ut både som en man och en gosse, fastän hans krigsmärken i ansiktet nu syntes tydligare än då han burit skägg.

Sir Arn samlade dock alla män med samma självklarhet som han gjort under hela resan och de stod snart tysta omkring honom. Han talade som vanligt först på saracenernas språk som de flesta kristna inte begrep mycket av.

"I den Barmhärtiges namn, kära bröder", började han. "Ni är alla mina gäster, troende och vantroende, och ni har rest lång väg med mig för att bygga till fred och lycka, till det som inte var i Outremer. Ni är nu i ett främmande land med många seder som skulle kränka er heder. Därför har vi i denna afton efter bönetimmen två välkomstfester, en här bland tälten och en uppe i huset. Där uppe kommer att förplägas mycket sådant varom Profeten, frid över honom, uttalat sitt fördömande. Här nere i tälten, därpå har ni mitt ord som emir, kommer ingenting orent att läggas på faten. När maten bärs fram till er skall ni välsigna den i Hans namn som ser och hör allt och ni skall njuta den med förtroende."

Som han brukade upprepade Sir Arn ungefär samma sak på frankiska, men med de rätta orden för Gud och utan att nämna någon profet. Marcus och Jacob, som båda talade arabiska liksom fyra eller fem andra språk, log menande mot varandra när de som vanligt fick höra en något annorlunda framställning på frankiska.

Därefter bad Sir Arn att få en vintunna framrullad, kallade till sig de kristna och så bugade man mot varandra innan man skiljdes och var och en gick till rätt fest.

De kristna gästerna gick i procession upp mot stora långhuset och på halva vägen möttes de av en grupp på sex beväpnade män som slöt upp som hedersvakt runt dem.

Vid porten till det mörka skrämmande blockhuset med gräs på taket väntade en kvinna i röd glänsande dräkt som gott kunde ha kommit från Outremer. Hon bar ett tjockt guldskärp med blå stenar och en blå mantel över axlarna av samma slag som Arn nu hängt över sig. På huvudet bar hon en liten hätta, men den skylde inte alls hennes långa hår som tvärtom hängde ner i en kraftig fläta på ryggen.

Nu höjde hon ett bröd mellan sina händer och kallade fram en tjänstekvinna med en skål, vars innehåll ingen kunde se, och uttalade en välsignelse.

Sir Arn vände sig om och översatte att de alla var välkomna i Guds namn, och att den som steg in skulle röra med högra handen först vid brödet och därefter doppa ett högerfinger i skålen med salt.

För Harald Øysteinsson, som gick främst bland de kristna gästerna, fortfarande i sin svarta tempelriddarskjorta och svarta mantel, var denna sed inte främmande. Marcus och Jacob som följde efter vännen "Aral d'Austin", det var så de skämtsamt ibland uttalat hans namn på frankiska utan att han därför tog illa vid sig, gjorde på samma sätt men viskade på spelat allvar bakåt i kön att saltet brände som eld och kanske var förtrollat. De som följde efter doppade därför sitt ena finger mycket fort och försiktigt i saltet.

Men när de steg in i den långa salen var det som om bröderna Wachtian drabbades av en känsla av trolldom. Där fanns knappt några fönster och skulle ha varit helt mörkt utan den stora stockelden vid rummets kortände, tjärblossen som brann i järnhållare längs väggarna och vaxljusen på långbordet längs ena väggen. Deras näsborrar fylldes av rökdoft, tjära och starkt stekos.

Sir Arn placerade sina kristna gäster vid långbordets mitt och gick sedan runt till andra sidan bordet och satte sig långt till höger i något som såg ut som en hednisk tronstol med drakhuvuden och främmande slingrande mönster som ormar. Bredvid honom satte sig nu kvinnan med välkomstsaltet och på hennes andra sida den man som såg ut som en tunna och som var Sir Arns äldre broder och således en man som man varken skulle driva gäck med eller göra till sin ovän.

När de kristna gästerna och deras värdfolk bänkat sig kom tolv män i samma blå vapenskjortor som Sir Arn och hans bror och satte sig på ömse sidor om långbordet nedanför högsäte och gäster. Den övre halvan av bordet lämnades tom, här rymdes helt säkert mer än dubbelt så många gäster.

Sir Arn bad bordsbönen på latin så att bara den storvuxne gamle munken kunde rabbla med medan alla andra satt med dygdigt sänkta huvuden och knäppta händer. Därefter sjöng Sir Arn och munken tvåstämmigt en kort välsignelse ur Psaltaren och så reste sig kvinnan mellan de båda bröderna och slog högt ihop händerna tre gånger.

Nu öppnades dubbeldörrarna längst ner i salen och ett märkligt följe trädde in, först en rad jungfrur med utslaget hår och vita linnesärkar som mera visade än dolde deras behag, alla med brinnande tjärstickor i händerna. Därefter följde män och kvinnor blandat, också de i vita kläder, med tunga bördor av öl och stora rykande fat med kött, fisk och grönsaker och rotfrukter av många slag som gästerna kunde känna igen men också sådant de inte kände.

Sir Arn delade ut stora glasbägare som var mer otympliga i formen än glas från Outremer; han visste sedan länge vem som skulle ha vad. Broder Guilbert fick ett glas, liksom bröderna Wachtian och sjömannen Tanguy. Sir Arn själv tog ett glas som han med överdrivet tydlig rörelse ställde framför sin egen plats medan han på frankiska skämtade om att detta var skydd mot trolldomen i det nordiska ölet. Då protesterade norrmannen högt, och låtsat vred, och grep lystet den sejdel som stod skummande framför honom men avbröts av en handrörelse från Sir Arn. Ty tydligt var att ingen fick börja äta eller dricka än, trots att det både lästs och sjungits över maten.

Nu kom det man väntade på och det blev stort larm från alla krigare vid bordets nedre del. In bars ett vedervärdigt kohorn med silverbeslag och även denna tingest var fylld med öl. Man bar kohornet till Sir Arns tjocke broder som höll det högt i salen medan han sade något som fick krigarna att börja dunka med sina knutna nävar i bordet så att ölstånkorna hoppade.

Därefter räckte han kohornet med en långsam och högtidlig gest till Sir Arn som nu, besvärad som det föreföll, tog emot hornet och sade något som fick alla i salen som förstod nordiska att brista i skratt. Så försökte han tömma hela hornet i sig men fuskade tydligt, eftersom det mesta av ölet rann nedför hans vapenskjorta. När han tog hornet från munnen låtsades han vackla till och stödde sig mot bordskanten medan han med darrande hand räckte dryckeshornet till sin bror. Och för detta skälmstycke möttes han med dånande skrattsalvor från bordets nordiska krigare.

Ännu var ceremonien inte klar, eftersom ingen gjorde min av att börja äta. På nytt fyllde en tjänare dryckeshornet och räckte det till Sir Arns bror som höjde det över huvudet, sade något som nog var ädelt och kärnfullt, eftersom det möttes med gillande mummel, och svepte ner allt öl utan att spilla en droppe, lika enkelt som en fyllhund slår i sig ett glas vin. Nu steg jublet i salen på nytt och alla män med ölkrus framför sig höjde det, välsignade det och började dricka som bestar. Först av alla dunkade Harald Øysteinsson ner sin tomma träsejdel i bordet, reste sig och talade kort på ett sjungande rytmiskt sätt som mötte stort gillande.

Sir Arn skänkte ut vin till dem han ville rädda undan ölets fasor, som han sade inte helt på skämt och översatte för vindrickarna vad vännen Harald sagt i sin vers. På frankiska blev det ungefär:

Sällan smakade skummande öl så väl som för den krigsman det länge saknat. Lång var färden. Längre var väntan. Nu bland fränder ej sämre än Tor skall supas.

Sir Arn förklarade att Tor syftade på en avgud som enligt sagan höll på att dricka upp hela havet när han skulle imponera på jättar. Dessvärre var detta bara början på det versläsande som skulle följa och Sir Arn menade att han nog knappast skulle kunna översätta allt, då det skulle komma att bli allt svårare att både höra och förstå.

Nya mängder öl bars in av unga kvinnor som sprang lätt på bara fötter och faten med kött, fisk, bröd och grönsaker hopade sig som en fientlig här på det stora långbordet. Bröderna Wachtian kastade sig genast över varsin spädgris, den store munken tog liksom sjömannen Tanguy för sig av en av de laxar som ångande bars in på en bräda. De engelska bågskyttarna lassade upp väldiga stycken av kalvben medan Sir Arn tog ett måttligt stycke lax och med sin långa vassa dolk skar ett stycke ur kinden på ett av de grishuvuden som plötsligt damp ner mitt för ögonen på bröderna Wachtian.

De båda stirrade först förfärade på grishuvudet som råkade vara vänt med trynet rakt mot dem. Jacob böjde sig ofrivilligt något bakåt medan Marcus däremot lutade sig fram på armbågarna och började konversera grisen så att alla som förstod frankiska i hans närhet snart vred sig av skratt.

Han sade sig förmoda att Sir Svin nog snarare hörde hemma i detta land och föga troligt i Outremer, men att det sannerligen var bättre att hamna hos armeniska bröder än det skulle ha varit ute i tälten, där risken vore stor att Sir Svin icke blivit bemött med särdeles stor höviskhet.

Vid tanken på vad som hänt om detta svinhuvud burits ut till muslimerna vred sig Marcus och Jacob Wachtian av skratt och desto mer skrattade snart alla de frankisktalande, eftersom bönesången just råkade höras nerifrån tälten då solen gick ner mycket sent i detta märkliga land. Även Sir Arn log något åt tanken på svinhuvud serverat mitt i muslimsk aftonbön, men han viftade bara undvikande med handen när hans bror förhörde sig om det lustiga.

"Allah är stoor...", frustade Marcus på arabiska och höjde sitt vinglas mot Sir Arn men satte genast i halsen av nya skratt och sprutade vin över sin värd, som dock utan minsta vrede hällde upp nytt.

Det dröjde inte länge förrän Sir Arn och husfrun intill honom försiktigt sköt ifrån sig sina tallrikar, torkade av sina dolkar och stack dem i bältet. Sir Arns bror åt ännu några väldiga stycken kött innan han gjorde detsamma. Därefter ägnade sig alla tre i högsätet bara åt att dricka, två av dem stilla medan den tredje drack som krigarna, norrmannen och de två engelska bågskyttarna John Strongbow och Athelsten Crossbow, vilka båda visade sig dricka öl i samma takt som barbarerna.

Skränet steg högre och högre. Engelsmännen och norrmannen flyttade utan att blygas från sina platser ner till de nordiska krigarna och där utbröt en väldig kamp om äran för den som kvickast kunde hälla i sig ett helt ölkrus utan att ta det från munnen. Det verkade som om norrmannen och engelsmännen hävdade sig väl i denna nordiska tävlan. Arn lutade sig fram mot sina fyra återstående frankisktalande gäster och förklarade att det var gott för anseendet att åtminstone några av männen från Outremer kunde hävda sig i denna märkliga tävlan, ty som han förklarade, nordiska män uppskattade förmågan att snabbt dricka sig från vettet nästan lika mycket som förmågan att hantera svärd och sköld. Varför det var på det viset kunde han inte förklara, utan ryckte bara på axlarna som åt något som helt enkelt inte gick att förstå.

När förste man spyende dråsade i golvet reste sig husfrun och tog med god min och utan överdriven brådska farväl av Sir Arn, som hon kysste på pannan till dennes tydliga besvär, av Sir Arns bror och av de frankisktalande gästerna som vid det här laget var de enda som var i stånd att svara på tilltal förutom värdarna.

Sir Arn skänkte därefter ut nytt vin till de frankisktalande och förklarade att de måste sitta kvar ännu en stund, så att det inte kunde sägas att alla som drack vin blev druckna under bordet av alla som drack öl. Dock, menade han efter en kort blick nedåt bordet, skulle det hela vara klart om någon timme, ungefär till första morgonljuset där ute.

* * *

När solen var på väg upp över Arnäs och rödvingetrasten tystnade stod Arn ensam uppe i höga tornet och drömde sig vaken tillbaka till sitt barndoms landskap. Han mindes hur han jagat hjort och svin uppe på Kinnekulle med trälar som han måste anstränga sig för att sätta namn på. Han tänkte på hur han kommit ridande på en vacker hingst från Outremer som hette Chimal men som aldrig kom att stå honom så nära som Chamsiin, och hur hans far och bror då hade skämts för den usla hästen som enligt deras tro inte dög någonting till.

Men mest av allt drömde han om Cecilia. Han såg framför sig hur hon och han red uppför Kinnekulle en vår då hon burit en vid grön mantel, den gången då han skulle framsäga sin kärlek men intet förmådde säga förrän Vår Fru skänkte honom orden från Höga Visan, de ord som han burit i sitt minne under alla åren i kriget.

Vår Fru hade sannerligen lyssnat till hans böner och förbarmat sig över hans trohet och aldrig förlorade hopp. Det var nu mindre än en vecka kvar på denna längtan, om två dagar skulle han påbörja färden till Näs där Cecilia kanske redan fanns utan att ana att han var henne så nära.

Han rös till som av rädsla vid tanken. Det var som om hans vakendröm blivit för stor, som om han inte längre kunde styra den.

Nere på gårdsplanerna var det nästan helt tomt och tyst. Enstaka husträlar gick och mockade undan spyor och granriset för pisset nere vid porten till långhuset. Några man kom stånkande och svärjande släpande på en lealös hirdman som skulle ha förefallit död om man inte vetat att han varit på ett gott gästabud på Arnäs.

När hela solen nu visade sig över horisonten i öster kom som självklart böneutropet nere från tältlägret.

Arn reagerade först inte alls, eftersom böneutrop så länge varit ett dagligt ljud i hans öron att han egentligen inte hörde det. Men när han såg upp mot Kinnekulle och Husaby kyrka insåg han att detta måste vara den första soluppgången någonsin över Arnäs som hälsades på sådant sätt. Han försökte erinra sig var någonstans i den Heliga Koranen undantag mot böneutrop föreskrevs. Kanske om man befann sig i fiendeland, om man låg i krig och fienden skulle få de troendes position röjd av bönerop?

Något liknande var det nu. När alla kom till Forsvik kunde det böneropas närhelst någon gitte, men om detta pågick länge på Arnäs skulle det nog bli svårt att svara undvikande på frågor och med flyktiga ord förklara att i det Heliga Landet tog sig kärleken till Gud många outgrundliga vägar i människans sinne. Kanske räckte inte heller förklaringen att dessa män var trälar och därför inte kunde räknas som fiender mer än hästar och getter.

Strax skulle bönerna där nere vara klara, det var tid att börja dagens arbete. Arn kände hur det dunkade något i hans huvud när han gick nedför den trånga vindeltrappan i tornet.

Nere i lägret visade det sig, föga till Arns förvåning, att alla som vilat för natten i de rättroendes tält stigit upp och att alla fortfarande sov inne i de kristnas tält, någon därtill med snarkningar så dånande att det var svårt att förstå hur hans kamrater intill kunde uthärda oljudet.

Hos de rättroende var alla bönemattor hoprullade och man hade satt vatten över eld för att koka morgonens mocca. De två läkarna var de första som såg honom komma och de reste sig genast och hälsade honom Guds fred.

"Guds fred själva, Ibrahim Abd al-Malik och Ibn Ibrahim Yussuf, ni som här i de vantroendes land måste heta Abraham och Josef", hälsade Arn tillbaka och bugade sig. "Jag hoppas maten från mitt hem smakade väl?"

"Lammen var feta och smakrika och vattnet mycket kallt och friskt", svarade den äldre av de två.

"Det gläder mig", sade Arn. "Då är tid för arbete, samla bröderna!"

Snart gick en underlig procession främmande män runt murarna på Arnäs, pekade och gestikulerade och disputerade. Om somt var man strax överens, annat måste undersökas innan man kunde ha en säker uppfattning. Ty noggrannhet krävdes för att bygga en borg som inte kunde tas med storm av fienden. Marken intill murarna måste undersökas med provgrävningar, mycket skulle mätas och beräknas och de många vattenvägarna runt Arnäs måste också mätas och undersökas noga för att man skulle kunna bestämma hur de nya vallgravarna skulle löpa. Den sankmark som skiljde borgen ute på näset från inlandet var en stor fördel som det gällde att inte dränera eller oavsiktligt dika ut. Som marken nu såg ut skulle det vara omöjligt att dra fram belägringstorn eller kastmaskiner mot borgen, allt sådant tyngre skulle ohjälpligt sjunka ner i den vattensjuka marken. En viktig del av borgens försvar stod alltså själva naturen för så som Han som ser allt och hör allt hade skapat den.

När Arn tyckte att han tillräckligt förklarat sina tankar och önskemål, det som byggmästarna nu skulle pröva och beräkna, tog han med sig de två läkarna upp mot sin fars lilla kokhus och inpräntade på vägen att de således hette Josef och Abraham här i Norden och ingenting annat. Det var ändå samma namn i Bibeln som i den Heliga Koranen, det var bara uttalet som skiljde. De båda läkarna nickade tyst att de förstod, eller att de fann sig.

Som han väntat var fadern redan vaken när de steg in till hans nattläger. Herr Magnus försökte resa sig upp på den friska armbågen men det gick trögt och Arn skyndade fram för att hjälpa honom.

"Kör ut dom där främlingarna en stund, jag måste pissa", hälsade herr Magnus och Arn uppfylldes mer av glädjen att höra sin far tala tydligt än han stördes av det bryska sättet att hälsa god morgon. Han bad de två läkarna stiga ut en stund och fann därefter på faderns befäl pisskärlet och hjälpte honom valhänt att få besväret undanstökat.

När det var avklarat lyfte han över sin far i stolen med drakslingorna och bad läkarna stiga in på nytt. De började om sin undersökning från gårdagen och viskade då och då besked till Arn som han översatte, fast han tog bort det mesta av sirligt tal och utdragna artigheter som det arabiska språket ibland var alltför fyllt av.

Det som drabbat herr Magnus var följderna av att för tjockt blod fastnat i hjärnan. Om denna åkomma inte ledde till döden genast, vilket kunde hända, så var det gott hopp. Några läkte helt, andra nästan helt och åter andra så bra att bara något märktes. Med förståndet hade dock detta alls inget att göra, bara okunniga människor trodde så.

Vad som behövdes var, förutom vissa stärkande örter som först måste beredas och kokas samman, böner av god kraft och en del övningar. Man måste sätta de förlamade musklerna i rörelse en efter en och visa stort tålamod. Och vad gällde talet fanns bara en övning och det var att tala, det var det lättaste.

Däremot fick man aldrig krypa undan i skam och mörker och sluta tala och sluta röra på sig. Då blev ont värre.

Yussuf, den yngre av de två läkekunniga, gick ut en kort stund och kom tillbaka med en rund sten av en halv knytnäves storlek som han gav till Arn. Så förklarade han att inom en vecka skulle herr Al Ghoutis ärade fader lära sig att lyfta stenen med sin svaga vänsterhand över knäet till sin friska högerhand. Varje gång han misslyckades skulle han ta upp stenen med sin friska hand, lägga tillbaka den i den sjuka och börja om. Man fick inte ge sig. Med vilja och böner kunde mycket åstadkommas. Om en vecka började nästa övning. Det viktigaste var övningen och viljan, de stärkande örterna kom i andra hand.

Det var allt. De två läkarna bugade först mot Arn och sedan mot hans far och gick utan att säga något mer.

Arn lade stenen i sin fars vänstra hand och förklarade övningen på nytt. Herr Magnus försökte men tappade genast stenen. Arn lade då tillbaka den i hans hand. Och hans far tappade den på nytt och väste ilsket något av vilket Arn bara uppfattade orden utländska män.

"Tala inte så till mig far, säg det en gång till med klara ord, jag vet att ni kan liksom jag vet att ni förstår allt jag säger", sade Arn och såg sin far allvarligt i ögonen.

"Det nyttar till... intet... att lyssna till... utländska män", sade då hans far med en ansträngning som fick hans huvud att skaka något.

"Däri har ni fel, far", sade Arn. "Ni bevisade det själv just nu. De sade att ni kan få ert tal tillbaka. Ni talade, nu vet vi båda att de har rätt. I läkekonst är dessa män bland de bästa jag mötte i det Heliga Landet. De har båda varit i tjänst hos tempelriddarna, det är därför de är här med mig."

Nu svarade herr Magnus inte men han nickade att han höll med om att han motsagt sig själv, för första gången på tre år.

Arn lade tillbaka stenen i faderns vänstra hand och sade nästan som en befallning att man nu skulle öva som läkarna sagt. Herr Magnus gjorde ett halvhjärtat försök men grep sedan stenen med sin högra hand, lyfte den rakt ut över golvet och släppte den. Arn tog skrattande upp den och lade den tillbaka i faderns knä.

"Säg mig vad ni vill veta om det Heliga Landet, så skall jag berätta för er, far", sade Arn och makade sig ner på knä framför herr Magnus så att deras ansikten kom nära inpå.

"Så... kan inte... sitta länge", sade herr Magnus ansträngt men med ett leende som blev snett av att hans ena mungipa hängde.

"Mina knän är nog mer härdade genom bön än ni förstår, far", svarade Arn. "Också bedja fick en Guds krigare göra mycket i det Heliga Landet. Men säg mig nu vad ni vill att jag skall berätta så skall jag svara."

"Varför förlorade vi... Jerusalem?" frågade herr Magnus och i samma ögonblick förde han stenen halva vägen mot sin friska hand innan han tappade den.

Arn lade försiktigt tillbaka stenen i faderns sjuka hand och sade att han skulle berätta om hur Jerusalem förlorades. Men bara på villkor att hans far övade med stenen medan han lyssnade.

Det var inte svårt för Arn att börja sin berättelse. För ingenting hade han grubblat så mycket över när det gällde Herrens outgrundliga vägar som över frågan varför de kristna straffades med förlusten av Jerusalem och den Heliga Graven.

Det var för våra synders skull. Det svaret stod nu klart för honom. Och så berättade han utförligt om synderna, om en patriark av den Heliga Staden Jerusalem som giftmördade två biskopar, om en horaktig drottningmoder som tillsatte än den ene än den andre av sina nyanlända älskare från Paris som högsta befäl över den kristna hären, om giriga män som sade sig slåss för Guds sak men bara roffade åt sig, stal, mördade och brände för att så snart pungen var välfylld vända åter hem med vad de trodde var syndernas förlåtelse.

Då och då under den del av berättelsen där han med de värsta exempel han kunde komma på beskrev de kristnas synder tog han stenen och lade den på nytt i faderns vänstra hand.

Men då syndakatalogen tycktes börja upprepa sig viftade hans far otåligt med sin friska hand för att få slut på eländet. Sedan tog han ett djupt andetag och samlade sig till en ny fråga.

"Var var du... min son... när Jerusalem gick förlorat?"

Arn kom av sig vid frågan, eftersom han börjat hetsa upp sig själv när han tänkte på onda män som patriarken Heraclius, män som skickade andra i döden för sin första nycks eller sin fåfängas skull som tempelriddarnas Stormästare Gérard de Ridefort, eller skälmar till härförare som horkarlen Guy de Lusignan.

Sedan svarade han som sanningen var att han varit i Damaskus, som fiendens fånge. Jerusalem förlorades inte genom tapper strid vid stadens murar, Jerusalem förlorades genom ett dåraktigt slag vid Tiberias då hela den kristna armén leddes i döden av fjantar och horkarlar som visste intet om krig. Få fångar hade överlevt, av tempelriddarna bara två.

"Du... kom ändå hem... rik?" invände herr Magnus.

"Ja, det är sant, far. Jag kom hem och jag är rik, rikare än Eskil. Men det beror på att jag var vän med saracenernas kung", svarade Arn sanningsenligt men ångrade sig fort när han såg vreden flamma upp i faderns ögon.

Då lyfte herr Magnus stenen i en enda rörelse från vänster till höger hand och lade sedan fort tillbaka den i sin sjuka hand för att kunna höja sin friska i ett fördömande över en son som var förrädare och därför rik.

"Nej, nej, så var det inte alls", ljög Arn hastigt och lugnande. "Jag ville bara se att ni kunde lyfta stenen hela vägen mellan era händer. Ilskan gav er oväntad kraft, förlåt mig detta lilla spratt!"

Herr Magnus stillade sig genast. Sedan såg han förvånat ner på stenen som redan låg tillbaka i den sjuka handen. Så log han och nickade.

II

ESKIL VAR INTE VID SÄRDELES GOTT LYNNE och det märktes väl, även om han nog gjorde vad han kunde för att inte visa det. Det var inte bara det att han skulle behöva rida upp till stenbrotten och tillbaka, vilket skulle kräva hela den heta sommardagen och en god stund av kvällningen. Han hade också en känsla av att inte vara herre i sitt eget hus så som han vant sig under flera år.

Redan stod byggnadsställningar resta längs muren på Arnäs och mer virke hämtades från skogen av folk som satts i arbete utan att han tillfrågats. Det var som om Arn i mycket hade blivit en främling. Han tycktes inte förstå att en yngre broder inte kunde sätta sig i äldre broders ställe och inte heller tycktes han förstå varför en folkung i kungens råd måste rida med ansenlig väpnad styrka trots att det var fred i riket.

Bakom dem red tio män i fulla vapen, och liksom Arn i olidligt heta ringbrynjor under mantlarna. Själv hade Eskil klätt sig som om han red till jakt eller gästabud, med kort mantel och hatt med fjäder. Den gamle munken red i sin munkkåpa i tjockt vitt ylle som måste göra resan svår att uthärda även om inget tecken därpå syntes i hans ansikte. Lite lustig såg han dock ut, eftersom han varit tvungen att kavla upp munkkåpan till knäna så att hans bara vader syntes. Liksom Arn red han en av de främmande, mindre och oroliga hästarna.

På Kinnekulles första sluttningar kom behaglig skugga när de red in under de höga bokarna. Eskil kände sig genast bättre till mods och tänkte att nu var tid att börja tala om förnuft eller ej i detta byggande. Han hade under många år i affärer lärt sig att det var oklokt att tvista ens om småsaker när man var för het eller för törstig eller vid dåligt lynne. Med svalkan under träden skulle det gå bättre.

Han manade på sin häst så att han kom upp jämsides med Arn, som tycktes rida med tankarna långt borta, helt säkert längre bort än några stenbrott.

"Du måste ha ridit under hetare sommardagar än denna?" började Eskil oskuldsfullt.

"Ja", svarade Arn som tydligt rycktes bort från helt andra tankar, "i det Heliga Landet var hettan sommartid ibland så stor att ingen man kunde sätta sin bara fot på marken utan att bränna sig illa. Att rida så här i svalka är vid jämförelse som paradisets ängar."

"Men du envisas med att klä dig i ringbrynja, som om du fortfarande red ut i strid?"

"Det är min vana sedan mer än tjugo år, kanske skulle jag rentav frysa om jag red klädd som du, min bror", svarade Arn.

"Ja, så kan det nog vara", sade Eskil som nu fått samtalet dit han ville. "Du har inte sett annat än krig sedan du lämnade oss som yngling?"

"Det är sant", svarade Arn tankfullt. "Det är nästan som ett mirakel att rida i så vackert land, i sådan svalka, utan flyktingar och brända hus längs vägarna, utan att i varje ögonblick speja in i skogen eller bakåt efter fientliga ryttare. Det är svårt nog bara att beskriva för dig hur det känns."

"Liksom det är svårt nog för mig att beskriva för dig hur det känns efter femton år av fred. När Knut blev kung och Birger Brosa hans jarl kom freden till vårt rike och fred har det varit sedan dess. Det bör du betänka."

"Jaa?" sade Arn frågande och såg på sin bror, eftersom han anade att detta samtal inte bara var menat att handla om sol och hetta.

"Det är en stor kostnad du nu drar på oss med ditt byggande", förtydligade Eskil. "Jag menar, det kan ju förefalla oklokt att rusta till krig för dyra pengar när det är fred."

"Vad gäller kostnaderna så bar jag med mig betalningen i tre kistor med guld", svarade Arn snabbt.

"Men all den sten vi nu skall ta själva i stället för att sälja är en stor kostnad, en krigskostnad när det är fred", invände Eskil tålmodigt.

"Du får förklara dig bättre", sade Arn.

"Jag menar... sant är att vi äger alla stenbrotten. Vi behöver således inte lägga ut silver för den sten du vill nyttja. Men i dessa år av fred byggs många stenkyrkor runt om i hela Västra Götaland. Och mycket av den sten som behövs kommer från våra stenbrott..."

"Och tar vi sten till eget bygge går vi miste om den vinsten, menar du?"

"Ja, ty så måste man räkna i affärer."

"Det är sant. Men om vi inte ägt dessa stenbrott hade jag betalat stenen i alla fall. Nu slipper vi den kostnaden. Så måste man också räkna i affärer."

"Då återstår ändå frågan om det är klokt att använda så mycket rikedom för att bygga till krig när det är fred", suckade Eskil otillfreds över att för en gångs skull inte komma någon vart med sina förklaringar om hur allting i hela livet kunde räknas om i silver.

"För det första skall vi inte bygga till krig utan till fred. När det är krig har man varken tid eller råd att bygga."

"Men om det *inte* blir krig", envisades Eskil, "har då inte alla dessa ansträngningar och alla dessa kostnader varit onyttiga?"

"Nej", sade Arn. "Ty för det andra kan ingen se in i framtiden."

"Alltså inte du heller, hur klok du än är i allt som rör krig."

"Det är alldeles sant. Och därför är det klokaste att rusta sig stark medan tid och fred är. Om du vill fred, rusta för krig. Vet du vad den största lyckan med detta bygge vore? Att en främmande krigshär aldrig slog läger utanför Arnäs. Då har vi byggt alldeles rätt."

Eskil kände sig inte helt övertygad, men något osäker hade han blivit. Om man säkert kunde skåda in i framtiden och se att krigens tid var förbi, skulle inte ett borgbygge av det slag Arn tänkte sig vara värt all möda och silver.

Och som det nu var i riket såg det ut som om krigens tid var förbi. Längre fred än under kung Knut hade det inte varit så långt sagornas minne sträckte sig bakåt i tiden.

Eskil insåg att han numera räknade bort krig som ett medel i kampen om makt. Snarare såg han den makt som kom av att rätt söner och döttrar lades i rätt brudsäng och snarare såg han den rikedom som handel med främmande länder skapade som ett skydd mot krig. Vem vill slå sönder sina affärer? Silver var starkare än svärd och män ingifta i varandras släkter tog ogärna till svärd mot varandra.

Så klokt hade man försökt ordna det under kung Knuts tid. Men helt säker kunde ändå ingen vara, eftersom ingen kunde se in i framtiden.

"Hur stark kan vi bygga borgen på Arnäs?" frågade han efter sin långa sidoresa i tankarna.

"Tillräckligt stark, så att ingen kan ta den", svarade Arn säkert som om det vore en given sanning. "Vi kan bygga Arnäs så starkt att vi kan vistas tusen folkungar och husfolk innanför murarna i mer än ett år. Inte ens den starkaste här kan utan stort lidande uthärda en så lång belägring utanför murarna. Tänk bara på vinterns kyla, på regnet under hösten och blöt snö och lera på våren."

"Men vad skulle vi äta och dricka under så lång tid!" utbrast Eskil med en så förskräckt min att han lockade Arn till ett brett leende.

"Jag är rädd att ölet skulle ta slut redan efter någon månad", sade Arn. "Och mot slutet skulle vi kanske få leva på vatten och bröd som vore vi botgörare i kloster. Men vatten finns innanför murarna om vi gräver ett par nya brunnar. Och korn och vete har, liksom torkad fisk och rökt kött, fördelen att det kan förvaras länge och i stor mängd. Men då måste vi bygga en ny sorts lador i sten som håller all väta ute. Att bygga sådana förråd är lika viktigt som att bygga starka murar. Håller man sedan goda räkenskaper på vad man har och inte har är det möjligt att man till och med kan brygga nytt öl."

Eskil kände sig genast lättad av Arns sista ord om möjligheten till öl. Hans misstänksamhet började övergå i förundran och han frågade alltmer intresserad om hur kriget hanterades i frankerriket och det Heliga Landet och Sachsen och andra länder med mer folk och större rikedomar än uppe i Norden. Arns svar ledde in honom i en helt ny värld, där härarna mest bestod av ryttare och där väldiga träslungor kastade stenblock mot murar som var dubbelt så höga och dubbelt så tjocka som murarna på Arnäs. Till slut blev Eskil så angelägen i sina frågor att de satt av för rast. Arn skrapade bort löv och kvistar från marken intill en tjock bokstam och slätade till med sin stålskodda fot.

Han bad Eskil sätta sig på en av trädets tjocka rötter och ropade på munken som tyst bugande kom och satte sig intill Eskil.

"Min bror är en affärernas man som vill skapa fred med silver. Nu skall vi berätta hur man gör detsamma med stål och sten", förklarade Arn, drog sin dolk och började med spetsen rita upp en borg i den utslätade bruna jorden.

Borgen han avbildade hette Beaufort och låg i Libanon, i den norra delen av kungariket Jerusalem. Den hade varit belägrad mer än tjugo gånger under längre eller kortare tid och några gånger av saracenernas mest fruktade härförare. Men ingen hade kunnat ta den, inte ens den store Nur al-Din som en gång fört fram tiotusen krigare och härdat ut i ett och ett halvt år. Både Arn och munken hade varit på denna borg Beaufort och kom ihåg den väl. De hjälptes åt att minnas minsta sak medan Arn ritade med sin dolk.

De förklarade allt i tur och ordning och började med det viktigaste. Det viktigaste var själva läget, antingen uppe på ett berg som Beaufort eller ute i vatten som Arnäs. Men hur bra läget än var för försvarskrig måste man ha tillgång till vatten innanför murarna, inte en källa utanför som fienden kunde upptäcka och skära av.

Efter vatten och bra läge kom förmågan att hålla tillräckligt stora förråd med föda, viktigast brödsäd och foder åt hästarna. Först därefter kunde man börja tänka på murarnas uppbyggnad och de vallgravar som skulle hindra fienden att resa belägringstorn eller föra fram slungor som vräkte sten och orenlighet in över borgen. Och det viktigaste därefter var tornens och skyttevärnens placering så att man med så få skyttar som möjligt täckte alla vinklar längs murarna.

Arn ritade torn som hängde utanför murarna i alla hörn och förklarade hur man från sådana torn kunde skjuta längs murarna och inte bara rakt utåt. På så vis kunde man minska skyttestyrkan uppe på murarna till ett fåtal, vilket var en stor fördel. Bättre skyttevinklar och färre skyttar, det var viktigt.

Här avbröt Eskil, fast något tveksam att visa sig dum när han inte förstod den fördel med färre skyttar som tycktes så given för Arn och munken. Vad vann man genom att minska sin styrka uppe på murarna?

Uthållighet, förklarade Arn. En belägring var inte som ett tredagarsgille. Det gällde att hålla ut, att inte låta trottheten tära på vaksamheten. De som belägrade en borg ville ju till slut inta den med storm, om det inte gick med förhandlingar. Belägrarna kunde välja vilken tidpunkt som helst, efter en dag, en vecka eller en månad, på morgonen, på natten eller mitt på blanka eftermiddagen. Plötsligt kom de alla med stormstegar mot murarna och från alla håll samtidigt och hade de varit skickliga att dölja sina avsikter blev försvararna helt överraskade.

Det var det avgörande ögonblicket. Då gällde det att den tredjedel av försvararna som befann sig på murarna bara gjort tjänst några timmar. Och att två tredjedelar var utvilade eller sov. När larmklockan slog skulle det inte dröja många ögonblick förrän alla de utvilade fyllde på vid sina stridsstationer. Övade man detta några gånger skulle borgens försvarsstyrka växa från en tredjedel till full styrka på samma tid det tog för anfallarna att föra fram sina stormstegar. Sömn var alltså en viktig del av försvaret. Med denna ordning tjänade man också in många sovplatser, eftersom en tredjedel av försvararna alltid befann sig på murarna. I gengäld fick de en uppvärmd sovplats när de steg ner från sin tjänst.

Men åter till borgen Beaufort. Den var förstås en av världens starkaste, men den låg också i ett land där det gällde att försvara sig mot världens starkaste härar. Det skulle ta tio år att bygga en sådan borg vid Arnäs, och det vore mycket extra arbete till ingen nytta. Eller, som Arn förtydligade med ett menande ögonkast mot Eskil, att lägga ner onödigt mycket silver. Ett sådant krig som i det Heliga Landet, med sådana härar, skulle inte komma till Arnäs.

Arn slätade ut bilden av Beaufort med foten och började rita upp Arnäs som det skulle bli, med en mur som inramade ett mer än dubbelt så stort område som nu. Hela den yttre delen av näset skulle befästas och där näset övergick i sankmark skulle en ny port byggas, fast högre upp på muren. Men då måste man också bygga en lika hög uppfart av sten och jord med en vallgrav mellan muren och bryggfästet på andra sidan. På så sätt skulle ingen kunna föra fram murbräckor mot porten, som ju hur stark man än byggde den skulle bli svagare än stenmurarna. En port i markhöjd, som nu, vore att bjuda fienden till snabbt segergille.

Om allt detta blev gjort i god ordning, försäkrade Arn, skulle han med mindre än tvåhundra man innanför murarna kunna försvara Arnäs mot vilken som helst nordisk här.

Eskil frågade då om faran för bränder och både munken och Arn nickade åt denna fråga som klok. Arn ritade på nytt och beskrev hur gårdsplanerna innanför murarna skulle stensättas och alla tak i torv ersättas med tak av lerskiffer. Allt som kunde brinna skulle ersättas med sten eller skyddas vid belägring av oxhudar som man ständigt höll våta.

Detta var ändå bara den *defensive* sidan av saken, fortsatte Arn ivrigt när han nu såg att han verkligen fångat Eskils intresse. Men som Eskil inte förstod vad han menade måste han avbryta sig och diskutera ordet en stund med munken. De enades om att säga att detta var den del av försvaret som stod stilla, där man bara värjde sig.

Den andra delen var att anfalla själv. Det gjorde man helst med ryttare och långt innan fienden kom till belägring. Ty det var ett stort och långsamt företag att släpa fram en belägringshär till Arnäs. På vägen fram skulle fiendens förråd hela tiden anfallas av ryttare snabbare än de egna och redan det skulle minska fiendens både stridslust och styrka.

Och när belägringen pågått någon vecka, och fiendens uppmärksamhet minskat, öppnades plötsligt borgens portar och ut strömmade ryttare i fulla vapen och tog mångdubbelt fler liv än de förlorade. Arn ritade kraftfulla linjer med dolken i marken.

Eskil kunde inte låta bli att förvilla sig längre och längre in i berättelsen om hur annorlunda krig fördes i andra länder än Norden. Han förstod Arns tanke, resonerade han, som att det som redan fanns ute i världen förr eller senare skulle komma till Västra Götaland. Bäst vore således om man före sina fiender lärde sig det nya och förvärvade denna styrka. Men hur skulle allt detta göras, förutom byggandet?

Kunskaper var det ena, sade Arn. Och han själv liksom många av hans resande gäster ägde de kunskaperna.

Silver var det andra. Så som krig ordnades i den stora världen blev den som hade mest silver starkast. En ryttarhär levde inte av luft eller av tro, även om båda behövdes, utan av förråd som måste köpas och av vapen som också måste köpas. Krig i den nya tiden var mer en affär än fränders vilja att värja fränders liv och egendom. Bakom varje man i fulla vapen och ringbrynja stod hundra män som odlade säden, körde oxkärrorna, brände träkol till smedjorna, smidde vapen och rustningar, fraktade dem över haven, byggde fartygen och seglade dem, skodde hästarna och fodrade dem, och bakom allt detta stod silver.

Krig var inte längre två bondeätter som gjorde upp om heder eller om vem som skulle kallas kung eller jarl. Det var affär och den största affär som fanns.

Den som skötte denna affär med tillräckligt av förnuft, silver och kunskaper skulle köpa sig segern om det blev krig. Eller ännu bättre, köpa sig freden. Ty den som byggt sig tillräckligt stark skulle inte bli anfallen.

Eskil blev så drabbad av den plötsliga insikten att han själv och hans affärer kunde vara dubbelt viktigare för krig eller fred än alla hans hirdmän sammantagna att han tystnade. Munken och Arn missförstod måhända hans trytande frågor så att de trodde att han tröttnat på lärostunden och de gjorde genast klart för att sitta upp.

De besökte tre stenbrott den dagen innan Arn och munken tycktes finna vad de sökte i det fjärde, ett som var helt i sandsten och där man först nyligen börjat hugga. Där fanns få stenhuggare men i gengäld ett lager med redan huggna stenkvadrar som ännu inte hade sålts.

Här fanns mycket tid att vinna, förklarade Arn. Sandsten kunde många gånger vara för mjuk, särskilt om den satt i väggar som utsattes för tunga murbräckor. Men den sortens anfall behövde man inte förbereda sig för på Arnäs, eftersom marken ute på näset sluttade brant uppåt intill murarna och där inte gick att få ordning på några murbräckor. Och i öster mot vallgrav och vindbrygga var marken alldeles för mjuk och sank. Sandsten skulle alltså duga gott.

Därtill hade sandstenen den fördelen att den lät sig huggas och slipas fortare än kalksten, för att inte tala om granit, och dessutom fanns här redan ett lager som kunde sättas in i bygget utan vidare dröjsmål.

Detta var gott. Att välja rätt sten kunde göra skillnad på mer än ett år i bygget, så allt sammanvägt var detta helt säkert rätt sten.

Eskil gjorde inga invändningar och verkade i Arns ögon oväntat foglig när han instämde i alla beslut om vilket arbete som måste utföras vid stenbrottet den närmaste veckan och var och hur nya stenhuggare skulle hämtas.

Dock klagade han över svår törst och gav Broder Guilbert en underlig blick när denne vänligt räckte över en lädersäck med ljummet vatten.

***

Nästa resa de gjorde tillsammans var föga längre, bara två dagar från Arnäs till Näs ute på Visingsö i Vättern. För Arn var detta dock hans livs längsta resa.

Eller, som han hellre tänkte sig, slutet på en resa som varat nästan hela hans liv.

Han hade svurit en helig ed till henne att så länge han kunde andas och så länge hans hjärta slog skulle han komma tillbaka. Han hade till och med svurit på sitt just då signade tempelriddarsvärd, en ed som aldrig kunde brytas.

Förvisso kunde han le åt sig själv när han försökte föreställa sig hur han varit då, sjutton år och omärkt av krig i både själ och kropp. Han hade varit dåraktig som bara den okunnige kan vara. Lika visst kunde man le med flera blandade känslor om man försökte föreställa sig en sådan yngling, en sådan Perceval som Broder Guilbert skulle ha sagt, med brinnande blick svära på att överleva tjugo års krig i Outremer. Dessutom som tempelriddare. Det var en omöjlig dröm.

Men just nu kunde man inte bara le åt den omöjliga drömmen, eftersom den höll på att uppfyllas.

Under dessa tjugo år hade han bett någon gång varje dygn, nå kanske inte varje dygn under en del fälttåg eller långvariga slag då svärd gick före bön, men nästan varje dygn hade han bett Guds Moder hålla sin skyddande hand över Cecilia och hans okända barn. Det hade Hon gjort. Och det hade Hon helt säkert inte gjort utan att mena något därmed.

Såg man det så, vilket hur man än rådbråkade sin hjärna var det enda logiska sättet att se, borde han nu inte frukta någonting i hela världen. Det var Hennes höga vilja att åter föra dem samman. Nu höll det på att ske, så vad fanns då att oroa sig för?

Mycket, visade det sig när han tvingade sig att tänka efter hur det skulle gå till. Han älskade en sjuttonårig jungfru som hette Cecilia Algotsdotter och då som nu var det ordet, att älska en människa, opassande i munnen på en folkung och dessutom nära gäckeri med kärleken till Gud. Också hon hade älskat en sjuttonårig ungsven som var en annan Arn Magnusson än den som levde nu.

Men vilka var de nu? Mycket hade hänt med honom själv under mer än tjugo års krig. Lika mycket, fast annorlunda, torde ha hänt henne under tjugo års botgöring i Gudhems kloster under en abbedissa som man sagt honom var en vedervärdig kvinna.

Skulle de ens känna igen varandra?

Han försökte jämföra sig själv i den tid som var nu med den ungsven han varit vid sjutton års ålder. Att skillnaden var stor till kroppen var uppenbart. Om han möjligen haft ett fagert ansikte som ung, var han helt säkert inte särdeles fager nu. Hälften av hans vänstra ögonbryn var jämte kinden och tinningen ett enda stort vitt ärr, det hade han fått i det stora nederlagets stund vid Hattins Horn, denna evigt vanärans och förbannelsernas plats. I resten av ansiktet hade han inte färre men möjligen fler än tjugo vita ärr, efter pilar mest. Skulle inte en kvinna från Vår Frus milda och fridsamma klostervärld vända sig bort i vämjelse inför ett sådant ansikte och inför förvissningen om vad det ansiktet berättade om mannen?

Skulle han verkligen känna igen henne? Ja, det var han säker på att han skulle göra. Hans styvmor Erika Joarsdotter var bara några år äldre än Cecilia och henne hade han genast känt igen, liksom hon hade känt igen honom redan på långt avstånd, tröstade han sig.

Värst av all oro var ändå den om vad han skulle säga till henne när de möttes. Det var som om hans huvud låste sig när han försökte tänka ut vackra ord till en första hälsning. För detta måste han söka än mer tröst och råd hos Guds Moder.

De for uppför Tidans flod, mot strömmen och med åtta roddare. Arn satt ensam längst fram i fören och såg ner i det bruna vattnet där han kunde ana bilden av sitt sargade ansikte. I mitten av det flatbottnade flodskeppet, som bara levde sitt skeppsliv upp och nedför denna flod, stod deras tre hästar. Arn hade övertalat Eskil att inga hirdmän behövdes på denna färd, eftersom han själv och Harald bar fulla vapen och hade sina bågar och gott om pilar med sig. Några nordiska hirdmän skulle inte betyda något utan bara ta onödig plats.

Eskil väckte honom ur hans drömmar genom att plötsligt lägga handen på hans axel. När Arn ryckte till vid beröringen skrattade Eskil gott åt att detta var den hirdman som vaksamt skulle speja i fören. Han räckte fram en rökt skinka som Arn avböjde.

"Det är skönt att resa på floden en vacker sommardag", sade Eskil.

"Ja", sade Arn och betraktade pilträd och alar som släpade sina grenar i den svaga strömmen, "det här är sådant som jag länge drömt om men inte visste om jag skulle få se igen."

"Nu är ändå tid att tala något om en del onda ting", sade Eskil och satte sig tungt på toften intill Arn. "Somt är sannerligen sorgligt att berätta..."

"Säg det hellre nu än senare, det måste ändå berättas", sade Arn och satte sig upp från sin halvliggande ställning mot skeppets bordläggning.

"Du och jag hade en bror. Vi har två systrar som redan är bortgifta, men vår bror som hette Knut dräptes av en dansk när han var 18 år."

"Låt oss då för första gången be tillsammans för hans själ", sade Arn fort.

Eskil suckade men fogade sig. De bad mycket längre än Eskil fann rimligt.

"Vem dödade honom och varför?" frågade Arn när han såg upp. I hans ansikte fanns mindre sorg och vrede än Eskil hade väntat sig.

"Dansken heter Ebbe Sunesson. Det var vid en svenafton när en av våra systrar skulle gå i brudsäng och det skedde på Arnäs."

"Så vår syster blev ingift hos sverkrar och danskar?" frågade Arn utan att röra en min.

"Ja, Kristina är husfru hos Konrad Pedersson utanför Roskilde."

"Men hur gick det till? Hur kan upptåg på svenafton sluta med döden."

"Det kan ju gå hett till som du vet... Mycket öl var det väl denna gång som andra gånger och den unge Ebbe Sunesson skrävlade om vilken svärdsman han var och menade att ingen hade mod att växla hugg med honom. Den som brukar sådant tal vid öltunnan lurar ju oftare sig själv än andra. Men med denne Ebbe var det annorlunda, han visade sig verkligen stark med svärd. Han rider numera i danske kungens hird."

"Och den som lät sig luras var vår bror Knut?"

"Ja, Knut var ingen svärdsman, han var som jag och som vår far, men inte som du."

"Så, säg mig vad som hände. Sår och blåmärken blir det om någon leker med den som hanterar svärd bättre på gille. Men döden?"

"Först högg Ebbe ena örat av Knut och fick många skratt för den saken. Kanske hade Knut kunnat dra sig undan då efter första blodet. Men Ebbe hånade honom så att det blev än mer och än högre skratt och när Knut då anföll i vrede..."

"Så blev han genast dräpt. Jag förstår nog hur det gick till", sade Arn med mera sorg än vrede i rösten. "Om Gud vill får Ebbe Sunesson en dag möta Knuts bror med svärd, annars inte. Jag tänker inte söka hämnd av egen vilja. Men ni hämnades inte heller på dråparen? Då måste ni ha krävt en stor bot."

"Nej, vi avstod från bot", svarade Eskil skamset. "Det var ingen lätt sak men motsatsen hade heller inte varit lätt. Ebbe Sunesson är av Hvide-ätten, som vår syster Kristina skulle bli ingift i nästa dag. Hvide-ätten är den mäktigaste i Danmark, näst kungens. Ärkebiskop Absalon i Lund är en Hvide."

"Det blev inget muntert bröllop", sade Arn lugnt som om han talat om vädret.

"Nej, sannerligen inte", medgav Eskil. "Alla de danska gästerna red söderut nästa dag för att avsluta bröllopsölet hemma. Vi begravde Knut i Forshem och en dag senare fick vår far slaget, jag tror han sörjde sig till det."

"Dyrt fick vi betala i hemgift för den listiga affären att befrynda oss med den där Hvide-ätten", mumlade Arn och såg ner i det mörka flodvattnet. "Och vilka mer sorger har du att berätta?"

Det syntes på Eskil att det fanns fler olyckor att tala om. Men han tvekade länge och Arn fick uppmana honom ännu en gång att hellre klara av det onda nu än dra ut på det.

Nästa sorg gällde Katarina Algotsdotter, Cecilias syster, Eskils husfru och mor till två redan bortgifta döttrar och sonen Torgils, som de kanske snart skulle träffa på kungens Näs.

Katarina hade inte varit en dålig husfru och inte heller en dålig mor. Helt säkert hade hon varit bättre än man kunnat vänta, eftersom hon var känd som lömsk och full av intriger.

För hederns skull mer än för hemgift och makt hade Eskil fått gå i brudsäng med Katarina. Algot Pålsson, Cecilias och Katarinas far, hade ju ett avtal om gifte mellan Cecilia och Arn. Men då det avtalet kränktes genom att Arn och Cecilia drog på sig kyrkans straff och tjugo års bot krävde Algot upprättelse, vilket också var hans rätt.

Folkungahedern hade således varit den ena delen av den affären. Den andra delen var stenbrott och skog och ett långt stycke strand längs Vänern som hemgift. Det goda med den delen av affären hade måhända Eskil sett bättre än andra, för nu kunde han bestämma över all handel sjövägen i hela Västra Götaland.

Och stenbrotten gav ju mycket silver i denna tid när så många kyrkor byggdes i hela landet. Mycket silver, såvida man inte slösade sten på egna byggen, lade han till i ett misslyckat försök till skämt. Arn drog inte det minsta på munnen.

Att löna Katarina med morgongåva och nycklar efter det onda hon gjort Arn och Cecilia genom att löpa med skvaller till abbedissan Rikissa var ingen lätt sak. Det var ändå bästa sättet att städa efter sig. Ingen skulle kunna säga om folkungarna att de bröt löften och ingångna avtal.

I många år var Katarina en blid husfru som uppfyllde sina plikter i allt som krävdes. Men när femton år gått inledde hon de värsta av synder.

Eskil var ju långa tider på Näs eller i Östra Aros eller till och med ända ner till Visby och Lübeck, och dessa tider som husfru utan husbonde använde Katarina allt oftare till förlustelser av sådant slag att de svårligen kunnat renas med botgöring. Hon hade en av hirdmännen hos sig på nätterna.

När Eskil första gången fått vetskap om detta hade han talat strängt allvar med Katarina och förklarat att om det viskades mer om en sådan synd i hans hus var det fara för stor olycka för dem alla. Lagens stränga ord om hor var bara en del av det onda. Värst vore om deras barn skulle bli moderlösa.

Katarina tycktes först ha rättat sig. Men snart började åter tisslet och tasslet och Eskil märkte av det inte bara på Arnäs utan också av förargliga miner vid kungens råd. Han gjorde då vad hedern krävde, men beslutet var inte lätt utan fyllt av sorg.

Svein hirdman gjorde såsom han blivit befalld. En natt då Eskil befann sig hos kungen på Näs, fast i eget rum och som riden av maran, steg Svein och två av hans män in i det kokhus där alla på Arnäs visste att de två syndarna möttes.

De dräpte inte Katarina utan bara den man hon horat med. De blodiga lakanen fördes till tinget så att syndaren skulle ligga ogill. Katarina fördes till Gudhems kloster där hon avlade löftena.

Det som angick silver i denna sak hade varit det lättaste. Eskil skänkte så mycket mark han fann nödvändigt till Gudhem och Katarina avsade sig sina ägodelar till folkungaätten när hon avlade löftena. Det var priset för att hon fått leva.

Efter dessa kunskaper blev den fortsatta resan dyster en lång stund. Harald Øysteinsson satt ensam nere i båtens akter hos styrmannen, då han kände att han inte borde blanda sig i brödernas samtal framme i fören. Att det var fyllt av mycket sorg kunde han se tydligt också på detta långa håll.

***

Nedanför Askeberga gamla tingsplats där Tidan gjorde en brant sväng mot söder låg rastplatsen. Fler skutor liknande deras egen, långa och med flat botten fast med tyngre last, låg redan halvt uppdragna vid stranden och det blev stor uppståndelse bland roddare och rastplatsens folk när den folkungske ägaren herr Eskil kom. Raskt kastades mindre fint folk ut från det enda långhuset och kvinnor sprang för att feja medan rastplatsens bryte, som hette Gurmund och var frigiven träl, kom med öl till herr Eskil.

Arn och Harald Øysteinsson tog sina bågar och koger, hämtade halm i en av ladorna och gjorde ett skjutmål innan de gick undan en bit för att öva. Harald skämtade om att den enda övning de kunnat utföra under året till sjöss krävde fiender på nära håll men att de nu åter, med Guds hjälp, kunde förbereda sig bättre. Arn svarade bara kort att övning var en plikt, eftersom det var hädiskt att tro att Vår Fru alltid skulle hjälpa den som varit en lätting. Bara den som arbetade hårt med sitt skytte förtjänade att skjuta väl.

Några av trälpojkarna hade smugit sig efter för att se hur de två männen, av vilka de ju inte kände någon, kunde hantera pil och båge. Men snart kom de med andan i halsen löpande tillbaka upp till gården och berättade för var och en som gitte lyssna att dessa bågskyttar måste vara de främsta av alla. Några av de fria männen smög sig då förstulet åt skyttarnas håll och kunde snart med egna ögon se att det var sant. Både folkungen och hirdmannen i röd norsk skjorta hanterade pil och båge så som man aldrig sett någon göra.

När det blev kväll och herrarna skulle dricka kvällsvard stod det snart klart att den okände krigaren i folkungadräkt var herr Eskils bror och det dröjde inte länge förrän ryktet löpte runt hela Askeberga nejd. En man från sagorna hade kommit åter till Västra Götaland. Han i folkungamanteln kunde inte vara någon annan än Arn Magnusson som så många visor beskrev. Det viskades för och emot i kokhus och på gårdsplaner. Helt säker kunde dock ingen vara.

Några av brytens yngsta söner sprang tanklöst in i långhuset, stannade vid dörren och ropade till Arn att han måtte säga sitt namn. Sådan fräckhet hade kunnat kosta skinn i deras ryggar och bryten Gurmund, som själv satt vid herrarnas bord där inne, reste sig vred för att gå och tukta lymlarna medan han samtidigt ursäktade sig mot sin husbonde Eskil.

Men Arn stoppade honom och gick själv fram till gossarna, tog dem skämtsamt om nackarna och ledde ut dem på tunet. Där ställde han sig ner på ena knäet, såg spelat strängt på dem och bad dem upprepa sin fråga om de vågade.

"Är ni... herr Arn Magnusson!" flämtade den djärvaste av dem och blundade i nästa ögonblick som om han skulle få ta emot ett slag.

"Ja, jag är Arn Magnusson", svarade Arn och var noga med att inte längre se sträng ut. Gossarna verkade dock fortfarande lite rädda när deras blickar irrade från krigsmärkena i hans ansikte till svärdet med det gyllene korset på både skida och hjalt som hängde vid hans sida.

"Vi vill gå i din tjänst!" sade den djärvaste, han som frågat först, när han slutligen vågade tro att varken pisk eller bannor väntade från krigaren.

Arn skrattade och förklarade att det nog var en sak som man fick vänta med några år. Men om de båda övade flitigt med träsvärd och båge var det kanske inte alls en omöjlighet.

Den mindre av de två tog nu också han mod till sig och bad att de skulle få se herr Arns svärd. Arn reste sig och tvekade något innan han med en snabb ljudlös rörelse drog svärdet ur skidan. De två gossarna flämtade till när det alldeles blanka stålet lyste i kvällssolen. Som alla gossar visste de genast att detta var en helt annan sorts svärd än vad man såg hos både hirdmän och herrar. Det var längre och smalare men utan minsta flamma eller slinga längs bladet. Skräckinjagande var också de drakslingor eller hemliga tecken i lysande guld som fanns inpräglade i klingans övre del.

Arn tog den större gossens hand och lade försiktigt hans pekfinger mot eggen och rörde det fjärilslätt. Genast syntes en droppe blod på fingertoppen.

Han stoppade gossens finger i hans mun, körde tillbaka det magiska svärdet i skidan, klappade de två på huvudet och förklarade att så vassa svärd väntade alla som gick i hans tjänst. Men hårt arbete väntade också. Om fem år skulle de söka honom om de fortfarande hade håg.

Så hälsade han dem med en bugning som om de redan vore hans

hirdmän, vände tvärt och gick med långa steg och manteln fladdrande runt sig tillbaka in till kvällsvarden. De två brytegossarna stod kvar och såg som förhäxade mot det folkungska lejonet på hans rygg utan att våga röra sig innan han stängt dörren till långhuset efter sig.

Arn var vid så gott lynne när han steg in i långhuset att det fick Eskil att mumla om att han inte kunde förstå hur deras samtal under dagens båtfärd kunde vara till sådan fröjd. Arn blev genast allvarlig, satte sig mitt emot Eskil vid bordet, kastade en häpen blick på träfatet med korngröt, pannfett och fläsk som stod framför honom, sköt fatet åt sidan och lade sin ärriga hand över Eskils.

"Eskil, min bror", sade han. "Du måste förstå en sak om mig och Harald. Vi red i många år med liemannen som följeslagare. Vid morgonsången med kära riddarbröder visste vi aldrig vilka som skulle saknas till aftonsången. Många av mina bröder såg jag dö, också många som var bättre än jag. Några av de allra bästa brödernas huvuden såg jag avhuggna på lansspetsar nedanför murarna på Beaufort, borgen som vi berättade om för dig igår. Sorgen lämnar jag åt bönestunden, tro inte annat än att jag kommer att vara flitig med bön efter att du somnat. Tro inte att jag tog lätt på det du berättade."

"Kriget i det Heliga Landet gav dig särliga vanor", muttrade Eskil men fångades ändå av en plötslig nyfikenhet. "Fanns det många tempelriddare som var bättre än du, min bror?"

"Ja", sade Arn allvarligt. "Harald är mitt vittne, fråga honom."

"Nå, vad säger du om detta, Harald?" frågade Eskil.

"Att sant är det och ändå inte", svarade Harald när han nu såg upp från det grötfat med simmande fett och fläsk som han ägnat större välvilja än Arn gjort. "När jag kom till det Heliga Landet trodde jag mig vara krigare, eftersom jag från fjorton års ålder inte gjort annat än krigat och jag trodde mig vara bland de starkaste med svärd. Många blåmärken kostade mig den vantron. Tempelriddarna var krigare jag aldrig sett och aldrig kunnat drömma om, en tempelriddare var som fem vanliga män, menade saracenerna. Och det vill jag ge dem rätt i. Men sant är också att det fanns somliga tempelriddare som stod högt över alla andra och den som kallades Arn de Gothia, din bror, var bland dem. I Norden finns ingen svärdsman som kan mäta sig med Arn, det svär jag vid Guds Moder!"

"Vanhelga inte Vår Fru!" sade Arn strängt. "Minns svärdsmän som Guy de Carcasonne, Sergio de Livorne och framför andra Ernesto de Navarra."

"Ja, dem minns jag alla", svarade Harald obesvärat. "Du bör också minnas vårt avtal, att så fort vi steg av skeppet på nordisk jord var jag inte längre din sergeant eller du min herre som kunde befalla, utan din norske broder. Och till dig Eskil säger jag gärna att de namn som Arn nämnde var namn på de mest överlägsna svärdsmän. Men nu är de alla döda och det är inte Arn."

"Det beror inte på svärd, lans och häst", sade Arn och såg ner i bordet. "Vår Fru höll sina skyddande milda händer över mig, för Hon hade en avsikt."

"Levande svärdsman är bättre än död", sade Eskil kort och med ett tonfall som om han fann denna diskussion avslutad. "Men korngröt med späck tycks likväl inte passa vår svärdsman?"

Arn medgav att det var honom främmande att rata Guds gåvor vid bordet men att han likväl hade svårt med rinnande grisfett. Fast han kunde också förstå att sådan mat värmde gott under nordisk vinter.

Eskil fann ett svårbegripligt nöje i att brodern kinkade med maten än i denna dag, som han sade. Genast befallde han en av männen som satt vid roddarbordet på andra sidan långelden i salen att gå till flodskutans förråd vid bakersta durken och hämta några Arnässkinkor och ett knippe rökta korvar från Lödöse.

Efter måltiden där var och en till slut fått efter eget behag steg Eskil ner till stockelden och tog ett kolstycke i handen. Tillbaka vid bordet svepte han undan matresterna med armbågen och ritade med kolet mot bordsskivan fort och lätt upp vägen från Lödöse nere i Göta älv, upp i Vänern förbi Arnäs och fram till Tidans mynning där deras flodfärd begynt. På Tidan var de nu på väg till Forsvik vid Vättern och på andra sidan Vättern gick färden in i Boren och vidare till Linköping. Därifrån tog andra linjer vid och ledde såväl upp i Svealand som söderut till Visby och Lübeck. Detta var ryggraden i hans affärers rike, förklarade han stolt. Allt vatten från Lödöse till Linköping behärskade han, alla båtar var hans, flodbåtarna liksom de större och rundare skepp som seglade över Vänern och Vättern, liksom de dragkistor som fanns vid Trollens fall i Göta älv. Mer än fem hundra män, de flesta frigivna trälar, seglade hans skepp på dessa sträckningar. Bara under den allra strängaste och snörika vinter kunde handeln tvingas stå stilla några veckor.

Arn och Harald hade tyst och uppmärksamt följt de linjer Eskil ritat på bordet med sitt kolstycke och de nickade instämmande. Det var stor sak, menade de båda uppriktigt, att kunna binda samman Västerhavet och Norge med Östra sjön och Lübeck. På så vis kunde man dra den danska makten vid näsan.

Eskil mulnade då och hans upprymda självsäkerhet rann av honom. Vad menade de med detta och vad visste de om danskarna?

Arn berättade att när de hade seglat upp längs den jyska kusten hade de passerat Limfjorden. De hade gått in där för att Arn skulle få be och skänka något guld till klostret Vitskøl där han tillbringat nära tio år i barndomen. I Vitskøl hade de inte kunnat undgå att få veta somt och se annat. Danmark var en stor makt och enad under först kung Valdemar och nu hans son Knut. Danska krigsmän liknade mer frankiska och sachsiska krigsmän än nordiska och den styrka som Danmark ägde, så lätt att iaktta för ögat, skulle inte förbli oanvänd. Den skulle växa och mest troligt på de tyska ländernas bekostnad.

Från Norge kunde man dock segla till Lödöse i Göta älv utan att bli tagen och förtullad av danskar. Men att sända handelsskepp söderut från Lödöse mellan de danska öarna till Sachsen och Lübeck lät sig nog inte göras utan dryga tullar.

Och bråk om tullar var inte vad man skulle söka, eftersom den som var starkast snart skulle använda krig för att få sin vilja igenom. Krig med den stora danska makten var det man främst av allt borde undvika.

Eskil invände lamt att man ju alltid kunde försöka gifta in sig hos danskarna för att hålla dem stilla, men åt detta skrattade både Harald och Arn så ohöviskt att det sårade Eskil och han surade en lång stund.

"Harald och jag har talat om ett sätt att stärka din handel som jag tror skulle göra dig på bättre humör just nu", sade Arn. "Vi stöder din handel med hjärtat, vi är ense om att du ordnat allt till det bästa, så lyssna på vår tanke. I Lödöse ligger vårt skepp, som Harald som den norske styrman han är kan segla över vilket hav som helst. Vårt förslag är att Harald seglar detta skepp för god ersättning i silver mellan Lofoten och Lödöse. Betänk att det är ett skepp som rymde tre hästar och två tolfter män med all proviant och allt foder som behövs och därtill de tio oxkärror med gods som vi drog från Lödöse. Räkna nu om detta i torkad fisk från Lofoten och du skall finna att två sådana sommarresor varje år fördubblar dina inkomster i torkad fisk."

"Tänk att du ändå mindes min tanke med den torkade fisken", sade Eskil något uppmuntrad.

"Jag minns fortfarande den där ritten vi gjorde som helt unga till alla götars ting vid Axevalla, du och jag", svarade Arn. "Det var då du berättade om hur du skulle pröva att med våra norska fränders hjälp hämta torsk från Lofoten. Jag minns att vi genast kom att tänka på de fyrtio dagarnas fasta före påsk och jag minns hur jag i samma stund förstod att detta var en bra sak. Som den klostergosse jag var då hade jag ju redan ätit åtskilligt av *kabalao*. Torkad fisk är inte mindre dyr nu än då. Bra måste det vara för dina affärer."

"Sannerligen är vi båda söner till mor Sigrid", sade Eskil känslosamt och viftade utåt rummet om mera öl. "Hon var den som först av alla förstod det vi nu talar om. Vår far är en hederns man, men utan henne hade han inte skapat särdeles stor rikedom."

"Däri har du säkert rätt", svarade Arn och styrde undan det öl som bars fram mot honom till Harald.

"Så du Harald vill gå i vår tjänst som styrman på det främmande skeppet? Och du ämnar segla runt Norge efter torsk?" frågade Eskil allvarligt när han stjälpt ner en avsevärd mängd av det nya ölet.

"Det är sant. Det är avtalat mellan mig och Arn", svarade Harald.

"Jag ser att du skaffat dig en ny vapenskjorta", sade Eskil.

"Bland dina hirdmän på Arnäs finns ju flera norrmän, som du vet. I din tjänst bär de alla blå färger och har föga användning för vad kläder de bar när de kom. Från en av dem köpte jag denna birkebeinarnas skjorta och i den känner jag mig mer hemma än i de färger jag alltid bar i det Heliga Landet", svarade Harald inte utan stolthet.

"Två korslagda pilar i guld mot röd botten", mumlade Eskil tankfullt.

"Det passar mig desto bättre som bågen är mitt bästa vapen och dessa färger är min rätt", försäkrade Harald. "Pil och båge var birkebeinarnas främsta vapen i kampen och i Norge saknade jag min överman med båge. Sämre har jag inte blivit i det Heliga Landet."

"Nej, det är nog visst och sant", svarade Eskil. "Birkebeinarna förlitade sig mycket på bågens kraft och däri låg det mesta av segern. Du for till det Heliga Landet i er mörkaste stund. Ett år senare kom Sverre Munnsson från Färöarna. Birger Brosa och kung Knut stödde honom med vapen, män och silver. Nu har ni segrat och Sverre är kung. Men allt detta vet du?"

"Ja, och det är därför jag ville följa er bröder till Näs för att tacka kung Knut och jarlen Birger som stödde oss."

"Den rätten vill ingen ta ifrån dig", muttrade Eskil bekymrat. "Och du är Øystein Møylas son?"

"Ja, det är sant. Min far stupade utanför Tönsberg vid Re. Jag var där, helt ung. Jag flydde undan hämnare till det Heliga Landet, nu skall jag vända åter i våra färger."

Eskil nickade och drack på nytt och tänkte helt tydligt noga efter innan han bestämde sig för vart han nu skulle leda samtalet. De båda andra såg att han inte ville bli avbruten och väntade.

"Om du är Øystein Møylas son kan du hävda din rätt till den norska kungakronan", sade Eskil i den ton han använde när han talade affärer. "Du är vår vän, liksom Sverre, och det är gott. Men du har ett val. Du kan välja mellan att stödja upprorsmän och bli kung eller dö. Eller du kan segla till kung Sverre med lejdbrev från jarlen och kung Knut och svära trohet till honom. Så står det och där emellan finns intet."

"Och när blir jag då er fiende?" frågade Harald fortare än han hunnit tänka efter vad denna nya kunskap betydde.

"I inget fall blir du vår fiende, skulle jag hoppas", svarade Eskil i samma snabba affärston. "Antingen dör du i kampen mot kung Sverre och då hann du inte bli mycket till vår fiende. Eller också segrar du. Då är du fortfarande vår vän."

Harald reste sig upp, tog sin ölstånka med båda händerna, drack den i botten och slog ner den med en smäll i bordet så att koldammet i Eskils affärsrike rök åt alla håll. Därefter höll han avvärjande upp sina båda handflator mot de folkungska bröderna, pekade mot sitt huvud och gick på något ostadiga ben mot dörren medan han svepte den röda manteln tätare omkring sig. När han öppnade dörren bländade den ljusa sommarnatten och en näktergal hördes.

"Vad sådde du nu i vännen Haralds huvud?" frågade Arn med rynkad panna.

"Som jag lärt mig av dig under vår korta tid tillsammans, bror. Säg hellre nu än senare det som måste sägas. Vad tror du själv om detta?"

"Klokast för Harald vore att svära kung Sverre trohetsed genast på första resan", sade Arn. "Inte borde en kung illa löna sonen till en fallen hjälte på samma sida som han själv. Förlikas Harald med Sverre är det bäst för Norge, för Västra Götaland och för oss folkungar."

"Det är också min mening", sade Eskil. "Men män som får vittring på kungakrona handlar inte alltid klokast. Så om Harald sällar sig till upprorsmännen?"

"Då får den där Sverre en krigare mot sig som vore värre än alla andra i Norge", sade Arn lugnt. "Men sak samma gäller åt andra hållet. Sällar han sig till Sverre får Sverre måhända så stor styrka att kriget om kronan vissnar. Jag känner Harald väl sedan många år i krig vid min sida. Om det susar i huvudet på den som utan varning får veta att han kan bli kung är det lätt att förstå. Det skulle ha drabbat även dig eller mig. Men i morgon när han tänkt efter kommer han att bli vår styrman hellre än att jaga den norska kronan genom eld och pilregn."

Arn reste sig och höjde avvärjande sin hand mot Eskils gest om mera öl, drog åt sig några fårskinn, bugade godnatt mot sin bror och gick ut i sommarnatten. På nytt hördes näktergalen och det kalla morgonljuset slog i Eskils ögon innan dörren stängdes och han kunde sträcka sig efter mera öl.

Arn blundade och andades in djupt när han steg ut i sin barndoms sommarnätter. Det doftade starkt av al och björk och dimman låg som en älvornas dans över floden där nere. Ingen människa syntes till.

Han svepte sin ofodrade sommarmantel omkring sig, korsade tunet och klev in i kohagen för att komma bort till ensamhet. Där ute i dimman reste sig plötsligt en svart tjur. I dimma tar man lätt fel på både avstånd och storlek, tänkte Arn.

Tjuren började skrapa med ena framklöven och fnysa åt honom. Osäker på vad han borde göra drog han sitt svärd och fortsatte långsamt sin väg mot andra sidan hagen. Han sneglade över axeln och såg att tjuren allt vildare sparkade upp den ena grästuvan efter den andra och han tänkte att det skulle bli förargligt att förklara för sin bror varför han gick ut från ölet bara för att hugga frambenen av en av gårdens tjurar.

Han kom dock fram till gärdesgården på andra sidan hagen utan att tjuren anföll och snart satt han under ett högt pilträd som släpade sina nedersta grenar i floden. Näktergalarna sjöng omkring honom från alla håll. De lät annorlunda här borta i Norden, som om den klara kyliga luften gav dem bättre sångstämma.

Han bad för sin okände bror Knut som dött av ungdomligt övermod och en dansk ungherres vilja att döda för att känna sig som riktig krigare. Han bad för den danske ungherrens synder att de måtte förlåtas av Gud, liksom de måtte förlåtas av den dödes bröder och att han själv inte måtte drabbas av hämndkänslor.

Han bad för sin fars hälsa att den måtte komma åter, för Eskil och för Eskils döttrar och sonen Torgils och för de systrar han inte kände och som redan var fruar.

Han bad för Katarina, Cecilias lömska syster, att hon under sin tid i Gudhem skulle förlika sig med sina synder och söka förlåtelse för dem.

Han bad slutligen mycket längre att Guds Moder skulle ge honom klarhet i orden inför det möte som förestod och för att intet ont måtte drabba Cecilia och hennes och hans son Magnus innan de alla var förenade med kyrkans välsignelse.

När hans böner tog slut steg solen glödande över dimmorna. Då begrundade han den stora nåd som undfåtts honom, att hans liv sparats trots att hans knotor sedan länge borde ha vitnat under det Heliga Landets obarmhärtiga sol.

Guds Moder hade förbarmat sig över honom mer än han förtjänade. I gengäld hade Hon gett honom ett uppdrag och han lovade Henne att inte svika. Med all sin förmåga skulle han arbeta för att uppfylla Hennes vilja, som han kände som sin innersta hemlighet sedan den stund Hon visat sig för honom i Forshems kyrka.

Han svepte fårskinnen omkring sig, andades djupt och lade sig ner mellan pilträdets rötter som sträckte sig som en famn. Så hade han ofta sovit ute i fält, gott efter böner men med ett öra vaket för att inte överraskas av fiender.

Som av gammal vana vaknade han plötsligt utan att veta varför och drog ljudlöst sitt svärd, ställde sig tyst upp medan han mjukade upp sina händer och såg sig försiktigt omkring.

Det var en vildsvinssugga med åtta små randiga kultingar efter sig som försiktigt prasslande kom efter flodstranden. Han satte sig tyst ner och betraktade dem, noga med att inte kasta blixtrande ljus med sin svärdsklinga.

***

De kom iväg något senare nästa morgon än som tänkt var. Eskils tvära humör och något röda ögon hade samband därmed. De rodde rakt söderut under några timmar under hårdare arbete för roddarna allteftersom floden smalnade och blev mer ström. Mitt på dagen när de kom till Tidantäljet, där skeppet skulle dras med oxar och dragfolk till sjön Braxenbolet, var dock värsta mödan över. De fick vänta något, eftersom dragarna kom med skepp från andra hållet och måste rasta sig själva och oxarna innan de gick i selarna på nytt.

De hade mött flera skutor på färden och två låg före dem och väntade på sin tur att komma över dragstället. Det blev en del gny bland båtfolket när deras styrman gick iland och började befalla att två väntande skutor skulle lämna plats. Hårda ord ebbade fort ut när Eskil själv visade sig. Alla var de ju hans folk och alla skutor ägde han.

Eskil, Arn och Harald ledde iland sina hästar och red i förväg längs oxdragsstigen vid sidan av den timrade skeppsvägen. Arn undrade om Eskil gjort beräkningar om att gräva en kanal i stället för att hålla oxar och folk till skeppsdrag. Eskil menade att det skulle kosta detsamma, eftersom man i så fall måste gräva kanalen längre söderut då fallhöjden var för stor på denna plats. Och med en kanal längre söderut skulle man förlänga restiden så att man ändå förlorade jämfört med att hålla detta skeppsdrag. Under den del av vintern då alla foror drogs med slädar var dessutom detta dragställe lika lättvindigt farbart som flodens is. De mindre skutorna fick medar under sina flata bottnar på vintern och kunde då dras som slädar hela flodvägen.

I början på den korta ritten mötte de dragarna som kom med ett tungt lastat skepp efter sig, järn från Nordanskog, trodde Eskil. Det var vid dragets högsta läge och Eskil red därför fram och ropade att ingen skulle släppa vad han hade för händer för att hälsa sin herre.

De höll in sina hästar och makade sig åt sidan för oxar och oxdrivare som kom först i draglinan. Arn märkte att dragarna väl behärskade sitt arbete, att de alla hade grova och hela skor i läder på fötterna och att ingen kastade slavars dolska blickar mot de tre herrarna till häst. Tvärtom släppte flera av männen draglinan med ena handen, hälsade och bad Vår Fru välsigna herr Eskil.

"De är alla frigivna", svarade Eskil på Arns frågande blick. "En del har jag köpt och gett fria mot arbete, andra har jag bara gett arbete mot lön, och arbetar gör de alla flitigt, både med dragandet och med de åkrar som de har att sköta mot arrende. Det är en god affär."

"För dig eller för dem?" undrade Arn med knappt hörbart löje i rösten.

"För båda", svarade Eskil utan att låtsas om sin brors tonfall. "Sant är att denna handelsled ger mig mycket silver. Men sant är också att dessa män och deras avkomma skulle leva mycket sämre utan detta arbete. Kanske måste man vara född träl för att förstå deras glädje i detta släpande."

"Kanske det", sade Arn. "Har du fler dragställen som det här?"

"Ett till på andra sidan Vättern, efter sjön Boren. Men det är inte mycket om man betänker att vi seglar eller ror hela vägen mellan Lödöse och Linköping", svarade Eskil tydligt tillfreds över hur väl han ordnat allt detta.

Den försening de haft på morgonen kunde de ta igen när de kom ut på sjön Braxenbolet och styrde mot norr. Vindarna kom från sydväst och de kunde sätta segel och nästa flod till sjön Viken följde de medströms, vilket gjorde rodden lätt. Och ute på Viken seglade de på nytt med god fart.

De kom till Forsvik i tidiga kvällen med all morgonens försening intjänad av god vind.

Forsvik låg som en ö mellan Viken och Bottensjön, som egentligen var en del av Vättern. På ena sidan Forsvik var forsen kraftig och bred, på andra sidan var utloppet smalare och djupare och där snurrade två kvarnhjul. Husen var byggda i en stor fyrkant och var mestadels små och låga, utom långhuset som låg längs stranden på Bottensjön. Allt var byggt i grånat timmer och alla tak var klädda med torv och gräs. En rad fähus sträckte sig mot norr längs stranden.

De lade till med sin flodskuta vid bryggorna på Vikensidan. Där låg redan en liknande båt som lastades av en rad bärare med kärror som kom nerifrån andra sjösidan. Eskil förklarade kort att skeppen på Vättern var större och bara seglade fram och åter mellan Forsvik och Vadstena eller vid läget i Mo där flodbåtarna från Linköping anslöt. Ja, och så fanns ju två mindre och snabbare skepp som seglade mellan Forsvik och kungens Visingsö.

Arn ville genast sadla sin häst och rida ut och se sig om, men Eskil menade att det inte passade sig att så visa ringaktning mot gårdens brytar. De var ju ändå folkungar. Arn fann sig i detta och de ledde in hästarna på gården och band dem vid räcke och vattenho. Redan hade de orsakat mycket spring och jäkt på gården när man upptäckt att det inte var vilken som helst gäst som kommit.

Husfrun höll på att snubbla i ivern när hon kom springande med välkomstölet och Eskil skämtade att han hellre ville ha ölet i sig än över sig. Han och Harald drack genast manligt, medan Arn som vanligt föga hedrade det bjudna ölet.

Eftersom husfrun, nu med hustrumössan på sned och med något räddhågsna ord som halkade över varandra, försökte förklara att husbonden var ute på Vättern för att vittja rödingskötarna, och då hon själv inte hade väntat gäster, och då det ännu var tidigt på kvällen, och då det var tvättbyk i det största kokhuset och ytterligare någon förklaring, så skulle det dröja innan man kunde dricka kvälls med gästerna.

Eskil mulnade något men Arn förklarade snabbt att det passade desto bättre, eftersom de alla tre ämnade rida runt Forsviks ägor. Om några timmar skulle de vara tillbaka.

Husfrun neg lättad och såg inte missnöjet i Eskils ögon. Motvilligt gick han till sin häst och spände sadelgjorden med stånk och pust innan han ledde hästen runt vattenhon så att han lättare kunde kliva upp där med ena foten innan han tungt välte sig upp i sadeln.

Arn och Harald var redan klara med sadelbestyren och Arn gav Harald en menande blick och klatschade till deras båda hästar så att de gick fram i långsamt trav men utan ryttare förbi Eskil. När Eskil brydd såg upp mot de tomma hästarna kom Arn och Harald snabbt löpande bakifrån och kastade sig med språng upp i luften, landade med båda händerna på sin hästs bakländer innan de i nästa ögonblick föll ner på plats i sadeln och genast fick upp farten, så som alla tempelriddare satt upp om det var alarm.

Eskil lät inte roa sig det minsta.

De red först åt söder. Utanför gårdshusens fyrkant låg en humlegård där den ljusa humlen redan klättrat en manshöjd uppför sina störar. Därefter mot forsen och bron där det växte en apelgård som just blommat ut så att det såg ut som snö på marken.

Efter bron över forsen bredde Forsviks åkermark ut sig framför dem. Den närmaste åkern låg i träda och där upptäckte de till sin förvåning hur fyra ungsvenner övade till häst med trälansar och sköldar mot varandra. Gossarna var så upptagna av sin lek att de inte såg de tre främmande herrarna komma skrittande för att stanna i åkerkanten där de med stort nöje betraktade gossarna en god stund innan de upptäcktes.

"De är av vår ätt, de är folkungar alla fyra", förklarade Eskil när han höjde handen och vinkade till sig de fyra unga ryttarna som genast kom i hög fart, hoppade av sina hästar, tog dem vid tygeln och steg fram för en snabb knäböjning för Eskil.

"Vad är nu detta för utländska fasoner, jag trodde ni tänkte er plats i den kungliga hirden eller hos Birger Brosa eller mig själv", hälsade Eskil fryntligt.

"Detta är det nya sättet, så övar alla vid kung Valdemars hov i Danmark och det har jag själv sett", svarade den äldste av gossarna med fast blick mot Eskil.

"Vi ämnar lära till riddare!" förklarade en av de något yngre karskt, då det kunde verka som om Eskil inte hade förstått.

"Såå? Det duger inte längre att bli hirdman?" frågade Arn och lutade sig något fram i sadeln och såg strängt på den gosse som just talat till Eskil som en äldre fränd som intet förstod. "Säg mig då, vad gör en riddare?"

"En riddare...", började gossen men blev kvickt något osäker av den norske hirdmannens munterhet som han förgäves försökte dölja genom att lägga handen över panna och ögon.

"Bry dig inte om norrbaggen, min unge fränd, ty han vet inte så mycket", sade Arn vänligt och utan minsta löje. "Upplys mig i stället! Vad gör en riddare?"

"En riddare rider med lans och sköld, värjer jungfrur i nöd, dräper mörkrets krafter eller draken som Sankt Örjan och är främst i landets försvar under ofärdstid", svarade gossen nu mycket säker på sig själv och såg Arn rätt i ögonen. "Främst av all världens riddare är tempelriddarna i det Heliga Landet", tillade han som om han med än större eftertryck ville visa att han visste vad han talade om.

"Jag förstår", sade Arn. "Må då Vår Fru hålla sina skyddande händer över er när ni övar för en så god sak och låt inte oss hindra er längre."

"Vår Fru? Vi ber till Sankt Örjan, som är riddarnas beskyddare", svarade gossen käckt och nu än mer förvissad om att han var den som behärskade ämnet.

"Jo, det är sant, många ber till *Saint Georges*", sade Arn och vände sin häst åt sidan för att fortsätta synen på Forsvik. "Jag nämnde dock Vår Fru för att Hon är just tempelriddarnas höga beskyddarinna."

När de tre männen ridit ett stycke bort hade de alla våldsamt lustigt. Men gossarna hörde inte deras höga skratt, eftersom de med stort allvar och förnyad glöd red med sina korta trälansar mot varandra, utsträckta på raka armar som om de anföll med saracenska svärd.

Till kvällningen när de kom åter till Forsvik hade de sett vad som behövdes. I norr började Tiveden, skogen som enligt gammal tro var utan slut. Där fanns bränsle och virke i omätlig mängd och dessutom på nära håll. I söder längs Vätterns strand var ängsmarker med bete som skulle räcka till mer än fem gånger så mycket kritter och hästar som nu fanns på Forsvik. Men åkrarna för brödsäd och rovor var magra och sandiga och bostadshusen murkna och sura.

Eskil sade nu rakt på sak att han hade velat att Arn skulle se Forsvik innan de bestämde sig. Bättre gård än så borde en son på Arnäs äga och Eskil föreslog genast någon av gårdarna Hönsäter eller Hällekis på Kinnekulles sluttningar mot Vänern. Då skulle de också bo granngårds till ömsesidig förnöjelse.

Arn ville dock envist hålla fast vid Forsvik. Han medgav att det var mycket mer som behövde byggas och förbättras än han hade tänkt sig. Men sådant var bara tid och svett. Vad som var bättre med Forsvik var all den vattenkraft som fanns, som skulle driva hammarsmedjor, blåsbälgar och kvarnar. Och till detta kom en mycket viktig sak som ju Eskil redan själv tänkt på. Forsvik var hjärtat i Eskils handelsled, det var därför han satt folkungar till brytar och inte lägre folk. Den som behärskade Forsvik höll en dolk mot hela linan. Därför kunde ingen vara bättre skickad än en bror på Arnäs. Det var det ena att hålla i räkneminnet.

Det andra var den ständiga strömmen med lastade skepp i båda riktningarna mellan Lödöse och Linköping. För om Arn fick råda skulle snart stora smedjor dåna på Forsvik. Om järnet från Nordanskog kom med båtar från Linköping skulle stål och smidda vapen fortsätta mot Arnäs och plogbillar mot Lödöse. Om kalksten kom från Arnäs och Kinnekulle kunde båtarna fortsätta mot Linköping eller återvända mot Arnäs med murbruk. Och om tunnor kom med omalen säd från Linköping fortsatte tunnor med mjöl åt andra hållet.

Mycket mer kunde sägas. Men sade man det kort var detta Arns tankar. Och många utländska hantverkare hade han med sig, alla vid Arnäs var inte borgbyggare. Här vid Forsvik skulle snart en stor mängd nya ting kunna tillverkas som de alla skulle få glädje av. Och kunna sälja med god vinst, tillade han med sådant eftertryck att Eskil brast i skratt.

Vid kvällsvarden satt som seden bjöd husets herre och fru i högsätet tillsammans med de tre förnäma gästerna Eskil, Harald och Arn. De fyra gossarna med blånader i ansikte och på knogar satt längre ner vid bordet. Så mycket visste de om sed och skick att de nu förstod att den krigare som ställt den barnsligt okunniga frågan om riddare inte var någon vanlig buse till hirdman, eftersom han satt intill deras far i hög-sätet. De påminde sig nu också att han liksom herr Eskil burit det folkungska lejonet på ryggen av sin mantel och det fick inga hirdmän göra. Vem var då denne höge herre i deras ätt, som behandlade herr Eskil som en nära vän?

Husets herre och husfru, Erling och Ellen, som var far och mor till tre av gossarna med riddardrömmar, gjorde sig mycket omak och fjäsk kring sina gäster i högsätet. Redan två gånger hade Erling höjt sitt öl för att alla skulle dricka herr Eskil till. Nu den tredje gången var han röd i ansiktet och talade något stammande som han kunde göra ibland när han bad alla dricka herr Arn Magnusson till.

En ond aning började stiga upp i huvudet på en av de fyra gossar-na, Sune Folkesson, som var fosterbror på Forsvik och också den som talat mest dristigt om hur det var att vara riddare och till vem riddare riktade sina böner.

Och då husbond Erling fortsatte med att säga att man nu måtte tacka Vår Fru, ty en Herrens tempelriddare hade återvänt efter mänga år i det Heliga Landet blev det alldeles stilla i salen. Unge Sune Folkes-son önskade att jorden skulle öppna sig under honom och uppsluka honom. Herr Eskil såg allas tvehågsenhet, viftade uppfordrande med båda händerna och tog menande ett rejält tag om sin stånka och höj-de den mot sin bror Arn. Alla drack under tystnad.

Allt vidare tal var dock dött som sten efter den skålen och allas blickar var riktade mot Arn, som inte visste hur han skulle förhålla sig och såg ner i bordet.

Eskil var inte sen att utnyttja tillfället, då han redan anammat Arns regel om att det som är obehagligt eller stort bör sägas hellre förr än senare. Han reste sig, höjde handen alldeles i onödan för att få tystnad och talade därefter helt kort.

"Arn, min bror, är den nye herren till Forsvik, alla dess gårdar, alla fiskevatten och skogar varmed hör, liksom allt husfolk. Lottlösa är ni dock sannerligen inte, fränder Erling och Ellen, ty er bjuder jag att flytta till Hönsäter på Kinnekulle, vilket inte är sämre utan snarare bättre. Ert arrende därför blir detsamma som för Forsvik, fastän jordarna på Hönsäter ger mer. I vittnens närvaro bjuder jag er nu båda denna påse med jord från Hönsäter."

Därmed drog han fram två skinnpåsar, fumlade något medan han gömde den ena och lade den andra i händerna på både Erling och Ellen, fast han först måste visa dem hur fyra händer skulle hållas för att ta emot en gåva lika för två.

Erling och Ellen satt en stund med röda kinder. Det var som om ett mirakel hade kommit över dem. Snart nog kom dock Erling på livligare tankar och röt om mera öl.

Unge Sune Folkesson tyckte nu att han suttit tillräckligt länge med omanligt sänkt blick. Hade man trampat i koskiten blev inget bättre av att man satt och låtsades som ingenting, resonerade han, reste sig och gick beslutsamt runt bordet så att han kom fram till högsätet där han sjönk ner på knä framför herr Arn.

Hans fosterfar Erling reste sig halvvägs för att sjasa undan honom men hejdades av att Arn varnande höjde sin hand.

"Nå?" sade Arn vänligt till den unge knäfallne. "Vad har du att säga mig den här gången, frände?"

"Att jag inte annat kan än ångra mina enfaldiga ord till dig, herre. Men jag visste inte vem du var, jag trodde du var en hirdm..."

Där bet unge Sune nästan tungan av sig själv, då han för sent insåg att han i stället för att släta över nu gjort ont värre. Att kalla Arn Magnusson för hirdman!

"Du sade inget enfaldigt, frände", svarade Arn allvarligt. "Det du sade om riddare var inte fel, möjligen något kortfattat. Men betänk nu att du är en folkung som talar till en folkung, så res dig och se mig i ögonen!"

Sune gjorde genast som han blev tillsagd och tänkte när han såg det ärrade krigaransiktet på nära håll att det var förunderligt att herr Arns ögon var så milda.

"Du sade att du vill bli riddare, står du vid det ordet?" frågade Arn.

"Ja, herr Arn, den drömmen är mig dyrare än själva livet!" svarade Sune Folkesson med så stor känsla att Arn fick svårt att hålla sig helt allvarlig.

"Nåja", sade Arn medan han tog sig över ögonen med handen, "i så fall är jag rädd att du blir en alltför kortlivad riddare och sådana har vi till föga nytta. Men mitt bud är det jag nu säger. Stanna här på Forsvik hos mig som din nye fosterfar och lärare. Och jag skall göra dig till riddare. Det budet gäller även din fosterbror Sigfrid. Jag skall tala med er far här intill mig om detta. Tänk över natten. Be Vår Fru om vägledning, eller Sankt Örjan, och ge mig ditt svar i morgon."

"Jag kan ge dig mitt svar redan nu, herr Arn!" utbrast unge Sune Folkesson.

Men då höjde Arn varnande sitt pekfinger.

"Jag sade att du skall svara i morgon efter en natt i bön. Då säger du intet annat. Att lyda och bedja är det första den skall lära som vill bli riddare."

Arn såg med spelad stränghet på gossen, som genast bugade och drog sig baklänges och bugade en gång till innan han vände och for som en pil tillbaka till sina bröder längst ner vid bordet. Arn såg leende i ögonvrån hur ivrigt de började prata.

Vår Fru stod honom bi i allt som Hon sagt att han skulle göra, tänkte han. Redan hade han värvat sina två första disciplar.

Måtte Vår Fru då också stå honom bi i det största av allt som nu var ofattbart nära, mindre än en natt och en dag.

***

Mitt på kungens Visingsö, bara ett stenkast från ryttarvägen mellan borgen Näs i söder och båthamnarna i norr, växte de skönaste av liljor i blått och gult, som de erikska färgerna. Bara drottning Cecilia Blanka fick skörda av denna Guds gåva, vid strängt vite av prygel eller värre för den som skulle drista sig att ta för egen del.

Dit red nu drottningen med sin käraste vän i livet, Cecilia Rosa, som hon alltid kallades i kungens borg i stället för Cecilia Algotsdotter. Bakom dem på avstånd red två borgjungfrur. Hirdmän slapp de numera ha efter sig, då det varit fred i riket längre än någon gitte minnas och bara kungens folk fanns på Visingsö.

Ingen av de två kära väninnorna var dock särskilt intresserad av liljor denna sommardag. För som de båda visste mer om kampen om makt än de flesta män i riket hade de stora frågor att tala om. Vad de två beslutade mellan sig kunde avgöra om det skulle bli krig eller fred i riket. Den makten hade de och det visste de båda. Nästa dag när ärkebiskopen kom med sitt biskopsfölje till kungens råd skulle avgörandet stå.

De satt av intill vägen ett stycke bort från liljeängen, band sina hästar och slog sig ner på några flata stenhällar med hädisk runskrift som man släpat fram för att göra till drottningens viloplats. De två borgjungfrurna viftade Cecilia Blanka undan och pekade strängt bort mot liljorna.

I det längsta hade Cecilia Rosa hållit jarlens enträgna och på senare år alltmer bryska befallningar ifrån sig. Birger Brosa krävde att hon skulle avlägga löftena och inträda i hans kloster Riseberga för att bli abbedissa. I samma stund hon avlade löftena, hade han försäkrat, skulle hon i allt bli den som befallde över Riseberga, både vad gällde det andliga och affärerna.

Biskoparna skulle instämma och framför allt skulle den nye abbén i Varnhem, Fader Guillaume som var överhet till Riseberga, snabbt ge med sig. Fader Guillaume var en man som lät sig se Herrens vilja om han samtidigt såg guld och nya gröna skogar.

Så stod det. Gav hon löftena skulle hon strax bli abbedissa i Riseberga. Men med detta hade jarlen sannerligen inga fromma avsikter.

Det gällde makten och det gällde krig eller fred. Med allt större på-
stridighet under senare år hade Birger Brosa ältat sin tanke att abbe-
dissas ed var lika god som abbedissas bikt och testamente.

Den onda Moder Rikissa, som i så många år plågat både Cecilia
Blanka och Cecilia Rosa i Gudhem, hade svurit falskt på sin döds-
bädd. I sin bikt hade hon försäkrat att Cecilia Blanka avgett löftena
under ett av sina sista år i Gudhem.

Därmed skulle alla kung Knut Erikssons barn vara födda i oäkta
säng. Äldste sonen Erik kunde alls inte ärva kronan om denna lögn
blev trodd.

Om Cecilia Rosa nu upphöjdes till abbedissa kunde hennes ed, att
drottningen aldrig avgett löftena utan bara varit som andra familiares
i Gudhem, lösa upp hela knuten. Det var Birger Brosas tanke.

Jarlen saknade inte goda skäl för sin begäran. Trots att Cecilia Rosa
inte kunnat gå i brudsäng med Arn Magnusson som varit både menat
och lovat, utan i stället liksom han dömts till tjugo års botgöring, hade
jarlen aldrig övergivit henne. Sonen Magnus, som fötts oäkta i Gud-
hem, hade han tagit till sig, först som sin egen son, senare som en yng-
re bror, och inte bara fostrat på Bjälbo utan också ättelett vid tinget.
Han hade därtill gjort mycket för att lindra Cecilia Rosas plågor un-
der Rikissa. Han hade stött och hjälpt henne som om hon liksom hen-
nes son upptagits i folkungaätten, fastän hon bara varit en fattig bot-
görerska. Nu var alltså tid att betala den räkningen.

Det var inte lätt att säga emot klokheten i dessa klara tankar, därom
hade de båda Ceciliorna alltid varit ense. Cecilia Rosa hade bara kun-
nat föra fram en stark invändning inför jarlen. Hon menade att då hon
och Arn svurit varandra trohet och att efter tiden av botgöring fullföl-
ja det som blivit avbrutet av skvaller och stränga lagar till lika del, kun-
de hon inte avge dessa klosterlöften. Det vore att svika sitt ord. Det
vore att trampa på Arn Magnussons ed.

Under de första åren efter att hennes botgöringstid gick ut hade Bir-
ger Brosa, fast knotande, funnit sig i denna invändning. Han hade
många gånger försäkrat att också han önskade och bad att Arn Mag-
nusson skulle komma hem oskadd, ty av en sådan krigare hade vart

rike stor nytta. En sådan man borde göras till marsk vid kungens råd, i synnerhet som han var en folkung.

Men nu hade mer än fyra år gått sedan botgöringstiden tog slut och om Arn visste man intet efter tiden för hans stora segrar i det Heliga Landet, som salig Fader Henri kunnat berätta om. Nu hade de kristna förlorat Jerusalem och tusen och åter tusen kristna krigare hade stupat utan att man kände deras namn.

Cecilia Rosa hade aldrig svikit sitt hopp, var afton hade hon riktat samma böner till Vår Fru om Arns snara hemkomst.

Men det fanns en gräns för tålamodet, liksom för hoppet. Att nästa dag träda inför rådet, inför kungen, jarlen, marsken, skattmästaren, ärkebiskopen och de andra biskoparna och säga att det inte gick för sig att ta emot det höga kallet att bli abbedissa, då den jordiska kärleken till en man var större? Nej, det var svårt att tänka sig ett sådant uppträdande. Lättare då att föreställa sig vilket buller det skulle leda till. Störst av allt var nog inte kärleken. Större var kampen om makt och frågan om krig eller fred i riket.

Cecilia Rosa hade aldrig förr uttalat denna tanke så klart och så missmodigt som hon gjorde just nu. Cecilia Blanka tog tröstande hennes hand och de satt nedslagna och tysta.

"För mig hade detta varit lättare", sade drottningen till slut. "Jag är inte som du, jag har aldrig älskat någon man mer än mig själv eller dig. Den saken avundas jag dig, eftersom jag skulle vilja veta hur det var. Men jag avundas dig inte det val du måste göra nu."

"Inte ens kung Knut älskar du?" frågade Cecilia Rosa fastän hon visste svaret.

"Vi har mestadels levt ett gott liv, jag har fött honom en dotter och fyra söner som lever och två som dog. Detta var inte alltid glädje och två av barnsbörderna var förfärliga, som du vet. Men inte har jag någon rätt att klaga. Betänk att du själv fick uppleva kärleken och fick en präktig son i Magnus. Ditt liv hade kunnat bli mycket värre."

"Ja", sade Cecilia Rosa. "Tänk om kriget mot sverkrarna slutat annorlunda och vi båda blivit kvar för evigt i Gudhem. Du har rätt. Det är otacksamt att klaga sin nöd om den inte är större än vår. Och vår vänskap har vi ju alltid kvar, även om jag snart bär dok och kors om halsen."

"Vill du att vi skall be en sista gång till Vår Fru om en underbar räddning?" frågade drottning Cecilia Blanka. Men Cecilia Rosa såg bara ner i marken och skakade stilla på huvudet. Det var som om hennes böner trots allt tagit slut.

Tre ryttare närmade sig i maklig takt från bryggorna i norr men de två Ceciliorna fäste sig inte vid den saken då många ryttare var att vänta inför rådsmötet.

De två borgjungfrurna kom just åter från liljeängen med famnen full av de vackraste blommor som de skrattande överräckte till drottningen och hennes vän. Båda fick mer liljor än de kunde bära. Drottning Blanka, som hon mestadels kallades, befallde då att korgarna kvickt måste hämtas så att liljorna fick lägga sig till ro. De vissnade lätt om man värmde dem för mycket i sin famn, som om de skydde fångenskap hos människor. Som hon sade till om detta kastade hon en inte särdeles intresserad blick mot de tre ryttarna som nu kommit helt nära. Det var skattmästaren herr Eskil och någon norrman och en folkung.

Plötsligt blev hon helt stilla av en förunderlig känsla som hon senare aldrig skulle kunna förklara. Det var som en vind eller ett varsel från Vår Fru. Hon stötte försiktigt armbågen i sidan på Cecilia Rosa, som stod vänd bort och såg mot jungfrurna som kom med sina blomsterkorgar.

När Cecilia Rosa vände sig om såg hon först Eskil som hon kände väl. I nästa ögonblick såg hon Arn Magnusson.

Han steg av sin häst och gick sakta mot henne. Hon tappade alla sina liljor på marken och tog ett förvirrat steg åt sidan som för att inte trampa på dem.

Hon tog emot hans händer som han sträckte mot henne, men förmådde inte säga någonting. Han verkade också helt stum, han försökte röra på munnen men inte ett ord kom över hans läppar.

De sjönk ner på knä och höll varandras händer.

"Jag bad Vår Fru om denna stund i alla år", sade han till slut med osäker röst. "Gjorde även du det, min älskade Cecilia?"

Hon nickade och såg in i hans skövlade ansikte och fylldes av starkt medlidande med de ofattbara umbäranden som kunde utläsas bakom alla dessa vita ärr.

"Låt oss då tacka Vår Fru för att Hon aldrig övergav oss och för att vi aldrig övergav vårt hopp", viskade Arn.

De sänkte sina huvuden i bön till Vår Fru som så klart visat dem att hoppet aldrig måtte överges och att kärleken sannerligen är starkare än kampen om makt, starkare än allt.

III

DEN DAGEN PÅ KUNGENS NÄS skulle man minnas som det Stora Bullret. Sällan hade man sett Birger Brosa så vred. Han som var mest känd för att även i de svåraste samtal alltid tala med låg röst förde nu ett väsen som hördes över hela borgen.

Så hade det förvisso inte begynt när Arn Magnusson red in på Näs i sällskap med sin bror Eskil, drottning Blanka och Cecilia Rosa. Först hade det blivit omfamningar och känslosamt tal. Både jarlen och kungen hade hälsat Arn med tårar och tacksägelser till Vår Fru. Rhenskt blankvin hämtades fort och alla talade i munnen på varandra. Det såg ut att bli en sann glädjens dag.

Men i ett slag förändrades allt så snart Arn låtit undslippa sig några ord om det kommande brudölet med Cecilia Rosa Algotsdotter.

Först uppträdde jarlen som man var van att se honom. Han blev genast kall och lågmäld och föreslog i vänliga ord, fast som befallning, att kungen nog borde dra sig undan till det mindre rådsrummet för en viktig angelägenhet och att såväl han själv som Arn och skattmästaren Eskil borde följa kungen.

Det mindre rådsrummet var beläget i näst högsta våningen i borgens östra torn. Där fanns bara kungens snidade trästol med de tre kronorna, jarlens stol med folkungalejonet, ärkebiskopens stol med korset och mindre träpallar med läderstoppning och ett stort ekbord med sigill, vax, pergament och skrivdon. Rummets vitkalkade stenväggar var helt kala.

Kungen satt lugnt i sin stora stol under en av de öppna skjutgluggarna så att ljuset strålade in över hans huvud. Jarlen gick med heta känslor runt i rummet. Arn och Eskil hade slagit sig ner på varsin pall.

Jarlen var klädd i utländska kläder i glänsande grått och svart och

95

på fötterna bar han snabelskor i rött och gyllene läder, men folkunga-
manteln med hermelinsbräm stod ut bakom honom som i vind när
han gick fram och åter för att låta vreden stillna. Kungen, som liksom
jarlen anlagt avsevärd buk sedan Arn såg dem för mycket länge sedan,
satt till synes lugn och väntade. Han hade blivit nästan helt skallig.

"Kärlek!" röt jarlen plötsligt i en tonhöjd som visade att han alls inte
lyckats lugna ner sig. "Kärlek är för drönare och veklingar, pipare och
lekare, ungmör och trälar! Men för män är kärlek av djävulen, en då-
rarnas dröm som skapar större olycka än någon annan dröm, ett dolskt
grund på havet, träd som faller över ridvägen i skogen, moder till
mord och ränker, fader till svek och lögn! Och med detta, Arn Mag-
nusson, kommer du dragandes hem efter alla år! Kärlek! När rikets väl
och ve står på spel. När din ätt och din kung behöver ditt bistånd så
avvisar du oss. Och den skammen förklarar du med att du som en le-
kare drabbats av denna barns och oförståndigas sjukdom!"

Jarlen tystnade och gick med malande käkar varv på varv runt i rum-
met. Arn satt med armarna i kors, något tillbakalutad men med orörligt
ansikte. Eskil såg ut genom en av skjutgluggarna mot den ljusa fridfulla
sommardagen och kung Knut tycktes intresserat studera sina händer.

"Du behagar inte ens svara mig, frände!" röt jarlen med förnyad
kraft mot Arn. "Snart är ärkebiskopen här med sin hop av biskopar.
Han är en lömsk man och en sverkerättens man och ynkryggarna om-
kring honom vågar säga varken bu eller bä. Han är en man som vill
föra sverkerätten till kungakronan på nytt, och tungt bland hans va-
pen väger brev från såväl den Helige Fadern i Rom som ränksmidaren
Absalon i Lund. I den bäcken måste vi stämma innan den blir en hel
vårflod. Du kan hjälpa oss med det, men vrenskas. Därför att du yrar
om kärlek! Det är som ett hån mot oss alla. Hur mycket krig och hur
många döda fränder, hur många brandrökar skall stå över vårt land för
att du yrar om kärlek? Nu kräver jag att du svarar."

Jarlen slet i vredesmod av sig sin mantel och kastade den över sin
stol innan han satte sig. Det föreföll som om han blivit alltför het av
sitt eget tal, möjligen som om han nu också insåg det och försökte bli
sitt vanliga jag igen.

"Jag har avlagt en ed", sade Arn med avsiktligt låg röst, så som han mindes att Birger Brosa själv brukade tala. "Jag har svurit på min heder och jag har svurit på mitt svärd, som är en tempelriddares svärd och helgat till Vår Fru, att jag skulle överleva min botgöringstid, att jag skulle komma åter till Cecilia och att jag och hon skulle uppfylla det vi redan lovat varandra. En sådan ed kan inte tagas åter, hur vred ni än blir, min käre farbror, eller hur opassande för era ränker ni än finner den. En ed är en ed. En helig ed är desto starkare."

"En ed är ingen ed!" röt Birger Brosa som med blixtens hastighet tycktes ha fått igen sin vrede. "Ett barn svär att ta ner månens skiva. Vad är det? Barnsligt tal som är det verkliga livet främmande. Du var en yngling, du är nu man, därtill krigare. Som tiden läker sår ger den oss också förnuft och gör oss till andra än dem vi var som barn och tur är det. Skulle någon av oss här i rummet stå för alla ting vi måhända lovat som oförståndiga ynglingar? En ed är ingen ed om den får förhinder som själva livet ställer i dess väg. Och du har vid Gud ett starkt förhinder!"

"Jag var inget barn när jag svor den eden", svarade Arn. "Och under var dag i ett krig så långt att ni nog alls inte kan föreställa er det har jag upprepat eden i mina böner till Vår Fru. Och Hon har hört bön, ty här är jag."

"Du bär ändå en folkungamantel!" skrek jarlen röd i ansiktet. "En folkungamantel skall bäras med heder mot ätten! Förresten, när jag tänker på den saken, hur kan det komma sig? Med vad rätt har du, en botgörare på tjugo år som förlorat ditt arv och din ättetillhörighet, hängt folkungamanteln över dina axlar!"

"Det var jag som gjorde", invände Eskil något räddhågset när det verkade som om Arn inte ville svara på skymfen. "I min fars ställe är jag ättens huvudman i Västra Götaland. Jag och ingen annan bytte Arns tempelriddarmantel mot vår. Jag upptog honom på nytt och med fulla rättigheter i vår ätt."

"Det som är gjort kan i så fall inte göras ogjort", mumlade Birger Brosa och verkade som om han skulle bli sig själv. Men så reste han sig hastigt och började om sin ilskna rundvandring. De andra i rummet bytte en försiktig blick, kungen ryckte på axlarna. Han hade heller aldrig sett Birger Brosa uppträda på detta sätt.

"Desto bättre om du nu bär vår mantel!" röt Birger Brosa plötsligt och pekade anklagande mot Arn. "Desto bättre! För med den manteln följer inte bara skydd mot fiender, rätten att bära svärd varhelst det behagar dig och rätten att rida med hirdmän. Med den manteln följer skyldigheten, din förbannade skyldighet eller din signade skyldighet, vilket du önskar, att göra det som är bäst för vår ätt."

"Såvida det inte går emot Guds vilja eller en helig ed", svarade Arn lugnt. "I allt annat skall jag göra mitt bästa för att hedra våra färger."

"Då skall du lyda oss, annars kunde du lika gärna återta din vita mantel!"

"Jag har förvisso rätten kvar att bära en tempelriddares mantel", svarade Arn och gjorde ett litet uppehåll, som den Birger Brosa han mindes skulle ha gjort, innan han fortsatte. "Men det vore inte tillrådligt. Som tempelriddare lyder jag ingen jarl eller kung i hela världen, ingen biskop eller patriark, utan bara den Helige Fadern själv."

Birger Brosa stannade upp i sin ilskna rundgång, gav Arn ett forskande ögonkast som om han letade efter löje eller förakt innan han på nytt gick och satte sig och tog några djupa andetag.

"Vi börjar om", sade han lågt som om han äntligen lagt betsel på sin ilska. "Vi börjar om och låt oss nu lugnt betrakta läget. Sune Siks dotter Ingrid Ylva är snart mogen att gå i brudsäng. Jag har talat med Sune och han ser liksom jag det kloka i att Ingrid Ylva blir ännu en länk i den kedja vi smider för att hålla kriget insnärjt. Du Arn är huvudmans näst äldste son och därtill en man som det sjungs om och förtäljs sagor om. Du är ett gott gifte. På två sätt skall vi hindra sverkrarna och biskopshopen att finna skäl till nya krig. Det ena är att Cecilia Algotsdotter, som vid Gud är skyldig oss mycket, tar på sig den höga kallelsen och blir abbedissa i mitt Riseberga. Cecilia vet hur det förhåller sig med den lömska Moder Rikissas bikt och testamente om hur drottning Blanka skulle ha avlagt löftena under sin svåra tid på Gudhem. Cecilia säger sig beredd att svära på detta och vi tror henne alla. Allt detta förstår du?"

"Ja, allt detta förstår jag", svarade Arn. "Men jag har invändningar som jag sparar tills jag hört det andra."

"Det andra?" sade Birger Brosa, ovan vid att någon så lugnt sade sig ha invändningar mot honom när han lade sina ord som bäst.

"Ja", sade Arn. "På två sätt skulle vi snärja sverkrarna i fredens garn med våra listiga försåt. Det ena var att göra Cecilia till abbedissa, vilket dock snarare är kyrkans sak än vår. Och det andra?"

"Att någon med hög ätteställning hos oss gifter sig med Ingrid Ylva!" svarade Birger Brosa och såg ut som om han ånyo hade svårt att hålla sin vrede tillbaka.

"Då skall jag säga vad jag tänker", svarade Arn. "Ni gör Cecilia till abbedissa i Riseberga, fastän det rätteligen är kyrkans och cisterciensernas sak. Vi tänker oss ändå att ni verkligen lyckas med dessa avsikter, så prövar vi det kloka. Moder Cecilia, just nyvorden abbedissa, avlägger ed inför ärkebiskopen, ty inför honom måste det bli enligt reglerna. Ärkebiskopen får då en hård knut att lösa upp. Han kan göra på två sätt. Han kan kräva järnbörd av Cecilia, ett Guds bevis på att hennes ord var sanna, eftersom det rödglödgade järnet inte skadade henne. Eller han kan skrifta saken till Rom. Om han är den lömske ränksmidare ni säger att han är väljer han det senare, för med glödande järn vet man aldrig säkert hur det går. Och skriftar han ärendet till Rom lägger han sina ord så att det ser ut som om den nya abbedissan svär falskt. Därmed har han ingen svårighet. Den Helige Fadern lyser strax Cecilia i bann. Således har vi inte vunnit något men förlorat mycket."

"Du kan inte veta att det går så illa", sade Birger Brosa i sin alldeles vanliga och lugna ton.

"Nej", sade Arn. "Det kan ingen veta. Jag tror bara att jag bättre än ni, min farbror, känner vägarna till den Helige Fadern och att min gissning därför är bättre än er. Men veta kan jag inte, lika lite som ni."

"Nå, ingen av oss kan veta. Och om vi inte försöker denna list så får vi heller aldrig veta. Den träffar inte som aldrig vågar spänna bågen."

"Sant. Men faran att göra ont värre är stor och tydlig. Vad gäller Ingrid Ylva önskar jag er all framgång i era brudsängsplaner. Men jag har gett mitt ord på att gå i brudsäng med Cecilia Algotsdotter."

"Tag Ingrid Ylva som din husfru och vänslas så mycket du vill med din Cecilia!" röt Birger Brosa. "Så gör vi alla! Den man måste leva med under samma tak är en sak, den man skall ha barn med är samma sak. Men vad man gör därutöver är för nöjes skull, det du med dåraktig envishet kallar kärlek, och det är en annan sak. Tror du att jag och Brigida *älskade* varandra när avtal slöts vid vårt fästningsöl! Brigida var äldre än jag och ful som stryk, tyckte jag då. Hon var inte någon nyutslagen nyponros utan änka efter kung Magnus. Ändå blev vårt liv gott och många söner har vi fostrat och det du kallar kärlek kommer med tiden. Du måste göra som vi alla! Du må vara en stor krigare och det må sjungas visor om dig, fastän du bara är en av dem som förlorade det Heliga Landet! Men nu är du hemma hos oss och här får du foga dig och bli som folk! Mer än så, du måste bli som en folkung!"

"Ändå skulle jag i så fall lita föga på min farbrors råd att synda med en abbedissa", svarade Arn med en min av avsmak. "För köttslig synd har Cecilia och jag redan straffats nog och obotbar synd som att driva älskog i lönn med en abbedissa finner jag vara ett särdeles dåligt råd."

Birger Brosa insåg i det ögonblicket att hans vrede spelat honom ett elakt spratt, att han för första gången sedan ungdomen talat sig själv bort i tok. Rådet att hålla abbedissa som frilla var nog det mest enfaldiga han sagt under de förhandlingar han var van att alltid vinna.

"Än du min kung och min barndoms vän Knut?" passade Arn på att släppa Birger Brosa ur egen fälla. "Vad är din mening? En gång vill jag minnas att du lovade mig Cecilia bara jag följde dig på den resa som slutade med kung Karl Sverkerssons död. Jag ser att du fortfarande bär det kors om halsen som du tog från den dräpte. Nå, vad är din mening?"

"Jag anser inte att det är kungens sak att lägga sitt ord för eller emot", svarade Knut osäkert. "Vad du och Birger talar om med sådan hetta är inom er ätt och illa vore det om kungen lade sig i sådant som rör andra ätters bröllop."

"Men du gav mig ditt ord", svarade Arn kallt.

"Hurså? Det kan jag inte minnas", sade kungen förvånat.

"Minns du den gången då du skulle övertala mig att följa med till Näs, då vi skulle segla det lilla svarta skeppet över is och vak i natten?"

"Ja, och du var min vän. Du stod vid min sida i farans stund, det glömmer jag aldrig."

"Då minns du också att vi först skulle skjuta med båge och om jag besegrade dig så gällde det Cecilia. Och jag besegrade dig. Jag har en kungs ord."

Kung Knut suckade och drog sig i sitt tunna grånade skägg medan han tänkte efter.

"Det är länge sedan och svårt att minnas hur orden verkligen föll", började han tveksamt. "Men, eftersom jag inte var kung då, inte än på många år, så kan du ju inte ha en kungs ord..."

"Då har jag likväl kungasonen Knut Erikssons ord, min väns ord", invände Arn.

"Jag var en helt ung man, liksom du", fortsatte kungen säkrare på rösten. "Och då kan man ju säga som vår jarl att det var som när ett barn lovar att ta ner månens skiva. Men det är inte det avgörande. För som jag sade, kungen skall akta sig noga att lägga sig i en annan ätts egna frågor. Det här är en sak för er folkungar. Men en sak till skall du veta. Nu är jag din kung, det var jag inte då. Nu skall du inte fråga vad kungen kan göra för dig, utan fråga hellre vad du kan göra för kungen."

"Vad kan jag göra för kungen?" frågade Arn genast.

"Gå i brudsäng med Ingrid Ylva och lösa Cecilia Algotsdotter från ed och löften så att hon kan bli vår abbedissa i Riseberga", svarade kungen lika snabbt.

"Det är omöjligt. Vi har vår ed inför Vår Fru. Vad kan jag mer göra?"

Kungen tvekade och såg mot Birger Brosa, men denne himlade bara med ögonen åt att ringen slutit sig på nytt och man var tillbaka där man börjat.

"Kan du svära mig din trohet?" frågade kungen som om han hade bytt ämne.

"Det gjorde jag redan då vi båda var unga. Mitt ord står fast, även om inte ditt gör det", svarade Arn.

Då log kungen för första gången under detta gräl och nickade som om han nog tyckte att Arns pil träffat väl.

"När jag inte var kung kunde du inte svära din trohet till mig som kung och det är skillnad. Nu är jag kung", svarade han med långsamt eftertryck.

"Har min farbror och min bror svurit dig trohet?" frågade Arn och alla de andra tre i rummet nickade till bekräftelse.

Arn reste sig utan vidare resonemang, drog sitt svärd och föll på knä framför kung Knut. Svärdet ställde han med spetsen i stengolvet framför sig och fattade det med båda händerna efter att först ha korsat sig.

"Jag, Arn Magnusson, svär att så länge du är min och folkungarnas kung skall jag vara dig Knut Eriksson trogen i... *auxilium et consilium*", sade han utan att tveka förrän han kom till de sista latinska orden. Så reste han sig, körde ner svärdet i skidan och gick tillbaka till sin pall och satte sig.

"Vad menade du med de sista utländska orden?" frågade kungen.

"Det en riddare måste svära, jag kan inte säga det på vårt språk, men det blir inte mindre värt på kyrkospråket", sade Arn och ryckte lite på axlarna. "Auxilium är det ena jag svor dig, det betyder hjälp... eller stöd... eller mitt svärd, kan man kanske säga."

"Kungen behöver inte ditt svärd just nu, utan din lem", muttrade Birger Brosa. "Såvida du inte tänker med den!" tillade han mer ilsket.

Arn låtsades som om han inte hörde och i sin barndomsvän kungens ögon såg han att det just nu var lika så gott.

"Consilium är det andra en riddare lovar sin kung", fortsatte Arn. "Det betyder att jag svurit att alltid bistå dig med råd sanningsenligt och efter bästa förmåga."

"Gott", sade kung Knut. "Ge mig då genast ett råd. Ärkebiskop Petrus talar mycket om hur jag måste bota min synd att en gång ha dräpt Karl Sverkersson. Jag vet inte hur mycket som är äkta gudstro i hans tal och hur mycket som bara är vilja att ställa till förtret. Nu vill han att jag till försoning skall sända ett korståg till det Heliga Landet. Om detta måste du ha en mening, du som krigat där i mer än tjugo år?"

"Ja, det har jag sannerligen", sade Arn. "Bygg ett kloster, skänk guld och skog, bygg en kyrka, köp reliker från Rom till ärkebiskopens domkyrka. Vadsomhelst av detta eller i värsta fall allt, hellre än korståg.

Sänder du folkungar och erikar till det Heliga Landet blir de alla slaktade som kritter och till ingen mening utan bara till sorg."

"Och det säger du dig veta säkert?" undrade kungen. "Skulle modet i vårt bröst inte vara tillräckligt, vår tro inte tillräckligt stark och våra svärd inte goda nog?"

"Nej!" sade Arn.

En modfälld tystnad sänkte sig över rådsrummet.

***

När det bullrat som värst från östra tornets rådskammare gick drottning Blanka och Cecilia Rosa högst upp till värnet i det västra tornet för att vara helt ifred från alla undrande blickar. Eftersom Birger Brosas röst dånade ut genom skjutgluggarna där uppe stod det klart för alla på Näs att det var mer strid och osämja än gamman som väntade till kvällen, även om få kunde förstå varom allt detta bråk egentligen handlade.

De två Ceciliorna hade dock ingen svårighet att förstå. Birger Brosas sällan skådade raseri berodde på att Arn Magnusson trotsade honom. Arn menade således att han skulle stå vid sin ed och Birger Brosa menade att han skulle skylla eden ifrån sig så att Cecilia Rosa kunde gå i Riseberga kloster, upphöjas till abbedissa och därefter återgälda de tjänster hon var skyldig.

Så stod det där inne i rådskammaren, det var klart som vatten.

De försökte lyssna men hörde bara tydligt när Birger Brosa förde ordet, som när han gång på gång röt med förakt om kärlek.

Cecilia Rosa var som förlamad, hon kunde inte tänka. Det som mest varit som en omöjlig dröm under så många år hade blivit verklighet, så sant hon levde och andades. Men då var i gengäld den verkligheten som en dröm. Arn fanns där borta på kortare avstånd än ett pilskott. Det var sant men ändå ofattbart. Hon tänkte runt runt i ring som hon inte kunde bryta sig ur.

Drottning Blanka funderade desto skarpare. Det var hög tid för ett avgörande, visste hon.

"Kom!" sade hon till Cecilia Rosa och tog henne i handen, "kom så går vi ner en trappa, dricker blankvin och bestämmer hur vi skall göra. Här nyttar inte att stå och lyssna på karlars väsen."

"Se!" sade Cecilia Rosa och pekade över värnet som om hon bara var halvt vaken. "Där kommer ärkebiskopen och hans följe."

Uppe på vägen från norra båthamnen blixtrade ärkebiskopskorset med sina extra strålar i silver som en förridare förde i spetsen av processionen. Bakom förridaren med korset syntes många färger från biskopskappor men också från alla de hirdmän som biskopar red med, de flesta i röda mantlar, då ju ärkebiskopen var en sverkersman.

"Jaa!" sade Cecilia Blanka. "Jag såg dem komma och med ens förstod jag hur vi skall ordna allt innan karlarna begriper vad som hände. Kom nu!"

Hon drog med sig Cecilia Rosa en trappa ner i kungskammaren, ropade efter vin och knuffade bestämt ner sin vän i en hög av lübska och frankiska kuddar och bolstrar på en av sängarna. De makade sig tillrätta utan att säga något, Cecilia Rosa verkade fortfarande mer drömmande än vaken.

"Nu måste du ta dig samman, min vän, det måste vi båda", sade drottningen beslutsamt. "Vi måste tänka, vi måste bestämma oss och vi måste framför allt göra något."

"Hur kan jarlen sätta sig upp mot Vår Frus vilja? Det förstår jag helt enkelt inte", sade Cecilia Rosa lågt, som om hon alls inte hört sin käraste väns ord om kloka tankar och raska beslut.

"För männen är det så!" fnös drottningen. "Om de finner att Guds och Guds Helgons planer stämmer med deras egna så är det gott. Om deras egna tankar om makt går åt annat håll menar de nog att Gud får komma släntrande efter. Sådana är de. Men vi har ont om tid nu, du måste ta dig samman och vi *måste* tänka klart!"

"Jag skall försöka", sade Cecilia Rosa och tog ett djupt andetag och blundade. "Jag skall verkligen försöka, det lovar jag. Men du måste förstå att det inte är så lätt. Just i det ögonblick då jag efter alla dessa år tvivlade för första gången förde Vår Fru Arn till mig. Vad menade Hon med det? Är det inte underligt?"

"Jo, det är mer än underligt", medgav Cecilia Blanka fort. "När vi satt där vid liljeängen var det din olycka och min lycka. Du skulle ge upp din dröm för min skull, för vår vänskaps skull. Jag var sorgsen men inte förvånad att du fann dig i din olycka för vår vänskaps skull."

"Du skulle ha gjort detsamma för mig", sade Cecilia Rosa frånvarande.

"Vakna nu käraste vännen!" sade drottningen bestämt. "Det är ju nu, just nu som det sker. Nu måste jag, precis som Vår Fru visat oss, göra detsamma för dig. Du skall inte till dok och kors, du skall i Arn Magnussons brudsäng och ju kvickare desto bättre!"

"Men vad kan vi göra när männen bullrar om saken?" undrade Cecilia Rosa uppgivet.

"Vela inte, det är inte likt dig! Bli dig själv, käraste Cecilia", sade drottningen otåligt. "Nu skall vi tänka och handla men inte drömma längre. Minns du den gången i Gudhem när vi använde bikten som vapen?"

"Jaa...", sade Cecilia Rosa dröjande. "Jo! När vi sände budskap i vår bikt och bitterligen beklagade våra onda känslor om okristlig hämnd och hur vi skulle hetsa folkungar, jarl och kung om vi inte fick mildare behandling. De pilarna träffade bättre än vi ens hoppats!"

"Just det!" sade drottningen upplivad av att se hur Cecilia Rosa plötsligt tycktes ha vaknat till. "Och idag skall vi göra detsamma. Ärkebiskopen sitter snart där ute i sitt tält och skall göra sig gemen hos folket före rådsmötet. Han visar sin kärlek till Guds allra minsta får, hycklar han. Och vem som helst får komma och kyssa biskopsringen och bikta sig. Det gäller även en drottning och en yconoma på Riseberga..."

"Vad skall vi sända för budskap i vår bikt den här gången?" undrade Cecilia Rosa ivrigt med glitter i ögonen och ny färg på kinderna.

"Jag berättar hur jag våndats inför valet att sända min käraste vän i kloster bara för egen vinnings skull, för mina barns arvsrätt till kronan. Det är ju dessutom sant. Skulle du således bli abbedissa av andra skäl än för den höga kallelsens skull? Inför detta har jag våndats och det skall jag gärna bikta. Och därefter blir det din tur och då..."

"Nej, säg ingenting! Låt mig tänka själv först. Jo! Jag biktar hur jag sett Vår Frus mirakel i det Hon lyssnade på Arns och mina böner i mer än tjugo år och sände honom oskadd åter. Och hur hans heliga ed håller på att uppfyllas... hur Vår Fru därmed visar oss hur stor kärleken kan vara, hur hoppet aldrig får överges... och hur jag känner vånda därför att man ber mig uppfylla jordiska skyldigheter genom att gå i kloster i stället för att ta emot Vår Frus gåva. Allt detta är ju också sant, lika lite som du skulle jag vanhelga bikten genom att säga detta. Räcker det med dessa ord, tror du?"

"Helt säkert", sade drottningen. "Jag tror att vår högvördige ärkebiskop nu raskt kommer att erinra sig Guds ord om kärlekens under. Han kommer att bli en stark förkämpe för kärleken mellan dig och Arn, som ju inte får vanhelgas, därför att..."

"Då skulle vi alla bli delaktiga i en stor synd däri att vi avvisade Vår Frus tydligt och klart visade vilja!" skrattade Cecilia Rosa.

De var nu mycket upplivade och pratade i munnen på varandra. Cecilia Blanka kom dessutom på nya planer om hur kvällsvarden skulle intagas på ett sådant sätt att det inte längre funnes någon väg till kloster. Cecilia Rosa häpnade och rodnade när hon fick höra om dessa listigheter. Men så kom de på att de inte hade någon tid att förlora, tog varandra i händerna och sprang som unga kvinnor nerför den vindlande torntrappan på väg mot den helt sannfärdiga bikt som skulle lägga alla männens planer i aska och ruiner. När de kom ut på gården tvingade de sig dock att genast hejda sig, sänkte sina huvuden och gick sedesamt och allvarligt bort mot ärkebiskopens tält utanför murarna.

**

Det stora grälet i östra tornets rådskammare hade lagt sig och övergått i ett långt samtal till följd av Arns hårda ord om det omöjliga i att sända ett korståg från Göta länderna och Svealand. Både kungen och jarlen hade blivit förnärmade av hans korta sätt att svara nej på frågan om nordiska mäns duglighet.

Arn hade tvingats bli mer tydlig och det han berättade fick de andra att lyssna med både eftertanke och bävan.

För att nu efter Jerusalems fall återta det Heliga Landet från sarace-
nerna krävdes en här på inte mindre än sextiotusen män, hade Arn
börjat. Och en så stor här är svår att försörja med mat och vatten, den
måste alltså hela tiden vara i rörelse för att plundra sig fram. Alltså
skulle man inte överleva utan ett starkt rytteri, vilket redan det gjorde
nordiska krigare omöjliga. Och sextiotusen män var en så ofantlig
mängd att det skulle betyda varje vapenför man i båda Göta länderna
och Svealand.

Nå, om man bara gjorde vad kyrkan krävde, sin plikt mot Gud, och
bidrog efter bästa förmåga, skrapade ihop så många män som var möj-
ligt, vad skulle det betyda?

Tiotusen fotsoldater, menade Arn. Om kung Knut efter mycken
möda och övertalning och hotelser fick alla och envar övertygade om
att Gud verkligen ville att var nordisk man som kunde föra ett svärd
eller åtminstone en hötjuga skulle fara till Jerusalem för sin frälsnings
skull, *om* hela landet kunde övertygas, *hur* skulle man då fara?

Segla naturligtvis. På väg upp från England strax före den jyska kus-
ten hade Arn och hans skepp mött en dansk korstågshär på kanske
femtio skepp och tre eller fyratusen män ombord, fast utan hästar. Arn
och Harald hade varit överens om att alla dessa män var på väg mot
sin egen slakt och att de skulle ställa till mer förtret än vara till hjälp,
om de ens kom fram i god ordning.

För låt oss betänka, fortsatte Arn då de andra lyssnade som om de
fortfarande ville höra fler skäl, att kung Knut kunde segla med ungefär
en sådan styrka. Vad hände då vid framkomsten till det Heliga Landet?
Jo, den enda plats dit nya korsfarare kunde bege sig var staden Saint
Jean d'Acre, det sista kristna fästet i kungariket Jerusalem där nu var
stor trängsel. Skulle några tusen nordmän utan rytteri tagas emot med
tacksamhet? Nej, de skulle bara bli ytterligare munnar att mätta. Och
hur skulle man kunna göra något gott i den kristna hären? Springa in-
till rytteriet med sina sköldar till skydd för riddarnas hästar möjligen.
Men någon stridande del av betydelse skulle nordmännen inte bli, ef-
tersom de var för få för att bilda en egen här. Och inte förstod de fran-
kiska så att man kunde få dem till vettig nytta i den kristna hären.

Det vore inte bara en säker död, det vore en död i onödan och vanära. Och den som dog så dog inte salig och i fast förvissning om att döden i det Heliga Landet ledde till alla synders förlåtelse och paradiset. Birger Brosa prövade några invändningar, men hans tidigare vrede var nu som bortblåst. Han talade åter lågmält och ofta leende, och den ölstånka han fått balanserade han lättvindigt på sitt ena uppdragna knä.

"Knut och jag är inte vana att tänka på oss själva som lammungar på väg till slakt", sade han. "I början av kampen om kungakronan, åren efter att du hade rest, slog vi sverkrarna i alla möten utom ett. Utanför Bjälbo stod slutstriden och vår seger blev stor, fastän fienden hade nästan dubbelt så stor styrka som vi. Sedan dess har varit fred i riket. Vi var mer än tretusen folkungar och erikar med våra fränder sida vid sida, fylking vid fylking. Det är en väldig styrka. Men du menar ändå att vi vore som lammungar. Det är svårt att tänka sig. Vad om denna styrka som stod utanför Bjälbo i slaget vid blodsängarna stod på det Heliga Landets mark?"

"Där skulle vi nog få stå", sade Arn. "Fienden är till häst, så vi kan inte gå till honom för strid, vi får inte välja tid och plats. Solen skördar offer som pilar på sommaren, regnet och den sega röda leran sänker oss i hopplöshet och sjuka på vintern. Fienden kommer plötsligt bakifrån på snabba hästar, hundra man dör och lika många såras och sedan är fienden borta. Och där står vi. Nästa dag samma sak. Ingen av oss skulle få hugga en enda gång med svärdet innan vi alla vore döda."

"Men om de kommer till häst?" funderade Birger Brosa. "Då tar vi dem väl ändå med pilar och lans. En man till häst har dubbelt upp att hålla reda på, faller han är han slagen, rider han in i lansarna blir han spetsad."

Arn drog djupt efter andan, reste sig och gick fram till det tunga ekbordet i rummets mitt, lyfte undan skrivdon, sigill och pergament och ritade med pekfingret i dammet.

Stod hären stilla ute på flack mark med god sikt åt alla håll skulle fienden bara göra små anfall, eftersom sol och törst gjorde det stora arbetet.

Om hären inte rörde sig dog den. Om hären rörde sig måste den dra ut sig på längden och då kom anfallen snabbt mot fronten eller efterstyrkan. Saracenska ryttare red ända inpå, avlossade en, två eller tre pilar som nästan alla träffade och så försvann de. Efter varje sådant anfall fanns döda och sårade att ta hand om.

Dessutom hade även saracenerna en del tungt rytteri med långa lansar som vapen, precis som de kristna. En ovan nordisk här skulle helt säkert locka saracenerna att använda det vapnet också.

Arn beskrev hur himlen plötsligt förmörkades av ett stort dammoln, hur man snart hörde hur marken skalv och hur man inte såg klart i allt dammet förrän ryttarstyrkan drabbade med full kraft, rätt in bland fotsoldater, stormade fram utan motstånd rakt genom hären som skars i två delar, vände, formerade om och kom på nytt. Tretusen krigare till fots i det Heliga Landet skulle ha dött under kortare tid än de nu grälat och samtalat i detta rum, slutade Arn och gick tillbaka till sin plats.

"Flera saker tänker jag när jag hör dig berätta detta, frände", sade Birger Brosa. "Din ärlighet är stor, det känner jag. Det du berättat för oss håller jag för sant. Därmed frälser du oss från den största dårskap."

"Det är min förhoppning", sade Arn. "Jag har svurit vår kung auxilium och det är inget jag tar lätt på."

"Neej", sade Birger Brosa med ett spefullt leende som alla nu kände igen som hans sanna natur, "ditt ord tar du inte lätt på. Av detta får vi inte bara elände utan just nu något gott också. I morgon vid rådet skall vi därför glädja vår ärkebiskop och hans hop med beslutet att göra nytt kloster i... tja, vad anser du, Knut?"

"Julita", sade kungen. "Det bör bli i Svealand där Guds röst hörs svagast och med det vore nog biskopshopen mest tillfreds."

"Då blir det Julita, så får vi kanske någon stunds frid från talet om korståg", sade Birger Brosa. "Men detta är beslut för stunden. För framtiden finns en annan och större fråga. Om en saracensk här skulle slå oss så lätt, skulle en frankisk här också göra det? Och en engelsk? Och en sachsisk?"

"Och en dansk", svarade Arn. "Om vi mötte någon av dessa på deras mark. Men vårt land ligger längst bort i världen, det är ingen enkel sak att färdas med en stor krigshär ända hit. Saracenerna kommer aldrig, inte heller frankerna eller engelsmännen eller normanderna. Med sachsare och danskar är det dock mindre säkert."

"Vi bör tänka om", sade Birger Brosa och såg prövande mot kung Knut som nickade instämmande och eftertänksamt. "Tiderna förändras ute i världen och vi har lärt oss av detta när det gäller handel, och den lärdomen har vi fått ut mycket gott av. Men skall vi överleva och blomstra som rike i denna nya tid..."

"Så har vi mycket nytt att lära!" fyllde kungen i Birger Brosas tankar just så som var menat när denne hejdade sig inför tankens avslutning.

"Arn! Min barndoms vän, du som en gång hjälpte mig till kronan", fortsatte kungen ivrigt. "Vill du ta plats i vårt råd, vill du bli vår marsk?"

Arn reste sig upp och bugade för kungen och därefter mot jarlen till tecken på att han genast fogade sig så som han svurit att göra. Birger Brosa gick då fram och omfamnade honom och dunkade honom kraftfullt i ryggen.

"Det är en välsignelse att du är åter hos oss, Arn min käre brorson. Jag är en man som sällan förklarar mig eller urskuldar mig. Det är ingen lätt sak för mig just därför. Men mitt tal till dig idag är i somliga stycken sådant att jag ångrar det."

"Ja", sade Arn. "Ni förvånade mig. Det var inte så jag mindes den klokaste av alla män i vår ätt, den vi alla försökte lära av."

"Desto bättre att det var få vittnen idag", log Birger Brosa, "och att det var mina närmaste i ätten näst mina egna söner och bara kungen, min vän. Illa hade det annars kunnat bli för mitt rykte. Vad gäller Cecilia Algotsdotter..."

Han log och drog ut på orden för att locka Arn till motsägelse, men Arn väntade ut honom i stället för att komma med invändningar.

"Vad gäller Cecilia har jag en tanke som är klokare än den jag kom med förut", fortsatte han. "Träffa henne, tala med henne, synda med henne om du har den hågen. Men låt tiden gå, pröva din kärlek och låt henne pröva sin. Därefter talar vi om saken på nytt, men inte på länge än. Vill du anta detta mitt förslag?"

Arn bugade sig ånyo för sin farbror och för kungen och hans ansikte visade varken smärta eller otålighet.

"Bra!" sade kungen. "På rådsmötet i morgon säger vi alltså intet om hur det blir med abbedissa i Riseberga, som om vi helt hade glömt den frågan. I stället stoppar vi det nya klostret Julita i gapet på biskoparna och håller dem lugna med det. Vi gläds att stormen är över, Arn. Och vi gläds att se dig i rådet som vår nye marsk. Så! Låt mig tala något i enrum med min jarl, som något behöver tuktas av sin kung. Utan vittnen."

Arn och Eskil reste sig och bugade för kung och jarl och gick ut i den mörka torntrappan.

Nere på borggården hade nu bord och tält rests där öl och vin skänktes ut. Eskil tog Arn under armen och styrde med bestämda steg mot ett av skänkställena medan Arn suckade och mumlade om detta ständiga blaskande, fastän hans misslynthet var tydligt spelad och fick Eskil att le.

"Det är ändå gott att du är i stånd att skämta efter en sådan storm", sade han. "Och vad gäller ölet kanske du ändrar uppfattning nu, ty här på Näs får vi lübskt öl."

Som de närmade sig ett av öltälten vek allt folk viskande och pekande åt sidan för dem som inför svallvågen framför en båt. Eskil tycktes inte märka det.

När Arn smakat det sachsiska ölet medgav han prompt att det var en helt annan dryck än han hittills under större eller mindre plågor tvingat i sig. Det var mörkare, skummande och med mycket starkare smak av humle än enbär. Eskil varnade honom att det dessutom gick fortare åt huvudet, så han fick akta sig att inte bli oregerlig och börja skrävla och dra svärd. Först skrattade de något litet åt detta skämt, men sedan alltmer och omfamnade varandra i lättnad över att stormen, som det tycktes, verkligen var förbi.

Eskil hade därefter någon fundering om Birger Brosas sätt att tala i början av mötet i rådsrummet. De vände och vred på vad som kunde ligga bakom en sådan oväntad brist på behärskning. Eskil menade att det varit för många motstridiga känslor på en och samma gång, mer än vad till och med en man som Birger Brosa kunde bära. För nog var jarlen uppriktigt lycklig över att se Arn hemma och vid liv. Men samtidigt hade han så många år ältat frågan om hur Cecilia Rosa – Eskil gjorde en utvikning för att förklara hur Cecilia fått det tillnamnet – skulle bli motvikten till den lömska Moder Rikissas lögner om drottningens klosterlöften. Glädje och besvikelse samtidigt var ingen god dryck, utan som att blanda vin och öl i samma bägare, menade Eskil.

Arn sade att kompromiss var mycket bättre än nederlag, men då förstod inte Eskil ordet och de fick pröva sig fram till att hälften vunnet var bättre än nederlag. Svårt skulle det bli att förlänga väntan och längtan efter Cecilia. Outhärdligt hade det dock varit utan en halv seger åt både Arn och Birger Brosa.

De blev avbrutna av att en av ärkebiskopens kaplaner trängde sig fram till dem bland alla festklädda, muntert samspråkande och drickande män och kvinnor.

Kaplanen såg högtidlig ut och höll näsan i vädret så att Eskil och Arn inte kunde avstå från att göra miner mot varandra. Som en liten och genast misslyckad hämnd framsade då kaplanen sitt ärende på latin. Hans Eminens ärkebiskopen ville genast tala med herr Arnus Magnusonius.

Arn log åt den lustiga förvanskningen av sitt namn och svarade genast på samma språk att om Hans Eminens kallade så skulle han infinna sig utan dröjsmål, men att han av tvingande skäl måste gå en omväg via sin sadelväska. Åt Eskil viskade han att nu luktade det elakt spel och Eskil nickade instämmande men dunkade Arn lätt i ryggen till uppmuntran och blinkade mot honom.

”Kyrkofolk har du väl ändå tampats med förut, käre bror”, viskade han.

Arn nickade och blinkade tillbaka, tog höviskt kaplanen under armen och gick mot de kungliga stallarna.

När han hämtat sitt fribrev från Tempelherreordens Stormästare, varom han misstänkte att ärkebiskopens ränker kunde handla, undslapp han sig någon prövande fundering om vad saken kunde tänkas gälla. Men kaplanen förstod då inte riktigt vad han menade, eftersom han trots allt inte var så hemma i kyrkospråket i dagligt tal som han låtsats med näsan i vädret vid öltältet.

Arn fick vänta en stund utanför tältet medan något ärende klarades av där inne och när en man med mörk min och sverkersmantel steg ut kallades Arn strax in av ännu en kaplan.

Där inne tronade ärkebiskop Petrus på en stol med höga karmar och snidade kors och framför honom i marken stod ärkebiskopskorset i guld med sina silverstrålar. Bredvid ärkebiskopen satt ännu en biskop.

Arn steg genast fram, ställde sig på ena knäet och kysste ärkebiskopens ring, inväntade välsignelsen och reste sig därefter. Mot den andre biskopen bugade han.

Ärkebiskopen lutade sig leende mot sin underbiskop och sade högt på latin, som vanligt säker på att kyrkans män var ensamma om sitt språk, att det här nog kunde bli ett lika lustigt som i anden upplyftande samtal.

"Kärleken är förunderlig", skämtade den andre biskopen. "Särskilt när den kan gå den goda sakens ärenden med den Heliga Jungfrun vid handen!"

Åt detta skämt hade de båda högvördiga mycket muntert. Arn brydde de sig inte om, det var som om de ännu inte hade sett honom.

Den sortens beteende hade Arn sett alldeles för ofta hos maktens män för att låta sig störas. Däremot var han brydd över att de två, som talade ett latin fullt av fel och med egendomlig nordisk klang, höll det för självklart att han inte förstod vad de sade. Hur han skulle hantera detta, med list eller med ärlighet, måste han dock bestämma kvickt. Hörde han för mycket kunde det bli för sent. Han korsade sig och tänkte efter och när ärkebiskopen med ett leende, som om han kommit på ännu ett skämt, lutade sig mot sin lägre biskop harklade sig Arn och sade några ord som mest var avsedda som en varning.

"Ers båda eminenser må ursäkta om jag interfolierar mitt i er säkert mycket intressanta diskurs", sade han och fångade genast deras häpna uppmärksamhet. "Men det är verkligen balsam i sinnet att åter höra ett språk som jag behärskar och där varje ord äger klar innebörd."

"Du talar kyrkospråket som en kyrkans man!" sade ärkebiskopen med förvånat uppspärrade ögon och hans förakt för ännu en låg besökare var helt borta.

"Ja, därför att jag är en kyrkans man, Ers Eminens", svarade Arn med en bugning och överräckte sitt brev som han förmodat var vad kallelsen till ärkebiskopen gällde, frågan om han var desertör eller ej, en man under kyrkans rätt eller den världsliga rätten.

De två biskoparna lutade sina huvuden samman och letade i texterna tills de fann den latinska översättningen från frankiska och arabiska som de långsamt och lite högtidligt stavade sig igenom, varefter de med något som liknade vördnad fingrade på Tempelherreordens stormästarsigill med två bröder på samma häst. När ärkebiskopen därefter såg upp mot Arn och plötsligt insåg att han fortfarande stod upp framför dem kallade han fort fram en pall som en kaplan med förvånad min bar fram.

"Det gläder mig verkligen att se dig åter i vårt land, borgherre Arn de Gothia", sade ärkebiskopen vänligt, nästan som om han talade till en like.

"Det är en välsignelse för mig att vara hemma", svarade Arn. "Liksom det är en känsla av befrielse att tala kyrkans språk och få tillbaka tankens fria flykt, associationer som rör sig som fåglar i rymden snarare än kravlar på marken som sköldpaddor. När jag försöker tala mitt eget barndomsspråk känns det som om jag hade en träbit i munnen i stället för tunga. Det gör självfallet min glädje desto större att kallas till denna audiens, ehuru jag gärna skulle åtnjuta privilegiet att se mig presenterad för er båda."

Ärkebiskopen presenterade genast biskop Stenar från Växjö, varpå Arn gick fram och kysste även Stenars ring innan han satte sig på nytt.

"Vad betyder det att du är en Herrens tempelriddare men ändå klädd i en folkungs mantel och lejon?" frågade ärkebiskopen intresserat. Det verkade som om samtalet nu tog en helt annan vändning än de båda biskoparna tänkt sig från början.

"Det är en intrikat fråga, åtminstone vid första påseende, Ers Eminens", sade Arn. "Som framgick av det dokument jag presenterade är jag för evigt broder i vår orden, även om min tjänstgöring på stridande förband var temporärt begränsad till dessa tjugo år varom min tid som botgörare handlade. Men jag har alltså rätten att när som helst ta upp min mantel, vilket också framgår av Stormästarens skrivna ord."

"Som tempelriddare... avger man inte klosterlöftena då?" undrade ärkebiskopen med en plötslig, bekymrad rynka i pannan.

"Naturligtvis, alla tempelriddare svär fattigdom, lydnad och kyskhet", svarade Arn. "Men som framgår av rad fyra i övergången till rad fem i dokumentet löstes jag från dessa löften i samma stund som min temporärt begränsade tjänst upphörde."

De båda biskoparna sänkte på nytt näsorna i pergamentbladet, sökte upp det ställe som Arn anvisat, stavade sig igenom det på nytt, sken upp och nickade instämmande. De såg också mycket lättade ut, vilket föreföll Arn svårt att begripa.

"Så du är nu fri till både egendom och äktenskap", konstaterade ärkebiskopen med en nöjd suck, rullade försiktigt ihop pergamentbladet och överräckte det till Arn som bugande tog emot det och förde ner det i det runda läderfodralet.

"Men säg mig, om du tar upp din vita mantel, en rätt som du obestridligen äger, vem lyder du under då?" frågade ärkebiskopen. "Jag har hört sägas att ni tempelriddare lyder under ingen, kan det verkligen vara sant?"

"Nej, men det finns ett korn av sanning i er förmodan, Ers Eminens", svarade Arn njutningsfull i munnen av detta språk som lydde tankens minsta vink. "Som tempelriddare lyder jag, eftersom jag är av borgherres rang, under Mästaren av Jerusalem och Stormästaren i vår orden och alla lyder vi under den Helige Fadern i Rom. Men i de högsta brödernas frånvaro, och i den Helige Faderns frånvaro, lyder jag under ingen, såtillvida är det sant som Ers Eminens förmodade. I folkungamantel som jag nu bär lyder jag förstås under svears och götars konung, liksom under min ätt, som seden bjuder här uppe hos oss."

"I samma ögonblick du kastar över dig din vita mantel på nytt vore du onåbar för allas vår befallning här i Norden", summerade ärkebiskopen. "Det är ju ett synnerligen exceptionellt förhållande."

"En fascinerande tanke, Ers Eminens. Men det vore mig helt främmande som sann kristen åter i mitt hemland att fly er domvärjo genom att kasta en osynlighetens vita kappa över mig, så som det berättas i de grekiska myterna."

"Din trohet är först till Guds rike och därefter till din ätt?" frågade ärkebiskopen lent men med listig min.

"Sådan dualism är en rent falsk konception av skillnaden mellan det andliga och det världsliga, ingenting kan någonsin dominera över Vår Himmelske Faders lagar", svarade Arn undvikande, lätt brydd av den enfaldiga frågan.

"Du uttrycker dig med beundransvärd elokvens, Arn de Gothia", berömde ärkebiskopen men lyssnade samtidigt på något som Stenar av Växjö viskande ville uppmärksamma honom på och nickade bekräftande.

"Det här samtalet har ju förlängts av såväl angenäm ton som oväntat innehåll", fortsatte ärkebiskopen. "Men tiden hastar, vi har väntande själar där ute och bör därför komma till själva saken. Din botgöringstid ålades dig därför att du syndat i köttet med din trolovade, Cecilia Algotsdotter. Så var det?"

"Så var det", svarade Arn. "Och denna botgöringstid har jag avtjänat med uppriktighet och heder till sista dagen i Herrens armé i det Heliga Landet. Vad jag vill säga därmed implicerar givetvis inte ens en antydan om att jag vore en man fri från synd, bara att den synd som föranledde min botgöring har genomgått purifikation."

"Det är också vår mening", sade ärkebiskopen något forcerat. "Men kärleken till denna Cecilia höll sig levande och stark under hela denna långa tid, liksom hennes kärlek till dig brann med samma klara låga?"

"I mina dagliga böner till Den Heliga Jungfru var det så, Ers Eminens", svarade Arn försiktigt och brydd över att hans innersta hemligheter var kända för denne något lantlige och oborstade ärkebiskop.

"Och varje dag bad du till Den Heliga Jungfrun att Hon måtte beskydda dig, din kärlek Cecilia och ert barn som en gång föddes till följd av er syndiga förbindelse?" fortsatte ärkebiskopen.

"Det är sant", svarade Arn. "Som jag med mina enkla fattningsgåvor förstår det som skedde så har Den Heliga Jungfrun lyssnat på mina böner, låtit Sig bevekas, fört mig oskadd från slagfälten åter till min älskade just så som jag svurit att försöka om det inte bleve mig förunnat att som tempelriddare dö för min salighet."

"Just denna sak bör man besinna med visst skarpsinne", sade ärkebiskopen. "Under tjugo år hade du var dag kunnat dö för att inträda i paradiset, det är tempelriddarnas särskilda prerogativ. Men ändå fördes du oskadd åter till ditt hemland. Borde inte detta om något vara ett Gudsbevis för den stora Nåd som undfåtts dig och Cecilia Algotsdotter?" frågade ärkebiskopen långsamt och vänligt.

"Den jordiska kärleken mellan man och kvinna har säkerligen sin plats hos människan i jordelivet, såsom Heliga Skrift anvisar oss flerfaldigt och står inte alls med någon nödvändighet i konflikt med kärleken till Gud", svarade Arn undvikande, eftersom han inte såg avsikten bakom den vändning samtalet nu tagit.

"Det är sannerligen också min mening", sade ärkebiskopen nöjt. "I denna något barbariska del av Guds rike på jorden, i detta Ultima Thule, tenderar ju människorna att bortse från detta av Herren klart anvisade mirakel. Här ingås det heliga och av Gud instiftade äktenskapet på helt andra grunder än kärlekens, inte sant?"

"Vi har onekligen en sådan tradition", medgav Arn. "Det är emellertid min övertygelse och tro att Cecilia Algotsdotter och jag själv undfåtts nåden av ett kärlekens mirakel. Det är också min förvissning att Den Heliga Jungfrun, som på detta sätt låtit Sitt ansikte lysa över oss, därmed ville visa oss något."

"Tro, hopp och kärlek", mumlade ärkebiskopen eftertänksamt. "Den som aldrig sviktar i tron, den som aldrig överger sitt hopp till Den Heliga Jungfruns mildhet kommer att bli belönad. Det är enligt min mening vad Hon ville visa oss alla. Är det inte också din mening, Arn de Gothia?"

"Det vore mig mycket fjärran att förstå det underbara som hänt oss båda på annat sätt än Ers Eminens", medgav Arn, nu ännu mera brydd över ärkebiskopens hemliga kunskaper och den välvilja han utstrålade.

"Då vore det enligt vår mening..." sade ärkebiskopen dröjande och
såg på biskop Stenar som nickade instämmande och allvarligt begrun-
dande, "enligt vår mening vore det då en svår synd att motsätta sig den
Höga vilja som Guds Moder och därmed Gud har visat oss i denna
sak. Kom min son, låt mig välsigna dig!"

Arn steg på nytt fram och sänkte sig på knä framför ärkebiskopen,
som från en av sina kaplaner kallade till sig en silverskål med vigvatten.

"I Faderns, Sonens och Den Heliga Jungfruns namn välsignar jag
dig, Arn de Gothia, som undfåtts Nåden, som skådat ett kärlekens mi-
rakel till uppbyggnad för oss alla i det jordiska livet. Och må Herrens
ansikte lysa över dig, må Den Heliga Jungfrun allt framgent gå vid din
sida och må du och din älskade Cecilia snart skörda den Nådens be-
löning, efter vilken ni båda, brinnande i tron, törstat så länge. Amen!"

Under välsignelsen hade ärkebiskopen vidrört Arns panna, axlar
och hjärta med det heliga vattnet.

Omtumlad och förvirrad gick Arn ut i ljuset som nu slog honom
vasst i ögonen, eftersom solen stod lågt i väster.

På väg tillbaka mot borggården där han kände sig säker på att fin-
na sin bror kvar vid öltälten funderade han så skarpt han förmådde på
vad han varit med om.

Han såg inte Vår Frus milda hand bakom det som skett, även om
det nog stämde med Hennes vilja. Han såg i stället människors vilja
och avsikter, men han förstod inte hur det hängde ihop, lika lite som
han förstod hur en enkel nordisk biskop kunde ha så stora kunskaper
om innerliga hemligheter hos honom, Cecilia och Vår Fru.

Han träffade inte Cecilia förrän till det stora rådsgillet i borgens sal,
där hundra gäster församlades strax efter solens nedgång. Rådsgillena
var de bästa på kungens borg efter julölet.

På drottning Blankas befallning hade en lövkoja rests vid det stora
kungsbordets kortände, vilket fick de kvinnor som trädde in i salen att
peka och viska och fnittra förtjust.

Salen fylldes i en bestämd ordning så att de mindre höga gästerna
trädde in först och fyllde alla platser vid de bord som stod bortanför
kungsbordet. Över denna turordning kunde det bli mycket gny, men

kungens traktörer höll noga reda så att ingen kunde göra sig förmer än han var värd.

Därefter kom de gäster som hade plats vid kungsbordet och som alltid bar de mest färggranna kläderna så att alla som redan satt fick sträcka på halsarna för att skåda prakten. Eller för att gnälla över att någon granne eller ovän hedrats på oförtjänt sätt som gäst vid kungsbordet.

Arn var bland dessa gäster, liksom Harald som passade på att klaga inför sin vän över att han ännu inte fått tillträde till vare sig jarl eller kung, som om norsk frände inte var god nog. Arn viskade att det fanns skäl som alls inte hade med Haralds heder att göra, men att det varit osämja och svåra samtal som dragit ut på tiden.

Näst sist kom de kungliga med gyllene kronor och jarlen som också han bar krona. Kungen och drottningen var klädda i de mest praktfulla utländska kläder som skimrade i regnbågens färger och de bar alla blå mantlar med hermelinspäls, även de tre unga kungasönerna som gick pratande med varandra som till vilken som helst taffel.

När de kungliga satt sig kom ärkebiskopens följe där klädprakten inte stod långt efter den kungliga. Ärkebiskopen välsignade först den kungliga familjen och därefter satte sig han och alla de övriga biskoparna.

Arn såg Cecilia långt borta och försökte fånga hennes blick, men det var som om hon dolde sig bland de borgjungfrur hon satt intill och inte vågade se åt hans håll.

När alla platser nu var besatta, utom de två vid kungsbordets ena kortände som var lövade som för fästningsfolk, reste sig plötsligt drottningen och höll två lövkvistar högt över huvudet, den ena i björk och den andra i rönn. Ett förväntansfullt gillande mummel steg genast i salen och drottningen började gå med de två lövkvistarna som hon på spelat skämt eller spelat allvar höll fram mot än den ene, än den andre, bara för att rycka tillbaka så fort en hand sträcktes fram. Åt detta skådespel gladde sig alla och började vilda gissningar om hur spektaklet skulle sluta.

När drottningen stannade vid Cecilia Rosa, som rodnande såg ner i bordet, förstod man åtminstone halva sanningen och glada rop och välgångsönskningar strömmade mot Cecilia när hon med sänkt huvud tog emot björkkvisten och följde drottningen till den lövade platsen. På nytt steg förväntansfullt mummel när drottningen höll rönnkvisten högt över sitt huvud och sakta började gå uppför kungsbordet.

När hon stannade vid Arns plats, den Arn som alla kände till ryktet även om få hunnit hälsa honom i hand, steg högt bifall mot de ekande stenväggarna som bara pryddes av erikska fanor med gyllene kronor mot blå botten.

Arn tvekade om hur han skulle bete sig. Men drottning Blanka väste åt honom att fort ta kvisten och följa henne innan det skulle vara för sent. Han reste sig och följde med.

Drottning Blanka förde Arn till hans älskade Cecilia och det blev så stort och gillande buller i salen att inget rop från kung eller jarl längre skulle höras.

När Arn med osäkert leende och bultande hjärta som inför strid satt sig bredvid Cecilia slog gästerna i salen med sina händer i borden så att ett mäktigt muller uppstod och ögonblicket för kungen eller jarlen att göra något kom och försvann med en fågels hastighet då mullret sakta dog ut och gästerna övergick till sorl och förväntan mer om måltiden än om den överraskning de just skådat.

Jarlen satt med knutna händer och såg ut som om han tänkte resa sig men förekoms av ärkebiskopen som sträckte upp båda sina händer för att befalla tystnad, fick så och tog fram sitt vita pallium, det heliga tecknet på hans höga värdighet, fäste det över rygg och bröst och gick nedför bordet tills han kom till Cecilia och Arn.

Där stannade han och lade sin högra hand på Cecilias skuldra och den vänstra på Arns.

"Skåda nu Herrens och kärlekens under!" ropade han högt och fick därmed helt tyst i salen, ty det som här skedde var något helt nytt. "Dessa älskande har i sanning undfått Vår Frus nåd, dessa älskande är menade åt varandra, ty det har Vår Fru visat klarare än vatten. Deras fästningsöl var för många år sedan, så det som sker i kväll är bara en bekräftelse. Men när bröllopet står lovar jag att ingen av lägre rang än ärkebiskop skall vara den som läser välsignelsen över er båda vid kyrkporten. Amen!"

Ärkebiskopen gick värdigt, långsam och nöjd, tillbaka till sin plats. På vägen bytte han ett leende i samförstånd med drottningen, undvek att se kung eller jarl i ögonen, drog av sig sitt pallium, satte sig och började genast tala om något med den biskop som satt närmast. Han uppträdde som om allt var avgjort.

Vilket det också var. Abbedissa kunde aldrig den bli som ärkebiskopen redan välsignat in i det av Gud instiftade förbundet mellan man och kvinna. Ty det som Gud förenat kan människan aldrig åtskilja.

Jarlen satt vit av ilska under sitt märke med det folkungska lejonet, det enda tecken som fick förekomma i borgens sal utom de tre kronorna.

Plötsligt reste han sig i vredesmod, välte det öl som redan ställts framför honom och gick med långa steg ut ur salen.

IV

EN HÅRD OCH KRÄVANDE NY HERRE KOM TILL FORSVIK, dessutom redan dagen efter att han seglat iväg till kungens Näs. Ingen hade väntat honom tillbaka så fort. Knappt talade han till Erling och Ellen när han kom. Han sade ingenting om vad som hade hänt på Näs och varför han återkommit därifrån redan efter en dag. Desto mer uppträdde han som ny herre på Forsvik.

Den sköna sommarvila som rådde i Västra Götaland när det bara var veckor kvar tills höet skulle bärgas förvandlades genast till hårt vinterarbete. Skulle furustockar hämtas i skogen gjorde man det hellre på vintern när slädar kunde dra och virket var klingande torrt när man högg. Men genast när han ätit något efter sin oväntade ankomst klädde Arn om från herre till träl genom att hänga av sig sitt ringpansar och allt det blå tyget och dra på sig trälars skinnkläder, trots att han fortfarande bar sitt svärd som tecken. Allt gårdsfolk som kunde undvaras från omlastningar mellan skeppen på Vättern och flodskutorna städslade han, liksom de fem hirdmännen och pojkarna Sune och Sigfrid.

Det var mycket som förvånade i detta, mest att herr Arn arbetade själv med yxa och dragoxar mer än någon annan, men nästan lika mycket att han befallde de fem hirdmännen på Forsvik att arbeta som trälar, liksom Sune och Sigfrid, vilka inte bara var väl unga för så hårt arbete, utan också folkungar som skulle lära till svärd och gott skick snarare än till trälgöra.

På andra dagen när förvåningen över dessa främmande seder sjunkit ner och ersatts av svett och såriga händer började en och annan att knota. Torben hirdman, som var äldst bland sina likar på Forsvik, dristade sig att säga högt vad alla tänkte, att det var skamligt för hirdmän att arbeta som trälar.

När Arn hörde det rätade han på ryggen från sin yxa, svepte svetten ur pannan med sitt pekfinger och stod tyst en lång stund.

"Gott", sade han till slut. "När solen flyttat sig mindre än en halv timme vill jag se er alla hirdmän i fulla vapen och till häst ute på gårdstunet. Och må ingen av er komma för sent!"

De släppte förvånade sina verktyg och gick mumlande mot gården medan Arn avslutade det huggande han just hade för händer, såg till att få en oxkärra lastad med två tunga furor och körde den hemåt sedan han befallt gårdsfolket och Sune och Sigfrid vilka två träd som skulle fällas och kvistas därnäst.

Sune och Sigfrid var således bland dem som skulle ha stannat uppe vid skogshygget, men deras nyfikenhet blev dem mycket starkare än deras vilja att lyda herr Arn. De väntade tills en halv timme nästan passerat och smög därefter ner till gården och upp i en av ladorna där de kunde se ner på gårdstunet från en vädringslucka. Det de fick se och höra skulle de aldrig glömma.

De fem hirdmännen satt till häst i fyrkantuppställning med Torben främst som anförare. De var surmulet tysta men såg också ut som om de var mer oroliga än de ville visa varandra. Ingen sade något.

Herr Arn kom då ut från stallet på en av sina små främmande hästar. Han red två varv runt tunet i hög fart och betraktade hirdmännen strängt innan han vände upp framför Torben och höll. Han hade dragit en ringbrynja över sig men bar inte hjälm. I ena handen höll han en vit sköld med rött kors som fick de två unga smygtittarna att känna ilningar i hela kroppen, ty de visste mycket väl att detta var tempelriddarnas märke.

I stället för svärd höll herr Arn en kraftig furugren som han prövande slog mot sin nakna vad medan han betraktade hirdmännen.

"Ni fann arbete med bygge ovärdigt", sade Arn till slut. "Ni vill göra hirdmäns arbete som ni finner mer värdigt. Ni skall få som ni ville. Den av er som slår mig av hästen blir fri, den jag slår av hästen får gå tillbaka till furuhygget!"

Mer sade han inte, men hans häst började röra sig i sidled, nästan lika snabbt som en häst som går framåt och när den närmade sig en av ladorna vände den i rörelsen ut åt andra hållet, sedan snett bakåt och plötsligt framåt. För Sune och Sigfrid såg det ut som magi, de kunde inte se vilka rörelser herr Arn gjorde för att få hästen att dansa på det viset. Så kunde ingen rida en häst, ändå skedde det nu framför deras ögon.

Plötsligt anföll Arn i två språng framåt med sådan hastighet att den av hirdmännen som var närmast inte hann få upp sin sköld innan han träffades så hårt i sidan av trädgrenen att han stönande vek sig framåt. Arn var genast tätt inpå den slagne och välte ner honom i marken med en enda enkel stöt. I nästa ögonblick hade han kvickt backat undan för Torben som nu kom med draget svärd bakom honom och högg en vid sväng i tomma intet.

Innan Torben hunnit se sig om var Arn ikapp honom bakifrån och ryckte honom enkelt ur sadeln och kastade därefter sin häst framåt i två nya snabba språng mellan två av de yngre hirdmännen som höjde sina sköldar till skydd.

Men i stället för att fortsätta rörelsen tvärvände herr Arns häst och slog bakut så att hirdmännens hästar skyggade och stegrade sig och inte kom i ordning förrän herr Arn rundat dem bägge och med trädgrenen slagit den ene över hjälmen och den andre över svärdsarmen så att han stönande av smärta böjde sig framåt i sadeln.

I stället för att bry sig om de två han redan träffat kastade sig herr Arn i två långa språng fram mot den femte hirdmannen, höjde sin trädgren som för ett väldigt slag så att hans motståndare i sin tur höjde skölden för att ta emot, bara för att finna att anfallet kom från andra hållet och ryckte honom ur sadeln med sådan kraft att han for långt bakåt och hamnade på rygg.

Sune och Sigfrid tänkte inte längre på att dölja sig. Med uppspärrade ögon lutade de sig nu så långt ut från vädringsluckan uppe i ladan att de var nära att falla ner på marken. Det som skedde nere på tunet gick så fort att de inte hann se hur det egentligen hände och de viskade ivrigt för att försöka förklara för sig själva eller fråga den andre. Herr

Arn behandlade Forsviks mäktiga hirdmän som om de vore kattungar, så mycket kunde dock vem som helst begripa.

"Detta är hirdmäns arbete på Forsvik", sade Arn när han satt ensam till häst ute på tunet och de andra satt eller låg eller stod framåtböjda med ont i kropp och lemmar.

"Om ni vill fortsätta hirdmäns arbete så samla ihop era vapen och sätt er på nytt i sadlarna så börjar vi om leken", fortsatte Arn.

Han betraktade dem en stund utan att säga något mer. Ingen av dem gjorde dock en min av att vilja sitta till häst på nytt. Arn nickade som om det han såg bekräftade vad han hade trott.

"Då går vi alla tillbaka till hygget i skogen", sade han. "I två eller tre dagar, tills herr Eskil och min vän Harald kommer, skall vi arbeta med furustockar. Den av er som gör ett gott arbete skall då få välja om han vill ta tjänst i hirden på Arnäs eller stanna här på Forsvik. Den som väljer att stanna här skall sannerligen få arbeta som hirdman men kommer inte att bli lika lätt att slå som ni var idag."

Utan vidare förklaringar vände Arn sin häst och red den rakt in i stallet. Sune och Sigfrid passade på att smita ner från sin utkiksplats uppe i ladans väderöppning och kilade fort upp mot skogshygget utan att bli upptäckta. Med andan i halsen talade de utan uppehåll om vad de hade sett. Så mycket förstod de att herr Arn hade gläntat lite på den dörr som ledde in i riddarens värld. Det var en syn av underbara drömmar, ty vilken ung folkung skulle inte ge flera år av sitt liv för att kunna göra blott hälften av det de nu sett en riktig tempelriddare göra.

Ingen av dem låtsades om någonting när Arn och de fem blåslagna och tystlåtna hirdmännen kom tillbaka i arbetskläder till hygget. Både Sune och Sigfrid ansträngde sig nu för fullt att göra sitt bästa i arbetet och de tvingade sig att inte ställa några frågor om vad som hänt nere på tunet.

När de två unga folkungarna gick till vila sent den kvällen i sin egen trädkoja uppe i en av de stora askarna utanför tunet hade de trots sina trötta och värkande kroppar svårt att somna. Gång på gång försökte de beskriva för sig själva och varandra vad de hade sett den eftermiddagen. En häst som rörde sig som en fågel, lika snabbt och lika oberäkneligt, en häst som lydde sin ryttare som om den kunde styras med tanken och inte med knän, tyglar och sporrar. Och en ryttare som var som sammanvuxen med hästen så att de båda blev som ett sagans djur. Och om herr Arn hållit sitt svärd i handen i stället för en trädgren hade han dödat fem hirdmän lika enkelt som man slår ihjäl nyuppdragen röding. Det var en hemsk tanke. Om man föreställde sig att man var en enkel hirdman.

Det var en ljuv drömmarnas tanke om man föreställde sig själv som den som finge gå i lära hos herr Arn och bli riddare. Drömmar saknade inte Sune och Sigfrid när tröttheten slutligen tog över upphetsningen.

***

Under tre dagars hårt slit samlades en ansenlig mängd furutimmer i staplar utanför Forsviks tun. Vad som skulle byggas med allt detta visste ingen och ingen hade heller dristat sig att fråga den fåordige herr Arn, som själv slet hårdare i arbetet än någon annan.

På den tredje dagen kom emellertid herr Eskil och norrmannen Harald tillbaka från kungens Näs och de fem hirdmännen på Forsvik fick då slippa undan det hårda arbetet. Arn sade åt dem att den som nu ville till ny tjänst på Arnäs skulle göra sig färdig för resan under dagen. Den som hellre ville stanna i hans tjänst på Forsvik för att arbeta desto mer med krigets konst skulle anmäla det. Ingen av hirdmännen rörde en min när de fick höra dessa ord. Ingen av dem valde att stanna på Forsvik.

Det blev brådska och mycket spring, eftersom många nu skulle flytta och färdas med flodbåtarna till Arnäs och Kinnekulle. Erling och Ellen, som med sina söner och några i sitt närmaste husfolk skulle lämna Forsvik för en mycket bättre gård, försökte en sista gång allvarligt förhöra sig med sin son Sigfrid och fosterson Sune om de verkligen ville skiljas från sin mor och far redan vid så unga år. Erling blev brydd och mörk i synen när han hörde hur de båda satts i arbete som trälar och det förvånade honom att denna skymf tycktes ha fått de båda unga att bli än mer bestämda i sin vilja att tjäna herr Arn. Dock fanns ännu lite tid att ändra sig, eftersom det var bestämt att både Sigfrid och Sune skulle följa sina bröder, mor och far på flodresan, då det tydligen var många hästar som skulle ridas tillbaka från Arnäs till Forsvik. Även det arbetet tycktes dock Sune och Sigfrid se fram emot då de sade sig ha en aning om vad det kunde röra sig om för en alldeles särskild sorts hästar.

Så snart välkomstölet var drucket hade emellertid herr Eskil och hans bror och norrmannen gått åt sidan och satt sig nere vid sjöstranden. Eftersom de klart visat att de ville tala ostört kom ingen i närheten av dem utom när Eskil ropade på nytt öl.

Eskil hade först blott halvt på skämt klagat över att dricka öl med en bror som både var klädd som och luktade som en träl. Arn svarade att det var en sak om svett kom av lättja och frosseri och en annan sak om den kom av välsignat hårt arbete. Och vad trälkläder beträffade fanns få trälar som bar en tempelriddares svärd. Emellertid fanns mycket viktigare ting att tala om och ju fortare desto bättre. Arn sade sig ha arbetat så hårt för att hålla tankarna borta, ty mycket fanns att tänka på som han omöjligt hade kunnat förstå på egen hand.

Det var alldeles sant. För det var ingen lätt sak att reda ut vilket spel som hade bedrivits på kungens Näs. Så mycket var klart från början att drottning Blanka hade haft sin hand med i det mesta som skedde.

Hon hade tidigt efter rådsgillet skickat bud efter Arn. Hennes besked var att allt stod på spel och efter sådana ord var det bara att rätta sig.

Han hade träffat henne vid soluppgången på det skyttevärn som med hög mur band samman det västra och det östra tornet på Näs. De hade talat helt kort, eftersom hon förklarade att det inte vore någon god sak om man såg drottningen ensam uppe på murarna med en ogift man, även om det visserligen varit än värre om platsen varit mer dold.

Det hon hade att säga sade hon fort. Arn skulle lämna Näs genast och ta båt till Forsvik och vänta där några dagar tills rådsmötet var avklarat. Som nu var fanns många fiender och onda tungor på Näs och framför allt var det tvunget att ingen ens kunde andas tanken att Arn och Cecilia Rosa setts i lönndom. Sådant skvaller kunde förstöra allt.

Dock skulle det bli bröllop, hade drottning Blanka försäkrat. Och det skulle ske så snart de tre förbjudna bröllopsveckorna före midsommar var överståndna. Till dess skulle Arn och Cecilia Rosa inte träffas. Annat än möjligen i Cecilia Rosas fädernehem Husaby med många vittnen, hade hon skyndat vidare i sina förklaringar. Ty detta var ett bröllop som många menade ledde till krig och ofärd och som därför borde hindras med vilka medel som helst.

Arn berättade för Eskil och Harald hur han våndats inför dessa ord från drottningen. Hennes allvar var inte att ta fel på, lika lite som hennes klokskap. Ändå var det inte lätt att bara ge sig av.

Arn hade till och med försökt invända att han upphöjts till marsk i kungens råd och därför ogärna kunde lämna Näs. Åt det hade drottning Blanka skrattat hårt och förklarat att den saken nog inte var något särdeles bekymmer, eftersom jarlen Birger Brosa i vredesmod svurit att inte sitta i samma råd som löftesbrytaren Arn Magnusson.

Något av detta med löftesbrytare hade Arn fått förklara för drottningen. Han hade berättat om överenskommelsen i rådskammaren att låta tiden gå innan man bestämde sig, vilket ju inte var detsamma som att redan till kvällens gästabud sitta i lövkoja med sin trolovade. Men han hade bedyrat för drottningen att han ingalunda var en man som svek sitt ord och att han inte hade någon skuld i det som skedde, eller ens begrep hur det gick till. Det hade hon bara viftat undan med att tingens rätta sammanhang nog skulle stå klart för alla i sinom tid, men att tiden just nu hastade och att de inte längre kunde stå ensamma vid muren i fullt synhåll för envar som gick ut för att pissa. För Eskil skulle hon förklara allt, sade hon till sist när hon skyndade bort och bara viftade avvärjande åt de nya frågor som Arn hade haft. Dock hade han litat på hennes ord.

Eskil instämde allvarligt nickande. Han hade också litat på drottningens ord. Till honom hade hon kommit senare vid andra morgonölet och berättat att hans bror på hennes enträgna begäran redan hade lämnat Näs och skulle vänta på Forsvik under den tid som rådsmötet pågick. Även Eskil hade gjort invändningen om Arns ofrånkomliga närvaro i rådet, men också han hade fått förklaringen att tanken på att Arn skulle iklädas värdigheten som rikets marsk var bortblåst i samma ögonblick som jarlen svurit att det i så fall finge ske över hans döda kropp.

Rådsmötet hade för övrigt varit gott och biskopshopen visade inte minsta förvåning över att det aldrig blev något tal om ny abbedissa på Riseberga, men desto nöjdare över att höra kungens ord om att han skänkte gård och skog för sex marker gulds värde till ett nytt kloster vid Julita i Svealand.

Lade man samman dessa kunskaper stod det klart att drottningen haft ränker samman med ärkebiskopen. Enligt Arn förklarade det också hur de två biskopar han mött visste sådant om honom själv och Cecilia som ingen utom de själva kunde veta. Drottningen och ingen annan hade bjudit till detta brudöl. Men Arn hade ingenting vetat och han hade ju heller inte kunnat gå med i sådant spel bakom ryggen på både kung, jarl och bror, eftersom han givit Birger Brosa sitt ord om en tids eftertanke.

Eskil tvivlade inte på att Arn varit lika okunnig som han själv om det som pågått bakom deras ryggar.

Det som var svårt att förstå var däremot hur drottningen hade kunnat göra allt detta som stod så tydligt i strid med hennes egen vinning. För om Cecilia Rosa, som Eskil kallade henne, nu verkligen gick i brudsäng med Arn dog hela tanken på henne som vittne mot den onda Moder Rikissas mened. Och i så fall blev det osäkert om drottningens egen son Erik kunde ärva kronan. Vore man drottning Blankas man och kung kunde man se det som förräderi.

Arn menade att det var ett alldeles för hårt ord innan man visste hur de två Ceciliorna verkligen tänkt. Själv hade han inte kunnat utreda någonting i denna sak, även om han suttit intill sin Cecilia under björk och rönn vid hela gästabudet. Många öron hade varit alldeles för lystna i deras närhet, stort larm var det i salen och oändligt mycket att tala om. Han visste nu mycket om vad en yconomus gjorde i kloster, yconoma rättade han sig, och mycket visste han också om den innerliga vänskap som fanns mellan de två Ceciliorna från deras tid av stort lidande i Gudhem. Men om kvinnligt ränkspel visste han intet.

Kanske var det ändå enkelt och oskyldigt, funderade Harald som inte sagt något på länge. Som män tänkte var det alltid ränker och elakt spel om något oväntat skedde och därför ville man kanske tro att det fanns förräderi hos drottningen och ett hemligt band mellan henne och ärkebiskopen. Ärkebiskopen hade ju sannerligen spelat med i att bereda vägen till Cecilias brudsäng. Men tänk om det bara var vänskap? Om dessa två kvinnor känt varandra och lidit tillsammans många år i ungdomen, hur nära skulle de då inte stå varandra? Skulle inte han själv, Harald, ha gjort en sådan sak för Arn? Och skulle inte Arn ha gjort samma offer för sin vän? Vad skulle man inte göra om man visste att vännens lycka stod på spel?

Eskil menade att detta nog var ett klokt sätt att tänka, men att sådan klokskap bara omfattade män. Av två fruntimmer kunde man inte gärna vänta sig detsamma.

Men då invände Arn att klokskap nog inte var rätt ord, fastän de andra två borde känna de nordiska orden bättre än han. Ty vad gällde de två Ceciliornas *klokskap* fanns intet att klaga på. De hade lätt som en lek och på mindre än en dag lurat alla män, kung, jarl, Eskil och Arn själv. Frågan var alltså en annan. Kunde kvinnor känna samma *vänfasthet* som män och handla osjälviskt bara för denna vänskaps skull?

Harald Øysteinsson menade att så nog kunde vara fallet, särskilt om man betänkte hur de båda Ceciliorna uthärdat ett svårt lidande tillsammans och under många år. De andra två var mer osäkra i den frågan. Men förr eller senare skulle man ändå få veta, så fler ord behövde inte ödslas på denna sak just nu.

Ty här fanns en viktigare fråga som plågade Eskil. Hans var ansvaret för att det nu blev bröllop på Arnäs, ty där och ingen annanstans skulle det stå.

Om han ordnade detta bröllop fick han Birger Brosa till fiende, om inte, sin egen bror. Det var inget gott val.

Det blev tyst en stund när Eskil lagt fram sin vånda så kort och klart.

"Eftersom jag förstår dina kval, kan du aldrig bli min fiende hur du än beslutar", sade Arn till slut. "Lång och farlig blir visserligen brudfärden från Cecilias Husaby till Forsvik i stället för bara ner till Arnäs. Men så kunde vi ordna det."

"Nej!" sade Eskil tvärt. "Du lär aldrig välja Ingrid Ylva i stället för Cecilia som var vår farbrors önskan. Ingenting kan hindra dig och Cecilia Rosa. Jag bryr mig inte längre om varför det är så, jag bara vet att det är så. Då skall det som måste ske inte ske i skymundan och skam. Det skall ske på Arnäs med pipare och trummor och bröllopsgäster intill tredje led!"

När de passerat denna svårighet i samtalet var allt mycket enklare och snart talade de fort och lätt om vad som skulle göras den närmaste tiden. Harald hade fått brev med både Birger Brosas och kung Knuts sigill att resa med till kung Sverre i Norge. Skeppet nere i Lödöse skulle rustas och bemannas, för snart måste Harald påbörja sin första resa efter torkad fisk om han skulle hinna med två sommarresor till Lofoten innan höststormarna kom med nordlig vind som gjorde det svårt att segla dit upp. Men redan två resor skulle ge en god vinst och Harald skulle inte bli lottlös.

Desto bättre om Harald behövde bemanning, menade Arn. Ty på Arnäs fanns fem norska hirdmän som helt säkert både kunde och ville segla med Harald, särskilt om han reste med kungligt lejdbrev. Och här på Forsvik fanns fem hirdmän som tappat sin håg att arbeta i Arns tjänst. De kunde redan nästa dag ersätta de fem norrmännen på Arnäs.

Arn skulle dessutom behöva några bra byggträlar från Arnäs och han försökte minnas namnen på de två som varit bland de bästa när han var ung. Eskil tänkte noga efter och kom fram till att en av dessa nog var död och den andre, som fortfarande levde och hette Gur, var för gammal men levde kvar på Arnäs med full rätt till mat och bolster, även om han inte längre kunde arbeta. Hans son som hette Gure var dock lika skicklig som en gång sin far att mura och bygga i trä. Det fanns ytterligare några bra byggträlar, även om Eskil just nu inte kunde erinra sig deras namn.

Hälften av utlänningarna på Arnäs skulle också över till Forsvik, fortsatte Arn. Ty bara hälften av dem var riktigt goda stenbyggare, de andra hade kunskaper som skulle göra sig bättre på Forsvik.

När mycket av sådana ting var avhandlade hade Eskil en svårare fråga till Arn. Det gällde Eskils ende son Torgils.

Nog hade Eskil hellre önskat att Torgils skulle bli som han själv, en man för handel och silver, rikedom och klokskap. Han hade oroat sig för mycket och för länge, men han insåg att det inte gick att ändra på Torgils. Ty redan vid sjutton års ålder red han i kungens hird och hans håg stod mycket mer till båge och svärd än till att bli som sin far. Torgils ville bli som sin fars bror. Så var det och det kunde inte ändras.

Faders sorg var det på så vis att den unge man som valde Torgils bana snabbare sökte sin död än den som föredrog handel och räkenskaper. Under många nätter av vånda hade Eskil sett framför sig hur hans älskade son krossades under hästar och lemlästades av svärd och spjut. Men unga män hade svårt att förstå sådana faderliga omsorger.

"Och vad är det du egentligen vill säga mig i denna sak?" frågade Arn.

"Min fråga är enkel i ord men ändå tung att framsäga", sade Eskil. "Min son Torgils vet ännu inte att du kommit åter till vårt rike. Han kan alla sångerna om dig och det finns stunder då jag tror han älskar sagan om dig mer än han älskar sin egen far."

"Så är det helt säkert inte", sade Arn. "Men unga män har hellre drömmar om svärd än om räkenskapskammare, och deras drömmar kan vi inte ta ifrån dem. Det skall vi inte heller göra, hellre vända deras drömmar till något gott. Nu åter till din fråga."

"Torgils är med kungens äldste son Erik och din son Magnus uppe i Bjälbo just nu", sade Eskil lågt. "Där skulle de hålla gille och tävla i bågskytte. Därför var ingen av dem på Näs..."

"Jag vet redan detta", avbröt Arn otåligt. "Något blev ju ändå sagt mellan mig och Cecilia på Näs... men din fråga?"

"Får Torgils gå i lära hos dig?" frågade Eskil snabbt. "Min tanke är att om han ändå skall leva av sitt svärd så skall han ha den bäste av lärare och..."

"Ja!" avbröt Arn. "Och föga tycks du ana hur nära jag var att fråga dig först, fast jag fruktade att en sådan fråga inte skulle glädja dig. Sänd Torgils till mig och jag skall göra honom till allt det han nog inte kan bli i kungens hird. Unge Sigfrid Erlingsson och Sune Folkesson har jag redan i min tjänst!"

Eskil sänkte lättad sitt huvud, sneglade i sin sedan länge tomma ölstånka men åtrade sig när han plötsligt kom på något.

"Du tänker bygga en folkungsk ryttarstyrka!" sade han och sken upp.

"Ja, det är just min tanke", medgav Arn och sneglade mot Harald. "Och nu skall jag säga dig något som inga öron får höra, fastän Harald är min närmaste vän och inte räknas som andra. Här på Forsvik skall jag bygga ett rytteri som skulle kunna stå franker eller saracener emot om jag bara får männen till mig när de fortfarande är så unga att de kan lära. Men de får bara vara folkungar, ty den makt jag tänker mig får inte hamna utanför vår ätt. Och med Torgils, din son, är detta särdeles viktigt, eftersom han skall bli herre till Arnäs. Det är han som en dag skall stå på murarna och se ner på den sverkerska hären. Och den dagen skall han veta allt en segrare måste veta. Men bara folkungar, minns det Eskil!"

"Men erikar?" invände Eskil tveksamt. "Erikarna är ju våra bröder?"

"Just nu är de det och jag har själv svurit kung Knut trohet", sade Arn lugnt. "Men om framtiden vet vi intet. Kanske går erikar och sverkrar samman mot oss en dag av skäl vi inte ens kan ana just nu. Men en sak är säker. Om vi bygger Arnäs starkt, och Gud och vårt arbete skänker oss ett folkungskt rytteri, kan ingen stå oss emot. Och om ingen kan stå oss emot kan vi slippa undan krig, eller åtminstone förkorta krig och makten blir vår. Harald min vän har nu hört vad som var avsett bara för nära fränders öron. Men fråga honom och han intygar att jag har rätt!"

"Det är sant som Arn säger", svarade Harald på Eskils frågande blick. "Arn är den som lärt mig till krigare, fastän jag måhända var för gammal när jag kom i hans tjänst. Arn är den som lärt skvadron efter skvadron, alltså ryttarhop på vårt språk, att föra kriget framåt i anfall och bakåt i återtåg, liksom han, och sådana som han, lärde bågskyttarna, sappörerna, fotsoldaterna och de lätta ryttarna lika mycket som de tunga, liksom rustningsmästarna och svärdsmakarna. Om en enda

133

ätt i Norden får dessa tempelriddarnas kunskaper, om birkebeinare el-
ler folkungar, erikar eller sverkrar, så är all makt hos den ätten. Tro
mig, Eskil, ty jag har sett allt detta med egna ögon. Sant är allt jag sä-
ger. Jag är norsk kungason och står vid mitt ord!"

***

Drottning Cecilia Blanka hade inte lämnat sin man och kung en lugn
stund förrän hon fått sin vilja igenom. Han suckade att av den frid
som brukade sänka sig över Näs efter tre dagars rådsmöte blev denna
gång skralt. Men vad han än kommit på för invändningar hade hon
sällan mindre än två saker att genmäla. Han fann det vara en alldeles
för stor heder för en ogift kvinna som Cecilia Rosa att rida med mer
än en tolft av kungens hirdmän till skydd. Så reste en jarl men ingen
ogift kvinna.

Men drottningen svarade då att ingenting hindrade att hon sände
sin egen hird, eftersom Cecilia Rosa var hennes käraste vän i livet och
alla visste det. Vem kunde fryna åt eller avundas att drottningen hed-
rade sin käraste vän?

Kung Knut envisades att det likväl var att ta i för mycket att sända
så många väpnade män med en enda kvinna. Det vore som att visa att
man fruktade onda anslag.

Drottningen svarade att ingen styrka kunde vara för stor om man
ville vara helt säker på att hindra onda anslag. Värre olycka kunde inte
drabba riket just nu än att något ont vederfors Cecilia Rosa på den far-
liga resa hon ändå måste göra. Kung Knut undslapp sig med en suck
att Cecilia Rosa väl inte kunde göra värre olycka med sin död än vad
hon gjorde med att gå i brudsäng i stället för till Riseberga kloster.

De orden fick han omedelbart ångra när drottningen utan minsta
husfruelig mildhet i rösten sade honom vad som skulle drabba riket
om sår eller död nu kom över Cecilia Rosa. Det skulle genast splittra
folkungarna med Eskil och Arn Magnusson på ena sidan och Birger
Brosa och hans bjälbogren på den andra. Och hur skulle Magnus Må-
nesköld, som både var Birger Brosas fosterfrände och Arn Magnussons

son, ställa sig i den striden? Och om det folkungska stödet till kronan började vackla, vad skedde då med makten i riket?

Med milda och eftertänksamma ord snarare än hård röst som många andra män skulle ha valt efter sådant tilltal från sin husfru medgav kung Knut utan vidare att redan tanken på en splittring bland folkungarna var som en mara om natten. Då skulle han själv och hans erikska ätt hamna mitt i en strid där inte bara sonen Eriks arv av kronan blev osäkert, utan än värre satt kronan snart löst på hans eget huvud. Så långt medgav han, som han ofta hade lätt att göra när de två var ensamma, att hon hade mycket mer rätt än han själv. Men splittring fanns ju redan, eftersom Birger Brosa vänt rasande åter mot Bjälbo med många hårda ord efter sig om både Arn och Eskil.

Drottning Blanka menade att tiden snart skulle läka det såret. Viktigt var att föra Cecilia Rosa oskadd hela vägen till Arn Magnussons brudsäng. När Guds vilja gjort allt klart så att ingenting längre kunde ändras skulle nog allt larm lägga sig. Men om detta inte blev av och, än värre, om något ont drabbade Cecilia Rosa före brudnatten skulle de få en fruktansvärd fiende i Arn Magnusson.

Det var inte svårt för kung Knut att gå med på att värre än så kunde det inte bli. I en värld där så mycket avgjordes med svärd gällde det att ha män som Arn Magnusson på den egna sidan. Därför var det desto sämre att Birger Brosa i sitt ovanliga vredesmod svurit att hellre stiga ner från jarlamakten än att välkomna Arn som ny marsk i rådet. Hur man än vände och vred på dessa frågor satt värken kvar som i en ond tand.

Den enda säkra kuren mot tandvärk var att dra ut den onda tanden, ju förr desto bättre, svarade drottningen som om intet mer behövde sägas.

***

För Cecilia Rosa blev de följande veckorna som om man tagit ifrån henne både hennes frihet och fria vilja, som om hon likt ett fallet löv flöt med strömmen utan att själv kunna bestämma det allra minsta.

Inte ens en så enkel sak som hon gjort många gånger förut, som att resa mellan Näs och Riseberga kloster, fick hon råda över.

Eftersom hon skulle ha tolv hirdmän i följe tog resan två dagar längre. Hade hon fått bestämma själv hade hon seglat med båt norrut i Vättern till Åmmeberg och därifrån fortsatt med mindre flodbåt in i Åmmelången och de följande sjöarna ända till Östansjö. Därifrån hade det bara varit en dagsritt till Riseberga.

Men med tolv hirdmän och deras hästar och all packning gick det inte att ta sig fram vattenvägen, utan man måste börja rida redan i Åmmeberg.

Som hon var van skulle hon ha ridit med en eller två män över vilka hon själv hade kunnat befalla. Nu blev det tvärtom och hirdmännen från kungens borg talade om henne som en tingest, trots att hon stod eller satt till häst alldeles intill. De kallade henne fruntimret, disputerade vad som var bäst för fruntimrets säkerhet och vad fruntimret skulle orka och hur fruntimret bäst borde söka gästning för natten. Resan fördröjdes hela tiden av att hirdens ledare befallde män att rida i förväg för att spana av ett skogsparti innan man red igenom det eller andra sidan ett vadställe innan man gick över det. Med allt detta bestyr tog det mer än fyra dagar att ta sig upp till Riseberga.

Till en början hade hon försökt stänga öronen och vända sig inåt mot sina egna drömmar om allt det underbara och sina tankar av tacksamhet som hon varje timme sände Vår Fru. På andra dagen kunde hon inte längre blunda för att bli talad om och behandlad som en last silver i stället för en människa och red upp jämte Adalvard hirdman, som var av den erikska ätten och anförare på resan.

Hon berättade att hon gjort denna resa många gånger och bara en gång träffat på stigmän och att dessa stigmän hade låtit henne passera okränkt när hon förklarat att hon kom från kloster och att den last hon förde var skrifter och kyrkligt silver. Stigmännen som var unga och hade få vapen hade inte skrämt henne det minsta. Hur kunde det då komma sig att en kunglig hird, som red med de tre kronornas märke i täten, en syn som borde ha skrämt vettet ur de flesta stigmän, måste åbäka sig med en sådan räddhågsenhet inför varje vägkrök?

Adalvard svarade henne buttert och korthugget att vad som var säkert eller inte säkert på denna resväg bestämde han helst efter eget förstånd och egen kunskap. En klosterkvinna kunde helt säkert allehanda ting som han inte kunde. Men nu skulle man rida levande genom Tivedens skogar. Det var hans kunskap.

Cecilia Rosa lät sig inte nöja med detta svar och försökte lirka om sin fråga några gånger utan att få annat svar än det hon redan fått, om än i något olika ord. Det var viktigt att man hade ordning på säkerheten och därför måste man hålla ordning på säkerheten. Längre kom hon inte i resonemanget denna andra dag, eftersom deras följe just kom till en gård som verkade tillräckligt stor för att kunna härbärgera en tolft hirdmän, deras hästar och ett fruntimmer.

Gårdsfolket kördes ut från sitt eget långhus, alla vapen samlades in och lades i en bakstuga och ett kokhus rensades så att Cecilia Rosa kunde få det helt för sig själv. Förskrämda husträlar med hirdmän i sällskap kom och lämnade kvällsvard och öl till henne och på natten vakade två hirdmän hela tiden utanför hennes dörr.

Två väpnade män utanför dörren var inte till någon glädje, eftersom ingen tänkt på att ställa in pisskärl åt henne, och när hon skulle ut för att förrätta den sak som till slut inte kunde undvikas blev hennes två vakter så skrämda av tanken att lämna henne utom synhåll att de först oblygt menade att de skulle följa henne även i sådant kvinnligt ärende som ingen man med heder borde störa. Eftersom hon väntat alldeles för länge med att våga sig ut var hon nu i sådan nöd att hon inte ansåg sig ha tid att avgöra frågan med längre samtal utan bad dem följa henne ett helt litet stycke, men att dock vända sig om vid själva förrättningen.

Nästa morgon när de kommit ett litet stycke på väg red hon upp intill Adalvard och klagade att det var föga hedersamt att bli behandlad som en fånge som skulle föras till tings för att hängas. De orden bet bättre på honom än hennes frågor om vad som var säkert. Han urskuldade sig att de alla svarade för henne med sina egna liv.

Först hade hon svårt att ta honom på allvar utan trodde att det var vanligt manligt skryt och överdrift. Hon betraktade hans ansikte i smyg. Det var fårat av väder och vind och ärrat av svärd eller pil och där fanns stort allvar, men inget spår av fåfänga eller skryt.

Kunde det vara sant, återupptog hon frågan efter en stunds tystnad, att de alla svarade för henne som om hon vore värd sin egen vikt i silver?

"Värre än så, min fru", svarade han kärvt. "Vanära vore det att bli av med en så tung silverlast och föga mer hade jag då att hämta i kungens tjänst. Men för er min fru står det om våra liv. Så har kungen sagt och så är det."

Då kom en stor kyla över henne mitt i den vänaste av midsommardagar. Det blänkande ljuset i den tjärn de just red förbi blev ett vasst hot, de spröda boklövens prassel uppe i trädkronorna varsnade om skogens hemliga ondska, liksom granarna förvandlades till trolska varelser som när som helst kunde resa sina hängande grenar som armar och komma mot henne. De män med bistra och spanande miner som red runt henne såg inte en vacker sommardag och hörde inte den jublande fågelsången, de hörde sina dödsdomar och såg bödelns yxa.

Det dröjde innan hon talade med Adalvard hirdman på nytt. Först försökte hon tänka igenom det som skedde och där hon intet hade att bestämma själv. Hon var på väg till sitt bröllop med Arn och det var för att Vår Fru hade lyssnat på deras böner och låtit beveka Sig. Och Hon hade sparat Arn för annat än martyrdödens raka väg till paradiset.

Det var sant, det kunde förnuftet inte ändra med någon enda fråga eller invändning.

Vad behövde hon då för säkerhet på sin enkla färd till Riseberga annat än Vår Frus milda beskyddande händer?

Cecilia Rosa förstod mycket väl att en sådan kyrkologik skulle imponera föga på en man som Adalvard. Han handlade på kunglig befallning och han såg till människors vilja i första hand och därefter möjligen till Guds vilja. Eller också, mildrade hon sig, såg han människans skyldighet att alltid göra sitt yttersta för att uppfylla Guds vilja.

I det som skedde henne just nu gjorde människor allt de förmådde för att uppfylla det som var Vår Frus vilja så sant man kunde känna den. Därför flöt hon nedför livets flod som ett löv utan egen vilja, därför att så många människor med makt över land och skog, silver och svärd, kyrka och kloster alla strävade åt samma håll. Vilken god värld skulle människan inte leva i om alla städse strävade åt samma håll på det viset!

Således var det desto svårare att förstå att det som skedde bara var för hennes och Arns skull, två fattiga syndiga människor som inte var förmer än andra.

Nej, det fanns något som inte var rätt. Det var inte människans godhet och ständiga vilja att gå Herrens vägar som gjorde att hon nu red omgiven av tolv krigare som sällan släppte henne längre än en armslängd bort. Det måste finnas en fara som hon själv inte förstod, men som männen som fruktade för sina liv runt henne borde förstå desto bättre.

Hon vek av ut ur ledet och red på nytt upp jämsides med Adalvard hirdman, utan att låtsas om allt det besvär hon då ställde till med när hirdmännen måste ordna om hela gruppen så att hon på nytt fick ryttare både framför sig och bakom sig och på sidorna. Men hon ville få vetskap och hon tänkte sig ett nytt sätt att få Adalvard att säga något vettigt om de hemligheter hon själv inte ens anade.

"Jag har tänkt mycket, Adalvard, på det du sade mig att ni alla ansvarar för mig med era liv", började hon. "Säkert borde jag ha visat mig mer tacksam och mindre grisk och det ber jag dig ursäkta mig."

"Min fru har inget att ursäkta sig. Vi har svurit att lyda kungens befallningar in i döden och till dess lever vi inte illa", svarade Adalvard.

"För mig var det en vanlig resa tills du sade mig hur allvarlig din uppgift var och då måste jag säga dig helt ärligt hur hedrad jag känner mig att ha sådana väldiga kämpar vid min sida i farans stund", fortsatte Cecilia oskyldigt.

"Vi är kungens hirdmän", svarade Adalvard. "Nåja, somliga av oss är drottningens, men de är inte sämre män för det", tillade han med ett litet leende som var det första han visat på hela färden.

"Du ser att jag rider med stigbygel på var sida, som en man", fortsatte Cecilia. "Har du inte undrat något över detta?"

"Jo, jag har undrat", sade Adalvard. "Men inte för att jag förstår riktigt hur min fru gör det, eftersom ni ändå ser ut som fruntimmer i sadeln. Och inte för att jag tyckte att jag borde skåda er närmare på kroppen när ni sitter upp eller ner."

"Jag rider ju mycket i ärenden från Riseberga, kanske rider jag lika mycket som en hirdman", fortsatte Cecilia, som om samtalet var menat att bara bli oskyldigt. "Därför har jag sytt en kvinnodräkt, vi syr ju mycket i kloster som du kanske vet, som är som två dräkter, en kring vardera ben. Och så har jag ett förkläde. Som fru ser jag ut, men som man kan jag rida. Därför skall du veta en sak. Om faran kommer, den fara du talade om, så kan jag fly undan snabbare än de flesta försvarare här med sina tunga hästar. Vill ni skydda mig från anfall skall vi inte hålla på stället utan fort rida undan."

Äntligen hade Cecilia sagt något som fick Adalvard hirdman att betrakta henne som människa med egna tankar och inte som en hög med silver. Han red undan, efter att höviskt ha ursäktat sig, talade ivrigt med några av sina män medan han gjorde stora yviga gester och dem han talat med föll bakåt och spred den nya kunskapen vidare.

Tillbaka vid sidan av Cecilia verkade han nöjd och mer talbar än på hela den tidigare resan. Då ansåg Cecilia att marken var beredd för det hon ville fråga.

"Säg mig, Adalvard, min trogne försvarare, du som är en man vid kungens Näs och vet så mycket mer än en enkel kvinna från kloster, varför skulle jag, som är fattig och från den svaga pålsätten, kunna bli rov för onda anslag?"

"Fattig!" skrattade Adalvard och gav henne ett forskande ögonkast som för att utröna om hon hycklat eller gycklat. "Jo, kan så vara just nu", grymtade han. "Men snart skall det bli bröllop och som husfru åt en folkung är en tredjedel av hans egendom er. Ni är snart rik, min fru. Den som kunde lyckas med sådant brudrov skulle också bli rik mot lösen. Sådant har hänt, även om jag inte vet någon som fått leva efter ett nidingsverk av detta slag. Men hänt har det."

"Ja, då känns det ju i sanning som trygghet att ha sådana väldiga kämpar vid min sida", svarade Cecilia blott halvt nöjd med det hon fått veta. "Men det kan väl inte vara det enda? För att skydda mot fattiga stigmän och kvinnorövare med dåliga vapen behövdes väl inte denna styrka som vi kommer med. Det räckte väl med att de såg vårt märke med de tre kronorna?"

"Ja, det är sant, min fru", svarade Adalvard. Och upplivad av samtalet fortsatte han just så som Cecilia hade hoppats.

"Jag är av kung Knuts och hans fars Helge Sankt Erik ätt. Men äldre bröder än jag tog gårdarna efter min far och hirdman fick jag bli. Jag beklagar mig inte. Ty är man av eriksätten vet man varom det står i riket när det gäller kampen om makt. Ert liv, min fru, är kampen om makt. Liksom er död."

"Jag kan ju inte förstå så mycket av männens värld", svarade Cecilia ödmjukt. "Men desto större blir då glädjen att rida vid en erikare som kan förklara för mig sådant som vi klosterkvinnor inte har förstånd till. Vad har min död eller mitt liv att göra med kampen om makt? Jag ber dig, Adalvard, att verkligen förklara för mig!"

"Nå, jag kan ju inte säga er något som ni ändå inte kommer att veta senare", svarade Adalvard nöjd av att vara den som satt inne med livets sanning. "Ni skulle ha blivit abbedissa och då hade jag aldrig kunnat tala till er så här vanvördigt. Men som abbedissa skulle ni ha svurit så att kung Knuts äldsta son fått ärva kronan. Så långt känner ni väl själv till allting?"

"Ja, allt detta vet jag. Men om det nu inte blir så, varför skulle då någon av sverkrarna längre vilja mig något ont?"

"Om man dräper oss alla, er min fru, mig själv och alla mina män, så kommer var man i riket att tro att det var sverkrarna som stod för detta nidingsdåd, även om det inte var så", svarade Adalvard med plötslig ovilja. Samtalet hade nu vänt i en riktning som han tydligt ångrade att han begett sig in i.

"Vore inte det klokaste att i så fall dräpa Arn Magnusson?" frågade Cecilia utan minsta bävan i rösten.

"Jo, det vore det. Alla vet att vi erikar skulle tjäna på ett sådant mord, ty då blev det inget bröllop mellan er båda. Ni min fru kunde bli abbedissa desto raskare då både sorgen och ensamheten drev er i kloster. Men jag svär att vi inte tänker så, ty det vore att bryta vårt förbund mellan erikar och folkungar som är beseglat med många eder. Om erikar och folkungar kom i fejd förlorade vi båda all makt till sverkrarna."

"Alltså skulle nu sverkrarna helst vilja döda Arn Magnusson och få det att se ut som om ni erikar var skyldiga till dådet", fyllde Cecilia i tanken utan att darra på rösten, fastän en blixt slog ner i hennes hjärta samtidigt som hon uttalade orden.

"Jovars", log Adalvard. "Om sverkrarna kunde döda Arn Magnusson och få skulden på oss erikar kunde de nog vinna en hel del. Men vem skulle de skicka till Arnäs eller Forsvik för ett sådant svekfullt nidingsverk? Odin som kunde göra sig osynlig? Eller Tor, vars hammare kunde få hela världen att dåna? Nej, till Arn Magnusson kommer ingen dråpare i lönn, det kan ni vara helt förvissad om, min fru."

Adalvard hirdman skrattade länge åt sina förslag om Oden och Tor. Hur ogudaktiga dessa skämt än föreföll Cecilia fann hon ändå god tröst i dem.

Bara en gång på färden mot Riseberga kloster hände något som inte var fridfullt. Efter Östansjö när de passerat de stora skogarna och kom till mer öppet landskap med enstaka gårdar mötte de en skenande fårhjord som kom störtande nedför några kullar. Och efter fåren löpte fyra herdar i bruna vida kappor med stavar i händerna för att samla ihop de skrämda djuren.

Adalvard hirdman skickade genast fyra ryttare mot dem med dragna svärd och herdarna kastade sig strax ner på marken med ansiktet mot jorden och händer och fötter utsträckta, fastän några av dem oroligt försökte snegla efter de bortflyende fåren.

Samtidigt som de fyra hirdmännen ridit mot fåraherdarna slöt de åtta andra upp i tät ring kring Cecilia med Adalvard något framför dem. Alla hade de dragit sina svärd.

Fåraherdarna var fåraherdar och ingenting annat. Efteråt förklarade Adalvard buttert för Cecilia att man aldrig kan veta säkert, att det är högmod som leder till döden om man tror att man förstår allt man ser i samma ögonblick man ser det. En god sak var ändå att ingen herde dräptes i onödan. Fåren fick de väl återfinna med något större besvär, det var hela saken.

Äntligen framme på Riseberga gick Cecilia genast in i sina kammare och stod länge med handen på en av kulramarna och insöp doften av pergament och bläck. Ett rum med skrifter hade en särskild doft som inte var att ta fel på och hon visste att hon när som helst i livet skulle kunna återkalla detta i minnet.

Det som hon fortfarande hade svårt att fatta var att det nu verkligen var avsked. Så länge hade hon levt bland dessa räkenskaper att hon innerst inne tänkt sig det som resten av livet, nej som det enda livet i sinnevärlden, medan Arn Magnusson hörde till drömmarnas värld.

Avskedet blev svårt och inte utan tårar. De två sverkerjungfrur som sökt Risebergas asyl och fått den, trots att Birger Brosa senare ogillat det, grät mer än andra. För de hade stått Cecilia närmast och varit dem som hon lärt mest kärt om sömnad, trädgårdskonst och bokföring. Nu skulle de två bli ensamma utan yconomas beskydd och deras hopp om att Cecilia skulle återkomma som abbedissa krossades.

Cecilia tröstade dem båda så gott hon kunde och försäkrade att de alltid kunde sända henne bud, nej att hon skulle hålla sig underrättad om vad som skedde på Riseberga, nej bättre än så, att hon skulle komma och besöka dem för att säkert få veta allting.

Hennes ord tröstade inte så mycket som hon ville. De båda jungfrurna sade sig inte kunna tro att Cecilia från sin världsliga makt kunde styra något i Riseberga. Cecilia fick därför stanna en dag längre på Riseberga än hon tänkt sig.

Hon tog de två, som hette Helena och Rikissa, till sig för många timmars samtal i räkenskapskammaren. Medan hon gick igenom allt som skulle göras om och om igen, och gång efter gång visade i vilka fack som skuldsedlar och räkningar förvarades och var kravbrev till biskopar och deras indrivare av skatt och arrende skulle återfinnas, berättade hon mer än någonsin tidigare om hur det hade gått att leva bland familiares i kloster där nästan alla var av fiendeätt. Så hade hon själv och drottning Blanka levt och uthärdat många år fram till en bättre tid.

Och noga berättade hon om hur en klok gammal kvinna som hette Helena Stenkilsdotter och var av en svunnen konungaätt hade talat förstånd med unga jungfrur om vikten av att aldrig välja sina fiender när man var helt ung.

Inom sig tänkte Cecilia att hon kanske åtminstone något hade börjat likna denna Helena Stenkilsdotter, eftersom hon kunde hysa sådan ömhet till jungfrur med de förhatliga sverkersnamnen Helena och Rikissa.

Hon varnade dem för att avlägga löftena innan de kände den verkliga kallelsen och att aldrig ge upp hoppet, och hon antydde att även fattiga sverkersdöttrar som måste söka sig plats i fiendens kloster kunde komma att kallas till världen utanför murarna fortare än någon kunde ana. Själv skulle hon ha dem båda i minne.

Lämnad ensam efter alltför lång tid av tröstande, som kanske var falsk tröst, fick Cecilia ta sitt eget avsked. Den kulram hon tillverkat själv och som hon räknade bäst på ansåg hon vara sin egendom. Den tog hon med sig. En häst ägde hon, liksom sadeldon. Hennes vintermantel med hundpäls, liksom vinterstövlarna med hundpäls, hade hon betalat med egen lön. Därutöver ägde hon kläderna hon i stunden bar på kroppen och möjligen en del kläder för gästabud som fanns på Näs.

När hon och Cecilia Blanka varit unga hade de haft samma storlek i kläder. Men nu när sju barnsbörder skiljde dem åt var Cecilia Rosa den enda av de två som kunde bära samma kläder som i ungdomen. Det var kanske inte bara barnsbörderna. På Näs blev det ju ett enahanda ätande av fläsk, eller än värre salt fläsk som krävde mycket öl. I de kloster Cecilia Rosa levt under mesta tiden av de senare åren var allt som liknade frosseri förbjudet.

Om hon ägde en eller flera av de dräkter som bästa vännen inte längre kunde bära var dock inte längre viktigt. I övrigt ägde hon en och en halv marker silver som varit hennes ärligt förtjänta lön under den tid hon varit yconoma på Riseberga som fri och inte som botgörerska. Hon tog fram silvret, vägde upp det och noterade i räkenskapsboken att hon nu tagit vad som hörde till henne.

I det ögonblicket insåg hon hur lite hon visste om sin egen fattigdom eller rikedom. Det var som om hon sedan länge varit på väg mot klosterlöftena och sett sig som fattig redan och därför visste oändligt mycket mer om varenda örtug som hörde klostret till i fordringar än hon visste om sig själv.

När hennes far Algot dog hade han bara lämnat två döttrar som arvtagare, Cecilia och Katarina. Då skulle hon alltså ha ärvt hälften av gårdarna som hörde ätten till kring Husaby och Kinnekulle. Katarina skulle ha ärvt andra hälften. Men nu hade Katarina gått i Gudhems kloster för sina synders skull och därmed avstått från alla jordiska ägodelar. Hade hon då också avstått sitt arv? Till vem hade det i så fall gått, till Cecilia eller till Gudhem? Och hur mycket ägde hon nu själv i det ena eller det andra fallet av gårdarna kring Husaby?

Det hade hon aldrig frågat sig, det var som om hon aldrig tänkt sig som ägare till världslig egendom, bara som förvaltare av kyrkans.

Den en och en halv marker silver som hon höll i handen skulle räcka till en vacker mantel. Men det fanns en folkungamantel som hon arbetat på i tre år, den vackraste av alla, med foder i mårdskinn och lejonet sytt med guld och silvertråd från Lübeck och frankisk röd tråd för lejonets mun och tunga. Ingen mantel i hela riket hade en så skimrande färg, det var det vackraste arbete hon sytt i hela sitt klosterliv och drömmen hade hon aldrig kunnat dölja för omgivningen, än mindre för sig själv. Att en dag se den manteln över Arn Magnussons axlar.

En sådan mantel, visste hon mycket väl, var värd som en gård med både trälar och kritter. Manteln tillhörde Riseberga kloster, även om hon sytt den med sina egna händer.

Den hade dock varit hennes dröm, den kunde inte bäras av annan än folkung och inte av annan folkung än Arn. Länge satt hon med skrivfjädern i handen innan hon kom över sin tvekan. Så skrev hon ett skuldebrev på femton marker silver, fläktade bläcket torrt och stoppade skuldebrevet i alldeles rätt fack.

Därefter gick hon till kylkammaren, letade fram manteln, lät sin kind smekas av den och insöp den starka doften som var mer till för att hålla mal borta än för älskliga drömmar, vek den samman och tog den under armen.

Vid avskedsmässan tog hon nattvarden.

***

För unge Sune Folkesson och hans fosterbror Sigfrid var ritten mellan Arnäs och Forsvik som den hetaste önskan som mot all rim och reson blivit uppfylld.

De red nu varsin av de främmande hästarna, Sune en skimmel med svart man och svans, Sigfrid en fux med ljus, nästan vit man och svans. Herr Arn hade noga valt ut två unga hingstar och prövat dem båda, ridit dem och lekt med dem innan han bestämt vem av pojkarna som skulle ha vilken häst. Han hade kort men allvarligt förklarat att båda hästarna var unga, liksom deras nya ägare, och att det var viktigt att man fick åldras tillsammans med sin häst, att detta var början till en vänskap som skulle vara fram tills döden skiljde dem åt, ty bara med döden kunde man skiljas från en häst från Outremer.

Han hade inte ägnat mycket tid åt att förklara skillnaden mellan dessa hästar och nordiska hästar, måhända för att han såg i ögonen på de två unga fränderna att de redan begrep. Till skillnad från vuxna män i Västra Götaland förstod de två pojkarna av sig själva att dessa hästar var nästan som sagoväsen om man jämförde med de götiska hästar som hirdmän red.

Sune och Sigfrid hade, liksom nästan alla deras jämnåriga från ätt med sköldemärke, suttit till häst ända sedan de just lärt sig gå, att rida var för dem som att andas eller dricka vatten, något man inte längre behövde lära sig.

Förrän nu, när allt började om som från början. Den första skillnaden de fick lära känna var farten. Om de manade på dessa hästar som en nordisk häst blev farten efter bara två tre språng så svindlande att luften tårade deras ögon och vinden svepte deras långa gossehår rakt bakåt. Den andra skillnaden man genast kände var livligheten. När en nordisk häst tog tre steg för att förflytta sig sidledes tog dessa hästar kanske tio. Det gav ryttaren en känsla av att flyta fram som i vatten, man märkte inte rörelserna utan bara förändringen i läge. När en nordisk häst gick rakt fram i samma riktning som huvudet svävade dessa hästar i sidled eller på skrå som om de lekte sig fram. Det var lite som att hamna i en båt i en fors utan att riktigt kunna styra och där minsta oförsiktiga rörelse kunde leda till något helt annat än man avsett.

På så vis var det som att börja om, att lära sig rida på nytt, eftersom här fanns tusen nya möjligheter att lära sig behärska, just så som herr Arn själv ute på tunet i Forsvik när han red sin häst med rörelser som såg ut som om de inte kunde ske, medan han lekte med hirdmännen som om de varit kattungar.

Då och då betraktade Sune och Sigfrid de främmande männen omkring sig. Alla talade ett språk med herr Arn som var helt obegripligt. En del av de mörkögda främlingarna såg ut att rida med samma säkerhet som herr Arn själv, de var som sammanvuxna med sina hästar. De lekte sig fram även där skogen blev tät och svårframkomlig av många vindfällen efter den storm som kommit på försommaren. Men nästan hälften av främlingarna såg ut som om de red sammanbitet och samlat och måste anstränga sig mer, som Sune och Sigfrid.

Tretton män var det som red genom skogen, om man räknade Sune och Sigfrid, vilket de helt säkert själva gjorde. På Arnäs hade herr Eskil skänkt dem varsin liten urblekt blå mantel som han sade sig knappast ha mer användning av, men som både han själv och hans bror burit som unga. Tre män red således i blå folkungamantlar, herr Arn främst.

Främlingarna hade svept sig i flera lager tyg och bar huvudbonader som antingen var tjocka bylten av tyg eller också spetsiga främmande hjälmar med tyg runt nedre kanten. De som red med sådana hjälmar var de bästa ryttarna och de bar också egendomligt svängda svärd, bågar på ryggen och koger vid länden.

Alla red de i en utspridd ring och mellan dem hölls flocken av de hästar som saknade ryttare. Det var inte lätt att förstå hur det gick till, men redan efter någon timme syntes det tydligt att alla de lösa hästarna följde minsta vägval som herr Arn gjorde.

Denna hästfora på väg mot Forsvik red rakt genom skogarna där inga vägar fanns. Hur herr Arn kunde vara så säker på riktningen i väglöst land var inte lätt att förstå, då och då kastade han en blick på solen, det var allt. Ändå visade det sig mot slutet av dagen att han ridit rätt på Uttervadet vid floden Tidan, strax ovanför Askeberga tingsplats. När bokskogen glesnade och landskapet öppnade sig såg de floden ligga nedanför som en lång glittrande orm och de kom fram just vid den plats där hästar kunde ta sig över utan svårighet.

När de mot kvällningen närmade sig Askeberga red de förbi den ena efter den andra av de flodbåtar som kom med last från Arnäs och med några av de främlingar som inte velat rida. Det föreföll som om en del av dessa utlänningars last var så värdefull att de inte ville skiljas från den, eftersom de satt misstänksamt på sina med läderremmar hårt fastsurrade trälådor. Sune menade att det måste vara guld eller silver som de vaktade så noga, men Sigfrid höll inte med, eftersom sådana dyrbarheter borde ha stannat i tornkammaren på Arnäs. Tids nog, när hela foran kom fram till Forsvik, skulle de ändå få veta, tröstade de sig.

Vid Askeberga sadlades alla hästarna av, ryktades och vattnades. Herr Arn gick då över till Sune och Sigfrid och visade dem med vilken omsorg och kärlek de från och med nu skulle sköta sina hästar. Varje liten kardborre skulle bort ur svans och man och varje liten tumsbredd av hästens kropp skulle undersökas och smekas, liksom varje hov skulle kretsas ren och undersökas så att där inte fanns någon fastkilad sten eller rot. Och medan man utförde dessa sysslor skulle man hela tiden tala till sin vän, för en vän för livet var ju en sådan häst, och ju större vänskap mellan häst och ryttare, desto bättre skulle de kunna arbeta tillsammans. Vänskapen var viktigare än vad man gjorde med skänklar och händer för att befalla. Tids nog skulle de få lära sig mycket mer av sådant än de kunde föreställa sig, ty de skulle inte bara bli snabbare i fullt språng framåt än varje annan ryttare i Norden, de skulle också lära sig att rida baklänges och åt sidorna så som ingen annan av deras fränder eller vänner kunde. Det skulle ta sin tid.

Men under den tiden måste de hålla fast vid vänskapen till hästen och låta den vänskapen växa från dag till dag, ty det var grunden i all ryttarkonst.

Sune och Sigfrid kände genast en stark förvissning om att allt detta som herr Arn sade, och som i andras öron skulle ha låtit mer tokigt än klokt, var en del av den stora hemligheten. För synen av herr Arn till häst ute på tunet i Forsvik satt som ristad i deras minne.

Under kvällen och den tidiga natten kom den ena efter den andra flodbåten in från Arnäs och bryten Gurmund fick mycket att bestyra med öl och sovplatser.

En timme före bönestunden tog Arn fram sin båge, strängade den och grep ett koger pilar för att gå undan och öva. Han levde inte längre efter den stränga Regeln som i allt varit hans rättesnöre under så många år att han hade svårt att minnas tiden dessförinnan. Han var inte längre tempelriddare, tvärtom skulle han snart ingå den av Gud välsignade köttsliga föreningen mellan man och kvinna. Men Regeln fördömde lättja lika mycket som högmod, lättjan att inte öva sig i vapenkonst för att rätt kunna tjäna Gud i farans stund, liksom högmodet att inbilla sig vara tillräckligt skicklig utan övning.

Han letade fram den halmbal som han och Harald använt som mål förra gången de var i Askeberga och gick mot floden för att finna en ostörd plats. Då unge Sune och hans fosterbror Sigfrid kom smygande efter i tron att han, en tempelriddare, inte skulle upptäcka smygande förföljare frestades han först att låtsas inte lägga märke till dem, som den gången de såg honom tukta de lättjefulla hirdmännen på Forsvik. Men han ångrade sig, ökade på stegen så att han hann ställa sig i försåt bakom en tjock ek och knep båda gossarna om nacken när de kom tassande efter.

Han förmanade dem strängt att aldrig följa en riddare i lönndom på det viset. För som de säkert hade hört på Arnäs hade hans bror Eskil helst sett ett följe på minst en tolft hirdmän på vägen tillbaka till Forsvik, då det ryktades att mer än en mäktig man i riket gärna skulle sända dråpare i lönn för att avstyra bröllopet på Arnäs. Sämre stund än så hade Sune och Sigfrid inte kunnat välja för att komma smygande bakifrån. Pojkarna skämdes med sänkta huvuden och bad om förlåtelse men blev fort ivriga på nytt när de erbjöd sig att hjälpa sin herre att hämta in pilarna efter var gång han skjutit.

Arn nickade strängt men hade svårt att hålla sig helt allvarlig. Han pekade mot en rutten stubbe där de skulle ställa upp skyttemålet. De undrade över det långa avståndet men lydde fort.

När de kom tillbaka och förväntansfullt satte sig i mossan på en stor sten lade Arn den första pilen på bågsträngen, pekade mot målet och sade att på just det avståndet hade han först sett dem komma efter. Så sköt han fem pilar i snabb följd och tecknade åt dem att kila iväg för att hämta.

Pilarna satt så tätt i målet att Sigfrid, som kommit först av de två, kunde gripa om dem alla med en hand när han drog ut dem ur halmen. När han gjort så sjönk han ner på knä och stirrade klentroget på de fem pilarna i handen. Sune mötte hans blick och skakade på huvudet. Det fanns ingenting att säga, men ord var inte heller nödvändiga.

Fem gånger sköt Arn och fem gånger fick Sune och Sigfrid springa fram för att hämta pilarna som var gång utom en kunde samlas in med en enda hand. Pojkarnas första glada upphetsning förbyttes sakta i modstulen tystnad. Om man måste kunna skjuta som herr Arn för att bli riddare trodde sig ingen av dem någonsin kunna klara det provet.

Arn såg deras sinnesförändring och anade vad den kom sig av.

"Ni båda skall inte skjuta med min båge", förklarade han i lätt ton när de kom tillbaka med pilarna den femte gången. "Min båge passar mig men helt säkert inte er båda. När vi kommer till Forsvik skall vi bygga bågar som passar er, liksom svärd och sköld. Hästar som passar er har ni redan och tänk på att ni bara är i början på en lång väg."

"En mycket lång väg", svarade Sune lågt och med sänkt huvud. "För som ni, herr Arn, kommer ingen någonsin att kunna skjuta."

"Så kan ingen i vårt land skjuta", fyllde Sigfrid i.

"Där har ni båda fel", sade Arn. "Min vän Harald från Norge skjuter som jag och ni kommer snart att träffa en munk som kanske skjuter bättre än jag, i vart fall gjorde han det förr. Det finns ingen gräns för vad en man kan lära sig annat än de gränser vi drar upp inne i det egna huvudet. När ni sett mig skjuta har ni bara flyttat fram den gränsen längre än vad ni trodde var möjligt. Och illa vore det väl annars, eftersom jag skall vara er lärare."

Arn skrattade när han lade till det sista om sig själv som de två modstulna pojkarnas lärare och han fick några tveksamma leenden tillbaka.

"Den som övar mest kommer att skjuta bäst, så enkelt förhåller det sig", fortsatte Arn. "Jag har övat med vapen var dag sedan jag var mycket yngre än ni båda, och om det ändå varit dagar jag inte övat så var det krig och övning på annat sätt. Ingen man är född riddare, det kan man bara arbeta sig till att bli och det finner jag rättvist. Och ni båda vill fortfarande arbeta så hårt som krävs?"

Pojkarna nickade stumt och såg ner i marken.

"Gott", sade Arn. "Och arbeta skall ni få göra. I början när vi kommer till Forsvik blir det mer byggnadsarbete än vapenlekar, men så snart vi kommer till ordning börjar era långa dagar med svärd, lans, sköld, häst och smedja. Till bönen var afton kommer era kroppar att värka av trötthet. Men ni kommer att sova gott."

Arn log uppmuntrande mot dem för att åtminstone något uppväga de sanna ord han sagt om vägen till ridderskap som en väg utan genvägar. Han kände en underlig ömhet för dem båda, som om han såg sig själv som liten gosse i Broder Guilberts stränga skola.

"Vad ber en riddare om aftonen och till vem skall vi rikta våra böner?" frågade Sigfrid och såg Arn rakt i ögonen.

"Du ställer en förunderligt klok fråga, Sigfrid", svarade Arn dröjande. "Vem av Guds helgon har mest tid och bäst öra för bådas era böner? Vår Fru är den jag riktar mina böner till, men jag har varit i Hennes tjänst och ridit under Hennes märke i mer än tjugo år. Ni nämnde Sankt Örjan förut, han som är de världsliga riddarnas beskyddare, och han kan nog passa er båda bäst. Men lättare är att säga vad ni skall be om. Det är *fortitudo* och *sapientia*, riddarens två viktigaste dygder. Fortitudo betyder styrka och mod, sapientia betyder visdom och ödmjukhet. Men inget av detta får ni till skänks, allt måste ni arbeta er till. När ni ber om detta vid dagens slut efter hårt arbete är det som en påminnelse om vad ni arbetar och strävar för. Gå nu till ert nattläger och be för första gången denna bön till Sankt Örjan!"

De bugade sig och lydde genast. Han såg tankfullt efter dem när de tassade bort i skymningen. Vid vägens slut fanns ett nytt rike, tänkte han. Ett nytt mäktigt rike där fred härskade med så stor styrka att krig inte skulle löna sig för någon. Och just dessa två gossar, Sune Folkesson och Sigfrid Erlingsson, var kanske början till detta nya rike.

Han samlade ihop sina pilar i kogret som han slängde över axeln.

Men han strängade inte av bågen utan gick tyst med den i handen ner mot floden till den vackra plats för böner under al och pil som han funnit förra gången på Askeberga.

Riktigt på allvar tog han inte sladdret han hört på Arnäs om att fiender som särskilt slugt strävade efter makt också var män som nu kunde börja tänka på att sända dråpare i lönn efter Arn Magnusson. Det saknades inte logik i ett sådant resonemang, tänkte han och märkte i samma ögonblick att han bytt till frankiska inom sig för att kunna tänka klarare. Den lönnmördare som kunde få det att se ut som om exempelvis Birger Brosa vore anstiftaren skulle vinna mycket. Inbördeskrig mellan folkungar skulle gynna sverkrarna i deras strävan att överta kungakronan i samma mån som det försvagade erikarnas innehav. Men alla sådana tankar var bara öl- och vindränkta kannstöperier. Det var en sak att tänka ut sådana planer, en helt annan sak att genomföra dem. Om någon nu närmade sig Askeberga i skymningen för att mörda honom, var skulle mördaren leta först? Och om mördaren verkligen fanns i närheten nu när skjutljuset var på väg att försvinna, hur skulle han då tyst kunna smyga sig ända fram för att använda dolk eller svärd?

Och om han kom fram i mörkret, inte kunde han då gärna vänta sig en sovande och obeväpnad tempelriddare?

Guds Moder hade inte hållit Sina skyddande händer över honom under alla dessa år av krig, Hon hade inte låtit honom försaka martyrdöden och paradiset bara för att till slut se honom mördad i Västra Götaland. Hon hade gett honom jordelivets största gåvor, men inte utan villkor, eftersom Hon samtidigt visat honom på det största av alla uppdrag Hon kunnat ge en av Sina riddare. Inte bara skulle han bygga en kyrka som helgades åt Guds Grav, för att visa människorna att Gud fanns där människan fanns och inte måste sökas i krig i fjärran länder. Den ännu större uppgift Hon givit honom var att skapa fred genom att rusta en styrka så övermäktig att krig blev omöjligt.

Han fann på nytt platsen intill floden där han kunde vila och be. Det kortvariga mörkret hade fallit, det var bara några veckor kvar till midsommar då det inte skulle vara mörkt mer än någon halvtimme.

Det var vindstilla och nattens ljud och dofter var starka. Uppe från gårdarna vid skeppslaget hörde han höga skratt när någon öppnade en dörr för att gå ut och pissa. Roddarna på floden försåg sig nog väl av allt det öl som utlänningarna visade ifrån sig. En näktergal tycktes befinna sig i ett snår alldeles nära honom och fågelns starka sång uppfyllde en kort stund hela hans sinne.

Sådan frid hade han aldrig känt förut, det var som om Guds Moder därmed ville visa honom vilken himmelsk lycka som ändå var möjlig i jordelivet. I varje litet och stort skeende kunde han nu se Hennes vilja och oändliga nåd. Hans far var på god väg att återfå alla sina sinnen som förut och var snart färdig att åter kunna gå.

Ibrahim och Yussuf hade flyttat upp herr Magnus i stora tornkammaren så snart där blivit rent som i en moské och de hade med några trälars hjälp byggt en brygga med två räcken där den sjuke kunde hasa sig fram med stöd av armarna, långsamt och besvärligt till en början, men så att man från dag till dag tydligt kunde se att han snart skulle kunna gå utan stöd. Och han hade fått igen mycket av sitt goda humör och sagt att han skulle se till att gå måhända som en gammal man men ändå på sina egna ben när det var tid för bröllop. Fram till dess, den förbjudna bröllopstiden varade ju ännu några veckor, skulle han hålla sin välsignelse hemlig så att läkekonstens kraft kunde skådas desto bättre av var och en som fick se honom på bröllopet.

Talade gjorde han dessutom mycket bättre nu när han övade sig var dag och hade lämnat hopplösheten långt bakom sig. Det som han så envetet motsatt sig när det började med en sten som han skulle flytta mellan sina händer ägnade han sig nu åt med sådan iver att Ibrahim och Yussuf då och då måste försöka hejda honom så att han inte tog i för mycket.

Till Arn hade han sagt att det var som att samtidigt se och känna hur livet kom tillbaka till både kropp och själ. Men det han sagt som gladde Arn ännu mer var att han förstod att detta alls inte var något mirakel, vad än folk skulle komma att tro när de fick se honom åter vid hälsa. Detta var hans eget arbete, hans egen vilja och, nåja hans egna böner, men mest av allt var det de två utländska männens kunskaper. Och de var vanliga människor och varken helgon eller häxor, även om de hade egendomliga kläder och talade ett obegripligt språk.

Då hade Arn till sist sagt sin far sanningen, att dessa män, Ibrahim och Yussuf, som deras namn rättare skulle framsägas, var saracener.

Herr Magnus hade suttit tyst så länge när han fick höra detta att Arn ångrat sin ivriga sannfärdighet. Men till slut hade fadern nickat och sagt att goda kunskaper från när eller fjärran ändå var det som gjorde livet bättre. Det hade han sett med egna ögon och känt med egna lemmar. Och om kyrkans folk endast hade ont att säga om dessa saracener så var det intet värt mot vad hans egen son hade att säga. För vem visste något helt sant, den som var präst i Forshem eller biskop i Östra Aros eller den som krigat mot saracenerna i tjugo år?

Arn passade på tillfället att berätta att man på alla tempelriddarborgar haft saracenska läkekunniga män, eftersom dessa var de bästa, och att således det som var gott för Guds Heliga här av tempelriddare nog kunde vara gott i Västra Götaland uppe i Norden.

Det goda humör som denna insikt medförde fick fadern att genast be om sällskap ut på murarna för att beskåda det nya bygget.

Arn hade fruktat att det var för tidigt att gå ute för fadern, även om han hade en son till stöd, men lika mycket hade han fruktat att fadern skulle finna bygget onödigt och förbjuda det, nu när han hade sitt förnuft åter.

Men också detta förlöpte på bästa sätt. När herr Magnus fick se hur en alldeles slät och hög mur höll på att formas runt de yttre delarna av borgen närmast Vänern och när det gick upp för honom att dessa murar var tänkta att omsluta hela Arnäs förstummades han av glädje och stolthet. Det var ändå ett bygge som han själv hade förbättrat avsevärt i unga år och som han ofta ångrat att han inte fullföljt bättre. Arn berättade länge om hur allt skulle bli när det var färdigt och hur ingen fiende då skulle kunna hota folkungaätten. I allt han berättade fick han sin fars ivriga stöd.

Det enda som inte varit gott under Arns korta besök på Arnäs var Erikas sinnelag. Eftersom han fått veta om sin okände unge brors och hennes son Knuts död, hade han talat om denna sorg med Erika så som han måste. Hon hade emellertid gjort honom illa i sinnet genom att tala mer om den hämnd hon hade rätt till än om sorg. Än värre blev det när hon berättade hur hon tackat Vår Fru innerligt för att en Guds krigare som Arn återvänt så att uslingen Ebbe Sunessons dagar var räknade. Ty lagen var tydlig. Om Arn krävde envig för ättehederns skull kunde uslingen inte säga nej. Erika blev så upphetsad att hon tycktes både gråta och skratta samtidigt när hon beskrev hur Ebbe Sunesson skulle känna det när han tvingades dra sitt svärd mot den dräptes äldre broder och då fick skåda sin egen död komma mot honom.

Erika Joarsdotters hämndbegär hade han inte kunnat mildra, det blev han snart varse när han försökte. I stället bad han med henne för brodern Knuts själ. Även om hon inte kunde vägra en sådan bön verkade hon längta mer efter hämnd än efter frid över den dräpte.

Det var sorgligt att finna denna grova synd hos Erika. Under den långa natten vid floden bad han först av allt för Erikas bättring och syndaförlåtelse.

***

Det kändes som om de var på väg mot mörkrets hjärta. Ju längre flodresan förde dem, desto säkrare kände sig bröderna Wachtian att de lämnade människors boningar bakom sig och närmade sig det omänskliga och onämnbara. De enstaka boplatser de passerade såg allt torftigare ut och på flodens stränder sprang boskap och förvildade barn tillsammans så att det var svårt att skilja djur från människa.

Raststället där de skulle vila för natten var avskyvärt och överfyllt av vilda smutsiga män som skrålade på sitt obegripliga sjungande språk och drack som bestar tills de hamnade i slagsmål med varandra eller föll omkull och somnade. Alla män från Outremer, kristna som muslimer, hade tytt sig till varandra och slagit läger ett stycke bort från gårdshusen hellre än att vistas inne i dem. Den mat som trälar kommit med hade de med äckel och fasa visat ifrån sig och när mörkret föll bad de alla, Profetens folk för sig och de kristna för sig, om förskoning.

På morgonen tog det en evinnerlig tid att komma iväg, eftersom sovande roddare måste letas upp av sina förmän på de mest oväntade platser där de råkat falla i sömn. Rödögda och ilskna, stinkande av spyor och piss, hade dessa män likt dragdjur slutligen fösts samman vid sina åror. Då stod solen redan högt och man sade att Sir Arn och hans ryttargrupp hade många timmars försprång.

Sent den eftermiddagen gled deras båt in till bryggorna vid Forsvik. Urlastningen började genast, och Marcus och Jacob Wachtian fick då så bråtta att se till att ingenting av deras bagage skadades av dessa okunniga och vårdslösa sällar att de för en stund inte närmare hann begrunda sin olycka.

Det kunde dock ha varit mycket värre, enades de om när Sir Arn kallade till samling på gårdsplanen mitt inne bland de låga grå trähusen med gräs på taket. Åtminstone var alla nordiska människor omkring dem nyktra och nödtorftigt rena. De stank i vart fall inte som roddarfolket.

”I den Barmhärtiges och Nådefulles namn, Han som är allas vår Gud även om vi tillbeder Honom olika, hälsar jag er välkomna till mitt hem”, började Sir Arn som vanligt på arabiska. ”Detta är resans mål”, fortsatte han. ”Låt oss därför innan vi gör eller säger något annat be av tacksamhet att vi kommit välbehållna ända fram.”

Sir Arn sänkte därvid sitt huvud i bön och alla män omkring honom gjorde detsamma. Han väntade tills alla rätat på huvudet till tecken på att bönen var framsagd.

”Det ni ser här på Forsvik imponerar föga på er, det vet jag”, vidtog Sir Arn. ”Men vi har fyra års arbete tillsammans innan den tid om vilken vi överenskommit löper ut och ingen av oss lär känna igen den här platsen efter dessa fyra år, därom kan ni vara förvissade. Vi skall inte bygga en borg, utan en seralj, en handelsplats. Vi skall inte bygga murar här som på Arnäs, utan smedjor, tegelugnar, glasugnar och bodar för tillverkning av sadeldon, *felt*, lergods och kläde. Men allt kan inte ske på en gång. Först kommer tak över huvudet och renlighet som skall vara densamma här som i Outremer. Därefter gör vi i ordning allt det andra i den följd vi finner bäst. Tak över huvudet är dock det första, för vintrarna här i Norden är av ett helt annat slag än någon av er upplevt förut. När den första snön och kylan kommer är jag säker på att ingen av er ens i det tysta kommer att förbanna mig för att ni er första tid fick slava som enkla byggare, fastän allas era särskilda kunskaper kunde användas till svårare ting än att släpa stock. Profetens folk, frid över honom, kommer inte att se någon oren mat framför sig. Nu väntar hårt arbete, men också belöningen därför inom mindre än ett halvår när den första snön faller!"

Sir Arn upprepade som vanligt sina ord på frankiska och därefter gick han fram till de två feltmästarna Aibar och Bulent och tog dem med sig bort till ett mindre hus som låg alldeles intill rinnande vatten.

"Somliga har tur som slipper slavandet med bygge redan från början", muttrade Jacob Wachtian. "Vilka konster kan då vi göra som räddar oss?"

"Säkert både det ena och det andra, oroa dig inte", svarade Marcus obekymrat och tog sin bror under armen för att närmare studera den gård som tydligen skulle bli deras arbetsplats för flera år framåt.

De gick ett varv runt Forsvik och eftersom de båda var män som fann stort nöje i att lära sig nytt om allt som kunde byggas och tillverkas av människohänder fick de snart mycket att tala om. Av den mängd nyhugget timmer som hade staplats på olika platser och som fortfarande släpades in med oxdrag från den närbelägna skogen kunde de sluta sig till att flera nya hus skulle byggas. Men av högar med sten och tunnor med kalk och sand måste de genast dra slutsatsen att de nya husen skulle byggas annorlunda än de som redan stod färdiga. Förmodligen skulle det bli som det stora trähuset på Arnäs, där ena gaveln var helt i sten och hade en jättelik eldstad längst inne. Om man med hjälp av elden värmde upp så mycket sten kanske man kunde bekämpa den där ohyggliga vinterkylan, resonerade Marcus. Till skillnad från i Outremer fanns ju i alla fall bränsle i obegränsad mängd.

De avbröts i sina funderingar av att Sir Arn kom emot dem med långa ivriga steg, lade armarna om deras skuldror och sade att nu skulle de snart få börja arbeta med det som de var bäst skickade för, att tänka i tillverkning och verktyg. Men först skulle han visa dem hur han hade tänkt. Han verkade glad och säker på sin sak, som om detta gudsförgätna ställe vid världens ände redan var en enda stor blomstrande seralj.

Först tog han dem med till de två forsarna och beskrev hur man kunde få så mycket kraft ur detta vatten som man önskade och att vatten var mycket bättre än vind, eftersom vattnet strömmade hela tiden.

Vid den mindre forsen fanns två vattenhjul. Arn tog dem med in i kvarnhuset och visade hur den roterande kraften kunde föras över till kvarnstenarna.

"Det här", sade han, "är bara början. Vi kan bygga tio sådana här hjul om vi vill, vi kan bygga dem mycket större. Då får man en långsam men mycket hård kraft, om man vill mala kalksten till kalkmjöl för att göra murbruk. Eller man kan få en svagare men mycket snabbare kraft med mindre vattenhjul. Detta vill jag att ni skall använda er tankekraft till!"

Han förde dem ut ur kvarnhuset, fortfarande lika ivrigt munter, och visade var han skulle bygga matförråd i tegel, intill den stora forsen så att han kunde leda en kylande vattenström in längs golvet och ut och tillbaka ner i forsen.

Längs den stora forsen skulle man bygga en kanal i sten för att tämja all kraft som nu bara gick till spillo. Där skulle raden av verkstäder finnas, eftersom vattenkraften kunde driva både blåsbälgar och hammare. För att inte behöva släpa allt kol och bränsle kors och tvärs, så trodde han att det var lika så gott att bygga brödernas verkstäder intill smedjor och glasbruk. När Marcus då muttrade något om att sitta och tänka skarpt på kugghjul och fjädrar och samtidigt ha dånande smedjor och glasarbete intill sig skrattade Sir Arn att han visserligen inte tänkt på den nackdelen. Men att det vintertid nog kunde ha stora fördelar att arbeta intill just smedjor och glasbruk för värmens skull.

Dock måste de båda, liksom den läkekunnige Ibrahim, först börja i en helt annan ände. Inför den långa vintern, under hösten med all lera, och än mer under själva vintern var det svårt att hålla sig själv och sin boning ren om man inte i tid började tillverkningen av såpa och tvål. Sir Arn ursäktade sig skrattande när han såg de två armeniska brödernas förnärmade miner. Sådant arbete kunde förvisso tyckas vara till för mindre kunniga män, erkände han. Men här i Norden fanns överhuvudtaget ingenting av detta, inte ens orden. Så det var bara att välja. Den som ville hålla sig ren i vinter fick börja bränna aska och samla benfett och göra sitt eget rengöringsmedel. Olja kunde förresten kokas av de nordiska tallarna på samma sätt som av ceder och pinjeträd i Libanon. Redan nu hade Sir Arn låtit sårhugga en mängd träd i närheten som blödde gott av kåda.

Här avbröt han sin muntra berättelse när han såg brödernas ovilliga miner och försäkrade att han kunde sätta eget arbetsfolk till det smutsiga arbetet att samla in träkådan, men att när den väl hamnade i järngrytan fick nog även armeniska herrar finna sig i att fortsätta det enkla arbetet.

Ett annat enkelt arbete som just Marcus och Jacob kunde göra bättre än andra så här i början vore att gå längs stränderna och samla sådana vattenväxter som kunde brännas till rätt sorts aska för glasmassa. Det kunde bli till stor nytta när vintern kom.

Bröderna Wachtian var förstummade att höra vilka enkla och trälaktiga arbeten deras herre förväntade sig av dem. Han tycktes lätt kunna läsa deras ansikten och gav sig in på en lång ursäktande förklaring.

Först talade han om en så enkel sak som felt. Den varan fanns inte alls i Norden. Därför hade Aibar och Bulent, de två turkiska feltmakarna, genast fått påbörja det arbete som de var avsedda att sköta. Även om det mesta av felten så småningom skulle användas för krigiska bruk skulle överskott av den varan nog inte bli ovälkommet under vintern.

Det som man måste begripa var att allt som var självklart i Outremer inte var det här. Sak samma med tvål och såpa, som ju inte bara Profetens folk, frid över honom, visste att uppskatta, utan även kristna från Outremer.

Det fanns alltså en början där mycket måste göras som föreföll alldeles för enkelt. Först därefter kunde man påbörja det verkliga arbetet, bygga armborst, skära pilar till långbågarna, smida svärd och hjälmar, dra järntråd och bränna lera och glas.

Dessutom, tillade han med ett leende, den som inte fann arbete i dessa små enkla ting redan från början måste hjälpa till med husbyggen och murande. Detta korta påpekande övertygade snabbt bröderna Wachtian om att de i det snaraste skulle ta itu med tillverkning av tvål och såpa, liksom insamlandet av rätt sorts sjöväxter för den aska som behövdes till glasbränning.

Dock bad han dem att så ofta de hade tid och lust begrunda vattenkraften och vilken nytta de själva kunde få av den.

Det sista var det mest uppmuntrande. När Sir Arn lämnat dem och skyndat vidare till andra för liknande upplysningar gick bröderna Wachtian på nytt ner till vattenhjulen. Inne i ett av kvarnhusen betraktade de snurrande stenar och axlar medan de tänkte högt för varandra.

Såg, tänkte de snart. Här uppe i Norden klöv man timmer och bilade det slätt så gott det gick med yxor. Men om man kunde såga jämnt redan från början?

Kraft fanns i mer än tillräcklig mängd, alldeles som Sir Arn sagt. Hur skulle man nu gå tillväga för att överföra den kraften till sågar?

Det var inte helt lätt att komma på, men detta var ett problem som gjorde de båda bröderna på bättre humör. De gick genast för att leta fram bläck och pergament. Båda tänkte de bäst när de fick teckna sina problem i bilder.

V

VID SIN HEMKOMST TILL HUSABY hade Cecilia snart funnit att hon var en ovälkommen gäst och att om några önskat henne in i kloster mer än Birger Brosa så var det hennes fränder. Hon hade inte avstått sitt arv efter fadern Algot. Hennes var minst hälften av de tio gårdarna runt Husaby. Och som katten kring het gröt gick hennes fränder när det gällde systern Katarinas arv. Frågan var om Katarina avstått sitt arv när hon gick i kloster och om det i så fall tillfallit klostret, Cecilia eller hennes manliga fränder.

Husaby var kungsgård ända sedan Olof Skötkonungs dagar. Pålsätten hade dock varit brytar där i mer än hundra år och därför räknade man Husaby som egen gård när det gällde ättens gästabud, även om man alltid måste ha tillräckliga förråd ifall kungen själv kom till gästning. Skatt måste man också erlägga till kungen.

För hennes fars brors son Pål Jönsson och hans två bröder Algot och Sture var Cecilias hemkomst en så stor besvikelse att de omöjligt kunde dölja den. Det var inte svårt för Cecilia att förstå vad deras sura miner handlade om och varför de inte talade mer till henne än de var tvungna och hellre satt för sig själva och slutade samtalet när hon var i närheten.

Cecilias bröllop skulle stå dem dyrt, det förstod hon mycket väl. Lagen och seden var enkel och klar. Ju rikare brudgum, desto större hemgift. Och rikare man än son på Arnäs vore nog svårt att leta fram i Västra Götaland. Det var åtminstone vad Cecilia gissade utan att ha en aning om vad Arn kunde tänkas ärva efter sin far Magnus.

Cecilia hade ett gott skäl att inte göra sak av hemgiften med sina fientliga fränder. Bättre vore att spara den striden till hemgiftsölet när Arns giftoman, som helt säkert skulle bli Eskil, kom för att göra upp allt som måste vara klart och avtalat till bröllopsdagen. Mot Eskil kunde de få stångas.

Eskil hade redan skickat den gamla trälinnan Suom från Arnäs, eftersom hon var den skickligaste i sömnadskonst och bättre än alla andra kunde sy en brudklänning. Med Suom blev Cecilia genast vän. De fann stor glädje i varandras flinkhet med nål och tråd, slända och vävstol.

Somt av det man kunde i kloster hade Suom aldrig sett. Men hon kunde i gengäld saker man inte gjorde i kloster, så de två fick lätt att vara tillsammans och därmed slapp Cecilia ifrån mycket av det kalla umgänget med pålsbröderna.

Eskil kom på utsatt tid den dag han anmält i förväg med en tolft hirdmän efter sig. Han drack fort sitt öl till välkomst och förklarade att han inte hade för avsikt att stanna över kväll och natt och att man därför borde ta itu med affärerna genast utan att dricka mer.

Det var svårt för pålsbröderna att säga emot detta, men de rodnade av förödmjukelsen att denne folkung inte ens behagade dela deras bröd och sovel.

Inte blev det bättre av att Eskil dessutom sade att han skulle finna det bäst om Cecilia själv var med och kunde föra sin talan. Det förminskade Pål Jönsson som hennes giftoman och det kunde Eskil ingalunda vara omedveten om.

Under tystnad gick de tre pålsbröderna före in i Husaby festsal för att sitta tillsammans i högsätet. Eskil passade då på att dröja något på stegen, tog Cecilia vänskapligt i ärmen och viskade att hon skulle hålla god min och inte oroa sig för något enda av det som nu skulle sägas. Mer hann han inte förklara innan de kommit för långt in i den dunkla salen som fortfarande pryddes av uråldriga runtecken och gudabilder som inte var särdeles kristliga.

Under tystnad bänkade sig pålsbröderna i högsätet med Cecilia nedanför sig och Eskil mitt emot på andra sidan långbordet. Nytt öl bars in av tigande husträlar som verkade känna att detta inte var ett möte deras herrar önskade helst.

"Nå, skall vi bestämma dagen först", sade Eskil som om han alls inte talade om något svårt eller viktigt och torkade öl från munnen.

"Dagen är brukligt att bestämma när man är överens om allt annat", muttrade Pål Jönsson surt. Han var röd i ansiktet och blodådrorna stod ut från pannan som om han var spänd som en bågsträng inför det som skulle följa.

"Som du vill, vi kan gärna tala om hemgiften först", svarade Eskil.

"Hälften av arvet efter min farbror Algot tillhör rätteligen Cecilia, det är vad hon kan föra med sig i boet", sade Pål Jansson ansträngt.

"Inte alls!" svarade Eskil snabbt. "Katarina var ju min husfru, så jag om någon vet att hon gick i Gudhems kloster medan hennes och Cecilias far levde. Det var höst då och under det följande julölet söp sig Algot till slaget och dog. Den sorgliga händelsen känner vi alla, frid över hans minne. Cecilias är således hela arvet efter Algot, alla tio gårdarna. Dem för hon med sig i boet."

"Tillfaller inte Katarinas arv Gudhems kloster?" försökte Pål komma undan.

"Nej, ty när hon gick i kloster hade hon inget arv, eftersom Algot var i livet", svarade Eskil obevekligt. "Och vad gäller Gudhem så har jag ur egen ficka gäldat mer för Katarinas inträde i det heliga systerskapet än man kan begära."

"Du kräver att alla vi pålsbröder skall gå från gård och grund", sade Pål Jönsson och knöt händerna. "Det är en obillig begäran när du samtidigt vill ha oss som dina fränder. Tänk på att det är min sak att bestämma, ty jag är Cecilias giftoman. Och med sådana villkor som du nu för fram kan det hända att jag bestämmer att inget blir av!"

Nu var det sagt. Det syntes på de tre bröderna när de drog efter andan att detta var vad de suttit och resonerat sig samman till senaste veckan.

Eskil rörde inte en min, men han väntade olidligt länge innan han sade något och då talade han med mycket mild och vänlig röst.

"Om du bryter avtal, låt vara ett gammalt avtal, är du som brudrövare och lever inte till solnedgången, min käre frände", började han. "Det vore ingen god början på detta bröllop. Men jag är ingen ogin man, jag vill gärna att vi ordnar detta till det bästa utan blod och att vi också framgent skall förbli de vänner som förbundet mellan min bror och Cecilia Algotsdotter kräver. Vi säger att Cecilias hemgift bara blir de fem gårdarna med gränsmarker mot Arnäs och mot Vänern. Så behåller ni de andra fem gårdarna och sitter kvar som kungens brytar på Husaby. Skulle ett sådant förslag passa er tre bröder bättre?"

Ingen av de tre kunde säga emot och nickade stumt medgivande.

"I gengäld för att vi avstått fem gårdar kommer jag kanske att kräva något mera guld, låt oss säga tolv marker rent guld vid sidan av de fem gårdarna", fortsatte Eskil som om han talade om små enkla ting och egentligen var mer intresserad av nytt öl.

Det var dock ingen småsak han nämnt som påbröd. Tolv marker guld var en summa så stor att inte ens alla pålsättens gårdar hade räckt till. Och inte ens då man varit en mäktigare ätt hade det gått att skaffa fram ett sådant belopp i rent guld. De tre bröderna stirrade klentroget på Eskil som om de inte visste om det var han eller de själva som förlorat förståndet.

"Mitt öl är slut", sade Eskil med ett vänligt leende och höll upp sin tomma stånka just som Pål Jönsson samlat sig till ord som inte såg ut att bli vänliga.

Nu kom han av sig och måste vänta tills Eskil fått sitt nya öl och Cecilia hann tänka att det dröjsmålet måhända räddade tungan från att bli huvudets bane.

"Jo! En sak måste jag kanske förklara innan du säger något, frände", tog Eskil vid just som Pål Jönsson öppnade munnen för att säga något. "De tolv markerna guld behöver ni bröder inte stå för, de betalar Cecilia själv ur egen ficka."

På nytt stannade Pål Jönssons tanke just när han skulle ta till orda. Och den vrede som funnits innan, den vrede som kunnat få honom att bära hand på Eskil eller säga ting som lika säkert skulle ha blivit hans olycka, var förbytt i gapande häpnad.

"Om Cecilia, fast jag inte begriper hur, kan gälda en så väldig summa som tolv marker guld så förstår jag inte alls detta samtal", sade han med ansträngning att fortfarande tala höviskt.

"Vad är det du inte förstår, käre frände?" sade Eskil och ställde sin ölstånka på knäet.

"Jämfört med er folkungar är vår pålsätt fattig", sade Pål Jönsson. "Och om Cecilia kan betala tolv marker guld, som är den största hemgift någon av oss bröder någonsin hört talas om, förstår jag inte varför du prompt måste ha fem av våra sista gårdar."

"Det är en god affär för oss, därför att vi gärna vill se landet längs Vänern inom våra ägor", svarade Eskil lugnt. "Det är en god affär för er pålsbröder också om du tänker efter. Du blir inte lottlös. Efter detta bröllop kan du bära svärd varhelst du vill i Västra Götaland, ty som Cecilias giftoman är du ingifting i folkungaätten. Du kan byta din gröna mantel mot vår blå. Den som gör dig illa, eller dina bröder, har gjort folkungarna illa. Den som höjer svärd mot dig lever inte tre solnedgångar därefter. Du blir förenad med oss både i blodet och i hedern. Betänk det!"

Det Eskil sagt var sant och självklart. Men Pål och hans bröder hade varit så envetet upptagna av att tala om penningars förluster, om fem eller tio gårdar i arv och hur mycket bättre det blivit om Cecilia gått i kloster, att de inte närmare tänkt över betydelsen av att stå under folkungarnas beskydd. Deras liv skulle förändras över en bröllopsnatt och de hade inte ens tänkt den tanken.

Något skamsna av sin enfald böjde sig nu Pål och hans två bröder för alla Eskils önskemål.

Forsvik skulle Cecilia få i morgongåva som egen gård för evärderliga tider i arv till hennes efterkommande. På Forsvik skulle hon också bo och leva med sin Arn. Så länge hon gitte behålla honom där, tillfogade Eskil med en skämtsam blick mot Cecilia som genast spärrat upp ögonen av hans onödiga tillägg om den lagliga rätten till alla morgongåvor.

Det bestämdes att hålla tre bröllopsdagar, med svenafton och möafton första fredagen efter midsommar, brudhämtning och sängledning den följande lördagen och rening av bruden till mässan på söndagen i Forshems kyrka.

***

Fyra unga män red till svenafton. Redan på långt håll kunde var och en se att dessa ynglingar inte var vilka som helst. Deras hästar var festklädda i blått tyg och tre av de unga männen bar vapenskjortor med folkungalejon över sina ringbrynjor och den fjärde förde de tre kronornas märke. Det var sommardag mitt i höskörden och därför var deras mantlar hoprullade bakom sadlarna. Annars hade man genast kunnat se att den fjärde bland dem, den ende erikaren, hade en mantel med hermelin i fodret. Och eftersom det inte var kungen själv måste det således vara hans son Erik jarl.

Deras sköldar som hängde bakom dem på vänster sida om sadeln var alla nyfärgade i blänkande guld och blått kring lejon och kronor. Bakom dem följde fyra kungliga hirdmän och några packhästar.

Det var en vacker syn med alla de klara färgerna och de välfödda hästarna men också en syn som skulle göra var bonde i Göta länderna mer än betänksam. För om ett sådant sällskap oturligt kom framåt aftonen och bestämde sig för att gästa för natten skulle de inte lämna mycket öl kvar men desto större tomrum i visthusbodarna. Ty hos erikar och folkungar låg all makt i riket och ingen kunde stå dem emot.

Yngst bland de fyra var Torgils som var sjutton år och son till Eskil Magnusson till Arnäs. Äldst var Magnus Månesköld som en gång räknats som Birger Brosas son men nu som hans fosterbror och rätteligen var son till Arn Magnusson. Den fjärde, som red jämte Erik jarl, var Folke Jonsson, son till Jon lagman i Östra Götaland.

De fyra var bästa vänner och nästan alltid tillsammans i jakt och vapenlekar. Inför detta bröllop hade de varit samman i tio dagar medan deras ryttarklädsel fejades och syddes och deras sköldar målades som nya nere på kungens Näs. Varje dag hade de övat flera timmar i sina vapenlekar, ty det var inte vilka som helst prov som väntade.

För Magnus Månesköld hade det inte varit helt lätt att hålla sig borta från Forsvik så länge. Det första han tänkt när Birger Brosa kom till Bjälbo efter det senaste rådsmötet och ilsket, närmast som i förbigående, nämnde att den där Arn Magnusson kommit åter till riket hade varit att kasta sig i sadeln och rida till sin far.

Snart hade han dock kommit på andra tankar och insett att Arn

Magnusson nog inte var en man som man sökte utan att först ha klätt sig väl och putsat alla vapen blänkande. Och övat än mer med bågen, ty Magnus hade levt hela sitt ynglingaliv med sagorna om hur hans far Arn var bättre bågskytt än alla andra män.

För sig själv medgav han tyst att det inte var utan oro han nu närmade sig Forsvik för den underliga, åtminstone ovanliga, ordningen att vara en av de ungsvenner som förde sin egen far till svenafton. En hel del hade hans vänner skämtat om denna sak, att det inte var mången förunnat att få dricka sin egen far under bordet vid ungsvenners sista buller. Han hade inte tyckt om dessa skämt och hade visat det tydligt. Arn Magnusson till Arnäs var inte vilken som helst brudgum. Och bruden var inget litet gråtande och skräckslaget våp, utan hans egen mor, en redbar kvinna som alla visade respekt. Med detta bröllop skulle mer heder återställas än affärer slutas och det var ingenting att gyckla med.

Erik jarl hade invänt att bland de närmaste av vänner kunde man skämta om allt och alla om ingen utomstående fanns nära. Men likväl hade han i fortsättningen gjort Magnus till viljes och undvikit ämnet. Själv var han en rikets jarl och högst i rang bland vännerna, men Magnus Månesköld var den äldste bland dem, den bäste i vapenlekar och ofta klok som om han verkligen vore Birger Brosas son.

När de närmade sig Forsvik växte spänningen inför mötet med den Arn Magnusson de alla kände till ryktet men som ingen av dem hade sett i verkliga livet.

Det första arbetsfolk från Forsvik de mötte var de som höll på med höskörden, skar gräs och reste hässjor. Alla upphörde de med sitt arbete när de såg de glänsande ryttarna närma sig, därefter gick de fram på led för att knäfalla till hälsning innan Erik jarl befallde dem tillbaka till arbetet.

På en av ängarna, en åker i träda alldeles intill själva Forsvik, mötte dem en mer lustig och överraskande syn. Två unga gossar övade till häst med två äldre främmande män. Alla fyra red tätt tillsammans och på rop från en av de mörka främlingarna vände alla fyra snabbt som blixten åt vänster eller höger eller tvärstannade, stegrade sig och snurrade på fläcken åt andra hållet, ökade farten för att plötsligt tvärt kasta sig samtidigt åt ett nytt håll. Det var en märklig syn och ett sätt att rida som ingen av de fyra vännerna kände till. Hästarna såg dessutom främmande ut, de var mindre än riktiga hästar men rörde sig mycket snabbare.

Snart blev de upptäckta av de fyra övande ryttarna och den ene främlingen drog då ett smalt svärd och skrek något varnande åt den andre som också drog svärd samtidigt som han tecknade åt de två gossarna att fort rida tillbaka in till gården. Därefter följde en kort förvirring då det såg ut som om främlingarna förberedde sig på anfall och de två gossarna protesterade och grälade utan att riktigt kunna göra sig förstådda.

Erik jarl och hans vänner satt liksom deras hirdmän stilla med händerna på svärdsfästet. Det var en häpnadsväckande syn, om de såg rätt, att två män tycktes göra sig klara för anfall mot åtta män.

Innan de hann bestämma sig för hur de skulle handla vid denna oväntade välkomst sporrade en av de båda gossarna på andra sidan fältet sin häst och red mot dem i sådan hög fart att det var svårt att tro vad ögat såg. På några ögonblick var han framme, tvärstannade och bugade.

"Förlåt, jarl Erik, att våra främmande lärare höll er för att vara fiender", flämtade han. "Jag är Sune Folkesson och går i lära här på Forsvik hos herr Arn, min bror där borta är Sigfrid Erlingsson."

"Jag vet vem du är, jag kände din far när jag var i din ålder", svarade Erik jarl. "Eftersom du är den som mötte oss får du nu föra oss till din herre."

Unge Sune nickade ivrigt och kastade om sin häst i ett enda märkligt språng och red före i en kort återhållen galopp medan han vinkade åt Sigfrid och de två främmande lärarna att det inte var någon fara. De främmande ryttarna bugade och vände sina hästar mot Forsvik.

Hammarslag och yxhugg dånade liksom det klingade från smedjor när de fyra mäktiga ynglingarna närmade sig bron över forsen med sina hirdmän, de två gossarna och de främmande ryttarna bakom sig. De såg trälar och arbetsfolk köra timmer fast det var mitt i sommaren, lasta tegel och sten och bära tunga ok med murbruk åt alla håll. Det var som om ingen hade tid att se upp mot besökarna.

De red över gårdsplanen mitt bland husen utan att någon kom dem till mötes och fortsatte ut på andra sidan där två nya långhus och två mindre hus höll på att resas och där de flesta forsviksbor som inte var ute i höskörden tycktes arbeta tillsammans.

Vid det bortre nya långhusets gavel hade byggnadsställningar rests och högst uppe vid taknocken murades de sista stenarna fast, och det var först nu när de fyra besökarna rundade husgaveln som de väckte den uppståndelse de nog tänkt sig skulle ha kommit betydligt tidigare.

En man högst uppe i smetiga läderkläder svingade sig ned för träställningarna i två långa viga språng och alla vek undan för honom när han torkade svetten ur pannan och slängde mursleven ifrån sig medan han såg allvarligt från den ene till den andre av besökarna. När hans blick föll på Magnus Månesköld nickade han som till bekräftelse, gick raka vägen fram och sträckte upp sin hand. Allt folk hade tystnat och ingen rörde sig.

Det gick runt i huvudet på Magnus Månesköld när han såg den av murbruk nersölade krigarhanden sträckas mot honom och nästan med rädsla sökte sig hans blick mot mannens ärrade ansikte. Hans vänner satt tysta, lika häpna som han själv.

"Om din far sträcker dig handen tycker jag nog du skall ta den", sade Arn med ett brett leende och torkade på nytt svett ur pannan.

Magnus Månesköld steg genast av hästen, tog sin fars hand, sänkte fort ena knäet mot marken och tvekade sedan något innan han föll i sin fars smutsiga famn.

Hans vänner steg genast av sina hästar och räckte tyglarna till husfolk som nu syntes väckta ur sin förlamning och skyndade till från alla håll. En efter en hälsade de fyra ynglingarna höviskt den Arn Magnusson som inte liknade en enda av de många föreställningar de burit inom sig men också talat med varandra om.

Alla gjorde sedan det som måste göras genast, fast under stor förlägenhet. Gästernas hästar leddes undan, öl och vin, bröd och salt bars fram innan Arn och hans fyra gäster kunde stiga in i det gamla långhusets sal och bänka sig för mer förplägnad.

"Jag väntade er inte förrän i morgon", förklarade Arn med en road gest åt sina smutsiga arbetskläder. "Bud kom från Näs, ni är de fyra som skall föra mig till min svenafton och för den hedern tackar jag er varmt."

"Det är en heder för oss att föra Arn Magnusson till svenafton", svarade Erik jarl med en kort bugning, fast med ett uttryck i ansiktet som inte stämde med det han just hade sagt. Därefter blev det tyst.

"Ni har kommit till ett bygge som duger dåligt åt gäster", sade Arn efter en stund och lät blicken gå från den ene till den andre av de unga männen. Han hade ingen svårighet att genomskåda deras besvikna tystlåtenhet. "Därför är mitt förslag att vi rider genast, stannar för rast i Askeberga och kommer tidigare till Arnäs i morgon", fortsatte han och inväntade listigt deras häpna miner.

"Ni bör nog inte resa helt genast, min far", svarade Magnus trumpet. "Till svenafton passar det illa med trälkläder och murbruk i håret."

"Det är också min mening", svarade Arn som om han alls inte märkt att han blivit tillrättavisad av sin egen son. "Därför tänkte jag mig att ni en stund låter er förplägas av det lilla Forsvik kan bjuda denna dag medan jag byter till annan skepnad!"

Han reste sig utan att resonera vidare, bugade mot sina gäster och gick fort ut och lämnade dem till en lång lamslagen tystnad. Deras besvikelse stod skriven med stenskrift över deras ansikten och var omöjlig att missta sig på.

Arn hade brått när han kom ut från långhuset. Han var säker på att ju fortare de alla kom i sadeln och bort från Forsvik, desto bättre. Han kallade samman allt arbetsfolk och berättade fort och strängt vad han förväntade sig skulle vara färdigt när han och hans brud återvände inom en knapp vecka. Därefter befallde han Sigfrid och Sune att göra hans häst Ibn Anaza färdig och spänna täcke över honom som på de fyra gästernas hästar. Sune invände lite räddhågset att det inte fanns något sådant folkungatäcke på Forsvik och Arn gick då in i ett av de nya husen och hämtade ett vitt täcke som han kastade över till gossarna. Därefter befallde han att gästernas hirdmän skulle bjudas öl och kallade till sig den av saracenerna som var händigast med rakkniv och beställde att varmt vatten skulle hämtas till badhuset.

Inne i långhuset skänktes Erik jarl och hans vänner rökt kött, bröd och öl men avstod alla från att dricka av det vin som också bjöds. Deras goda lynne från färden mot Forsvik var borta och de hade svårt att tala om det, eftersom ingen ville göra Magnus Måneskölds pina värre. Att finna sin far med murslev i handen var ingenting som de avundades honom.

"Stark och vig är din far som vem som helst av oss. Ni såg väl hur han kom ner från taknocken i bara två språng?" sade Torgils Eskilsson till tröst.

"Många duster har den utkämpat som har sådana ärr på händer och i ansikte", fyllde Folke Jonsson i.

Magnus Månesköld svarade först inte alls, utan såg bara ner i sitt öl och suckade, som om han inte längre vågade möta sina vänners blickar. Sedan mumlade han något om att det kanske inte var så konstigt att de som förlorade det Heliga Landet fick en del stryk innan det var klart. Hans besvikelse spred sig som kyla till de andra.

"Det var ändå han som en gång mötte Emund Ulvbane i envig på alla götars ting och skonade bärsärken men högg av honom handen", försökte Torgils trösta på nytt.

"Då var han en ung man som vi, och inte var det en murslev han höll i handen den gången", muttrade Magnus.

Det fick vännerna att undvika vidare tal om Arn Magnusson och alltmer ansträngt satt de snart och talade om att den rökta skinkan ändå var ovanligt saftig, och att vädret var gynnsamt för resan, eftersom mycket regn hade krävt andra kläder för den som ville slippa sur svenafton. Samtalet gick allt trögare.

Mindre än en timme hade dock passerat när en helt annan Arn Magnusson steg in genom dörren. Han var rosig i ansiktet av hett bad, hans blonda hår som varit en grå tovig massa av murbruk och jord låg blankt och rent bakåt och ner mot axlarna och hans ansikte var helt rent från skägg så att de vita ärren lyste än mer klara än när de först sett honom. Ändå var det inte detta som förändrat honom mest.

Hans brynjeklädsel var av främmande sort och glänste som silver och följde hans kropp så nära att den kunde varit av tyg. På fötterna bar han en sorts stålskor som ingen av de fyra vännerna sett förut och på hälarna glänste sporrar av guld. Han bar folkungarnas vapenskjorta över ringbrynjan och på hans ena sida hängde ett långt smalt svärd i svart skida med ett kors instämplat i guld. I en kedja från hans vänstra axel dinglade en glänsande hjälm.

"Hästarna har tagits fram ute på tunet", sade han kort och bjöd dem alla med armen att stiga upp och följa honom.

Där ute stod husträlar och höll fem hästar. Hirdmännen satt redan i sadeln en bit bort och väntade.

Arn såg sig inte om efter sina följeslagare, utan gick rakt fram till en svart häst med silverfärgad man och satt upp i ett enda språng samtidigt som hästen vände och satte av i kort trav. Det såg ut som om allt skett i en enda rörelse.

Just utanför tunet svängde han sin häst dansande runt på bakbenen samtidigt som han drog sitt långa blixtrande svärd och ropade något inåt gården på ett främmande språk, och han fick skratt och jubel till svar från de många utlänningarna.

"Den som dömer för tidigt dömer sig själv", sade Torgils menande till Magnus när de nu fick bråttat att sitta upp och ta ifatt Arn.

Av det han nu sett blev Magnus lika villrådig som efter sitt första möte med sin far. Den som red framför honom var inte samme man som mött honom med murslev.

De fyra manade på sina hästar så att de kom upp jämsides med Arn, så som lika bröder borde rida genom landet. Nu såg de att han inte bara hade vitt tyg till täcke över sin häst, som de som saknade eget ättemärke. På den svarta livliga hästens båda länder lyste ett stort rött kors, samma märke som fanns på hans vita sköld. De visste vad detta betydde, även om ingen av dem någonsin sett en tempelriddare i verkliga livet.

De red länge under tystnad, var och en med sin egen förlägenhet, och Arn gjorde inte minsta min av att själv ta upp ett samtal för att hjälpa dem ur detta besvär. Han trodde sig ha en god uppfattning om vad deras miner betytt när de såg honom *arbeta som en träl*, som de förmodligen skulle ha sagt på sitt språk. Själv hade han varit så ung när han hamnade i Varnhems kloster att han aldrig fått tid att växa in i sådant högmod. Det var ändå svårt för honom att förlika sig med tanken att han skulle ha blivit som dessa unga män om han vuxit upp utanför klostrets murar tillsammans med Eskil.

Det fanns kyrkans folk som betedde sig på samma sätt, liksom förstås allt det frankiska hovfolket i Jerusalem eller förmögna män i Damaskus eller Tripoli eller Alexandria. Överallt fanns detta de mest lyckligt lottade människornas förakt för det arbete som drev världen framåt och som var grunden för all rikedom. Varför Gud skapat människorna sådana var omöjligt att förstå. Men så var det, och han trodde sig inte kunna ändra på det. Dock tänkte han själv aldrig göra skillnad på murslev och svärd, eftersom det i Guds ögon ändå måste vara detsamma.

Just som han tänkt ordet svärd red Magnus, hans son, upp vid hans sida och ställde en försagd fråga om det långa och ljusa svärd de alla hade sett när han hälsade avsked till gårdsfolket.

"Räck mig ditt svärd och tag mitt så skall jag förklara", sade Arn och drog i en blixtrande snabb och ljudlös rörelse sitt svärd och räckte över det med sin järnhandske om bladet högst upp intill parerstången. "Men akta dina händer för klingan, den är mycket vass!" varnade han när han såg Magnus sträcka sin bara hand för att ta emot.

När Arn fått det nordiska svärdet i gengäld svingade han det på prov några gånger och nickade leende för sig själv.

"Ni smider fortfarande i järn som ni viker fram och åter", sade han nästan som för sig själv innan han började berätta.

Det svärd som var Magnus var mycket vackert, erkände han genast. Det låg också väl i handen. Men det var för kort för att bruka från hästrygg, fortsatte han och visade en sving snett nedåt. Dessutom var järnet för mjukt för att skära igenom den nya tidens ringbrynjor och skulle lätt fastna i fiendens sköld. Eggen var redan från början för slö och efter några hugg mot annans svärd eller sköld skulle den inte göra mycket nytta. Så det gällde att vinna fort, så man kunde gå hem och slipa om, försökte han gyckla.

Magnus högg tveksamt framför sig med sin fars svärd och kände sedan försiktigt på eggen. Han ryggade till då han genast skar sig. När han skulle lämna tillbaka svärdet föll hans blick på en lång inskription i guld som var omöjlig att läsa och han frågade vad det betydde, om det var bara till prydnad eller något som gjorde svärdet bättre.

"Båda", svarade Arn. "Det är en hälsning från en vän och en välsignelse, och en dag, men inte idag, skall jag berätta för dig vad där står."

Solen var på väg upp mot sin högsta punkt och Arn förvånade då sina unga följeslagare med att sträcka sig bakom sadeln och knyta loss sin mantel som han slängde över axlarna. De andra såg frågande på varandra och Arn sade åt dem att om det var hetta de ville skydda sig mot skulle de göra som han. Alla gjorde de tvehågset efter, utom Erik jarl som hade hermelin på insidan av sin mantel och tänkte sig att hettan var illa nog utan att dra päls över den. Så kom det sig att han var den som svettades mest när de nådde Askeberga rastplats sent den eftermiddagen.

***

Dagen då det skulle bli möafton på Husaby förvandlades hela kungsgården till ett härläger. Det var åtminstone Cecilias uppfattning och det gjorde henne alltmer illa till mods att överallt höra hästhovar, klingande vapen och grova mansröster. Från Arnäs hade man sänt en tolft hirdmän och från de byar som löd under Arnäs hade dubbelt så många krigsmän hämtats. En ring av tält växte upp runt Husaby och grupper av ryttare genomsökte ekskogarna vida omkring och spejare sändes åt alla håll. Ingenting fick drabba bruden innan hon kommit under bolster och täcke.

Under de midsommarveckor Cecilia varit som gäst på egen mark hade hon mest vistats i gårdens vävkammare med gamla Suom. Den vänskap som uppstått redan efter kort tid var inte vanlig mellan träl och jungfru. Suom kunde göra mirakel vid sin vävstol där hon fick sol och måne, bilder av den Segrande Brudgummen och kyrkor att leva som i en egen rymd där somt var nära och somt långt bort. Från Riseberga hade Cecilia tagit med sig av de färger hon tillverkat under många år, liksom blandat lin- och ullgarn. Suom sade att vackrare färger hade hon aldrig sett och att allt hon gjort i sitt liv skulle ha blivit så mycket bättre om hon från början haft denna kunskap. Cecilia berättade för Suom om färgernas ursprung och hur de skulle kokas och blandas och Suom visade med sina händer hur man kunde väva figurer mitt inne i tyg.

Eftersom de haft så mycket att visa varandra som de båda fann underbart hade de kommit sent igång med det viktigaste, att väva Cecilias bröllopsmantel. Under brudhämtningen på kyrkvägen till välsignelsen och fram till brudölet skulle en brud vara klädd i den egna ättens färger innan hon fick välja själv. Cecilia kände sig säker på att hon skulle välja blå mantel efter att hon blivit Arns husfru, även om det kunde ses som om hon då ringaktade sin egen ätt. Men hon hade så starka minnen av den blå färgen från tiden i Gudhems kloster. Där hade hon och drottning Blanka varit ensamma bland alla sverkersdöttrar som burit rött garn runt ena ärmen som tecken på deras inbördes trohet och hat mot de två fienderna Cecilia Rosa och Cecilia Blanka. Hon själv och bästa vännen hade trotsat med en liten blå garnbit runt ärmen. Den gång när kung och jarl kom för att äntligen hämta Cecilia Blanka och göra henne till drottning hade jarlen Birger Brosa gjort något som än i denna dag värmde i Cecilias minne.

Hon hade kallats till klostrets hospitium och där hade den onda Moder Rikissa med hån slitit av henne den blå garnänden och Cecilia hade varit nära att falla i gråt av skymfen och sin egen maktlöshet. Jarlen hade då stigit fram och hängt sin egen folkungamantel över henne, vilket var ett beskydd ingen kunde missta sig på. Sedan den dagen hade hon alltid känt sig som blå och inte som grön, pälsättens färg.

Suom hade lyssnat med måttligt intresse till denna känslosamma utläggning och när Cecilia märkte hennes otålighet i slutet av berättelsen förklarade Suom att hon aldrig varit mycket för sådant som rörde kloster och Vite Krist, eftersom hennes tro var en annan.

Cecilia blev först som förlamad av att höra att denna goda kvinna inte ens var kristen. Något sådant var nästan omöjligt att fatta och hon förstod inte riktigt om hon skulle beklaga Suom eller banna henne.

Suom ryckte på axlarna och sade kort att trälars tro vanligtvis var en annan än folks och att det inte störde någon och att det var lika så gott att var och en var nöjd med sin tro. Det fanns förvisso trälar som låtit döpa sig, men det var mest för att fjäska för husbondsfolket. När ingen såg dem behöll de sin egen tro i alla fall.

Cecilias tanke att hon skulle rädda Suom, som hon ju redan tyckte så mycket om, från ogudaktigheten svalnade snabbt, eftersom Suom gjorde mycket klart att hon varken ville ynkas med eller frälsas.

De lämnade samtalsämnet som med en tyst överenskommelse att inte ta upp det på nytt och kastade sig med förnyad iver in i arbetet på bröllopsmanteln. Suom vävde in pålsättens märke mitt över ryggen, en svart sköld med silvergrå sparre, så att den framstod med eget liv, fast den inte var löst fastsydd, utan en del av väven. Cecilia hade efter många prov fått fram en djupt skimrande grön färg som de båda var mycket nöjda med. Manteln blev till sist klar i tid.

Framåt kvällen när möaftonens gille skulle ta sin början var det tid för Suom och Cecilia att skiljas. Suom började packa ihop de tyger och redskap hon haft med sig i ett knyte och skulle gå ensam i sommarnatten tillbaka till Arnäs då hon nu fullgjort sitt arbete. Men, eftersom Cecilia ogärna ville skiljas från henne, bad hon Suom berätta om sitt liv på Arnäs, om det var gott eller kunde bli bättre, och om hennes vackra arbeten fick den uppskattning de förtjänade.

Suom berättade motvilligt att det nog hade varit bättre förr när hon var ung, särskilt på den tiden fru Sigrid, herr Arns och herr Eskils mor, fortfarande levde. Fru Sigrid hade tillbringat mycket tid med Suom i vävkammaren på Arnäs och på den tiden pryddes nästan alla väggar av Suoms tyger och bonader. De hade tagits ner när Eskils husfru kommit till Arnäs och låg nu i en bod någonstans.

Suom hade i sista stund hejdat sig från att säga något ont om Eskils husfru när hon insåg att det var Cecilias syster Katarina. Men Cecilia hade redan förstått. Av en plötslig ingivelse frågade hon om Suom hade håg att flytta till Forsvik så att de kunde fortsätta att sy och väva tillsammans. Men då skrattade den gamla kvinnan högt och menade att hon knappast själv kunde bestämma om hon var till försäljning.

Cecilia rodnade då hon insåg hur ofin hennes fråga varit, hon hade helt glömt att Suom var ofri. Och inte visste hon nu om hon skulle göra ont värre genom att lova att förhöra sig om köp med Suoms ägare, om det nu var Eskil, Arn eller deras far.

De tog ändå ömt farväl och Cecilia hann i sista stund hejda sig att önska Guds frid på vägen mot Arnäs.

När de skilts satt Cecilia kvar ensam och tankfull i vävkammaren och grubblade över vad som var träl och vad som var fri. Hon hade levt nästan hela sitt vuxna liv i kloster och förstod nog inte dessa ting så som hennes fränder på Husaby, som behandlade trälar som om de var djur utan förstånd eller vilja, utan att därvid ens verka särskilt ondskefulla.

Den som var träl kunde köpas, det var förstås sant. Men den som ägde en träl kunde också ge denne fri. Vad som borde göras var i så fall att först köpa Suom, hur främmande tanken än föreföll, kanske rentav önska sig Suom som en extra brudgåva, föra henne till Forsvik och där ge henne friheten. Hon skulle också få betalt för sitt arbete, då det borde vara mycket värdefullt.

Även om det verkade klokt och riktigt att tänka så var det en vämjelig tanke att man kunde önska sig en annan människa som gåva såsom en mantel eller ett vackert nytt pannband.

Pannband, tänkte hon. I morgon skulle den tiden vara förbi. Cecilia hade ända sedan slutet av sin botgöringstid gått med sitt långa röda hår utslaget och fäst det med pannband som ogifta kvinnor hade rätt. Hon hade svårt att föreställa sig hur hon snart skulle gå med hustruhuva.

Det var ingen stor sak och dessutom trodde hon inte att hennes blivande man skulle se strängt på en sådan skyldighet som var som att ständigt gå omkring med nattmössa.

Hon reste sig beslutsamt, svepte den vackraste av gröna pälsmantlar omkring sig och gick över mot långhuset där hennes fränder nu samlades till det korta aftonöl som skulle inleda själva möafton. När hon kom in sken de tre pälsbröderna upp av som det verkade helt uppriktig glädje då de såg hennes mantel. De beundrade den och ville alla känna på tyget och vrida den fram och åter mot ljuset för att se dess skimmer. De verkade också lättade över att ha sluppit skymfen att hon i stället för att hedra sina egna ättefärger på detta stora bröllop skulle ha sytt sig en blå mantel.

Pål Jönsson räckte henne själv en liten bägare med öl och drack först av alla med henne och därefter fick hon dricka med hans yngre bror Algot. Den allra yngste, Sture, som fortfarande var ungsven, hade redan ridit till Arnäs för att som ende yngling från pålsätten vara med på svenaftonen. De höjde sina bägare även för unge Sture, ty som Pål sade var det nog inte en helt enkel sak att som ende pålsättling dricka svenafton bland bara folkungar och erikar.

Därefter började man ordna det som skulle ske en möafton. Sex jungfrur från pålsätten kom in i salen och tog alla Cecilia i hand och hälsade. Hon kände ingen av dem, eftersom de var så unga. Prästen från Husaby kyrka välsignade alla de sju jungfrurna och huströlar kom in och gav dem varsin vit särk och en krans bunden av lingonris.

Cecilia hade bara en svag aning om vad en möafton var och hon visste alls inte hur hon skulle bete sig när de främmande unga kvinnorna nu ställde sig på ett led, var och en med den vita särken i famnen och kransen av lingonris ovanpå. Hon tänkte att det enda hon kunde göra var att låtsas som om ingenting var främmande och bara följa de andra, som nu sakta började skrida ut genom de öppna portarna till sommarnatten.

Utanför stod led av hirdmän där var tredje man hade en brinnande fackla i handen för att hålla onda andar eller de osaliga borta från jungfrurna just när de visade sig, vilket var det farligaste ögonblicket inför mörkrets krafter.

Cecilia gick sist i den procession som nu sakta skred bort mot ekskogen och den bäck som fanns ett kort stycke bort och där badhuset skymtade upplyst av facklor och träbloss.

Just som de lämnat gårdsplanen och tog de första stegen in i ekskogen började de andra jungfrurna sjunga en sång som Cecilia aldrig hört förut, trots att hon säkert hört tusen sånger. Hon uppfattade inte alla ord, då många var mycket ålderdomliga, men hon förstod att det var en sång till en kvinnlig avgud från hednisk tid. Ute i skogen rörde sig hotfulla skuggor. Men Cecilia trodde inte på skogsrån och vättar så mycket som på oroliga och beväpnade hirdmän.

Som seden krävde skulle de sju jungfrurna komma till tvagningshuset vid den mörkaste timmen på sommarnatten. Men nu veckan efter midsommar var det inte mycket till mörker. Ändå bländades de när de kom fram av facklor och bloss som brann runt hela tvagningshuset. Utanför stod två långa bänkar och där började Cecilias följeslagerskor under fnitter och skratt rada upp sina kläder så att de en efter en stod helt nakna. Också sina pannband tog de av sig och kammade med fingrarna ut håret i hela dess längd över axlar och bröst.

Cecilia tvekade och rodnade, även om det inte syntes i dunklet. Hon hade aldrig visat sig naken inför någon människa och visste först inte vad hon skulle ta sig till.

De andra jungfrurna tog sig skämtsamt huttrande om skuldrorna och bad henne skynda på så att man fort kunde komma in i värmen. Cecilia tänkte då att det mer noga räknat fanns en människa hon visat sig naken för, fastän för mycket länge sedan, en enda, Arn Magnusson. Och kunde hon visa sig naken inför en man, låt vara den hon älskade, borde det gå desto lättare inför kvinnor, intalade hon sig och rev fumligt och blygt av sig sina kläder och lade upp dem på träbänken.

Nu gick de alla på led med händerna korsade över sina bröst sju varv runt badhuset och sjöng ännu en hednisk sång som Cecilia heller aldrig hört och varken kunde text eller melodi till. Därefter öppnade den av jungfrurna som gick först dörren till badhuset och alla sprang under skrik och fnitter in i ångorna.

Där inne stod stora träkar med hett och kallt vatten och ämbar att ösa med. Efter de första försiktiga proven med en naken fot visade det sig att de måste ösa över kallt vatten till den heta baljan som var så stor att den kunde rymma minst två slaktoxar. Några stänkte kallt vatten på andra och det blev på nytt skrik och skratt.

När en av dem modigt steg i karet och sedan hastigt satte sig ner, flämtade några gånger och vinkade att det gick bra följde de andra efter och satte sig i ring, grep varandras händer och sjöng nya ogudaktiga sånger, några med sådant innehåll att Cecilia kände hur hon rodnade än mer under sina redan heta kinder. Sångerna var grova och handlade om det som var förbjudet fram till bröllopsnatten och därefter desto mer tillåtet, fastän många verser nog gick ut på att det som smakade bäst ändå var förbjuden frukt.

Cecilia tänkte sig att om hon nu satt här som i en enda stor hönssoppa så var det sannerligen inte mycket att göra åt och dessutom ingenting hon kunde sura sig ifrån. Det var en trösterik tanke och snart började hon känna sig underligt munter och därefter het som av feber, som om den trolldom sångerna andades sannerligen påverkade henne.

De satt så tills vattnet började bli för svalt och det redan ljusnat ute och träblossen börjat slockna. Då fick de brått att göra det sista innan de hade rätt att börja supa. De rusade alla ut i bäcken och doppade sig under gälla skrik i det iskalla vattnet och for sedan in i badhuset igen, som nu kändes underbart varmt. Där tände de nya bloss och tvagade sedan varandra över varje del av kroppen, också de mest orena delarna.

När de tvagat sig torkade de sig hastigt med stora linnedukar och tassade ut till sina klädeshögar. Där drog de över sig de vita särkar de burit från långhuset och fäste kransarna med lingonris runt panna och nacke och rättade till det våta håret. En rad små ölstånkor och en tunna med nyslagen tapp togs fram från badhusets bakre del och snart drack de varandra till som män, härmade män och gick bredbent och skrävlande över trägolvet på bara fötter, och Cecilia önskade att hon hade kunnat göra vännen Blankas hyss och rapa som en karl och släppa väder.

De måste tömma öltunnan innan de fick gå tillbaka, ty annars, förklarade en av Cecilias unga fränder som hette Ulrika, skulle det betyda otur för bruden. Men inget sådant fanns att oroa sig för, ty detta var den natt då unga jungfrur fick supa hur mycket de ville.

Ölet var varmt och sötat med honung för att bättre passa fruntimmers smak och snart drack de nästan som karlar medan de pratade allt högre.

Nu släppte också den stora blygsel som Cecilia och hennes mycket yngre fränder hade känt för varandra, fastän ingen låtsats om det. En sade att Cecilia inte fick tro att någon av dem tänkte illa om att hon blivit en så gammal mö innan hon fick dricka brudöl. En annan sade att den som väntat på något gott inte väntat för länge.

Även om dessa ord säkert var menade som uppmuntran fick de Cecilia att plötsligt känna sig blyg på nytt. Alla de unga var så mycket vackrare än hon och deras bröst var fasta och deras höfter mjukt rundade medan Cecilia som denna kväll rört mer oblygt vid sin kropp än någonsin tidigare visste med sig att hennes bröst hängde och att hon var mager och kantig i kroppen.

Då de andra genast såg denna antydan till oro i Cecilias ögon fattade den frände som hette Katarina först av alla mod och sade det som hon menade att de alla helt säkert tänkte. För dem var detta en stor dag, ty Cecilia hade visat att en kvinna kunde få bestämma mycket själv, till och med så mycket som att vägra sina fränder att gå i kloster även om makten stod på spel, och att dessutom gå i brudsäng med den hon älskade i stället för den som fäder pekade på.

Fast någon invände genast argt och menade att det var sak samma med vem man gick i brudsäng, bara man hedrade sin ätt. Därpå följde en stunds hetsigt gräl som slutade med att den som hette Katarina och en som hette Brigida skvätte öl på varandra tills Katarina tog hela ölsejdeln och slog den över Brigidas hår.

Då blev på nytt skratt och grälet var borta och alla hällde upp nytt öl och Katarina föreslog att de skulle kräva en helt ny tunna innan de gick in till nattaölet i långhuset.

Dock, när första öltunnan var utsupen drog de sina mantlar över de vita särkarna, samlade ihop andra kläder och skor i sina händer och gick tillbaka till långhuset. Det hade ljusnat nästan helt, en mängd fåglar sjöng och lovade en mycket vacker bröllopsdag.

Till Cecilias innerliga förnöjsamhet sjöng de nu alla Kyrie Eleion så att hennes egen stämma för första gången kunde komma med i sången, klarare och högre än alla de andras. För möjligen hade dessa unga jungfrur vackrare bröst och höfter än bruden, men sjunga kunde hon som ingen av dem.

***

10 pund honung, 13 saltade och 26 levande svin, 24 rökta vildsvinsskinkor och lika många bogar, 10 saltade får och 24 levande, 16 levande oxar och 4 saltade, 14 tunnor smör, 360 stora ostar och 210 små, 420

höns, 180 gäss, 4 pund peppar och kummin, 5 pund salt, 8 tunnor sill, 200 laxar och 150 torkade norskfiskar och därtill havre, vete, råg och kornmjöl, malt, pors och enbär i tillräcklig mängd.

Eskil slet hårt med inräkningen av de foror som strömmade in till Arnäs när Arn och hans följesvenner red in i borgen, en halv dag tidigare än tänkt. Nästa dag skulle mer än tvåhundra gäster fylla Arnäs, men redan till svenafton väntades mer än hundra, eftersom det var många som bespetsade sig på de lekar som hörde till och som denna gång lovade att bli något alldeles särdeles. Det var inte vilka som helst ungsvenner som skulle tävla.

Men ännu hade inga gäster kommit och Arnäs låg öde sånär som på allt husfolk som jäktade fram och åter med många sysslor. Arnäs by hade tömts på folk och fejats in i minsta skrymsle för sådana gäster som var förmer än att sova i tält. Lövkoja i rönn hade rests vid fältet på andra sidan vallgraven nedanför den västra porten och bord och bänkar släpades dit, öltunnor rullades över borggården, lass med björk och rönn kördes in och lastades av för att pryda väggarna i stora salen, bord hämtades från när och fjärran, stänger och tältduk restes och spändes.

I detta arbete hade Arn och hans följesvenner intet att bestyra och när de lämnat sina hästar till stallarfolket bestämde Erik jarl att han nog helst ville sova sig till styrka inför kvällens hårda prov och detsamma tyckte Folke Jonsson. Den som kom tidigt kunde dessutom lägga beslag på de bästa sängplatserna.

Arn menade att tiden kunde användas bättre än till sömn men sade det inte högt. I stället tog han sin son Magnus och unge Torgils om skuldrorna och ledde dem skämtsamt men bestämt mot stora tornet. De ryggade båda något när han förklarade att de nu skulle träffa gamle herr Magnus, eftersom båda trodde sig veta att gubben inte längre var vid sina sinnen.

Desto större blev deras överraskning när de tillsammans med Arn kom upp genom torntrappan och fann herr Magnus ute på värnet. Han gick muttrande och beslutsamt fram och tillbaka med en grov enekäpp som enda stöd. En främmande man vakade uppmärksamt vid hans sida. När herr Magnus upptäckte de tre besökarna sken han genast upp i ett mycket brett leende, slog ut med båda armarna, också den som han egentligen borde ha stött sig på och prisade Gud i höga och alldeles begripliga ord för den nåd som nu vederfors honom.

Magnus Månesköld gick genast fram, tog den gamles hand och sänkte sig snabbt så att ena knäet nuddade stengolvet, Torgils kom därefter och sist Arn.

"Ni har hämtat krafter fortare och bättre än jag vågade hoppas, far", sade Arn.

"Ja, och just därför är jag både glad och förargad att träffa er tre även om det var länge sedan jag såg dig, Magnus, och dig också, Torgils, mina två sonsöner!"

"Det var sannerligen inte vår mening att göra er förargad, käre farfar", sade Magnus Månesköld mjukt.

"Äh, du missförstår mig! Jag menade bara att jag ville se er alla slagna med häpnad till brudölet. Då skulle alla vänta sig att jag låg ofärdig i mitt eget piss någonstans där ingen kunde se mig. I stället skall jag nu själv höja brudskålen, för det var länge sedan jag hade det nöjet. Nu får jag be er alla lova att hålla käften om detta, så jag ändå får min överraskning."

Hans tal flöt jämnt och utan sludder, möjligen långsammare än förut men ändå nästan detsamma. Magnus Månesköld och unge Torgils, som inte sett honom på över ett år och den gången mer för att säga farväl än för att träffas i glädje, trodde båda att de nu skådade ett sant mirakel. Och vad de tänkte och trodde hade herr Magnus ingen svårighet att genomskåda.

"Det är alls inte som ni båda tror", fortsatte han och tog ett litet varv runt värnet för att än en gång visa att han nästan kunde gå som förut. "Det är den här frankiske läkekunnige mannen som visat vägen, ja och så Vår Herre förstås!"

Arn hade fört ett kort och lågmält samtal på obegripligt språk med den främmande mannen och det han hört var tydligen gott.

"Ni skall inte anstränga er för mycket idag, far", sade han. "Då kan det komma svårt efter och det blir en lång natt i morgon. Och vi alla lovar att inte säga ett ord till någon om er överraskning."

"Eller hur?" tillade han mot de två sonsönerna som genast nickade högtidligt till bekräftelse.

"Far bör nu vila två timmar, sedan öva en timme och vila två timmar på nytt", fortsatte Arn efter ett nytt kort samtal med utlänningen. "Vi skall inte störa far mer just nu."

De tre bugade och gick bakåt tre steg innan de vände och fortsatte bort över värnet dit Arn ledde dem. Han ville visa dem vad som höll på att byggas.

Men det var som om Magnus och Torgils var något för blyga för honom och snart ville de göra som Erik jarl, gå och sova inför kvällens prövning.

Besviken över deras svala intresse och orolig för att det var något hos dem som han inte kunde förstå gick Arn bort mot Vänersidan där taljor gnisslade och stenhammare klingade. Han blev uppriktigt förvånad över hur snabbt arbetet gått och hur jämnt alla stenar fogats samman, och han berömde länge alla saracenska byggare innan han förklarade att det nu skulle bli tre dagars helg för bröllop och att de alla var gäster men att de borde klä sig därefter. Om tvagning sade han intet, eftersom det hade varit kränkande att påpeka sådant för Profetens folk.

Dock skämtade han något om den saken med den svettige Broder Guilbert, som ju ändå varit tempelriddare i tolv år i det Heliga Landet och kanske än idag var fast i Regelns förbud mot onödig tvagning. Åt denna förmodan skrattade Broder Guilbert gott och förklarade att av alla regler var det där om att man nödvändigtvis måste stinka som ett svin den mest svårbegripliga. Såvida inte Sankt Bernard i sin outgrundliga visdom när han skrev Regeln kommit på att saracenerna än mer skulle frukta krigare som luktade just som svin.

Medan Broder Guilbert gick för att rena sig och byta om till sin vita munkdräkt, ty när han arbetade hårt var han klädd som lekbroder, sökte Arn upp Eskil som han fann invecklad i en palaver på många språk samtidigt där ingen tycktes förstå ett enda ord bland den grupp lekare, pipare och trummare som kommit från Skara med fyra oxkärror. Det som skulle redas ut var betalning och förläggning och i sådana affärer hände det ju att folk låtsades förstå mindre än vad de gjorde. Men då lekargruppens anförare visade sig vara från Aix-en-Provence kunde Arn snart hjälpa sin bror med att få varje silverpenning klart överenskommen, liksom rätten till fritt öl och kött, men tvånget att slå läger med sina vagnar ett stycke bort från borgen. Båda parter verkade till slut nöjda med affären och lekarna vände genast sina oxkärror för att bege sig till anvisad plats.

Eskil förde därefter upp sin bror i bröllopskammaren, som låg avskild på loftet av långhusets västra del med en trappa upp från vardera sidan, en för brudgum och en för brud. Uppe i kammaren hängde de kläder Arn skulle bära vid olika tidpunkter under brudölsdagarna, ty som krigsman skulle han bara vara klädd vid brudhämtningen, därefter fick han byta om. Till brudölskvällen skulle han bära en utländsk dräkt i blått och silver av sådant tyg som annars mest bars av fruntimmer. Men nu till svenaftonen skulle han klä sig i en vid vit kappa med ärmar som bara gick till armbågarna och under den en blå långskjorta i färgat hjortkalvskinn, benkläder i ofärgat skinn och mjuka läderstövlar med benlindor. Svärd skulle bäras till alla dräkterna.

Efter sina förklaringar om kläder för den något förbryllade Arn suckade Eskil som om han för tusende gången denna dag kommit på ännu något som måste ordnas i hast. De var bara sex man till svenafton och det behövdes sju. En var Erik jarl, en var Sture Jönsson från pålsätten och fyra var folkungar med Arn själv, Magnus Månesköld, Folke Jonsson och Eskils egen son Torgils. En sjunde måste till och denne fick inte vara gift man och inte folkung.

Arn sade sig inte ha något råd i denna sak, eftersom han hade svaga föreställningar om vad en svenafton var, förutom att han antog att det skulle drickas okristliga mängder med öl som vanligt. Eskil förklarade med ansträngt tålamod att det var ungdomens farväl till det fria livet, en sista natt tillsammans innan en av dem för alltid lämnade ungdomen bakom sig. Sådan var seden.

Fast just denna gång var ju svennerna ovanligt mogna, parerade han Arns gäckande leende, och brudgummen var en man redan i sina bästa år som hade både son och brorson bland fränderna. Något sådant hade nog aldrig inträffat tidigare och eftersom några av dessa ogifta män, särskilt Erik jarl och Magnus Månesköld, redan var kända i landet som hårda och händiga med vapen skulle det komma många för att se början på denna svenafton.

Arn föreslog med en suck att eftersom Broder Guilbert var hans äldsta vän i livet näst Eskil själv, och inte kunde sägas vara folkung, ville han helst se Broder Guilbert och ingen annan som den sjunde ungsvennen. Ty ålder avgjorde tydligen intet och sin svendom hade Broder Guilbert säkert i tryggare förvar än somliga bland dessa ungtuppar.

Eskil kinkade om detta förslag och menade att en gammal munk nog skulle bli mer till åtlöje än till heder för vänskapen i de lekar som väntade.

Fast Arn redan anade vad som väntade, och tyckte lika illa om det som han fann det omöjligt att inte foga sig i fränders seder, frågade han ändå med oskuldsfull min vad det kunde vara som ungtuppar klarade men inte Broder Guilbert?

Eskil svarade undvikande att det var sju spel, sju olika lekar med vapens färdighet, och att det lände den till evig heder som hävdade sig över de andra en svenafton. Desto värre dock om någon, särskilt en nära vän som denne Broder Guilbert, skämde ut sig.

Arn satt tyst en stund på sitt bröllopsbolster när han hört detta, men alls inte av de skäl som Eskil nu förmodade. Han hade sannerligen ingen lust att tävla i vapenlekar med ömhudingar och unga pojkar och än mindre lust att göra dem illa. Det påminde honom om den olustiga dag när kung Richard Cœur de Lion hade hetsat en av sina unga ömhudingar, Sir Wilfred av Ivanhoe hette han visst, till att störta med fälld lans mot en tempelriddare. Sådant kunde sluta illa.

Pojkar skulle man lära och fostra, men det var ovärdigt att tävla mot dem. Dystert insåg han att denna invändning inte ens skulle verka begriplig för hans bror.

"Vad är det för vapenlekar vi skall riskera vår heder i?" frågade han till slut.

"Som jag sade, det är sju olika spel", svarade Eskil otåligt. "Tre lekar gör ni till häst, fyra till fots och de är yxa, spjut, båge och påk på spång."

"Tre lekar till häst och påk på spång?" frågade Arn med plötslig munterhet. "Det här kan bli lustigare än du tror och oroa dig inte för munken, ty han kommer att reda sig gott och till stor förnöjelse för er som skall se på. Men jag måste gå och tala med honom först, sedan hämta bågar i tornet som passar oss båda och se till att få mitt sto sadlat så att det passar en munk."

Eskil slog ut med armarna och sade att han fritog sig från allt ansvar, kom på att ännu hundra saker måste ordnas och skyndade nedför brudgumstrappan med plötslig brådska.

Arn sänkte sig ner på knä och lutade ansiktet i brudsängens mjuka bolster, insöp örtdoften och bad därefter länge till Guds Moder att Hon måtte hålla Sina skyddande händer över hans älskade Cecilia ännu så länge det var fara och att han själv inte måtte drabbas av högmod eller skada någon av ynglingarna, framför allt inte sin egen son, i de barnsliga lekar han omöjligt kunde krångla sig ifrån.

***

Vid den tidiga kvällen hade mer än hundra gäster kommit till Arnäs för att dricka svenafton men mest för att se ynglingaspelen. Borggården var trång av öltält och de breda tiljor man ställt på bockar för att taskspelarnas konster skulle kunna ses av alla. Pipor och trummor spelade och lekarbarn gjorde befängda konster, vände sig själva med huvudet mellan benen och kröp som stora löss över tiljorna till skratt och förfäran. Men luften var fylld av spänning inför det som alla hade svårt att inte tala om, ett ynglingaspel som inte varit i mannaminne och där en rikets jarl och en Herrens riddare från det Heliga Landet båda skulle tävla.

Skådespelet började med att de sju vitklädda svennerna red sina hästar på rad ut från stallet och i ring runt borggården med Erik jarl främst och en vitklädd munk som väckte skratt och förvånat sus sist i raden. Alla hade de praktfulla nordiska hingstar, utom Arn Magnusson och munken som red små och magra ök som verkade räddhågsna redan av allt folk och uppståndelse.

Erik jarl anförde ryttarna ut genom borgporten och ner mot ängen med lövhyddan där stallarträlar tog deras hästar och de satt av. Gästerna på Arnäs samlades förväntansfullt på den låga västra muren där överblicken över spelfältet var så god att ingen av åskådarna skulle gå miste om minsta händelse.

Nere på fältet valde de sju ynglingarna, ty så måste de ju kallas, även om minst fyra av dem var män, Erik jarl till att döma i tvist om sådan skulle uppstå. Ingen trodde dock att dessa män skulle kivas som riktiga ynglingar utan att var och en skulle uppträda med heder.

Första spelet var att kasta yxa och skulle avgöra fortsättningen. Den som vann yxleken skulle bli herre över nästa spel och bestämma fortsättningen därför.

En tjock ekstam hade sågats till och den plana skivan där en röd ring målats i mitten var mål. Var och en skulle pröva tre gånger med gamla dubbelyxor på tio stegs håll.

Arn och Broder Guilbert som ställt sig tillsammans skämtade om att höll man en sådan stridsyxa i handen så gällde det väl snarast att kunna behålla den där. Kastade man den ifrån sig så var man inte mycket värd i fortsättningen. Denna konst hade de aldrig sett och aldrig övat.

Erik jarl kastade först. Hans yxa snurrade genom luften och fastnade mitt i den röda ringen med en dov smäll. Bifall och förväntansfullt mummel steg från åskådarna, då det inte vore en liten sak om en enda erikare skulle kunna slå fyra folkungar.

Den andra yxan träffade nästan lika gott, men den tredje strax utanför ringen.

Därefter kastade Magnus Månesköld. Också han träffade med två yxor innanför ringen men den tredje strax utanför. Erik jarl och Magnus enades om att Erik varit den bäste av de två och ingen av dem visade någon min av besvikelse eller segerglädje.

Unge Torgils kastade och träffade med bara en yxa innanför ringen, även om de andra två fastnade hårt och riktigt i ekskivan. Folke Jonsson kastade något sämre än Torgils, och då det därefter blev Sture Jönssons tur steg en del mummel och skratt från åskådarna uppe på muren, eftersom det var svårt att undvika skämt om vad som skulle hända om en enda pålsättling slog både folkungar och erikar.

Det var just vad han gjorde, åtminstone som det stod hittills. Alla hans tre yxor hamnade nära varandra och innanför den röda ringen. För det mötte han motvilligt bifall.

När den store munken steg fram blev det skratt och en del hånfullheter, då man ropade att svendomen ägde han nog men inte så mycket mer att komma med i dessa spel. Och som väntat träffade han bara med en yxa, dessutom utanför den röda ringen.

Det blev alldeles tyst av spänd förväntan när Arn Magnusson sist av alla steg fram med de tre yxorna i handen. Men besvikelsen blev snart desto större och mycket mumlades det om hans usla kast, ty två av yxorna träffade målet utan att komma rätt med eggen och fastna, och den tredje satt en kort stund utanför den röda ringen innan den föll till marken. Detta var inte vad någon väntat sig av en man från sagorna.

Sju flätade korgar bars fram till ynglingarna som nu fick fylla dem med förra årets halvruttna rovor allteftersom de gjort rätt för sig. Arn fick därmed sju rovor i sin korg och Sture Jönsson en enda. Den som vid slutet av lekarna hade minst antal rovor var spelets vinnare.

Nu var det spjut. Och Sture Jönsson var den som fick bestämma vem han skulle möta först och därmed hade det riktiga spelet börjat. För nu gällde det inte bara att ha god hand med vapen, nu gällde det också att tänka klokt för den som ville vinna. Siktade Sture på vinst borde han pröva mot de bästa först, så att de fick många rovor för att de blivit först slagna. Ville han hellre klara sig med måttlig heder skulle han börja i andra änden och utmana munken eller Arn Magnusson, då de ju båda visat sig vara usla kastare.

Övermodigt som om han verkligen tänkte sig bli kvällens segrare riktade Sture Jönsson sitt spjut först mot Erik jarl.

Det skulle han inte ha gjort. För när de båda kastat sina tre spjut mot en oxe i halm var Erik jarl segrare och Sture Jönsson den som hade sju rovor att vänta i sin korg.

Erik jarl var ute efter segern, det kunde ingen tvivla på. Därför var det rätt och riktigt av honom att nu peka sitt spjut mot Magnus Månesköld som borde vara hans bäste medtävlare och därför helst skulle få så många rovor som möjligt.

Det blev en hård kamp mellan två mycket goda kastare. Gång på gång gick det sus av beundran genom åskådarleden uppe på muren. De båda kastade så jämnt och så nära i målet med alla tre spjuten att det var omöjligt att skilja dem åt och därför enades de om att kasta på nytt.

Andra gången dömde Erik jarl att Magnus Månesköld segrat. Magnus pekade nu med sitt spjut mot munken och besegrade honom lika lätt som alla väntat sig. Därefter pekade han fräckt mot sin egen far.

Även Arn Magnusson besegrades, och lika lätt som munken. Snart hade Magnus Månesköld vunnit denna lek och många bland åskådarna började redan nu känna sig säkra på att han var den som till slut skulle ha färre rovor än alla andra och därmed vinna en krona av guld.

Nästa lek var påk på spång, där båda kämparna skulle balansera på en spång över vallgraven och försöka slå ner den andre med en lång påk som var lindad med läder i båda ändarna. Inför den leken var det brukligt att ta av sig det mesta av kläderna, ty när striden var slut hade ju alla utom en fått bada i vallgraven.

Magnus Månesköld brydde sig inte ens om att ta av sin vita öppna särk när han först pekade med sin påk mot munken, så säker var han på seger.

Munken kunde inte gärna dra av sig sin vita yllekåpa och det väckte elak munterhet bland åskådarna när han gick och hämtade sin stav och slog några kraftiga prövande slag i luften. Men någon såg också att Arn Magnusson där nere bland ynglingarna hade mycket lustigt och dunkade munken i ryggen och skämtade grovt om något som nog handlade om ofrivilligt bad.

Det var nu hela spelet kastades över ända och blev just så oförglömligt som de mer än hundra åskådarna hade hoppats på.

Munken gick leende och skakande på huvudet ut på spången där Magnus Månesköld väntade med sin påk sänkt som om ingen fara kunde hota från en gammal munk som varken hanterade spjut eller yxa.

Så fort att ingen hann se vad som hände föll Magnus Månesköld i vallgraven med alla sina kläder fortfarande på sig. Munken måste ha fått in ett rent turslag, var de flestas mening.

Broder Guilbert ställde ifrån sig staven och kavlade upp kåpan något runt sina vita ben och pekade sedan på Erik jarl, som drog av sig sin vita särk och gick fram mer vaksam än hans vän hade varit. Det hjälpte honom föga. Nästan med samma fart som Magnus Månesköld plaskade han ner i vallgraven. Den här gången hade folket uppe på murarna mer vaksamt följt vad som hände. Munken hade först riktat ett slag mot huvudet på Erik jarl, men mitt i rörelsen släppt påken med ena handen och svept undan benen på sin motståndare.

Munken avfärdade lika lätt de andra tre ynglingarna, som allteftersom drog av sig mer och mer kläder inför det väntande badet, tills bara Arn Magnusson återstod.

Arn tog av sig sin yllesärk och den blå långskjortan innan han gick fram mot Broder Guilbert. De båda började ett samtal som få av åskådarna kunde förstå hur mycket de än spetsade öronen, eftersom det var på frankiska.

"Att du blivit lite långsam med åren är inte att undra på, min käre gamle lärare", sade Arn.

"Minns att du aldrig varit ens nära att slå mig, din spoling", skrattade Broder Guilbert och höjde hotfullt sin påk och låtsades slå ett slag som Arn inte ens brydde sig om.

"Ditt problem är nog att jag ingalunda är en spoling längre", sade Arn och i nästa ögonblick bröt striden ut.

De två kämpade länge i svindlande fart där de kunde slå fyra, fem eller sex slag i varje anfall mot den andre som garderade sig lika snabbt. Det stod genast från början klart att dessa två var de överlägsna med påk på spång.

Till slut var det som om tröttheten först tog ut sin rätt hos munken och Arn höjde då farten tills han snart träffade munkens ena fot och vann, samtidigt som han sträckte fram sin påk så att munken mitt i fallet kunde gripa tag i den och svinga sig och landa där vallgraven var som grundast. På så sätt förblev större delen av hans yllekåpa torr.

Från och med nu var ingen av ynglingarna ens i närheten av någon ny seger och det stod klart redan när den första hästleken börjat.

Först gällde det att rida mot varandra med varsin lång lädersäck fylld med sand och försöka slå den andre ur sadeln. Arn, som vunnit påk på spång och därmed fick bestämma ordningen för denna kamp, lekte med alla ynglingarna lika lätt som munken hanterat dem med påken. När bara munken återstod blev det en lång strid och en ryttaruppvisning i hisnande fart och med konster som var nästan omöjliga att förstå. Arn vann även denna gång och ånyo verkade det som om munkens ork tröt först och att det var det som avgjorde.

Nästa lek var att med fart rida mot rovor spetsade på pålar och klyva rovorna med sitt svärd. Ingen av ynglingarna hann hugga ens hälften av sin rad med rovor innan Arn var färdig. Han inte ens högg, han bara red med sitt långa smala svärd utsträckt som en vinge förbi alla rovorna som föll i halvor och den ena rovan hann inte slå i marken förrän Arn klyvt nästa. Munken som blev sist kvar försökte rida på samma sätt, men hans lånade svärd fastnade i tredje rovan och så var även denna lek avgjord.

För den som vunnit rovhugget var det nästan omöjligt att vinna nästa spel, eftersom det var kappritt. Vann man över den förste, den andre och den tredje var det inte lätt att plåga sin häst till högsta fart mot flera nya utvilade hästar.

Det verkade som om Arn Magnusson insett detta. Han red de första gångerna så att det såg långsamt ut, fastän hela tiden aningen före. Klokare hade måhända varit att försöka med munken först, som ju red en av hans egna främmande hästar. I stället sparade han munken till sist.

Nu red båda av full kraft, som de gjort när de tävlat mot varandra i lädersäck och rovhugg. Men det utvilade stoet besegrade lätt Arn Magnussons hingst.

Därmed återstod bara den ädlaste leken, bågskyttet. Och ingen hade ju hört talas om munkar som kunde skjuta med båge. Men ingen hade heller tänkt sig munkar rida som denne cistercienser, än mindre hantera påk och svärd som han gjorde.

Måhända hade munken och Arn gjort upp inbördes om hur de skulle avsluta lekarna, ty nu blev det mycket spännande. Redan när munken prövande drog ut strängen på den båge som hans vän Arn räckte honom kunde man lätt se att detta vapen höll han inte i handen för första gången.

Bågskyttet gick till så att två skyttar sköt varannan pil mot halmbalar med ett svart griphuvud på femtio stegs avstånd. När målen bars fram blev både fniss och mummel bland åskådarna åt fräckheten att välja sverkrarnas sköldemärke som mål. Det var inte särdeles hedersamt att på så vis skämta med den besegrade fienden.

Utan att förta sig, som det verkade, besegrade munken först Sture Jönsson, därefter Torgils och Folke Jonsson. Något mer måste han anstränga sig för att besegra Erik jarl och när det så blev Magnus Måneskölds tur syntes det att munken måste göra sitt allra bästa i vart skott, eftersom de båda sköt nästan jämnt.

Båda skyttarna följdes åt med träff i det svarta griphuvudet fram till nionde pilen. Då hamnade Magnus Måneskölds pil strax utanför kanten på gripen och munken satte sin pil mitt i målet. Den tionde pilen sköt Magnus ånyo mitt i målet. Allt hängde således på munkens sista pil.

Broder Guilbert vände sig då om och sade något till Arn Magnusson, som emellertid svarade kort och skakade på huvudet, varvid Broder Guilbert sköt sin sista pil mitt i målet och därmed med en enda pil besegrade den bäste skytten i hela Östra Götaland. Ty i Västra Götaland fanns nu åtminstone en som var bättre.

Med bågskytte var det omvänt mot kappritten. Det var en nackdel att sitta sysslolös till sist och en fördel att skjuta in sig mot lättare motståndare inför avgörandet. Och Broder Guilbert hade bara behövt kasta en blick på ynglingarna för att på något förunderligt vis se vilka som var de starka och de svaga, så han kunde ta dem i rätt ordning.

"Nu, min unge lärling, kan du inte vinna på dina lungors kraft och benens styrka mot din lärare", myste Broder Guilbert och spände retfullt sin bågsträng några gånger när Arn steg fram.

"Nej, det är sant", sade Arn. "Helst skulle jag vilja att vi gjorde det här ensamma om vi verkligen ville veta om läraren fortfarande är starkare än sin lärjunge. För vem av oss vill vinna nu?"

"Din son Magnus var mycket besviken när han förlorade, det kunde jag se, även om han ridderligt dolde den saken", sade Broder Guilbert. "Men vad är nu bäst? Om han får se sin far slagen av samme munk? Eller om han får se sin far som segrare, fastän han övat ett helt liv för att besegra dig, eller skuggan av dig? Han var verkligen mycket bra."

"Ja, jag såg det", sade Arn dröjande. "Verkligen mycket bra, tänk vad han kunde blivit med dig som lärare. Emellertid kan jag inte säga vem som helst bör vinna mellan dig och mig, vilken segrare Magnus skulle ha svårast att tåla."

"Det kan inte jag heller", sade Broder Guilbert och korsade sig till tecken på att han lämnade det vanskliga avgörandet åt högre makter.

Arn nickade till bekräftelse, korsade sig även han och lade första pilen på bågsträngen. Han träffade något i underkant av griphuvudet, vilket inte var så konstigt, eftersom det var hans första skott som ju antingen borde träffa högt eller lågt innan han visste hur bågen gick.

Därför ledde Broder Guilbert ända fram till sjunde pilen, eftersom de båda träffade mitt i målet så att där blev trängsel av pilar. Den sjunde pilen sköt Broder Guilbert för högt, men inte lika mycket för högt som Arn varit för låg med sin första pil.

Det hade blivit alldeles tyst uppe på murarna och de andra ynglingakämparna hade omedvetet kommit närmare och närmare för att se bättre och stod nu i en halv ring alldeles bakom de två skyttarna.

Åttonde pilen, lika för båda mitt i målet. Nionde pilen, lika för båda mitt i målet.

Arn sköt sin tionde pil som slog av styrfjädrarna på två andra pilar men ändå trängde sig in i mitten. Nu hängde allt på Broder Guilberts sista pil.

Han siktade länge och det enda som hördes på Arnäs var svirrande vingar från en flock tornsvalor som drog förbi.

Men så ångrade han sig och sänkte bågen, andades djupt några gånger innan han höjde bågen på nytt och drog ut strängen mot kinden. Även denna gång siktade han länge.

Hans pil träffade för högt, därför att han tagit i för mycket. Därmed var Arn segraren i detta ynglingaspel som ingen skulle glömma av dem som varit där, men som inte heller skulle glömmas av dem som inte varit där, eftersom de skulle höra så många berättelser att de med åren skulle tro sig om att verkligen ha sett allt detta med egna ögon.

Eskil kom genast ner till ynglingarna med husfrun på Arnäs, Erika Joarsdotter, vid sin sida. Hon bar två glänsande kronor, en i guld och en i silver. De stannade intill varandra och alla ynglingarna fylkade sig på rad framför dem alldeles nära vallgraven så att gästerna kunde höra och se allt som skulle ske.

"Denna svenafton har börjat mycket väl", sade Eskil med hög röst. "Ni har fört stor heder till mitt hus, ty ett sådant ynglingaspel som vi sett denna dag har aldrig varit och kommer aldrig att bli. Segrarens krona är av guld, ty finare seger än denna kunde inte vinnas. Snål är jag inte men noga med penningar. Det gläder mig förstås att min bror segrade, då väl allt annat svårt tärt på hans heder och rykte. Det gläder mig likaledes att guldet stannar i huset på så vis. Stig fram, herr Arn!"

Arn knuffades motvillig fram av Magnus Månesköld och unge Torgils, bugade för Eskil och kröntes med den gyllene kronan av Erika Joarsdotter och visste sedan inte vad han skulle företa sig så att Magnus fick luta sig fram och rycka honom i särken, vilket väckte stor munterhet bland åskådarna uppe på muren.

Erika Joarsdotter höjde nu silverkronan mot Broder Guilbert, för något räknande av rovor behövdes inte för att veta vem som näst segraren varit den bäste.

Broder Guilbert protesterade och slog ifrån sig, vilket först verkade som falsk prästerlig blygsamhet tills han förklarade att han enligt sina munklöften icke fick äga något och att ge honom silver vore detsamma som att ge det till Varnhems kloster.

Eskil rynkade pannan och höll med om att det kunde vara onödigt att ge ynglingapris till ett kloster som man ändå skänkt mer än tillräckligt. En stunds villrådighet följde då Erika sänkte silverkronan och såg på Eskil som ryckte på axlarna.

Broder Guilbert blev emellertid den som fann en oväntad lösning. Han tog försiktigt silverkronan ur Erikas händer och gick bort till Erik jarls och Magnus Månskölds korgar och räknade rovorna. Snart var han tillbaka och gick fram till Magnus Månsköld.

"Du, Magnus, är den bäste bågskytt jag sett i detta land, näst din far förstås", sade han högtidligt. "Näst mig, som inte räknas därför att gudomliga regler lägger hinder i vägen, var du den bäste. Seså, unge man, böj ner ditt huvud!"

Rodnande men samtidigt stolt och uppmuntrad av sina vänner lydde Magnus. Så kom det sig att far och son gick till svenaftons öl denna natt med krona av guld och krona av silver.

Där tog ynglingarnas eget gille vid. De skulle fira svenafton för sig själva vid lövad koja som seden var. Eskil och Erika Joarsdotter gick tillbaka upp till borgen och sina väntande gäster medan ynglingarna gick till sin festsal ute i det fria. Stallarträlar ledde undan deras hästar och husträlar kom springande med deras mantlar och torra kläder, kött och öl.

När de lämnats ensamma började alla sju tala på en gång, eftersom det fanns mycket att försöka förstå, svårast av allt att en gammal munk kunde slå unga nordiska kämpar i deras egna vapenlekar.

Arn förklarade att det inte var vilken som helst munk, men att Broder Guilbert liksom han själv varit tempelriddare och att det tvärtom varit stor skam om inte två tempelriddare kunnat sätta nordiska ungtuppar på plats.

De var högljudda och vid mycket gott lynne redan innan de hunnit fram till sitt öl. Alla var nöjda på sitt sätt.

Magnus Månsköld var nöjd, trots att han kommit till dessa spel med fast vilja att vinna. De enda som besegrat honom var ju två av Herrens Tempelriddare, och var och en hade denna dag sett med egna ögon att allt som berättades om dessa Guds heliga stridsmän var sant. Men över sina vänner hade Magnus segrat.

Erik jarl var också nöjd, eftersom han visste att han måste ha en tursam dag för att kunna slå Magnus Månsköld men att åtminstone ingen annan av vännerna kommit före honom.

Torgils var nöjd för att han som yngst ändå hade lyckats undvika att bli den siste, och Sture Jönsson var nöjd även om han kommit sist, då han ju varit en av två som inte var tempelriddare och ändå vunnit ett spel, det med yxorna.

Arn var nöjd för att han vunnit, även om det kändes nästan skamligt att medge det. Men eftersom han alldeles tydligt måste kämpa för att vinna sin sons respekt var detta ett gott steg på vägen.

Broder Guilbert var kanske mest nöjd av alla, eftersom han visat att han ännu som gammal man kunde hålla nästan jämna steg med en riddarbroder och att Gud avgjort bågskyttet till det bästa så att han och Arn sluppit att avtala om utgången.

När så muntra ynglingar gick till svenafton skulle det kosta Eskil mycket öl och för många av dem ett värkande huvud nästa dag. Hela natten var deras.

Mat och öl blev det genast i de mängder som Broder Guilbert och Arn fruktat. Men på Arns befallning hade det också rullats fram ett litet fat med libanesiskt vin som han själv hemfört och två glas fanns för de enda två som skulle föredra vin framför det lübska bröllopsölet.

Den första timmen innan fyllan började sätta sig i deras huvuden talades mest om olika händelser i lekarna som varit och snart dristade sig någon till skämt om tempelriddare som inte kunde kasta yxa eller spjut.

Broder Guilbert förklarade med gott lynne att det där med att slänga lansen ifrån sig inte var en riddares första omsorg, utan snarare den sista. Och vad yxa beträffade skulle han gärna möta var och en yngling till häst med yxa i handen. Dock utan att kasta den ifrån sig. Därvid stirrade han strängt och grymt omkring sig så att de unga männen omedvetet ryggade innan han brast i gapskratt.

Men påk på spång däremot, fortsatte han, var en förträfflig övning. Det var grunden för allt, snabbhet, förflyttning, balans och många blåmärken till åminnelse att försvar var lika viktigt som anfall. Följaktligen var detta det första han en gång lärt lille gossen Arn.

Arn höjde sitt vinglas och bekräftade genast att så hade det varit när han som helt ung kommit till Varnhem. Och han hade därefter fått stryk av Broder Guilbert var dag i tolv år, tillade han, suckade tungt och sänkte huvudet så att alla föll i skratt.

Allteftersom ölpissandet började måste de unga männen hela tiden ränna undan medan Arn och Broder Guilbert lugnt satt kvar vid sina platser. På så vis kom en ny ung man och satte sig intill de två äldre så fort platsen blev ledig, och så länge de unga var talbara fick både Broder Guilbert och Arn tillfälle att samtala med dem alla.

När Magnus Månesköld kom och satte sig intill Arn hade kvällen lidit längre än Arn väntat sig. Det var som om det fanns en blygsel mellan de två, vilket krävde en del vin och öl för att komma förbi.

Magnus började med att ursäkta sig för att han två gånger missbedömt sin egen far, men tillade att han lärt sig en hel del av dessa misstag.

Arn låtsades inte förstå vad det kunde röra sig om och bad om tydligare förklaring. Magnus berättade om sin besvikelse när han första gången sett sin far, inte som drömmarnas riddare, utan som träl med murslev, och hur han sedan borde ha begripit bättre så fort de kommit till häst på väg från Forsvik. Men så enfaldig hade han varit att han tagit sin besvikelse för given på nytt när han såg Arn kasta yxa utan att träffa. Rättvis var därför den näpst han fått och större bågskyttar än munken och sin egen far hade han aldrig sett, så där talade sagorna sanning.

Arn försökte skämta bort ämnet genom att lova att han i fortsättningen skulle öva sig strängt i konsten att kasta vapen ifrån sig. Det skämtet passade dock inte Magnus Månesköld alls som behöll sitt allvar och samlade sig för att fråga om något som han sade sig ha undrat över först i efterhand.

”När vi kom ridande till Forsvik”, sade han, ”och när vi kom runt husknuten där ni min far stod uppe vid nocken med murslev... när ni sprang ner och såg på oss... hur kunde ni genast känna igen mig som er son?”

Arn brast i hejdlöst skratt, även om han helst velat hålla sig allvarlig.

”Se här!” utbrast han och rufsade om i sin sons kraftiga röda hår. ”Vem har sin mors hår om inte du, min son! Och förresten, även om du haft hjälm på huvudet hade det hjälpt gott att titta på era sköldar. En av er, du nämligen, bär en nymåne målad intill vårt folkungalejon.

Och om inte något av detta räckt till hade jag sett dig i ögonen. Du har din mors vackra bruna ögon."

"I morgon blir jag er äkta son", sade Magnus med plötslig gråtmildhet.

"Du har alltid varit min äkta son", svarade Arn. "Måhända var det en synd din mor Cecilia och jag begick när vi avlade dig för tidigt. Vårt bröllop drog ut på tiden, därför att det inte var så lätt för min vän Knut att bli kung som han först trott och han hade lovat att komma till vårt bröllop som kung. Min och din mors kärlek var stor, vår längtan lika stor, och så begick vi en synd som vi inte är de enda som begått. Men stor eller ej, denna synd har vi båda sonat med hårt straff, vi är renade. Och i morgon dricker vi det brudöl som var tänkt för mer än tjugo år sedan. Men det är inte då du blir min son, lika lite som det är då jag blir Cecilias man. Hennes har jag alltid varit och du alltid min son, var dag i mina böner under ett långt krig."

Magnus satt tyst begrundande en stund som om han var villrådig om i vilken riktning han skulle vingla vidare i samtalet. Det var så mycket som trängde på samtidigt.

"Tror ni att kungen kommer till bröllopet som han lovade?" frågade han plötsligt som om han därmed räddade sig bort från svårare samtalsämnen.

"Nej, det gör han inte", sade Arn. "Birger Brosa kommer inte, det vet vi, och jag tror att kungen har föga lust att skymfa sin jarl. Och vad gäller kungars löften har jag fått lära mig att det är viss skillnad på om de framsägs innan kronan sitter på plats och efteråt. Det är ändå så klokt ordnat att Erik jarl är här och hedrar oss med både erikars och kunglig närvaro."

"Men Erik jarl är här för att han är min vän", invände Magnus Månesköld utan att tänka efter.

"Det gläder mig att han är här och det gläder mig att han är din vän", sade Arn. "Men framför allt är han en rikets jarl och vår kommande kung. På så vis löser min vän Knut sin svårighet. Han är här som han lovade mig. Han är inte här som han nog lovat Birger Brosa. Så handlar en klok vän om han är kung."

"Kommer det att bli krig snart?" frågade Magnus som av en plötslig ingivelse eller som om ölet redan styrde hans tal mer än hans höviskhet.

"Nej", sade Arn. "Inte på länge men om den saken skall vi tala någon gång när inte så mycket öl måste drickas."

Som om Arns ord om det myckna ölet påmint Magnus om naturens ordning ursäktade han sig och gick på något ostadiga ben bort i skymningen för att lätta sig. Husträlar kom med tjärbloss och nytt stekekött.

En stund senare satt Broder Guilbert och Arn ensamma med varsitt vinglas medan sång och buller omgav dem från alla håll.

Arn retades något om Broder Guilberts sista pil och sade att om man tänker så där mycket innan man skall skjuta är det nästan alltid som förgjort. Då vill man för mycket. Och vill man för mycket så tar man i för mycket och det borde sannerligen Broder Guilbert veta bättre än någon annan.

Jo, det var ju sant, kunde tyckas, medgav Broder Guilbert. Men han hade skjutit för att vinna. Eller åtminstone för att göra sitt bästa så att ingen skulle tro att han skänkte Arn segern. Nu hade ändå Högre Makter styrt pilen.

"*Deus vult!*" skämtade Arn och höjde knytnäven till tempelriddarnas hälsning.

Broder Guilbert gav sig genast för skämtet och slog sin knytnäve mot Arns höjda.

"Vi kanske kan tävla på nytt, mot svårare mål som rör sig, och från häst", sade Arn.

"Ånej!" svarade Broder Guilbert tvärt. "Du vill bara sätta din gamle lärare på plats. Hellre ger jag dig en ny omgång med påken!"

De skrattade gott men ingen av de unga fäste längre så stor och vördsam uppmärksamhet vid dem, kanske för att de inte kunde förstå samtalet. Broder Guilbert och Arn hade som av gammal vana bytt till frankiska.

"Säg mig en sak, broder", sade Arn tankfullt. "Hur många tempelriddare skulle behövas för att behärska de två Göta länderna och Svealand?"

"Trehundra", svarade Broder Guilbert efter kort eftertanke. "Trehundra räckte långa tider för att hålla det Heliga Landet. Det här riket är större, men i gengäld finns här inget rytteri. Trehundra riddare och tre borgar och vi skulle ha pacificerat hela området. Aha! Det är alltså så du tänker! Jag håller alltså på att bygga den första borgen just nu med våra kära vänner saracenerna. Vilken gudomlig ironi! Du är inte rädd för att saracenska vänner skall leda till problem, förresten? Jag menar, förr eller senare begriper ju de här nordiska barbarerna vilken sorts utlänningar det är som ber fem gånger om dagen och dessutom tämligen indiskret, om jag skall uttrycka saken med finess."

"Det var mycket på en gång", suckade Arn. "Ja, jag tänker ungefär som så att om jag bygger en ryttarstyrka med samma övningar som hos oss tempelriddare så blir det fred. Fler borgar än en behövs, det är sant. Och vad saracenerna beträffar är min tanke att de först skall visa sin duglighet, därefter får folk välja mellan denna bevisade duglighet och sin egen vantro om vad saracener är."

"Det senare är kanske ett farligt spel", sade Broder Guilbert eftertänksamt. "Du och jag känner sanningen om saracener. Till det finns en förklaring. Men borde inte vem som helst av dessa landets okunniga och primitiva biskopar falla död ner kvävd i fläsk i samma ögonblick han insåg sanningen om dina borgbyggare? Och att skapa fred med överväldigande styrka som du tänker dig, det är rätt men samtidigt fel."

"Hur det är rätt vet jag, men hur är det fel?" frågade Arn snabbt.

"Det är fel därför att nordiska människor inte förstår vad den nya tidens riddarstyrka är, hur oövervinnelig den är. Om du har skapat den makten måste du först demonstrera den för att få fred. Det betyder krig i alla fall."

"Jag har grubblat mycket över den saken, just den saken", medgav Arn. "Jag har bara ett svar och det är att göra lektionen mild. Du minns vår mest gyllene regel i Tempelherreorden?"

"När du drar ditt svärd, tänk inte på vem du skall döda. Tänk på vem du skall skona", svarade Broder Guilbert på latin.

"Just så", sade Arn. "Just så. Må det vara Guds vilja!"

VI

PÅ DUNDRANDE HOVAR FOR TUNGA HÄSTAR brudvägen fram
och åter, långa spjutyxor glänste i solen och överallt hördes skrammel
och klang av vapen och hårda hetsiga ord från krigsfolk. En del rytta-
re bar kungens märke, men de flesta var folkungar som kallats från går-
dar och byar vida ifrån. Tusen väpnade män skulle skydda bruden på
hennes färd. Så mycket krigsfolk hade inte setts sedan freden kom och
det var nästan som i gamla tider när kungen kallat till ledung.

Från byar ända ner till trakten av Skara hade folket gått man ur huse
och redan tidigt om morgonen stått tätt längs hela vägen mellan Hu-
saby och Forshems kyrka. Några satt till vila med öl och fläsk, andra
sökte grannar man inte träffat på länge medan barn sprang lekande
omkring. Alla hade de kommit för att se bruden rida till Forshem.
Men brudfärd hade man sett förut så denna gång hade de flesta för-
hoppningen att se något mer. Järtecken hade visat sig med fyra solar
och många rykten löpte om onda anslag som riktades mot bruden.
Somt handlade om faror som hotade var brud av mörka krafter, som
att hon skulle rövas av Näcken eller förstenas av skogsrån eller förgif-
tas av trollen. Annat var mer jordiskt och handlade om krig och olycka
över landet, både om bruden kom levande under bolster denna natt
eller om hon dräptes eller bergtogs. Bland de äldre och klokare män-
nen talades det dunkelt om hur detta bröllop hade mycket att göra
med kampen om makten i riket.

Hur det än gick på denna brudfärd skulle det i vart fall bli ett skå-
despel värt att vänta många timmar på. Och vänta fick folket, ty brud-
hämtarna var sena.

Vid utsatt tid när solen stod högst hade Cecilia förts ut på tunet av
sina tre giftomän Pål, Algot och unge Sture, som kommit svårt bakfull

tillbaka från Arnäs den morgonen men ändå varit vid gott lynne och haft mycket att förtälja om ett ynglingaspel med landets bästa bågskyttar.

De tre bröderna bar alla sina vackraste gröna pålsmantlar som ändå såg bleka och enkla ut jämfört med Cecilias. Ute på gården stod brudbordet med fem läderpungar jord från de fem gårdarna och en tung kista som var den hemgift brudhämtaren skulle ta. Bredvid låg Cecilias brudgumsgåva, den blå hopvikta folkungamanteln som hon ännu inte visat för någon. Stallarträlar höll deras ryktade och festklädda hästar och de sex brudmöerna i vitt höll det långa brudlinet mellan sina händer. Cecilia skulle inte kläs i linet förrän just innan brudhämtarna kom.

Där stod de nu och väntade men ingenting hände.

"Kanske herr Eskil drack för mycket av sitt eget goda öl", sade unge Sture fräckt. Han liksom de andra tog för givet att Eskil Magnusson skulle vara brudhämtare, eftersom gamle herr Magnus var ofärdig.

En timme stod de i middagssolen utan att ge sig, då det skulle betyda otur. Cecilia hade först börjat frukta att något ont hade hänt, sedan hade hennes rädsla förbytts i sval vrede över att Eskil lät henne stå så här. Lika slug som Eskil kunde vara i affärer, lika lättsinnig kunde han vara mot andra människors väl och ve, tänkte hon.

Inget var dock Eskils fel, skulle hon snart bli varse.

På långt håll bortom vägkröken nere vid bäck och bro hördes rop från det väntande folket. Det lät inte som fasa eller oro, utan mer som glädje.

Spänningen steg hos de tre pålsbröderna och Cecilia där de stod med blickarna som fastnaglade vid vägkröken där brudhämtaren först skulle synas.

Det första de såg var en ryttare som bar kungens märke. Därefter kom ett glänsande följe där många lansspetsar blixtrade i solljuset.

"Om det var *den* brudhämtaren vi fick vänta något på så är väl allt förlåtet", flämtade Pål Jönsson häpet och vinkade åt brudmöerna som fort kom fram med det vita linet och hängde det över Cecilia så att hennes hår och ansikte och det mesta av hennes kropp skyldes.

Så stod hon alldeles stilla och rak när kungliga ryttare dundrade in på gården och ställde upp i en vid ring med dragna svärd och hästarna vända utåt. I det stora tomrum som bildats red kungen och drottningen fram, båda i hermelin och krona, och höll in sina hästar på tio stegs avstånd från de väntande pålsbröderna och Cecilia.

Eftersom Cecilias ansikte nu var dolt under linet kunde ingen se hennes ögon. Därför kunde hon inte möta kära vännen drottningens blick, men hon nickade försiktigt tillbaka när Cecilia Blanka log mot henne med en min som att det här nog inte var vad Cecilia Rosa väntat sig.

Kungen höll upp sin hand för att få tystnad inför sin hälsning.

"För många år sedan lovade vi, Knut Eriksson, svears och götars konung, att vi skulle följa dig Cecilia och vår vän Arn Magnusson till brudöl. Löften skall hållas, särskilt löften från en kung. Här är vi nu och ber om tillgift för att det dröjde längre än vi trott innan detta löfte kunde uppfyllas!"

Efter de orden steg kungen av hästen och gick fram och hälsade på de tre pålsbröderna i tur och ordning. De hälsade honom alla lika, med att fort böja ena knäet mot marken. Så skulle sällan giftomän uppföra sig vid brudens överlämnande. Men än mer sällan var brudhämtaren själve kungen.

Mot Cecilia böjde kung Knut bara kort sitt huvud, han vidrörde henne inte, eftersom det kunde föra otur med sig för dem båda.

Män ur kungens följe kallades fram för att lasta hemgift och brudgumsgåva på en lövad vagn som inte drogs av oxar utan av två livliga fuxar. Stallarträlarna ledde fram hästar till brudsällskapet som satt upp. För Cecilia bar man fram en pall, då hon ju red i brudklänning och brudlin och inte kunnat komma undan den fruntimmerssadel som hon vanligtvis fann så förhatlig.

Så red de ut från Husaby kungsgård, med kungen och drottningen främst, därefter bruden och efter henne de tre pålsbröderna. På båda sidor slöt den kungliga hirden upp och ryttare sprängde i förväg för att rensa vägen från nyfikna som stod alltför nära. Befallningsropen från hirdledarna skallade fram och åter. Trälarna på Husaby stämde upp den drillande rullande sång som var trälars lyckohälsning.

Ståtligare brudfölje än det som nu red i sommarsolen nedför kullarna från Husaby mot Forshem hade inte skådats i riket sedan kung Knut för många år sedan kom till Gudhems kloster för att hämta sin brud. Men den gången hade inte lika många bönder kommit för att se ståten. Och den här gången hade till och med många stadsbor från Skara kommit. Stadsbor var lätta att känna igen, då de klädde sig som fruntimmer, med fjäder i mössan även om de var män och talade i näsan.

Från alla håll kastades välsignelser, välgångsord och björkkvistar mot bruden. Ibland hade Cecilia så mycket björklöv över sig att hon hädiskt tänkte att hon väl snart såg ut mer som skogsrået än den onda varelsen själv.

När de närmade sig Forshem drog de ner på takten och snabba ryttare galopperade i förväg i moln av damm för att förhöra sig så att båda följena kom samtidigt till kyrkan.

På långt håll kunde Cecilia se att kyrkbacken var tätt packad med folk, men att där också lyste i röda färger mer än blå. Men då kungen och drottningen, som red strax framför henne, också måste ha sett sverkersfärgen men inte tycktes bekymra sig det minsta korsade sig Cecilia fort och tänkte att det inte kunde vara någon fara.

När hon kom närmare förstod hon anledningen till allt det röda. Vid kyrkporten väntade ärkebiskopen, och hans hird bestod ju nästan enbart av sverkersmän.

Uppe från Arnäs närmade sig nu brudgummens följe. Främst red den folkungska hirdens äldste anförare som kommit ända från Älgarås för hedern att föra det folkungska lejonet. Bakom honom red herr Eskil och Arn sida vid sida, båda klädda som krigsmän, vilket syntes passa Arn bättre än hans äldre bror. Arn hade kvistar av rönn över både sig och sin häst, då han mötts av nästan lika många välgångsönskningar på sin färd som Cecilia på sin. Bakom Arn red hans brudgumsmän och däribland en cisterciensermunk i sin vita kåpa med huvan som en lång strut över huvudet.

Allt kunde nu ske i den ordning seden krävde. På kyrkbacken steg bruden ner från sin häst med hjälp av sina giftomän. Hirdmän från kungen, från folkungarna och från ärkebiskopen formade en ring av sköldar och svärd runt platsen framför kyrkporten där ärkebiskopen stod i full skrud med två svartklädda kaplaner vid sin sida och det vita pallium över bröst och rygg.

Bruden leddes fram och böjde kort sitt huvud för ärkebiskopen men vidrörde honom inte, hennes tre giftomän föll på knä och kysste biskopsringen.

På avstånd hade Arn och hans följeslagare avvaktat och nu steg de fram för att också de hälsa ärkebiskopen. Även Arn kysste biskopsringen.

Därefter kom ett stort ögonblick när Arn och Cecilia stod mitt emot varandra framför ärkebiskopen och Cecilia sakta tog av sig brudlinet så att hon blottade sitt ansikte. Hon hade sett honom genom tyget, han kunde inte se henne förrän nu, så som var föreskrivet.

Så skulle bröllopsgåvor utbytas. Erik jarl gick fram till Arn och med en djup bugning, vilket var en oväntad heder som fick många att viska, räckte han honom ett tungt och kostbart skärp av tunga guldlänkar med en grön sten i var länk. Arn fäste skärpet om Cecilia med en stunds fummel som väckte munterhet och Cecilia vred sig därefter ett varv med utslagna armar så att alla som stod nära kunde se det glänsande guldet som nu hängde över hennes höfter och ner i en rak linje över skötet.

Pål Jönsson bar fram Cecilias bröllopsgåva, som tydligt var en hopvikt blå mantel. Eskil fann sig fort och tog av sin bror den mantel han bar men knäppte loss det tunga silverspännet som höll den samman under halsen. Cecilia vecklade långsamt och högtidligt ut sin gåva. Snart hördes höga rop av beundran och oro i trängseln bakom alla hirdmän där folk sträckte på halsarna för att se. En vackrare blå mantel hade aldrig skådats och lejonet på ryggen blixtrade som om det varit helt av guld, liksom de tre strömmarna i silver, och rött lyste lejonets gap. Eskil och Cecilia hjälptes åt att fästa manteln över Arns axlar.

Därefter gjorde han som Cecilia, snurrade ett varv med manteln utspänd av båda armarna, så att alla kunde se och många nya rop av beundran hördes.

Ärkebiskopen höjde sin stav och förargades något över att det inte genast blev tyst, vilket berodde mindre på gudlöshet och mer på att så många talade ivrigt i munnen på varandra om de kostbara bröllopsgåvorna.

"I Guds, Sonens och Den Heliga Jungfruns namn!" ropade ärkebiskopen och då fick han äntligen helt tyst. "Välsignar jag nu dig Arn Magnusson och dig Cecilia Algotsdotter då ni ingår det av Gud instiftade äktenskapet. Må lycka, fred och välgång följa er tills döden skiljer er åt och må denna av Herren Gud instiftade förening bidraga till fred och sämja i vårt rike. Amen."

Han tog sedan vigvatten från en silverskål som en av kaplanerna räckte honom och vidrörde först Cecilias panna, axlar och hjärta, och därefter Arn på samma sätt.

Om ärkebiskopen hade fått helt som han velat skulle Arn och Cecilia ha omfamnat varandra till tecken på att deras äktenskap var ingånget. Men varken Arn eller Cecilia, som båda hade förstått den dolda meningen med välsignelsen, att det var nu de blev man och hustru och inte senare, hade någon lust att delta i det spelet. Inför fränder och inför lagen var de inte husbonde och husfru förrän efter sängledningen. Och måste de nu nödvändigtvis välja sida mellan ärkebiskopens strävan att låta kyrkan råda och fränders övertygelse att gamla seder inte fick rubbas fann ingen av dem att detta var rätta stunden att ta upp en sådan strid. De hade bara behövt byta en kort blick för att bli överens om hur de skulle handla.

Något misslynt över att de två inte tycktes fatta vad han så tydligt vinkat om i sin välsignelse vände ärkebiskopen tvärt och gick in genom kyrkporten för att inleda mässan.

Efter honom följde kungen och drottningen, Arn och Cecilia, deras svenner, möer och fränder så många som fick plats i den lilla kyrkan.

Mässan var tänkt att hållas kort, då ärkebiskopen visste väl med sig att folket var mer otåligt att komma igång med bröllopsgillet än de törstade efter sin Gud. Dock fick han oväntad hjälp från själva brudparet vid psalmsången, liksom från den cistercienser som var med i Arn Magnussons följe. Vid slutsångerna tog de tre helt enkelt över, och under allt större iver och till slut med tårar hos både brud och brudgum föll de in i tre stämmor, där Cecilias sopran var förstastämman och munkens djupa röst bildade tredjestämma.

Ärkebiskopen såg ut över den hänförda församlingen som verkade ha glömt all brådska att lämna Guds hus och komma fort till öl och njutningar. Då föll hans blick på Arn Magnusson som fortfarande, till skillnad från alla andra män, bar sitt svärd vid sidan. Först blev han rädd, som om detta var ett tecken på onda anslag. Fast ingen ondska kunde han spåra i denne mans ögon som sjöng som den bäste av kyrkosångare och med innerlig hänförelse. Ärkebiskopen korsade sig hastigt med en tankens bön om förlåtelse för sina syndiga föreställningar och sin enfald när han erinrade sig att brudgummen ju faktiskt var tempelriddare, så blåklädd han var, och att en tempelriddare var som en gudsman och att svärdet i den svarta skidan med ett kors av guld var ett av Guds Moders signade svärd och det enda vapen som fick bäras i kyrkorummet.

Med Arn Magnusson skulle han hålla sig väl, bestämde sig ärkebiskopen. Ty en gudsman skulle lättare förstå vad som behövde förändras till det bättre i detta rike där råa sällar som kung Knut och Birger Brosa härskade. Klokt vore nog att få Arn Magnusson på sin sida i de strider som förestod mellan den kyrkliga och den världsliga makten. Ty om sådant måste ju denne tempelriddare ha större insikter än någon av hans maktlystna fränder.

De tankar som för ärkebiskopen börjat bland ondska och misstänksamhet förändrades sålunda till ljus framtidstro alltefteretsom de tre mästerliga sångarna framförde Guds Egna psalmer.

Eftersom mängden åskådare glesnat efter kyrkovälsignelsen och mässan tog brudföljet bara någon timme på sig för färden upp mot Arnäs. Det fanns inte längre så mycket att frukta för bruden när allt det värsta nu var förbi och inget allvarligt hot mot hennes liv längre kunde anas. Alla krigsmän hade flyttat om och höll nu den korta vägen upp till Arnäs i ett järngrepp.

Först i följet, efter de två ryttarna med kungens och folkungarnas sköldemärke, red Arn och Cecilia sida vid sida mot Arnäs. Sådan var egentligen inte seden, men denna dag gick både det ena och det andra utanför det vanliga. Kung som brudhämtare hade ingen hört talas om. Brudparet som kyrkosångare som överglänste till och med ärkebiskopens folk var en lika ovan tanke. Och gäst kunde visserligen aldrig rida före värd till gårds, men om gästen var kung och hade drottningen vid sin sida? I sanning hade detta bröllop vänt upp och ner på mycket.

Innanför murarna på Arnäs syntes så många starka färger att det var som en större prakt än ett mänskligt öga orkade med. Runt öltälten blandade sig blodröda sverkersmantlar med de erikska och folkungska blå. Men här fanns också en mängd utländska klädedräkter i allehanda färger som bars av gäster som klätt sig för att visa sig förmer, som så ofta hos kungen, eller av de frankiska män som Arn Magnusson haft med sig hem och som var för förnäma för att dricka öl och vars tungomål var helt obegripligt. Trummor dånade och pipare hördes från alla håll, lekare hanterade brinnande facklor som de kastade högt snurrande i luften och alltid fångade rätt, sångare stod med strängaspel på upphöjda tiljor och sjöng från frankiska sagor, ärkebiskopen lät bära sig i bärstol in på borggården men sträckte då och då ut handen för att godmodigt utdela välsignelser till höger och vänster.

Arn och Cecilia måste nu skiljas på nytt, eftersom Cecilia skulle stiga upp i en brudbänk som man lovat och rest ute på gården, liksom Arn måste ta plats uppe i en liknande träställning med sina svenner. Eskil hade bestämt att göra på detta vis för att alla skulle få se brud och brudgum, eftersom bara hälften av gästerna senare kunde få plats inne i stora salen. För alla dem som måste äta och dricka sitt gille ute på gården hade det annars känts snopet att bli avvisade till sämre platser utan att ens ha fått se brudparet. Ett liknande högt säte hade rests för ärkebiskop, kung och husbonde.

Broder Guilbert klättrade vigt och påpassligt upp bland träställningarna och satte sig bredvid Arn och ropade samtidigt på de frankiska lutospelarna och sångarna att komma fram och upprepa det de senast sjungit. Uppmuntrade av att det ändå fanns några bland åskådarna som förstod sångerna också till orden och inte bara till musiken lydde de genast. Både Arn och Broder Guilbert nickade igenkännande mot varandra när de hörde de första sångverserna. Broder Guilbert verkade till och med som om han skulle ha kunnat sjunga med i en del verser, fastän sådana sånger var förbjudna för honom.

Nu handlade sången om riddar Roland, som inför döden förgäves försökte bräcka sitt svärd Dyrendal så att det inte skulle hamna i fiendens händer, då skaftet dolde heliga reliker, tand från Sankt Petrus, blod från Sankt Basilius och tråd från en kjortel som Guds Moder burit. Men svärdet brast inte hur hårt den döende Roland än försökte och Guds änglar förbarmade sig då över hjälten och lyfte svärdet rakt upp i himmelen och Roland kunde sjunka ner i skuggan av ett pinjeträd med stridshornet olifanten vid sin sida och vända huvudet mot de vantroendes land så att kung Karl den Store inte skulle finna sin döde hjälte med ansiktet fegt bortvänt. Och han biktade sin synd och sträckte sin högra stridshandske upp mot Gud. Sankt Gabriel steg då ner och tog emot den och förde Rolands själ till himmelen.

Arn och Broder Guilbert blev båda lika tagna av denna sång, eftersom de hade lätt att se allting av det som sjöngs som om de varit med själva. Många var de berättelser de båda hört om kristna riddare i det Heliga Landet som brutit sina svärd och lagt sig ner för att invänta döden medan de överlämnade sin själ till Gud.

När de två provensalska lutosångarna upptäckt att det fanns åhörare som verkligen rördes av texten ställde de sig så nära Broder Guilbert och Arn de förmådde och sjöng vers på vers som om de aldrig ville sluta. Sången om riddar Roland var inte kort.

Arn som inte förstod att han helst skulle ha betalat något silver för att bli av med sångarna blev till slut brydd av att sjungandet aldrig ville upphöra och ropade på frankiska att han tackade så mycket men att nu fick det vara nog. Snopna tystnade sångarna och drog sig bort för att finna ny publik.

"Du skulle nog ha betalat dem något", förklarade Broder Guilbert.

"Det är möjligt", sade Arn. "Jag har inget silver på mig, lika lite som du, så jag får försöka komma ihåg den angelägenheten till senare. Jag har för mycket munk i kroppen än och det är inte så lätt att vänja sig av med."

"Då är det ont om tid, eftersom bröllopsnatten kommer snart", skämtade Broder Guilbert men ångrade sig genast när han såg att Arn bleknade vid detta enkla påpekande.

Äntligen blåstes i horn till att den riktiga festen kunde börja och hälften av gästerna började gå mot stora salens port medan andra hälften blev kvar ute på gården utan att riktigt veta hur de skulle bete sig för att inte verka kränkta över att inte räknas bland de hundra främsta. Men öppet missnöje visade bara de sverkersmän som samlades för sig själva så att de bildade som en stor röd blodfläck mitt ute på gården. Ty bland dem som gick mot stora salen syntes få röda mantlar och i så fall bara på fruntimmer.

Den vackraste av dessa röda mantlar hörde till Ulvhilde Emundsdotter, som var de båda Ceciliornas käraste vän från den svarta tiden i Gudhems kloster. De tre fruarnas vänskap var förunderligt stark, fastän det fanns blod mellan dem. Cecilia Rosas blivande man Arn var den som en gång huggit handen av Ulvhildes far Emund. Cecilia Blankas man Knut var den som dräpt honom efter sviklig förhandling.

De tre gick in allra främst och nära varandra. Drottning Blanka visste redan hur och var de skulle sitta under kvällen, alla tre tillsammans högst upp i brudbänken med de sex brudmöerna nedanför.

Fastän kvällen var ljus i dessa midsommartider flammade eldar från alla håll i salen när gästerna steg in. Ovanför högsätet mitt på långväggen hängde ett stort tyg i blått med ett urblekt folkungalejon från förfädernas tid och på ömse sidor om högsätet hade husfolket föga höviskt fäst upp de två skyttemålen från svenaftons båglekar så att nästan det första ögat mötte inne i dansande skuggor från eldarna var två av pilar genomborrade svarta sverkersgripar. Runt pilarna i det ena målet hängde en krona i guld så att alla med egna ögon nu kunde se det som ryktet redan sjöng om. Brudgummen själv hade skjutit tio pilar så nära varandra att en krona kunde omsluta dem alla, och detta på femtio stegs avstånd.

Ulvhilde hade minst av alla undgått att se detta. När hon tog plats hos sina vänner Ceciliorna högst uppe i brudbänken fnös hon att det tydligen var hennes lycka att hon inte varit gäst under gårdagen, för då hade hon nog fått se till att akta sin rygg så att hon inte fått pilar i den.

På ryggen mitt i sin röda mantel bar hon ett svart griphuvud sytt med tusen silketrådar, ett sådant arbete som de tre vännerna varit de första i riket att göra riktigt vackert under sin tid i Gudhems och Moder Rikissas fångenskap.

Cecilia Blanka menade att en skymf inte blev större än vad man själv gjorde av den och att Ulvhilde borde se till så att det vid nästa skyttegille hemma hos henne själv på Ulfshems gård blev ett lejon som var pilarnas mål. Så fick skämtarna betalt med eget mynt.

Brudgumsbänken stod långt bort i salen på andra sidan det första långbordet, och mitt på det första långbordet var högsätet. Där tog nu Eskil och Erika Joarsdotter plats på varsin sida om ärkebiskopen. Kungen hade bestämt att han skulle sitta vid brudgummen, liksom drottningen hos bruden. Sådan heder hade inget brudpar någonsin visats i erikars och folkungars rike.

Men när alla satt sig lämnade Erika Joarsdotter oroligt sin plats och gick mot porten och stod där en stund medan viskningar och mummel spred sig, eftersom gästerna förstod att allt inte var just så som det borde. Desto gladare blev överraskningen som strax följde. Gamle herr Magnus kom in i salen vid sidan av sin husfru Erika och gick långsamt men med stor värdighet mellan borden hela vägen fram till högsätet där han tog plats vid sidan av ärkebiskopen med Erika på sina andra sida. Husfolk kom fram med förfädernas dryckeshorn med silverbeslag och räckte det till herr Magnus, som reste sig, stod stadigt på båda sina ben och höjde hornet. Strax blev det helt tyst av spänning och förundran, alla hade ju trott sig veta att herr Magnus varit ofärdig sedan flera år och bara väntade på den svarte befriaren.

”Få män har förunnats den glädje som skänkes mig denna dag!” sade herr Magnus med klar och hög stämma. ”Jag dricker nu med er mina fränder och vänner för att jag fått en son åter från det Heliga Landet och vunnit en dotter till mitt hus, för att jag förunnats nåden att få min hälsa på nytt och glädjen att se fränder och vänner komma samman hos mig i fred och endräkt. Bättre skäl att höja denna bägare hade nog ingen av mina fäder!”

Herr Magnus drack bägaren i botten utan att spilla en droppe, även om de som satt närmast såg att han darrade av ansträngning mot slutet.

Det blev en kort tystnad efter att herr Magnus hade satt sig ner och räckt ifrån sig förfädernas horn till sin son Eskil. Därefter följde ett starkt bifall som växte till ett mäktigt dån när hundra gäster dunkade sina knutna händer mot borden. Strax hördes pipare och trummor och maten bars in av vitklädda husträlar medan muntra lekare gick före dem och både spelade och gjorde lustiga upptåg.

"Med kött, pipare och öl slipper vi undan en del av begapandet, och lika så skönt är det", sade drottning Blanka och höjde sitt vinglas mot Cecilia och Ulvhilde. "Nog för att de hade en del att glo på, för vi gör oss ju inte så illa här uppe i grönt, rött och blått!"

De drack oförsiktigt, eftersom både Ulvhilde och Cecilia blivit fulla i skratt av väninnans lättfärdiga sätt att avfärda besväret att bli så begapad som de nu varit en god stund med allt viskande och pekande.

"Ja, om de vill se efter röd mantel här inne så är vi ju inte så många", sade Ulvhilde spelat förnärmat när hon satte ner sitt glas.

"Gör dig inte till, kära vännen", svarade drottning Blanka. "Du sitter inte så illa hedrad vid drottning och brud och som tur är sitter du ju på den där svarta tuppen."

"Liksom du sitter på tre kronor i så fall!" fnös Ulvhilde vidare i låtsasleken.

Sorlet från alla gästerna nedanför dem i salen steg snart så högt att de var helt säkra på att varje ord de sade sinsemellan kunde höras bara av dem själva. Drottning Blanka menade att det var dags att förklara allt, medan de fortfarande hade sina huvuden i ordning, för mycket skulle de snart ha druckit.

Det viktigaste att förklara fort och bestämt, fortsatte hon, var vad allt detta skådespel var, förutom glad bröllopsfest. Nog hade de mycket att glädjas åt, mer än de någonsin kunnat drömma om när de alla tre levt som fångar på Gudhem. Tänk om de i en sådan stund av svartaste förtvivlan hade kunnat se sig själva just nu, alla tre tillsammans, två gott gifta och den tredje på sitt eget brudöl. I sanning var det mer än förståndet kunde klara av, men de hade resten av sina liv tillsammans för att tala om den obeskrivliga glädjen och den ofattbara nåden. Här och nu borde man först tala om sådant som en drottning måste, för snart fanns inte tid för det.

Sålunda stod det. Nästan alla män i riket med makt fanns i denna sal, alla av betydelse, utom Birger Brosa och några ur biskopshopen. Hos Arn långt där borta i andra änden av salen glänste kronorna på både kung och jarl. Här hos bruden satt drottningen, och ärkebiskopen fanns i högsätet.

Inte så lite hade hon fått kämpa för att få det därhän, för hennes man och kung hade gnällt och gjort sig besvärlig om att han för död och pina inte ville kränka sin jarl Birger Brosa. Nu satt Birger Brosa ensam hos Brigida på Bjälbo och surade. Det var inte gott, men ändå det bästa av vad som kunnat bli. Meningen var ändå att visa att riket var i endräkt, att erikar och folkungar stod sida vid sida. Mer än så här kunde man inte göra för den saken.

"Men, käraste vän, du sade ju själv att detta var som en god dröm för oss tre när vi fick sitta samman så här. Menar du att du inte är här för vår vänskaps skull utan för maktens skull?" invände Cecilia med en min som om hon plötsligt kände sig sårad.

"Jo, jo, jo!" svarade drottningen. "Men du måste kunna se båda sakerna. Det är den andra sidan, vid sidan av din och min och Ulvhildes vänskap, jag försöker förklara! Ingen kan nu säga att kungen drev elakt spel för att förhindra detta bröllop, ingen kan säga att vi grämer oss för att du inte hamnade i Riseberga med kors och dok och heliga löften. Men som om vi grämde oss hade det sett ut om kungen fått sin vilja igenom, för då hade bara Erik jarl varit här, och ärkebiskopen och hälften så många gäster. Med hälften så många gäster hade alla de röda mantlarna suttit här inne i salen. Det hade blivit bröllop med sverkrar och folkungar mer än erikar och folkungar. Ryktena om splittring hade snart löpt kring knut och farstubro. Kungen och Arn hade börjat se snett på varandra. Birger Brosa hade fått vatten på sin kvarn. Dumt hade det varit, men så är männen ofta dumma!"

"Du är den enda av oss tre som dög till drottning", suckade Ulvhilde. "Allt du säger om sådant som gäller kampen om makt låter så klokt när man hör det. Vad jag inte kan förstå är hur du gör för att få din Knut dit du vill. Jag har det lättare hemma, eftersom det är jag som äger gods och gård. Men hur gör du?"

"Tålamod är det ena", svarade drottning Blanka med en glad blick och hällde fort i sig det sista av sitt vin och räckte ner sitt tomma glas till en husträl. "Männens fåfänga är det andra, den är murbräckan genom deras förstånd. Det svåra är tålamodet, det lätta är deras fåfänga. När jag berättade för min käre man Knut hur han kunde bli den som skapade frid över detta bröllop, som det viskades så mycket ont om, och hur han kunde bli älskad som en ädel kung som hindrade varje ond hand att göra hans verk, vare sig han befallt om det eller ej, så lyssnade han genast bättre. Eftersom det ändå inte gick att hindra detta brudöl, då nyttade det föga att sura. Bättre då om kungen osjälviskt och med all sin makt höll sina beskyddande händer över oss alla. Så handlar en stor och vänfast man och en god kung. Det gick till slut att få honom att inse det."

"Fast det han först såg var en sur Birger Brosa och två Cecilior som gick hans planer emot!" fyllde Ulvhilde skrattande i och sträckte sig också hon efter mer vin.

"Det gäller att säga detsamma men med nya ord för var gång. Och nu sitter vi här och det är inte bara till vår egen fröjd utan till rikets bästa", sade drottningen och slog ihop händerna av förtjusning över det träfat med vackert upplagda kapuner bland röda och svarta fjädrar som just ställdes fram till henne. Hon hade redan vid hälsningen viskat till Erika Joarsdotter att hon helst ville slippa allt fläsket uppe i brudbänken och att hennes två väninnor till klosterkvinnor nog hade samma smak.

Då dracks första brudskålen och Cecilia fick ställa sig upp, rodnande och osäker, och dricka ett helt glas vin där hon spillde det sista på sitt vita brudlin.

"Vi måste beställa så att vi får hit lite vatten", viskade Ulvhilde, "för jag tror inte det blir så få brudskålar denna kväll."

Drottningen nickade beslutsamt sitt instämmande och vinkade efter den av husträlarna som hade befallts att aldrig någon gång under kvällen släppa drottningen med blicken.

Bredvid Arn i andra änden av salen, högst upp i brudgumsbänken, satt kungen på hans ena sida och Magnus Månesköld och Erik jarl på hans andra sida. Så hade kungen själv bestämt när han fått höra att Magnus var den som varit bäst i kämpalekarna efter de två tempelriddarna som ju tävlade i en egen värld.

Kung Knut satt med armen om Arn och berättade långa historier om hur han lidit svårt av att inte ha Arn vid sin sida under de blodiga åren innan kronan satt säkert på hans huvud. Bättre vän än Arn hade han inte i livet, för Birger Brosa var mer som en klok far än som vän, det kunde han gott erkänna nu när ingen hörde vad de talade om. Aldrig att han tvekat ett ögonblick när han bestämde sig för att komma till bäste vännens bröllopsgille med alla fanor och ryttare han kunde uppbringa. Och inte heller hade han tvivlat på att detta bröllop för hans båda vänner skedde därför att det var Guds vilja och Vår Frus nåd och belöning för lång trohet och det hopp som Arn och Cecilia aldrig övergivit. Vem var då han, en fattig syndig människa, att sätta sig upp mot denna Höga vilja?

Eftersom Cecilia Rosa och drottningen var varandras mest kära vänner i livet var ju fröjden nu desto större när de alla skulle komma att bo granngårds. För forsviksbor var närmaste kyrka den som fanns på Näs och själv skulle han och hans drottning gärna hedra Forsvik med gästning, liksom han nu innerligt hoppades att Arn och Cecilia Rosa ofta skulle gästa honom nere på Näs för mer än bara kyrkgång.

Många sådana lena ord framförde kungen till Arn i början på kvällen. Arn blev först glad och lättad, han hade levt så länge i en värld där lögn och falskhet var bannlyst att han trodde på allt man sade honom. Men något senare kom han att tänka på den saracenska sagan om den fåkunnige frankiske läkaren som fått för sig att smeta honung på djupa svärdssår.

Honung var i människors föreställning som motsatsen till sår och smärta, liksom salt var motsatsen till sött. Och eftersom salt i sår var det som gjorde mest ont och mest skada var det många som trodde på denna honungskur. Det sades också att en tjock sträng honung över elakt skärsår verkligen kändes som stark lindring till en början. Men efter kort tid blev såret desto sämre och ruttnade lätt.

Alla de saracenska byggarna satt tillsammans vid andra långbordet närmast brudgumssätet. Arn hade själv sett till att de hamnade där, eftersom han ville att alla skulle se att de hedrades för sitt arbete. Han hade också varit noga med att be Erika Joarsdotter mer än en gång om att det skulle bjudas vatten i lerkrus vid denna del av andra långbordet, liksom att husfolket skulle undvika att ställa fram något fläsk hos dessa främlingar. Därtill ville han gärna sitta nära sina byggare om det skulle komma till minsta bråk.

Och nu såg det verkligen ut att bli bråk där nere, fast han omöjligt på avstånd kunde avgöra vad saken gällde. Med en min mot Knut som om det redan var tid för honom att gå och lätta sig svingade han sig nedför baksidan av brudgumsbänken och gick mot utgången innan han låtsades få skäl att stanna vid saracenerna för att låta sig lyckönskas. Så gjorde de också så fort han stod intill dem och deras gräl dog snabbt ut.

Arn kände sig ovärdig i både sina egna och saracenernas ögon i sina fåfänga frankiska kläder som frasade under manteln så fort han rörde sig. Något löje tyckte han sig också se i byggarnas mungipor, även om de gjorde sitt bästa för att dölja det. Han frågade utan omskrivningar, på nordiskt sätt snarare än arabiskt, vad osämjan gällt och fick svävande svar om att både det ena och det andra av bordets gåvor kunde vara oren mat.

Fort ville han få slut på denna misshällighet innan ryktet om de icke fläskätande frankerna spred sig över hela gillet. Det fanns bara ett sätt att genast vinna saraceners respekt och lydnad. Som om han bara läste några stycken av vilken som helst främmande vers talade han leende till dem, men på Guds eget språk.

"I Guds den Nåderikes, den Barmhärtiges namn!" började han och fick genast helt tyst vid bordet. "Hör första versen i suran Al Maidah! *Troende! Fullgör era förpliktelser enligt de avtal som ni har ingått! Tillåten föda för er är kött av alla växtätande djur.* Eller varför inte Guds egna ord ur suran Al Anam? *Ät av allt det som Guds namn har uttalats över, om ni tror på Hans budskap. Varför skulle ni inte äta av det som Guds namn har uttalats över sedan ni fått klart besked om vad Han förbjudit annat än i nödläge? Många människor vilseleder andra med vad de i sin okunnighet tror vara rätt eller orätt. Din Herre vet bäst vilka det är som överträder Hans bud!"*

Mer behövde Arn inte säga, lika lite som han behövde förklara det självklara i hur dessa ord skulle förstås. Han nickade vänligt, liksom tankfullt för sig själv, som hade han bara läst världsliga verser för att roa sina vänner och borgbyggare från det Heliga Landet. Han gick lugnt tillbaka till sin plats och större uppmärksamhet fick då den vackraste av alla folkungamantlar i landet än brudgummens oväntade ärende med versläsning.

Vid saracenernas bord hördes inte minsta illvilligt gny under resten av kvällen.

Så snart kung Knut börjat fyllna till övergav han all honung i sitt tal och gav sig i stället in på det som tog störst plats i hans tankar. Först menade han att det var av största vikt att Arn försonades med sin farbror Birger Brosa. Därefter nämnde han det som han menade borde bli nästa bröllopsgille hos folkungarna då Arns son Magnus Månesköld skulle gå i brudsäng med sverkersdottern Ingrid Ylva och ju fortare desto bättre. Arn satte genast vinet i halsen.

"Än har brudtäcket inte dragits över mig och Cecilia och du hastar redan till nästa bröllop. Du har en mening bakom detta och vad är den?" frågade Arn när han hostat upp det vin han fått i vrång strupe.

"Den lömske ärkebiskopen där borta vill göra en sverker, närmare bestämt Sverker Karlsson, till rikets näste kung", svarade Knut och sänkte samtidigt rösten, fastän ingen i närheten längre kunde höra dem i allt gästabudsbuller.

"För det första är makten hos er erikar och oss folkungar", svarade Arn. "Och för det andra förstår jag inte hur vi skulle kunna blidka ärkebiskopen med min sons bröllop med en sverkersdotter."

"Det är inte heller avsikten", svarade kungen. "Men vår avsikt är att in i det sista undvika krig. Det vi såg under många år av krig inom riket vill ingen av oss uppleva igen. Det är inte ärkebiskopen och hans danska vänner vi skall blidka, det är sverkrarna. Ju fler bröllopsband mellan oss, desto bättre håller vi kriget borta."

"Det är så Birger Brosa tänker", nickade Arn.

"Ja, det är så Birger Brosa tänker och hans klokskap har inte slagit fel under mer än tjugo år. Sune Sverkersson Sik var bror till kung Karl. Om ärkebiskopen och hans danska vänner skall gå i krig mot oss måste de få med sig Sune Sik. Det räcker inte med kung Karls son Sverker som de göder upp till kung nere i Roskilde. Sune Sik skulle nog tänka sig för mer än en gång innan han drog svärd mot sin egen måg Magnus Månesköld. Detta är vår kungliga önskan!"

"Kung Karl dräpte vi på Visingsö. Hans son Sverker kom undan till Danmark, men nu skall vi tukta honom med brudöl och då kunde det vara detsamma om jag själv, som du och Birger Brosa först tänkte, eller min son Magnus går till bröllop med denna Ingrid Ylva?"

"Ja, så vill vi ha det beställt!"

"Har du frågat Magnus själv vad han anser om sitt kommande brudöl?" frågade Arn stilla.

Men åt den frågan fnös bara kungen och vände sig ner mot husfolket för att få upp mer salt oxkött och öl. Kungen var känd för att alltid äta väldiga mängder av det salta oxköttet och för att föredra detta framför det färska, eftersom salt kött passade bäst till öl.

Eftersom Magnus Månesköld satt mindre än en armslängd från Arn, inbegripen i ivrigt samspråk med Erik jarl om något som tycktes handla mest om spjut och jakt, borde denna fråga om nytt bröllop kunna få ett snabbt svar. Åtminstone var det vad Arn föreställde sig när han lutade sig fram och lade handen på sin sons arm, som genast avbröt sitt samtal med vännen och vände sig om.

"Jag har en fråga till dig, min son", sade Arn. "En enkel fråga att framsäga men kanske svårare att besvara. Vill du fira bröllop med Ingrid Ylva, Sune Siks dotter?"

Magnus Månesköld blev först tvärt tyst i sin häpnad över frågan. Men snart samlade han sig till ett redigt svar.

"Om det är er önskan, min far, och om det därtill är kungens önskan kan ni vara förvissad om att jag strax fogar mig", svarade han med en lätt böjning på huvudet.

"Jag menade inte att befalla dig, utan att fråga om din egen önskan", svarade Arn med rynkad panna.

"Min önskan är att göra min far och min kung till viljes i allt som står i min förmåga. Att gå i brudsäng hör till de lättare tjänster ni kan begära av mig", svarade Magnus Månesköld fort, nästan som om han rabblade en bön.

"Skulle ett sådant bröllop göra dig lycklig eller olycklig?" envisades Arn för att komma förbi sonens märkliga beredvillighet till underkastelse.

"Inte olycklig, min far", svarade Magnus Månesköld. "Ingrid Ylva har jag bara sett två gånger. Hon är en fager mö med smal midja och det svarta hår som många av sverkerskvinnorna har, liksom min egen fars mor efter vad jag hört sägas. Hennes hemgift skäms nog inte för sig och hon är av kunglig ätt. Vad mer skulle jag kunna begära?"

"En hel del om du höll av någon annan så mycket att du bad för hennes väl var kväll och vaknade var morgon med längtan att träffa henne", muttrade Arn med sänkt blick.

"Jag är inte som ni, min far", svarade Magnus Månesköld milt och med en blick som var mer medlidsam och kärleksfull än spotsk inför dessa märkliga frågor han fått anstränga sig att besvara höviskt. "Sagan om er och min mors kärlek är skön och den sjungs i stall och på marknader. Och inte har denna dag förminskat den sköna sången om tro, hopp och kärlek. Och ärligt gläder jag mig över allt detta. Men jag är inte som ni, min far. När jag går till mitt bröllop så gör jag vad hedern kräver, vad min ätt och min far och min kung begär av mig. Annat hade jag aldrig tänkt mig."

Arn tystnade och nickade och vände sig på nytt mot kungen. Men han hejdade sig innan han hann säga det han först tänkte, att bröllop med Ingrid Ylva nog kunde ordnas närhelst man blivit överens med Sune Sik. Flera ting hade fått honom att tveka. Främst var det hans plötsliga insikt att han själv skulle bli brudhämtaren vid ett sådant gille. Han skulle hämta dottern hos den man vars bror han själv varit med om att dräpa. Sådant krävde eftertanke och bön innan man hastade iväg.

***

Kvällen var knappt mer än till hälften liden när det korta mörkret kom och det blev tid för dansen. Med trummor, bleck och pipare före sig steg de sex vitklädda möerna upp från brudbänken, tog varandra i händerna och gick på rad mellan borden med långa skridande steg som följde musiken. Detta var ungdomens farväl till den mö som nu skulle lämna sina systrar. Sällan hade man skådat denna dans med utländska lekare och musik, men de flestas mening var att det blev ännu bättre så.

När möerna avslutat det första varvet runt borden blev musiken snabbare och högre inför deras nästa varv. På tredje och sista varvet när takten ökades än mer fick några av möerna svårt att hålla balansen. Enligt seden skulle de egentligen dansat i ring så att alla kunde hålla varandra i händerna och stödja varandra också i de snabba stegen, men salen på Arnäs var alldeles för fullpackad med folk för att det skulle gå att helt följa gammal ordning.

Efter de tre dansringarna stannade alla möerna vid brudsätet, röda i ansiktet och flämtande, och bjöd Cecilia Rosa, drottningen och Ulvhilde Emundsdotter att stiga ner och ta dem i händerna. Med drottning Blanka främst, Ulvhilde därefter och bruden sist skred nu kvinnoföljet långsamt runt salen och ut genom porten.

Så snart dörrarna stängdes vrålades på mer öl från alla håll och det blev stort buller och sorl och svårt för envar att höra vad den sade som satt alldeles intill om man inte ropade till varandra.

Knappt hade man druckit mer än en stänka förrän gamle herr Magnus steg upp och stödd mot sin son Eskil gick mot brudgumsbänken. Med sin hand bjöd han sonen Arn att stiga ner, därefter kungen, Erik jarl, Magnus Månesköld och också munken.

Med lyckönskningar och glada rop, varav somliga fräcka av sådant språk som mycket öl kan locka fram, gick Arn långsamt och manligt värdigt ut genom salen, sist i det följe där kungen gick främst.

Ute på gården stod alla gästerna nu på bord och bänkar för att se sängledningen, och fackelbärare slöt upp på båda sidor om den korta processionen.

Färden blev inte lång, bara till långhusets bortre del där trapporna upp till brudkammaren fanns.

Gamle herr Magnus hade svårt att ta sig uppför brudgumstrappan, men han gav sig ingalunda och fräste åt hjälpande händer. I förrummet utanför brudkammaren blev stor trängsel när alla kommit in och började klä av Arn, vilket han först försökte värja sig mot. Hans far skämtade att det likväl var för sent att börja streta emot nu.

De hängde av honom hans utländska kläder och klädde honom i en vit fotsid linneskjorta med stor öppning i halsen. Så kunde dörren in till själva brudkammaren öppnas.

Där inne låg Cecilia i vitt lin med håret utslaget och armarna efter sidorna och vid den stora brudsängens fotände stod drottningen, Ulvhilde och de sex brudmöerna. Kungen och herr Magnus ledde Arn i varsin arm fram till sängen och bjöd honom att lägga sig bredvid Cecilia. När han låg ner, liksom hon rodnande av blygsel och med armarna tryckta intill kroppen, gick hans följemän och ställde sig vid sängens fotände.

Alla stod så en god stund utan att säga något, och Arn som inte hade minsta aning om vad som förväntades av honom eller av Cecilia sneglade oroligt mot henne och viskade en fråga som hon inte kunde svara på. Det verkade som om alla deras fränder och vänner väntade på något, fastän varken Arn eller Cecilia kunde förstå vad.

De tyckte båda att det dröjde olidligt länge i tystnad och väntan innan de fick veta. Det var ärkebiskopen. Hans stånkanden nere i trappan hördes en god stund innan han med en kaplan som stöd under ena armen vinglade in i rummet.

Nu var ögonblicket inne. Ärkebiskopen höjde sin hand och uttalade andfådd sin välsignelse. Drottningen tog det stora granna vaddtäcket i ena hörnet, kungen tog det andra och så drog de täcket sakta över Cecilia och Arn.

Sängledning hade nu skett i tolv vittnens närvaro. Cecilia Rosa och Arn Magnusson var därmed man och hustru. Enligt kyrkans regler tills döden skiljde dem åt. Enligt Västra Götalands och fädrens lagar till dess skäl uppstod att skiljas.

Deras vänner lyckönskade dem en och en med en bugning och lämnade brudparet för deras första natt samman.

Rummet var upplyst av både tjärbloss i järnhållare och vaxljus. De låg stilla och stela och såg i taket utan att någon av dem kom sig för att säga något på en god stund. Deras resa till denna säng hade blivit lång. Nu var de äntligen där, eftersom Gud ville det, Den Heliga Jungfrun lovat dem det och de själva bett var natt i mer än tjugo år för det. Men också för att rikets fred och endräkt krävde det och deras båda ätter beslutat det. Kung och drottning hade dragit bröllopstäcket över dem. Mer man och hustru än så kunde inga bli.

Cecilia tänkte att den plåga som känts så lång, från det ögonblick då hon först sett honom komma ridande vid Näs och alla hinder sedan tornat upp sig, nu ändå var förbi lika fort som en svalas flykt. Så mycket hade skett med henne efter andras vilja och de krav som sederna ställde att hon viljelöst flutit med i en strid ström, som det där lövet i vårbäck hon föreställt sig under ritten mellan Näs och Riseberga. Den stund då hon kommit att tänka på lövet verkade nu mycket avlägsen, ändå som alldeles nyss. Tiden svindlade och hon försökte fånga den och hålla den fast genom att sluta ögonen och återkalla minnet av när hon sett Arn komma mot henne på sin svarta häst med silverman. Men när hon slöt ögonen började hela sängen snurra som ett kvarnhjul och hon måste fort slå upp ögonen för att fly undan yrseln.

Arn tänkte att den kärlek han haft så stark inom sig i så många år, och som han svurit att aldrig svika, på senare tid hade trängts undan av allehanda ting som inte hörde kärleken till. Så sent som för en kort stund sedan hade han och Knut talat om bröllop som Birger Brosas starkaste medel mot krig, som om bröllop inte hade det minsta med kärlek att göra. Just så hade även hans egen och Cecilias son Magnus genast talat om kärleken när Arn frågade honom om bröllop med Ingrid Ylva. Det var som om denna ständiga kamp om makten dragit hans kärlek ner i smutsen och förringat den.

Och den köttsliga delen av kärleken, den som han lärt sig att driva bort med böner, kallt vatten, ridturer i natten och allehanda konster, den som han lärt sig att se som synd och frestelse, den skulle nu vara välsignad av Guds Heliga Moder själv. Ett helt gille väntade sig nu att han skulle förena sig i köttet med Cecilia, ty under mässan nästa dag skulle bruden till Forshems kyrka för rening.

Han försökte minnas hur det var då de tillsammans och med stor lust ägnat sig åt detta, men det var som om portarna var stängda in till det minnet, reglade med lås av alltför många böner och nätter i ångest i en liten stencell eller sovsal med andra riddarbröder.

Han kände att han började svettas och förde försiktigt undan det tjocka bröllopstäcket som kung och drottning dragit över dem båda ända upp till nästipparna.

"Tack, min älskade", sade hon.

Mer sade hon inte, som om bådas blygsel hade hindrat henne. Men det var en ljuv känsla av svalka att höra hennes röst, än mer att höra henne uttala just de orden som de nu hade all rätt att använda.

"Tänk att vi äntligen kan säga så, min älskade", svarade han med skrovlig röst och bestämde sig fort för att inte låta tystnaden ta över på nytt. "När vi nu äntligen kom hit, bör vi då inte först av allt tacka Vår Fru för att hon höll sina händer över oss på hela den långa vägen?" fortsatte han.

Cecilia gjorde en rörelse som om hon genast ville kravla sig ur sängkläderna för att stiga ner på knä vid sidan av sängen, men han sträckte ut sin hand och hejdade henne.

"Tag min hand, min älskade", sade han och såg henne för första gången i ögonen nu när hon vände sig mot honom. "Denna enda gång är jag säker på att Vår Fru vill se oss så här när vi tackar Henne."

Han höll Cecilias hand i sin och förestavade en lång tacksägelse på kyrkospråket som hon lydigt och med låg röst sade efter honom.

Men efter bönen var det som om blygseln kom över dem på nytt. Arn betraktade länge Cecilias hand i sin utan att kunna säga något. Det var samma hand som förr, fastän blodådrorna syntes tydligare, fingrarna blivit tjockare och naglarna här och var spruckit av allt det Gudi behagliga arbete hon bedrivit i Hans kloster.

Hon såg hans blick och förstod nog väl vad han tänkte om hennes hand. I gengäld betraktade hon länge hans hand och tänkte att den var samma som förr, stark av allt arbete med hammare i smedja och svärd i kriget, men med flera vanställda knogar och vita ärr till tecken på vad hans långa botgöring fört med sig av umbäranden och smärta.

"Du är min Arn och jag är din Cecilia", sade hon till slut då det inte verkade som om han kunde ta mod till sig att tala på nytt. "Men är du samme Arn och jag samma Cecilia som skiljdes i så stor sorg den gången utanför Gudhems portar?"

"Ja, vi är samma", svarade han. "Våra själar är desamma, våra kroppar har blivit äldre, men kroppen är bara själens skal. Du är den Cecilia jag minns, du är den Cecilia jag försökt föreställa mig i många drömmar och böner när jag ville veta hur du såg ut. Har du inte tänkt så om mig?"

"Jag har försökt", sade hon. "Jag mindes dig hela tiden från den sommaren då du låtit ditt hår bli långt och det flög i vindens fart bakom dig när du red, jag mindes hela tiden ditt ansikte så. Men jag kunde aldrig se dig framför mig som en annan, så som du skulle se ut när du kom hem, samme Arn fast äldre."

"Jag mindes länge ditt ansikte just som det var", sade han. "Ditt hår och dina ögon och varje liten solfläck på din näsa mindes jag länge just som det var. Sedan som åren gick försökte jag se dig som äldre, samma Cecilia fast äldre. Det var inte lätt och bilden blev alltmer oklar. Men när jag såg dig igen första gången utanför Näs förstod jag att du var mycket vackrare än jag vågat drömma. Rynkorna, de små rynkorna kring dina ögons vrår, gör att du blivit vackrare på ett klokare sätt. Åh, detta skulle jag velat säga på franska! Förlåt om mina ord låter som grova trätofflor när jag talar vårt ovana språk."

"Det var vackra ord och jag förstod dem väl fastän jag aldrig tidigare hört något om ord som är som trätofflor", svarade hon med ett litet kvävt skratt.

Hennes skratt kom som en lättnad för dem båda och samtidigt råkade de då andas in djupt och sakta blåsa ut luften som när man visar sin lättnad. Och åt detta kunde de genast skratta mer tillsammans och Cecilia kröp försiktigt något närmare i den stora sängen.

"Än mitt ansikte?" frågade Arn leende av lättnad. "Ibland fruktade jag att dessa sår och ärr skulle göra att min älskade inte kunde känna igen mig när stunden kom. Men det gjorde du?"

"Dig kände jag igen på ett pilskotts avstånd långt innan jag sett ditt ansikte på nära håll", svarade hon ivrigt. "Den som har sett dig till häst vet att det är du och ingen annan som kommer. Det var som om blixten slagit ner i mig från en alldeles klar himmel. Ögonblicket när jag såg dig och kände igen dig, min älskade, så ljuvt att få säga dessa ord, kommer jag aldrig att kunna beskriva rätt och riktigt."

"Men när du såg mitt ansikte på nära håll, skrämde jag dig inte då?" envisades Arn. Han log brett, men Cecilia anade ändå oro i hans ögon.

Hon drog fram sin andra hand som hon gömt svettig bakom ryggen, torkade den mot linnet på väg mot hans kind som hon smekte en stund över de stora vita ärren utan att säga något.

"Du sade att våra själar är desamma", sade hon till slut eftertänksamt. "Men det sägs också att ögonen är själens speglar och dina milda blå ögon är desamma som jag minns. Saracener har skadat dig, huggit efter dig med svärd och lans i många år, det vet du att jag ser. Vad är mina små rynkor kring ögonen mot detta! Vilken fridfull styrka visar inte ditt ansikte, min älskade. Vad berättar inte dina sår om den eviga kampen mot ondskan och vilka uppoffringar som bara de godaste och i tron starkaste män förmår. Vid din sida kommer jag alltid att bära mitt huvud högt, ty en sådan skön man finns inte i hela vårt rike."

Arn blev så fylld av blygsel av dessa ord att hon såg att han nog inte skulle förmå att svara något. Rädd att tystnaden skulle tränga sig på dem igen lutade hon sig fram och kysste honom med torra rädda läppar först över pannan, sedan över kinden och därefter blundade hon och sökte hans mun.

Han försökte kyssa henne tillbaka som om han drömde att de var sjutton år och allt skedde mycket lätt. Men så lätt som förr kändes det inte och han höll med en underlig stigande förtvivlan inom sig kvar sina läppar mot hennes samtidigt som han försiktigt lade sin valkiga hand över hennes ena bröst.

Cecilia försökte att inte spänna sig och verka rädd. Men hon hade blundat hårt så länge att det snart började snurra outhärdligt i hennes huvud av det myckna vinet. Plötsligt måste hon slita sig loss och kasta sig ut i trapphuset där hon kräktes högt och ljudligt utan att kunna hejda sig.

Arn låg först kvar i bädden som förlamad av skam. Snart insåg han att där kunde han inte ligga dådlös om hans älskade hade besvär. Han tumlade ur sängen och gick ut i trapphuset och tog Cecilia tröstande om skuldrorna. Och öppnade sedan dörren ut till yttertrappan och skrek efter mycket kallt vatten. Som han hoppats fanns väntande husträlar där ute och de sprang genast upp för att lyda.

En stund senare låg de på nytt i sin säng, båda svalkade med kallt vatten och med ett stort krus i varsin hand.

Cecilia blygdes länge så att hon inte vågade möta sin älskades blick. Han tröstade henne med smekningar till en början men snart med skratt. Det dröjde inte länge innan också hon kunde skratta.

”Vi har resten av livet tillsammans att lära oss älska som vi en gång gjorde”, sade han och smekte henne över den våta pannan. ”Sådant vänjer man sig av med i kloster. Samma är det hos tempelriddare, eftersom vi lever som munkar. Men någon brådska har vi inte att lära oss det vi en gång gjorde alltför lätt.”

”Fast utan att dricka en tunna vin och äta en hel oxe först”, sade Cecilia.

”Vi försöker med kallt vatten i stället”, sade Arn men skrattade samtidigt till av en fjärran tanke som gick genom hans vindränkta huvud.

Just vad Arn funnit så lustigt med vatten i stället för vin förstod inte Cecilia, men hon fnittrade till så att hon lockade honom till mer skratt och så skrattade de båda tillsammans och höll om varandra.

Sent nästa morgon kom de tolv vittnena, rödögda och ostadiga, som seden krävde. Arn fick stiga upp och ta emot ett spjut som han nu skulle kasta ut genom det öppna vindögat. Om detta skämtade någon med sprucken röst att hållet ändå var så kort från säng till vindöga att inte ens Arn Magnusson kunde missa, fastän han var känd som oduglig spjutman.

Det gjorde han inte heller. Morgongåvan var därmed bekräftad. Forsvik tillhörde nu för evärderliga tider Cecilia Algotsdotter och hennes efterkommande.

VII

VID OLSMÄSSAN KOM SKARVEN mellan gammal och ny skörd i Västra Götaland. Ladorna stod tomma, men slåttern pågick för fullt och skulle vara klar till Laurentius tolv dagar senare. Men denna ovanligt heta sommar hade skördarna mognat snabbare än vanligt och allt hö var redan bärgat. Nu hade det gått en månad sedan Arns och Cecilias brudöl och det var tid för brudens tredje renande. Första renandet var en dag efter bröllopsnatten och andra renandet en vecka senare.

Så mycket renare än hon varit innan skulle bruden inte bli av att någon präst ånyo läste över henne och bestänkte henne med helgat vatten, tänkte Cecilia. Hon kände en hemlig skam över sin ofrivilliga renhet som hon hade svårt att medge för sig själv ens i de korta stunder av ensamhet och eftertanke hon haft första månaden på Forsvik. Det kändes som en omvänd synd att hon och Arn inte förenats i köttet, och även om Cecilia lade en större del av skulden på sig själv än på Arn visste hon ingen råd för hur hon skulle kunna bättra sig.

Med Arn var det som om han arbetade i ursinne. Han kastade sig in i hårt arbete genast efter morgonsången, hon såg honom bara kort till morgonmål och middagsmål, och efter aftonsången gick han ner till stranden av Bottensjön och simmade sig ren från svett och damm. När han kom till henne i sovkammaren hade det mörknat och han sade inte mycket innan han föll i tung sömn.

Det var helt säkert sant som han sade att detta var en särskild tid, en tid av hårdare arbete än vad som någonsin skulle följa, eftersom så mycket måste bli klart till vintern. Många nya själar skulle få tak över huvudet och värme, särskilt värme, eftersom utlänningarna aldrig genomlevt en nordisk vinter. Smedjor och glasbruk måste bli klara till vintern så att man kunde börja det riktiga arbetet då och arbeta sig genom vintern i stället för att äta, sova och frysa sig fram.

Han kastade sig mellan släp av timmerstockar och tätande av väggar med lin och beck och murande med tegel vid de nya visthusbodarna och ugnarna till smedjorna och glasbruket. Var gång flodbåtar kom till Forsvik gick han för att se efter hur mycket nytt tegel som hade kommit.

Teglet försinkade arbetet mer än annat. Hur man än letat hade det inte gått att finna duglig lera närmare än vid Braxenbolet nedanför Viken. Längs de långgrunda gyttjiga stränderna vid den torkande sjön fanns djup och fast lera. Men att lasta leran på flodbåtarna och forsla den ända till Forsvik hade blivit ogörligt, eftersom färsk lera inte lät sig skeppas tillsammans med de andra varorna som ständigt passerade på Eskils båtar. Därför hade Arn byggt ett enkelt tegelbruk borta vid Braxenbolet så att var flodbåt kunde lägga till och ta en liten last som ibland inte var mer än tio stenar. I gengäld måste han se till att tillräcklig mängd mat och öl lastades på båtar som gick åt andra hållet så att de som slet med det smutsiga, heta och enahanda tegelbakandet åtminstone fick mat för dagen.

I det hårda liv som blivit på Forsvik, där orden mellan dem var få och mestadels handlade om torftiga ting som rörde dagens eller morgondagens arbete, sökte Cecilia tröst i vetskapen att detta var en kort tid som skulle gå över och bli något annat och lugnare med vintermörkret. Hon gladde sig också åt allt det som hon såg uträttas och varje kväll när hon kom in i deras sovkammare andades hon njutningsfullt in doften av färskt timmer och tjära.

Arn hade bestämt så att han och Cecilia ensamma delade ett mindre hus som låg på stenad grund ett stycke bortom det nya långhuset och i början på sluttningen ner mot Bottensjöns strand. Första dagen på Forsvik, innan han drabbades av sin månadslånga obetvingliga lust att arbeta var timme mellan morgonsång och aftonsång, hade han visat henne runt bland det som höll på att skapas. Och det var inte lite att visa, eftersom ett helt nytt Forsvik höll på att växa upp på ömse sidor om det gamla.

Störst av alla överraskningar var att han byggt ett eget hus åt bara dem två. Liksom hon hade han gruvat sig för att följa den gamla seden att husbonde och husfru sov bland trälar och husfolk i långhuset på varmaste platsen. Sovsalar med riddarbröder var han visserligen van vid, förklarade han. Och egen cell hade han liksom hon haft i många år. Dock trodde han att varken hon eller han skulle trivas med att sova samman bland andra som på ett enda stort gille.

Deras hus var mycket mindre än ett långhus och avdelat till två stora rum, och något liknande hus för husbonde och husfru fanns inte i hela Västra Götaland, det behövde Cecilia inte lång stund för att bli övertygad om.

När han tog henne in genom den mindre dörren till husets klädkammare förundrades hon först av att höra vatten porla som i en bäck. Han hade lett in strömmande vatten i en mur av tegel genom huset. Det kom in genom ett hål i ena väggen och rann ut genom den andra väggen vid dörr och bro. På två ställen var hål i tegelmuren så att man kunde sträcka ner handen i det strömmande vattnet. Ovanför den ena håligheten fanns ett vindöga med träluckor och bredvid på väggen hängde vitt linne att torka sig med och på ett träfat under linnet låg något vaxliknande som han kallade *savon* och som man kunde bruka till att rena sig med. Vid den andra vattenöppningen var det grova teglet täckt av finslipat trä så att man kunde sätta sig. Först var inte Cecilia säker på att hon förstod rätt, men när hon pekade och osäkert frågade skrattade han och nickade att det var precis vad hon trodde, en *retrit.* Det som lämnade kroppen togs genast bort av vattenströmmen och försvann ut genom tegelmuren för att ett gott stycke från huset hamna i en bäck som rann ner till Bottensjön.

Han sade sig inte vara säker på att vattnet kunde hålla sig rinnande genom hela vintern, även om man byggt ledningen väl nedgrävd den största biten. Men just där vattnet skulle in i ett hus måste det ledas upp på en ihålig mur som Arn inte hade något nordiskt ord för men som han med ett latinskt ord kallade för *akvedukt.* Svårigheten var ju likväl att tillse att vinterkylan inte kom åt vattenströmmen när den kom upp ur jorden. Hur det gick med den saken fick man se framåt midvintern och lyckades det inte på första försöket fick man göra om.

Cecilia blev så uppspelt av detta allra första hon såg i sitt nya hus att hon glömde att gå vidare in i deras sovsal och sprang i stället ut för att se hur vattenströmmen var byggd. Arn kom glatt skakande på huvudet ut efter henne och förklarade.

Det var som på Varnhem eller Gudhem, samma tanke att använda sig av rinnande vatten och fallhöjd. Här på Forsvik låg vattnet i Bottensjön lägre än det i Viken och allt man grävde i den sträckningen skulle bli till nya strömmar av vatten. I Varnhem kunde de som byggde vattenströmmarna använda bly redan från första början, där leddes vattnet in i husen genom blyrör. Här hade man fått använda tegel i stället, men i gengäld blev då vattenströmmarna större och kunde lättare motstå kylan. Det slammade inte heller igen så lätt av orenlighet.

Cecilia hade många frågor om detta underbara vatten och hon hade många minnen av hur det var att en kall vinterdag i kloster gå till lavatorium och finna att vattnet var fruset. Här skulle hon alltså kunna stiga upp från sin bädd och bara gå några steg. Så om nöd uppstod att lätta sig måste man alltså inte stiga upp mitt i stjärnklara vinternatten, ta på sig om fötterna och pulsa iväg bort till stång och grop.

När hon högt tänkt tanken om att stiga upp ur sängvärmen i kalla vinternatten kom hon ihåg att hon helt glömt resten av huset och sprang skrattande tillbaka in för att se på sovkammaren.

Detta rum hade en gavel helt byggd i sten och mitt på gaveln fanns en stor öppen spis med två rökgångar och en rundad kupa på stag av spiralvridna smidesjärn som höll upp hela rökfånget. Golvet var i timmer, tätat med beck och kåda, lin och mossa, precis som timmerväggarna. Fast så mycket av golvet syntes inte, eftersom det täcktes av stora röda och svarta mattor i tät ull och med främmande mönster.

Arn berättade att han haft gott om sådana mattor med sig i skeppet hem, inte bara för eget bruk utan också för att hans män från det Heliga Landet skulle glädjas mer än de själva förstod av att under nordisk vinternatt ha golv täckta på hemlandets vis.

Platsen runt den öppna spisen var än så länge bara som en huggen grop i timret och Arn förklarade med en besvärad axelryckning att kalkstenen som skulle täcka den delen av rummet ännu inte hade kommit. Men mycket skulle man ju elda när den tiden kom och då var det av flera skäl bäst att allt golv i närheten av spisen var täckt med sten.

I rummet stod en stor säng liknande brudsängen på Arnäs, som om Arn låtit bygga en likadan. Väggarna var kala sånär som på den vägg som vette mot öster och ner mot Bottensjön. Där fanns ett avlångt och ganska stort vindöga med luckor som kunde stängas från både insidan och utsidan. Arn berättade att också den saken skulle bli bättre så fort man fick ordning på sin glastillverkning. Fördelen med ett så stort vindöga var ljuset i rummet och den morgonsol som kallade till dagens arbete, nackdelen var lätt att inse om man tänkte på vinterns kyla och drag. Men med glas och tätning i vindögat skulle det bli mycket bättre och än så länge var det ju sommar.

I hela huset doftade det starkt av färskt timmer, kåda och beck.

På utsidan var doften av beck ännu starkare, eftersom alla de nya husen var överdragna med ett tjockt lager. Det var inte bara för att förhindra röta, eller för att bygga för evigheten såsom norrmännen byggde sina kyrkor, förklarade Arn. Det var viktigt att fylla igen varje litet skrymsle mellan de liggande timmerstockarna i väggarna. Särskilt noga borde man nog vara om man byggde i färskt timmer, vilket inte var det klokaste, eftersom träet drog sig samman vid torkningen. Men nu hade det inte funnits mycket att välja mellan, hus i färskt timmer eller inte hus, och de tjocka lagren av beck gjorde nog ändå att väggarna kunde hålla tätt.

Han förde henne vidare till nästa hus, som var ett långhus lika stort som det gamla långhuset på Forsvik. Till hennes förvåning bad han henne vänta utanför medan han gick in en kort stund. Strax kom två bugande utlänningar ut och Arn tog Cecilia vid handen och ledde henne in.

Här var byggt ungefär som långhuset på Arnäs, med en gavel helt i sten och en jättelik lav för eld och med rökfång på samma sätt som i deras eget hus. Vatten fanns i en tegelmur på samma sätt, och på samma sätt var också golvet nästan helt täckt av mattor i mörkt blodröd färg och svart. Längs väggarna på långsidorna var sängarna byggda tre och tre på höjden och förhängda med täcken från översta sängen ända ner till golvet. En del av dessa sängtäckelser var färggranna som mattorna, medan andra var helt grå och färglösa. Arn tog henne med till ett av dessa grå täcken och bad henne känna med handen. Det kändes tjockt och fett. Detta var felt, förklarade han, den första nya vara man kommit igång med på Forsvik.

Nästa långhus var till Cecilias förvåning inte för folk utan för få. Där skulle de mer än trettio hästarna stå vintertid och det var som om varje häst hade sin egen kammare. Den bortre delen av huset var för korna och hela övervåningen ovan det låga taket var till för att förvara vinterfoder. Golvet var av stampad jord än så länge, visade Arn, men skulle ersättas med stenläggning, eftersom det var lättare att hålla rent.

Alla dessa tre nya hus låg vid sidan av den gamla fyrkanten av grå hus som var det gamla Forsvik. Han tog ut henne på tunet och gick fort förbi de gamla husen medan han förklarade att där inte fanns mycket att se och att det gamla långhuset nu skulle bli trälars och gårdsfolkets vinterboning men att det ännu inte fanns något hus att använda för gille eller gästning.

Mer intresserad var han att visa den rad av nya mindre hus som växt upp i en länga på andra sidan den gamla gården. Där fanns nu redan tre smedjor igång, en för grovsmide, en för hussmide och en för vapen och tråddragning. I fortsättningen på längan låg det glasbruk som snart skulle bli färdigt, en feltverkstad där två främmande män arbetade med tunga dunsar och rytmisk sång, två hus där det skulle bedrivas fint arbete med händerna, vilket Cecilia fann vara en något oklar beskrivning, ett krukmakeri och därefter rev man just några äldre hus för att bereda ytterligare plats i denna länga.

I något av de nya husen hade han tänkt att Forsviks yconoma skulle ha sina räkenskaper. Såvida hon inte hellre ville hålla allt sådant i deras eget hus? frågade han fort som för att visa att hon sannerligen var gårdens husfru och själv bestämde. Cecilia slog ifrån sig med båda händerna vid tanken på att bedriva arbete där man sov och då drog han henne lättad vidare runt den framväxande längan av mindre hus där klangen av arbete redan börjat ljuda.

För här kom de till den stora förändringen på Forsvik, berättade han stolt. Intill den nya längan av verkstäder låg Forsviks trädgård med apelträd och planterade lökar, purjo och vita och röda rötter. Skam till sägandes måste allt detta grävas bort, förklarade han med ett skyggt ögonkast mot henne. Frågan var hur en odlingskunnig person, som han förstått att hon var, kunde rädda så mycket som möjligt av allt detta till en annan plats när planteringstiden kom.

Cecilia tyckte nu att han gick för långt i sin iver och menade att de flesta av dessa äldre apelträd skulle gå förlorade om man försökte gräva bort dem och att det var synd och skam på många års arbete av alla de okända som nu vilade hos sina fäder, men vars arbetes ande fortfarande svävade över trädgården. Vadhelst som skulle byggas här borde således byggas någon annanstans, sade hon bestämt.

Arn suckade och sade att det som var tänkt att byggas just här inte så lätt skulle låta sig åstadkommas någon annanstans. För här skulle inte bara bli nya hus, utan en stensatt kanal.

Svackan där trädgården låg var rätt plats och hur han och andra än funderat och provgrävt hade de inte kunnat komma på någon annan plats att bygga kanalen.

Cecilia ville gärna försvara sin trädgård, men hon blev osäker, eftersom hon inte förstod betydelsen av denna kanal och bad därför Arn att han med mer tålamod och noggrannhet skulle förklara för henne.

Han sken upp, tog henne vid handen igen och gick först bort till den lilla forsen där kvarnhjul från munkarnas Lugnås snurrade, tog henne in i kvarnhusen och visade vad som redan nu kunde åstadkommas med vattnets kraft. Här fanns inte bara en kvarn för brödsäd, inte bara en kross för att mala kalksten till pulver för murbruk, utan också snurrande slipstenar av olika sorter, alltifrån stora och långsamma gulbruna i sandsten till små och snabba i en svart sten hon inte kände till.

Detta, sade han när de kom tillbaka till trädgården, skulle bli den stensatta kanal där vattnet alltid strömmade med jämn kraft, vår som höst, sommar som större delen av vintern. Och den kraften skulle driva blåsbälgar och hammare i flera av verkstäderna. Bland hans män från det

Heliga Landet fanns allehanda kunskaper, fortsatte han. De kunde göra underverk om de fick mer kraft och här fanns den, mitt i fruktträdgården dessvärre. Men detta vore Forsviks framtid, här fanns rikedom och blomstring och här fanns det stora arbete som skulle leda till fred.

Cecilia försökte bromsa sig för att inte bara ryckas med i hans glada iver. Hon förstod nog att han inte var oäven i att tänka som en yconomus, att han mycket väl förstod skillnaden mellan skuld och fordran. Kanske var han alltför angelägen när han skulle berätta om sina nya tankar, men i hennes öron lät det inte som det fanns någon ordning och reda. Än mer egendomlig var hans föreställning om att man på Forsvik skulle bygga och tillverka för att skapa fred. Vad som bevarade freden eller ledde till krig avgjordes väl ändå inte i smedjor och forsar utan mer i människors sinnen?

Hon bad honom att sätta sig ner bredvid henne på en gammal stenbänk intill trädgården för att förklara allting ännu en gång, men långsammare och en sak i sänder. I stället började han gå runt henne där hon satt och han fäktade ivrigt med armarna medan han berättade på nytt fast lika rörigt som förut. Han blandade stort och smått, smörtunnor med stångjärn från Svealand, hästfoder med tillverkning av pilspetsar, glas med mjöl och ull, egna hudar från Forsvik med sådana som måste köpas, lera för krukmakeri med tunnbinderi så att han till slut verkade lika yr av att berätta som hon blev av att försöka lyssna.

På nytt bad hon att han skulle sätta sig bredvid henne och svara på hennes frågor i stället för att försöka säga allt samtidigt. För om hon inte förstod vad han sade skulle hon ju inte kunna bli till någon hjälp.

De orden tog genast på honom och han satte sig lydigt intill henne, smekte henne över handen och skakade leende på huvudet som om han bad om ursäkt.

"Nå, då tar vi allt från början", sade hon. "Säg mig först vad som skall komma in till Forsvik på Eskils skepp, bara det, bara vad vi måste köpa!"

"Stångjärn, ull, salt, djurfoder, korn, en del sådan sand vi behöver till glas, hudar och olika sorters sten", räknade han lydigt upp.

"Och allt detta måste vi betala för?" frågade hon strängt.

"Ja, allt detta måste vi betala för. Men det betyder inte alltid att betala med silver..."

"Jag vet!" avbröt hon. "Betala kan man på flera sätt, men det är en senare fråga. Säg mig nu i stället vad som skall komma ut från Forsvik."

"Allt sådant man gör av järn och stål", svarade han. "Allehanda vapen som vi helt säkert kan göra bättre än andra i riket, men också plogbillar och stålskodda hjul. Mjöl kan vi mala varje timme dag och natt året om och korn kommer med så många av Eskils båtar att det behöver vi aldrig sakna. Allt som har med läder och sadelmakeri att göra kommer vi att tillverka. Löser vi problemet med leran som just nu ligger för långt bort kan krukmakare arbeta lika beständigt som mjölnare. Men glas är det som till en början ger oss bäst inkomst."

"Allt detta ihop låter inte som inkomst alls", anmärkte Cecilia med en brydd rynka i pannan. "Det låter som förlust. För vi har ju också en stor försörjning på gården, många själar finns här redan och fler blir det i vinter om jag förstått dina planer rätt. Och lika många hästar finns här som på kungens Näs, och så mycket vinterfoder har vi inte från egna marker. Är du helt säker, min älskade, att du inte drabbats av högmod?"

Han blev först alldeles stilla av de orden och tog hennes hand mellan sina båda och förde den till sin mun och kysste den flera gånger. Hon blev varm inombords men ingalunda lugnad när det gällde affärerna.

"I en sak är du inte densamma som jag lämnade utanför Gudhem, min älskade", sade han. "Du är mycket klokare nu än då. Du ser genast sådant som ingen av dina fränder skulle begripa. Bättre husfru än du finns inte i vårt rike."

"Det är också det jag helst vill vara, din goda husfru", svarade hon. "Men då måste jag också försöka hålla reda på alla dina äregiriga planer, för själv verkar du bygga mer än du tänker just nu."

"Det är nog sant", medgav han utan att se det minsta oroad ut. "Hur skuld och förlust, vinst och fordringar skall redas ut hade jag nog tänkt lämna till senare, även om jag vet att det måste göras."

"Det är ett lättsinnigt sätt att tänka som kan stå oss dyrt och som många av oss kan få betala med knorrande magar i vinter", svarade hon lugnt. "Borde du alltså inte stanna upp och tänka efter lite mer?"

"Nej, men jag hör att jag skall lämna det här tänkandet åt dig", svarade han och kysste hennes hand på nytt. "Du vet att man kan göra affärer med förlust till en början?"

"Ja, det vet jag, det har jag själv gjort fast det inte var något jag önskade eller begrep på den tiden. Men då krävs att man har tjockt med silver på kistbotten och att man är säker på att det blir bättre i framtiden."

"Båda dessa villkor uppfyller vi här på Forsvik. Men vad var det för förluster du fick erfara, min kära?"

"Cecilia Blanka, Ulvhilde och jag själv var de som först kom på att få in silver till Gudhem genom att sy mantlar, sådana mantlar som nu nästan var och en bär i riket. Till en början sålde vi dem för billigt så att vi lade ut lika mycket silver på att köpa skinn och lübsk tråd som vi fick när vi sålde de färdiga mantlarna", svarade hon ivrigt när hon blivit bortlockad från det svårare samtalet om Forsviks usla affärer.

"Men sedan höjde ni priset och snart ville alla ha lika goda mantlar och då höjde ni priset än mer!" föreslog Arn och slog glatt ut med båda armarna som om inget fanns att oroa sig för vare sig nu eller senare.

"Jo, så fick vi förstås rätta oss", svarade Cecilia med rynkan åter i pannan. "Du sade att vi har silver, och du sade att det blir bättre i framtiden. Det måste du förklara för mig."

"Det skall jag gärna", svarade Arn. "Silver har vi tillräckligt. Det vi kan sälja genast är glas, men den inkomsten blir mindre än det vi får lägga ut för allt annat. Så snart vi kan sälja vapen jämnar det ut sig. Därefter kommer krukmakeri, sågat timmer och en del annat som fort ändrar förlusten till vinst, bara vi kommer igång."

"Vapen?" frågade Cecilia misstänksamt. "Hur skall vi sälja något som alla gör hemma vid sin egen gård?"

"Därför att vi gör mycket bättre vapen."

"Hur skall du få folket att veta det, du kan ju inte fara runt och visa med dina vapen i hand?"

"Nej, men redan att göra alla vapen till Arnäs kommer att ta sin tid. På Arnäs skall finnas vapen och ringbrynjor för hundra män. Och allt det får Eskil betala. Sedan har vi Bjälbo, därefter den ena folkungagården efter den andra."

"Det var ett nytt sätt att göra affärer", medgav Cecilia med en suck. "Viktigast är förstås inte järn från Svealand in på Forsvik och färdiga vapen ut. Viktigare är att all ull vi har från egna får har försvunnit till din... vad var ordet?"

"Felt."

"Felt, jaha. Men ullen brukar man använda till kläder för alla och envar, hög som låg. Nu måste vi alltså betala för all sådan ull?"

"Ja, både för kläder och mer felt."

"Och vi behöver mer hudar än vi kan få från egen slakt, och mer kött, särskilt fårkött, än vi har själva just nu för att klara vintern? Och foder för alla djur, särskilt hästarna?"

"Ja, så är det, min älskade. Du ser allting mycket klart."

"Men då måste någon av oss räkna på allt detta så att vi kan göra rätt sak i rätt tid, och det är ingen enkel räkning!" invände hon till slut när hon tänkt efter och tyckte sig se svårigheterna torna upp sig som ett berg i den nära framtiden.

"Kan jag be dig, min egen husfru, att göra detta?" frågade han så ivrigt att hon tyckte det var överdrivet.

"Ja, det kan du", svarade hon. "Jag har kulramar, men det här blir mer än någon kan hålla i sitt huvud. Jag behöver skrivdon och pergament för att klara detta arbete. Och många måste jag tala med, så det kommer att ta någon tid. Men om vi inte räknar i tid får vi svälta i vinter!"

Han lovade henne genast att hon skulle få allt hon behövde för att börja skriva räkenskapsböcker. Han tillade självsäkert att här på Forsvik skulle de aldrig svälta och därefter var det som om han glömt bort hela saken och kastade sig in i sitt eget ursinniga arbete.

**

Kung Knuts ord till Arn om att borgkyrkan vid hans Näs skulle vara närmast för forsviksbor var inte helt sant. Närmare kyrkor fanns. Men om vindarna var gynnsamma på Vättern kunde man likväl fortare ta sig ner till Näs än till någon annan kyrka, eftersom kung Knut fortfarande höll norska roddare och seglare.

Vid Olsmässan hämtades Arn och Cecilia tidigt på morgonen av det skepp som kallades Ormen korte med ett norskt skämt. Cecilia blev glad när hon såg det smäckra svarta skeppet och hon hoppades att styrmannen var densamme som hon en gång lärt känna. Så var det, fann hon snart, men hans långa hår hade nu vitnat.

För Arn var detta skepp ingenting att känna igen med glädje. Han hade varit med på dess första resa som slutade i kungadråp, men om detta sade han ingenting till Cecilia eller någon annan när han böjde huvudet, korsade sig och steg ombord. De norska roddarna log då i samförstånd, eftersom de trodde sig ha fått ombord ännu en västgöte som aldrig seglat. Än i denna dag berättades mellan dem den lustiga historien om en förnäm fru som frågat självaste Styrbjörn om han inte fruktade att han skulle segla vill på lilla Vättern.

De behövde bara ro någon timme innan de kom upp i vind och kunde sätta segel och därefter gick färden i rasande fart med det vita skummet sprutande om skeppets stäv.

Efter mässan och brudens tredje renande i borgkyrkan skiljdes vännerna åt. De två Ceciliorna gick för sig och Knut tog Arn med sig upp på värnet mellan de två tornen, dit han befallt bänk och bord, förutom mat och dryck som han inte lyckades truga i Arn på denna helgdag.

Det fanns mycket att tala om så att en dag alls inte vore nog, förklarade Knut sorgset och drog med handen över sitt nästan kala huvud. Men skulle man börja med något kunde man lika gärna börja med det enklaste så att bara det svåraste till slut låg kvar på bordet mellan dem.

Det enklaste var nog att styra med bröllopet mellan Magnus Månesköld och sverkersdottern Ingrid Ylva. Knut sade sig väl förstå den tvekan som både Arn och brudens far Sune Sik kunde känna inför att Arn skulle bli giftoman och sköta förhandlingarna med den man vars bror han varit med att dräpa. Birger Brosa hade dock löst denna fråga lika lätt som han knäckte en nöt i sin hand.

Magnus Månesköld hade vuxit upp som fosterson hos Birger Brosa och var nu mer som yngre bror än fosterson. Om således Birger Brosa i stället för Arn blev giftoman ginge man runt alla svårigheter på ett vackert sätt som ingen kunde kränkas av. Dessutom fick kungabrodern Sune Sik hedern att möta rikets jarl som sin blivande mågs förhandlare.

Arn hade inte mycket att säga om detta förslag, han nickade bara kort sitt instämmande och mumlade att inte mer tid behövde ödslas på denna fråga om det fanns annat som var svårare.

Och nästa fråga var mycket riktigt kinkigare, då den blandade stolthet med klokskap och därför inte kunde lösas enbart med klokskap. Dock måste Arn försonas så fort som möjligt med sin farbror Birger Brosa. Knut hade försökt föra den saken på tal, men då hade jarlen bara fräst som en ilsken hankatt åt honom. Birger Brosa kände sig sviken av både Knut och Arn när det gällde det alltför kvickt ordnade bröllopet på Arnäs. Och inte mindre sviken kände han sig av att både kung och drottning for till Arnäs för att visa sitt gillande.

Arn funderade över om han och Cecilia skulle rida till Bjälbo och komma oväntandes. De skulle ju ändå förr eller senare gästa Ulvhilde Emundsdotter på Ulfshem, ty det hade han lovat Cecilia. Eftersom Bjälbo låg på vägen mellan Forsvik och Ulfshem vore det ju inte så konstigt om han och Cecilia, försenade av dåligt väder eller annan orsak, kom som oväntade gäster till Bjälbo. Då skulle Birger Brosa inte gärna kunna avvisa sina fränder.

Knut skakade bara på huvudet åt detta förslag. Och då Arn bad honom förklara sig sade han att objudna gäster var något som det var väl känt att Birger Brosa tyckte illa om. Möjligen hade han genom åren haft alltför många sådana.

Kanske skulle hans gästfrihet då bli knapp, kanske skulle han låta husfolk anvisa bäddplats och mager kost för Arn och Cecilia, i värsta fall i något av kokhusen eller i gästhus för främmande. Och om Arn och Birger Brosa på så sätt skymfat varandra en andra gång skulle ont bli värre.

De begrundade frågan under en stunds tystnad innan Arn sade att till brudölet, som väl skulle stå antingen på Bjälbo eller hos Sune Sik, var ju brudgummens mor och far bjudna till högsäte. Samma var det med fästningsölet. Och i högsätet skulle tvivelsutan jarlen sitta. Kunde man inte försonas under en hel afton med brudöl eller fästningsöl ginge det väl inte alls.

Knut instämde men tillade att det nog vore klokt att dra ut på detta brudöl till strax före den förbjudna bröllopstiden vid jul, någon gång mellan Allhelgonadagen och Andersmässan. Kanske skulle Birger Brosa ha svalnat fram till den första snön. Klokt vore nog att skynda långsamt.

I tron att alla svåra samtalsämnen nu var förbi började Arn ivrigt fråga om hur riket styrdes i den nya tiden. Så mycket hade han förstått att en hel del blivit annorlunda sedan de var unga då allt folk samlades på alla götars ting med kung, jarl och lagman och kanske tvåtusen män. Inte ett ord hade han hört sägas om sådant ting sedan han kom hem och det måste ju betyda att makten flyttat från tinget någon annanstans?

Kung Knut suckade att detta var helt sant. En del hade blivit bättre med det nya sättet att styra riket, just som man tänkt sig. Annat hade blivit sämre.

Vid ting beslutade fria bönder nu som förr allt sådant som stod mellan fria bönder. På tinget kunde de göra upp sina tvister, bestämma dråpsbot, hänga varandras tjuvar och annat smått.

Vid kungens råd beslutades däremot allt sådant som hörde riket till i stort, vem som skulle bli kung, eller jarl eller biskop, om skatter till kung och jarl, om klosterbygge och handel med utlandet och om rikets försvar. När fenner och ruser seglat in i Mälaren för fem år sedan, plundrat och bränt staden Sigtuna och dräpt ärkebiskopen Jon blev mycket att bestämma för rikets råd som aldrig blivit gjort vid något ting med tusen grälande män. En ny stad måste byggas för att täppa till inloppet vid Mälaren, vid Agnefit där Mälaren mötte Östersjön. Där hade man nu till en början byggt försvarstorn, slagit pålar och kedjor över strömmen så att inga plundrare österifrån skulle komma åter, åtminstone inte obemärkta som förra gången. Sådant beslutades vid kungens råd. Det var det nya.

Arn som väl visste var Agnefit låg, eftersom han en gång ridit den vägen och förbi Stocksund när han kom åter från Östra Aros på väg till Bjälbo, förivrade sig genast in i ett förslag om att där skulle nog kungen hellre ha sitt säte än nere på Näs mitt i Vättern.

Hur otålig Knut nu än blev av att samtalet for iväg i en helt annan riktning och mot helt andra frågor än han tänkt sig kunde han inte låta bli att be Arn säga mer om denna oväntade tanke. Vad var det för fel på Näs?

Läget, svarade Arn med ett skratt. Näs byggdes av Karl Sverkersson av ett enda skäl, att kungen skulle ha en borg i sådan trygghet att ingen med dråp i sinnet kunde komma åt honom. Hur fåfäng den tanken var visste ju Arn och Knut bättre än några andra, eftersom det var just här på Näs de dräpt kung Karl, mindre än ett pilskott från den plats där de nu satt samman många år senare.

Och kungen borde helst, fortsatte Arn, ha sitt säte där rikets guld och silver strömmade igenom. Som handeln såg ut nu och så långt man kunde skåda in i framtiden var den platsen österut i riket snarare än västerut. Ty i väster låg Danmark.

Från Linköping i Östra Götaland kunde man förvisso sköta rikets affärer och särskilt handeln med Lübeck bättre än från avkroken Näs. Men Linköping var sedan gammalt sverkrarnas stad och det vore för en kung av eriksätten som att söka sig en bostad i ett näste av bålgetingar. Men i en ny stad, vid Östersjön, en stad som hörde till ingen utom den som byggde den, där skulle kungen finnas.

Knut invände att Näs var säkrare. Här kunde man antingen försvara sig eller fly undan och en stor del av året kunde ingen fiende komma hit. Byggde man en ny stad kunde den tagas med storm och brännas. Arn svarade genast att platsen vid Agnefit och Stocksund låg så till att man kunde bygga ointagligt. Dessutom fanns bara en fiende och det var Danmark och om danskarna skulle kriga mot Västra Götaland kunde de bara gå in landvägen från Skåne. Och att segla förbi danskarna från Lödöse ner till Lübeck skulle inte gå ett ögonblick från den dag danskarna satte sig emot. Danmark var en stor makt. Men rikets östra kust kunde danskarna inte nå lika enkelt. Och från Agnefit var det närmare till Lübeck än från Näs, räknat på samma sätt som Knut själv räknade när han sagt att den närmaste kyrkan till Forsvik var den på Näs. Det var sant i tid, eftersom man seglade större delen av vägen, eller hela vägen, om vinden var gynnsam. Samma skulle det bli om man flyttade rikets makt från Näs till östra kusten.

De vände och vred på tanken om den nya staden vid Östersjön, men snart ville Knut åter till sådana frågor han själv tänkt att tala om. Svårast av allt var den motsträvige ärkebiskop Petter, eller Petrus som han kallade sig. Att ha en fientlig ärkebiskop på halsen var det värsta en kung kunde drabbas av. Samma var det i Norge, där kung Sverre hur han än stretat emot inte kunnat undvika fientliga ärkebiskopar. När en viss Øystein dog för några år sedan hjälpte det inte hur mycket Sverre vrenskades när en ny ärkebiskop skulle utses, det blev en fiende vid namn Eirik av Stavanger och nu hade Sverre drivit denne Eirik i landsflykt till Danmark och riskerade bannlysning. Den Helige Fadern i Rom hade skrivit befallningar till både Knut och kungen i Danmark att de båda gemensamt skulle anfalla Norge. Det skulle förvisso inte bli av, åtminstone inte för Knuts del, eftersom hans syster Margareta var gift med kung Sverre och drottning av Norge. Men Sverres besvär visade ju vilken fistel i ändan det var att ha bångstyriga ärkebiskopar.

Samma var det alltså i svears och götars rike. Ärkebiskop Petter var en sverkersman, vilket han inte på minsta sätt dolde. Och vad som var hans strävan stod klart för alla vid det här laget. Han ville slita kronan av sin egen kung och räcka den till Sverker Karlsson, som levt hela sitt liv i Danmark.

Arn invände att även om den Heliga Romerska Kyrkan hade stor makt så hade han aldrig hört talas om makten att utse kung, för i så fall funnes ju bara en makt på jorden.

Så var det förstås inte, medgav Knut, men besvärligt nog ändå. Rådet utsåg var biskop i riket, en biskop fick sin stav och ring från kungen. Ingen kunde alltså bli biskop utan kungens vilja. Dessvärre var det inte lika enkelt med ärkebiskopen, för en sådan kunde inte kungen neka eller utnämna. Det var egentligen Rom som bestämde, men nu hade Rom lämnat den makten vidare till ärkebiskop Absalon i Lund vilket var detsamma som Danmark.

Danskarna bestämde alltså vem som skulle bli ärkebiskop i svears och götars land. Hur bakvänt det än var kunde ingenting göras åt saken. Och även om Knut gjort vad han kunnat för att rensa biskopshopen från sverkersmän ändrade sig dessa kanaljer så fort de fått sin ring och stav. Då lydde de ärkebiskopen oavsett vilka hemliga utfästelser de gjort till kungen innan de fått sin makt. På en gudsman kunde man aldrig lita.

Och den där lömske Petter upphörde aldrig att krångla om att Knut inte tillräckligt sonat dråpet på kung Karl och så länge det inte var sonat var hans krona orätt fången, även om han var krönt och smord. Och orätt fången krona kunde inte ärvas av äldste son, påstod Petter.

Mycket gnäll var det också om att drottningen Cecilia Blanka egentligen avgett klosterlöften, varför sönerna Erik, Jon, Joar och Knut alla vore oäkta. Och oäkta son kunde inte heller ärva kronan enligt Petter.

I dessa två tömmar drog ärkebiskop Petter, ibland åt ena hållet och ibland åt andra. Om Knut så lovade korståg för försoning och byggde aldrig så många nya kloster skulle Petter tjata om Cecilia Blankas klosterlöften. Och även om många vittnen kunde intyga att allt tal om Blankas löften var lögn skulle han komma åter till dråpet på kung Karl. Det fanns inget sätt att kasta av sig hans betsel.

Arn invände att kyrkan inte kunde sätta sig emot kungaval. Om rådet beslutade att utse Erik jarl till kung efter Knut kunde biskoparna gnälla om saken, himla med ögonen och tala om synd. Och de kunde förstås vägra att kröna Erik. Men okrönt kung hade riket haft förut.

Fast om biskopshopen då for iväg till Danmark och krönte den där Sverker i stället, invände Knut nästan förtvivlad.

Då skulle ingen man i svears och götars land ta allvarligt på den saken och sådan kung i utländsk tjänst skulle aldrig kunna sätta sin fot i riket, svarade Arn lugnt.

"Men om en sådan kung kom i spetsen för en dansk krigshär?" frågade Knut vidare och nu syntes ångest i hans ögon.

"Då vinner den som vinner kriget, det är inget nytt", svarade Arn. "Det är bara detsamma som om danskarna ville göra oss till danskar redan idag, det avgörs inte av vem vi väljer till kung."

"Tror du att danskarna kan göra så, kan de besegra oss?" frågade Knut nästan med tårar i ögonen.

"Ja, tvivelsutan", svarade Arn. "Om vi vore så dumma att vi mötte en dansk krigshär på slagfältet idag skulle de segra stort. Om jag vore din marsk skulle jag alltså råda dig, så som jag har svurit att råda dig efter bästa förstånd, att inte möta dem på slagfältet."

"Då är vi alltså förlorade och dessutom vanhedrade för att vi inte slogs för vår heder och vår frihet?"

"Nej", sade Arn. "Ingalunda. Det är långt från Själland till Näs, ännu längre till svearnas Östra Aros. Om en dansk här bröt in i landet skulle de förstås vilja ha ett avgörande kvickt, så länge årstiden var gynnsam och deras försörjning var god. Tänk dig nu att vi inte ger dem den möjligheten. De väntar sig just som du själv att vi strax skall kalla till ledung, att var man i riket skall dra på sig järnhatt och komma manligt bredbent med yxa i handen för att bli krossad av danska ryttare, dö tappert och med heder, men likväl dö. Tänk om vi inte gör så?"

"Då förlorar vi vår heder, ingen följer en kung utan heder!" svarade Knut med plötsligt uppflammande vrede och slog sin knutna hand i bordet framför dem.

"Död kung följer ingen", svarade Arn kallt. "Om danskarna inte får det stora slag de hoppas på vinner de inte. De bränner en stad. De plundrar byar och bönder. Mycket elände kostar det oss. Men så kommer vintern. Då smälter deras förråd samman, då tar vi dem en och en och vi skär av deras försörjning hem till Danmark. När våren kommer är du den store segraren. Mer heder än så kan du inte vinna."

"Du tänker i sanning inte som någon annan när det gäller krig", sade kung Knut.

"Där har du fel, alldeles fel", svarade Arn med ett leende som var nästan fräckt. "Jag tänker som tusen män, varav jag själv kände många. I det Heliga Landet var vi inte mer än tusen män mot en övermakt oändligt mycket större än den danska övermakten. Tempelriddarna slogs med stor framgång i ett halvt århundrade."

"Tills ni förlorade!" invände kung Knut.

"Helt sant", svarade Arn. "Vi förlorade när en dåre till kung bestämde att hela vår här skulle sättas på spel mot en överlägsen fiende vid ett enda slag. Då förlorade vi. Hade vi fått fortsätta som vi var vana skulle vi ha ägt det Heliga Landet än idag."

"Vad hette den kungen?"

"Guy de Lusignan. Hans rådgivare hette Gérard de Ridefort. Må deras namn leva i evig vanära!"

***

För bröderna Jacob och Marcus Wachtian var resan till Skara en av de märkligaste de varit med om och ändå var de båda vittberesta män.

Sir Arn hade först menat att bröderna själva skulle resa med blott några av hans trälar i sällskap som vägvisare, men de hade med skräck och avsky avvisat det förslaget och skyllt på att de skulle ha svårt att göra inköp på ett språk de inte förstod, fastän det var de mörka nätterna längs ödsliga flodstränder de fruktade. Detta nordiska land var ett demonernas land, därom var de båda övertygade. Och människor de såg var ofta svåra att skilja från djur, vilket var lika skrämmande det.

Sir Arn hade först varit ovillig att lämna sitt byggande, men han gav sig för deras invändningar och bestämde att både han och hans husfru skulle följa med, eftersom också hon hade inköp att bestyra. Lamt hade bröderna påpekat att det föreföll dem oklokt att färdas med både guld och silver som behövdes för den långa listan av tänkbara uppköp om man inte hade väpnade ryttare med sig, men åt den invändningen hade Sir Arn bara skrattat, bugat sig överdrivet chevalereskt och försäkrat att en tempelriddare helt säkert stod till deras förfogande. Och han reste i krigardräkt och tog med sig båge och koger förutom det svärd och stridsyxan han alltid bar.

När de lastat ombord vagn med två oxar jämte sina hästar och färdkost kom Sir Arn på att någon behövdes för att köra oxvagnen när de skulle vidare till lands och sade till två pojkar som fulla av iver och med båge och koger i händerna kom springande just som båten skulle lägga ut.

De hade städslat en tom flodbåt med åtta illaluktande och dolska roddare för färden och bröderna Wachtian tyckte att det vore detsamma som att sätta livet på spel att ge sig ut i det folktomma skrämmande landskapet med guld och silver inför näsan på sådana män. De ändrade dock snart uppfattning när de såg med vilka undergivna och närmast skräckslagna blickar dessa flodbusar betraktade Sir Arn.

Färdvägen gick först över Askeberga, samma väg som de kommit, och vidare till den sjö som kallades Östansjön, men därifrån fortsatte de inte åt nordväst mot Arnäs utan söderut i många timmar på en ny flod innan de kom till den plats där allt skulle lastas av och färden fortsätta till häst.

Från båtläget vid floden gick vägen mot närmaste stad genom en tät skog och eftersom det var enda vägen och eftersom således de som ville till marknaden i staden måste komma just här var det inte svårt att räkna ut vilka faror som kunde vänta inne i skogen.

Brödernas onda farhågor besannades, för mitt inne i skogen höll plötsligt Sir Arn, som red i täten, in sin häst, höjde sin högra hand till tecken på halt och satte på sig sin hjälm. Han betraktade noga marken framför sig och såg upp mot trädens täta lövkronor innan han ropade något på sitt eget språk som fick skogen att börja leva. Rövare steg ner från träden och visade sig vid buskar och trädstammar. Men i stället för att kasta sig fram i ett överfall som skulle ha gett dem avsevärd rikedom om de lyckats ställde sig rövarna med böjda huvuden och sänkta vapen och lät den lilla foran passera utan att lossa en enda pil. Sämre rövare hade man aldrig sett.

Marcus skämtade glatt om detta när de kommit ut ur skogen och en liten stad med kyrka syntes i fjärran, att rövare som dessa skulle inte ha blivit långlivade, i vart fall inte feta, om de härjat i Outremer.

Jacob som tvivlade på att detta kunde vara ett typiskt sätt att uppträda för nordliga rövare red upp vid sidan av Sir Arn och förhörde sig om vad som skett. När han föll ut och gled in vid sidan av sin bror kunde han inte så lite road berätta hur det förhöll sig.

Rövarna var inte bara rövare, de var också skatteindrivare åt biskopen i staden och det verkade som om de lagade efter läglighet beroende på vem som kom ridande. Från somligt folk samlade de in skatt till sin biskop, andra plundrade de för egen räkning, då de inte fick någon annan lön för sitt arbete som skatteindrivare.

Denna gång blev det dock varken skatteindrivning eller plundring. För när Sir Arn upptäckt rövarna i försåt hade han sagt dem som det var. För det första att han var Arn Magnusson och kunde döda dem själv om han fick anledning. För det andra att han var av folkungaätten. Det betydde att ingen rövare, i tjänst hos biskop eller bara till egen nytta, skulle leva tre solnedgångar efter att ha avlossat en pil, oavsett om han undkom Sir Arn själv. Rövarna hade genast funnit denna övertalning fullt övertygande.

Den släkt som Sir Arn tillhörde måste alltså vara ungefär som en beduinstam, funderade Jacob. Det här barbarlandet hade ju ändå kungamakt och kyrka som alla andra. Det fanns världsliga väpnade styrkor och kyrkliga. Det hade de ju sett med egna ögon vid bröllopsfesten. Alltså upprätthölls lagen på ungefär samma sätt som i andra kristna länder.

Men i vilket land skulle någon kunna rida fram till rövare eller skatteindrivare och säga att han tillhörde en viss stam och därmed få alla att lägga ner sina vapen? Bara i Outremer. Den som där gav sig på en medlem i vissa beduinstammar kunde vara förvissad om att bli jagad av hämnare till tidens ände om så krävdes. Samma var det tydligen här i Norden.

Marcus skämtade att det ändå var en Guds välsignelse att ha sådana beduiner på sin sida och att det för övrigt, om man tänkte på Outremer, kunde ha varit detsamma med assasinerna. Vem ville ha den gamle på berget och assasinerna till sin fiende? Den var ju säkert dödsdömd. Huruvida dessa folkungar var att räkna som beduiner eller assasiner vore måhända lika svårt att avgöra som det tydligen var svårt att skilja skatteindrivare från rövare. Det kunde vara detsamma, för tryggt sällskap var det uppenbart.

Den första lilla stinkande dypölen till stad, som tydligen hyste en girig biskop, red de rakt förbi utan att ens stanna för förplägnad. Jacob och Marcus blev både lättade och besvikna av detta, eftersom det värkte i deras ovana skinkor av många timmars ritt, men vittringen från staden var i gengäld ytterst avskräckande.

Belöning för vad de uthärdat fick de emellertid, för inte så många timmar senare när den första kvällskylan kom svepande i rå dimma närmade de sig ett kloster. Där skulle de stanna för natten.

För bröderna Wachtian blev det som om de plötsligt hade kommit hem. De inkvarterades i eget rum med vitkalkade väggar och krucifix i klostrets hospitium, munkarna som mötte dem talade alla frankiska och uppträdde som riktiga människor och maten som serverades efter aftonsången höll yppersta klass, liksom vinet. Det var som att komma till en oas med mogna dadlar och klart kallt vatten mitt ute i en brännande öken, lika överraskande, lika välsignande.

Själva fick de inte gå in innanför klostrets murar, men de såg Sir Arn dra över sig sin vita tempelriddarmantel och gå in för att be. Efter vad hans husfru förklarade för dem på sitt lustiga och rena kyrksamma latin besökte han sin mors grav.

Nästa dag lämnade de mycket av kläder och färdkost i klostrets hospitium, eftersom de skulle återkomma för ännu en övernattning efter dagens köpslagan inne i staden som hette Skara.

De hade fått veta att Skara var den största och äldsta staden i hela Västra Götaland och därav fått överdrivna förväntningar. Det var dock knappast Damaskus de red in i den morgonen. Samma stank av avfall och orenlighet som utanför den mindre staden vars omöjliga namn de redan glömt, samma orena människor och gator utan vare sig stenläggning eller rännstenar. Och den lilla primitiva kyrka med dubbeltorn som kallades domkyrka var mörk och skrämmande snarare än välsignelsebringande. Men de kunde inte gärna som goda kristna streta emot när Sir Arn och de övriga i hans sällskap, hans husfru och de två pojkarna, skulle in för att be. Som Jacob och Marcus kände det var detta en kyrka där Gud inte fanns, antingen för att Han aldrig kommit eller för att Han glömt platsen. Där inne var fuktigt och luktade hedendom.

Men också denna lilla stinkande håla gömde en välsignelse av nästan samma slag som klostret som funnits ute i ödemarken. En andra gång lät sig bröderna överraskas av någonting oväntat gott.

Först traskade de modlöst efter Sir Arn och hans husfru, eftersom de båda tycktes fungera som en båtstäv genom trängseln, alla vek genast undan för dem. Jacob gissade att det var den blå manteln, den som visade vilken beduinstam Sir Arn tillhörde. Marcus som ofta var mer skarpsynt påpekade då att det var en annan sak som var ytterst påtaglig. Nästan ingen man i staden bar svärd och de få som gjorde det hade alla mantlar ungefär som Sir Arn, men inte alltid blå. De mötte enstaka män med röda mantlar som också bar svärd. Och alla män med svärd hälsade varandra, hjärtligt om de bar samma färg, kallt men ändå artigt om de bar olika färg. Det fanns alltså flera beduinstammar, för det första. Och för det andra hade man den egendomliga ordningen i detta land att bara beduiner, som var de farligaste av män, fick bära svärd. Eller om det var så enkelt att ingen skulle komma på den befängda idén att försöka ta ifrån en sådan man hans vapen.

De kom inte fram till något entydigt svar på sina frågor om svärd och mantlar, eftersom de snart fick annat att tänka på. I stadens utkant fanns en gata som var ren och städad som en frankisk stad eller en stad i Outremer. Här doftade på ett annat sätt, både av renhet och kaffe och mat och kryddor, som verkade bekant och här talades frankiska överallt och en del andra språk som ändå inte var nordiska.

De hade kommit till glasmästarnas, kopparsmedernas och stenhuggarnas gata. Glas och stenprover och kopparkannor var utställda längs gatan och översättare kom springande från alla håll för att erbjuda sina tjänster när de såg de feta penningpåsar som hängde vid Sir Arns bälte, men de fick snabbt erfara att deras tungor för en gångs skull var helt obehövliga.

De besökte affär efter affär, satt ner och lät sig serveras kallt vatten ur vackra glas men avvisade vänligt men bestämt de ölstånkor som man också försökte pracka på dem. Det var som ett litet Damaskus, här kunde de samtala med alla och envar på begripligt språk och också om ting som säkert var omöjliga att få vetskap om utanför denna lilla gata.

De inhämtade hur glassand med kopparflis eller svavelkoppar kunde beställas från Danmark och Lübeck om man ville ha fram gul eller blå färg, medan ämnen för grön eller rosa färg eller färglöshet fanns i landet, bara man hade förstånd att sända folk till rätt plats för att skörda. Sir Arn skickade snart de två gossarna att hämta oxvagnen som de lämnat hos vakter utanför domkyrkan och sedan var han snar till uppköp. Vagnen lastades tungt med ämnen för glastillverkning, det var som om han från en del bodar köpte allt de hade i lager. Det fanns också bly i stor mängd, eftersom glasmästarna mestadels arbetade med kyrkofönster. Det blev många muntra affärer denna dag. Sir Arn spenderade mycket pengar utan att bry sig särdeles mycket om att förhandla om priserna, vilket tycktes störa hans husfru nästan lika mycket som bröderna Wachtian. Ovanliga affärer blev det för dessa mestadels frankiska glasmästare, eftersom de var vana att tala genom översättare och att sälja färdiga glas, men knappast att tala sitt eget språk med en nordbo som behärskade det lika säkert som de själva. Än mindre hade de varit med om att sälja verktyg och material för glasmassa i stället för det glas de gjort själva. Enstaka glas köpte dock Sir Arn, för att ta med sig som arbetsprover, som han förklarade det.

Samma blev det hos kopparslagarna. Av de uthamrade och förtennade kärl som stod utanför kopparslagarnas bodar kunde både bröderna Wachtian och Sir Arn lätt bedöma att bättre än så kunde man helt säkert förmå med sina damaskenska kopparslagare på Forsvik. Någon enstaka kanna köpte Sir Arn visserligen, men mest för att visa sig artig som det verkade. Mest köpte han av kopparstång och tackor av tenn.

När deras vagn redan var tungt lastad och de besökt varje glasmästare och kopparslagare längs ena sidan gatan gick de på samma sätt långsamt tillbaka uppför gatan för att träffa de stenmästare eller deras husfolk och lärlingar som fanns hemma. Många av mästarna själva var ute på kyrkobygge som de ständigt måste besöka på plats. Jacob och Marcus fick till sin förvåning veta att kyrkoaffärer var mer blomstrande i detta lilla land än någon annanstans i världen. Här byggdes på mer än hundra kyrkor samtidigt och med så många beställningar om kyrkobygge överallt kunde ju stenmästarna ta dubbelt så mycket betalt här som varhelst i frankerriket eller England eller Sachsen.

En av stenmästarna var dyrare än alla andra och utanför hans affär stod en rad med bilder uppställda som han fått beställning på från självaste domkyrkobygget. De gick alla från bild till bild och gissade vad man såg, vilket ofta var lätt för den som var hemma i Heliga Skrift. Särskilt Sir Arns husfru verkade fatta stort tycke för denne mästares konst. Sir Arn bjöd då in sig själv och hela sitt sällskap för att träffa mästaren, som till en början verkade vresig och avvisande och klagade att han varken hade tid eller råd med samtal. Men då han förstod att han kunde tala sitt eget språk med denne köpare förändrades han snabbt och började ivrigt, nästan virrigt, berätta för dem alla om hur han tänkte i sitt arbete och vad han skulle vilja göra. Sir Arn nämnde att han hade en önskan att bygga om kyrkan som tillhörde hans egen ätt, att det skulle bli en ombyggnad från grunden men också ett nytt helgemål. Denna kyrka skulle tillägnas, inte Jungfru Maria som nästan alla kyrkor i Västra Götaland, utan Guds Grav.

Stenmästaren blev andäktigt intresserad när han hörde detta. För som han sade hade han under flera år huggit Jungfru Maria i alla upptänkliga innebörder, mild och god, sträng och dömande, vid Sin döde Son, med Sin Son som nyfödd, bebådad av Helge Ande, på väg till Betlehem, inför stjärnan, vid krubban och vadhelst man kunde tänka sig.

Men Guds Grav? Då finge man tänka om helt. Det krävde sin man, det krävde också tid för eftertanke. Men med tid var det dessvärre så att stenmästaren, som hette Marcellus, hade åtaganden runt i landet som räckte i ett och ett halvt år. Dessförinnan kunde han omöjligt göra sig fri utan att svika avtal.

Sir Arn tyckte inte att tidsutdräkten var något problem, viktigare var att arbetet blev vackert inför evigheten, då det som huggits i sten ju alltid skulle bli kvar. Alltså ville han göra affär.

Det kliade i kroppen på både Marcus och Jacob när de hörde hur lättvindigt Sir Arn lät sig övertalas att betala i förskott och dessutom

hutlöst mycket. Dock såg de ingen möjlighet att lägga sig i saken. För-
handlingen slutade med att Sir Arn betalade den oerhörda summan av
tio besanter i guld i förskott för ett års arbete och lovade ytterligare tio
för varje vidare år som arbetet krävde. Stenmästaren Marcellus var inte
sen att anta detta förslag.

På återresan till Varnhems kloster i den tidiga kvällen verkade det
först som om Sir Arns husfru bannade honom, om än milt, för hans
oansvariga sätt att behandla silver och guld. Han lät sig inte alls be-
komma av detta, utan svarade henne med lycklig min och ivriga ges-
ter som även för den som inte talade nordiska måste förstås som be-
skrivningar av stora planer.

Till slut började han sjunga och då var det som om hon inte kunde
låta bli att sjunga med honom. Det var mycket vacker sång och som
båda bröderna förstod den kyrklig och inte världslig.

På så vis närmade de sig klostret Varnhem långt före solnedgången
och den råa kvällskylan, med himmelska sångare som anförare. Brö-
derna var överens att denna resa sannerligen inte bara innehållit över-
raskningar, utan också mer gott än någon av dem kunnat vänta sig.

Nästa dag försenades de vid avfärden av att Sir Arns husfru gjorde
affärer med pergament och med rosor som hon köpte i vätta skinn-
påsar med jord, nerklippta så att bara stammarna stack upp ur sin
packning. Att den kvinnan var bättre i affärer än sin man behövde
man inte förstå nordiska för att inse. Dock fick man i gengäld finna
sig i att vänta tills hon och klostrets trädgårdsmästare förhandlat fär-
digt om varje liten örtug. Sir Arn gjorde inte en enda min av att vilja
lägga sig i. Till sist hade hans husfru de plantor på vagnen som hon
önskat och att döma av de rosor som i rött och vitt klättrade på Varn-
hems murar hade hon köpt mycket skönhet med sig till Forsvik.

***

Mellan Bartelsmässans bråda dagar, då den sista skörden bärgades, och
Morsmässan kom sommaren kort tillbaka till Västra Götaland med en
veckas envisa sydvindar.

Denna tid blev lika bråd för Cecilia som det dittills varit för Arn. Allt måste skördas i trädgårdarna och därefter måste hon försöka rädda det som räddas kunde. Hon slet själv lika mycket som de trälar hon städslat med att gräva upp apelträden med rötterna för att plantera om dem på sluttningen ner mot Bottenviken nedanför hennes och Arns hus. Där skulle marken aldrig torka ut.

Hennes händer blev såriga och naglarna spruckna av allt arbete med jorden och därför var det en extra välsignelse att gnida sig ren på kvällen i det rinnande vattnet med det som Arn kallade savon. Även om hennes händer var svarta som synden av jord och växtsafter när hon stack ner dem i vattenströmmen mellan tegelstenarna blev hon snart ren.

När allt trädgårdsarbete, som hon själv måste leda och övervaka, var klart gick hon till bröderna Wachtian i deras verkstad och förhörde sig om än det ena, än det andra som gällde vad för sorts arbete de tänkte begynna med och vad som skulle komma senare. Hon fick dem också att följa med in i smedjor och krukmakeri och översätta, eftersom bröderna förutom latin och sitt eget språk utan minsta svårighet behärskade det helt främmande tungomål som många av männen från det Heliga Landet talade. De visade henne pilspetsar av olika sort, långa och nålvassa som skulle tränga igenom brynjor, sådana med breda skärande eggar som var för jakt eller fiendens hästar och andra som var till för ändamål hon knappt förstod. Hon gick i svärdssmedjan och till ringdragningen och förhörde sig, liksom till glasbruket där hon frågade om vilka av de provglas som stod uppställda längs en bänk man verkligen kunde göra på Forsvik och vilka som ännu inte var möjliga. Hon gick till hästkarlar och frågade hur mycket foder en häst åt, till fähus och lärde sig vad en ko mjölkade och till slakteri och frågade om salt och tunnor.

Efter varje sådant besök återvände hon till sina kulramar och skrivdon. Det hade varit det bästa med besöket på Varnhem, till och med bättre än köpet av den berömda Varnhemsrosen, att hon fått ett gott lager pergament att göra räkenskapsböcker av. Dessa sysslor var det hon kunde bäst av allt, till och med bättre än trädgård och sömnad, ty i mer än tio år hade hon fört böcker och skött alla affärer på två kloster.

Till slut hade hon ordning på allt och visste på en örtug när hur det stod till på Forsvik. Då sökte hon upp Arn, fastän det bara var början på kvällen och han just höll på att avsluta arbetet med kylhusen intill stora bäcken. Han blev glad när hon kom, torkade svetten ur pannan på sitt säregna sätt med pekfingret och ville genast att hon skulle berömma de färdiga kylhusen. Hon kunde inte gärna säga nej men var säkert inte så översvallande som han hade tänkt sig när hon såg det stora tomma utrymmet i rent tegel. Där hängde rader av tomma järnkrokar och stänger och väntade på mat som inte fanns och det påpekade hon så strängt att han genast tystnade mitt i sitt glada prat.

"Kom med mig till min räkenskapskammare så skall jag berätta allt för dig, min älskade", sade hon med sänkt blick. Hon visste väl med sig att de orden skulle få honom att mjukna. Men lika mycket visste hon för sig själv att de var sanna ord och inte bara en kvinnas ordlist. Det var sant att han var hennes älskade.

Men det minskade inte nödvändigheten av att säga honom som sant var om den dåraktighet hon funnit och kunde bevisa med rena siffror. Hon bad stilla för sig själv att han skulle ha förstånd för sådant, även om han visat sig så ointresserad för allt annat än att bygga för vintern.

Det var tidigt denna ovanligt varma afton och hon behövde inte tända ljus när hon slog upp sina böcker och bad honom sätta sig intill henne. Allt var präntat på latin, men det visste hon att han behärskade bättre än hon själv.

"Se här, min älskade", sade hon och slog upp förteckningen över vad som åts och dracks per dag av folk som fä på Forsvik. "Detta är vad en häst kräver i foder var dag. Här ser du vad det blir på en månad och här vad vi har i våra lador. Således, någon gång efter Kyndelsmässan mitt i smällkalla vintern har vi trettiotvå svältande hästar. Det kött vi slaktat och kan slakta i fortsättningen är slut vid Marie bebådelse. Åtgången på fårkött är dessutom sådan att vi blir utan till jul. Den torkade fisken har ännu inte kommit. Du ser att detta är sant?"

"Ja", sade Arn. "Det verkar vara mycket goda beräkningar. Vad måste så göras?"

"Vad gäller folk måste den torkade fisken komma som utlovat, helst långt före fastan. Vad gäller kött måste du skaffa jägare, ty hjort och svin finns det gott om i skogarna här, och inne i Tiveden finns ett djur som är lika stort som en ko och ger mycket kött. Vad gäller hästarna tänker jag mig att du inte vill se dem slaktade till Kyndelsmässan?"

"Nej, sannerligen inte", log Arn. "Varje sådan häst är värd mer än tjugo götiska hästar eller mer."

"Då måste vi köpa foder", klippte Cecilia av. "Det hör inte till det vanligaste att köpa djurfoder, eftersom var och en svarar för sitt eget. Du måste därför ordna denna sak före allt annat, innan isarna börjar lägga sig och den tid kommer då varken båt eller släde kan komma hit. Ju tidigare på hösten, desto lättare att köpa foder, skulle jag tro."

"Det tror jag med", sade Arn. "Jag skall ta itu med denna fråga i morgon dag. Vad har du mer funnit i dina räkenskaper?"

"Att vi har spenderat silver till nästan samma värde som Forsvik utan att ha fått några inkomster i gengäld. Enbart det guld du lade ut på stenhuggaren i Skara skulle ha hållit oss levande och feta i flera år."

"Det guldet skall du inte räkna in!" sade Arn häftigt men ångrade sig genast och log för att blidka henne och ursäkta sin hetsighet. "Jag har guld som räcker för allt som har med kyrkan i Forshem att göra. Det är en kista för sig själv, den hör inte ihop med oss, kyrkan kan vi räkna som något som redan är betalt."

"Det förändrar förstås mycket till det bättre", medgav Cecilia genast. "Det hade du kanske kunnat säga mig tidigare så hade jag ödslat mindre bläck. Fast då är det också på tiden att du säger din egen husfru vad vi äger, eller rättare vad du själv äger, eftersom jag äger Forsvik som ökar i värde för varje svettdroppe du ödslar."

"Jag äger ungefär tusen marker i guld", svarade Arn besvärat och såg ner i timmergolvet. "Då räknar jag inte det som skall bekosta bygget av Arnäs till en ointaglig borg, en räddning för oss alla när den dagen kommer. Inte heller räknar jag det som är menat att bekosta kyrkan i Forshem."

Han vred sig oroligt när han sagt det sista och såg fortfarande bort, som om han väl visste med sig att han sagt något som ingen med vett och sans kunde tro.

"Tusen marker", viskade Cecilia som förlamad. "Tusen marker guld, det är mer än allt som ägs av Riseberga, Varnhem och Gudhem tillsammans."

"Det kan säkert vara sant, om du som vet säger det, min älskade", svarade Arn lågt men verkade mer som om han skämdes över sin stora rikedom än gladdes åt den.

"Varför har du inte sagt mig detta tidigare?" frågade Cecilia.

"Jag har tänkt säga det många gånger", svarade Arn. "Men det är som om det aldrig blev rätt tillfälle. Det är en lång historia som inte är helt lätt att förstå hur jag fick detta guld i det Heliga Landet. Hade jag sagt det ena måste jag säga det andra och det finns så mycket som måste bli färdigt före vintern. Guld är inte allt, guld räddar oss inte från kylan, särskilt inte mina vänner från varma länder. Inte hade jag tänkt hålla denna kunskap borta från dig, men helst önskade jag en lång kall vinternatt med nordanvinden utanför knuten när du och jag låg i skenet från vår värmande eld och inte minsta drag nådde in till oss under våra bolstrar. Så hade jag önskat berätta hela historien för dig."

"Om du väntar på vintern väntar du inte förgäves", svarade Cecilia med ett litet leende som genast spred ljus över deras egendomliga dysterhet mitt i allt tal om rikedom.

"Nej, den vintern ser jag fram emot", svarade Arn och log han också.

"Det hindrar inte att guld är uselt skydd mot kyla och svält. Du måste, som du sade, i morgon dag se till att börja köpa foder borta i Linköping eller varhelst du kan finna det."

"Det lovar jag", svarade Arn. "Vad har du mer funnit i dina siffrors obönhörliga logik... ja, du vet vad jag menar med logik?"

"Ja, det vet jag, för även kvinnor i kloster får smaka något på filosofen, även om det sägs vara skadligt i för stor dos för våra huvuden. Emellertid har jag med eller utan Aristoteles funnit att du bör köpa eller bygga en egen båt att frakta lera", svarade hon snabbt och oskyldigt.

"Hurså?" frågade Arn förvånad för första gången under deras samtal.

"För tegel behövs så mycket färsk lera var gång man skall baka det att det inte är lön för mödan i första taget att frakta allt hit i stället för att sköta arbetet borta vid Braxenbolet", fortsatte Cecilia som om inget guld i världen längre bekymrade henne. "Men med lera till krukmakerier är det annorlunda. Om du kan få hit sådan lera kan krukmakarna hållas i arbete hela vintern. Det gäller bara att förvara leran fuktigt, men ändå så att den inte fryser."

Han såg på henne med en häpen beundran som han omöjligt kunde dölja och hon log nöjt tillbaka mot honom, nästan som om hon triumferade.

"Cecilia, min älskade Cecilia", sade han. "Du är i sanning inte bara den vackraste och mest älskansvärda jag träffat, du är också den klokaste. Med dig vid dessa räkenskaper är vår lycka gjord, den saken är säker!"

"Du skulle ha lett mig till detta arbete tidigare", sade hon och knyckte lekfullt på nacken och spelade sårad.

"Ja, genast från första dagen", medgav han. "Men mitt huvud var så fullt av det som nu äntligen blivit gjort. Kan du förlåta mig denna dumhet?"

"Ja, på ett villkor", svarade hon med ett hemlighetsfullt leende.

"Det villkoret är antaget innan du ens nämnt det!" försäkrade han genast.

"Arbeta inte mer idag", sade hon. "Var med mig, låt oss rida ut tillsammans bara för att en kort stund rättfärdigt njuta av vårt arbetes frukt. Kvällen är mycket mild."

Han tog henne vid handen utan att svara och ledde henne till deras hus där han drog ner ett par yllemantlar från klädstängerna i taket, såg kort granskande på henne och sträckte sig på nytt upp och tog ner hennes egenhändigt sydda riddräkt som var som en kjol för varje ben.

"Jag tänkte att du ville slippa fruntimmerssadeln", sade han och trots att det var dunkelt i rummet såg det ut som om han rodnade av att ha vidrört hennes kläder.

Hon tog emot sin ryttardräkt och smet in i sovkammaren och stängde dörren efter sig för att byta om. Medan han väntade drog han fort av sig de smutsiga arbetskläderna, blaskade sig i den kalla vattenströmmen över sitt fortfarande heta och svettsalta ansikte och klädde sig i en blå långskjorta. Efter kort tvekan snörde han på sig sitt svärd.

Han kände på sig att hon helst sett honom utan vapen, men han fann det orimligt att rida till skogs vid sin älskades sida utan svärd.

Som han väntat frynte hon något när hon strax kom ut i sina ridkläder och fick se honom med deras yllemantlar över armen som om han försökt dölja den långa svarta svärdsskidan som stack ut under tyget. Men hon sade inget.

De gick först till stallet som var tomt så här års, eftersom alla hästar var i hage. Där hängde en lång rad sadlar med främmande tecken över och Arn valde snabbt två där betsel och remtyg var fastknutna med tunna läderremmar. Mantlarna räckte han över till henne när han kastade upp sadeldonen på axeln och gick före henne ner mot hästhagen. Solen stod lågt, men det var fortfarande varmt som en sommardag och brisen var som en ljum smekning mot deras ansikten.

Ett svart sto och hennes föl stod för sig själva i en mindre hage, dit gick de först och klev in mellan gärdesstängerna där Arn kastade upp sadlarna och kallade på stoet. Hon reste öronen rakt upp och kom genast mot honom med slängande huvud och sitt föl trippande efter sig. Förundrad såg Cecilia hur kärvänligt hennes älskade och stoet hälsade på varandra, hur de gned ansikte mot mule och hur han smekte henne och talade med henne på ett främmande språk.

"Kom!" sade han och sträckte ut handen mot Cecilia. "Du måste bli vän med Umm Anaza, för hon skall hädanefter vara din häst, kom och hälsa!"

Cecilia gick fram och försökte göra som Arn, gnida sitt ansikte mot stoet, som först verkade lite skyggt. Arn talade då med stoet på det främmande språket och då var det som om hon genast ändrade sig och ville bli mera smekt av Cecilia som inte var nödbedd.

"Vad är det för språk du talar?" frågade Cecilia medan hon kelade med stoet och med det lilla fölet som blygt vågat sig fram.

"Hästarnas språk", log Arn hemlighetsfullt men skakade glatt på huvudet. "Det var vad Broder Guilbert sade mig en gång när jag var barn och då trodde jag verkligen att det fanns ett språk som bara hästar förstod. Mer sant blir det om jag säger att jag talar det språk som dessa hästar har hört från födelsen i Outremer, det är saracenska."

"Än jag som bara kan tala folkspråk eller latin med henne!" skratta-
de Cecilia. "Jag måste åtminstone veta hennes namn."

"Hon heter Umm Anaza, det betyder Moder Anaza, och den lille
heter Ibn Anaza, fast jag först kallade hans far så. Nu heter hingsten,
som vi snart skall träffa, Abu Anaza och vad Abu och Ibn betyder kan
du väl gissa?"

"Fader och son Anaza", nickade Cecilia. "Men vad betyder Anaza?"

"Det är bara ett namn", svarade Arn och slängde upp en sadelgjord
med underlägg i lammskinn på stoet. "Anaza är de ädlaste hästarna i
hela det Heliga Landet och när de där långa vinternätterna kommer
skall jag berätta sagan om Anaza."

Arn sadlade och betslade stoet med häpnadsväckande fart, fastän
det ändå inte såg ut som någon brådska, och stoet krånglade inte det
minsta, utan verkade tvärtom glad att få komma ut.

Cecilia fick leda Umm Anaza ner till den stora hagen där hingstar-
na hölls. Arn hoppade vigt över gärdesstörarna och visslade till så att
de alla såg upp från sitt bete. I nästa ögonblick kom de mot Arn i då-
nande galopp så att marken skalv. Cecilia hann bli rädd men insåg
strax hur onödig den oron var när hästarna bromsade in i samma
ögonblick Arn höjde sin arm till befallning. Därefter gick de alla i ring
och trängdes runt Arn, som till varje djur verkade ha ett namn och
några ord av vänskap. Till slut kelade han med en enda hingst som såg
ut på samma sätt som Cecilias sto med svart päls och silverman och
det var inte svårt att förstå att detta var Abu själv. Cecilia kunde inte
undgå att röras starkt av att se sin man så kärleksfull med dessa djur.
Det var som om de var mycket mer än hästar, nästan som hans kära
vänner. Så behandlade ingen man i Norden sina hästar, tänkte hon
men insåg samtidigt att det nog inte heller fanns någon man i Norden
som red som Arn. Det var en god tanke, att kärleksfulla omsorger gjor-
de bättre ryttare än hårdhet och självsäkerhet.

Något av den kärleken kände hon själv, tyckte hon när hon en
stund senare red ut från Forsvik, norrut längs stranden av Botten-
sjön. Det var som om detta sto inte utförde ett trälgöra hon var till
för och fostrad för, utan som om hon tyckte om att bära sin nya ägar-

inna, som om hon talade genom sina mjuka rörelser som inte var som andra hästars.

Solen hade sänkt sig ner under trädtopparna där den oändliga barrskogen, själva Tiveden, började. Arn ledde dem uppåt längs en stig och snart red de högt så att de såg Bottensjön och längre bort Vättern glänsa i kvällsljuset. Dofterna av häst och sensommar blandade sig förtrollande med söt förmultning och barrskog.

Arn kom in intill henne och sade att han numera var tillräckligt gammal för att inte ställa sig upp på hästens bak utan ämnade hålla sig kvar i sadeln. Först förstod Cecilia inte vad han menade med detta, men så mindes hon den gång uppe på Kinnekulle när de red ensamma för första gången och han ställt sig upp på hästen och med full fart, fast med blicken på henne och inte på vägen, ridit in under en kraftig ekegren och svepts till marken och blivit liggande livlös.

"Den gången fick du nästan mitt hjärta att stanna", viskade Cecilia.

"Det var inte vad jag avsåg", svarade Arn. "Jag ville vinna ditt hjärta, inte stanna det."

"Genom att visa mig vilken ryttare du var som kunde stå på en häst, så ville du vinna mitt hjärta?"

"Ja. Och på vilket som helst sätt. Hade det hjälpt att stå på huvudet skulle jag ha gjort det också. Men det lyckades, inte sant!"

Samtidigt som han skämtade om denna friarkonst reste han sig på armarna i sadeln, böjde sakta kroppen med benen först utåt och till slut samman när han stod rakt upp på händerna i sadeln medan hans hingst lugnt fortsatte som om den var van vid vilka stolligheter som helst från sin herre.

"Du behöver inte göra dig till på det där viset", fnittrade Cecilia.

"Om jag försäkrar dig att du har mitt hjärta som i ett guldskrin, sätter du dig ner och rider som folk då?"

"Ja, i så fall", svarade Arn och snurrade fort ner och satt säkert med båda fötterna i stigbyglarna. "Jag känner att jag kanske börjar bli för gammal för sådana här konster, så tur är ju att vi redan är man och husfru."

"Du får inte förringa den godhet och Höga vilja som gjorde oss till man och husfru!" sade Cecilia strängt, onödigt strängt hörde hon genast. Men hon hade inte kunnat hjälpa att hon tyckte skämtet gick för långt.

"Jag tror inte att Vår Fru tar illa vid Sig för att vi i vår lycka talar skämtsamt om den tid vår kärlek uppstod", svarade Arn försiktigt.

Cecilia bannade sig själv för att hon i onödan dragit in gudsfruktan i deras samtal när det för en gångs skull blivit så sorglöst och lekfullt. Som hon fruktat red de nu under en tystnad som ingen av dem tycktes komma på ett sätt att ta sig ur.

De kom till en glänta vid en bäck där mossan lyste magiskt grön och inbjudande i det sista kvällsljuset mellan stammarna. Intill en tjock och halvt förruttnad ek bildade mossan som en stor inbjudande bädd med enstaka små rosa skogsblommor.

Det var som om Umm Anaza lät sig styras av Cecilias tankar, som om stoet förstått allt som strömmat genom Cecilias minne när hon såg denna plats, för hon vek av utan att Cecilia styrde henne. Utan att säga något satt Cecilia av och bredde ut sin mantel i den gröna mossan.

Arn följde efter, satt av och svängde tyglarna om frambenen på deras hästar innan han kom fram till henne och bredde ut även sin mantel.

De behövde inte säga något, vare sig om dåraktiga upptåg på hästrygg eller om kärlekens minnen, eftersom allt fanns så tydligt mellan dem, skrivet i deras pannor.

När de kysstes var det utan rädsla, som om den svåra tiden efter brudnatten aldrig hade funnits. Och när de båda upptäckte sin lycka av att denna rädsla inte längre fanns kom begäret tillbaka till dem med samma kraft som när de var sjutton år.

VIII

EN FRU AV FOLKUNGAÄTTEN hade ömkligen slagits ihjäl av sin egen man och husbonde. Detta nidingsdåd skedde sent en eftermiddag och på kvällen fick dråparen se solen gå ner en första gång efter sin onda gärning.

Nidingens namn var Svante Sniving av Ymseätten och hans dräpta folkungahustru var Elin Germundsdotter från Älgarås. De hade bara en son, Bengt, som var tretton år gammal.

Efter att ha sett sin mor slås fördärvad av sin far flydde unge Bengt till sin morfar Germund Birgersson på Älgarås. Därifrån gick budkavlen samma natt åt alla väderstreck till de folkungagårdar som låg inom en dags resväg.

Det var dag när budkavleryttarna, som var unga fränder i slitna blå mantlar, nådde Forsvik. De oväntade gästerna togs först emot med bröd, salt och öl av Cecilia och de drack sig fort otörstiga innan de framförde sitt ärende, att de kom med folkungsk budkavle till herr Arn.

Cecilia sade att hon genast skulle leta upp sin husbonde och bad gästerna ta för sig av skinka och mer öl medan hon var borta. Med hjärtat bankande av oro småsprang hon mot ryttarfältet där hon hörde dunder av galopperande hästar och där hon också fann Arn tillsammans med gossarna Sune och Sigfrid och de två saracenska hästkarlarna. Hon vinkade oroligt åt Arn som genast upptäckte henne och bröt sig ur den täta gruppen av ryttare och svepte som en vind över hela fältet bort till henne. Han red Abu Anaza.

På långt håll tycktes han upptäcka hennes oro och kastade sig av hästen och var i hennes famn som i en enda rörelse när han bromsade in.

"Det har kommit budkavle från folkungarna", svarade hon på hans ordlösa fråga.

"Budkavle från folkungarna? Vad betyder det?" undrade Arn brydd.

"Två unga män med mycket allvarliga ansikten kom ridande och sade bara det, att de kom med budkavle", svarade hon. "Jag vet inte mer än du, kanske får du fråga gossarna där borta?"

Arn som inte själv hade något annat att föreslå gjorde som Cecilia sade och kallade till sig alla de fyra ryttarna med en vissling och två höga rop. De kom genast i full fart och höll in samtidigt på några stegs avstånd.

"Det har kommit budkavle från folkungarna, kan någon av er båda säga mig vad det betyder?" frågade han Sune och Sigfrid samtidigt.

"Det betyder att alla vi folkungska män på Forsvik genast måste släppa vad vi har för händer, klä oss i fulla vapen och följa dem som kom med budet", svarade Sigfrid.

"Ingen av vår ätt får säga nej till budkavle, det betyder evig vanära", tillade Sune.

"Men ni är bara gossar, fulla vapen låter inte som något som skulle passa er särdeles bra", muttrade Arn misslynt.

"Vi är folkungar lika fullt, unga eller ej men folkungar är vi och de enda två ni har vid er sida på Forsvik, herr Arn", svarade Sune käckt.

Arn suckade och tänkte efter med blicken mot marken. Sedan uttalade han något som lät som befallningar till de två saracenska ryttarna och pekade på de blå vapenskjortor som gossarna bar, och de två krigarna från det Heliga Landet böjde genast sina huvuden till tecken på lydnad och sprängde iväg in mot gården.

"Låt oss tillsammans söka upp våra fränder som kom med budet och fråga vad de vill" sade Arn, skrittade fram mot Cecilia och drog upp henne i sadeln framför sig och satte plötsligt av i dånande fart mot det gamla långhuset så att Cecilia ömsom skrek och ömsom skrattade under den korta ritten.

Inne i långhuset hälsade de två okända fränderna höviskt bugande på Arn när han steg in och en av dem gick efter kort tvekan fram och föll på knä och sträckte på raka armar fram budkavlen, som var ett stycke trä med inbränt folkungalejon, mot Arn.

"Vi räcker er, herr Arn, fränders budkavle och ber er följa oss med alla män ni kan sätta i vapen", sade den unge mannen.

Arn tog emot budkavlen men visste inte vad han skulle göra med den. Just då kom Sune och Sigfrid in och bugade högtidligt för de två budbärarna och såg sedan mot Arn.

"Jag har varit borta i det Heliga Landet i många år och vet därför inte vad ni två nu begär av mig", sade han besvärat till de två budbärarna. "Men om ni säger mig vad saken gäller skall jag nog göra vad hedern kräver."

"Det gäller Svante Sniving, han som är känd för att alltför gärna och särskilt med för mycket öl i sig rådbråka trälar och husfolk och till och med sin egen son", förklarade den andre av de två budkavleridarna som ännu inte sagt något.

"Det länder inte Svante Sniving till heder", svarade Arn dröjande. "Men säg mig då vad jag har med den saken att göra?"

"Igår slog han ihjäl fru Elin Germundsdotter av vår ätt och han har redan hunnit se solen gå ner en gång", förklarade den förste budbäraren.

"Budkavle gick igår natt till alla folkungar som kan nå Ymseborg före solens nedgång i morgon", förtydligade den andre unge fränden.

"Jag tror jag förstår", nickade Arn. "Vad väntar vi oss för motstånd från den där Svante?"

"Svårt att veta. Han har tolv hirdmän, men vi lär bli femtio män eller fler i morgon. Dock måste vi rida i natt, eller helst genast", svarade den förste av de två fränderna.

"Vi är blott tre folkungar, varav två gossar här på Forsvik. Men mina hirdmän kan jag också ta med?" frågade Arn och fick ivriga nickar till svar.

Något mer fanns inte att säga eller fråga om. Det tog mindre än en timme att lasta packhästar och klä Forsviks fem ryttare till strid. Solen stod fortfarande högt när de red ut mot nordväst.

Det var strax efter Marie födelse och skogens löv brann i rött och guld. Kvällarna hade blivit mörkare, vilket var gott för de rättroende, eftersom deras nionde månad, fastemånaden Ramadan, inletts för två dagar sedan. Arn grubblade något i början av deras färd över undantagen i Koranens lagar då fastan inte behövde tillämpas under krig. Dock var denna resa knappast att räkna som krig, utan om han förstått rätt bara en avrättning.

Han red upp till sina muslimska följemän och frågade dem rätt-framt vad de själva ansåg. Men de skrattade bara att så här i början på fastemånaden, och med så här sval årstid, och med en sol som fått sitt vett åter och gick ner på kvällen, var det inget bekymmer. Dessutom måste man ju rida söligt utan att svettas, eftersom de två vägvisarna var så långsamma. Arn nickade tyst leende till svar och kom därefter att tänka på att det var tur att fastemånaden inte inföll runt midsommar de närmaste åren. Det skulle ha blivit svårt för Profetens folk att avstå från vatten och mat från solens uppgång till dess nedgång.

De fortsatte ritten en timme efter att solen gått ner och mörkret tät-nat så att de tvingades slå läger för natten. Ali och Mansour, som nu red med blå skjortor ovanpå sina läderklädda stålbrynjor, visade inte med en min att de helst skulle ha velat stanna för mat och dryck ge-nast vid solens nedgång.

**

Nästa dag då solen skulle gå ner för tredje gången efter Svante Snivings dråp på folkungsk kvinna hade fem tolfter ryttare samlats utanför Ym-seborg. Under natten hade hirdmännen uppe på borgens palissader sett eldar brinna åt alla håll som tecken på att ingen flykt var möjlig. Träporten in till gården var stängd och ovanför porten satt fyra båg-skyttar och bligade oroligt ut mot alla de blå mantlarna som samlats till rådslag mindre än några pilskott bort.

Anförare bland folkungarna var Germund Birgersson, den dräpta Elins far. Vid hans sida satt en sorgsen och blåslagen pojk i en mantel som var till hälften gul och till hälften svart, vilket var Svante Snivings ättefärger.

Arn hade tagit Ali och Mansour med sig på en kort ritt runt trä-borgen. De var överens om att ifall man måste ta borgen gick det för-modligen lätt med eld, men det skulle inte gå att bara rida genom trä-murarna. Dessutom var det, visste Arn nu, bråttom, eftersom allt skul-le vara klart vid solnedgången.

När han kom tillbaka sökte han upp Germund Birgersson för att förhöra sig närmare om vad som skulle göras. Såvitt han förstod skulle ju gossen ärva Ymseborg och därför vore det väl synd att bränna gården?

Germund log bistert att han inte trodde det skulle behöva bli så mycket besvär med att få upp porten, bara Arn, vars rykte flugit vida också i denna bygd, kunde hjälpa honom att övertala dem som vaktade porten. Arn svarade honom att han inte hade någonting emot att hjälpa till med vad helst han förmådde.

"Bra, du är en man med heder och allt annat skulle också ha förvånat mig högeligen", grymtade Germund Birgersson nöjt och reste sig samtidigt stelt och drog sin blå mantel i ordning över axlarna. "Sitt upp till häst och följ mig så skall vi snart klara av detta lilla hinder!"

Arn gick undrande till sin häst, spände sadelgjorden och red strax upp vid sidan av Germund som nu styrde mot porten på Ymseborg. Ingen annan av folkungarna följde dem.

De red in så nära att de lätt kunde ha träffats av pilar, men ingen sköt mot dem.

Den gamle folkungahövdingen gav Arn ett knipslugt ögonkast och red ännu närmare och Arn följde honom utan att tveka, eftersom tvekan är halva döden.

"Jag är Germund Birgersson av folkungars ätt och jag är här vid Ymseborg för hedern och inte för krig eller plundring. Jag är fru Elins fader och jag har kommit för att kräva den rätt jag har och så har även mina fränder kommit", sade Germund högt och klart nästan som om han sjöng fram sitt budskap.

Ingen uppe på trämuren svarade, men ingen rörde heller en hand efter vapen. Germund väntade ett slag innan han fortsatte.

"Ymseborg vill vi helst inte skada, ty gården skall snart ärvas av unge Bengt som är vår frände", fortsatte han. "Därför svär jag er följande. Vi vill ingens död utom Svantes. Vi vill inte skada hus eller träl, ingen av husfolket, ingen av hirdmännen, och vi ämnar inte ens gästa er med våld när vi är klara. Så blir det om ni öppnar denna port om en timme och lägger undan era vapen. Ni kommer alla att vara i tjänst hos unge herr Bengt eller den vi sätter som bryte i hans ställe. Ert liv blir som det var förut. Men om ni sätter er till motvärn svär jag att ingen enda hirdman bland er skall komma levande härifrån. Vid min sida är Arn Magnusson och han svär detsamma som jag!"

Långsamt vände därefter Germund sin häst och Arn följde honom med allvarlig min, fast han kände hur en opassande munterhet höll på att tränga sig upp inom honom av att någon svurit död och förintelse i hans namn utan att ens fråga honom.

Inte en pil sköts efter dem, inte ens kom en speglosa.

"Jag tror nog vi får detta besvär ordnat till aftonen", stönade Germund Birgersson när han tungt sjönk ner på sin gamla plats vid folkungarnas lägerkrets och sträckte sig efter ett stycke fläsk i elden.

"Vad gör vi med liken när vi är klara?" frågade Arn.

"Min dotter tar jag med mig till Älgarås för kristlig begravning i kyrkan hemmavid", sade Germund. "Svante och hans huvud syr vi in i en kohud och sänder till hans fränder. Bryte sätter vi på Ymseborg i unge Bengts ställe."

"Och gossen, det kan inte vara annat än en tung tid han har framför sig när han mist både sin mor och sin far?" frågade Arn.

"Nej, det är sant. Mycket skulle jag göra för att unge Bengts liv skulle bli ljusare nu", sade Germund eftertänksamt. "Så ung som han är har han ju odågan kvar i kroppen. Hans håg står inte till att bruka marken, han dillar om riddare och kungens hird eller tjänst på Arnäs. Alla ynglingar tycks vara sådana nuförtiden."

"Ja", sade Arn allvarligt begrundande. "De unga får lätt sin håg till svärd och lans i stället för plog och slaga. Men den hågen skall du ta ur honom och göra honom till bonde?"

"Jag är för gammal för sådant bestyr", muttrade Germund misslynt vid tanken på att han före solens nedgång skulle få en trettonårig gosse på halsen som han skulle försöka göra folk av.

Arn ursäktade sig och gick för att söka upp Sune och Sigfrid och fann båda i färd med att med allvarliga miner sitta och slipa sina pilspetsar. Han tog ifrån Sune stenbrynet och visade hur det arbetet bättre skulle göras medan han berättade om unge Bengts sorgliga öde, att inte bara bli moderlös utan snart också faderlös och dessutom tvingas iväg till den gamla Germund för att bli bonde som för hundra år sedan.

Måhända, funderade Arn högt, vore det ingen dum tanke om Sune och Sigfrid tydde sig till Bengt de närmaste timmarna, eftersom de tre ju var de enda i hirden som var så unga. Det skulle nog inte skada att berätta lite för Bengt vad de själva höll på med för lära på Forsvik.

Med ett leende som Arn hade svårt att dölja reste han sig plötsligt och lämnade sina två mycket unga väpnare.

En timme hade gått och alla folkungar satt upp och red sakta fram mot portarna på Ymseborg som öppnades för dem när de var inom ett pilskotts avstånd. De red in på tunet, ställde upp sina hästar på rad och väntade. Få människor syntes till, utom trälungar som kikade fram från väderluckor och under broar. En och annan piga sprang oroligt över tunet för att leta efter ett förlupet barn.

Det blev helt tyst på gården, sånär som på frustande hästar och skrammel från någon stigbygel. Ingen sade något och inget hände. De väntade länge.

Till slut tröttnade Germund och tecknade åt tio raska unga män som satt av, drog sina svärd och gick in i långhuset. Snart hördes skrik och buller och kort därefter kom de ut med Svante Sniving bunden till händer och fötter och pressade ner honom på knä mittför raden av ryttare där endast en gul och svart mantel syntes bland alla de blå. Det var unge Bengt som satt med orörligt ansikte där blånader efter hans fars knytnävar fortfarande syntes på långt håll.

”Jag kräver min rätt som fri odalman i götars land och efter götars lag!” skrek nu Svante Sniving med rosslig röst som visade att han nog inte var mindre full än han brukade, även om det nu var för sista gången.

”Den som dräper en folkung, man eller kvinna, ung eller gammal, har ingen rätt utom den att leva till tredje solnedgång!” svarade Germund Birgersson uppe från sin häst.

”Jag bjuder dubbel mansbot och vill lägga fram min sak vid tinget!” ropade Svante Sniving tillbaka som om han verkligen trodde på sin lagliga rätt.

”Vi folkungar tar aldrig emot mansbot, dubbel eller tredubbel betyder intet för oss”, svarade Germund med sådant förakt i rösten att det blev en del skratt i ledet av stränga ryttare.

"Då kräver jag min rätt till gudsdom i envig, rätten att dö som fri odalman och inte som träl!" ropade Svante, fortfarande med mer ilska än skräck i rösten.

"Att begära envig har du inget för", fnös Germund Birgersson. "Bland de fränder som slutit upp i denna sak finns Arn Magnusson här vid min sida. Han skulle bli vår envigsman. Då dog du visserligen kvickare än för bödelns yxa, men till föga större heder för den skull. Var glad att vi inte hänger dig som en träl och tänk på att din sista heder i livet är att dö som en man utan ynkande och pissande!"

Germund Birgersson gjorde tecken med ena handen och några av de unga män som hämtat Svante Sniving från långhuset tog fort fram huggkubbe och yxa. Germund pekade tyst på den av männen som såg kraftigast ut och denne tog yxan utan att tveka och strax rullade Svante Snivings huvud ut på tunet medan två män höll den sprattlande kroppen nedtryckt mot marken tills blodet slutat spruta ur halsen.

Under de ögonblicken betraktade Arn tankfullt unge Bengts ansikte. Där syntes en liten ryckning samtidigt som Arn hörde ljudet av yxans träff, men inte mer. Inte en tår, inte ens korstecknet.

Arn var inte säker på om sådan hårdhet var god eller dålig. Men att detta var en ung man som besinningslöst hatat sin far var säkert.

De få ting som nu skulle ordnas skedde kvickt. Medan Svante Snivings kropp släpades bort och hans huvud bars bredvid mot slakteriet där han skulle sys in i kohud steg unge Bengt av sin häst och gick sakta fram mot platsen där hans fars blod rann stilla i det sneda kvällsljuset.

Han tog av sig manteln och släppte ner den på marken i sin fars blod.

Folkungarna satt med orörliga ansikten på sina hästar och betraktade den unge man vars mod och heder var värd beundran. Germund Birgersson tecknade åt Arn att sitta av hästen och följa honom fram till Bengt.

Germund gick långsamt fram så att han stod bakom unge Bengt och lade sin vänstra hand på pojkens vänstra skuldra. Efter en kort blick från Germund gjorde Arn detsamma med sin högra hand. De väntade en stund under tystnad medan unge Bengt tycktes samla sig för vad han skulle säga. Det var inte lätt, eftersom han nog helst ville tala med fast röst.

"Jag, Bengt, son till Svante Sniving och Elin Germundsdotter, tager mig nu namnet Bengt Elinsson i fränders närvaro!" ropade han till slut med ljus röst men utan darrning eller osäkerhet.

"Jag, Germund Birgersson, och min frände Arn Magnusson", svarade Germund, "tager dig då till oss i vår ätt. Du är nu folkung och folkung kommer du för evigt att förbli. Du är alltid med oss och vi är alltid med dig."

I den tystnad som nu följde nickade Germund åt Arn att fortsätta. Men Arn visste varken vad som skulle sägas eller göras innan Germund lutade sig mot honom och argt viskande förklarade. Arn tog då av sig sin blå mantel och svepte den runt unge Bengt och alla männen till häst drog sina svärd och pekade först mot himlen, sedan mot Bengt.

På blodsed hade Bengt Elinsson upptagits i folkungaätten. På hans ägandes gård Ymseborg satte hans morfar två brytar till förvaltning av arvet. Ty inte en dag till ville Bengt stanna på Ymseborg.

Vad han dock ville fick hans morfar veta så snart de ridit ut från borgen och alla folkungar skulle ta avsked och skiljas vid lägerplatsen. Med lågande iver bad han att få följa Arn Magnusson till Forsvik, ty från de andra två unga fränderna i Arns sällskap hade han hört om det underbara som skedde där.

Germund tänkte att det för en gångs skull vore bäst att fatta stora beslut snabbt. Unge Bengt behövde sannerligen annat att tänka på och ju fortare desto bättre. Att bara följa med till Älgarås för begravning och sorgevecka vore måhända vad hedern krävde, åtminstone av en äldre man. Men en gosse som under mindre än tre dagar förlorat både mor och far behandlade man inte som alla andra.

Germund gick bort till Arn Magnusson som stod och talade ett främmande språk med sina hirdmän och frågade utan omsvep om Arn kunde erbjuda det som den unge nyvordne folkungen tydligen så hett önskade sig. Arn verkade inte det minsta förvånad över denna fråga och svarade att det mycket väl gick för sig.

Så kom det sig att tre folkungar som ridit ut från Forsvik för att hävda den egna ättens heder återvände som fyra.

***

Under den första milda delen av hösten började ordning härska på Forsvik så att inte ens Cecilias strängt vakande blickar kunde se annat. Var och varannan dag kom båtlaster med vinterfoder som lades i lador och stackar och från Arnäs började torkad fisk från Lofoten anlända i riklig mängd, vilket visade att Harald Øysteinsson hade lyckats väl även med sin andra resa med det stora tempelriddarskeppet.

Med den tredje lasten torkad fisk kom också de nya trälar som Arn beställt hos Eskil. Det var den vävnadsskickliga Suom och hennes son Gure, som sades vara särskilt händig med allt som skulle byggas i trä, och det var jägaren Kol och hans son Svarte.

Arn och Cecilia som på flera sätt gladde sig åt att få dessa trälar sända till sig tog emot dem nästan som om de vore gäster. Cecilia tog Suom under armen för att visa den vävkammare som höll på att färdigställas, medan Arn gick med de tre männen mot trälarnas längor för att söka kvarter åt dem. Men han insåg snart att det som fanns att erbjuda var alldeles för uselt för den kommande vintern och han befallde därför Gure att börja sitt arbete på Forsvik med att rusta de sämsta trälbostäderna och när det var klart börja bygga nya.

Gure fick ett arbetslag med fyra trälar som han skulle leda efter eget förstånd. Ville han ha nya verktyg skulle han bara gå till smedjorna och säga till.

Kol och hans son Svarte ville Arn först ge plats i det gamla långhuset, men de sade sig hellre vilja bo i den enklaste koja, eftersom de var vana att hålla sig för sig själva och eftersom jägare hade helt andra tider än arbetsfolk.

Arn menade att han kände igen Kol från ungdomen, men han måste fråga flera gånger för att få bekräftat att det var så. De hade jagat tillsammans när Arn var sjutton år och Kol var lärling hos sin far som hette Svarte, liksom sonen. Den gamle Svarte var död och begraven på trälgården vid Arnäs. Därför hade det gått lättare med försäljningen av Kol och hans son. På Arnäs ville man ogärna lämna gamla och orkeslösa trälar utan närstående.

Arn blev försagd av dessa förklaringar och avstod från att fråga om pojkens mor. Han hade inte vant sig vid tanken på att han var ägare till människor, eftersom han från fem års ålder levt bland munkar och tempelriddare där varje tanke på slaveri var en styggelse. Han lovade sig själv att snarast tala allvar med Cecilia om denna sak.

Till Kol sade han att de först måste se till att han och sonen fick hästar och sadeldon så att de kunde ta sig runt i trakten, lära sig hitta och tänka ut hur viltet skulle kunna skördas. Under surmulen eller blyg tystnad följde Kol och Svarte med Arn ner till hästhagarna där Arn lade grimma på två hästar som han valde för deras lugn snarare än deras snabbhet och hetsighet.

Innan jägarna vant sig vid hästarna skulle de hålla dem i stall vid vila och inte släppa dem tillbaka ut i hagen med de andra. Det kunde annars bli besvär att få tag på dem igen, förmanade Arn medan de ledde hästarna tillbaka upp mot gården.

Till sitt nöje upptäckte Arn att Kol blivit mycket glad över att se dessa hästar och talade ivrigt med sin son på trälars språk medan han visade med handrörelser över de två hästarnas halsar och ben. Arn kunde inte låta bli att fråga Kol vad denne berättade för sin son och han fick till svar att det ju var en sådan häst som herr Arn själv kommit med en gång för länge sedan till Arnäs då alla bland husbondsfolket trott att den var usel. Även Kol och hans far hade dumt nog trott detsamma, tills de såg herr Arn rida hästen som hette Kamil eller något liknande.

”Chimal”, rättade Arn. ”Det betyder Norden på det språk där hästarna kommer ifrån. Men säg mig, Kol, var kommer du ifrån?”

”Jag är född på Arnäs”, svarade Kol lågt.

”Men din far som jag också jagade med, varifrån kom han?”

”Från Novgorod på andra sidan Östersjön”, svarade Kol buttert.

”Och de andra trälarna på Arnäs, varifrån kommer de eller deras fäder?” fortsatte Arn oförtrutet, fast han såg att Kol helst velat slippa fler frågor i detta ämne.

"Alla kommer vi från andra sidan havet", svarade Kol ovilligt. "En del av oss vet, andra bara tror, en del säger Miklagård, andra säger Rusland eller Polen, Estland eller Särkland. Det är många sagor och lite vetande om detta. Våra fäder eller mödrar togs som fångar i krig en gång, tror somliga. Andra tror att vi alltid varit trälar, men det tror inte jag."

Arn höll tyst. Han fick hindra sig själv från att genast förklara för Kol och hans son att de nu var fria, han måste tänka igenom saken mer och först tala med Cecilia. Han ställde inga fler pinliga frågor, utan bad Kol och hans son att den närmaste tiden lära sig trakten och inte jaga för kött annat än om möjligheten att nedlägga något uppstod av tillfällighet. Men som han själv gissade var det väl ändå viktigast att först lära sig hitta, och var viltet fanns?

Kol nickade tyst att han höll med och så skiljdes de.

***

Arn hade tänkt att han skulle passa på att tala noga om trälfrågan med Cecilia under resan till Bjälbo, dit de skulle på fästningsöl för sonen Magnus och sverkersdottern Ingrid Ylva.

Men också Cecilia hade tydligen tänkt sig att denna resa, särskilt de första händelselösa timmarna med båt över Vättern, skulle ägnas åt samtal som krävde mer tid och eftertanke. Från det att båten lagt ut talade hon länge och utan uppehåll om den gamla vävnadsskickliga Suom och den nästan mirakulösa konstfärdighet som den kvinnan hade i sina händer. Som Cecilia hade efterfrågat hade Eskil sänt med en hel tung packe av bonader som Suom gjort och som förr täckte väggarna på Arnäs. En del av dessa hade ju Arn redan sett, eftersom hon smyckat väggarna i deras sovkammare med Suoms bilder.

Arn mumlade att vissa av de bilderna varit alltför egendomliga i hans smak, särskilt de som sades föreställa Jerusalem med gator av guld och saracener med horn i pannan. Sådana bilder var ju inte sanna och det kunde han intyga bättre än de flesta.

Cecilia blev lite fjär och sade att bilders skönhet inte bara hade med sanning att göra, utan lika mycket med vilka färger som sattes samman, och de tankar och fantasier som bilderna väckte om de var vackert gjorda. På så vis kom de bort en stund från det hon haft för avsikt att tala om när de nu i stället hamnade i en grumlig träta om vad som var sant och vad som var vackert.

Han gick undan en stund bortåt skeppets akter för att se till deras hästar och Sune och Sigfrid som fått följa med för att passa hästarna, fastän gossarna nog själva såg sig mer som herr Arns hirdmän. När han kom tillbaka framförde Cecilia genast det hon tänkt ut.

"Jag vill att vi friger Suom och hennes son Gure", sade hon fort och såg ner i skeppets bordläggning.

"Varför det? Varför just Suom och Gure?" frågade Arn nyfiket.

"Därför att hennes arbete har stort värde som kan ge silver många gånger en träls värde", svarade Cecilia snabbt utan att se på Arn.

"Du kan frige vem du vill på Forsvik", sade Arn eftertänksamt. "Forsvik är ditt och därmed alla trälarna. Men själv skulle jag vilja frige Kol och hans son Svarte."

"Varför just de två jägarna?" frågade hon överraskad av att samtalet redan kommit förbi den avgörande frågan.

"Låt oss säga att Kol och hans son redan denna vinter bär hem åtta hjortar till oss", svarade Arn. "Det gör inte bara vår mat mindre enahanda, det är mer än en träls värde och det bara på en vinter. Men så är det med alla trälar om man tänker efter. Alla inbringar de större värde än sitt eget."

"Du vill säga något annat?" frågade hon med en forskande blick mot honom.

"Ja", sade han. "Och det var en sak jag sparat till att tala om på den här resan..."

"Så tänkte också jag!" avbröt hon glatt men slog genast handen för munnen för att visa att hon inte tänkte säga mer innan Arn fortsatt.

"Gud har inte skapat någon man eller kvinna till träl, det är vad jag anser", fortsatte Arn. "Var i Helga Skrift står det? Du har liksom jag levt i den del av världen, bakom murarna, där sådant är otänkbart. Jag tror att vi tänker lika i denna sak."

"Ja, det tror jag också", sade Cecilia allvarligt. "Men vad jag inte kan bestämma mig för är om det är fel på mig eller på alla våra fränder. Inte ens trälarna själva tycks tro något annat än att Gud skapade en del av oss till husbondsfolk och andra till trälar."

"Många av trälarna tror inte ens på Gud", anmärkte Arn. "Men just den tanken du nämnde har också jag tänkt. Är det mig det är fel på? Eller skulle jag vara så mycket klokare och bättre än alla våra fränder, än Birger Brosa och Eskil?"

"Ja", sade hon. "Redan om du ställt dig den frågan. I detta är vi alltså lika du och jag."

"Men om vi då är överens, hur gör vi?" undrade Arn. "Om vi i morgon dag friger alla trälar på Forsvik, därför att ingen av husbondsfolket vill äga trälar, vad händer då?"

Cecilia hade inget svar till en början. Hon satt en stund med handen under hakan och funderade skarpt. Det föll henne in att det lätta var att säga sig att man avsvor sig synden, det svåra att städa efter den oreda som då kanske uppstod.

"Lön", sade Arn till slut. "Vi friger dem alla, säg mitt i midvintern någon gång så att kylan manar dem till besinning och de inte springer iväg åt alla håll med sin frihet. Sedan inför vi lön. Vid vart årsskifte får var träl, var man och kvinna, menar jag, si eller så många örtugar silver. En annan möjlighet som min salig mor Sigrid använde var att låta frigivna bli brytar på ny mark och betala arrende varje år. Mitt förslag är att vi prövar att gå fram på båda dessa vägar."

"Men så många löner betyder dryga utgifter för oss i rent silver", suckade Cecilia. "Och jag som just sett hur det börjat ljusna i räkenskapsböckerna."

"Den som ger allmosor åt de fattiga gör en Gudi behaglig gärning, även om hans silverpung blir lättare", sade Arn grubblande. "Det är rättfärdigt och du och jag vill leva rättfärdigt. Redan det är tillräckligt skäl. Ett annat skäl är att de brytar som min mor frigav från Arnäs arbetade mycket hårdare. Utan att kosta oss något vinterfoder ökade de vår rikedom. Tänk om frigivna alltid arbetar hårdare än trälar, tänk om det bara är en god affär att frige dem?"

"I så fall är våra trälägande fränder inte bara syndare, utan dessutom korta om huvudet", skrattade Cecilia. "Det är inte lite högmod mellan dig och mig om vi tänker så här, min käre Arn!"

"Det får vi se", sade Arn. "Du och jag vill ändå rena oss från en synd, låt oss då göra det! Om Herren lönar oss för den saken är inte för oss att tänka på, och om vi finner detta dyrt i silver har vi i vart fall råd. Låt oss försöka!"

"Ja, och vi väntar till midvintern så att de inte springer iväg som yra höns åt alla håll när de blivit fria!" log Cecilia som om hon såg framför sig allt tumult på Forsvik som då skulle uppstå.

***

På Bjälbo blev Arn och Cecilia alls inte så väl mottagna som de hade hoppats. När de red in mellan välkomsteldarna utanför kyrkan möttes de av husfolk som anvisade dem plats i ett av gästhusen som om de skulle ha delat hus med sina hirdmän. Nu hade de inget stort sällskap, eftersom de bara tagit med sig pojkarna Sune och Sigfrid, som måhända såg på sig själva som om de red till skydd för sin herre och husfru, men som andra bara såg som pojkar.

Detta var ett av de få ting som Birger Brosa själv berörde i ett kort samtal med Arn, att det föga anstod en folkung att rida utan hirdmän, särskilt som sverkrarna på detta gille kunde se det som en skymf.

Kall i ton och handslag var också Ingrid Ylvas far Sune Sik när han hälsade på Arn. Han sade bara några få ord om att det blod som fanns mellan dem inte kunde tvättas bort förrän efter brudölet.

Den bistra stämning som rådde i högsätet där varken giftomannen Birger Brosa eller hans husfru Brigida bevärdigade Arn och Cecilia med ett enda vänligt ord spred sig i salen. Som fästningsgille blev detta möte på Bjälbo inte hågkommet som muntert.

Alla tre kvällarna drog sig Arn och Cecilia tillbaka så tidigt som möjligt var utan att kränka värdens heder. Sin son Magnus och hans blivande husfru Ingrid Ylva fick de knappt tillfälle att tala med, eftersom den lövade fästningsstolen var långt från högsätet.

De stannade inte en timme längre än de tre dagar seden krävde.

Inte heller fann Arn det så mycket bättre när de kom till nästa gästning på Ulfshem hos Cecilias kära vän Ulvhilde Emundsdotter. Gården låg vackert mellan Bjälbo och Linköping, vin fanns för Arn och Cecilia, som båda mer än gärna avstod från allt ölsupande, och köttet var mört. Men mellan Arn och Ulvhilde fanns en skugga som inte ville vika och som alla såg, även om ingen ville tala om den.

Och Ulvhildes man Jon, som hade sin håg till lagen mycket mer än svärdet, hade svårt att föra något vettigt samtal med Arn, eftersom han förutsatte att Arn var en man som intet begrep utom krig. Arn kände sig hela tiden som om han blev talad till som en mindre vetande eller ett barn.

Jon var inte mindre besvärad av att hans unga söner Birger och Emund hela tiden betraktade Arn med ögon lysande av beundran. Bättre blev det kanske på ett sätt, men på ett annat sätt inte, när Arn föreslagit att de unga Sune och Sigfrid hellre borde gå ut tillsammans med Jons söner än att tvingas sitta höviska i vuxnas sällskap. Lydigt gick gossarna ut, men snart hördes klang av vapen ute på tunet, vilket inte förvånade Arn men tydligt retade Jon.

På andra kvällen, som skulle bli den sista på Ulfshem, satt Arn och Cecilia, Jon och Ulvhilde tillsammans vid långelden i salen. Det var som om de två kvinnorna för sent upptäckt att medan de själva hade tusen ting att avhandla satt deras män och trivdes föga i varandras sällskap. Också i början på denna kväll gick samtalet trögt och handlade bara om oförargliga ting som inte skulle kunna löpa iväg till något obehagligt.

Arn visste nog rätt säkert vad som dolde sig på botten av denna mörka tjärn och i början på den sega kvällen tänkte han låta den saken bero. Men när den första timmen sniglat sig fram med trist tal, för mycket tystnad och inget enda skratt bestämde han sig för att det var mer svåruthärdligt som det var än att skära i bölden.

"Låt oss då hellre tala om den sak som ligger mellan oss, inget blir bättre av att vi låtsas som intet", sade Arn mitt i ett samtal om den milda hösten i år och hur sträng hösten varit förra året.

Det blev först alldeles tyst så att bara sprakandet från elden hördes.

"Du menar min far Emund Ulvbane", sade Ulvhilde till slut. "Ja, låt oss hellre tala om honom nu än senare. Jag var bara ett barn när han svekfullt dräptes och kanske är den kunskap jag har inte hela sanningen. Cecilia Rosa är min käraste vän, du är hennes man och mellan oss borde lögner inte finnas. Säg mig som det var!"

"Din far Emund var kung Sverkers trogne och störste kämpe", började Arn efter ett djupt andetag. "Det sades att ingen man kunde stå honom emot. På alla götars ting vid Axevalla skymfade han min far Magnus så illa att hedern krävde envig mellan de två, eller son i faders ställe som lagen medger. Min far var aldrig någon svärdsman och hade en säker död att vänta från Emunds hand. Han kallade på präst, biktade sig och tog farväl av sina närmaste. Men jag gick mot Emund i min fars ställe. Jag var bara sjutton år och hade alls ingen längtan att döda någon. Jag gjorde vad jag förmådde, två gånger erbjöd jag din far att dra sig ur striden när han var i underläge. Det hjälpte föga. Till slut visste jag ingen annan råd än att skada honom så illa att han måste ge sig men ändå med hedern i behåll. Idag hade jag måhända förmått något bättre, men då var jag bara sjutton år."

"Du var alltså inte med när Knut Eriksson dräpte min far på Forsvik?" frågade Ulvhilde efter en lång stunds tystnad.

"Nej", sade Arn. "Min bror Eskil var med, men han skötte bara den affär som skulle göras upp när vi köpte Forsvik från din far. När köpet var klart och fäst i sigill red Eskil hem till Arnäs. Knut stannade för hämnd."

"Vad hade han att hämnas på min far?" frågade Ulvhilde förvånat som om hon aldrig hört ens en viskning om den saken.

"Det sägs att Emund var den som högg huvudet av Knuts far, Helge Sankt Erik", svarade Arn. "Hur det förhåller sig med den saken vet jag inte, men Knut var säker på att det var så. På samma sätt som hans far blivit dräpt, dräpte han Emund."

"Som då inte längre kunde försvara sig, eftersom han genom din förskyllan bara hade en hand!" bröt Jon in som för att försvara Ulvhilde.

"Det du säger är sant", svarade Arn lågt. "Men när det står om blodshämnd i vårt land har jag lärt mig att en eller två händer har föga betydelse."

"Dråpsak skall föras till tinget och inte till nya dråp!" svarade Jon.

"Så säger kanske lagen", medgav Arn. "Men vid kungadråp gäller inte lagen, då gäller den starkares rätt. Och du är folkung, liksom jag, då vet du väl att dråp på folkung aldrig blir en sak för tinget?"

"Sådan rätt är orätt!" svarade Jon häftigt.

Ingen sade emot honom i den saken. Men då Ulvhilde suttit tyst och eftertänksam en stund reste hon sig och gick allvarligt fram till Arn, tog hans svärdshand och förde den till sin mun och kysste den tre gånger. Det var tecknet på försoning enligt gammal sed.

Så mycket muntrare blev inte kvällen därefter, inga skämtsamheter eller höga skratt. Men det var ändå som om luften blivit renare mellan dem, som när solen är på väg att komma fram på nytt efter åskväder en het sensommardag.

Med detta blev Arns första vistelse på Ulfshem till slut inte så eländig som den begynt. Och det agn som han visste att Sune och Sigfrid var för alla gossar i deras ålder hade också haft sin verkan. Efter detta besök fick Ulvhilde och Jon ingen ro från sin yngste son Emund som oförtröttligt tjatade om att få resa till sin mors fädernegård Forsvik. Att han därmed inte avsåg vallfärd till fädrens jord var klart som vatten. Han hade smittats av drömmen att bli riddare. Till slut fick han löfte att resa när han fyllt tretton år.

***

Vid återkomsten till Forsvik fann Arn och Cecilia att gården alls inte hade lidit någon skada av att husbonde och husfru varit borta i tio dagar. Den nyköpte Gure hade funnit många hjälpande händer bland trälarna för att rusta deras boställen och i smedjorna, pilmakeriet, krukmakeriet och feltverkstaden löpte arbetet med jämn fart och utan gnissel. Då nästan bara utlänningar hölls i dessa sysslor och all skörd utom rovorna var avklarad hade det blivit många trälar för Gure att sätta i arbete. Han var ett stort förvärv till Forsvik och de andra lydde genast hans minsta vink, som om han varit deras herre och inte deras like.

Bröderna Wachtian hade turats om att förteckna alla nya varor som kommit in och lagt listor inne i Cecilias räkenskapskammare som hon nu bara hade att föra in i böckerna. Bröderna var också angelägna att ta Arn och Cecilia med sig in i kvarnkammaren för att visa ett nytt verktyg som de byggt.

Jacob var den som först ritat och tänkt, Marcus den som gått till smedjan och fått tankarna formade i järn och stål.

Den fråga de sysslat länge med var hur vattenkraften kunde förvandlas till såg. Eftersom kraften bestod av vattenhjul som drev snurrande axlar hade det trots mycken tankemöda varit ogörligt att omforma den snurrande rörelsen till två rörelser fram och tillbaka, som när man sågade för hand. Men så hade de frågat sig om inte själva rotationen var det man borde tänka vidare på och till slut hade de skapat en såg som var rund. Flera gånger hade de förvisso misslyckats med denna sågklinga då det visade sig att om den skevade det allra minsta bröts den eller gick för varm när man förde en stock mot den. Och när de till slut fått fram en sågklinga som snurrade alldeles jämnt utan skevning och där eggarnas härdning motstod den hårda rörelsens värme tornade nya problem upp sig. Det visade sig omöjligt att föra en stock med handkraft mot sågklingan, eftersom kraften var för stor. De hade då byggt en släde som gick i en fast bana längs golvet och på den körde de timmerstockar mot klingan. Men golvet var för ojämnt och när de rättat till den saken uppstod ändå nya svårigheter.

Nu trodde de sig vara färdiga, kallade till sig hjälp från Gure och hans arbetslag och på bara en kort stund sågade de inför Arns barnsligt förtjusta ögon en timmerstock i fyra plana skivor, som bordläggningen på en båt.

Golv, förklarade de när Cecilia undrade vad detta, som visserligen verkade mycket finurligt uttänkt, kunde ha för vettig användning. Golv i stenhus som på Arnäs, hade de tänkt sig först. Men kanske också här på Forsvik, ty de knaggliga bilade timmerstockar som man nu gick på var kanske inte det bästa. Det fick ändå avgöras senare, först gällde det att lägga upp ett lager timmerskivor till torkning över vintern och nästa sommar, så finge man se om inte detta vore en stor förbättring. Arbetstiden skulle bara bli en tiondel om man jämförde golvbygge i huggen kalksten och detta sågade timmer.

Dessutom var det här bara den första sågen, som nu satt inklämd på kvarnaxeln jämte slipstenar för stort och smått. När man byggde kanalen med nya vattenhjul kunde man göra både stora och små rundsågar. Mycket arbetstid hade man då sparat in och mycket mer än för eget behov kunde man såga, menade bröderna.

Arn dunkade dem båda hjärtligt i ryggen och sade att sådana nya tankar och verktyg var guld värda för gården, men även för den som kom på dem.

Den följande veckan ägnade Arn åt att tillsammans med Ali och Mansour rida pojkar och hästar möra på förmiddagarna, medan eftermiddagarna gick till skytte och svärdskonst, först några timmar för sig själv och därefter med sina tre unga väpnare.

Han hade smitt några svärdsämnen som han sedan låtit andra feja nästan som riktiga svärd, men med runda eggar. Även om svärden inte var skärande vapen skulle de kännas helt riktiga i händerna på Sune, Sigfrid och Bengt. Han prövade sig fram tills han bedömde att var och en hade rätt vikt i övningssvärdet, eftersom de var något olika armstarka. Ringbrynjor hade han också låtit göra åt dem, vilket Cecilia fann mer barnsligt än vettigt, eftersom väl ingen kunde tänka sig att så unga pojkar skulle ut i krig.

Arn hade lite stött förklarat att så hade han förvisso inte tänkt, men att han ville att de skulle vänja sig att alltid röra sig i denna tunga klädsel. Dessutom, tillade han efter hennes förargliga fråga om de ändå inte snart skulle växa ur dessa dyrbarheter, skulle andra gossar komma efter de tre som nu gick i lära. Här på Forsvik skulle i sinom tid finnas rustningar och övningsvapen i varje storlek från trettonåring till man.

Det var ett besked som fick Cecilia betänksam. Hon hade tagit för givet att Arn av godhet eller oförmåga att säga nej hade fått dessa pojkar på halsen, mindre av egen vilja och mer av deras enträgna böner. Som om han bara gjorde unga fränder en väntjänst.

Men nu såg hon framför sig rader av ringbrynjor och svärd hängande som sadlarna i stallet med nummer ovanför. Det fanns något hotfullt i den bilden, mest därför att hon inte riktigt förstod vad det var hon såg.

Arn märkte alls ingenting av denna undrande oro hos Cecilia, eftersom han var fylld av grubbel om hur han egentligen skulle öva så unga pojkar med vapen. Många vuxna män hade han lärt upp, särskilt under sin tid som borgherre i Gaza. Men de hade inte bara varit vuxna män, de hade varit män som kom till Gaza därför att någon av tempelriddarnas receptioner i Rom eller Provence, Paris eller England sållat bland dem som redan trodde sig höra till de utvalda. Det var de förvisso mycket sällan, och de flesta av dem hade uppträtt med sina vapen vid ankomsten till Gaza så att de genast skulle ha blivit dödade om han släppt ut dem i strid mot syriska eller egyptiska ryttare. Mot sådana lärlingar kunde man gå fram med viss hårdhet när de skulle lära allting från början för att bli tempelriddare. Med trettonåringar var hårdhet däremot inte den bästa metoden, hade han snabbt fått erfara när han de första gångerna satte övningssvärd i händerna på de tre pojkarna. Hans första misstag var att låta dem pröva mot varandra när de fått på sig sina ringbrynjor. De gick genast lös på varandra för hårt och för vilt, särskilt Bengt Elinsson slogs med ett ursinne som var lite skrämmande, inte bara för att Sune och Sigfrid fick blåmärken på armar och ben, utan mer för det hat som Arn tyckte sig se djupt i pojkens bröst och som lättast visade sig när han fick ett tillbygge i sin hand.

Arn ändrade snart svärdsövningarna till att gå mot påle i stället för mot levande kött och ben. Han reste trästockar och högg med yxa ut fyra märken i vardera stock för huvud, överarm, knä och fot, och så visade han de vanligaste övningarna och pekade på de olika ställen i den egna kroppen där det kunde göra ont av för mycket övning och då man måste passa sig för att fortsätta. Det förvånade honom inte att Bengt Elinsson var den av de tre som struntade i de första varningar av smärta som hans kropp gav honom och i stället fortsatte så länge att han gjorde sig illa och motvilligt fick låta svärdet vila en vecka.

Förr eller senare måste de förvisso börja öva mot varandra, men till dess ämnade han tänka ut bättre skydd för huvud, händer och kinder. Smärta i övning var bra, eftersom den förde till nödvändig respekt för motståndarens svärd. Men för mycket smärta och för många sår hos för unga lärjungar skulle i stället leda till rädsla. Kanske skulle det bli bättre när Broder Guilbert kom till Forsvik över vintern, tröstade sig Arn. För Broder Guilbert hade ju sannerligen gjort riddare av Arn själv, och den förmågan att lära ut kändes nu som ovärderlig på Forsvik.

Tanken på Broder Guilbert väckte också hans dåliga samvete. I tre månader hade han lämnat Broder Guilbert med hårt stenarbete hos de saracenska stenbyggarna på Arnäs utan att någon gång besöka dem och utan att sända dem ett ord av uppmuntran.

Han skämdes vid den plötsliga insikten och red genast till Arnäs med Abu Anaza raka vägen över skog och fält så att han kom fram på tidiga kvällen samma dag han lämnat Forsvik.

När han såg sina saracenska bröder slita med stenen vid Arnäs tårades hans ögon av hur deras kläder hängde i trasor och deras svett glänste på nakna överarmar och pannor. Också Broder Guilberts lekbroderdräkt hade rivits sönder av många vassa stenkanter och sölats ner av murbruk så att även han mer liknade en träl än en munk.

Hur mycket Arn än skämdes för sin hårda tanklöshet kunde han inte låta bli att rida runt murarna för att se vad som hade skett. Och det han såg motsvarade i varje sten och linje hans allra ljusaste förhoppningar och fantasier, eller till och med överglänste dem.

Den kortaste delen av murarna mot Vänern och hamnen stod klar med båda hörnen försvarade av runda hängande torn på utsidan. Ovanför den gapande tomma portöppningen mot hamnen reste sig ett fyrkantigt torn och tjugo steg hade de hunnit på den längsta mursträckan, den från väster till öster. Ett sådant arbete på bara några månader och få händer skulle ha gjort själve Saladin överväldigad, tänkte Arn. Detta var i sanning början på ett ointagligt fäste.

Han rycktes ur sina drömmar tillbaka till sitt ömma samvete av att byggarna hade upptäckt honom. Han red dem då till mötes, kallade dem till sig med båda händerna, steg av hästen och föll på knä framför dem. De tystnade alla av häpnad.

"Troende bröder!" sade han när han reste på sig och bugade. "Stort är ert arbete och lika stor min skuld till er. Stor är också min försummelse att lämna er som om ni vore slavar. Men ni skall veta att jag själv arbetat lika hårt för att ni inte skall genomleva vår nordiska vinter som helvetet. Jag bjuder er nu att avsluta detta hårda arbete för vintern och att om två dagar, när ni är klara, resa med mig till vila och vinterkvarter. Fastemånaden är snart slut och den festen skall vi fira tillsammans och den skall inte bli dålig. En sak till. Jag sökte upp er byggare innan jag sökte upp mina egna fränder här på Arnäs!"

När han sagt detta blev det stilla bland saracenerna som snarare såg undrande på varandra än gladdes över att detta hårda arbete kommit till ett så plötsligt slut. Arn gick fram till Broder Guilbert och omfamnade honom utan att säga något på en lång stund.

"Om du inte släpper taget snart, lille bror, kommer vi att skämma ut oss i dessa, som du säger, troendes ögon", grymtade Broder Guilbert till slut.

"Förlåt mig, broder", sade Arn. "Jag kan bara säga till dig som jag sade till saracenerna, att jag oupphörligt slitit hårt för att ordna en god vinter åt oss. Det är sorgligt att se vad ni lidit här."

"Värre ting än att bygga sten i svalt väder har nog de flesta av oss varit med om", mumlade Broder Guilbert som inte var van att se den vuxne Arn så hjärtnupen.

"Kanske vi kan resa redan efter en dag!" sade Arn och sken upp. "Vad behöver göras för att säkra bygget för vintern?"

"Inte så mycket", svarade Broder Guilbert. "Vi har försökt bygga med tanke på vintern. Eller rättare sagt har jag gjort det, de här vännerna vet ju inte vad kyla, is och frost kan göra på ett bygge. Vi har varit noga med tätningen ovanifrån, men mycket av murbruket är ju vått."

"Om vi täcker ovanifrån med hudar?" föreslog Arn.

"Ja, det vore nog bäst", nickade Broder Guilbert. "Tror du att vi kan skaffa bly till våren?"

"Bly?" undrade Arn. "Jo, men kanske inte i någon stor mängd. Vad skall du med bly till?"

"Fogarna högst upp", svarade Broder Guilbert med en djup inandning. "Om du tänker dig att vi häller smält bly uppifrån ner i varje fog som är blottad mot skyn, förstår du då hur jag tänker?"

"Ja", nickade Arn långsamt. "Kunde vi blya igen fogarna högst upp rann inget vatten ner... ingen is. Det är en god tanke, jag skall försöka ordna bly. Men säg mig i stället att du mår bra, att din kropp inte värker mer än den skall efter arbete och att du förlåter mig att jag lämnat dig så här."

"Det väntar jag med tills jag sett mitt vinterkvarter och ätit min första skinka, för här i fastemånaden har inte blivit mycket av sådant", skrattade Broder Guilbert och ruskade om Arn som han haft för vana när han tuktade sin mycket unge lärjunge på Varnhem.

"Ramadan gäller väl inte dig!" sade Arn och spärrade upp ögonen. "För du har väl ändå inte..?"

"Ingalunda!" klippte Broder Guilbert av frågan innan den hann bli kränkande. "Men skall man arbeta med dessa vantroende har jag fått för mig att det är lika bra att fasta på samma sätt som de själva, så slipper man allt gnäll!"

"Ingen mat mellan solens uppgång och dess nedgång?" funderade Arn. "Och med hårt arbete. Hur klarar man det?"

"Man blir fet av allt ätande", muttrade Broder Guilbert spelat misslynt. "Och mycket får man pissa de första timmarnas arbete av allt vatten man satt i sig. Äter gör vi som djinner så fort solen har gått ner, i timmar äter vi och som tur är sköljer vi inte ner alla dessa fårskankar med vin."

Medan Broder Guilbert tog med sig de saracenska byggarna för att börja bryta deras läger red Arn in på Arnäs och fann genast dem han främst sökte. Eskil satt med sin son Torgils i stora tornets räkenskapskammare och hans far, herr Magnus, befann sig uppe i högsta tornrummet med den läkekunnige Yussuf. Deras återseende blev kärt, desto mer för Arn, eftersom alla hans tre närmaste fränder nu med en mun började tala om det nya bygget, som de genast ville ha förevisat och förklarat. Arn var inte nödbedd.

De fick klättra något på byggnadsställningar för att komma upp till det som byggts, eftersom de nya murarna var nästan dubbelt så höga som de gamla. Där uppe kunde de nu gå en kort sträcka i skyttegången där alla skjutgluggar byggts så att de var breda på insidan men bara lämnade en smal öppning utåt. Meningen med detta kunde var och en förstå utan Arns förklaring. Såg man ut genom en sådan skjutglugg och siktade med båge eller armborst hade man fritt synfält åt alla håll, medan den som stod nere på andra sidan vallgraven fick det svårt att träffa rätt uppe i den smala springa som syntes från utsidan.

Annat krävde dock Arns förklaringar. Tornet ovanför den stora porten mot sjösidan sköt ut utanför muren. Det var för att man därifrån skulle kunna skjuta i sidled längs muren mot fiender som försökte resa stormstegar.

Men det skulle ändå bli svårt att resa sådana stegar kring porttornet här, eftersom murarna var dubbelt så tjocka nedtill som uppe vid skyttegången. Den lutningen var byggd av två skäl, förklarade Arn. Om någon tänkte sig att resa stormstegar här måste dessa byggas både länga och hållbara, annars skulle de brytas på mitten när belägrarna började klättra upp. Och ju tyngre stegar, desto svårare att fort och överraskande få dem på plats.

Det andra skälet till denna lutande mur just här vid hamnen var att fienden fick ett slätare underlag av vinterns is. Om han då försökte föra fram murbräckor måste han få upp dem på höjden, bygga som en stor vagga där murbräckan kunde gunga fram och åter. För om han bara stötte mot den snett uppåtlutande basen på muren skulle han inte få mycket för mödan. Men att bygga ställningar för sina murbräckor var ingen lätt sak, eftersom sådant arbete inte gärna skulle kunna ske utan att bekämpas av försvararna uppe på muren och porttornet.

Inkörsporten från hamnen låg högt upp och mitt inne i tornet så att där bildades som en liten valvgång. Här visade Arn hur själva porten skulle byggas, först med en smidd gallergrind som kunde sänkas ner från tornets insida. Det kunde ske på några ögonblick om ett anfall kom snabbt och överraskande. Därefter skulle man fira upp vindbryggan i tjock ek så att den slöt till utanför gallergrinden. Portarna var alltid en borgs svaghet och därför satt denna port så högt över marken att det skulle bli svårt att nå den med murbräckor och verktyg.

Särskilt som de som gav sig in i ett sådant anfall hela tiden skulle beskjutas från de två hörntornen och få allehanda ting vräkta över sig från själva porttornets högsta förskansning.

Än så länge kunde de bara gå en kort sträcka från de två hörntornen i den riktning murarna skulle fortsätta. Men stod man där uppe och såg längs den linje där bygget skulle fortsätta var det lätt att begripa hur det skulle komma att se ut som färdigt. Mäktigare borg funnes då inte i hela riket.

Arn bad att få använda så många som fanns av ännu inte färdiggarvade hudar för att täcka över murkrön och skyttegångar inför vintern och både hans far Magnus och Eskil svarade honom samstämmigt och nästan lättsinnigt att vadhelst han begärde som var i deras makt eller egendom skulle han genast få. Ty nu hade de båda tvivelsutan förstått vilken ny tid som randades med detta bygge, tiden då ingen makt skulle bli större än folkungarnas. Mitt i detta muntra och ivriga samtal råkade herr Magnus nämna att Birger Brosa snart skulle komma till Arnäs för att hålla ätteting.

Genast spred sig en kort förstämning, eftersom Birger Brosa särskilt befallt att Arn Magnusson inte behövdes vid detta ätteting, då såväl hans far som hans äldre bror gott kunde svara för hans del. Det var inte mycket att göra åt. Birger Brosa var främst bland folkungar och rikets jarl. Som han befallt måste det bli.

Till kvällens gästabud blev dock ingen förstämning, eftersom det fanns tusen ting att tala om som rörde bygget på Arnäs och Arns göranden på Forsvik. Både Eskil och herr Magnus hade vid det här laget mer än väl lärt sig förstå vad Forsvik var på väg att bli, den andra bjälken i folkungarnas maktbygge.

De hade inte talat länge om dessa framtidsplaner förrän unge Torgils påminde om löftet att han skulle få gå i lära på Forsvik. Arn sade kort att för hans del var Torgils välkommen närhelst han gitte. Torgils svarade att han ville resa genast, Eskil skruvade på sig men hade inget att invända.

Innan Arn och hans sällskap steg ombord på skeppet som skulle forsla dem över Vänern upp till omlastningsläget för flodbåtar förde han ett kort avskilt samtal med den läkekunnige Yussuf och beslöt därefter att även Yussuf skulle följa med alla de troende till Forsvik, dit Ibrahim redan rest med de första utlänningarna. Ty att bli lämnad ensam över vintern och julens ohyggliga grisfrossande vore ingen god lön för en ensam muslim, ansåg Arn även om han inte sade något högt om detta. Men nu var ändå hans far Magnus i så gott skick att han inte längre behövde någon daglig tillsyn. Däremot försummade Arn inte att ta sin far åt sidan för att höviskt men bestämt upprepa allt vad Yussuf förmanat. Varje dag måste fadern hålla sig i rörelse, inte för mycket och inte för lite, men varje dag. Dessutom borde han minska på fläsket till förmån för lax och kalv, hjort och får, och hellre dricka vin än öl när julhelgerna kom.

Herr Magnus muttrade att det där hade han nog kunnat tänka ut själv. Det var sorgligt men väl känt att alla män i hans ålder levde farligt på julöl.

***

Under de dagar Arn varit borta på Arnäs hade Cecilia kommit att bli allt mer undrande över utlänningarna på Forsvik. På nätterna var det ett märkvärdigt väsen inne i deras långhus och av stekos och brödbak förstod vem som helst att det ständigt hölls gille där inne. De försmådde det bröd som fanns på Forsvik från höstens stora brödbak och hade byggt egna ugnar i lera som såg ut som stora upp och nedvända getingbon och där bakade de var afton sitt eget bröd i stora tunna skivor. Sent gick de upp på morgnarna och långsamt kom de till arbetet.

Cecilia kunde bara gissa vad detta betydde och hon lutade mest åt att det var Arns frånvaro som lockade fram lättingen hos dessa utlänningar. Fast det gällde förstås inte alla. Bröderna Marcus och Jacob arbetade lika flitigt som alltid, liksom de två engelska pilmakarna John och Athelsten. Hon hade länge tänkt fråga Arn om både detta och annat som hon inte riktigt tyckte sig famna med sitt förstånd. Men de långa vinternätter då nordanvinden tjöt utanför knuten och de skulle ligga tätt samman vid sin eld och han skulle berätta om allt underbart och all fasa i det Heliga Landet och svar på alla svåra frågor kunde ges var avlägsna i mer än ett avseende.

Sedan den gången då de red ut ensamma och Vår Fru milt visade dem på de fröjdefulla rättigheter de en gång missbrukat men nu ägde fullt ut hade deras nätter varit ljuva så att Cecilia blev het om kinderna av att bara snudda vid tanken. Och så värst många samtal om stora ting hade det inte blivit i deras sovkammare.

När Arn kom tillbaka på floden visade det sig att han inte bara hade unge Torgils i sällskap utan mer främlingar, eftersom han tagit med sig alla stenbyggarna från Arnäs. De såg ömkliga ut i kläder som hängde i trasor medan de tycktes ha hela och fina kläder packade i stora bylten. De hade brutit sitt läger på Arnäs och skulle således flytta in över vintern på Forsvik. Cecilia kände sig något stött över att hon inte fått veta detta i förväg, eftersom hon ansåg att om så många fria män kom till Forsvik skulle de behandlas som gäster. Nästan arg blev hon när de alla med skratt och huvudskakningar avböjde hennes försök att hälsa dem välkomna med salt, öl och bröd. Det var sannerligen inte sed i Västra Götaland att avvisa sådan välkomsthälsning.

Än mer brydd blev hon första natten efter de nya främlingarnas ankomst, ty då var oväsendet värre än någonsin inne från främlingarnas hus. Arn svarade bara kort på hennes undran att detta var en fest som kallades Laylat al-Qadr och betydde kraftens natt. Hon hade då oskyldigt frågat vad det var för kraft och blivit alldeles kall inombords av hans svar att det var firandet av Muhammeds första uppenbarelse.

Muhammed! Den satan i människogestalt som utgett sig för att vara Gud, den vantro som alla kristna lidit så mycket för att bekämpa i det Heliga Landet mot dessa djävlar i människogestalt, dessa hornbeprydda vidunder!

Men Arn verkade inte ens märka att hon stelnade till för några ögonblick, eftersom han sömnigt brummande visat större intresse för den köttsliga kärlekens fröjder än allt annat, och då han redan var i sådant tillstånd att det märktes mer än väl kunde hon inte gärna stiga upp från bädden, stampa med foten och säga att nu ville hon hellre tala om Muhammed. I stället flöt hon snart in i hans varma ström och glömde allt annat.

Men två eller tre dagar därefter bad han henne att till kvällen klä sig i sina vackraste kläder, eftersom de skulle på gille. Hon frågade vart de skulle resa, men han svarade att det inte var längre än att de kunde gå i sina gilleskläder. När hon försiktigt prövade om det var ett skämt visade han på sina egna kläder som han redan krokat ner och lagt ut på deras bädd, med den blå bröllopsmanteln underst.

Strax före solnedgången kom bröderna Marcus och Jacob Wachtian i festkläder tillsammans med Broder Guilbert i ren vit cistercienserdräkt för att hämta Arn och hans husfru till gillet. Ute på tunet blandades redan oset av stekta får med doften av främmande kryddor.

Cecilia hade inte varit inne i gästernas långhus sedan den gång Arn förevisat det för henne. Men dit gick de nu alla och när hon steg in kände hon knappt igen sig. Än mer färggranna mattor hade kommit till och på väggarna hängde bonader med de mest fantasifulla stjärnmönster. Runt golvet stod en fyrkant av bänkar och bakom bänkarna högar med bolster och kuddar, från taket hängde brinnande lampor i koppar och järn med färgat glas och längs den långa spisen stod gallerställningar där rödingar från Vättern stektes.

Den läkekunnige Ibrahim, som var klädd i lång kappa av glänsande tyg och bar en huvudbonad i många lindade varv, tog emot gästerna vid dörren och ledde dem till hedersplatserna mitt på den rad av kuddar och bänkar som var närmast väster.

Konstfärdigt smidda kopparkannor bars fram tillsammans med glas från det egna glasbruket och radades upp längs bänkarna. Cecilia hade först varit nära att sätta sig där, men Arn visade henne skrattande hur de skulle ta plats på knä bland kuddarna bakom den långa träbänken och viskade åt henne att inte röra mat eller dryck förrän någon annan gjorde det.

Man väntade på solens nedgång och under tiden tog främlingarna plats, utom några som skötte den stekta fisken och gamle Ibrahim som gick ut på gården.

Till sin förtret fann Cecilia att varken Broder Guilbert, bröderna

Wachtian eller Arn tycktes det minsta besvärade av dessa främmande seder och dofter. De pratade och skämtade lågt sinsemellan på det språk som Cecilia nu lärt sig känna igen som frankiska.

Arn upptäckte snart Cecilias beråd, ursäktade sig mot de andra männen och vände sig mot henne för att förklara.

Det var en stjärnklar natt, en av de första frostnätterna denna milda höst, och där ute på tunet stod nu den läkekunnige Ibrahim för att noga granska skyn i nordväst. När mörkret föll skulle han snart upptäcka den smala månskära som förkunnade en ny månad och då började festen som hette Id al-Fitr då man firade fastemånadens slut.

Cecilia hade först tänkt invända att fastemånad inte kunde vara i oktober utan först på våren men hejdade sig då hon insåg att detta sannerligen inte var rätt stund för kyrkliga samtal.

Ibrahim kom in från tunet och förkunnade något på sitt främmande obegripliga språk, som verkade komma mer från halsen än från tungan, och genast föll alla i rummet i kort bön. Arn grep då utan vidare den förtennade kopparkannan framför sig på bordet och ett glas som han hällde upp i och räckte till Cecilia, innan han skänkte ut till Broder Guilbert och bröderna Wachtian. På samma sätt gjorde därefter alla andra runt bordet och så höjde man sina glas, drack glupskt och hällde genast upp nytt. Cecilia som varit mer långsam och försiktig att föra sitt glas till munnen hostade oavsiktligt till när hon märkte att det bara var vatten i glaset och inte blankvin som hon gissat.

Maten bestod av stekt fårkött, gås och röding och andra små rätter som Cecilia inte kände till och den bars fram på stora runda träfat. Främmande instrument spelade och någon tog upp en sång som sedan flera föll in i.

Arn bröt ett stycke av det mjuka flata brödet och visade Cecilia hur hon skulle doppa det i köttsåsen intill fårköttet och när hon gjorde det fylldes hennes gom med främmande kryddsmaker som först fick henne att tveka men som hon strax fann fullt ätbara och efter ytterligare någon stund rent av läckra. Fårköttet var det möraste hon ätit och rödingen smakade på ett helt nytt sätt med en krydda som påminde om kummin.

Arn roade sig med att då och då plocka samman från olika fat och stoppa mat i munnen på Cecilia som om hon vore ett barn och när hon besvärat försökte värja sig skrattade han och sade att det bara var ett höviskt sätt att visa uppmärksamhet mot sin husfru eller nära vän.

Till en början åt alla glupskt och fort bland utlänningarna. Men när de tycktes ha stillat den värsta hungern lutade sig de flesta männen bakåt i kuddarna, åt långsammare och njöt med halvslutna ögon av den vemodiga främmande musiken som framfördes av två män med stränginstrument som påminde om de som de frankiska lekarna trakterat vid bröllopet på Arnäs.

Länge dröjde det inte förrän Cecilia också lutade sig bakåt i de behagliga kuddar som flera bugande män kom fram med för att stödja hennes rygg. Hon var inte längre så spänd, åt sakta av läckerheterna och höjde bara något på ögonbrynen när hon upptäckte hur mycket av husets honung som gått åt för sådant sött som skulle ätas efter kött och fisk, små bröd med rivna morötter fyllda med hasselnötter och dränkta i honung. Det fanns något sövande i alla dessa främmande dofter och smaker som mer och mer lugnade henne och fick henne att till och med börja tycka om den främmande musiken, fastän den lätit falsk från början. Hon började drömma sig till främmande länder. Det som skiljde detta gille från sådana hon var van vid var främst att det blev mer och mer stillsamt ju längre tiden led, liksom sångerna från männen med stränginstrumenten tycktes bli mer längtansfulla och sorgesamma. Ingen började slåss och ingen spydde. Sömnigt grubblade hon något över dessa främmande seder tills hon insåg att det ju var vatten man drack och inte öl eller vin. Mer och mer drömde hon sig bort i denna främmande värld tills Arn tog henne vid armen och viskade att det vore god sed om de två hedersgästerna lämnade gillet först i stället för sist.

Han förde henne ner mot utgången vid husets lavatorium, tog henne i handen, bugade och sade något på det främmande språket som fick alla män i rummet att resa sig och buga djupt till svar.

Frostkylan slog emot henne ute på tunet och fick henne genast att kvickna till, som om förtrollningen brutits, och hon tänkte att denna natt skulle bli den första av alla vinternätter där Arn skulle få berätta om allt det främmande.

När han blåst liv i elden och de kröp ner i den stora sängen krånglade hon upp deras huvudvar så att de kunde sitta sida vid sida och se in i lågorna. Hon bad honom då börja sin berättelse och allra främst ville hon förstå hur det kunde passa sig att hysa kristenhetens värsta fiender som gäster i ett kristet hem.

Han svarade först lite motvilligt att dessa muslimer, som profeten Muhammeds efterföljare kallades, var sådana som hade arbetat för de kristna i det Heliga Landet och därför skulle ha dödats av sina egna om de inte kunnat fly med honom ända till Norden. Samma var det för övrigt med bröderna Wachtian, som ju var kristna från det Heliga Landet. De hade haft sina verkstäder och affärer vid Al Hammediyah, som var den största affärsgatan i Damaskus. Så frågan om vem som var vän eller fiende i det Heliga Landet avgjordes inte enbart av vars och ens tro.

Cecilia fann detta ofattbart, fast hon invände försiktigt.

Då började han sin berättelse, den som skulle vara i många vinternätter.

I det Heliga Landet hade funnits stora män som höjde sig över alla andra. Arn tänkte särskilt på två av dem, den ene var kristen och hette Raymond av Tripoli och om honom skulle han också berätta någon natt. Men den andre var mer angeläget att börja med, ty han var muslim och hans namn var Yussuf Ibn Ayyub Salah ad-Din, fast de kristna för enkelhets skull kallade honom bara Saladin.

När namnet på kristenhetens värsta fiende nämndes drog Cecilia omedvetet efter andan. Tusen svavelosande förbannelser hade hon hört läsas över det namnet av nunnor och präster.

Saladin var emellertid hans vän, fortsatte Arn oförskräckt av hennes häftiga andetag. Och deras vänskap hade fått ett sådant lopp genom tiden att inte ens den mest misstrogne skulle kunna se annat än Guds hand där bakom.

Det hade börjat med att Arn en gång räddat Saladins liv utan att ens ha den avsikten, vilket, om man tänkte närmare på saken, inte gärna kunde ha skett utan Guds hand. Ty varför skulle annars en av tempelriddarna, Guds mest hängivna kämpar och försvarare av Hans Grav, bli den som frälste den man som till slut skulle slå de kristna i grunden?

Därefter hade de mötts som fiender på slagfältet och Arn hade segrat. Men kort tid senare låg Arns liv i Saladins händer när han kom med en övermäktig här till borgen i Gaza där Arn var borgherre bland tempelriddarna. Saladin hade då i sin tur räddat Arns liv.

Och så fortsatte en lång vindlande historia som tog många av nattens timmar och handlade om ädla män och de lägsta skurkar, om den väldiga öknen och de hemlighetsfulla ryttare som fanns där ute, om ett magiskt svärd som betydde intet för de kristna men för de vantroende lika mycket som det Sanna Korset, om hur det Sanna Korset slutligen förlorats på grund av lika delar dåraktighet och svår synd från de kristna, hur Saladin till slut besegrat dem alla i ett stort slag utanför staden Tiberias och hur Arn då funnits bland de besegrade men vaknat till sans när han befann sig i den långa rad av fångar som skulle halshuggas och där bödlarna kom närmare och närmare allteftersom huvudena på hans bröder föll ett efter ett.

I den stunden hade han bett sin sista bön i livet, därom hade han varit övertygad, och han hade bett för Cecilia och det barn han aldrig fått se, att Vår Fru måtte hålla sina vakande händer över dem båda nu när han gjorde sig färdig att stiga upp till paradiset.

Saladin hade skonat hans liv på grund av deras vänskap och så hade han i stället blivit Saladins fånge och förhandlare.

Det var under den sista tiden i det Heliga Landet, när Jerusalem redan var förlorat liksom de flesta av de kristnas städer och Arn var Saladins fånge men samtidigt hans sändebud och förhandlare, som en av de värsta skurkar som någonsin satt sin fot på det Heliga Landets jord kom med en här för att möta Saladin på slagfältet och återta den Heliga Staden Jerusalem. Denne man, vars namn var Richard Cœur de Lion, ett namn som måtte leva i evig vanära, hade vid en förhandling roat sig med att halshugga tretusen fångar hellre än han tog ut det sista av den lösen han begärt för dem, hellre än han fick det Sanna Korset tillbaka till kristenheten.

I denna sorgliga stund hade Arn och Saladin skiljts för evigt och

Arn hade till avskedsgåva fått de femtiotusen besanter i guld som Richard avstått för att hellre stilla sin blodtörst.

Därav kom det sig att Arn nu kunde bekosta bygget vid Arnäs och den nya kyrkan vid Forshem och allt som byggdes på Forsvik.

Och detta var bara historien i korta drag, menade Arn. Många vinternätter skulle krävas för att berätta den mer fullständigt. Och kanske resten av livet för att förstå meningen bakom det som hänt.

Där slutade han och reste sig för att lägga mer ved på elden och upptäckte då att Cecilia hade somnat.

IX

FYLLD AV ONDA ANINGAR RED ARN främst i brudgumsföljet in i Linköping. Från biskopsborgen intill domkyrkobygget vajade tre röda sverkersfanor som ett hån mot gästerna och bland de fientligt bligande åskådarhoparna syntes bara röda mantlar och ingen blå. Ingen enda kvist av rönn slängdes till lyckönskning mot brudgummen.

Det var som att rida in i ett bakhåll. Om Sune Sik och hans fränder nu vände detta bröllop till blodshämnd skulle de kunna döda alla de främsta folkungarna, utom den åldrige herr Magnus på Arnäs som avstått från den kalla höstresan för sin hälsas skull.

När de närmade sig domkyrkan hörde de på avlägsna bifallsrop att brudens följe, med Birger Brosa som brudhämtare, möttes med större vänlighet.

Även Erik jarl red i brudgumsföljet jämte sin vän Magnus Månesköld, som hade sin mor Cecilia på andra sidan och sin farbror, rådsherren Eskil, bakom sig. Hela folkungamakten och kung Knuts äldste son satte alltså sina liv på spel samtidigt. Om sverkrarna verkligen ville ta tillbaka kungamakten med våld var detta deras stund.

Men oförberedda som lamm till slakt kom inte folkungarna till fiendens stad. Från Bjälbo red hundra hirdmän och fränder i fulla vapen. De hade dragit lott så att hälften av dem fått svära att inte dricka någon enda kanna öl under första dagen och natten. De som vunnit den lottdragningen hade likväl fått svära att lida samma nykterhet den andra dagen och natten. Med överraskning och brand skulle folkungarna inte låta sig slaktas.

Störst oro kände Arn för Cecilia. Själv skulle han lätt kunna rida genom nordiska hopar av bondesoldater eller slå sig fram med svärd genom hirdmäns led. Men den fråga han knappt vågade andas var om hans främsta skyldighet var att stanna vid Cecilias sida eller rädda sig själv för att folkungarna inte skulle berövas alla försvarare och hämnare när det följande kriget kom.

När första pil sköts var Arns skyldighet att rida undan för att rädda sig själv. Det krävde hans trohet mot folkungarna. Ingen skulle bättre än han kunna leda deras hämnande här till seger och det hade han ingen möjlighet att förneka vare sig för eget samvete eller inför någon annan.

Ändå bestämde han sig för att bryta mot hederns lagar om det värsta skulle hända. Han skulle inte lämna Linköping levande utan att ha Cecilia med sig. Hon red en god häst och i en ny dräkt där hon kunde sitta gränsle med gott stöd i båda stigbyglarna och hon var en god ryttarinna. Ett enda glimmande vapen någonstans och han skulle genast sluta upp vid hennes sida och bana väg för henne.

Dessa tankar på väg fram mot domkyrkan där brudföljet närmade sig från andra hållet gjorde hans ansikte hårt och dystert, mer än man kunnat vänta sig av en brudgums far. Folket tisslade och tasslade och pekade mot honom och han anade att deras mening var att han var den bland blåmantlade fiender som borde fällas först.

Utanför domkyrkan satt de av. Stallare kom springande för att hålla deras hästar. Arn kastade misstänksamma blickar omkring sig och upp mot biskopsborgens murkrön när han gick för att hämta Magnus, som var svårt bakfull efter en svenafton på Bjälbo som varit nästan lika god som den på Arnäs. Till och med bättre, menade Magnus, eftersom han denna gång sluppit kämpa mot gubbar och munkar och således i sitt sista ynglingaspel bärgat den segerkrona som förmenats honom på Arnäs.

Brudgåvan var ett kraftigt halsspänne i guld med röda stenar. Erik jarl bar fram den, Arn tog emot den och räckte den till sin son Magnus som med mycket fummel fäste den kring halsen över den röda manteln på Ingrid Ylva.

Sune Sik bar då själv fram brudgumsgåvan, ett frankiskt svärd där skidan var klädd i guld och silver och parerstången översållad med ädla stenar. Just ett sådant svärd som gjorde sig bättre på gille än i strid, tänkte Arn tyst för sig själv när Ingrid Ylva fäste svärdet runt livet på Magnus.

Biskopen välsignade brudparet och både brud och brudgum kysste hans ring. Därefter gick alla som fick plats in till mässan, som hölls kort, eftersom bröllopsgästerna mer ville till gästabud än till himmelens fröjder. Under mässan var det många män i röda mantlar som blängde ilsket på Arn, då han bar sitt svärd vid sidan trots att alla andra lämnat sina ute i vapenhuset.

Ingenting som luktade fara eller svek märktes på vägen mellan biskopsgården och domkyrkobygget och vidare över bron till Stångs kungsgård där bröllopsgillet skulle hållas.

Kungsgården var gammal och dragig men ändå den förnämsta byggnaden i Linköping. Säkert bodde Sune Sik själv bättre än så, men lika säkert var att han ville visa att när han var värd var det som kungs broder i en kungsgård. Här i Linköping betraktade alla sverkrar kungsgårdar som sin egendom.

Två rader tjocka träpelare bar upp taket i salen och de hade alla målats över med röd färg som för att dölja de ogudaktiga bilder som ändå syntes, eftersom de var uthuggna i själva träet. Likt besvärjelser hängde kors och Kristusbilder mellan var järnkorg med tjärbloss utefter väggarna.

Arn och Cecilia väntade sig en lika dyster afton som senast på Bjälbo, men genast då de tagit plats visade både Birger Brosa och brudens far Sune Sik att de hade för avsikt att göra denna afton god och vänsäll även i högsätet. Vad som fått dem båda att så ändra uppförande var inte gott att veta. Cecilia försökte visserligen få kunskap av Sune Siks husfru och brudens mor Valevska men fick inte ut mycket, eftersom den kvinnan mer talade polska än nordiska.

Även biskopen som satt långt från Arn och Cecilia på andra sidan Sune Sik tycktes vilja visa god vilja och vänskap, eftersom han genast efter att ha druckit med Birger Brosa och Sune Sik vände sig till dem. Vin fanns inte på detta gille och Arns och Cecilias tankar om att låta ölet mestadels stå orört framför dem föll snart på skam genom den oväntade vänlighet som strömmade mot dem från alla håll.

Birger Brosa förvånade Arn mer än en gång genom att, högt så att Arn måtte höra, berömma honom som nära frände och vän inför Sune Sik.

Något hade hänt som ändrat spelbrädet, men just nu var bara att hålla god min och vänta med att förstå till en annan dag.

Sängledningen gjordes tidigare än väntat, eftersom det fanns många i salen som ville ha denna sak avklarad för att därefter kunna andas ut. När sverkrar och folkungar förenats i blodet genom Magnus Måne-sköld och Ingrid Ylva var tillfället för brand, svek och dråp förbi.

Bröllopssängen stod i ett sidohus nere vid Stångån och vaktades av lika många hirdmän i blå som i röda mantlar, skillnaden var bara att de som bar blått kunde stå rakt utan svårighet då inte en droppe öl kommit över deras läppar.

Efter ringdans i salen leddes bruden ut av sina fränder. Men det var som om folket i salen omedvetet tystnade för att lyssna efter klang av vapen och gälla skrik. Allt verkade dock lugnt där ute.

Strax därefter blev det tid för det verkliga avgörandet när Magnus Månesköld och hans folkungska fränder skulle gå ut.

Arn drog Cecilia intill sig på sin högra sida och lossade försiktigt på sitt svärd när de gick ut i leden av bländande facklor. De sade ingen-ting till varandra, men båda sänkte sina huvuden i bön om förskoning.

Men ingenting ont hände. Snart stod de vid bröllopsbädden där Magnus och Ingrid Ylva, som båda var mycket muntra och höll varandra i handen, låg i sina vita linskjortor. Biskopen läste en kort bön över dem och Birger Brosa och Sune Sik svepte brudtäcket över den sköna mörka Ingrid Ylva och den rödhårige kraftfulle Magnus Månesköld.

Alla i rummet drog ett djupt andetag av lättnad för sig själva och Sune Sik gick genast fram till Arn och sträckte honom sina båda hän-der, tackade Gud för den försoning som nu hade skett och svor att ing-et blod längre fanns mellan dem. Ty nu var båda svärfar åt den andres avkomma, och blodet skiljde dem inte, utan förenade dem.

När sängvittnena steg ut på gården möttes de av ett lättnadens och glädjens jubel över att detta bröllop hade lett till fred och försoning.

Lättare skulle det nu bli att få upp stämningen inne i salen. Så blev det också genast när högsätets gäster kom tillbaka till sina platser. Som Arn mindes det hade han bara en gång tidigare i sitt liv blivit sjuk av för mycket öl och den gången hade han dessutom lovat att aldrig göra om en sådan dumhet. Till sin förtret hade han snart blivit drucken under bordet av Birger Brosa och Sune Sik, som om de båda varit i elakt dryckesförbund mot honom.

Cecilia ynkade honom inte för hans eländiga tillstånd nästa morgon. Däremot hade hon mycket att säga om det okloka hos en svärdsman att dricka sig full som vilken som helst hirdbuse. Arn försvarade sig med att han känt så stor lättnad i det ögonblick han sett täcket dragas över Magnus och Ingrid Ylva att ölet lättare slank in där vettet ändå var på väg ut, eftersom det inte längre behövdes.

Men under de två följande gästabudsdagarna tog Arn det mycket försiktigt med ölet och Sune Sik hade dessutom skaffat fram vin åt honom och Cecilia och vin dracks aldrig lika manligt som öl.

***

Ingrid Ylva hade fått gården Ulvåsa i morgongåva från folkungarna och efter de tre gillesdagarna i Linköping red jarlen Birger Brosa främst i bröllopsföljet till Ulvåsa, som låg på en udde vid sjön Borens strand.

Eftersom Boren stod i förbindelse med Vättern bodde nu Arn och Cecilia nästan grannar med Magnus och Ingrid Ylva. Det var bara en dags resa mellan dem med båt sommartid och ännu kortare med släde vintertid. Cecilia och Ingrid Ylva, som redan hade lätt att tala med varandra, då Ingrid Ylva hade varit många år i Vreta kloster, kom kvickt överens om både det ena och det andra som gällde gästning och stora helger utan att någon av männen hann lägga sig i särdeles mycket.

Gästningen på Ulvåsa skulle bli kort för att de unga så fort hedern gjorde det möjligt skulle slippa bördan av äldre fränder. Därefter var det meningen att Arn och Cecilia skulle resa tillsammans med Eskil på en av hans båtar, först till Forsvik och sedan för Eskils del vidare till Arnäs.

Men när de gjorde sig färdiga för avresa på andra gästabudsdagen kom Birger Brosa hummande och muttrande fram till Arn och sade att han gärna skulle se att Arn följde med tillbaka till Bjälbo så att de två kunde språka något samman.

Det jarlen bad om måste han få. Arn hade ingen kunskap om vad som fick Birger Brosa att befalla om detta samtal, men han hade ingen svårighet att förklara för både Cecilia och Eskil att han nu måste resa åt annat håll. De båda samtyckte utan att ställa några frågor. Eskil lovade höviskt att med sitt liv svara för denna folkungafrus liv och säkerhet. Arn skrattade att det kunde sägas desto lättare nu när freden var säkrad.

När Birger Brosa och hans följe gjorde sig klara för att rida till Bjälbo ursäktade sig Arn att han skulle komma efter senare, eftersom han gärna ville ta tillfället i akt att tala något i enrum med sin son Magnus. Birger Brosa kunde inte gärna invända mot detta, men han rynkade pannan och muttrade att det var kort resväg till Bjälbo och att han inte hade för avsikt att sitta och vänta på sin frände då hans tid var dyrbar. Arn lovade att inte låta sin farbror vänta på Bjälbo, utan de skulle nog komma fram samtidigt.

"Då vill det till att du har en god häst!" fnös Birger Brosa och satte av i tung galopp med sina hirdmän som förvånade eftersläntrare.

"Med häst reder jag mig nog, käre farbror", viskade Arn mot den bortflyende jarlen.

Måhända tyckte nu både Ingrid Ylva och Magnus att de varit tillräckligt i fränders sällskap, de uppträdde redan kärvänligt mot varandra, men Magnus kunde likväl inte gärna säga nej till sin egen fars begäran om en kort ridtur och samtal mellan fyra ögon.

Ulvåsa låg vackert på sin udde med vatten glittrande runt om och bördiga åkrar som sköttes av både husfolket på gården och av folk från den angränsande byn Hamra som också den nu ägdes av Ingrid Ylva. Gårdshusen var av äldre sort och skulle inte vara angenäma på vintern. Arn sade ingenting om detta, även om han tänkte sig att till nästa vår sända byggnadsfolk från Forsvik för att ordna bostadshusen för både husfolk och trälar. Den tiden, den omsorgen, nu fanns viktigare ting att tala om.

Utan några omvägar med tal om bröllop eller ynglingalekarna på Bjälbo, som Magnus tycktes mer angelägen att skrävla om, började Arn beskriva vad Arnäs skulle bli. Dit skulle var folkung inom tre dagsresors avstånd dra om ofärd närmade sig, där skulle ingen fiende komma åt dem.

Magnus invände surt att i så fall lämnade man egen gård åt brand och plundring och Arn nickade bistert att detta var sant. Men om fienden var stark var det viktigare att rädda livhanken än några timmerhus som lätt kunde byggas upp på nytt.

Det verkade inte som om Magnus vare sig förstod eller intresserade sig särskilt för vad hans far ville berätta. Någon fiende syntes inte så långt ögat nådde. Nu var dessutom freden mellan sverkrar och folkungar än starkare beseglad, var det inte just därför de red här på Ulvåsa och Ingrid Ylva väntade i långhuset? Var inte själva tanken med detta bröllop att säkra freden och hade inte han själv utan knot funnit sig i ättens krav, även om det var ett billigt krav att gå i brudsäng med en så fager mörk kvinna som Ingrid Ylva?

För sent insåg Arn att han varit ovanligt klumpig i sitt val av tidpunkt för att försöka få sin egen son att se vad som hotade riket och hur man skulle värja sig. Han svarade undvikande att ingen fara fanns de närmaste åren och att det var alldeles sant att detta bröllop var ett starkt fredsbud. Själv hade han bara försökt se längre in i framtiden. Åt detta ryckte Magnus bara på axlarna och Arn frågade då till slut om hur det hade gått till på ynglingaspelen på Bjälbo.

Med desto större glädje kastade sig Magnus Månesköld in i detta samtalsämne och beskrev noga allt som hänt i vart och ett av de sju spelen där han själv till slut stått som segrare och Erik jarl åter blivit slagen.

Tiden led längre än en timme och Arn började få stor möda att inte visa sig otålig trots att han inte utan högmod lovat Birger Brosa att komma samtidigt till Bjälbo. Bara med svårighet lyckades han till slut slingra sig ifrån Magnus förslag att dricka en stånka öl före avfärd. De skiljdes ute på tunet och Arn red genast i högsta fart mot Bjälbo. Magnus såg tankfullt efter sin far och tänkte att med sådan fart kunde ingen rida långt, att hans far bara ville uppvisa stor kraft så länge han syntes men att han måste slå av på takten så fort han kom bakom ekdungen söder om Ulvåsa.

Birger Brosa och hans sällskap hade mindre än en rasts väg kvar till Bjälbo, man kunde redan se kyrktornet, när Arn på en av sina utländska hingstar kom ikapp dem i hög fart. När Birger Brosa blev tillsagd att ryttare närmade sig vände han sig om i sadeln, såg den folkungska manteln och tänkte först att Arn nog smugit upp bakom dem för att rida den allra sista sträckan på detta orimliga sätt. Men han blev snabbt betänksam när han såg att Arns skimmel var skummande våt av svett.

Arn var lättad att den unghäst han valt för bröllopet hade visat sig god nog, även om den var långsam jämfört med Abu Anaza. Men Abu Anaza var svart och hade inte gått att rida till bröllop, eftersom sådan häst, enligt vad Cecilia berättat, passade bättre till begravning men ansågs föra otur med sig på bröllop.

Birger Brosa styrde och ställde så fort de red in bakom trämurarna på Bjälbo. Först skulle han klä sig enklare, sedan måste han gå till sin skrivkammare där folk väntade med allehanda ärenden och först därefter kunde han träffa Arn och det skulle ske uppe i tornkammaren i kyrkan där ätteting hölls i äldre tider. Eldfat och öl, bolster och fårfällar skulle genast bäras dit upp och ingen annan än Arn fick finnas där uppe om en timmes tid. Efter dessa tvära befallningar satt Birger Brosa tungt av sin häst som han släppte till en stallare utan att ens se sig om och gick med kraftfulla steg mot långhuset.

Inte så lite förorättad tog Arn själv hand om sin häst som krävde särskilda omsorger efter en så hård ritt. Att han väckte förvirring och undran inne i stallet där herrefolk sällan visade sig brydde han sig inte om. Hästens hälsa var viktigare just nu. När han torkat honom ren och rensat hovarna befallde han om några fällar som han svepte över skimmelns rygg för att inte avkylningen skulle gå för fort. Och han stannade vid hästen och talade ett främmande viskande språk medan han smekte och liksom tröstade. Stallarna skakade på sina huvuden, bytte några menande blickar bakom Arns rygg och drog sig besvärade undan.

När Arn lämnade hästen gick han genast för att tvaga sig själv och på utsatt tid satt han uppe i det gamla tornrummet och väntade. Där luktade surt av fukt och murbruk. Birger Brosa kom för sent, men inte mycket.

"Du är mig till större besvär än någon annan frände, Arn Magnusson, och dig kan jag nog aldrig bli klok på!" hälsade Birger Brosa med hög röst när han kom uppför trappan och utan vidare slog sig ner i det största sätet, just där Arn gissat.

"Då bör ni fråga mig så skall jag med Guds hjälp försöka göra er klokare, käre farbror", svarade Arn ödmjukt. Han hade ingen som helst lust för nya gräl med jarlen.

"Det är värre än så!" röt Birger Brosa. "Än värre blir det när jag förstår, eftersom det får mig att känna mig enfaldig över att jag inte genast förstod. Och det gillar jag inte. Inte heller har jag någon särskild håg för att be om ursäkt och dig har jag redan en gång tvingats förödmjuka mig inför. Nu gör jag det igen, för andra gången. Det har aldrig hänt och om Gud står mig bi skall det aldrig hända på nytt att jag för andra gången måste be någon spjuver om ursäkt!"

"Vad vill ni att jag skall förlåta?" undrade Arn häpen över det eldfängda skådespel som hans farbror framförde.

"Jag har sett bygget på Arnäs", svarade Birger Brosa i ett nytt och lågt tonfall och slog ut med armarna i en nästan uppgiven gest. "Jag har sett vad du bygger och enfaldig är jag inte. Du bygger folkungamakten större än någonsin, du bygger oss till herrar i detta rike. Min bror Magnus och din bror Eskil har berättat för mig också om det du gör på Forsvik. Behöver jag säga mer?"

"Nej, inte om ni vill att jag skall förlåta er, farbror", svarade Arn försiktigt.

"Bra! Vill du ha öl?"

"Nej, inte gärna. Dessa dagar har jag druckit öl så att jag gott och väl står mig fram till jul."

Birger Brosa log försmädligt och reste sig. Han tog två tomma ölsejdlar med sig till ölfatet, öste upp och ställde utan vidare den ena ölsejdeln framför Arn innan han gick tillbaka och satte sig, makade det bekvämare för sig bland fårfällarna och drog upp ena knäet och ställde sin ölsejdel balanserande högst upp som han hade för vana. Han betraktade Arn en stund under tystnad, men hans blick var vänlig.

"Berätta om den styrka du bygger", sade han. "Hur ser den ut idag, hur ser den ut när Arnäs står färdigt och hur ser den ut efter ännu några år?"

"Det kan ta tid att svara på de frågorna", sade Arn.

"Ingenting är viktigare för rikets jarl just nu, och tid har vi och ensamma är vi och intet öra finns i närheten", svarade Birger Brosa, grep sin ölsejdel och tog några duktiga klunkar innan han ställde tillbaka den på knäet och frågande slog ut med båda armarna utan att ölstånkan vinglade det minsta.

"Idag är fred och idag är förbund mellan erikar och folkungar", började Arn långsamt. "Sverkrarna håller sig lugna, de bidar sin tid tills kung Knut är borta och om Gud vill dröjer det många år. Alltså ser jag inget krig på många år."

"Då tänker vi lika", nickade jarlen. "Men därefter, vad sker därefter?"

"Det vet ingen", sade Arn. "Men ett vet jag, att då är än större fara för krig. Det betyder inte att det går så illa. För om vi byggt tillräckligt starkt nu under den fred som står oss till buds kan den styrkan rädda freden lika så gott som kloka bröllop."

"Sant", nickade Birger Brosa. "Men vad är vår svaghet?"

"Vi kan inte möta en dansk här på slagfältet", svarade Arn snabbt.

"En dansk här, varför en dansk här?" frågade Birger Brosa med höjda ögonbryn.

"Det är den enda faran som finns och därför det enda att grubbla över", svarade Arn. "Danmark är en stor makt, en makt som liknar frankerriket mer än oss och som för krig på samma sätt som franker. Danerna har härjat i stora delar av Sachsen och vunnit mycket land och visat att de kan slå sachsiska härar. När de blivit mätta på att gå söderut, eller när de kommit för långt söderut för att kunna försörja sina härar, så kan hända att de vänder sina blickar norrut. Och här ligger vi, som ett mycket lättare byte än Sachsen. Och i Roskilde sitter Karl Sverkerssons son, fostrad som en dan men likväl med arvsrätt till vår krona. Han kan bli danernas lydkung i vårt rike. Så ser det ut om man försöker tänka sig vad som vore det värsta som kunde hända."

Birger Brosa nickade tankfullt nästan som om han för sig själv erkände att detta var hans mörkaste tankar, de som han helst ville skjuta ifrån sig. Han drack på nytt under tystnad och väntade sig inte annat än att Arn skulle förhålla sig tyst tills han fick en ny fråga.

"När kan vi besegra danskarna?" frågade han plötsligt med hög röst.

"Om fem eller sex år till ett högt pris. Om tio år lättare", svarade Arn så tvärsäkert att Birger Brosa, som väntat sig en längre utläggning kom av sig.

"Förklara dig bättre än så!" sade han efter en ny lång tystnad.

"Om fem år dör kung Knut", sade Arn men höjde snabbt en avvärjande hand för att inte bli avbruten innan han fortsatte. "Det vet vi ingenting om, det är en ond tanke, men onda tankar måste också prövas. Då kommer en dansk här med en mer eller mindre lysten Sverker Karlsson i bakre foran. Vi har hundra ryttare. Inte sådana ryttare som kan möta en stor frankisk eller dansk här, men hundra ryttare som kan göra deras väg genom vårt land till ett enda långt lidande. De kommer aldrig åt oss och aldrig ifatt oss, men vi tar deras förråd, vi dödar deras dragdjur, vi dödar eller sårar en tolft danskar varje dag. Vi lockar dem i bästa fall att förfölja oss till Arnäs. Där går de under i sin belägring. Så skulle det bli om fem år och priset är stor skövling från Skara och hela vägen uppåt."

"Och om tio år?" frågade Birger Brosa.

"Om tio år krossar vi dem på slagfältet efter att först ha plågat dem med våra lätta ryttare i en månads tid", svarade Arn. "Men för att allt detta skall bli möjligt måste du också anstränga dig och bekosta en hel del som kommer att göra stora hål i dina silverkistor."

"Varför jag, varför inte kung Knut?" undrade Birger Brosa för första gången tydligt förvånad under detta hårda samtal.

"Därför att du är folkung", svarade Arn. "Den makt jag börjat bygga är inte rikets, utan folkungarnas. Sant är att jag svurit Knut min trohet och den eden står jag vid. Kanske får jag en dag svära samma ed också till Erik jarl, men om detta vet vi intet. Idag är vi i förbund med erikarna. Men i morgon? Det vet vi heller ingenting om. Det enda som är säkert är att vi folkungar håller samman och att vi är den enda makt som kan hålla riket samman."

"Om detta tror jag du har mer rätt än du själv kan veta", sade Birger Brosa. "Strax skall jag berätta något för dig som bara är för dina öron. Men säg mig först vad du menar att jag skall göra, som jarl eller som folkung."

"Du måste bygga en borg vid Vätterns västra strand, kanske vid Lena där du ju redan äger en stor gård. Danerna kommer från Skåne in i Västra Götaland. Vid Skara kan de fortsätta den nordvästra vägen mot Arnäs eller den oskyddade vägen förbi Skövde och upp mot Vättern och kungens Näs. Där vid Lena måste finnas ett lås och det hoppas jag blir din sak. Axevalla vid Skara måste också förstärkas. Vi skall ha vårt krigsfolk i tre borgar. Däremellan kan våra ryttare förflytta sig fram och åter utan att fienden kommer åt oss eller vet varifrån anfallet kommer nästa gång. Med tre starka borgar varav en ointaglig är vi säkra."

"Men Axevalla är kungsborg", invände Birger Brosa tankfullt.

"Desto bättre för dina utgifter", log Arn. "Om jag bygger Arnäs och du bygger borg vid Lena så skall väl inte du som rikets jarl ha svårt att övertyga Knut om att också kungen bör dra sitt strå till stacken och förstärka sitt eget Axevalla? Det gjorde han lika mycket i egen sak som i vår."

"Jag märker att du har börjat tilltala mig med du som om vi vore jämlikar", sade Birger Brosa och log för första gången det breda leende som varit hans kännetecken ända sedan ungdomen.

"Då är det min tur att be er, min farbror, om ursäkt. Jag förivrade mig", svarade Arn och böjde kort på huvudet.

"Jag förivrade mig också, eftersom jag inte tänkte på det först", svarade Birger Brosa fortfarande leende. "Men så vill jag från och med nu att du och jag talar med varandra, utom möjligen vid kungens råd. Nu till det jag tänkte berätta om en stor och svår sak. Kanske vill jag att Sverker Karlsson skall bli vår näste kung."

Birger Brosa tystnade tvärt efter att ha framfört denna ohyggligt svekfulla tanke. Han väntade sig kanske att Arn därvid skulle ha rest sig i vredesmod, vält sitt öl eller farit ut mot honom med föga höviska ord eller åtminstone gapat som en fisk av förvåning. Men med lika delar besvikelse och förvåning fann han att Arn inte rörde en min utan bara väntade på fortsättningen.

"Då vill du väl höra hur jag resonerat mig fram till detta?" frågade Birger Brosa nästan misslynt och med ett falnande leende.

"Ja", svarade Arn uttryckslöst. "Det du säger kan vara förräderi eller något mycket klokt och jag vill gärna veta vilket."

"Kungen är sjuk", suckade Birger Brosa. "Ibland skiter han blod och det är ju som var och en vet inget gott tecken. Han kanske inte lever ens de fem år vi behöver för att nödtorftigt kunna värja oss."

"Jag har läkekunniga män hos mig som ändå har för lite att göra, dem skall jag sända till Knut genast efter jul", sade Arn.

"Läkekunniga män, sade du?" avbröt sig Birger Brosa mitt i sin tankegång. "Jag trodde det var mest fruntimmer som höll på med sådant. Hursomhelst, blodskita är ett ont tecken och Knuts liv vilar i Guds händer. Om han dör för snart sitter vi illa till, inte sant?"

"Ja", sade Arn. "Låt oss därför resonera om det värsta tänkbara. Knut dör om tre år. Vad gör vi då? Där kommer alltså Sverker Karlsson in i dina tankar?"

"Ja, där kommer han med sina danske män", bekräftade Birger Brosa med en dyster nick. "Han har varit samman med sin danska fru, Benedikta Ebbesdotter tror jag hon heter, i sex eller sju år. Där föddes tidigt en dotter men sedan inget och framför allt inte någon son."

"Då tror jag att jag förstår", sade Arn. "Vi ger utan krig kungakronan till Sverker. Men vi ger ingenting så stort utan att få något i gengäld. Han måste svära att Erik jarl blir kung efter honom?"

"Ungefär så", nickade Birger Brosa.

"Mycket kan gå fel med en sådan list", grubblade Arn. "Även om Sverker Karlsson inte har en son så kan det dyka upp någon ny frände från Danmark med krav på vår krona och så är vi där igen."

"Men då har vi vunnit många år i tid, många år utan krig."

"Ja, det gagnar helt säkert oss folkungar", medgav Arn. "Vi vinner all den tid vi behöver för att trygga en segrande makt. Men så muntert blir det väl inte hos erikarna på Näs om du för fram det du nu sagt till mig."

"Nej, det tror inte jag heller", sade Birger Brosa. "Men nu befinner sig erikarna i ett svårt läge. När Erik jarl gormat färdigt och kallat oss för ting som han kommer att ångra finner han att utan folkungar blir inget krig för kungakronans skull. Utan oss ingen makt. Jag tror nog hans far Knut kommer att ha lättare att förstå detta. Mycket hänger förstås på Knuts hälsa de närmaste åren, men blir den sämre finner jag nog rätt tillfälle att beskriva hur vi skall rädda freden, och därmed Erik jarls huvud såväl som hans krona. Knut kommer att foga sig om sjukdomen tärt honom och om stunden för detta samtal blir väl vald."

"Och efter Erik jarl?" frågade Arn med ett försmädligt leende. "Vart hade du tänkt bära kungakronan därefter?"

"Då är jag inte längre i jordelivet", skrattade Birger Brosa, höjde sin ölstånka och drack den i botten. "Men om min utsiktsplats i himmelen blir något så när god, och så mycket förbönsrabbel för min själ som jag köpt i tre kloster borde jag väl åtminstone sitta så jag kunde se hyggligt, skall det bli mig ett stort nöje att se den förste folkungen krönas!"

"Då föreslår jag att du genast börjar gifta dina fränder åt Svealand hellre än med nya sverkrar", sade Arn med uttryckslöst ansikte.

"Det är just precis vad jag tänkt mig!" utbrast Birger Brosa. "Och det har slagit mig att din bror Eskil, som är ett mycket frestande gifte, nog behöver en ny husfru snart!"

Arn suckade, log och höjde spelat uppgivet sin ölstånka mot Birger Brosa. Hans beundran för sin farbrors förmåga att styra kampen om makt var stor. Sådana män hade varit sällsynta till och med i det Heliga Landet.

Men han oroade sig också över att aldrig så många köpta förböner i tre kloster kanske inte skulle räcka till riktigt så god utsiktsplats i livet efter detta som Birger Brosa själv tycktes vara tryggt förvissad om. Fast om detta sade han inte ett ord.

***

Den första snön kom tidigt och i stor mängd det året. Bland utlänningarna på Forsvik fick snön och den allt värre kylan underlig verkan, eftersom somliga kom att visa allt större flit i arbetet medan andra helst höll sig inne vid elden i långhuset utan att göra ett handtag. Så svårt att förklara denna skillnad var det inte, eftersom de flitiga var de som gick till smedjorna och glasbruket där hettan alltid var så stor att alla arbetade i en tunn långskjorta och höga träskor med grovt läder över vristen, oavsett hur kallt det var utanför knuten.

Annat vinterarbete, som att släda efter nytt virke och hålla tunet skyfflat eller snögångar mellan husen skottade, skötte trälarna på Forsvik. De hade bättre på fötterna för sådant arbete.

Jacob Wachtian förvånade Arn den andra snöveckan med att begära att den del av vattenledningen som gick ovan mark till de främmande gästernas hus måtte skyfflas över med snö. Arn varnade lite överseende att detta inte vore det klokaste, eftersom det bleve besvärligt om vattnet frös. Men Jacob Wachtian envisades att det var just det han ville undvika och påstod att snö var varmare än luft och att han hört detta från släktingar som bodde högt uppe i de armeniska bergen. Eftersom Jacob Wachtian inte gav sig, fast han envisades på ett mycket hövisk sätt, beslöt Arn att man skulle pröva hans förslag på den ena ledningen och att Jacob fick välja vilken. Inlindat i många onödiga artigheter förklarade då den kristne brodern att eftersom de bodde så många män inne i långhuset och eftersom de flesta där inne aldrig ens sett snö förut vore skadan desto större om vattnet frös och tvingade ut dem alla i vinternatten om de skulle förrätta sitt tarv, liksom det skulle bli svårt att tvaga sig morgnar och kvällar.

Arn gjorde honom då till viljes, fast han inte trodde att detta försök skulle sluta väl. Den del av vattenledningen till långhuset som löpte ovan jord bäddades in i stora högar med snö.

Kort därefter blev det stopp i vattnet in till hans eget och Cecilias hus, och när han gick till saracenernas långhus fann han att där rann vattnet lika friskt som under sommaren.

Muttrande och grymtande måste han ta Gure till hjälp för att bryta upp sin egen vattenledning med spett och hackor och tvinga ner kokande vatten på flera ställen. Till slut fick de loss isproppen som rasslande drog genom huset och snart var vattnet igång på nytt. Arn lät då bädda in den egna vattenledningen på samma sätt som utlänningarnas och därefter var allt som det skulle, även genom den hårdaste midvintern.

Vintern var en god tid, eftersom dagarna inte fylldes av så hårt arbete att tankarna ständigt kom på efterkälken. Tvärtom var vintern tid för eftertanke.

Därför införde Arn *majlis* varje torsdag efter middagsbönen i det saracenska långhuset, dit han också kallade de kristna utlänningarna. Vid första mötet ursäktade han sig med att denna goda sed för rådrum och samtal visserligen borde ha kommit igång mycket tidigare. Men som var och en säkert förstod hade det funnits skäl att jäkta med allt arbete som skulle skydda mot vintern. Här satt man ändå till slut i kylan och det man inte hunnit göra skulle inte bli gjort förrän till våren. Så, vad borde man tala om?

Ingen svarade honom till en början. Det var som om dessa saracener, hur vardaglig än tanken på majlis var för de flesta av dem, hade glömt mycket av det självklara i livet, eftersom allting i Norden var dem så främmande. Och i värsta fall, tänkte Arn, för att de såg sig som slavar utlämnade på nåd och onåd till den främmande herren.

Arn översatte det han sagt till frankiska när han kom att tänka på att de två engelsmännen inte förstod ett ord arabiska, även om deras frankiska inte heller var särskilt tydlig.

"Lön", sade emellertid Athelsten Crossbow som var den förste som yttrade sig. "Vi arbeta ett år, var lönen?" förtydligade han.

Arn översatte genast frågan till arabiska och såg då att mer än en blick av intresse tändes i salen.

Arbetskläder kunde också vara något att tala om, menade en av stenbyggarna. Gamle Ibrahim, som var den mest vördade av de rättroende och den ende som fick tala för dem alla, tillfogade att man borde lösa frågan om den av Gud befallda vilodagen, eftersom det varit en del oreda med den saken.

Efter en kort stund var församlingens försagdhet som bortblåst och snart talade alltför många i munnen på varandra så att Ibrahim och Arn fick ta till kraftord för att få ordning.

Första beslutet gällde lönen. Församlingens mening var att det var bättre att få lön efter varje avtjänat år än att få fem års lön på en gång inför hemresan. Invändningar saknades inte, som att det fanns svårigheter att förvara silver och guld som man ändå inte hade någon nytta av på Forsvik, eller som någon mer inställsamt menade, att aldrig skulle det finnas skäl att tvivla på Al Ghoutis ord och säkert förvarades allas guld bättre i Al Ghoutis hemmaborg an-Nes.

Arn beslutade dock att han efter nästa besök på Arnäs, som skulle ske snart vid den största kristna helgen, skulle medföra vars och ens lön i guldmynt.

Frågan om arbetskläder var lättare att klara av. De flesta i salen visste ganska väl vad som krävdes vid stenarbete och i smedjor och glasbruk och Arn försäkrade att detta skulle bli sadelmakarnas viktigaste uppgift under vintern, då särskilt stenarbetare behövde läderförstärkta kläder.

Svårare blev det med vilodagen, om den skulle vara på fredagen eller söndagen. Att släcka ner i smedjor och glasbruk två dagar i veckan var inget att åstunda. Med smedjorna kunde man lösa problemet enklast, eftersom det fanns många kristna, särskilt om man räknade slavarna på Forsvik som kristna, som kunde arbeta utan bekymmer på fredagarna, liksom de rättroende kunde arbeta på söndagar. Lika enkelt var det inte med glasbruket, där alla kunniga utom bröderna Wachtian var rättroende.

Arn frågade då Broder Guilbert hur man hade gjort med denna sak vid stenbygget på Arnäs och Broder Guilbert skruvade inte så lite på sig när han mumlande och otydligt berättade att han räknat söndagar som fredagar utan att någon bråkat om saken. Hans ord väckte starkt ogillande mummel och en del upprörda ögonkast mellan dem som arbetat vid borgbygget. Tydligen hade de svävat i villfarelse om vad som varit fredag och söndag.

Den dispyt som genast såg ut att växa sig för stor även för en majlis klippte Arn fort av med att säga att under vintern och på Forsvik var fredag vilodag för var muslim och söndag för var kristen och därmed nog sagt. Hur man skulle göra när stenbygget borta vid Arnäs togs upp på nytt under våren fick man tills vidare grunna på.

Helt nöjda efter denna första majlis var inte alla som varit där. Men det var så det brukade vara och så som det skulle vara.

Mer grubbel hade Arn och Cecilia över tidpunkten för trälarnas frigivning. De satt några kvällar tillsammans med Broder Guilbert i sin egen kammare för att kunna tala ostört om detta som helst skulle förbli en hemlighet ända tills det blev verklighet. För säkerhets skull förde de samtalen på latin.

Broder Guilbert var helt och utan tveksamheter för tanken på trälarnas frigivning, annat var ju inte heller att vänta. Men han insåg att ett så stort och viktigt besked måste överlämnas med varsamhet och klokskap, för man behövde ju bara försöka föreställa sig hur man själv, om man nu vore träl, skulle ha tagit emot en sådan nyhet. Mest oroade han sig för att den inpiskade foglighet som trälar hade skulle slå över i sin motsats, att de enkla och arma själarna skulle bli som tokiga, gå lös på varandra med tillhyggen för att göra upp gamla oförrätter i tron att den som var fri kunde slåss hur som helst, eller att de helt enkelt skulle löpa iväg till skogs.

Cecilia anmärkte att från Forsvik löpte nog ingen till skogs mitt i vintern. Just därför borde beskedet komma nu snart när det var som kallast.

Arn sade grubblande att det nog nyttade föga att sitta och gissa hur en träl tänkte, eftersom det måste vara omöjligt att ha någon vettig mening om den saken om man levt sitt liv som fri. Borde man inte hellre fråga någon av dem?

De båda andra slog genast ifrån sig med att sade man minsta knyst om detta till någon av dem skulle det bli hönshus på Forsvik av rykten och missuppfattningar redan till aftonsången. Men Arn envisades och bad dem också föreslå vem av trälarna man borde fråga till råda.

Gure, Suoms son, svarade de båda med en mun.

För Gure, som inte ens efter att snön fallit saknade ständigt arbete med eldstäder och dragiga dörrar i trälbostäderna, kom den plötsliga kallelsen till husbondsfolket som ett ont varsel. Han avbröt genast sitt arbete och pulsade upp från trälhusen till tunet för att snedda bort till herr Arns hus. Han tänkte oroligt att han måhända hade ägnat alldeles för mycket tid åt trälar och för lite åt stall och fähus och att det var hårda ord att vänta. Pisk fruktade han inte, eftersom det inte brukades ens på Arnäs och eftersom han visste från alla han talat med att ingen enda träl hade piskats sedan det blev nytt husbondsfolk på Forsvik.

Utanför herr Arns hus stannade han i snön och stod villrådig. Han hörde röster där inne som lät höga och olycksbådande som om herr Arn och de han talade med på ett främmande språk var ocnse. Det som oroade honom var inte att han tydligen skulle näpsas, utan att han inte visste för vad. Han väntade så länge att han började frysa, men ingen kom ut till honom. Själv kunde han inte gå in, ingen träl kunde gå in till husfrus kammare och hon var ju också där inne. Han stoppade händerna i armhålorna och började trampa i snön för att få bort skakningarna av köld.

Han frågade sig om det var detta som var straffet, att frysa för sina synder. Men borde han då åtminstone inte få veta varför? Vad var det för mening med straff utan klar orsak?

Broder Guilbert kom till oväntad hjälp som likväl kunde ha uteblivit om han tänkt på lavatoriums möjligheter i husbondshuset. Själv bodde han i det gamla långhuset och var van att gå ut för att lätta sig. Just som han lyfte på sin kåpa uppe på trappsteget upptäckte han att han varit nära att kasta sitt vatten på den väntande Gure.

Broder Guilbert kom genast av sig i sin förrättning, tog Gure om skuldrorna och ledde in honom genom den mörka klädkammaren och till den stora kammaren där elden värmde som i ett badhus. Munken ledde honom prompt till den stora eldstaden och tryckte ner honom lagom långt från värmen medan han sade något till herr Arn på ett främmande språk.

Gure gnuggade sina händer varma medan han såg ner i golvet och han märkte hur husbondsfolket och munken noga granskade honom, fastän ingen av dem sade något. Plötsligt reste sig fru Cecilia, tog en bräda med en rökt skinka som stod på sängen, bar fram den till honom och räckte honom en kniv.

Gure förstod ingenting annat än att det som just hänt inte kunde hända. En fru bar inte mat till träl och han visste inte vad han skulle göra med kniven och skinkan. Men hon nickade och tecknade åt honom att han skulle skära och äta och motvilligt gjorde han så.

"Det var inte vår mening att du skulle vänta ute i kylan, Gure", sade herr Arn till slut. "Vi bad dig komma för att det är en sak vi vill fråga dig."

Herr Arn tystnade och alla tre stirrade ånyo på Gure, och den rökta skinkan, som han aldrig smakat tidigare, blev som en tugga som växte i munnen på honom och som han inte förmådde svälja.

"Det vi ville fråga dig måste stanna mellan oss i detta rum", fortsatte fru Cecilia. "Vi vill veta vad du anser, men vi vill inte att du för våra ord vidare till någon annan. Förstår du det?"

Gure nickade stumt åt befallningen. Han gissade nu att något dyrbart hade stulits och att husbondsfolket ville fråga honom, eftersom han var den som nog hade bäst uppsikt över allt trälfolk på Forsvik. Det var illa, insåg han, eftersom han inte hade någon sådan kunskap och kanske inte skulle bli trodd. Tjuvar hängdes. Men vad med den som skyddade tjuv med lögn?

"Om vi gav dig fri, Gure, vad skulle du göra då?" frågade herr Arn utan minsta förvarning.

Gure måste tänka noga över den oväntade frågan. Han lyckades med stor ansträngning svälja det kött han hade i munnen och insåg att han måste få ur sig ett vettigt svar genast, eftersom husbondsfolket och munken såg på honom som om de väntade sig något märkvärdigt.

"Jag skulle tacka Vite Krist först, sedan skulle jag tacka mitt husbondsfolk", svarade han slutligen som om orden bara rann ur honom. Genast ångrade han att han inte nämnt husbondsfolket före Vite Krist.

"Och vad skulle du göra därefter?" frågade fru Cecilia utan minsta min åt att han nämnt Vite Krist före henne.

"Jag skulle gå till en kyrkoman för att bli döpt", svarade han listigt för att vinna tid. Men mycket tid vann han inte, för nu lade sig munken genast i.

"Jag kan döpa dig i morgon, men vad gjorde du därefter?" frågade Broder Guilbert.

Gure hade först inget svar. Friheten var en dröm, men en dröm som slutade där den började. Därefter fanns ingenting.

"Vad kunde en frigiven göra?" svarade Gure med tankemöda. "Måste inte en fri man äta? Måste han inte arbeta? Kunde jag som fri man bygga detsamma jag gör nu skulle jag göra det. Vad annat kan jag göra?"

"Tänker de andra som du?" frågade fru Cecilia.

"Ja, alla tänker vi nog så", svarade Gure nu mera säker i orden. "Det har viskats en tid om att vi skulle bli fria. Somliga har sagt sig veta det säkert, andra har fnyst åt rykten som alltid löper kring gård och knut. Frigivna kan stanna hos sin husbonde eller bryta ny mark, det är det som gives och det vet alla. Finge vi stanna på Forsvik så gjorde vi det. Körde ni bort oss så måste vi foga oss och mer finns inte att välja mellan."

"Vi tackar dig för dessa ord", sade herr Arn. "Du är en man som tänker gott, du har redan förstått vad vi har för avsikter. Därför skall jag säga dig sanningen. När din husbondsfru och jag kommer tillbaka från julen på Arnäs, där vi skall vara över ottan, kommer vi att ge alla trälar på Forsvik fria. Så är det. Men vi vill inte att du säger något om detta till någon enda av dina likar, inte till någon annan heller, inte ens din egen mor. Det är måhända den sista befallning jag ger dig som träl, men den måste du lyda."

"En träls ord är inget värt, vare sig efter lagen eller efter folks åsikt", svarade Gure med blicken rakt i Arns ögon. "Ändå har ni mitt ord, herr Arn!"

Arn svarade inte men smålog när han reste sig och tecknade åt Cecilia att göra detsamma, vilket också fick Broder Guilbert på fötter. Gure fattade snabbt att meningen var att han nu skulle gå, men han visste inte hur han skulle ta avsked, utan försökte buga sig medan han slank ut.

Så fort Gure stängt dörren efter sig talade Arn, Cecilia och Broder Guilbert i munnen på varandra om den märkliga händelse de beskådat. Arn menade att det de själva nu med egna ögon och öron tagit del av visade att trälar alls inte var så korta om huvudet som det sades. Broder Guilbert talade om att döpa de frigivna och att denne Gure borde göras till förman för de frigivna så att inte Arn eller Cecilia själva måste springa omkring och styra och ställa med var liten sak. Detta höll de båda med om, men Cecilia sade varnande att kanske inte alla var som Gure. Ty hon hade betraktat honom noga när han talade och tyckte sig då ha funnit något märkligt. Gure talade som ingen annan träl hon någonsin hört, nästan som de själva. Det hade fallit henne in att han heller inte såg ut som en träl och att om Arn och Gure bytte kläder skulle nog mången säga fel om vem som var trälen och vem som var riddaren.

Vad som flugit i henne när hon sade detta förstod hon inte, men hon ångrade sig genast när hon för första gången såg vrede blixtra till i Arns ögon. Det hjälpte inte att hon försökte skämta bort sina förflugna ord med att hon förstås menat att Gure snarare såg ut som Eskil, fast magrare.

***

Vid Sankta Lucia var årets mörkaste natt då de onda makterna var starkare än någon annan dag eller natt på året och mycket buller fördes då på Forsvik. Husets trälar pulsade i procession i den kalla midvinternatten med tända facklor och masker med horn av flätad halm tre gånger runt gården. Trots den bitande kylan tittade flera huttrande saracener förvånat ut och trängdes på sin farstubro omsvepta i mantlar och mattor för att beskåda underligheterna. Det var så kallt att det knakade starkt i snön under trälarnas halmskor som de bar utanpå sina sommarskor.

Men ondskans makter hölls borta från Forsvik också denna natt och snart sänkte sig midvinterns frostiga tystnad på nytt över gården där bara jägarna var vakna.

När Arn och Cecilia, Torgils och gossarna Sune, Sigfrid och Bengt och de kristna främlingarna på Forsvik återvände i sina slädar från Arnäs och julotta och ett julöl som hade varit ovanligt måttligt för att drickas in av gamle herr Magnus, var det tid för den stora förändringen.

Nästa dag före middagsmålet kallades Forsviks alla trälar till den stora salen i gamla långhuset. Mer än trettio själar var de, om man räknade ett och annat dibarn på modersarm. Många av dem var arbetsträlar för fält eller bodar och hade aldrig satt sin fot inne i stora salen. Husträlarna drev lite gäck med sina ovana fränder för att de gjorde så stora ögon.

När alla var församlade steg Arn och Cecilia upp i högsätet. Arn förde ordet, därför att Cecilia bett honom, fastän dessa trälar rätteligen var hennes egendom och inte hans.

Han sade kort som det var. Fru Cecilia och han själv hade beslutat att ingen fick vara ofri på Forsvik, då sådant var en styggelse i Guds ögon. Därför var de nu alla fria och kunde efter sitt namn lägga till namnet Forsvik eller kalla sig forsvikare, så att alla och envar i byar och andra gårdar skulle veta att de kom från en plats där ingen var träl.

Som fria män och kvinnor skulle de arbeta mot lön och första årets lön skulle de som blev kvar på Forsvik få vid nästa jul. För dem som hellre skulle vilja bryta ny mark åt Forsvik mot arrende kunde också detta ordnas.

När Arn och Cecilia satte sig ner efter dessa ord blev de båda häpna och besvikna av att inga höga trälskrin hördes, att inga tacksägelser strömmade mot dem och ingen bön bads. Förvåning kunde de nog se i så många ansikten att det inte fanns skäl att tro att Gure brutit sitt löfte om tystnad. En och annan omfamnade stilla den som stod närmast och någon tår skymtade de också.

Cecilia ställde sig på nytt upp i högsätet och fick genast tyst på alla stilla viskningar när hon sträckte upp sin högra hand, den för alla invanda befallningen till tystnad.

Lugnt sade hon att det till nästa dag skulle göras julöl i salen med allt som hörde till och att alla fria på Forsvik skulle vara med om detta.

Det verkade först inte som om hon hade gjort sig riktigt förstådd. Därför upprepade hon sina ord, fast tydligare, så att detta med *alla fria på Forsvik* inte kunde betyda annat än alla dem som nu fanns i salen. Fortfarande verkade hon missförstådd.

Då sade hon att det fanns mycket öl på Forsvik, eftersom man bryggt höstölet som i gamla tider då husbondsfolket nyttjade mer öl än vad som gick åt under hennes nycklar och att det vore synd om detta öl skulle stå till ingen nytta och surna i sina tunnor. Då blev hon äntligen förstådd och fick det stora bifall som både hon och Arn hoppats och trott att själva frihetsbudet skulle ha åstadkommit.

Efteråt när de satt till kvällsvard med Broder Guilbert och bröderna Wachtian, som då och då åt med det kristna husbondsfolket i stället för i det muslimska långhuset, blev samtalet ovanligt livligt för att föras på latin när man skulle försöka förstå slavarnas oväntat stillsamma sätt att ta emot beskedet om friheten och deras desto större glädje när de fick bjudas till öl. Cecilia sade sig vara besviken över att öl i detta land hade så överdriven betydelse att till och med trälar skattade berusning högre än själva friheten. Både Arn och Broder Guilbert höll med om att detta var en nedslående slutsats.

Marcus Wachtian invände efter en stunds funderande för sig själv att han kommit fram till att det måste ligga till på ett helt annat sätt. Ingen vettig människa, inte ens i detta land, betraktade dryckenskap som mer värdefull än friheten, slog han fast. Däremot var bjudningen till öl den första verkliga händelsen i frihet, något som aldrig kunnat hända en slav. Den som var slav ena ögonblicket och såg sig med herrefolkets öl i handen i nästa ögonblick visste då, men först då, att han i sanning blivit fri.

Resten av den natten ägnade de kristna åt att lyssna på bröderna Wachtians underbara och sorgliga livshistoria, där brand och död och förstörda byar följdes av rikedom och tjänst hos furstar för att åter förvandlas till brand och flykt tills de äntligen trott sig säkra i Damaskus. Och nu satt de här långt borta där världen slutade, ända borta i Norden, och visste inte om deras olyckor var slut eller om allt skulle börja om igen.

Nästa natt blev än mer utöver det vanliga, eftersom det då hölls gille för dem som bara levt en natt och en dag som fria.

Arn hade varit orolig att den stora mängd öl som fanns på Forsvik skulle leda till galenskap och våld. Cecilia hade mer oroats över att det skulle bli mycket spyor och att ingen skulle torka upp, eftersom trälar inte längre fanns på Forsvik.

Ingen av dem fick rätt. Det blev ett mycket stillsamt gästabud för att vara i Västra Götaland, säkert det tystaste som varit i denna sal. I början betraktade alla husbondsfolket i högsätet och försökte dricka som de gjorde och äta som de. Arns och Cecilias ovanliga måttlighet med mat och dryck fick därmed för första gången tjäna som rättesnöre för god sed.

Visserligen var det ett par karlar som spydde senare på kvällen, trots det försiktiga drickandet. Cecilia antog att det berodde på att dessa nyvordna fria själar var så ovana vid öl. De få spyor som blev torkades dock upp lika fort som på trältiden, och av samma män och kvinnor som skulle ha gjort det då, och de som spytt leddes ut i örat av Gure. Bara en tiondel så mycket öl gick åt som på ett gille bland folkungar. Men på fläsket var det bättre åtgång.

***

Frampå nyåret kom nordanvinden med en veckas snöstormar som bäddade in Forsvik i värmande snö så att allt drag mellan golvspringor och vindögon upphörde i de gamla trälhusen där kylan skulle ha drabbat fri som ofri lika.

I stormen var inte ens de två jägarna ute. Vid smedjor och glasbruk pågick arbetet som vanligt, men några ryttarövningar kunde inte bli av. Och eftersom alla vädringsluckor och vindögon hölls stängda till stallet gick det inte heller att fortsätta de övningar som Broder Guilbert inlett med gossarna och Torgils Eskilsson. I mörker sköt ingen med båge eller svingade svärd.

Men midvintern var sagornas och berättelsernas tid i Norden. Ingen mörk natt gick till spillo utan berättelser eller långa samtal om sådant man inte tog sig tid till under brådare årstid. I trälhusen berättades sådana sagor som husbondsfolk tålde illa, men de flesta frigivnas mening var att det husbondsfolk inte hörde hade de heller inget ont av.

Arn och Broder Guilbert satt samman i tre dagar inne i Arns och Cecilias kammare medan hon hölls hos Suom och några av de forna trälkvinnorna i vävstugan intill det heta glasbruket där kylan inte var så svår att stänga ute.

Den fråga som Broder Guilbert och Arn mest vände och vred på gällde svårigheten att tänka sig godhet genom våld. Många troende kristna skulle vid denna tid haft mycket svårt att förstå sig på ett sådant samtal, men för två tempelriddare fanns ingenting svårbegripligt i att svärd och eld kunde tjäna Guds sak. Just detta var tempelriddarnas uppgift, given av Gud Själv och skyddad av Hans Moder.

Snarare var den fråga som borde ställas om denna tempelriddarnas goda ordning kunde överföras till ett vanligt kristet liv. Första gången

Broder Guilbert hört Arn säga att han med sten och järn skulle bygga till fred hade han inte kunnat tänka sig en sådan möjlighet. Med den nya borgen på Arnäs och det som skulle byggas upp och läras ut på Forsvik såg han till en början ingenting annat än världslig makt.

Dock förändrades saken nu när han hört berättelsen om varifrån det guld kom som bekostade byggnadssten och stångjärn. Det guldet skulle ha hamnat i den svekfulle Richard Cœur de Lions fickor. I stället blev det nu i tur och ordning en borg för freden, en ryttarstyrka som skulle likna tempelriddarnas och en kyrka vid Forshem som skulle tillägnas den Heliga Graven.

Särskilt denna tanke om kyrkobygget hade imponerat på Broder Guilbert. Vad kunde vara Gud mer behagligt än en kyrka som tillägnades Hans Grav, på det att människorna skulle söka Hans lidande och död inom sig, utan att behöva sträva mot sin egen död under saracenska ryttare i det Heliga Landet?

Bättre än så kunde Gud inte ha styrt Saladins guld bort från den nesliga Richard och till allt det Honom behagliga arbete som skedde längst bort i världen från mitten och Jerusalem räknat.

Så långt i resonemanget hade Broder Guilbert också kommit fram till att han med gott samvete kunde deltaga i Arns byggen utan att behöva bekymra sig för att Fader Guillaume i Varnhem egentligen hyrt ut sin underlydande broder för att sköta enbart de saracenska hästarna. För klostret hade hästköpet varit en lysande affär som bringat avsevärt av Saladins guld till Rom där det bättre hörde hemma än i Richards syndiga fickor. Att då vara kitslig med att Broder Guilberts uppgift vore enbart hästar och inte lika gärna allt det andra som syftade till detsamma som hästarna hade varit mer än lovligt enögt.

Då de var ense i allt detta följde att de snarare borde ägna sina huvuden åt det som skulle ske med händers verk i sinnevärlden än det som var i den högre världen.

Broder Guilbert skulle ta ett större ansvar för att träna gossarna i vapenbruk, eftersom Arn kände sig osäker på både sin egen lämplighet och förmåga när det gällde det arbetet. Men därav följde att de måste turas om att leda arbetet med bygget på Arnäs, eftersom de muslimska byggarna inte gärna kunde lämnas ensamma i ett land där lagen tydligt sade att utländsk man ligge ogill om någon dräper honom. Och bråk kunde lätt uppstå. Broder Guilbert hade sett hur en och annan av trälkvinnorna på Arnäs slog sina lovar nattetid kring byggarlägret på Arnäs.

Så alldeles enkelt skulle det inte bli att turas om att vara borta från Forsvik. För under en av de långa vinternätter Arn och Cecilia låg under sina fällar just så som de hade tänkt, och han berättade sina långa sagor från det Heliga Landet och de då och då stördes av att vinden slog ner i glöd och eld så att aska for runt i sovkammaren, kände hon en första sprittande rörelse inom sig, som en liten fisk som slog med stjärten.

Hon förstod genast, eftersom hon anat men inte riktigt vågat tro på ett sådant mirakel. Eftersom hon var över fyrtio år nu hade hon känt sig för gammal för denna välsignelse.

Arn befann sig mitt i en berättelse från det Heliga Landet där han just befallde att fanan med Jungfru Maria, tempelriddarnas Höga Beskyddarinna, skulle vecklas ut och han höjde handen till anfallssignal och alla de vitklädda riddarna samtidigt gjorde korstecknet och tog några djupa andetag.

Då tog hon stilla hans hand och sade som det var. Han tystnade genast och vände sig mot henne och såg att det hon sagt var sant och inte dröm eller skämt. Mjukt omfamnade han henne och viskade att Vår Fru välsignat dem med ännu ett mirakel.

***

Vid Tiburtius, den tid då isarna gick upp i Västra Götalands sjöar, då gäddorna lekte och flodbåtarna kommit igång med Eskils handel mellan Linköping och Lödöse, for Arn med stenbyggarna till Arnäs för att återuppta bygget. Efter vad Cecilia sagt skulle han ha en god månad på sig om han ville återvända för att se sin nyfödda son eller dotter. Cecilia trodde det skulle bli en dotter. Arn trodde han skulle få ännu en son. De hade lovat varandra att om det blev en son skulle Cecilia välja hans namn och om det blev en dotter skulle Arn få bestämma.

Murbygget kom raskt igång och byggarna verkade nöjda att få ta i efter en vinter som i början tyckts dem behagligt lat men i slutet alltför lång. De förklarade sig också mycket nöjda med de nya verktygen från Forsviks smedjor och de arbetskläder som var och en fått gjorda efter egen storlek i sadelmakeri och vävkammare. De täcktes alla av läderkläden från axlarna och ner nedanför knäna och på fötterna bar de trätofflor liknande dem som smeder använde, fast med en järnhätta som täckte tår och fotrygg. Många hade klagat över att var tappad sten kunde ställa till stort elände om den föll på någons fot.

Vintern hade skadat bygget en del men inte så mycket som Arn hade fruktat och snart skulle sommaren torka upp de översta murbruksfogarna så att man kunde försegla dem med smält bly, så som Broder Guilbert föreslagit. Det som nu skulle byggas var den längsta mursträckan från hamnen och in mot bostäder och by. Det var ett lätt bygge, eftersom det bara omfattade ett torn på mitten och det var tacksamt att se hur arbetet växte dag för dag.

Frågan om vilken vilodag man skulle hedra hade inte fått någon bra lösning, åtminstone inte någon som alla kunde vara nöjda med. Efter långa samtal och tragglande på mer än en majlis i Forsvik hade Arn tröttnat och bestämt att på Arnäs skulle söndag räknas som fredag. På söndagar kunde de rättroende ändå inte arbeta, eftersom det skulle skymfa dem som bodde på Arnäs och därmed leda till bråk om vem som hade den sanna tron. Och sådant bråk vore det sämsta av allt.

Eftersom Gud är Den som ser allt och hör allt, och tillika är nådefull och barmhärtig, menade Arn att Han nog helt säkert skulle förlåta Sina rättroende om de långt bort i främmande land, under tvång och bara för en kort tid i livet, gjorde söndag till fredag. Efter en del grubbel och samtal med den läkekunnige Ibrahim, som också var den mest boklärde av alla de saracenska gästerna, hade Arn funnit visst stöd i Koranen för denna av nöden framtvingade ordning.

Arbetet var enahanda och dagarna tomma på samtal, utom om sådant som rörde vilken sten av två tänkbara som skulle huggas till för att passa på nästa. Även om alla stenar kom ungefär lika från stenbrottet i Kinnekulle måste de flesta putsas eller förändras något för att passa in så tätt som både Arn och alla de saracenska byggarna krävde.

En enda händelse skulle Arn minnas från denna oroliga byggnads-
månad när han hela tiden reste bort i tankarna till Forsvik och det vän-
tade barnet. En man som hette Ardous och var från Abrahams stad Al
Khalil kom en dag och bad om ett samtal mellan fyra ögon. Hans
ärende var oväntat, han ville köpa en av trälkvinnorna på Arnäs som
hette Muna och han frågade om priset, hur långt hans lön på två be-
santer i guld skulle räcka. Först svarade Arn förvånat bara på frågan,
att för två besanter ginge det såvitt han förstod att köpa fyra trälkvin-
nor och en ko. Men därefter fann han sig fort och frågade strängt vad
detta var för ett underligt upptåg och vilka syndiga avsikter som kun-
de ligga bakom en sådan fråga.

Mannen som hette Ardous försäkrade honom då att det inte alls var
frågan om någon synd, utan att han tvärtom hade för avsikt att ingå
äktenskap med trälkvinnan.

Arn tystnade först men frågade sedan med en min som var både bis-
ter och skämtsam inför vilken gud ett sådant bröllop skulle stå. Ardous
försäkrade ivrigt att det bara kunde ske på ett sätt, inför den Ende San-
ne och att äktenskapet kunde ingås med den gamle Ibrahim som väl-
signare, då Ibrahim ju var lika mycket khadi som han var läkekunnig.

Eftersom Arn nu trodde sig ha att göra med en något enfaldig man
påpekade han att *Hadj* Ibrahim, som kunde vart skrymsle i Koranen,
nog skulle ha sina invändningar mot att inför Honom som ser och hör
allt viga en rättroende och en vidskeplig eller i bästa fall kristen kvinna.

”Men min kära är rättroende, precis som jag!” invände Ardous med
uppspärrade ögon och förstummade därmed sin herre.

Det var för fräckt för att vara lögn, insåg Arn. Men undersökas mås-
te saken och ju förr desto bättre.

Arn tog utan vidare resonemang med sig Ardous in på Arnäs och
där letade de upp den unga kvinnan som de fann bland tvätterskorna
vid vallgraven på andra sidan. Muna blev mycket förlägen och såg hela
tiden ner i marken när en av herrarna på Arnäs, som kommit med
långa steg som om han vore vred, frågade henne om hennes tro. Hon
svarade först lågt att hon behållit sina fäders tro, fast med det lät sig
Arn inte nöja. Otåligt befallde han om bättre besked än så.

"Det inte finns någon Gud utom Gud och Mahmut är hans profet", svarade hon på konstig men fullt begriplig arabiska.

Arn blev mol tyst en lång stund medan han ömsom letade i minnet bland Koranens suror och ömsom ödmjukades inför det tecken som Gud visat både honom och de två älskande. De såg båda spänt på honom, som om de bävade inför hans beslut.

"I Guds, den Nåderikes, den Barmhärtiges namn", sade han till slut när han funnit det han letade efter. *"Och till Hans heder hör att Han har skapat hustrur åt er av er egen art, så att ni kan finna ro hos dem och Han har låtit kärlek och ömhet uppstå mellan er. I detta ligger helt visst ett budskap till människor som tänker."*

Kanske förstod inte Muna varje ord i sina fäders språk, då hon inte hört något framsägas från Koranen sedan hon var barn och ännu inte skiljts från sin far. Men helt visst såg hon på sin älskade Ardous ansiktsuttryck att det som herr Arn sagt var en välsignelse.

Det var osäkert vem av de tre som blev mest tagen av dessa ord från Koranen, för Arn drabbades själv lika hårt som Ardous eller Muna och en stark våg av längtan hem till Cecilia vällde upp i honom.

För att åtminstone något stilla sin nyfikenhet frågade han Muna om hon visste varifrån hon eller hennes fäder kom. Mycket visste hon inte och det var med förlägenhet hon svarade att hennes mor och far tagits till Norge som fångar och i Norge hade hon fötts. Senare när någon fru skulle gifta sig med en folkung borta i Västra Götaland hade hon och hennes mor sänts med i hemgiften medan hennes far blivit kvar på den norska gården.

Arn ville inte tvinga ur henne mer än så i denna stund när hon hade en så stor glädje att behärska, och sorgen i hennes liv måtte vara det hon sämst av allt kunde tala om, och han lovade dem båda att de skulle få sin vilja, eftersom Gud fört dem samman på ett underbart sätt. Det kunde dock inte bli tal om att Ardous skulle behöva köpa sin älskade, då detta vore att kränka Honom som välsignat dem. Till vintern skulle Muna flytta till Forsvik och där skulle deras bröllop stå bland trosfränder, eftersom det nog inte skulle låta sig göras någon annanstans i landet. Till dess fick de dock ge sig till tåls.

Oblyga i sin plötsliga lycka omfamnade de då varandra inför de andra tvätterskorna som inte förstått ett ord av samtalet men som nu häpnade och snart brast ut i fnitter och glatt prat.

***

Efter miraklet med kärlekens belöning för Ardous och Muna började Arn räkna var dag och var stund tills han kunde återvända till Forsvik. Han kunde inte resa förrän Broder Guilbert kom och det blev en dag senare än överenskommet, en mycket lång dag för Arn. Allt var dock väl med Cecilia och intet ont hade skett på Forsvik fick han veta. Hennes tid närmade sig, men efter vad kvinnfolket som visste sådant bättre sade skulle han utan besvär hinna i tid.

Han tog brådskande avsked från både fränder och byggare, och aldrig hade han som den dagen tyckt att en båt färdades så långsamt, och vid övernattningen på Askeberga tänkte han ta en häst för att fortsätta i den ljusa vårnatten men ångrade sig när han såg vad som fanns i stallet bland dragdjur och sävliga gångare.

Efter Filippus och Jacob, då kreaturen skulle släppas på bete och syn hållas av gärdesgårdarna i Västra Götaland, födde Cecilia Algotsdotter ett välskapt flickebarn på Forsvik. Därefter hölls gille i tre dagar då ingen arbetade, inte ens i smedjorna. Alla fria män och kvinnor på Forsvik deltog med lika glädje, eftersom välsignelsen över huset nu var stor för dem alla.

Arn bestämde att flickan skulle heta Alde, ett främmande namn från någon av hans sagor, men också ett vackert namn, tyckte Cecilia, när hon prövade att tyst för sig själv, medan hon vyssjade den lilla till sömns vid sitt bröst, viska *Alde Arnsdotter*.

Nu var Arns och Cecilias lyckligaste tid sedan deras nya liv börjat. Så skulle de alltid minnas den. Och denna sommar, när Arn som gossaktigt stolt far red med sin dotter i famnen nästan lika mycket som han red med dem som skulle bli riddare, syntes intet av de mörka molnen långt borta där himmel och jord möttes i sydväst.

X

I DÖDEN FANNS INGENTING SOM SKRÄMDE ARN, det var som om han hade vant sig av med det. Eller som om han sett för mycket under tjugo år på slagfälten i det Heliga Landet, där han själv helt säkert dödat mer än tusen män med sina egna händer och sett ytterligare många tusen dö alldeles intill sig eller ett stycke bort. En dålig eller en högmodig befälhavare höjde sin arm och skickade i nästa ögonblick iväg en skvadron på sexton bröder mot en övermäktig förföljande styrka. De red utan att tveka med de vita mantlarna fladdrande bakom sig och sedan såg man dem aldrig mer. Tröst fanns i att man visste att man nästa gång skulle möta dessa bröder i paradiset. En tempelriddare hade aldrig behövt frukta döden, eftersom det bara fanns seger och paradiset att välja mellan.

Men med den långsamma, förtvinande och stinkande döden i slem och egen skit var det något annat. I tre långa år hade vännen Knut segat sig kvar i livet, allt magrare så att han till slut såg ut som ett benrangel. När Yussuf och Ibrahim tittat på honom hade de bara skakat på huvudet och sagt att den svulst som åt kungens kropp inifrån magen bara skulle växa tills den förtärt allt liv.

Nu låg han utsträckt på sin bädd i barndomshemmet Eriksberg och hans armar och ben var tunna som hasselvidjor. Under täcket skymtade svulsten som en förhöjning mitt på magen, vilket på ett kusligt sätt påminde om en havande kvinna. Allt hår hade han förlorat, också ögonbryn och ögonfransar, och i munnen skymtade stora svarta gluggar efter tappade tänder. Hans stank fyllde hela rummet.

Arn hade kommit ensam till Eriksberg, eftersom han fortfarande envisades med att rida utan hirdmän. Till skillnad från alla andra som rest till kungens dödsbädd kunde han sitta där inne i timmar utan att låta sig bekomma av stanken eller ens med minsta min låtsas om den.

I huvudet var kungen klar. Svulsten åt hans kropp men inte hans förstånd. Att Arn var den han helst ville tala med under sina sista dagar var inte svårt att förstå för Arn men väl för många andra väntande på Eriksberg. Med Arn kunde den döende kungen tala om Den Outgrundlige och Den Straffande lika väl som han kunde med ärkebiskop Petrus, men med den skillnaden att Arn inte såg så förväntansfull och otålig ut samtidigt. För ärkebiskopen var det en Guds välsignelse att kung Knut äntligen skulle dö, eftersom det förebådade den nya ordning om vilken ärkebiskopen bett så många och innerliga böner. Efter vad kung Knut förstod hade Sverker Karlsson i Danmark redan börjat packa för resan så egentligen nyttade det inte så mycket till att ligga och streta emot.

Större delen av sitt liv hade Knut levt ute på Näs i Vättern, ständigt omgiven av stenmurar och vakter för att inte dö på samma sätt som så många andra kungar och den han själv dräpt. Nu när döden satt ute i väntrummet med sitt timglas där sanden snart runnit ner fanns nästan inget skydd med väpnade män runt kungen. Eriksbergs gård var som en vanlig stor gård utan några murar eller ens spetsade trästockar till skydd, och kyrkan som en gång Helge Sankt Erik börjat bygga var inte mycket att försvara sig i. Det behövdes ju inte heller, för vem skulle komma för att dräpa den som redan hade ena foten nere i graven?

”Det är ändå inte rättvist”, sade kung Knut med svag röst och för minst sjunde gången när Arn satt på andra dagen vid hans bädd. ”Jag hade kunnat leva i tjugo år till och nu måste jag gå till mina fäder och dessutom genomlida en död med föga heder. Varför vill Gud straffa mig så? Skulle jag vara en värre usling än alla andra? Tänk bara på Karl Sverkersson som den där ärkebiskop Petter påstår är skälet till mitt lidande. Än han då? Han som lät dräpa min far Helge Sankt Erik! Är inte helgondråp det värsta?”

”Jo, helt visst är det en svår synd”, sade Arn med ett nästan fräckt leende. ”Men om du tänker efter något så förstår du nog att just där gnäller du ändå över fel sak. Hur länge hade Karl Sverkersson varit kung när vi dräpte honom? Sex eller sju år? Jag minns inte, men ung var han och du har varit kung fem gånger så lång tid som han. Ditt liv kunde ha blivit mycket eländigare och kortare än det blev. Det måste du förlika dig med och du måste försona dig med din död och tacka Gud för den nåd Han ändå givit dig."

"Skulle jag tacka Gud? Nu? Här ligger jag i min egen skit och dör sämre än en hund? Hur kan du som ändå är min ende sanne vän, jo jag menar min ende sanne vän, se dig bara omkring, vilka andra är här... var var jag? Jo, hur kan du säga att jag skall tacka Gud?"

"I denna stund vore det i vart fall klokare än att häda", svarade Arn torrt. "Men om du verkligen vill ha ett svar så skall jag ge dig ett. Du skall snart dö, det är sant. Jag är din vän, det är också sant, och vår vänskap går långt tillbaka i tiden..."

"Men du!" avbröt kungen och pekade med ett finger så magert att det såg ut som en fågelklo, "hur kan du sitta här välmående och kvick? Är inte din synd lika stor som min om det gällde dråpet på min fars mördare?"

"Det är möjligt", sade Arn. "När jag reste till det Heliga Landet hade jag två synder med mig i sadelväskan, svåra synder så ung jag var. Utan äktenskapets välsignelse hade jag förenat mig i köttet med min älskade och dessförinnan hade jag lägrat hennes syster Katarina. Och jag hade deltagit i ett kungadråp. Men dessa synder är sonade under tjugo år i den vita manteln. Du kan tycka att det är orättvist men så är det."

"Hur gärna skulle jag inte ha bytt med dig i så fall!" fräste kungen.

"Det är lite sent påtänkt", svarade Arn och skakade leende på huvudet. "Men om du håller käften en stund skall jag försöka säga det jag tänkte. Den synd som kung Karl Sverkersson begick när han på ett eller annat sätt låg bakom din fars, Helge Sankt Eriks, död fick han sona tämligen omgående. Nu kommer vi till dig. Du dräpte och sonade till dels men inte helt. Du höll längre fred i riket än någon kung jag hört talas om och det kommer att räknas dig till godo i himmelriket. Du fick fyra söner och en dotter, en behagfull maka i Cecilia Blanka, mer än så förresten, för i henne fick du en sann drottning som varit dig till stor heder. Du stärkte kyrkans makt i riket, vilket jag inte tror du är enbart nöjd med just nu, men också det kommer att räknas dig till godo. Ser man allt detta i en följd har du inte levt ett dåligt liv och inte lönats så illa. Likväl återstår en skuld att betala för dina synder och hellre nu i jordelivet än i purgatorium. Så klaga inte, utan dö som en man, käre vän!"

"Vad är purga... det där du sade?" frågade kung Knut uppgivet.

"Purgatorium, skärselden. Där skall synden brännas bort från din själ med vitglödgade järn och då kunde det bli dags att ynka sig."

"Kan en tempelriddare ge mig syndernas förlåtelse? Ni är ju en sorts munkar?" frågade kungen med en plötslig gnista av hopp i ögonen.

"Nej", sade Arn tvärt. "När du biktar dig en sista gång och tar emot sista smörjelsen från ärkebiskop Petrus kan du få syndernas förlåtelse. Så glad som han är över din död skulle det förvåna mig mycket om han inte visade all tänkbar välvilja i den stunden."

"Den där Petter är bara en förrädare, vore jag inte döende skulle han vilja se mig dräpt!" fräste kung Knut dräglande och hostande. "Är han dessutom vid så gott lynne vid min dödsbädd kommer han att vägra att ge mig förlåtelsen och då ligger jag där maktlös som ett barn och lurad i grunden. Vad kommer inte det att kosta mig i skärselden?"

"Ingenting", sade Arn lugnt. "Tänk nu noga på följande. Gud är större än allt annat. Han hör allt och Han ser allt. Han är med oss nu. Ditt sinnelag är det viktiga, om Petrus ärkebiskop sviker dig så får han nog i sin tur betala för det. Men du måste ha förtröstan på Gud."

"Jag vill ha en präst som ger mig syndernas förlåtelse. Och jag litar inte på den där Petter", mumlade kungen.

"Nu är du enfaldig som ett barn och det klär din värdighet illa", sade Arn. "Om du tror att du kan hålla dig vid liv ett par dagar till så hämtar jag Fader Guillaume från Varnhem. Han kan sköta sista smörjelsen, bikten och syndaförlåtelsen. Du skall ju ändå gå till din sista vila i Varnhem och det sker inte utan en och annan silverpenning med din fars bild på. Om du vill rider jag efter Fader Guillaume, men då måste du lova att hålla dig kvar i livet ett par dagar till."

"Det vågar jag inte lova, det känns inte så inom mig", sade kungen.

"Då är vi tillbaka till det enda som verkligen kan rädda din själ, du måste ha förtröstan på Gud", sade Arn. "Detta är din stund att vända dig till Gud Fader Själv, du är en kung på dödsbädden och Han kommer att lyssna till dig. Du behöver inte omvägen kring helgonen eller Hans Mor. Förlita dig på Gud, bara till Honom!"

Kung Knut låg tyst en stund och begrundade det Arn hade sagt. Till sin förvåning fann han verkligen tröst. Han slöt ögonen och knäppte händerna och prövade tyst en bön till Gud Själv. Förvisso insåg han att det var som när en drunknande grep efter sista halmstrået, men det skadade inte att pröva. Först kände han ingenting inom sig utom sina egna tankar, men efter en stund var det som om en varm ström av hopp och förtröstan gled in i honom, som om Gud, fast med mycket små medel, då han kanske inte förtjänade bättre, svarade med att bara kort vidröra honom med Sin Ande.

"Jag ynkar mig själv för mycket!" sade han när han plötsligt slog upp ögonen och vände sig mot Arn. "Jag överlämnar min själ åt Gud och därmed nog med mig. Nu till mina söner! Svär du att du är bland dem som gör Erik jarl till näste kung efter dansken?"

"Ja, jag är bland dem", sade Arn. "Om inte Birger Brosa sagt dig allt redan skall jag säga dig som det är. Vi har en överenskommelse med den du kallar dansken, Sverker Karlsson. Han har ingen son. Efter honom kommer Erik, din äldste son. Efter Erik kommer hans bröder, först Jon, sedan Joar och därefter Knut. Detta må Sverker svära för att få kronan, men han kommer inte att krönas. Det är inte Gud som ger honom kronan, utan vi frie män i Göta länderna och Svealand. Om han svär den eden så svär vi andra honom trohet så länge han står vid sin ed. Så kommer det att bli."

"Är det bra om det blir så, eller dåligt?" frågade kungen mellan sammanbitna tänder, eftersom svulsten högg till honom med våldsam smärta. "Jag skall dö, du är den ende som talar uppriktigt till mig. Säg mig som det är, käre Arn."

"Om alla står vid sin ed är det bra", svarade Arn. "Då blir Erik jarl kung vid ungefär samma tid som han blivit det om du levt ett lika långt liv som min far eller som Birger Brosa. Det vi betalar med är förödmjukelsen att under någon tid lyda under de röda mantlarna. Det vi vinner är att vi räddar riket från ett förödande krig som vi bara med stor svårighet, och med ett högt pris i döda och bränder, kunde vinna. Därför är det bra."

"Kommer du att ingå i det kungliga rådet?"

"Nej, Birger Brosa har ju svurit över sin döda kropp att jag inte skall slippa in där."

"Men jag trodde ni hade försonats?"

"Det har vi också. Men jag skulle passa illa i danskarnas kungliga råd."

"Hurså illa? Jag saknade själv dina tjänster i rådet. Bättre marsk än du kunde ingen kung i vårt land få."

"Det är just det", log Arn hemlighetsfullt. "Däri är nämligen Birger Brosa och jag helt ense och vi har talat mer än en gång om saken. Sutte jag i kung Sverkers råd som hans marsk, dessutom bunden av min trohetsed till honom, gjorde jag oss kanske större skada än nytta. Nu låtsas jag och Birger Brosa att vår osämja består och jag hålls vid Forsvik och där bygger jag vidare på den makt som skall bli erikars och folkungars."

Kung Knut tänkte noga igenom det han hört och fann att det var just så listigt som man kunde vänta av Birger Brosa. Ånyo kände han en varm ström inom sig, som om Gud påminde honom med en lätt beröring.

"Vill du svära inför mig och Erik att du är hans marsk och ingen annans?" frågade han efter sin långa betänketid.

"Ja, men vi måste vara varsamma med orden", svarade Arn försiktigt. "Betänk nu att jag först svär dansken trohetsed som alla andra. Men den eden gäller bara så länge han håller sin ed. Bryter han den är det krig. I det kriget är jag Erik Knutssons marsk, det svär jag och det kan jag svära inför er båda!"

Som Arn såg det hade han därmed inte lovat något utöver det redan självklara. Men eftersom den döende Knut tycktes tro att det fanns någon stor sak i en sådan ed lät han kalla in sin son Erik, tog båda deras händer, tryckte dem mot sitt döende hjärta och avtvingade dem ömsesidig trohetsed. Erik jarl hade svårt att tåla stanken från sin far och hans ögon tårades lika av sorg och äckel medan han svor eden till Arn. För första gången såg Arn något han ogillade hos Erik jarl, dennes oförmåga att hålla sig värdig vid sin fars dödsbädd. Men han svor lydigt att med sitt liv, sitt svärd och sin klokskap göra sitt yttersta för att rädda rikets krona åt Erik jarl den stund Sverker Karlsson inte hedrade sin trohetsed vid svears och götars ting och kungliga råd.

Kung Knut Eriksson, son till Helge Sankt Erik som var det blivande nya rikets skyddshelgon för evig tid, dog stilla i sin fädernegård Eriksberg i Nådens år 1196. Han begravdes i Varnhems kloster som den förste av alla erikar. Inget stort sällskap följde honom till den sista vilan, då han var en kung som förlorat makten flera år före sin död. Men hans vilorum blev förnämt, alldeles intill klostrets grundare och donator fru Sigrid, Arns och Eskils mor.

Många förböner bads i Varnhem för kung Knuts själafrid, eftersom de kungliga gåvorna till klostret inte varit obetydliga och det utlovats att denna kyrka skulle bli såväl erikars som folkungars gravplats. Birger Brosa hade sagt så, att här skulle förbundet mellan de tre kronorna och lejonet bestå för evigt.

I sinom tid skulle således vännerna Knut Eriksson och Arn Magnusson vila nära varandra.

***

Vid hamnarna i Forsvik, den för de större båtarna på Vättern och den för flodbåtarna på andra sidan vid Vikens strand, var numera så mycket folk i ständig rörelse att det tog någon dag att finna och gripa snyltare. Ty särskilt unga snyltare, gossar med ränseln på ryggen som rymt hemifrån med stora drömmar, kom ofta till Forsvik. Ryktet om allt det underbara som här fanns för blivande män hade på förunderliga vägar spritt sig runt både koja och gård i landet. Många kände sig kallade, få voro utvalda.

I regel greps de små snyltarna fort och sattes på en båt tillbaka i den riktning de kommit. Förmannen Gure brukade till och med kasta åt styrmannen ett silvermynt för besväret.

Sigge och Orm var tolv och tretton år när de på detta sätt kom till Forsvik just vid tiden för kung Knuts begravning i Varnhem. Att kungen varit på väg att dö hade de båda känt till något år, men de hade ingen aning om att det nu var tid för kungadöd på riktigt. Till följd av begravningen i Varnhem fanns emellertid varken husbonde eller husfru på Forsvik.

Vad nu än Sigge och Orm hade tänkt sig om hur det skulle vara att komma fram till drömmarnas Forsvik och söka efter herr Arn själv spräcktes alla deras planer genast av allt det de fick se. Kanske hade de väntat sig ett stort hus med snidade drakhuvuden vid taknockarna där riddar Arn red på tunet med sitt blixtrande svärd omgiven av unga män och pojkar som försökte göra som han. Vad de kom till var en by med fyra gator, ett vimmel av folk som alla tycktes springa om varandra i brådska och ett surr av främmande tungomål.

Till sin tröst fann de att det fanns en hel del unga i deras egen ålder som bar kläder som de själva i grå vadmal. Men överallt såg de också unga män, och några nästan lika unga som de själva, som bar fulla vapen, ringbrynjor och blå vapenskjortor som om det vore det mest självklara i livet. På väg genom den längsta bygatan stannade de först vid ett stort öppet hus utan väggar, fast med tak över där minst två tolfter unga pojkar övade med svärd och sköld medan äldre rättade dem, visade dem och tvingade dem att göra om gång på gång.

Längre bort, en bit från bygatans slut, fanns ett öppet fält omgärdat av gärdesgårdar och där borta dundrade det mäktigt av hästhovar. Snart satt Sigge och Orm uppflugna på hagesstängerna och såg som i en dröm hur unga män rörde sig i blixtrande fart fram och åter över fältet till befallande rop av äldre män. Och alla till häst bar rustning som om det vore till herremäns gille eller krig. Det var alltså sant att man kunde lära till riddare på Forsvik.

De satt för länge vid sin utkikspost, som alla små snyltare. Och när ryttarna ute på fältet, efter något som kunde ha varit timmar eller ingen tid alls vad Sigge och Orm beträffade, avbröt sina övningar, ställde upp på ett långt led och skrittade mot största bygatan blev de båda upptäckta och gripna om nackarna av en ung man som stigit av sin häst och utan någon som helst vänlighet började leda dem i ett hårt grepp bort mot hamnarna.

Då ilsknade lille Sigge till och sade utan att blygas det minsta att han och hans bror förvisso inte tänkte sig med någon båt i brådrasket, ty de hade båda fått herr Arns eget ord att de kunde komma till Forsvik.

Först skrattade deras fångvaktare åt dessa befängda ord, men Sigge gav sig inte, stretade argt emot med hälarna i marken och fräste att både han själv och hans bror kunde svära inför Gud och alla Helgonen på att de fått löfte av herr Arn själv att komma. Deras väktare blev då mer betänksam, eftersom han var van vid att infångade snyltare visade sig underdåniga och ynkande snarare än fräcka. Han steg upp på sin häst, sade åt Sigge och Orm att inte röra sig ur fläcken och galopperade bort mot täten av ryttare där han stannade inför en man som bar folkungamantel och var en av dem som fört befäl ute på fältet.

Strax kom folkungen ridande mot dem i hög fart med den som gripit Sigge och Orm efter sig. Han satt av i ett enda språng, räckte sina tyglar till den andre ryttaren, gick fram och grep Sigge och Orm om nackarna så att de på nytt satt fast i ett hårt grepp och denna gång därtill i nävar som bar järnhandskar.

"Forsvik är för folkungar och inte för förlupna trälungar!" sade han strängt och såg på dem med hårda ögon. "Vad heter ni och var kommer ni ifrån?"

"Jag heter Sigge och är Gurmunds son på Askeberga rast och bredvid står min bror Orm", svarade Sigge argt men kvidande av det hårda greppet. "Vad heter du själv?"

Folkungen släppte förvånad sitt grepp då han lika lite som den som först gripit snyltarna var beredd på sådan frimodig fräckhet.

"Jag är Bengt Elinsson och en av dem som näst efter herr Arn själv för befäl här på Forsvik", svarade han alls inte ovänligt medan han tankfullt betraktade de två snyltarna. "Gurmund på Askeberga har jag träffat, det har vi alla som haft ärenden mellan Forsvik och Arnäs. Gurmund är en frigiven bryte, inte sant?"

"Vår far är en fri man och vi är båda födda fria", svarade Sigge.

"Nå, då slipper vi åtminstone besväret att sända er tillbaka bundna till händer och fötter. Men förlupit ert hem har ni ju?"

Det var alldeles sant att de hade, eftersom deras far Gurmund inte velat lyssna det minsta på deras böner om att få flytta till herr Arn på Forsvik och när de tjatat hade han näpst dem och till slut så grundligt att de rymde lika mycket av den anledningen som av drömmen om mantlar och svärd. Sigge förmådde inte säga något om denna skam men nickade med sänkt huvud till bekräftelse.

"Er far har slagit er, det syns alltför väl på er och det länder honom till föga heder", sade Bengt Elinsson i ett helt nytt och alls inte strängt tonfall. "Om hur det känns när man är i er ålder vet jag mycket och tro inte att ni har mer ont att vänta från mig. Men ni är inte folkungar och därför finns inte plats för er här på Forsvik, åtminstone inte sådan plats ni tänker er. Ni måste återvända hem. Men jag skall sända bud till Gurmund att han inte må bära hand på er mer, såvida han inte vill försöka slå Bengt Elinsson nästa gång."

"Men vi har herr Arns ord", envisades Sigge försiktigt. "Och herr Arn är en man som står vid sitt ord."

"Ja, däri har du alldeles rätt", svarade Bengt Elinsson medan han med svårighet kvävde ett skratt bakom handen. "Men när och var skulle herr Arn gett er båda, söner till en frigiven, ett så stort löfte?"

"För fem år sedan", svarade Sigge käckt. "Han talade med oss på tunet och visade oss ett svärd som var så vasst att det blödde i mitt finger bara jag vidrörde det. Och så sade han att vi skulle söka upp honom om fem år och nu har de fem åren gått."

"Hur såg svärdet ut?" frågade Bengt Elinsson plötsligt helt allvarlig. "Och hur såg herr Arn ut?"

"Svärdet var längre än andra svärd, i en svart skida med ett gyllene kors. Det var alldeles blankt och hade magiska runtecken i guld", svarade Sigge som om hans minne varit alldeles färskt. "Och herr Arn hade mycket milda ögon, men många märken efter hugg och slag i ansiktet."

"Herr Arn är på kungens gravöl och inte tillbaka på Forsvik förrän om några dagar eller kanske en vecka", sade Bengt Elinsson på ett helt nytt och vänligt sätt. "Under den tiden är ni våra gäster på Forsvik. Följ mig!"

Sigge och Orm, som aldrig i hela sina liv hade kallats gäster och heller inte kunde förstå vad som fått den mäktige folkungen att så tvärt ändra sig, stod kvar alldeles stilla utan att kunna ta ett steg. De måtte ha sett mer än lovligt fåraktiga ut, för Bengt Elinsson lade då sina armar om deras späda skuldror och föste dem med sig bort mot hamnarna.

De togs till en kraftig blond man som hette Gure och som arbetade vid ett husbygge. Han i sin tur följde dem till en rad mindre hus där det var mycket väsen från hammarstäd och sågar. Inne i ett av husen satt fyra gossar i deras egen ålder och två äldre män vid ett långt bord och makade pilar. En stor hög spetsar av olika slag låg mitt på bordet bland skålar med tjära, gåsfjädrar, lintråd och olika sorters knivar. Gure förklarade att så unga gäster på Forsvik inte enbart skulle äta sött bröd utan också göra sig nyttiga. En del av pilmakeriet var enkelt arbete och där kunde de börja, men det var lika så gott att två av de andra gossarna visade dem runt ett varv på Forsvik så att de lärde sig hitta och fick se var de skulle sova och äta. Han pekade på två av de jämnåriga vid bordet. De reste sig genast och bugade för honom till tecken på att de hade förstått och skulle lyda. Sedan gick Gure utan att säga något mer.

De två som skulle visa Sigge och Orm runt hette Luke och Toke och hade båda håret lika tätt avskuret längs svålen som Sigge, vilket var ett vanligt sätt att skära hår på trälungar för lössens skull. Därför tog Sigge för givet att de två andra var ofria och att han därför var förmer och han försökte befalla dem att sluta glo och i stället göra som de blivit tillsagda. Den som såg äldst och starkast ut av de två svarade honom genast att hålla käften och tänka på att han var ny på Forsvik och skulle passa sig för att spela märkvärdig.

Därför blev det till en början trögt med samtalet mellan de fyra när de två forsvikarna började sin rundvandring för att visa vad som fanns att se. De började i smedjorna som var tre stycken och låg tätt intill varandra, men där blev de snart åthutade att inte springa i vägen och göra sig olyckliga så de fortsatte ut genom glasbruket där små dryckesbägare i skimrande blått och ljust rött stod på långa rader och där äldre mästare hade fyra eller fem gossar i lära. Inne i en dånande ugn låg som en stor glödande deg och där sträckte såväl mästare som lärling in långa rör, fångade upp ett stycke av degen och började genast rulla röret runt runt medan de sprang över till träformar som de vätte med vatten innan de började blåsa och snurra samtidigt. Det såg ut som ett mycket svårt arbete, men den stora mängden av färdigt glas som stod på hyllor runt väggarna visade att det ofta måste lyckas att få till det rätt. Hettan där inne drev dem snart vidare till sadelmakeriet, där det arbetades både med hästdon och en mängd annat i läder, vävkamrarna där det mest hölls kvinnor i alla åldrar, tunnbinderiet och två verkstäder där arbetet påminde om pilmakeriet, fast alla arbetade med armborst under ledning av två utländska mästare, vars språk var omöjligt att förstå för Sigge och Orm.

Efter verkstadsraden gick de ut över en bro och kom in bland mycket större hus som till Sigges och Orms förskräckelse visade sig ha golv som låg alldeles ovanför en brusande fors. När den som hette Toke lyfte på en lucka i golvet syntes det vilda skummande vattnet där nere. Två stora kvarnhjul snurrade tungt och långsamt mäktigt och det gnisslade och brakade av kvarnstenar som malde kalksten eller korn. Sågar gnällde och skrek sig genom stora stockar och vid slipstenar stod svärdsfejare och slipade svärd och lansspetsar och andra ting som Sigge och Orm inte begrep vad det var. Tunnor med säd rullades in och tunnor med mjöl belades med lock och rullades ut mot hamnarna.

Sigges och Orms storögdhet gjorde de två andra mer vänligt stämda mot dem, och när de gick ut från kanalverkstäderna och tillbaka över bron för att beskåda stallar och övningssalar för krigarna blev de alla mer talföra. Luke berättade att han och hans bror Toke var frigivna som barn, eftersom de hade fötts som trälar på Forsvik. Nu fanns här inga trälar längre. Och inte heller brukades jorden vid Forsvik för annat än vall till vinterfoder för hästar och kritter. Därför hade mycket i deras liv förändrats, mer än bara den givna friheten. För om allt varit som förut skulle de flesta ha vuxit upp i arbetet med att bruka jord. I stället fick nu alla unga gå i lära i verkstäderna, vilket var som ett litet himmelrike jämfört med att slita hela livet ute på fälten.

Sigge och Orm tyckte det var svårt att begripa att en så stor gård med så många munnar att mätta hade slutat bruka jorden, men åt det skrattade både Luke och Toke och påminde om alla sädestunnor de sett bland kvarnhusen. Varje dag kom sädestunnor på floden eller över Vättern till Forsvik och varje dag for nästan lika många tunnor mjöl vidare. Var åttonde tunna behöll Forsvik och det räckte mer än väl för både folk och hästar, som fick mycket havre på vintrarna och inte bara hö. Så varför skulle man då slösa svett och kraft med att kräla omkring ute på åkrar när det blev mera bröd av att inte odla bröd?

För Sigge och Orm var detta nya nästan omöjligt att begripa. Det lät som trolldom om man sade att det blev mera brödsäd av att inte odla.

De två stora stallbyggnaderna var nästan helt tomma, eftersom de flesta hästarna hölls utomhus så länge det fanns bete. Men här och var stod en häst och bligade misstänksamt på dem när de gick förbi, och i långa rader utefter väggarna hängde sadlar och vapen. Det var ungherrarnas vapen och dem fick ingen röra som kom från verkstäderna.

Ungherrarna kom från folkungska gårdar i när och fjärran och gick i lära under fem år, varje år kom nya som var små och oroliga och på senare år for en del av dem hem, självsäkra och livsfarliga med lans eller svärd. Ungherrarna hade också ett eget långhus som var det största på Forsvik. Dit fick inte vanligt folk gå in men där inne, berättade Toke, fanns mer än sextio sängplatser.

Bredvid ungherrarnas långhus låg utlänningshuset, och där var det inte heller rådligt att gå in och bortom utlänningshuset låg herr Arns och fru Cecilias eget hus. Utanför växte som en liten skog av vita och röda rosor och nedanför huset på sluttningen mot Bottensjön stod rader av apelträd, där frukten snart skulle skördas, och trädgårdar med allehanda rotfrukter och kryddväxter.

Mitt uppe på gårdsplanen ovanför herr Arns hus låg den stora övningsladan utan väggar där ungherrarna övade svärd och sköld även på vintern och på andra sidan fanns en del mindre hus där en del förnäma utlänningar bodde för sig själva.

De gick tillbaka mot verkstäderna och kom till det som varit det gamla långhuset på Forsvik, där husbondsfolket som varit före herr Arn och fru Cecilia hade bott. Där bodde nu mest frigivna och där åt alla de frigivna och ungherrarna i olika turordning, eftersom alla inte kunde äta på en gång. För deras del skulle det dröja många timmar, ty de som hade lättast arbete fick äta sist.

Efter det gamla långhuset låg bodar i tegel där kött kyldes på sommaren och hängde fruset på vintern. Där inne var kallt och mörkt och det låg stora smältande isstycken längs golvet. Smältvattnet rann ut genom en avloppsränna. Hur det kunde finnas is så tidigt på hösten, och så tjock is dessutom, förstod inte Sigge och Orm och blev därför strax förda bort till ishuset, som låg nära köttbodarna. I stora stackar med sågspån skymtade isblock som hållit sig utan att smälta ända sedan de togs ur sjön i vintras. Varje vår fyllde man ishuset från golv till tak och det tycktes alltid räcka över hela den varma årstiden.

Efter kylhusen och ishuset låg raden av gamla trälbostäder där bara fria män och kvinnor bodde numera. En del av de frigivna hade lämnat Forsvik och brutit ny mark på ägor som låg långt bort, men de flesta hade valt att stanna. Enligt Luke och Toke var det också det bästa, för på Forsvik svalt ingen och ingen frös på vintern.

Rundvandringen slutade där den börjat i pilmakeriet och Sigge och Orm fick sätta sig med det första enkla arbetet, att med verktyg som de aldrig sett förut borra ett hål i pilämnet där spetsen skulle fästas. De förstod snart att här gjordes pilar av två helt olika längder, dels vanliga pilar och dels sådana som var minst en tredjedel längre. Och det fanns flera olika sorters spetsar. De längsta pilarna skulle ha en spets som såg ut som en nål, var mycket lång och mycket vass, så att man kunde sticka hål på skinnet genom att bara nudda vid den yttersta delen av spetsen. De kortare pilarna kunde ha två olika sorters spetsar, en med hullingarna tätt inpå som man var mest van att se pilspetsar, men också en där hullingarna var utvikta brett åt sidorna, nästan som små vingar.

Det syntes på Sigge och Orm att de inte begrep vad de fått i sina händer och Luke förklarade med kännarmin att de långa pilarna med spetsar som nålar och utan hullingar var till för långbågar och skytte på långt håll. Spetsarna var till för att tränga igenom ringbrynjor. De spetsar som var breda skulle användas mot hästar. Mer än tiotusen pilar hade man nu gjort på Forsvik och de flesta hade skickats till Arnäs i stora tunnor med hundra pilar i varje tunna. Varje dag gjordes minst trettio pilar färdiga på Forsvik.

Med de två nya lärlingarna i pilverkstaden förändrades arbetet så att Sigge och Orm fick syssla enbart med det enahanda arbetet att borra hål för spetsarna. Så fort de inte gjort hålet tillräckligt brett eller djupt fick de tillbaka pilämnet och också lite ovett. Luke och Toke fäste vartefter pilspetsarna på plats och lindade fast dem med lintråd som de doppat i tjära och skickade ämnet vidare till de två utlänningarna som arbetade med det svåraste, att fästa styrfjädrarna.

Det var inte på detta sätt Sigge och Orm hade drömt om sitt nya liv hos herr Arn på Forsvik. Men de kände på sig att det nog inte var någon idé att berätta för Luke och Toke att de ämnade gå i lära bland ungherrarna.

Fast när Orm, som dittills varit för blyg att säga nästan någonting alls, lät undslippa sig ett par ord om sina drömmar till den sena kvällsvarden på soppa och bröd blev han rätt utskrattad av allt arbetsfolk vid bordet. I krigarlära gick bara folkungar och inga frigivna med namn som Sigge, Toke, Luke eller Orm. Hette man så hamnade man i verkstäderna.

Sigge bet ihop tänderna och sade ingenting. Han hade fått ett löfte från herr Arn själv och det tänkte han påminna om när han fick tillfälle.

***

Från gravölet vid Varnhem till Arnäs red Arn för första gången med ett följe hirdmän. En skvadron på sexton ryttare och däribland Sune, Sigfrid och Torgils Eskilsson hade följt Cecilia bakvägen ner till Varnhem, längs Vätterns strand.

Många nyfikna blickar hade de unga hirdmännen från Forsvik, där blott de tre äldsta nått artons års ålder, fått efter sig vid Varnhem. Deras hästar var inte sadlade och rustade som andras och hästarnas sidor och bringor var täckta med tyg i folkungafärgerna. En och annan hade varit framme och funderat över de kraftiga svarta läderremmar som löpte under tyget men också nypt prövande här och var och funnit att under ett tunt lager med folkungafärgerna fanns ett fett och tjockt lager med insydda brynjeringar som skydd för pilar. Att bara tre av hirdmännen nått vuxen ålder kunde också tyckas märkligt, men även de mycket unga i Arn Magnussons följe bar sina vapen med stor självsäkerhet och vana och red som få män i Västra Götaland kunde göra.

Arn insåg att han med denna ofrånkomliga uppvisning hade öppnat en ny fördämning till ryktesfloden om vad som försiggick på Forsvik. Men han hade inte gärna kunnat kalla på Cecilia till kungens gravöl utan att förse henne med det skydd på vägen som hedern krävde.

På en enda dag red de från Varnhem upp till Arnäs utan att ens behöva anstränga sig själva eller hästarna särdeles mycket. Cecilia använde som vanligt en riktig sadel med en fot i varsin stigbygel och eftersom hon red sin egen Umm Anaza hade hon ingen svårighet alls att hålla jämn takt med följet av unga väpnare.

De stannade inte i Skara, eftersom de ändå inte hade några vagnar med sig att frakta inköp i. Hela deras packning var uppbunden i sadelväskor på två extra packhästar. Utanför Skara var det trängsel på vägen av bönder på väg ut och in med sina kärror, då det var torgdag, och det blå följet väckte mycket undran och långa häpna blickar när det dundrade förbi. Det fanns en olycksbådande hemlig kraft hos dessa ryttare som ingen kunde undgå att känna inom sig. Att det var en växande folkungamakt kunde alla se och förstå. Men om det var en god eller en ond makt, om det var skydd för freden eller förebud om krig, kunde ingen se.

De tog vägen över Kinnekulle för att besöka stenmästaren Marcellus som nu arbetade vid stenbrottet på utsmyckningen till den nya kyrkan i Forshem. Han hade redan några bilder klara, en som väckte allas beundran och en som fick Arn att rodna och stamma på ett sätt som ingen var van att se honom.

Den bild som alla säkert skulle komma att beundra var avsedd att sitta ovanför dörrstycket i kyrkan och visade hur Herren Jesus gav Petrus himmelrikets nyckel och Paulus den bok med vilken han skulle sprida den kristna läran över världen. Ovanför Herren Jesu huvud syntes ett tempelriddarkors och där fanns en text inhuggen på god latin som löd:

"Denna kyrka är helgad till vår Herre Jesus Kristus och den Heliga Graven."

Både bilden och texten gjorde betraktaren andäktig. Det var som om man såg själva ögonblicket, fastän det aldrig kunde ha ägt rum i sinnevärlden. Men för Gud fanns inte tid och rum, Han var överallt samtidigt och därför var bilden lika vacker som sann. Det var en stor känsla i Arns bröst, nästan som bävan, att få nåden att vara med om att göra denna kyrka till Hans Grav. Även om själva kyrkobygget hade långt kvar förebådade denna bild vad som skulle bli.

Den bild som däremot fick Arn att tappa andan, ömsom blygas och ömsom vredgas, visade hur Herren Jesus tog emot nycklarna till kyrkan från en riddare, hur Herren Jesus då välsignade kyrkan med Sin högra hand och hur en stenhuggare satt böjd med pikhackan i sitt arbete på kyrkan.

Det kunde bara förstås så att man såg hur Arn skänkte kyrkan till Gud och hur Marcellus byggde den. Det var inte lögn och det var inte hädelse, men det var att på ett orimligt sätt förhäva sig själva.

Marcellus hade ett mer lättsinnigt sätt att se på sin bild. Han menade att den bara uttryckte en världslig sanning och ett gott föredöme för människorna. I tusen år skulle alla hänförda betraktare se hur Arn, en tempelriddare, skänkte denna kyrka. Var inte detta uppbyggligt om något? Var det inte just den tanken som skulle uttryckas med att helga kyrkan till Guds Grav? I stället för att söka Guds Grav i krig och död i det Heliga Landet kunde de sant troende söka sig dit i sina egna hjärtan. Det var ju det man hade resonerat om redan första gången man träffades och gjorde upp affären nere i Skara.

Arn ville inte minnas att man sagt just så men medgav att tanken inte stämde så illa med hans egen. Att däremot framhäva sig själv i en bild bredvid Herren Jesus var en annan sak. Det var högmod och således en svår synd.

Marcellus ryckte på axlarna och sade att det var väl inte värre än om man visade hur Gud drev Adam och Eva ur paradiset, en annan bild han tänkte sig till kyrkan. Gud och människor kunde vara på samma bild, bara bilden var sann. Det var inte bara goda människor och helgon man kunde visa på sådana bilder, utan lika gärna Barabas eller den romerske soldat som stack spjutet i Herren på korset. Och det fanns ingen förhävelse i att säga att Arn Magnusson byggt denna kyrka och tillägnat den Guds Grav. Det var ju bara sant.

Dessutom sade Cecilia att hon tyckte att det var en både vacker och sann bild som bara kunde glädja Vår Herre, då den ju inte visade annat än ödmjukhet inför Honom.

De enades om att inte bestämma något förhastat, utan grubbla vidare på bilden med Gud Själv och kyrkobyggarna. Det var ju gott om tid tills kyrkan skulle stå färdig och signas.

På Arnäs stannade de bara en enda dag, mest för att Arn än en gång ville gå hela varvet runt murarna och granska minsta sak. Allt som hade med borgens yttre försvar att göra var färdigt. Hädanefter kunde man ägna så många år man önskade åt det som var för det inre försvaret eller mer för bekvämlighet än krig. Bostadshuset i sten och tre våningar stod nästan klart och där skulle det gå att flytta in till vintern. Det som återstod att bygga var de stora förråden för brödsäd, torkad fisk och foder åt hästar och kritter som behövdes för att motstå en lång belägring. Därutöver var enklare arbete för vilket man inte längre behövde de skickligaste byggare världen kunde uppbringa. De yttre murarna, tornen, portarna och vindbryggorna stod klara. Det var det avgörande. På Forsvik hade arbetet med de grova kedjorna till vindbryggor och gallergrindar just avslutats.

Det gamla stortornet på Arnäs hade nu blivit förråd för vapen och dyrbarheter. I höga kammaren stod flera rader trätunnor fullproppade med mer än tiotusen färdiga pilar, i kammaren under fanns fullt med armborst, svärd och lansar. Arnäs skulle redan nu vara färdigt att stå emot en belägring från en mycket stark fiende. Men som det såg ut just nu var inget krig nära och därför fanns gott om tid att göra allt färdigt som det var tänkt från början. Snart var Arnäs en ointaglig borg där många hundra folkungar skulle kunna få skydd, oavsett vem som hotade utanför murarna.

Torgils som inte varit hemma på Arnäs sedan julen bestämde att stanna några dagar hos sin far Eskil när Arns följe drog vidare mot

Forsvik. De red tidigt i gryningen för att klara av resan på en enda dag i stället för att övernatta på Askeberga.

När de närmade sig Forsvik den aftonen slogs larm i stora klockan och inom några ögonblick stormade alla unga män och stallare mot hästarna. När Arn och Cecilia och deras följe red in på Forsvik stod tre skvadroner uppställda i rät linje längs hela bygatan. Bengt Elinsson, som var det enda högre befälet som varit kvar på Forsvik, hade ställt sin häst tre steg framför de andras. Han drog först sitt svärd, därefter gjorde de andra som han och så hälsade man herr Arns och fru Cecilias återkomst.

Arn red fram till Bengt, tackade honom kort, övertog befälet och befallde att alla ungherrar måtte återgå till den tjänst eller syssla de haft före larmsignalen.

**

De följande dagarna var tunga av avskedets bitterljuva sorg på Forsvik. De fem år som Arn hyrt sina saracenska män var till ände. De som ville resa skulle göra det snart, för det stora skeppet med torkad fisk från Lofoten väntades in till Lödöse. Med det skulle de hemvändande segla till Björgvin, som var den största staden på Norges västra kust. Därifrån gick ständigt skepp till Lisboa i Portugal och då var man nästan i de rättroendes land.

Bara hälften av utlänningarna ville resa hem, bland dem de två läkekunniga Ibrahim och Yussuf, då de var säkra på att deras tjänster skulle komma mycket bättre till sin rätt i almohadernas rike i Andalusien. De båda engelsmännen John och Athelsten ville också resa, men för dem var det enklare, eftersom det då och då gick skepp mellan Lödöse och England, dit Eskil på senare år börjat utvidga sin handel.

Hälften av byggarna som arbetat på Arnäs ville resa samma väg som Ibrahim och Yussuf, då de menade att det var svårt att leva med den rätta tron i ett land som verkade som om Gud hade glömt att det fanns. Andra hälften av byggarna hade måhända en mer förlåtande syn på Guds minne, fast deras vilja att hellre stanna än resa nog snarare berodde på att flera av dem, likt Ardous från Al Khalil, redan hade kvinna och barn.

De två feltmakarna Aibar och Bulent var också ovilliga att resa. De trodde nog att de skulle komma från Björgvin till Lisboa, men därifrån var det en oändlig väg till Anatolien. Och för övrigt var deras hembyar sedan länge brända och skövlade av både kristna och rättroende. De hade inget att resa hem till.

Med bröderna Jacob och Marcus Wachtian förhöll det sig så att de redan började bli som nordiska människor, båda talade sedan länge folkspråket fullt begripligt.

Jacob hade också överraskande återkommit från en av sina resor till Lübeck, dit han reste för både Eskils och Arns räkning, med en hustru som han påstod var hans lagvigda inför Gud. Hon hette Gretel och det ryktades att hon blivit övergiven av sin blivande man i Lübeck på själva bröllopsdagen men likväl funnit rask tröst i den främmande armeniske handelsmannen Jacob. Något lurt var det med den historien där mer än en byggsten saknades, men ingen på Forsvik fann skäl att bråka om saken. För Jacobs del var det inte till att tänka på att resa. Hans Gretel ville för död och pina inte tillbaka till sitt eget land, vad nu det berodde på. Och till Armenien ville hon än mindre och dessutom väntade hon barn.

Marcus hade ingen längtan att resa ensam. Någon kvinna hade han visserligen inte att förlusta sig med som sin bror, vilket han då och då förstulet påpekade för Arn, men livet på Forsvik var gott och det var en lust att ständigt finna på nya sätt att bruka vattenkraften eller bygga nya vapen eller redskap för arbete. Fast med en kvinna vore det lättare.

Arn beslöt att själv följa de rättroende och engelsmännen till Lödöse för att deras sista resa genom de vantroendes land skulle bli säker. Han räknade med att de rättroende skulle vara i trygghet så fort de gått ombord på skeppet till Björgvin, och engelsmännen oroade han sig inte alls för att lämna ensamma en tid i Lödöse.

Det var ett tungt avsked, och många vänner som arbetat hårt samman i fem år grät öppet när de resande steg ombord på flodbåtarna som skulle föra dem till Vänern och därefter med större båtar mot

Göta älv. Likväl var det en lättnad för alla när avskedet var över och flodbåtarna försvunnit bakom första krök på väg ut i Viken. Arn och Cecilia gladdes båda åt att så många av utlänningarna ändå valt att stanna, eftersom deras arbete och kunskaper var ovärderliga och eftersom man ännu inte på långa vägar fått sina lärlingar bland de frigivna att utföra det arbete som tog många år att lära sig väl.

Arn var tungsint när han återvände från Lödöse en vecka senare. Svårast hade avskedet från gamle Ibrahim och Yussuf och turkopolerna Ali och Mansour varit. De läkekunnigas konst skulle aldrig gå att ersätta på Forsvik och även om de ungherrar som varit längst i tjänst skaffat sig berömvärd skicklighet till häst, särskilt om man jämförde med andra män i Norden, hade de ännu långt kvar till sådana syriska krigare som Ali och Mansour, vars vapen och ryttarkonst var deras levebröd.

Avtal var dock avtal och måste hållas. Kanske skulle man mer glädjas åt att hälften av saracenerna ändå valt att stanna än man skulle sörja att hälften rest hem efter fem år. Man måste också betänka hur mycket som hade uträttats för att säkra freden under den tiden.

Vid bästa lynne var ändå inte Arn när han satt och åt och Gure kom till honom med två verkstadspojkar som han inte kände igen. Först tvivlade han på det han hörde dem rodnande stamma fram, att han själv skulle ha lovat dem att gå i lära på Forsvik. De var ju inte folkungar, det syntes lång väg att de var trälungar eller frigivna. Han frågade dem först strängt var de fått dessa drömmar från och om de insåg vilken allvarlig synd det var att svära falskt. Men när de till slut fick ur sig berättelsen om hur han kommit till Askeberga första gången och de ropat åt honom i dörren och han gått ut till dem på tunet och talat med dem kom han ihåg händelsen. Det gjorde honom tankfull och han tystnade och funderade en god stund innan han fattade sitt beslut. Sigge och Orm väntade med stor vånda, Gure mer med förvåning.

"Gure, tag dessa pojkar till Sigfrid Erlingsson", sade han till slut. "Säg att de skall börja i den yngsta gruppen av ömskinn och se till att de får kläder och vapen därefter."

"Men herre, dessa yngel är ingalunda några folkungar", invände Gure häpet.

"Det vet jag nog", sade Arn. "De är bara söner till en frigiven. Men vi hade ett avtal och avtal skall en folkung alltid hålla."

Gure ryckte på axlarna och tog med sig Sigge och Orm som båda såg ut som om de velat skrika och hoppa av glädje och bara med stor svårighet kunde behärska sig.

Arn satt länge kvar vid sitt halvätna fat. Han hade ställt sig själv en mycket egendomlig fråga som aldrig tidigare rört sig i hans huvud. Det han frågade sig var om man bara kunde födas till folkung och om man inte kunde bli det. För helt visst var inte alla födda folkungar de bästa, och alla andra de sämsta.

I tempelriddarnas Regel sades att bara den som hade en far med sköldemärke kunde upptas som broder i orden. Andra fick nöja sig med att bli sergeanter. Vid mer än ett tillfälle hade han sett riddarbröder som skulle ha passat bättre till sergeanter och också omvänt.

Och vad var det som sade att man inte kunde göra bra folk till folkungar, liksom man kunde föra in nytt blod i hästaveln? Genom att avla tunga och kraftfulla götiska hästar med de snabba och rörliga arabiska hästarna höll man på att få fram en ny sort som skulle passa bättre till det tunga rytteri som var nästa stora sak att bygga upp på Forsvik. Det gick att smida samman det bästa mellan det arabiska och det götiska, just som man arbetade med olika lager av järn och stål när man tillverkade svärden på Forsvik. Varför inte tillverka folkungar på samma sätt?

Fast han måste förstås se till att få de två omdöpta, om de alls blivit döpta. Sigge och Orm kunde inga folkungska ryttare heta.

***

Sverker Karlsson kom med ståtligt följe med hundra ryttare från Danmark till Näs, där han hade för avsikt att flytta in med sitt folk. Han hade väntat med sin resa till slutet av året då isen låg tjock och säker på Vättern.

Efter nyåret kallade han till sig alla stormän bland folkungar, erikar och svear till kungens Näs för att välja honom efter att han avlagt sin ed. Därefter skulle följa tre dagars gästabud.

Aldrig hade så många röda mantlar synts på Näs, inte ens under kung Karl Sverkerssons tid. Det var inte bara sverkersfärgen, ty även bland danerna var rött det vanligaste, och Erik jarl som varit på Näs vid Sverkers ankomst viskade med avsmak till Arn att det hade sett ut som en flod av blod kom rinnande över isen.

Birger Brosa och hans bror Folke och Erik jarl blev de enda världsliga männen i kungens nya råd som inte var daner eller sverkrar. Eskil hade fått lämna sin plats vid rådet, då Sverker förklarat att så allvarliga ting som rikets handel måste lämnas i händerna på mer kunniga daner. Till marsk utsåg han sin vän Ebbe Sunesson, som var släkt med folkungarna på Arnäs, eftersom hans frände Konrad var gift med Arns och Eskils halvsyster Kristina. Sverker menade att detta släktskap var som en brygga mellan det danska och det folkungska.

Ärkebiskop Petrus sken som en sol och prisade gång på gång Gud för att Han äntligen i Sin oändliga godhet och rättvisa hade fört hem den mördade kung Karls son till götars och svears krona. Därmed skedde Guds vilja, försäkrade Petrus.

Kronan fick Sverker dock inte ikläda sig innan han inför hela rådet och rikets ting av stormän svurit att med Guds hjälp upprätthålla lagen och rättvisan. Han fick också svära att han avsade sig alla anspråk på kronan för sina fränder, då Erik jarl var den som stod närmast kronan efter honom. Och efter Erik jarl följde de yngre bröderna Jon, Joar och Knut, vilka nu skulle leva i riket med all den rätt kungasöner hade.

Ärkebiskop Petrus som förestavat eden hade på flera ställen försökt hoppa över ett och annat men då genast blivit strängt åthutad av både svear och götar. Först när det helt säkert blivit rätt i allt svor hela rikets ting sin trohet till kung Sverker så länge han levde – och så länge han höll sin ed.

Under gästabudsdagarna visade danerna hur kunglig fest gick till ute i stora världen med duster mellan riddare som red mot varandra med lans och sköld. Enbart daner deltog i dessa lekar, då det nya herrefolket tog för givet att ingen man uppe i det efterblivna Västra Götaland eller Svealand kunde strida till häst. Och att döma av de många beundrande och häpna ansiktsuttryck kung Sverker kunde iaktta bland sina nya undersåtar var dessa riddarkonster, som redan funnits länge i Danmark, någonting man aldrig skådat uppe i Norden.

Arn betraktade noga och med orörligt ansikte allt han såg de danska riddarna utföra. Somt var alls inte oävet, annat var så enkelt som han hade väntat sig. Ingen av dem skulle ha dugt ens till sergeant i Tempelherreorden, men på nordiska slagfält var de svåra att stå emot. Ville man få bukt med dessa danskar ute på öppen mark behövdes ytterligare några års övning på Forsvik. Men längre än så var inte deras försprång.

Under gästabudsdagarna satt kung Sverker och hans marsk Ebbe Sunesson mest inne i stora salen med danskt hovfolk omkring sig och kallade till sig rikets viktiga män en efter en till samtal där Birger Brosa fick berätta vem som kom. Kung Sverker var hela tiden mån om att visa sig vänlig och att behandla folkungar och erikar lika som sina egna sverkersfränder.

När det blev Eskils och Arns tur att stiga inför kungen och hans danska hovmän berättade Birger Brosa om Eskil att han var handelsman och tidigare suttit i kung Knuts råd och var blivande herre till gården Arnäs och om Arn bara att han levt sitt liv länge i kloster, också i Danmark, och nu var herre till skogsgården Forsvik.

Arn bytte en snabb undrande blick med Birger Brosa om dennes något ofullständiga beskrivning om vad som hänt Arn mellan klostertiden som barn och Forsvik som man. Birger Brosa bara blinkade tillbaka, snabbt och omärkligt.

Kung Sverker blev glad att tala med någon som inte hade svårigheter att förstå danernas språk som många av de tröga svearna visat sig ha. Och för Arn var det lätt att återfalla till det språk han talat så länge som barn. Fortfarande lät han ju mer som en dan än en götisk man.

Till en början kom samtalet att handla om oskyldiga ting som hur vackert det var vid Limfjorden runt Vitskøls kloster eller om de musselodlingar man arbetat med på klostret utan framgång, eftersom folket kring fjorden haft för sig att det vore mot Guds ord att äta musslor. Numera var det inte så, försäkrade kung Sverker. Han bjöd därefter Arn och Eskil att komma på besök till Danmark med hans lejdebrev så att de kunde träffa sin halvsyster Kristina, och när bröderna inte såg ut som om denna resa vore vad de helst tänkte sig ändrade han sig till att i stället lova att bjuda både Kristina och hennes man Konrad Pedersson till Näs någon gång nästa sommar. Han ansträngde sig mycket tydligt att visa att all gammal fiendeskap var sådant han glömt.

Därför kunde det tyckas både klumpigt och onödigt av marsken Ebbe Sunesson att plötsligt erinra sig hur han på brödernas Arnäs en gång hamnat i en liten dust med någon av deras fränder, fast väl ingen fiendeskap fanns för den sakens skull?

Han hade talat lent men med ett förargligt leende i mungipan. Birger Brosa skakade varnande på huvudet åt Arn, och Arn fick med stor svårighet behärska sig innan han svarade att den som dött var deras bror Knut och att de båda bad för sin brors salighet, men att ingen av dem tänkte sig hämnd.

Där borde Ebbe Sunesson låtit sig nöja. Men kanske hade han druckit för mycket under gillet, kanske var han alltför uppfylld av att han var segraren i riddarnas duster, eller hade han och hans vänner redan alltför mycket intalat sig att de blivit herrar bland folk som inte var värda någon större respekt. För det han nu sade fick både Birger Brosa och kung Sverker att blekna, om än av helt olika skäl.

Med öppet löje förklarade han för Arn och Eskil att de inte behövde känna sig det minsta blygsamma. Om det var så att de inte hade fått sin rätt och heder efter broderns förargliga död så skulle han gärna möta någon av dem med svärd. Eller varför inte båda på en gång? Men då var det ju förstås en fråga om de hade tillräckligt med heder och tillräckligt med mod.

Arn såg ner i stengolvet och kvävde med stor ansträngning sin första tanke att genast föreslå envig. Det måtte ha sett ut mer som om han skämdes av att inte våga anta utmaningen han fått med ord lika tydliga som ett slag i ansiktet.

När tystnaden hunnit bli olidlig rätade han på huvudet och sade lugnt att han vid eftertanke fann det oklokt för den nye kungen och hans män att börja sin tid i svears och götars land med blod. För i vilket fall, om herr Ebbe dräpte ännu en folkung till Arnäs, eller han själv dräpte kungens marsk, skulle detta alls inte gagna kung Sverker eller den fred de alla strävade efter.

Kungen lade då sin hand på Ebbe Sunessons arm och hindrade honom från att svara, vilket han verkat alltför ivrig att göra, och sade att han kände sig hedrad av att bland dem som svurit trohetsed till honom fanns goda män som Eskil och Arn Magnusson som förstod att sätta rikets fred före sin egen heder.

De svarade honom inte utan bugade sig och gick utan ett ord. Arn måste genast vidare ut i den kalla luften, eftersom han kokade av förödmjukelse. Eskil skyndade efter honom och försäkrade att ingenting gott hade kunnat komma av att en folkung genast på första veckan av kung Sverkers tid dräpte hans marsk. Och för övrigt hade dessa kränkande ord nog kunnat undvikas om Birger Brosa varit något mer tydlig i sin beskrivning av vilken sorts klosterliv Arn hade levt. Som det nu var förstod ju inte den där högmodige marsken hur nära döden han varit.

"Jag kan ändå inte förstå vad Gud ville med att föra vår brors mördare på en enda svärdslängds avstånd från mig", mumlade Arn mellan sammanbitna tänder.

"Om Gud vill föra er två samman med vapen så gör Han det. Nu ville Han tydligen inte", svarade Eskil villrådigt.

XI

DET ENDA BUD FRÅN NÄS under kung Sverkers första år som gladde folkungar och erikar var att ärkebiskop Petrus åt ihjäl sig redan vid andra julölet. Annars hörde man inte mycket, varken ont eller gott. Det var som om det som rörde den högsta makten i riket inte längre angick folkungar och erikar.

Inte ens när kung Sverker skulle sända ett korståg österut fann han skäl att fråga efter hjälp från folkungar och erikar utan slog sig samman med danskar och gotlänningar. Visserligen blev det inte mycket till korståg. Meningen var att Sverkers här skulle skeppas över till Kurland för att ånyo frälsa landet till den sanna tron och bära hem vad som kunde finnas av värde. En sydlig storm drev dock de två-hundra fartygen med korsfararna norrut så att de hamnade i Livland i stället. Där plundrade de i tre dagar, lastade ombord sitt krigsbyte och for hem.

Tre dagars plundring var kanske inte så mycket att gå miste om, men särskilt svearna uppe i mörka Nordanskog var kränkta över att de inte hade betrotts att sända en enda fylking eller ett enda skepp och att kungen och hans danskar hade så låga tankar om dem.

För folkungarna på Arnäs och Forsvik var det alls ingen nackdel att den nye kungen försmådde deras tjänster då de kunde använda tiden nyttigare. På Arnäs byggdes såväl byn innanför murarna som de nya brunnarna och förrådshusen färdiga. På Forsvik hade det äntligen blivit vinst i Cecilias bokföring.

Det berodde inte bara på att glas från Forsvik nu såldes i både Linköping och Skara, Strängnäs, Örebro, Västra Aros och Östra Aros och till och med i Norge. En del ungherrar hade varit så många år i lära att det blev tid för dem att återvända hem och när de gjorde det fick de ansvar för att rusta den egna gården och börja lära egna hirdmän och långbågeskyttar hemma. Alla nya vapen köpte de då från Forsvik och på så vis kom en allt större del av de vapen som man utan betalning tillverkat i många år för att rusta Arnäs och Bjälbo nu att börja ge en inkomst. Det hade tvärtom mot berättelsen i Helga Skrift blivit sju magra år innan de feta åren kom. Men när det väl vände fick Cecilia i början räkna om flera gånger, eftersom hon inte trodde att hon räknat rätt. Strömmen av silver in, i stället för ut, blev allt stridare.

Dessa sista år inför det tolfte sekelskiftet, som enligt somliga gisslare och prelater skulle komma med jordens undergång, var lugna år för folkungarna men också år av mycket resande och bröllopsöl.

Att gifta sig med den sverkerska ätten verkade inte längre lönt, menade såväl Birger Brosa som hans bröder Magnus och Folke. Och eftersom Eskil äntligen fått sitt äktenskap upplöst med den svekfulla Katarina som låsts in för evigt på Gudhem måste han ju föregå med gott exempel. Han for på giljarstråt till Västra Aros och trakterna av det nedbrända och skövlade Sigtuna och fann snart vad han sökte i änkan Bengta Sigmundsdotter från Sigtuna. Hennes man hade dräpts för några år sedan när esterna kom på plundringståg. Men klok hade hon varit nästan som om hon kunde skåda in i framtiden. För även om hon och hennes man ägt det största handelshuset i Sigtuna hade hon envisats med att inte behålla alla de rikedomar de förvärvat i staden utan fraktat dem norrut till sitt föräldrahem. På så vis blev hon en av få invånare i Sigtuna som gick rik ur brand och rök.

Så rik att hon kunde komma med en hemgift fullt värdig ett giftemål med Eskil var hon möjligen inte, men det var knappast någon kvinna i landet. Och med änkor var det inte lika noga med sådana ting, liksom man inte behövde något fästningsöl, då änkor bestämde själva. Det kunde bli brudöl genast och utan omvägar efter att överenskommelsen mellan Eskil och Bengta var klar.

Eskil och Bengta hade tycke för varandra och det var allas mening att de passade sällsynt väl samman. Bengta skötte affärer på ovanligt stor fot för att vara fruntimmer och affärer var ju Eskils stora glädjekälla i livet. De hade redan första dagen de träffats börjat tala om att överge Sigtuna och flytta Bengtas handelshus till antingen Visby eller Lübeck. På så vis skulle de stärka varandras krafter.

Att leta svealändsk kvinna åt unge Torgils Eskilsson visade sig svårare. Men änkedrottning Cecilia Blanka var ju svealändsk och efter kung Knuts död hade hon inte tålt att leva kvar på Näs, även om den nye herren, kung Sverker, lismande sagt henne att hon var gäst så länge hon gitte. Det var dock inte vad den nye kungens föraktfulla danska hovfolk visade. Hennes söner Erik jarl, Jon, Joar och Knut var mer som fångar i en gyllene bur på Näs, men själv var hon fri att ge sig av. Hon hade låtsats bege sig till Riseberga kloster som det anstod en änkedrottning utan makt, men vid Forsvik hade hon stigit av båten och blivit kvar. De två Ceciliorna hade snart varit igång med planerna för unge Torgils bröllop och kommit fram till att en lagmansdotter vore det bästa, ty lagmännen hade en mycket stark ställning hos svearna och den makten var viktig att knyta till sig.

Som Ceciliorna räknat ut det blev det, och därför följde en sommar med mycket resande mellan Västra Götaland och Svealand. För efter sitt eget bröllop for Eskil med sin son Torgils, Arn och dennes son Magnus Månesköld med stort följe till Svealand där de på vägen upp till fästningsölet uppe i mörkaste Uppland stannade hos många stormän som antingen ingick i Eskils nya släkt eller var släkt med Cecilia Blanka. Fästningsölet mellan Torgils och Ulrika, som var dotter till Leif lagman på Norrgarns gård en dagsresa från Östra Aros, stod vid Laurentius innan skörden kommit igång i Uppland. Brudölet dracks i fem dagar på Arnäs senare den hösten.

Men också fruarna reste mycket vid denna lugna tid. Ulvåsa hos Ingrid Ylva blev deras vanligaste mötesplats, eftersom det låg på halva vägen mellan Forsvik och Ulfshem så att de två Ceciliorna och Ulvhilde bara fick en dagsresa var för att mötas. Ingrid Ylva och Ulvhilde var sverkersdöttrar, Cecilia Blanka av sveaätt och Cecilia Rosa av pålsätten från Husaby och därför kunde de fyra umgås otvunget utan att ständigt tänka som erikar eller folkungar som de alla var gifta med. Ingrid Ylva hade redan fött två söner och väntade ett tredje barn denna sommar då kvinnorna var mer för sig själva än med sina män. Eftersom

Ingrid Ylvas äldste son Birger snart skulle fylla fem år och var i samma ålder som Cecilia Rosas dotter Alde blev det mycket tal om hur dessa två snart måste gå i vettig lära och hur man skulle kunna ordna det gemensamt. Ulvhilde hade förr om åren skickat sina pojkar till en klerk i Linköping, men till det sverkersfästet var det ingen god idé att skicka små folkungar i den onda tid som nu blivit.

Till slut kom Cecilia Blanka på att Birger och Cecilia Rosas lilla Alde kunde få sin skolning på Forsvik, om man kunde övertala den gamle munken där att minska sin tid med svärd och häst, vilket han bara skulle må bra av. Dessutom menade Cecilia Blanka att hon som sysslolös drottning kunde göra sig nyttig på ett sätt som ingen gärna kunde invända mot om också hon deltog i undervisningen av barnen. De fann alla att det var en så god och självklar tanke att de bestämde att redan nästa dag ta första bästa av Eskils båtar till Forsvik och tala med munken själv.

Så kom det sig att Broder Guilbert inom kort fann sig i oväntat trångmål i Forsviks nya stora gästabudssal. Han var inte särskilt nödbedd att instämma i att det dels var en Gudi behaglig gärning att lära unga, dels att sådant arbete skulle tära mindre på en gammal kropp än svärd och häst. Men han krånglade om att det inte var detta uppdrag han fått av Fader Guillaume på Varnhem.

Den invändningen viftade emellertid Cecilia Blanka undan lätt som en fluga med att säga att vad Fader Guillaume ville eller inte ville när det gällde folkungar och erikar satt mer i silverpung än ande.

Hur mycket Broder Guilbert än tyst instämde i detta fräcka påpekande slingrade han sig dock vidare med att han ju också hade ett avtal med Arn. Då var det Cecilia Rosas tur att sätta åt honom med att det var hon och inte Arn som var ägare till Forsvik.

Som om han grep efter det sista halmstrået hävdade Broder Guilbert till sist att han inte gärna kunde lova någonting bestämt innan Arn kommit hem. Han pressades genast att medge att om Arn inte hade några invändningar så skulle han foga sig.

Därmed lät sig de envisa fruntimren nöja och utbytte segervissa blickar innan de gav sig in i ett fasligt vindrickande och pratande som snart fick Broder Guilbert att ursäktande dra sig tillbaka.

***

När kung Sverkers danska hustru Benedikta dog i feber väckte det föga sorg bland erikar och folkungar. Kung Sverkers enda dotter Helena var inget hot mot kungakronan.

Desto större blev bestörtningen när ryktet började löpa att jarlen Birger Brosa låtit hämta ut sin sista dotter Ingegerd från förvaringen på Riseberga kloster för att gifta bort henne med kungen. Såvitt man visste var Ingegerd en frodig kvinna som såg ut att kunna föda hur många söner som helst. Många sade att detta nog var det enda dumma som Birger Brosa gjort i sitt långa liv och att nu hopade sig svarta moln över riket.

Att kung Sverker efter sina första försiktiga år vid makten börjat smida allt djärvare planer förstod man också på det sätt han fjäskade för kyrkan och biskopshopen. Nästan löjeväckande tydligt blev det när han härmade kung Knut i Danmark med att alldeles på egen hand, utan vare sig råd eller ting, utfärda ny lag.

Kung Knut i Danmark hade sagt att då han var kung av Guds Nåde kunde han stifta lag bäst han gitte. Det vågade visserligen inte Sverker säga, men han påstod att han nu behagat stifta lag därför att han fått något han kallade gudomlig inspiration.

Vad som menades med detta var dunkelt, annat än att det förstås hade med Gud att göra. Dessutom var det en fåfänglig lag som redan gällde sedan gammalt, att kyrkan inte skulle betala skatt till kungen. Men biskopshopen blev inte oväntat förtjust och gjorde sitt bästa för att förklara för den som ville lyssna vad som menades med inspiration. Som man kunde förstå det var inspiration något en man kom på av sig själv, fast ändå inte.

När det visade sig att det olycksbådande ryktet om hur självaste Birger Brosa hade försett sverkerskungen med en barnaföderska var sant hölls ätteting bland folkungarna. Mötet stod på Bjälbo, eftersom Birger Brosa skyllt på ålder och hälsa, fastän de flesta nog gissade att han hellre ville stångas hemma på egen gård där han var värd än som gäst bland fränder.

Han fick utstå många hårda ord för detta hans sista egensinniga bröllopsbestyr. De flesta som talade med honom medgav visserligen att månget bröllop som den gamle jarlen ställt med hade varit klokt och gagnat freden, men den här gången var det tvärtom.

Birger Brosa satt krökt och hopsjunken i sitt högsäte och försökte till en början inte värja sig särskilt mycket. Så hade han ju alltid gjort i sin krafts dagar när han kom in först på slutet i varje samtal och då fogade samman vad andra sagt och körde sin tungas vassa svärd rakt in i den spricka han alltid brukade upptäcka mellan grälande fränder.

Den här gången syntes ingen sådan spricka och han måste tidigt börja tala i egen sak. Han försökte som så ofta förr med låg röst för att få alldeles tyst i salen, men den här gången blev han bara åthutad att tala högre. Försiktigt höjde han då rösten och sade att om en kung blev änkling vid såpass unga år som Sverker skulle han helt säkert skaffa sig en ny drottning. Om det ändå måste ske, vore det då inte bättre att denna drottning var av den folkungska ätten än en utländska?

Det var ingalunda säkert, menade en vred Magnus Månesköld. För om en kung blev änkling kunde han lika gärna få för sig att gifta sig med någon änkedrottning, och en kärring från Danmark hade väl alla kunnat tåla bättre än en kvick barnaföderska, hämtad frodig och pilsk från klosterförvaring.

Eskil grep då ordet och sade att en dumhet som var begången kunde man inte göra ogjord. Att nu när fästningsöl redan hållits försöka ta tillbaka vore en skymf som kunde leda ända till krig, eftersom kung Sverker då kunde säga att den trohetsed man svurit honom var bruten. Alltså måste man fullfölja löftet och be för att Ingegerd födde en lång rad döttrar innan lemmen slaknade på Sverker.

När ordet krig nämnts tände det flera av de yngre fränderna i salen, och de började mumla om att det kanhända var bättre att förekomma än att förekommas och vände sig så till Arn för att höra hans mening. Så många ynglingar från så många folkungagårdar hade redan tidigare gått i lära på Forsvik eller befann sig där just nu att allas förvissning var att Arn Magnusson vore ledaren i nästa krig.

Arn svarade långsamt att de alla var bundna av sin ed till kung Sverker fram tills han bröt sin. Om Sverker gjorde en folkungska till sin drottning bröt han sannerligen ingen ed. Därför fanns ingen godtagbar orsak till ett krig nu.

Dessutom skulle det vara oklokt. För vad hände om man genast for till Näs och dräpte kungen? Det betydde kanske inte bara krig mot Danmark, det betydde nog att ärkebiskop Absalon i Lund skulle få både den ene och den andre folkungen bannlyst. Kungamord gav bannlysning, så var det numera. Till och med krångel om vem som skulle bli ärkebiskop eller vem som kunde kröna kung kunde leda till bannlysning. Det hade hårt drabbat kung Sverre i Norge, som alla visste. Och det hade i sin tur försvagat förbundet mellan folkungar och norrmän. Bara om kung Sverker bröt sin ed kunde man utan sådana faror gå i krig mot honom.

Arns invändningar var både så oväntade och tankeväckande att ättetinget snart lugnade ner sig. Birger Brosa försökte då ta tillbaka något av sin forna makt och talade myndigt om vikten av att alla i salen betänkte att om kriget kommit närmare fanns ändå gott om väntetid. Den tiden skulle bäst användas till att förbereda sig väl. Han nämnde särskilt att fler ynglingar borde sändas till lära i Forsvik och att fler vapen borde beställas därifrån och till var folkungagård.

Det var inget fel på klokskapen i de orden, det insåg alla. Men det var som om Birger Brosas långa makt över ättetinget var bruten. Och så såg han också själv ut när han lämnade salen först av alla som seden var. Hans händer och hans huvud darrade som om han blivit skrämd eller fort närmade sig sotsängen.

***

Nådens år 1202 blev dödens år. Det var som om Herrens änglar stigit ner för att bränna det torra gräset och bereda marken för helt nya makter. Kung Sverre av Norge dog detta år, saknad av lika många som gladde sig. Det gjorde både folkungars och erikars förbund med Norge svagare och osäkrare.

Även kung Knut av Danmark dog och man krönte hans bror Valdemar som fått tillnamnet Segraren. Det namnet hade han inte fått utan skäl. Nyligen hade han erövrat både Lübeck och Hamburg, som nu lydde under den danska kronan, och flera resor hade han gjort med krigsfolk till både Livland och Kurland. Överallt hade hans härar gått segrande fram. Som fiende vore han i sanning fruktansvärd att få emot sig.

Som om Gud skämtat med både folkungar, erikar och allt annat folk i Västra och Östra Götaland var det dock ingen fara att Valdemar Segraren skulle komma härjande och brännande upp från Skåne. Ty kung Sverker var danskarnas man och hans land behövde ju inte erövras så länge han var kung. För honom kändes det alls inte svårt att all handel från hans länder till Lübeck i fortsättningen skulle beläggas med danska tullar. Som Eskil Magnusson en gång mumlade mellan sammanbitna tänder när han satt vid sina räkenskaper betalade man numera skatt på freden.

Men störst sorg för folkungarna kom i januari det året när Birger Brosa dog. Han låg inte länge på sin dödsbädd och få fränder hann komma för att ta farväl. Men mer än tusen folkungar följde den vördade jarlen på hans sista resa till Varnhem. De samlades vid Bjälbo och drog som ett långt blått krigståg över Vätterns isar till Skövde och vidare mot Varnhem.

Från de flesta folkungagårdar kom bara männen, då det blev en bittert kall resa. Från Arnäs, Forsvik, Bjälbo och Ulvåsa kom allt husfolk. Husfruar och barn och en del äldre, som gamle herr Magnus på Arnäs, färdades i slädar nedbäddade i mycket päls av varg och får. Och många ryttare önskade sig nog hellre en plats i slädarna, eftersom deras ringbrynjeklädsel blev som is mot kroppen och varje rast blev mer pina än vila.

Från Forsvik red Arn Magnusson främst bland fyrtioåtta unga ryttare som var de enda i begravningsföljet som inte tycktes plågas av den isande vinden, trots att de red i fulla vapen. De hade särskilda krigskläder för vinterbruk och inte någonstans järn eller stål nära kroppen. Inte ens deras järnklädda fötter tycktes lida av kylan.

Kung Sverker kom inte till Varnhem. Om detta kunde man ha olika meningar. Han hade inte kunnat få ihop ett större följe än tvåhundra män och det hade sett litet ut jämfört med folkungarnas. Och vid gravöl och sorg var folk ofta obehärskade, och vem kunde säga vad som hänt om någon i röd mantel låtit tungan löpa iväg så att de första svärden drogs. Såg man det så var det klokt och försiktigt av kung Sverker att inte visa sig vid den gamle jarlens jordafärd.

Ändå var det svårt att inte tycka att kungen visade Birger Brosa och därmed alla folkungar ringaktning genom att se på jarlens död enbart som en angelägenhet för hans ätt.

Birger Brosa lades till vila nära altaret, inte långt från kung Knut som han tjänat för fredens och rikets väl i så många år. Hans dödsmässa blev lång, särskilt för dem av hans fränder som inte fick plats inne i kyrkan utan måste stå två timmar ute i snön.

Det dröjde emellertid inte länge förrän trehundra av dem som följt Birger Brosa till Varnhem måste återvända i samma ärende. Gamle herr Magnus på Arnäs hade illa tålt den kalla resan då hans bror begravdes. Han hostade och skalv redan på första dagen när han återvände till Arnäs och lades intill en stor stockeld på översta våningen i det nya boningshuset. Han återhämtade sig aldrig, man hann knappt få hem prästen i Forshem för den sista smörjelsen och syndernas förlåtelse innan han dog, eftersom han hela tiden viftat undan alla farhågor om det värsta. Lite kyla skall en folkung tåla, försäkrade han gång på gång. Någon sade att det blev hans sista ord.

Sorgen låg tung över Forsvik under de fyrtio dagarnas fasta före påsk. Arbetet gick visserligen sin gilla gång i kvarnhus och verkstäder, men sällan hördes skratt och skämt som varit brukligt. Det var som om husfolkets sorg spred sig till alla andra.

Arn tillbringade mindre tid än han brukade med ungherrarnas övningar. Det var på sätt och vis i sin ordning, eftersom många av dem nu hade blivit fullvuxna män och redan hade flera års vana av att öva sina yngre fränder. Sune, Sigfrid och Bengt hade alla tre föredragit att stanna som lärare på Forsvik hellre än att dra till egen gård, som åtminstone Bengt och Sigfrid hade kunnat göra.

Att det fanns nya lärare åt ungherrarna hade också gjort att saknaden efter Broder Guilbert bland ryttare och svärdslekar kändes mindre nu än i början. Han hölls mest i den lilla nybyggda kyrkans sakristia där han undervisade Alde och Birger Magnusson. Redan hölls alla *lectionis* på latin.

Helt utan ifrågasättande hade Broder Guilberts undervisning inte blivit sedan den gång Cecilia fann att han varit i verkstäderna och gjort två små pilbågar åt barnen och stod bakom kyrkan och hetsade dem att försöka träffa en liten läderboll som han hängt i ett tunt rep. Inför Cecilia hade han försvarat sig med att bågskytte var en konst som skärpte sinnet och att man hade stor nytta av den förmågan också när det gällde att tränga in i filosofens logik eller grammatiken. När Cecilia misstänksamt gått till Arn för att förhöra sig i det ämnet hade han instämt alltför ivrigt i Broder Guilberts ord så att hon knappast blev mindre misstänksam.

Cecilia menade att det ändå var stor skillnad mellan Alde och Birger. Hon skulle i sinom tid bli husfru på Forsvik eller någon annan gård. Vad som väntade Birger Magnusson i framtiden kunde man förstås inte veta säkert, men som äldste son i ett av de förnämsta folkungahusen och med en mor av kunglig släkt var det lätt att föreställa sig att både bågkonst, häst och lans skulle få stor betydelse i hans liv. Men därav följde ju inte att deras dotter Alde skulle lära till krig.

Arn försökte lugna Cecilia med att bågskytte inte bara var till krig utan också till jakt och att det fanns många fruar som var goda jägare. Ingen fru behövde skämmas för att hon kunde föra egenhändigt skjuten and eller hjort till bordet. Och vad Birger beträffade skulle hans skola för livet ändras mycket från den dag han fyllde tretton år och gick in i ungherrarnas grupp för nybörjare.

Cecilia lät sig nöja med denna förklaring ända tills hon kom på Broder Guilbert med att ha gjort små träsvärd som Alde och Birger använde till att gå på varandra med liv och lust inför sin ivrigt pratande och gestikulerande lärare.

Arn höll med om att svärd måhända inte var vad han helst av allt ansåg att hans dotter skulle lära. Men barnens skola var inte lätt och Broder Guilbert var en mycket krävande lärare, det visste han av egen erfarenhet. Och det var sannerligen inte fel att då och då gå från grammatiken till lite lek. För en sund ande krävde en sund kropp, det var en evig mänsklig visdom.

Gråt och kiv hade det också blivit när Birger fått sin första häst vid sju års ålder och Cecilia förbjöd Alde att rida innan hon fyllt åtminstone tolv. Hästarna var inte enbart till ofarlig lek och det visste man ju särskilt väl på just Forsvik där det genom åren blivit mycket sår och kvid när unga ryttare fallit och slagit sig, ibland så illa att de blivit sängliggande någon tid. För unga män som lärde till krigare var det en fara de måste utsätta sig för. Men det gällde sannerligen inte Alde.

Arn hade hamnat mellan en lika bestämd dotter som mor och båda var de vana att få honom dit de ville. Men i frågan om när Alde skulle få sin första häst kunde bara en av dem segra och det blev Cecilia.

Han försökte trösta Alde med att rida med henne framför sig i sadeln, lugnt och sakta när de var inom synhåll från Forsvik, och i den svindlande fart bara arabiska hästar förmådde när de var utom synhåll. Då skrek Alde högt av förtjusning och var blidkad åtminstone för stunden. Något gnagdes ändå Arn av dåligt samvete för att han frestade Alde med hög fart. Det fanns ju en tydlig fara i att hon skulle försöka sig på det så fort hon fick en egen häst, och hög fart var det man sist av allt och inte först borde pröva när man lärde sig rida.

Till påsken hade den lilla träkyrkan i Forsvik klätts med mörka bonader av Suom som visade Vår Frälsares lidande på Golgata, Hans vandring på Via Dolorosa och den sista måltiden med lärjungarna. Arn hade fortfarande svårt att förlika sig med ett Jerusalem som såg mer ut som Skara och Jesu lärjungar som såg ut som om de hämtats från närmaste tingsplats i Västra Götaland. Dumt nog hade han undsluppit sig något om saken och fått Cecilias hela föreläsning över sig på nytt om att i konsten var det man såg inte sanning i själva bilden utan den sanning som uppstod inom betraktaren. Motvilligt gav han efter i disputen, mer för att slippa ifrån den än för att han blivit helt övertygad. Han hade fortfarande svårt med bilder i Guds hus, eftersom han ansåg att sådant störde tankens renhet.

Våren hade varit sen det år man skulle minnas som dödens år och isarna runt Forsvik och på floden varken bar eller brast. De kristna fick därför stanna och fira påskmässorna själva på Forsvik. Men så illa blev det ändå inte, eftersom Broder Guilbert kunde sköta en prästs alla plikter och dessutom hade han ju mycket goda sångare till sin hjälp då inte bara Arn utan också de två Ceciliorna hade alla psalmerna lika säkert i huvudet som han själv. Även om Forsviks kyrka inte såg mycket ut för världen utan var mer som en norsk stavkyrka kunde det gott tänkas att de påskmässor som hölls där dödens år 1202 sjöngs vackrare än i alla andra kyrkor i Västra Götaland, utom klosterkyrkorna.

När man sjungit Herrens lov och uppståndelse på tredje dagen hölls påskalammsmåltid för alla kristna i den nya gästabudssalen. Det blev som om sorgens moln skingrades och det var inte bara för att fastan var över och Vår Frälsare återuppstånden. Det saracenska sättet att laga lammkött väckte allas beundran.

Nu först gick det för sig att fira att även Marcus Wachtian skaffat sig en tysk hustru. Hon hette Helga och kom också hon från Lübeck. När hans bror Jacob fått egna barn och blivit mer ovillig att ge sig av på långa resor två gånger om året till de tyska städerna hade Marcus varit angelägen att överta det uppdraget. Förvisso hade han hemfört mycket som var till både glädje och nytta på Forsvik, i allt från stora hammarstäd som man inte kunde gjuta själva eller svärdsämnen från något som hette Passau och var märkta med en springande ulv. Dessa svärdsämnen var i mycket gott stål och man kunde snabbt och lätt feja dem till riktiga svärd. När Cecilia räknat på vad det kostade att göra svärden helt själva eller att köpa dem halvfärdiga hade hon funnit att det senare lönade sig bäst. Hon räknade då inte bara själva utläggen i silver utan också den tid som man kunde spara in och använda till annat smide som också gav inkomst i silver. Det var ett nytt sätt att räkna, men både bröderna Wachtian och Arn instämde i Cecilias åsikt att det nog var rätt och riktigt.

Av allt som Marcus hemfört från de tyska städerna var dock Helga det han skattade högst och det inte bara, som han skämtade, för att hon var det enda som han inte tvingats betala dansk tull för vid utförseln.

Det blev en god fest med de första skratten på länge på Forsvik. Arn satt i högsätet mellan de två Ceciliorna och med Alde och lille Birger nedanför sig, och vid sidan av bröderna Wachtian och deras tyska fruar satt förmannen Gure, som låtit döpa sig redan vid sin frigivning, och Broder Guilbert. Längre ner i salen vid två långbord satt närmare sextio ungherrar i folkungska färger och förde som tiden gick och ölet rann ner ett allt större oväsen.

Cecilia beställde då vin och glas till hennes och Arns hus och bjöd alla de äldre att fortsätta påskalammsfesten där, eftersom ungherrarnas buller nog inte skulle bli mindre vad kvällen led.

De drack och samtalade till långt in på natten men då ursäktade sig Arn med att han ändå måste sova lite, eftersom han skulle upp tidigt till drygt arbete. Han fick förvånade miner från de andra och förklarade att det tidigt nästa morgon, strax efter gryningen, skulle bli en hård övning till häst med alla ungherrar. De hade till synes lärt sig att dricka öl som män. Då måste de också lära sig vad det kostade i huvudvärk om man redan nästa morgon skulle göra rätt för sig.

***

Det var Alde och Birger som fann Broder Guilbert. Han satt med skrivfjädern i handen, lugnt tillbakalutad i sin sakristia där han hade morgonsol och såg ut som om han sov. Men när barnen inte kunnat väcka honom gick de till Cecilia och klagade. Snart blev det stor uppståndelse på Forsvik.

När Arn förstått vad som skett gick han utan ett ord till sin klädkammare och tog ner den vidaste av de tempelriddarmantlar han kunde finna, hämtade nål och grov tråd i verkstäderna och sydde själv in den döde i manteln. Han lät sadla Broder Guilberts mest älskade häst, en kraftig fuxhingst av den sort man numera använde för att öva det tunga rytteriet, och spände sedan utan särskilda åthävor fast sin döde vän över sadeln i den stora vita säck som manteln bildade med armar och ben hängande på vardera sidan. Medan man sadlade Abu Anaza klädde han sig själv i fulla vapen, men inte i folkungarnas färger utan i tempelriddarnas. Runt sadelknappen hängde han upp en vattensäck av den sort bara ryttare från Forsvik använde och en påse guld. En halv timme efter att man funnit den döde var Arn färdig att ge sig av mot Varnhem.

Cecilia försökte invända att detta väl ändå inte kunde vara ett hedersamt och kristligt sätt att föra en livslång vän till graven. Arn svarade henne kort och sorgset att det var just vad det var. Så återvände mången tempelriddare med broders hjälp. Det hade lika gärna kunnat vara Broder Guilbert som red så med honom. Det var inte heller första gången Arn förde hem en broder på det viset och Broder Guilbert var inte vilken som helst munk, utan en tempelriddare som reste till graven som många bröder gjort före honom och många skulle göra efter honom.

Cecilia förstod att om detta var det helt tydligt utan mening att försöka komma med fler invändningar. I stället försökte hon beställa så att Arn skulle få mat med sig på färden, men det avvisade han nästan med förakt och pekade på sin vattensäck. Mer blev inte sagt innan han med sänkt huvud red ut från Forsvik med Broder Guilbert på släp.

Att inom kort tid sörja både sin far och sin farbror hade varit lika tungt för Arn som för vem som helst. Också Arn själv hade trott att om döden genast därefter slog sina klor i en livslång vän skulle smärtan bli större än någon kunde tåla.

Men Arn hade inte ridit lång stund i sällskap med Broder Guilbert, det var så han kände det inom sig, innan han insåg att denna sorg var både större och lättare att bära. Mest hade det nog att göra med att Broder Guilbert var tempelriddare, en i en oändligt lång rad kära bröder som Arn förlorat under en lång följd av år. I värsta fall hade han sett deras huvuden på lansspetsar i händerna på segerrusigt skränande syrier eller egypter. En tempelriddares död var inte som en vanlig människas död, eftersom tempelriddarna alltid levde i dödens väntrum, alltid visste att de själva kunde vara bland de kallade i nästa stund. För dem av bröderna som fick nåden att leva så ofattbart länge, utan att fly eller dagtinga med sitt samvete, som Broder Guilbert men också Arn själv, fanns inte skäl till minsta klagan. Gud hade nu ansett att Broder Guilberts livsverk var klart och Han hade därför kallat en av Sina mest ödmjuka tjänare till Sig. Mitt i sitt goda arbete, med skrivfjädern i hand och just färdig med den latinska grammatik han skrivit för barn, hade Broder Guilbert stilla lagt ner handen, torkat bläcket en sista gång och sedan dött med ett fridfullt leende på läpparna. Det var en nåd i sig att få dö så.

Däremot fanns mycket svårare ting att försöka förstå när det gällde den väg som Broder Guilbert fått vandra i jordelivet. I mer än tio år hade han varit tempelriddare i det Heliga Landet och få stridande bröder levde längre än så. Vilka synder den unge Guilbert än haft bakom sig när han red ut i sin första strid i den vita manteln hade han snart sonat dem alla mer än hundrafalt. Ändå blev det honom inte förunnat att kallas raka vägen till paradiset, som var tempelriddarens högsta lön.

Gud ledde honom i stället till en avkrok i världen för att bli lärare åt en fem år gammal folkung, fostra gossen till tempelriddare och sedan mot all sans och allt förnuft arbeta med honom för helt andra mål tjugo år senare.

Som Arn förstod sin egen bana var ingenting obegripligt, eftersom Guds Moder Själv sagt honom vad han skulle göra, bygga för freden och bygga en ny kyrka som skulle tillägnas Guds Grav. Detta hade han också försökt åtlyda efter bästa förmåga.

Han som ser allt och hör allt, som muslimerna sade, måste ju ha vetat vad som rörde sig i den svekfulle och blodtörstige Richard Cœur de Lions hjärta när han hellre avrättade flera tusen fångar än tog emot den sista betalningen på femtiotusen besanter i guld för sin gisslan. Gud måste ha vetat att detta guld skulle komma till Västra Götaland och vad som skulle ske med det där. I efterhand kunde man ofta följa och förstå Guds vilja.

Men nu när de red mot Varnhem och Broder Guilberts grav var framtiden ändå lika svår att se som alltid. Broder Guilberts tjänstgöring i jordelivet var avslutad och Arn kunde inte föreställa sig annat än att en så god man, som dessutom tjänat mer än tio år i Guds Egen armé, hade en plats i himmelriket att vänta som lön.

Vad som väntade honom själv kunde Arn inte se. Ville Gud verkligen att han skulle slå den danske kungen Valdemar Segraren? Nå, då skulle han försöka göra det. Men hellre skulle han vilja se hur den vapenmakt han byggde blev tillräckligt stark för att hålla kriget borta. Det bästa som kunde hända Arnäs var att borgens styrka blev så stor att belägrare aldrig vågade sig fram, att inte en droppe blod spilldes på dess murar. Det bästa som kunde hända den ryttarhär han höll på att skapa var om den aldrig behövde gå till anfall.

Försökte han tänka klart och kallt förbi sina egna önskningar såg det ändå inte särskilt ljust ut. Genast efter Birger Brosas död hade kung Sverker inför rådet på Näs upphöjt sin och Ingegerds nyfödde son Johan till rikets jarl, den heder som rätteligen tillhörde Erik jarl och ingen annan. Vad kung Sverker hade för avsikt med sin nyfödde son var inte svårt för någon att se. Och på Näs hölls Erik jarl och hans yngre bröder mer som fångar än som kungliga fostersöner.

Bön var enda vägen till klarhet och vägledning, insåg Arn uppgivet. Om Gud ville skulle Sverker falla död ner i nästa ögonblick och allt vore över utan krig. Om Gud ville annat var det största krig som någonsin härjat Västra Götaland på väg.

Han började be och red större delen av vägen till Varnhem bedjande. Han stannade för natten mitt inne i en skog, gjorde upp eld och lade Broder Guilbert intill sig och fortsatte sitt bedjande om klarhet.

På vägen mellan Skövde och Varnhem där det inte längre var ödemark gjorde många stora ögon när de såg den vitklädde riddaren med Guds märke som med lansen bakom sig i sadeln och med bistert sänkt huvud passerade utan att se åt någon eller hälsa. Att liket han släpade efter sig var klätt i samma främmande mantel som han själv gjorde ingen mindre undrande. Så kunde tjuvar forslas till tinget, men ingalunda en jämlike bland herrefolket.

Arn stannade tre dagar inne i Varnhems kloster för dödsmässan, själasången och begravningen. Broder Guilbert hedrades med en gravplats under korsgången, inte långt från den plats där Fader Henri vilade.

När Arn återvände till Forsvik nästan en vecka efter att han gett sig av hade han en ung munk med svåra ridsmärtor med sig på Broder Guilberts häst. Det var Broder Joseph d'Anjou som skulle bli Aldes och Birgers nye informator.

***

Döden släppte inte sitt grepp över Forsvik i första taget detta sorge-samma år 1202. Strax före Alla Helgons mässa låg förmannen Gures mor, den sömnadskunniga Suom, för döden. Gure och Cecilia vaka-de vid hennes bädd, men Broder Joseph visade hon strängt ifrån sig tills hennes krafter tröt och hon lät sig övertalas av Cecilia och sin son att döpa sig och bekänna sina synder före sin död. Dopet stretade hon inte emot, men svårare tycktes det henne att bekänna synder, då hon menade att den som levt större delen av sitt liv som träl inte haft sär-deles många tillfällen att begå sådana handlingar som husbondsfolk räknade som synd. Till slut fick dock Broder Joseph tala med henne i enrum och ta emot hennes bikt så att han kunde ge henne syndernas förlåtelse och förbereda henne för livet efter jordelivet.

Han var dock blek när han kom ut och sade åt Cecilia att bikten förvisso förseglade hans mun och att han inte visste vad som vore bäst, om denna kvinna fick ta sin stora hemlighet med sig i graven eller om Cecilia skulle försöka lirka den ur henne. Denna halvkvädna visa, som enligt Arn när han fick höra talas om saken redan den var ett brott mot biktens tystnadsplikt, lämnade som man kunde vänta Cecilia ingen ro. Vad hade en kvinna som varit träl sedan födseln, och fri först de sista åren av sitt liv, för stor hemlighet inom sig?

Cecilia försökte noga intala sig själv att det inte var simpel nyfiken-het utan vilja till klarhet som drev henne att börja fråga ut den allt sva-gare Suom. Om något var illa kunde de efterlevande kanske göra det gott igen och den tjänsten var hon sannerligen skyldig Suom, resone-rade hon. Mycket skönhet hade Suom fört till Forsvik med sina hän-ders konstfärdighet. Silver hade det inbringat och redan var två av de unga sömnadskvinnorna långt på väg i Suoms fotspår. Kunde man laga någon skada som Suom lämnade efter sig så skulle det ske, be-stämde Cecilia.

Det hon till slut fick veta gjorde henne dock mycket betänksam. Nu hade hon ärvt en hemlighet som hon inte kunde bära tyst inom sig. Därav följde ingalunda att det skulle bli lätt att berätta för Arn, i all synnerhet som hon själv genast känt sig övertygad av det hon fått höra och minst av allt önskade sig ett första gräl med sin man. För gräl kunde det bli, insåg hon.

Hon gick först till kyrkan och bad ensam vid altaret Vår Fru om stöd att göra det som var rätt och gott och inte det som var fel och blott självisk omsorg om det jordiska. Då hon trodde sig veta att Vår Fru visade inte bara henne själv utan också Arn ständig mildhet, bad hon att Arn måtte behärska sig och klokt ta emot den stora kunskap han nu skulle få.

Så gick hon raka vägen till svärdshuset utan väggar där hon visste att Arn vanligtvis höll till vid denna tid på dagen bland de äldsta ungherrarna. Han såg henne märkligt fort i ögonvrån, fastän han verkade så stint upptagen med svärdsleken, bugade sig mot sina unga motståndare, körde svärdet i skidan och gick genast fram till henne. Det var nog inte svårt att läsa i hennes ansikte att hon kom med viktiga tidningar, för han förde henne genast en bit ut på tunet där ingen kunde höra dem.

”Det har väl inte hänt Alde något ont?” frågade han men fick bara en kort huvudskakning till svar. ”Är Suom död, vill du ha henne begravd här på Forsvik eller någon annanstans?” frågade han försiktigt vidare.

”Jag har hört från Suoms egna läppar vad hon biktade för Broder Joseph”, viskade Cecilia mot Arns axel som om hon inte riktigt vågade se på honom.

”Och vad är det?” frågade han vänligt när han försiktigt sköt henne ifrån sig så att de kunde se varandra i ögonen.

”Gure är din och Eskils bror, herr Magnus var far till er alla tre”, svarade Cecilia fort och vände bort ansiktet som om hon skämdes att säga sanningen. För i samma stund hon hört Suoms berättelse hade hon känt inom sig att den var sann.

”Är det din mening att detta är sant?” frågade Arn lågt utan minsta spår av vrede i rösten.

”Ja, det är det”, svarade hon och såg honom rätt i ögonen. ”Betänk att Gure är ungefär sex år yngre än du. När din far tröstade sig efter din mor fru Sigrids död var Suom ung, och säkert den vackraste kvinnan på Arnäs. Och likheten mellan Gure och dig och Eskil är så stor att bara vår vetskap att han föddes som träl har hindrat oss att se den."

Hon drog djupt efter andan nu när hon sagt just så som hon kände att Vår Fru hade rått henne, sanningen och ingenting annat och utan omsvep och försköningar.

Arn svarade inte. Han nickade först tankfullt för sig själv, nästan som till bekräftelse, och så vände han tvärt och gick med långa steg till kyrkan och stängde dörren efter sig. Cecilia blev både lättad och varm inombords när hon såg hur han tog emot kunskapen och hon var säker på att där inne vid altaret väntade en vis och mild Guds Moder på en av de söner Hon gett så många kärleksbevis.

Arn blev alls inte länge borta och Cecilia satt på brunnslocket mitt ute på gården och väntade på honom när han kom ut. Han log mot henne och räckte henne handen. De följdes åt till Suoms bädd där Broder Joseph och Gure låg på knä och bad för henne. Båda reste sig dock när husbondsfolket kom in. Arn gick utan att säga något rakt fram till Gure och omfamnade honom och Gure verkade visserligen blyg inför detta men inte så förskräckt som man kunnat vänta.

"Gure!" sade Arn högt så att också Suom skulle höra det. "Från denna dag är du min och Eskils bror med alla de rättigheter och skyldigheter det för med sig! Jag önskar bara att jag fått veta sanningen tidigare, ty det är mig inte till särskild heder att ha hållit min egen bror som träl, även om det var en kort tid!"

"Om en träl finge välja herre, vilket trälar sällan förunnas, så valde jag inte så illa", svarade Gure blygt och såg i golvet.

Något gny hördes då från Suom som alla vänt sig bort ifrån och Arn gick genast till hennes bädd, sjönk ner på knä och sade rakt i hennes öra att hon lämnade en stor gåva efter sig och att Gure skulle upphöjas till folkung på nästa ting. Hon svarade inte men log. Det leendet slocknade aldrig och hon återfick aldrig sin sans.

Suom sveptes i en folkungamantel innan hon lades i graven nära den nya kyrkan. Alla kristna på Forsvik drack hennes gravöl och då satt Gure för första gången i högsätet mellan Arn och Cecilia.

Hans inträde i folkungaätten gick fort. Bara en vecka efter Suoms död var det kallat till lagmansting för norra delen av Västra Götaland vid Askeberga och det betydde att alla fria odalmän där kunde lägga fram sin sak. På senare år hade dessa tingsmöten kommit att bli allt mer uppskattade och besöktes av många. Det fanns mycket att dryfta och även om tinget förlorat en stor del av sin vikt sedan makten flyttat till kungens råd hade det ändå blivit mer betydelsefullt för erikar och folkungar, som kände sig skuffade allt längre bort från kungen och hans rådmän vid Näs.

Till Askeberga lagmansting red Arn med Gure vid sin sida och en skvadron av de äldsta ungherrarna och därtill Sigurd som en gång kallats Sigge och Oddvar som en gång kallats Orm.

För att ätteleda en man vid tinget fordrades ed från den som tog ansvaret på sig och edgång från sexton män i ätten. En skvadron från Forsvik var just sexton män och även om de var unga så var de folkungar. De steg alla fram som en man och gav sin ed med fast stämma.

Arn svepte därefter inför tinget folkungamanteln först kring sin bror Gure och därefter kring Sigurd och Oddvar, som från denna dag inte behövde klä sig annorlunda än andra ungherrar på Forsvik.

Eskil var också på tinget. Han tycktes inte lika nöjd som Arn över att ha fått en ny bror, fast han tröstade sig med att något besvär med arvet efter deras far Magnus skulle det inte bli, eftersom det redan var fördelat mellan bröder i laga ordning.

Att någon annan vid tinget skulle knysta det minsta om vem Arn Magnusson ätteledde var vid det här laget otänkbart. Om han så önskade kunde han nu göra stenarna på marken till folkungar. Så starkt knöts ättens förhoppningar till honom. Ty ingen trodde vid det här laget annat än att kriget med det sverkerska anhanget och deras danskar var oundvikligt.

***

Sune Folkessons liv hade förändrats så att det bara kunde liknas vid en dröm. Inget av det som hänt honom under senare år skulle han ha kunnat föreställa sig ens i sina mörkaste eller ljusaste stunder. Ingen ung folkung kunde känna samma smärta i sitt bröst och samma förtärande eld samtidigt.

Det hade nu gått två år sedan den dag då herr Arn kallat honom till sig i egen kammare på Forsvik, noga stängt dörren och sagt honom det oerhörda, att han skulle bli förrädare. Han skulle överge Forsvik, som han skänkt nio år av sitt liv och där han nu var ett av de tre högsta befälen under herr Arn själv, och han skulle fly till Näs och söka tjänst hos kung Sverker.

Först trodde han inte sina öron när han hörde dessa ord, som dessutom kom alldeles lugna och vänliga ur herr Arns mun. Snart blev sammanhanget mer begripligt men inte mindre omtumlande för den sakens skull.

Sedan jarlen Birger Brosa dog, förklarade herr Arn sakta vidare, hade folkungarna ingen kunskap om vad som skedde hos kung Sverker. Med deras förbundna, erikarna, kunde de heller inte rådgöra, eftersom erikarnas främste, Erik jarl, var gäst fast fånge på Näs och aldrig tycktes komma därifrån.

Kunskap var halva segern, eller förlusten, i krig och kanske skulle det bli krig, eftersom allting tydde på att kung Sverker förr eller senare skulle bryta sin ed inför råd och riksting. Han hade gjort sin son Johan till rikets jarl redan när denne var lindebarn och det var svårt att förstå det på annat sätt än att han i Johan och inte Erik jarl såg rikets näste kung. Han var dessutom i förbund med Valdemar Segraren, som var den mest fruktansvärde motståndare som fanns i Norden. Dock var kung Valdemar ingen Saladin och alls inte omöjlig att slå. Men då blev kunskapen desto viktigare.

Sune Folkesson hade bättre möjligheter än någon annan att ta på sig detta tunga ok att framstå som en förrädare. Hans mor var danska och han ägde varken gods eller guld i Göta länderna. Därför kunde det vara lätt att tro att han som halvt dansk frestades att söka sig en mer glansfull tjänst än den som enkel hirdman på en folkungsk skogsgård.

Herr Arn underströk att han skulle framställa saken just så, som en enkel hirdman på en skogsgård och knappast som befäl över tre skvadroner lätt rytteri av den sort tempelriddare använde. Hirdman vid skogsgård skulle det heta. Dessutom borde han, när de prövade honom med svärd och lans, undvika att visa mer än nödvändigt av sina kunskaper. Det skulle kunna väcka undran och misstänksamhet. Han behövde ingalunda försöka visa sig främst för att bli kunglig hirdman på Näs, då det skulle vara tillräckligt frestande för danskarna att ta till sig en ung folkung med danskt blod.

Värst av allt att uthärda var att detta de nu kom överens om måste förbli en hemlighet bara mellan dem två. Sunes egna bröder bland ungherrarna på Forsvik skulle länge få tro att han bara övergivit dem och man skulle spotta efter hans namn, om det ens nämndes.

Varför det måste bli så var enklare att förklara än att förstå. Om bara herr Arn och han själv kände hemligheten, att han alls inte övergivit sin ätt och sina bröder och bara var kunskapare på Näs, skulle han aldrig kunna förrådas. Om de två möttes på Näs skulle de undvika att se på varandra eller visa varandra sitt förakt.

Och aldrig skulle de träffas eller byta ord ens i djupaste hemlighet förrän den dagen kom då Sune måste fly för att berätta. Och då gällde det ingen småsak, då var det kunskapen om när och var en främmande här skulle komma. När det gällde liv eller död skulle han fly tillbaka till sina fränder för att berätta, men inte förr. Under tiden på Näs skulle han förstås lära sig allt han såg och lägga det på minnet, allt om hur danskar red, eller vilka lansspetsar de använde, eller vad som kunde vara av vikt. Sådan kunskap var inte oviktig men heller inte värd att fly för.

Hos sin son Magnus Månesköld skulle Arn lämna ett förseglat brev med sigill där han berättade sanningen. Om han alltså dog medan Sune fortfarande befann sig på sitt farliga uppdrag skulle kunskapen gå i arv och finnas kvar hos folkungarna.

Han måste noga se till att han behärskade sig innan han rymde från Forsvik och söka stöd i bön. Han fick inte ta med sig annat än övningsvapen till Näs. Och till ingen enda av sina bröder fick han yppa hemligheten innan han gav sig iväg. En liten börs silvermynt kunde han gott stjäla med sig, avslutade herr Arn och räckte honom börsen.

Sune hade blivit tystlåten efter detta möte och tillbringade mer tid än någon annan av ungherrarna i kyrkan. En tidig novembernatt smög han ombord bland sömniga skeppsmän på en last med mjöl och glas till Linköping, hoppade av vid Mo strömmar och tog sig till fots nedåt Vätterns östra strand tills han fann en rödingfiskare som mot god betalning tog honom över till Visingsö.

Allt vad herr Arn gissat om hans goda mottagande på Näs stämde över förväntan. När han anmälde sig hos den kungliga hirdens anförare nästa morgon blev han först utskrattad, eftersom han verkade så ung och fattig. Men när han sade att han var folkung på sin fars sida och dansk på sin mors och att han redan tjänat länge som hirdman blev det annorlunda. Han fick vänta tills själve marsken, en dansk herre som hette Ebbe Sunesson, hade tid att ta emot honom. Därefter gick allt lättare än han kunnat föreställa sig. Ebbe Sunesson kände hans mor mycket väl, eftersom hon gift om sig med en man i Hvide-ätten. Och inte för att marsken ville klandra denna danska kvinna för att hon, när hon återvände till sitt fäderneland, lämnade en son efter sig. Vem kunde veta hur svårt det varit att vränga en son ur händerna på vilda folkungar? Likväl borde man betänka att om hon hade lyckats med detta hade unge Sune fått växa upp som en dansk. Kanske kunde man därför se det som Guds vilja att han nu återvände till sina fränder.

Blodet var dock inte allt. Sune måste också visa att han dög till hirdman.

De proven fann han lätta och han fick anstränga sig för att tänka på herr Arns ord att inte visa för mycket och låta stoltheten springa iväg med förnuftet. De danska hirdmän som fick svinga svärd mot honom var mer än lovligt enkla att tas med, en sjuttonåring på Forsvik skulle knappt haft besvär.

Redan första dagen på Näs hade han fått ikläda sig den röda sverkerska dräkten och det var hans mest förnedrande stund i livet. Till kvällen fick han sitta vid kungens bord, då nyheten om att en käck folkung hade slutit sig till kungens hird var en glad nyhet.

Det var redan denna första kväll som hans ögon föll på kungens dotter Helena med det långa gyllengula håret. Och hon såg ofta på honom.

Men i fortsättningen fick han inte sitta vid kungens bord utan i stället passa upp vid det. Mycket skiljde de danska sederna från de götiska, bland annat hade danerna för sig att det inte var husträlar eller frigivna som skulle passa upp vid den kungliga taffeln på kvällarna utan unga män som de kallade pager. Sune fick därför börja sitt liv på Näs inte som hirdman, som han väntat sig, utan som en som gjorde husträlars arbete. Visserligen kunde han ha frågat sig om detta var en skymf eller inte, men den frågan bleknade snart av att han var kväll fick se Helena, och även om han aldrig kom åt att tala med henne möttes deras ögon alltmer ofta i hemligt samförstånd.

Vid den kungliga taffeln satt alltid kung Sverker, hans folkungska nya drottning Ingegerd Birgersdotter och Helena i högsätet. Intill högsätet satt kungens danske marsk Ebbe Sunesson och det hände att drottningen tog sin son Johan jarl med sig och hon klädde honom då alltid i en liten krona.

Att hon därmed kränkte de fyra eriksönerna, som alla satt på sämre plats vid bordet, tycktes hon väl veta med sig. Hon talade alltid högt om sonen Johan som jarlen, medan hon omnämnde Erik jarl som Erik Knutsson. Vad drottning Ingegerd ansåg om vem som skulle bli rikets näste kung var inte svårt att se.

Erik jarl och hans bröder Jon, Joar och Knut visade aldrig någon glädje vid bordet då varje måltid var ännu en skymf mot dem. När kungen ibland omnämnde dem som sina kära gäster, drack dem till och hycklade glädje över att ha dem på så nära håll skrattade många av danskarna i salen öppet och rått. Eriksönerna var fångar på Näs och ingenting annat.

Mot Sune visade de bara fiendeskap och förakt och ville ogärna låta sig betjänas av honom, eftersom de sade sig ha känsliga näsor och att doften av förrädare inte gjorde sig väl till öl och stek. De drack sig ofta redlösa, ibland så att de måste släpas från bordet. Kung Sverker var mer än villig att låta det ske och var inte sällan den som befallde fram mer öl just som de såg ut att vilja sluta dricka för kvällen.

Under den första hösten, vintern och våren var det nästan omöjligt för Sune att få en enda natts god sömn. Han låg i en fuktig och kall stenkammare med tio andra snarkande och illaluktande hirdmän och vred sig runt i sin koj. Förrädarskammen brände i honom, liksom sorgen av att se eriksönerna dricka sin egen heder under bordet och ständigt visa honom sitt förakt. Men den låga som Helena Sverkersdotter tänt brände honom än mer förtärande så att han låg mellan eld och is. Drömde han något när han äntligen somnade var det om hennes ansikte, hennes långa hår och hennes vackra ögon mer än något annat och därför kom sömnen som en befriare när han äntligen kunde kämpa sig till den.

Strax före midsommartid var det Helena Sverkersdotters artonårsdag och den skulle firas stort på Näs. Till hennes ära skulle det bli danska och frankiska lekar, duster med stridsklubba och svärd, sådant som enkla svear och götar inte begrep sig på.

Sune insåg mycket väl att han borde hålla sig borta från dessa upptåg, just som herr Arn hade varnat. Men då det kungjordes att den som blev lekarnas segrare skulle få hedern att som prins för två dagar, med krona därtill, sitta vid unga Helenas sida under fortsättningen på gästabudet kunde han inte längre hålla sitt förnuft starkare än hjärtats längtan.

Dusten skulle utföras som ett frankiskt spel där alla som kände sig kallade finge delta, fast på egen risk. Den inre borggården på Näs rensades och höga träställningar med bänkar restes längs ena långväggen där kungen och hans gäster skulle få god utsikt över lekarna.

Sune led svåra kval när han hörde de andra hirdmännen tala om dusten, där de flesta tänkte sig att ställa upp med häst och stridsklubba. För en hirdman var det inte möjligt att vinna en sådan dust, det skulle någon av de danska herremännen göra, men det var stor heder för den som inte föll bland de första utan bland de sista.

Ju mer de andra talade om saken och beskrev hur dusten skulle gå till, desto mer omöjligt blev det för Sune att bekämpa frestelsen. Till slut klädde han sig som de andra, hämtade ut en röd sköld, en stridsklubba och den häst han bäst hunnit rida in sig på.

Horn skallade och trummor dånade när de fyrtio ryttarna med sköld och klubba red runt i ring framför kungen och hans gäster. När någon timme eller mer hade gått skulle bara en enda av dem sitta kvar på sin häst. Som för att egga dem alla reste sig kungen och höll till förevisning upp segerkronan och det blev alldeles tyst och kämparna bad en Pater Noster för sig själva. Så skallade en gäll hornsignal och plötsligt förvandlades borggården till en skriande och dånande röra av hästar och kämpar som högg in på varandra av full lust. Genast dunsade en full tolft män i marken.

Sune hade försiktigt trängt sig ut mot den yttersta ringen av ryttare och ägnade sig till en början mer åt att hålla sig undan från slag än att själv försöka slå någon ur sadeln. Med en häst från Forsvik, tänkte han, hade han inte behövt höja en hand mot någon av dem utan bara rida undan tills han blev ensam kvar med den siste. Men hans danska häst var för trög för en sådan lättvindig strid och måste hela tiden hjälpas fram med hårda och tydliga sporrar.

Allteftersom hirdmän föll släpades de undan av stallare som också försökte fånga in lösa hästar som ställde till oreda. När hälften av alla hirdmän fallit inriktade sig de danska herrarna mer på varandra, eftersom de alla räknade med att segraren bara kunde bli en av dem och att återstående hirdmän skulle bli lättare att hantera när man fick mera utrymme och risken för ett otursamt slag bakifrån minskade.

Sune fick därför en ganska lätt resa den första halvtimmen. Han höll sig försiktigt undan och såg sig noga omkring och var hela tiden i rörelse för att aldrig bli ett stillasittande mål.

Först när bara tio ryttare återstod slog Sune sin förste man ur sadeln med en träff bakifrån över hjälmen. Det väckte skratt och förvånat sus bland åskådarna, ty det var en av de danska herrarna som stöp. Men nu blev det också som om de andra upptäckt Sune och tog honom på allvar, eftersom han var en av de tre sista hirdmännen som fortfarande satt kvar i sadeln. Strax blev han allas byte och jagades runt på borggården, vilket dock inte var ofarligt för förföljarna, då flera av dem träffades av lurpassande herrar som red ytterst i motsatt varv.

När bara fyra herrar och Sune återstod hade han varit klokast om han låtit sig besegras av första bästa. Det syntes ändå att meningen var att kungens marsk Ebbe Sunesson skulle vinna, eftersom ingen vågade angripa honom även om läget var gott. Men Sunes brinnande vilja att sitta nära Helena var mycket starkare än hans förnuft. Han hade sparat mycket på sina krafter och så långt bara ridit till hälften av sin förmåga. Nu närmade sig avgörandet och om han inte ville ge sig måste han ta i för fullt.

När två av herrarna störtade emot honom sida vid sida medan herr Ebbe och den fjärde återstående dansken bara satt stilla och såg på förstod Sune att han verkligen på fullaste allvar kunde vinna hela leken. Han red runt ett varv med de båda andra efter sig, sedan snett ut och mitt på borggården tvärstannade han sin häst, stegrade den och vände den i luften så att en av herrarna slogs ner av hästens framhovar och den andre träffades över ansiktet av Sunes stridsklubba.

Ebbe Sunesson slog då överraskande ner den man som suttit bredvid honom med båda händerna på sadelknappen och alldeles tydligt var helt oförberedd. Det var som om herr Ebbe ville visa att han sannerligen inte behövde någons hjälp när han nu på allvar gick in i striden. Han red fram och åter två gånger framför kungens folk i kort galopp medan han hälsade med handen och tog emot stort bifall innan han vände sig mot Sune som väntade mitt ute på borggården.

När herr Ebbe långsamt och segervisst började skritta mot Sune för att skära av utrymmet innan han gick till anfall bestämde sig Sune för att försöka en enkel och förödande konst som alla på Forsvik kunde. Om motståndaren inte var beredd eller underskattade faran vann man. Kunde motståndaren konsten eller hann genomskåda den var man räddningslöst förlorad.

Som om han var rädd för den danske marsken lät sig Sune jagas två varv i hög fart runt borggården tills den alltmer segervisse herr Ebbe närmade sig bakifrån och åskådarna tjöt av upphetsning. Då tvärstannade Sune, böjde huvudet djupt nedåt så att motståndarens klubba ven förbi i luften samtidigt som han själv slog åt andra hållet och fick träff rakt över bröstet på förföljaren. Herr Ebbe flög en lanslängd bakåt innan han slog ner på rygg och ändalykt.

Sune samlade ihop sina tyglar, tog av sig hjälmen och rättade till sina kläder innan han med allvarligt ansikte red upp framför kung

Sverker, bugade med högra handen tryckt mot sitt hjärta till trohets-tecken och fäste för några ögonblick sin blick i Helenas ögon innan han rätade på sig. Om hans klokskap redan var grumlad blev den inte mindre grumlad av den blick som han fick från Helena.

Rasande kom då herr Ebbe framlinkande och gormade att den spju-vern till hirdman haft tur som inte var värdig en segrare och att han nu som den näst främste begärde sin rätt att göra upp med svärd om segern.

Kungen såg sig först förvånat omkring då han inte tycktes ha hört talas om denna särskilda regel. Men några av danskarna omkring ho-nom nickade allvarligt begrundande att i fall då segern var oklar kun-de man gå vidare till ett helt säkert avgörande med svärd. Kung Sver-ker hade intet annat att göra än att fråga Sune om han fann sig i en fortsatt kamp eller ville överlämna segern till herr Ebbe, då det kunde vara vådligt att möta en sådan svärdsman.

Så nära som Sune var att få två kvällar intill Helena kunde inget för-nuft i världen få honom att avstå. Kungen suckade och bestämde att kämparna skulle mötas man mot man med svärd och sköld och hjälm inom en timme.

Sune fick själv leda sin häst till stallet medan hirdmän tog hand om herr Ebbes. När han kom till vapenstugan efter stallet var där fullt med hirdmän som talade i munnen på varandra av iver att ge honom goda råd. De flesta råden tycktes handla om att passa sin vänstra fot, ty förr eller senare svepte herr Ebbe alltid sitt svärd lågt mot den ömma punk-ten. Andra menade att det var särskilt viktigt att se upp med herr Ebbe när han låtsades ur balans och vände ryggen halvt till, för då kom an-tingen hugget mot vänsterfoten eller mot huvudet när herr Ebbe fort-satte sin snurrande rörelse.

I vapenstugan fanns flera folkungasköldar, fast inte nymålade på länge och med skavanker som inte lagats. Frestelsen blev dock för stor när Sune upptäckte att en av dessa sköldar passade honom nästan lika väl som hans egen på Forsvik. Bland svärden behövde han inte välja så länge innan han fann ett som passade, ty danskarna använde inte hel-ler nordiska svärd som i Göta länderna utan frankiska eller sachsiska som var som svärden på Forsvik.

Sune var lika lång som herr Ebbe, men ögat förvillades av att den senare hade varit på minst tusen fler gästabud och därför såg mäktig ut i sin rustning när de steg fram och bugade för kung och drottning, fastän Sune när han lyfte blicken såg in i Helenas oroliga ögon.

Under stridens första ögonblick kände Sune hur han blev kall och nästan som förlamad av rädsla. Det fanns en väldig tyngd och styrka i herr Ebbes hugg och han anföll med hat i blicken som om de varit fiender på ett slagfält. Och deras svärd var inte för övning, utan skarpslipade. När han insåg att det verkligen var döden han hade framför sig förbannade han sitt eget högmod. Han slog inte ett enda eget slag på en god stund utan hade all möda i världen att parera och hålla sig undan.

Allt det som hirdmännen hunnit säga honom tycktes stämma, för inom kort hade han sett hugget mot vänsterfoten två gånger, och två gånger hur herr Ebbe tycktes vackla åt sidan bara för att snabbt vända sig om och i raseri slå mot Sunes huvud.

Kungen och hans gäster tyckte inte om vad de såg, ty en festdag borde inte sluta i blod och död. Hedern förbjöd dock till och med kungen att lägga sig i en strid man mot man som redan tagit sin början.

Efter att kampen pågått en god stund märkte Sune hur han kunde börja tänka klarare, ty nu kom anfallen långsammare. Med hjärtat i halsgropen hade han gjort allt han övat sedan barnsben utan att ens tänka, bara räknat ett, två, tre för sig själv och rört sig just som han sade tre för att se svärdseggen fara förbi över huvudet eller förbi den vänsterfot han just flyttade. Då fylldes han alltmer av självförtroende och vissheten att han var en forsvikare och att det han kunde göra hemma på Forsvik kunde han också göra här.

Han övergick från att bara försvara sig till att också anfalla och snart drev han herr Ebbe framför sig och gav denne ingen ro att vare sig slå mot hans fot eller huvud. Fast då måste han också börja tänka sig slutet. För hur man kunde förlora en strid av detta slag var inte svårt att räkna ut. Men hur vinna? Skulle han, den kunskapare herr Arn varnat för att göra för stort väsen av sig, verkligen döda rikets marsk?

Ju längre de höll på och ju tröttare och mer flåsande herr Ebbe blev, desto fler möjligheter att träffa honom riktigt illa började dyka upp inför Sunes ögon. Han beslöt att inte döda utan låta striden fortsätta tills den andre inte orkade längre, för det syntes mycket väl vem som var dubbelt så gammal och dubbelt så trött som sin motståndare.

Uppe hos kungen hade några av de danska stormännen redan varit framme och viskat att striden trots all sedvänja måste avbrytas innan den tog en ände med förskräckelse. Mindre trött av fortsättningen skulle Ebbe inte bli och den unge folkungen skulle nog ha kunnat döda honom redan om han velat.

Kungen behövde dock inte ingripa. Plötsligt höll herr Ebbe upp handen och gick fram till kungen och sade att han benådade den unge väpnaren. Ty det vore sannerligen illa, sade han andfått, att behöva döda en så rask yngling som hellre borde tjäna sin kung än gå i en för tidig grav.

Utan minsta förargliga småleende nickade kungen eftertänksamt åt dessa till synes ädla och kloka ord, vinkade till sig Sune och frågade om Sune kunde godtaga att få segern på dessa villkor. En mängd dåraktiga svar for som svalor genom Sunes huvud, men han lyckades hålla tand för tunga och svarade med en bugning att det var en stor heder att ta emot detta ynnestbevis från den mäktigaste svärdskämpe han någonsin mött eller ens sett.

Det var visserligen den största lögn Sune uttalat sedan han kom till Näs. Men med åtminstone en knivsudd vett hade han försökt väga upp sin dåraktighet.

Ändå var det måhända just denna Sunes dåraktighet som räddade det framtida riket. För som händelserna nu krokade i varandra till en lång kedja räddades många liv, fastän ännu fler gick till spillo.

I två långa kvällar fick Sune sitta med segerkronan jämte Helena och den tiden var mer än nog för att den eld som bara pyrt inom dem skulle flamma upp i full låga.

Från och med dessa två kvällar, där de förvisso suttit inför allas ögon och måste bete sig därefter, hade de inte bara utbytt sina heta känslor utan också ordnat mer jordnära bestyr som när och hur de skulle kunna träffas i enrum, eller så nära enrum de vågade.

Helena var kungadotter och det var ännu långt ifrån bestämt till vilket äktenskap hon skulle användas. Kung Sverker hade nog sina förhoppningar att han skulle få henne bortgift med den danske kungen Valdemar Segraren. Därom fanns förvisso inte stort hopp, eftersom en så mäktig kung nog skulle gifta in sig i frankerriket eller i det tyska riket. Fast så länge Valdemar Segraren var ogift var hoppet inte förbi.

I värsta fall kunde Helena gifta sig för fredens sak i det egna landet, med någon folkung eller till och med en erikare. Så länge man inte visste säkert fick hon växa till sig och kanske bli ännu vackrare än hon redan var. Egentligen borde kung Sverker ha lämnat in henne på något av den egna ättens kloster, till Vreta eller Gudhem, för att bättre förbereda henne för bröllopsöl med den han utsåg. Men hon var honom alltför kär. Hon minde honom mycket om en tid som på många sätt varit lyckligare än den han nu levde som kung. Hennes mor Benedikta hade varit en ljuv och vän kvinna, hans nya drottning Ingegerd var hård och grov i munnen och lysten på makt som om hon vore en man. Så fort hon fött honom en son hade hon gjort allehanda konster för att inte mer ta honom till sig och hon gnatade ständigt på honom både om sådant som var småttigt och sådana intriger som var tillräckligt farliga för att kosta dem alla livet. Helena var som ett vackert minne och en ständig påminnelse om en lyckligare tid. Därför ville han inte lämna bort henne i kloster.

Det hade han emellertid gjort i en handvändning om han vetat vem hon träffade på nätterna. Nu var dessa möten något så när dygdiga, ty Helena hade svurit inför Gud att aldrig låta någon man komma in i hennes kammare på natten. Hennes rum hade en gång tjänat som rikets rådskammare men var nu alldeles för litet för det växande kungliga rådet. Det låg högt upp i det östra av de två tornen på Näs och där växte ett kraftigt vildvin som dög gott för en ivrig ung man att klättra i.

När hon tände två ljus i sitt fönster var det signalen. För Sune som efter sin seger i kämpalekarna fått befäl över en del av hirden var det ingen svårighet att nattetid besöka murarna, som om han gick för att se efter att alla vakter gjorde vad de skulle.

Många blev deras heta möten i hennes fönster där han aldrig kom in i hennes rum men väl i hennes hjärta. Han stannade tills armarna domnade av att hålla sig fast i vildvinet och det gjorde de inte i första taget, eftersom han var bättre övad än de flesta och mer angelägen än alla.

De gav sig inte för det hopplösa, de vägrade att förlika sig med att hon var kungadotter, ämnad att skänkas till bättre än en enkel hirdman, de fann det fullständigt oviktigt att hon var en sverker och han en folkung och de lovade varandra evig trohet redan efter två veckor när han vågade sträcka sig fram och kyssa henne första gången.

Då de älskade varandra lika hopplöst som stort berättade Helena också ting som skulle ha kostat henne huvudet för förräderi om någon hört dem, men som hon bara hade en enda människa att anförtro.

Så fick Sune en natt i sena sommaren veta att Erik jarls och hans bröders dagar var räknade. Drottning Ingegerd hade krävt deras liv för sin egen son Johans säkerhet och rättmätiga arv av rikets krona. Ofta hade hon som ormen droppat sitt etter i kungens öra och hon sade sig ha förstått att erikarna i själva verket bara väntade på rätt ögonblick att döda honom. Ständigt såg hon nya hemliga tecken på att sammansvärjningen växte på Näs.

Till slut hade kung Sverker givit med sig. Erikarna skulle dränkas och lämnas till Varnhem för begravning och inget märke skulle finnas på deras lik efter hugg eller stick. Det skulle heta att de varit ute och fiskat röding och att en av Vätterns många nyckfulla höststormar tagit deras liv.

Dubbel sorg uppfyllde Sune när han hörde detta. Kanske bekymrade han sig inte mest om de eriska kungabrödernas liv, utan över att denna kunskap han nu fått var sådan att han måste återvända till Forsvik och därmed skiljas från Helena. Annars måste han finna ett sätt att varna erikarna.

Vid kvällsmåltiderna satt han ofta alldeles intill Erik jarl och hans bröder, fast de alla vägrade att tala med honom. De behandlade honom som någonting de inte såg, så som en förrädare förtjänade. Högt så att alla hörde det hade Erik jarl mer än en gång beklagat att Ebbe Sunesson inte kunnat ta av Sune huvudet den där gången men att det kanske inte var för sent än.

Som om det vore en särskild skymf att sitta nära Sune turades de dessutom om med detta lidande. En kväll när det var Erik jarl som satt närmast Sune kom ögonblicket Sune väntat på med stigande oro. Nu fick han inte tveka, nu måste det ske.

"Kungen har för avsikt att snart låta dränka er och säga att stormen tog er på fiske, och ni har ont om tid att fly", sade han lågt men leende när han räckte över ett stycke kött med en hövisk bugning till Erik jarl.

"Och varför skulle jag tro en förrädare som du?" fnös Erik jarl, dock inte så högt.

"Därför att jag är herr Arns man och inte kungens, och därför att jag bleve ett huvud kortare om någon hörde dessa ord mellan oss", svarade Sune medan han höviskt serverade nytt öl ur en kanna.

"Vart kan vi fly?" viskade Erik jarl som plötsligt blivit spänd och allvarlig.

"Till Forsvik. Där finns skydd och ryttare hos herr Arn", svarade Sune och höjde sin ölstånka. "Men det brådskar, ni har inte många nätter på er."

Erik jarl nickade allvarligt och höjde till sina bröders förvåning sin ölsejdel mot Sune.

Två dagar senare blev uppståndelsen stor när det upptäcktes att Erik jarl och hans bröder hade rymt. Ingen visste vart och ingen visste hur och det hjälpte inte hur man piskade vakterna som haft tjänst den natten.

Den misstänksamma drottning Ingegerd kastade långa sneda blickar mot Sune, ty hon tyckte sig ha sett hur Sune och Erik jarl fört ett kort viskande samtal tvärt emot deras vanor för inte så länge sedan. Kung Sverker menade att det var omöjligt att just Sune, den lika tappre som trogne väpnaren, skulle ha kunnat varna det erikska anhanget. För hur skulle han ha kunnat veta vad som rörde sig i kungens, drottningens och marskens sinnen? Vem av de tre skulle ha förrått en sådan sak? Skulle Ebbe, vars känslor inför unge Sune inte var någon hemlighet efter det nesliga nederlaget, ha anförtrott sig? Om inte, skulle han själv eller drottningen ha gjort det? Nej, erikarna hade haft tur och det var hela saken. Att de inte haft anledning att trivas särskilt väl på Näs var dessutom klart som vatten.

Kungen gjorde det enda han kunde göra. Han utlovade två marker rent guld till den som kunde skaffa kunskap om var erikarna dolde sig, för uppslukade av jorden kunde de inte ha blivit.

Det dröjde ett år innan han fick veta att de alla fyra dolde sig på en gård i norra delen av Västra Götaland, en folkungagård som hette Älgarås. Då befallde han Ebbe Sunesson att rusta hundra ryttare och hämta antingen de fyras huvuden eller dem själva levande.

Att erikarna nu var funna och skulle dö fick Sune veta samma natt. Men det blev hans sista fönsterstund hos Helena, för nu greps han. Drottningen hade sänt sina egna vakter för att spana mot dem hon misstänkte mest, kungens dotter och Sune.

Sune kastades genast i en tornkällare utan att man ens brydde sig om att rådbråka honom särdeles. Möjligen tänkte sig de hirdmän som tog honom att det vore synd och skam om han inte skulle kunna gå själv till stupstocken och dö hedersamt som den man han ändå visat sig vara.

Nere i tornkällaren hörde Sune den natten skrammel av stigbyglar och vapen som betydde att kungens hundra ryttare gjorde sig färdiga att resa i gryningen och han förbannade sig själv. Han hade drivit sitt spel för länge och han ynkade sig över att kärleken inte bara lett honom i döden, och kanske fyra kungasöner, utan också till förtvivlan, som var en stor synd. Den som förtvivlade grävde sin egen grav. Han började be till Sankt Örjan, riddarnas och de ädelmodigas beskyddare.

När natten var som mörkast gnisslade det försiktigt av nycklar till hans fånghåla och två män i mörka kläder kom in och tog honom vänligt men tyst uppför trappan. Där uppe väntade Helena. De tog ett skyndsamt och viskande farväl. Hon skulle nu sändas till Vreta kloster och hon fick honom att svära att hämta ut henne därifrån. Han hade först darrat och tvekat inför tanken på klosterrov, som var en av de nedrigaste gärningar en man kunde begå. Men hon hade försäkrat att hon för det första aldrig skulle avge löftena, hon var ju kungadotter och inte till för att bli nunna. Och för det andra, den dag hon såg blå mantlar komma mot Vreta skulle hon springa dem till mötes.

Han svor då att han och fränder, en skvadron i antal, i blå mantlar och mitt på dagen så att de syntes lång väg, skulle hämta henne från Vreta.

De kysstes under tårar och sedan slet hon sig med ett häftigt andetag och skyndade bort i mörkret.

Nedanför borgen väntade en liten båt. Vinden var sydlig och skulle på en natt ta honom till Forsvik.

***

I gryningen släpptes Sune av utanför Forsvik i sönderrivna och smutsiga sverkerskläder. Hans två följeslagare lämnade fort hamnen och satte kurs norrut. De skulle aldrig mer sätta sin fot på Näs och det behövde de inte heller. Helena hade med sina guldsmycken betalt dem mer än nog för ett gott liv annorstädes.

I den tidiga timmen var få människor i rörelse på Forsvik, men när en av ungherrarna på väg ut till avträdet fick syn på Sune sprang han genast och slog larm i stora klockan. Några ögonblick senare var Sune omringad av väpnade och ilskna ungherrar som svor åt honom som förrädare. Snart släpades han bunden till händer och fötter bort mot stora klockan som var samlingsplats vid larm. Där pressades han ner på knä medan alla väntade på herr Arn som kom springande till hälften klädd i brynjeringar.

När Arn fick se Sune stannade han upp, log och drog sin dolk ur bältet. Det blev alldeles tyst när han gick fram till den bundne Sune och skar av repen som band hans fötter och armar, omfamnade honom och kysste honom på båda kinderna.

Ungherrarna som nu nästan alla stod på samlingsplatsen, bara några få eftersläntrare kom fortfarande springande medan de fortsatte att klä sig, hade tappat all sin ilska och såg frågande på varandra.

"Betänk Herrens ord, alla forsvikare!" sade Arn när han räckte upp sin högra arm till befallning om lystring. "Det ni ser är inte alltid det ni ser och döm aldrig någon efter hans kläder. Detta är er sanne broder Sune Folkesson som i vår tjänst och med sitt liv på spel varit kunskapare hos Sverker på Näs. Det var Sunes ord som räddade livet på

Erik jarl och hans bröder. Därför kom de till oss och undslapp döden hos den sviklige kungen. Alla som tänkt illa om Sune bör be först Gud om förlåtelse och därefter Sune själv!"

De första som kom fram för att omfamna Sune var Bengt Elinsson och Sigfrid Erlingsson. Därefter följde alla andra på tur.

Arn befallde att badhus skulle värmas och att nya folkungakläder skulle bäras till badhuset och att de röda paltor som Sune bar skulle brännas. Sune försökte invända att han hade brådskande besked och inte hade tid med bad, men då skakade Arn bara leende på huvudet och sade att ingenting var så brådskande att man inte måste tänka innan man hastade iväg. Att det inte var någon liten sak som fått Sune att lämna sin tjänst på Näs förstod han nog, eftersom Sune dristat sig att stanna kvar i sitt farliga värv också efter att han räddat Erik jarl och dennes bröder.

Sune brådskade ändå i badhuset och var fortfarande på väg att klä sig i sina folkungska kläder medan han rabblande välsignade dem på väg mot Arns och Cecilias hus. Där inne väntade färskt saracenskt morgonbröd och kraftig fårsoppa, herr Arn själv och fru Cecilia som tårögd omfamnade honom och hälsade honom välkommen hem.

Medan de åt berättade Sune fort allt det viktigaste. Kung Sverker hade till slut fått veta att Erik jarl och hans bröder gömde sig på Älgarås och sände nu hundra män i fulla vapen för att dräpa dem. Om det således var sant att de eriska bröderna fanns på Älgarås var det ont om tid.

Arn nickade dystert. Ty det var sant att man på Bengt Elinssons råd flyttat Erik jarl och hans bröder till Älgarås för att där inte fanns sverkrar i närheten och för att kungen nog skulle leta mer åt Eriksberg söderut än folkungabygd norrut. Erik jarl hade dessutom varit klok nog när han kom att bara i enrum med Arn berätta om den varning han fått av Sune. Inte till någon annan hade han sagt ett ord om detta, men Arn hade bekräftat att det verkligen var så att Sune hela tiden varit forsvikare, fast han klätt sig i den röda manteln på Näs. Därutöver hade Erik jarl berättat en del annat om på vilket egendomligt sätt Sune ansträngt sig att inte göra så stort väsen av sin egen person. Det kunde man möjligen tala om senare, för nu var det i sanning ont om tid.

Tre fullt rustade skvadroner, två med lätta ryttare och en med tungt pansrade, lämnade Forsvik den morgonen. Arn hade vid mönstringen före avfärd talat kort och sagt att detta var inte längre övning. Det som nu skulle ske var det man övat för. Därför var alla övningssvärd utbytta mot skarpa svärd och därför var pilarna inte trubbiga och lansarna inte försedda med klump utan med tredelad stålspets.

Kanske hade man lyckats bättre om man ridit från Forsvik med bara lätta ryttare och inte en skvadron tunga ryttare som sinkade de andra. I efterhand kunde man ha dragit den slutsatsen, men efterhand är alla dårars klokaste jarl.

Det Sune haft att berätta om de danska riddarnas hästar och vapen hade ändå övertygat Arn om att åtminstone en tung skvadron behövdes, eftersom man skulle möta en styrka som var dubbelt så stor som den egna.

Älgarås stod i brand när de kom, lågorna och röken hade de sett på långt håll. Arn hade ändå med hårda ord fått alla att följa hans takt i lugnt trav för att inte komma uttröttade till möte med danskar och sverkrar.

När de efter olidligt otålig ritt kom in på avstånd för anfall såg de hur rödklädda var på väg in genom en stor bräsch i muren av spetsade trästockar, och ingen tid var att förlora. Arn ställde upp det tunga rytteriet främst för att slå sig in med fart och kraft, befallde Bengt Elinsson att stanna utanför murarna med sin skvadron och rensa hela området från alla rödklädda.

Kung Sverkers män var så upphetsade att de för sent upptäckte dånet från de blåklädda ryttarna som kom mot dem knä vid knä och med fällda lansar. Folkungarna krossade allt framför sig på väg in i Älgarås.

I ett hörn av gården slogs en liten hopträngd grupp av husfolk med Erik jarl främst. De tunga ryttarna som lett inbrytningen vek åt sidan och bakom dem anföll den skvadron som leddes av Sigfrid Erlingsson. De flesta av de flyende sverkrarna och danskarna fångades upp utanför murarna av Bengt Elinsson och hans skvadron lätta ryttare. Inga fångar togs. Få fiender kom undan, bland dem Ebbe Sunesson.

Erik jarl var ensam överlevande bland sina bröder och sårad på mer än ett ställe. Överallt på gården låg döda folkungar, unga som gamla. Även husträlar och kritter låg slaktade.

Erik jarl var stor i sorgens stund. Fastän han vacklade av trötthet och blödde från ansikte, händer och ena låret höll han ett kort viskande samtal med Arn medan han fortfarande flämtade. Så torkade han av sitt blodiga svärd, kallade till sig de tre skvadronledarna Sune, Sigfrid och Bengt och deras närmaste män Sigurd, som en gång kallats Sigge, Oddvar som en gång kallats Orm och Emund Jonsson, Ulvhildes son, befallde dem att falla på knä och dubbade dem, som svears och götars nye kung, till riddare.

De blev de första som dubbats till riddare i det nya rike som nu var på väg.

XII

DET DRÖJDE EN HEL VECKA innan de ryttare som lämnat Forsvik
återvände. Mycket hade funnits att rensa efter striden vid Älgarås där
över nittio danskar och sverkrar lagts i grop och allt dräpt gårdsfolk ta-
gits till kyrkan för kristlig begravning.

Två av forsvikarna hade stupat i striden och fyra skadats illa, därav
två så farligt att Arn inte vågat ta på sitt ansvar att föra dem till Fors-
vik för att läka såren. Ibrahim och Yussuf fanns ju inte kvar nu när de
skulle ha behövts som bäst. Med en innerlig bön och i sitt namn som
tempelriddare skrev Arn ett kort brev på det enda stycke pergament
han kunnat finna på Älgarås till johanniterbröderna i Eskilstuna och
sände de två sårade på kärra upp till Örebro för en vidare och mer still-
sam resa på Hjälmaren till johanniterbrödernas hospital.

De två forsvikare som hade stupat sveptes i folkungamantlar och
sändes till sina fränder.

Eftersom många forsvikare följt skadade och dödade fränder såg det
ut som om deras styrka hade skurits ner till hälften när de återvände.
Och av Erik jarls och Arns ansikten bådades inget gott när de främst
bland forsvikare red in på gården där larm slagits redan när ryttarna
setts komma på långt håll. Till änkedrottning Cecilia Blanka som var
främst bland dem som oroligt strömmade emot de återvändande kom
Erik jarl och Arn med det svartaste sorgebud. Tre av hennes söner hade
dräpts på en och samma dag. De låg svepta i sina mantlar på en kärra
längst bak i ryttarskaran.

Cecilia Blanka vitnade och sjönk till marken och gungade länge tyst
fram och åter medan hon rev sina naglar blodiga i jorden. Slutligen gav
hon upp ett skri av sorg som skar som knivar i allas hjärtan. Erik jarl
ledde henne in i kyrkan och blev länge borta tillsammans med henne.

Arn befallde att man skulle ta hand om hästar och vapen och lägga de tre eriksönerna i de svala tegelrummen för kött. Det var inte en hedersam plats för stupade kungasöner, men de hade börjat lukta och måste snart i jorden.

Sin Cecilia tog han med sig in i deras egen kammare, stängde dörren bakom dem och berättade korthugget och i Cecilias ögon känslokallt vad som hade hänt. Tre kungasöner hade dräpts av Sverkers folk. Forsvikarna hade fått tag på nästan alla av Sverkers hundra utsända män, bara ett fåtal av dem hade undkommit. Således hade nu kriget kommit till Göta länderna, även om det skulle dröja mer eller mindre lång tid innan själva striderna började. Nu gällde det närmast att få Erik jarls bröder i jorden. Själv föreslog Arn Riseberga klosterkyrka, eftersom det var närmaste kloster och en resa till Varnhem nu skulle bli farlig och för lång och varm för de sedan en vecka döda.

Cecilia hade svårt att svara på Arns fråga om Riseberga, eftersom hon förvirrades av att inte riktigt känna igen honom. Hans ögon hade både smalnat och kallnat och han talade korthugget och hårt. Efter en stund förstod hon att detta var en annan Arn som hon inte kände, det var inte hennes älskade blide husbonde eller Aldes far, det var krigaren från det Heliga Landet.

Erik jarl föreföll henne strax likadan när han kom med armen om sin hopsjunkna och skakande mor och lämnade över henne till Cecilia som ett barn och genast tog Arn åt sidan för att bara med några ord göra upp om hur och när man skulle rida till Riseberga.

Redan samma dag gav sig begravningsföljet iväg från Forsvik. De flesta av de ungherrar som hade varit med vid Älgarås fick nu stanna kvar på Forsvik. Den pratsamhet som kom sig av att de varit i sin första strid med skarpa vapen och segrat skulle enligt Arns mening passa föga på en jordafärd. I stället rustades tre skvadroner med skarpa vapen bland dem som varit hemma på Forsvik när deras fränder red till Älgarås. Men de sex som dubbats av Erik jarl måste ändå rida med, ty det krävde deras heder som riddare.

I Riseberga begravdes de tre kungasönerna och för deras förböner skänktes en stor summa som Erik jarl lånade från Arn och Cecilia Rosa.

De döda kungasönernas mor Cecilia Blanka blev kvar i klostret när begravningsföljet återvände till Forsvik. Hur länge hon skulle stanna där, om för alltid eller en kort tid, visste varken hon eller någon annan. Den hösten och början på vintern for många folkungska och erikska ryttare åt alla väderstreck. Erik jarl red till Norge för att försöka få hjälp med krigsfolk därifrån, Eskil och hans son Torgils liksom Arn och Magnus Månesköld gjorde en lång resa genom Svealand, där budet om det nesliga mordet på de tre eriksönerna väckte stort raseri. Svearna tycktes på något sätt räkna den erikska ätten som sin kungaätt. Relikerna efter Erik jarls farfar Helge Sankt Erik bars varje vår runt åkrarna i Uppland för att bringa god skörd. På lagmanstinget vid Mora stenar utanför Östra Aros sade sig svearna som en man vilja gripa till vapen genast. Det lyckades folkungarna söderifrån avvärja, eftersom en sveahär säkert behövde bättre fotfäste än höstens lervälling för att göra rättvisa åt sin tapperhet, som Arn försiktigt framlade saken. Det han sett av svealandskrigarna på tinget fick honom inte att tro att de skulle kunna uträtta mycket mot danska ryttare. Man kom efter mycket och högljutt tal slutligen överens om att svearna skulle komma manstarkt till Östra Götaland och sluta upp vid Bjälbo till våren, mellan Gertrud och Vårfrudagen.

På vägen hem stannade folkungarna vid Eskilstuna, där Arn klädde sig som tempelriddare och besökte johanniternas hospital. Om han haft förhoppningar om att finna några riddare av johanniterorden i Eskilstuna blev han snabbt besviken. Bröderna där ägnade sig nästan enbart åt att vårda sjuka och han fick genast överge hoppet att skaffa förstärkningar från de bästa krigarna i världen jämte tempelriddarna. Men han blev mycket väl och höviskt mottagen av bröderna och de hade gjort ett gott arbete, nästan som om de vore saracener, med hans två sårade ungherrar som båda skulle kunna vara i sadeln framåt våren.

Efter nyår var det kallat till folkungskt ätteting på Arnäs och dit kom också Erik jarl tillbaka från sin norska resa. Den hade blivit en besvikelse, för norrmännen hade på nytt farit i strupen på varandra och hade händerna fulla med sitt eget krig. Han medförde dock hälsningar från Harald Øysteinsson, som nu blivit jarl hos birkebeinarna i Nidaros och fått stora gårdar i förläning. Harald hade lovat att så snart han segrat skulle han och hans fränder gärna komma till folkungars och erikars hjälp. Det var ett löfte av mycket osäkert värde.

Före det folkungska ättetinget gick Erik jarl, som inte varit på Arnäs på många år, ett varv runt murarna med Arn. Han var full av lovord över den väldiga styrka som han såg i borgen, men den styrkan gjorde honom också något tvehågsen, sade han. När Arn frågade honom rätt fram vad han menade sade han att ögat inte kunde bedra när man såg hur Arnäs nu hade vuxit. Det man såg var att folkungarnas styrka var mycket större än alla andras. De ryttare Arn fostrat på Forsvik, sådana som lätt segrat mot dubbelt så många fiender vid Älgarås, gjorde inte den makten mindre. Så vem var då han, Erik jarl, främst bland de mycket svagare erikarna, att tro sig om att sätta sin fars krona på huvudet?

Arn tog inte riktigt denna oro på allvar och skämtade bara att om Erik såg till att skaffa sig en bra marsk skulle han få mindre bekymmer. Erik jarl förstod alls inte det skämtet utan svarade nästan med vrede att han ju trodde att Arn var hans marsk.

"Ja, just så är det", svarade Arn skrattande och lade sin hand över Erik jarls kraftiga skuldra. "Du kan inte gärna ha glömt vad vi svor varandra på din fars dödsläger. Jag är din marsk. För mig är du redan kung, det har jag också svurit."

"Och varför tar inte ni folkungar makten nu genast när ni har den inom räckhåll?" frågade Erik jarl inte helt lugnad.

"Av två skäl", sade Arn. "För det första har vi alla svurit att slåss för din krona och folkungar tar inte lätt på sin ed. För det andra har du, men inte vi, svearna på din sida. Deras yxor och fåtaliga ryttare skrämmer kanske inte så många danskar, men deras tapperhet betvivlar jag inte och dessutom är de många."

"Så om jag inte hade svearna på min sida?" frågade Erik jarl dröjande och slog ut med båda händerna.

"Så skulle vi likväl stå vid vår ed och du skulle bli kung. Men vem som skulle komma efter dig vore nog mera osäkert, kanske Birger Magnusson."

"Unge Birger som är son till din son Magnus Månesköld?"

"Ja, det är den raskaste bland bröderna på Ulvåsa och han har gott huvud. Men varför skall vi ägna våra tankar åt den tid som kommer långt efter oss själva? Framtiden ligger i Guds händer och just nu har vi ett krig att vinna. Det bör nog komma i första hand."

"Och det kriget vinner vi?"

"Ja, helt säkert. Med Guds hjälp. Frågan är bara vad som händer sedan. Sverker har ingen stark här att förlita sig till, honom slår vi till våren, det skulle även svearna klara av. Stupar han i kriget är det över. Lyckas han fly till Danmark har vi snart Valdemar Segraren över oss. Och då får vi nog ta i lite mer."

"Helst bör vi alltså dräpa Sverker i vår?"

"Ja, det är min mening. Det är det enda säkra sättet att hindra honom från att hämta danskarna."

***

Av det första kriget mot kung Sverker blev inte mycket. Till våren 1206 kom en stor larmande hord svear ner till Östra Götaland och hotade att plundra Linköping om inte kung Sverker behagade möta dem på slagfältet. Medan de väntade på svar drack de upp allt öl i staden men skonade den i allt annat.

Kung Sverker, hans närmaste män och hans hird flydde då från Näs och begav sig raka vägen ner till Danmark, och svearna fick återvända hem utan att ha utdelat ett enda hugg. Sin dotter Helena hade kungen lämnat i Vreta kloster där hon var inspärrad bland familiares.

Erik jarl flyttade då med sin mor och sina fränder till sitt barndomshem på Näs och kallade sig hädanefter kung Erik, eftersom både svear och folkungar erkänt honom. Arn tyckte att kungen hellre borde ha sökt skydd på Arnäs men sände tre skvadroner unga folkungska ryttare till kungens hird på Näs.

För nu var inte frågan om den danska hären skulle komma, utan bara när. Tills vidare var kung Eriks bräckliga rike säkert, eftersom Valdemar Segraren detta år var upptagen med ett nytt korståg. Han plundrade de livländska öarna Dagö och Ösel, dräpte många hedningar eller otillräckligt kristna och förde hem mycket silver till Danmark.

I vapensmedjorna på Forsvik arbetades det nu dag och natt, eldarna slocknade bara på den åt Gud helgade vilodagen. Unge Birger Magnusson började det året i den största kull av unga folkungar som man någonsin tagit sig an på Forsvik. Nya hus byggde man också, däribland ett eget hus för de sex riddare som kung Erik hade dubbat efter segern vid Älgarås. Och som en försenad gåva från kungen hade de nu alla sex fått sporrar av guld. I deras sal hängde både sverkerska och danska sköldemärken som de erövrat vid sin första seger.

Först sent på hösten 1207 efter att den första snön fallit kom bud om att en stor fiendehär var på väg upp från Skåne. Kung Valdemar Segraren ledde den inte själv, kanske för att han inte ville kränka sin lydkonung Sverker, men han sände alla sina bästa härförare, däribland Ebbe Sunesson och hans bröder Lars, Jakob och Peder. Och med dem tolvtusen män, den mäktigaste här som någonsin visat sig i Norden.

Arn sände budkavle efter folkungar och erikar att samlas vid två borgar, den vid Arnäs och den vid Bjälbo, som var mer som en förstärkt gård än en riktig borg. Därefter gjorde han sig klar att med fyra lätta skvadroner från Forsvik genast rida fienden till mötes.

Cecilia kände lika delar skräck och undran inför den iver som Arn uppvisade. Hon kunde inte förstå vad det var för glädje med att rida en oändligt överlägsen fiende till mötes med bara sextiofyra unga män. Arn försökte då ta sig tid att tala med både henne och Alde en sista kväll innan han red bort. Det var inte hans mening att gå i krig på riktigt, försäkrade han inför dem båda. Men av något svårbegripligt skäl hade danskarna valt att komma på vintern och det gjorde deras tunga hästar ännu långsammare. Danska ryttare skulle aldrig hinna upp några forsvikare, i stället skulle det bli som att flyga förbi dem på säkert avstånd. Men man måste skaffa sig kunskaper om deras avsikter och deras vapen och antal.

Det han sade till Cecilia och Alde var visserligen sant, men långtifrån hela sanningen.

Nedanför Skara fick Arns ryttarstyrka första gången syn på fienden.

Det var några veckor före jul med snötäckt mark men ännu inte riktigt kallt. Forsvikarna hade inte behövt dra på sig de klumpigare kläder de använde för vinterbruk, där tjocka lager av felt packade in allt stål och järn. De red retfullt nära det danska härtåget i motsatt riktning, dels för att först kunna räkna fienden, dels för att se var de helst skulle börja skada honom. Då och då sände danskarna ut en grupp tunga ryttare med lansar mot dem, men då red de med lätthet undan. De såg att kung Sverker och ärkebiskop Valerius befann sig ungefär i mitten av härtåget omgivna av en stark ryttarstyrka med många fanor. Arn bedömde att ett anfall mot kungen själv inte skulle löna sig. De egna förlusterna skulle bli för stora och man kunde alls inte vara säker på att få död på kungen. Dessutom hade de allra flesta av Arns unga män aldrig varit i strid och borde därför få segra några gånger i lättare anfall innan han kunde befalla dem att sätta sina liv på spel.

Men en timmes väg ner i härtåget fanns lättare mål. Där släpades den största delen av danskarnas förråd och hästfoder på tröga oxkärror i den lervälling som alla framförvarande ryttare hade skapat. Det skulle inte ha varit svårt att rida in mot dragdjuren och döda tillräckligt många av dem och dessutom sätta eld på fodret för att kraftigt försinka fiendehären.

Det var dock ingen brådska med den saken och dessutom fanns det nu ett gott tillfälle att lära ungherrar mer om krig i stort, för i smått och för eget skydd till liv och lem litade han på att var forsvikare kunde tillräckligt. Utan att avlossa en enda pil eller göra minsta anfall bara för att skrämmas drog Arn undan sina ryttare för natten till en by som låg tillräckligt långt från den danska hären. De behandlade byns folk skonsamt och tog bara vad de behövde för kvällsvard och varken slog eller skadade någon av dem som klagade.

Kvällen och sena natten använde Arn till att beskriva hur man skulle slå sönder danskarnas förråd men att det nu inte var så stor mening med det, eftersom fiendens härtåg hade staden Skara framför sig. Kom de dit uthungrade, utan foder till sina hästar och ilskna, var det inte bra för skaraborna. Men som det nu var visste man inte säkert vart Sverker och hans danskar tänkte sig efter Skara. Arn hade en tanke att skälet till att de kom på vintern var att de ville komma fram till Vättern när isen lade sig så att de kunde ta tillbaka den kungliga borgen Näs åt Sverker. Därmed skulle de förvisso inte ha uppnått mycket, men med kungar var det ofta så att de tänkte lite barnsligt. Om Sverker satt på Näs igen skulle han känna sig som kung på nytt. Men hur skulle han försörja en så stor dansk här på Visingsö? Och om det inte gick att försörja hären där, vad skulle den göra då?

Arn skrattade och var vid gott humör och det var inte enbart för att han ville ingjuta mod i sina unga och oerfarna krigare. Han förstod mycket väl hur det kändes att rida bara sextiofyra män förbi en här som var trehundra gånger så stor. Men nästa dag skulle de få mer självförtroende.

Efter en lång och god natts sömn, då ju dagarna var korta så här års, berättade Arn att nu skulle man gå i strid, inte mot oxar och förråd, utan mot de bästa av de danska riddarna som säkert fanns bland dem som red i täten. Skälet var enkelt. Man skulle lära dansken att den som förföljde sina snabbare fiender inte kom tillbaka levande.

Första gången de genomförde den enkla planen gick det alldeles som tänkt.

Arn red med bara en skvadron ner mot täten av fiendehären där många fanor bars och där det fanns gott om tungt rytteri. Danskarna hade först svårt att riktigt tro sina ögon när de såg hur bara sexton män sneddade in mot deras tät och kom närmare och närmare, till slut så nära att ryttarna kunde börja kasta glåpord mot varandra. Då drog Arn sin båge av ryggen, strängade den lugnt, förde fram pilkogret på höften som om han tänkt sig att bli kvar länge, lade en pil på bågen och siktade mot den främste av fanbärarna som genast höjde sin sköld. Arn ändrade plötsligt riktning och fällde en man längre bak som mer satt och gapade av förvåning än tänkte på att skydda sig. Först nu höjde alla danskar sina sköldar och ursinniga befallningar skallade över hela tätgruppen medan femtio tunga ryttare samlade sig för att gå till brett anfall. Arn skrattade högt och retfullt och sade åt sina sexton män att lägga en pil på bågen.

Det blev förstås för mycket för danskarna som genast gick till anfall med fällda lansar och snön sprutande om framhovarna på deras tunga hästar. Nästan makligt vände då de sexton folkungarna och Arn sina hästar och styrde mot närmaste skogsdunge med förföljarna bara några lanslängder efter sig, ett avstånd de var noga att hålla.

Från den danska hären steg nu höga triumferande skratt när man såg hur ömkligt fienden jagades undan in i skogen.

Men därifrån återvände ingen enda dansk riddare, för där hade de blivit mötta av tre skvadroner lätta ryttare som red nära inpå dem innan de sköt sina pilar och därefter slog ner de sista överlevande med svärd.

Vid ett andra försök gick inte denna list eftersom danskarna inte vågade fullfölja jakten på den retligt undflyende fienden. Men redan nu hade den danska hären sinkats av att förlora tunga ryttare, eftersom sådana oftast var högättade och måste tas om hand efter döden till skillnad från vanliga fotsoldater. Hämndlystna var förstås danskarna, men eftersom de färdades med riddarna främst, på grund av den djupa snön, hade de inga fotsoldater med bågar där. Och deras hästar kunde inte komma ikapp de lättare och snabbare forsvikarna.

Nästa dag red Arn in nära den danska täten med alla sina sextiofyra ryttare. Han hade valt en plats där landskapet öppnat sig mellan två höga kullar och sikten var lång åt alla håll så att de danska ryttarna inte skulle ana något försåt.

Forsvikarna tog sig sakta in på så nära håll att de skulle kunna vara säkra på att träffa med sina pilar. Men den här gången siktade de inte på de järnklädda ryttarna eller deras sköldar, utan på deras hästar. Varje träffad häst var så gott som säkert en död häst och en riddare till fots, särskilt om pilen satt i hästens buk. Det tunga föret hade fått danskarna att avstå från att rida med brynjeskydd för hästarna.

På nytt väckte forsvikarnas anfall raseri hos danskarna som ställde upp hundra riddare med lans på rak linje för att gå till anfall.

Forsvikarna tycktes nu bli skrämda och tveksamma och vände för att fly och då anföll de danska ryttarna genast. Och så bar det iväg ut i snön längre och längre bort från den övriga danska hären tills de tyngre förföljarna började sacka efter och hade gjort av med det mesta av både egen och hästars kraft. Då vände Arn plötsligt hela sin flyende styrka, delade upp den i två grupper som omringade de danska riddarna och gick till anfall med sådana pilar som trängde igenom ringbrynjor. De hann döda de flesta riddarna eller såra dem illa med sina svärd innan de på nytt måste fly för den undsättning som sänts iväg från hären. Men den här gången gick det inte att locka förföljarna i fördärvet.

Det var töväder och den knähöga blöta snön var som en välsignelse för forsvikarna och en förbannelse för de danska riddarna.

De följande dagarna blev fienden alltmer sparsmakad när det gällde att göra utfall mot det forsvikska rytteriet. Inte mycket uträttades från någondera sidan, vilket enligt Arn inte heller var meningen.

Danskarna stannade kort tid i Skara och plundrade inte staden särskilt hårt innan de drog vidare mot sydost. Borgen Axevalla brydde de sig inte ens om att belägra. Det var en avgörande upplysning, de tänkte sig verkligen mot Vättern och Näs. På den vägen låg borgen Lena som Birger Brosa visserligen knotande över utgifterna ändå byggt på Arns inrådan. Den borgen borde danskarna antingen ta eller belägra för att säkra vägen mot Näs. Alltså skulle den verkliga striden stå i närheten av Lena. Där skulle man samlas för att se om det gick att gillra en stor fälla för hela den danska hären. Arn sände iväg fyra ryttare med bud till Arnäs och Bjälbo om att alla svear och götar skulle samlas vid Lena.

Därmed var det dags för det forsvikska rytteriet att på allvar börja försinka den danska hären så att de egna fick god tid på sig att samlas. Nu var man dessutom snart på flera dagars ridväg från Skara.

Första gången forsvikarna gick över till det nya sättet att anfalla dödade de mer än hundra av oxarna och de andra dragdjuren och brände det mesta av fodret längst bak i den danska hären. Sedan skar de av linjen bakåt, så att alla som sändes till fots tillbaka mot Skara för att hämta nya djur försvann och aldrig återsågs.

När tunga ryttare skickades bakåt för att skydda de foror som skulle skaffa nya förråd och dragdjur flyttade Arn genast fram sin grupp mot täten och började plåga fanbärarna med att rida in på nära håll och skjuta antingen dem själva eller deras hästar. Och nu vågade danskarna inte längre sända ut förföljare mot sina plågoandar.

Var tredje dag sände Arn hem en skvadron till Forsvik för att se till små sår och seldon, slipa vapen och vila ut medan nästa skvadron gick i tjänst. Det viktigaste forsvikarna åstadkom under dessa veckor när de var dag plågade danskarna med sina nålstick var att försinka dem och göra dem vansinniga av längtan att få använda sin stora styrka till ett avgörande slag. Kylan blev nu värre för var dag, och också det borde göra danskarna mer angelägna att få gå i strid med hela sin styrka eller att ta sig över isarna på Vättern och fram till Näs.

För nätterna började bli olidliga för dem och snön gjorde att fienden kom tyst även till häst. Den som gick ut på natten från sitt tält och ställde sig nära en eld fick visserligen värmens välsignelse, men bländades också av eldskenet och kunde inte se varifrån pilarna plötsligt kom. Varje natt smög de vinterklädda forsvikarna in på nära håll med sina bågar.

När danskarna kommit inom en dags färd till borgen vid Lena var deras blåklädda plågoandar plötsligt borta, men spåren i snön ledde tydligt mot borgen som kung Sverker och hans män mycket väl kände till. Det verkade alltså som om svear och götar äntligen gjorde sig beredda på att slåss hedersamt som män.

Så var det sannerligen. Vid Lena hade hela sveahären, som bestod av tretusen män till fots, och alla folkungska ryttare samlats.

Men väl så betydelsefullt var att det från varenda folkungagård kommit jordträlar och stallare, bönder, brytar och smeder och till och med husträlar i stor mängd. De flesta hade haft sina egna långbågar med sig och fem pilar. Men alla som behövde byta en sträng eller rentav få en ny båge eller nya pilar försågs. Mer än tretusen sådana lågättade bågskyttar hade samlats vid Lena.

Det forsviska rytteriet var ett och ett halvt hundratal, en tredjedel var tunga ryttare och resten lätta. Tvåhundra armborstskyttar från Arnäs och Bjälbo och andra folkungagårdar hade man också, liksom hundra män med lång hästlans och stålskodd storsköld.

När den danska hären närmade sig Lena ställde folkungarna och svearna och de få erikar som tagit sig förbi danskarna upp i dalen nedanför Högstenaberget. Främst stod de tunga ryttarna, mest för att locka danskarna till ett anfall som såg lätt ut. I nästa linje stod det lätta rytteriet och bakom dem en försvarsmur av sköldar och långa hästspjut. Bara några steg bakom sköldlinjen stod de tvåhundra armborstskyttarna och bakom dem hela den gormande och stridslystna hären av upplänningar och andra vilda svear som var fotfolket.

Längst bak fanns de mer än tretusen långbågeskyttarna. De var nyckeln till segern eller nederlaget.

Arn hade tagit med sig kung Erik och två skvadroner egna ryttare för att rida danskarna till mötes och få dem att vända sig åt rätt håll. Med kung Erik red ju hans fanbärare och de tre kronorna i guld mot blå botten syntes på långt håll i den klara kalla vinterdagen. Danskarna bjöds att förstå att nu mötte de äntligen fienden för ett stort avgörande.

De behövde inte visa sig så länge för den danska hären för att få som de ville, att danskarna började ställa upp högst uppe i dalen för att få nedförsbacke vid sitt första förkrossande anfall med det tunga rytteriet. De måtte ha blivit mycket nöjda då de fann att fienden inte tycktes begripa vilken nackdel det var att bjuda på en sådan nedförsbacke. Nu var det bestämt var slaget skulle stå, men det skulle dröja några timmar innan danskarna fått ordning på sina styrkor.

Arn red med kung Erik tillbaka till den egna hären och de gick tillsammans runt för att ingjuta mod hos sina män, eftersom alla kunde se att det var en väldig övermakt som började fylka sig där uppe. Gång på gång försökte de tillsammans inpränta att om alla gjorde som de var tillsagda kunde man vinna fortare än någon kunde ana. Men ingen fick förtvivla eller tappa modet, eftersom det inte bara var en stor synd utan också halva nederlaget.

Till linjen med stora fyrkantiga hästsköldar och lansar sade de att var man måste stå kvar. Om en enda man började springa när marken skalv av de framstormande hästarna blev det en lucka som syntes på långt håll för de anfallande ryttarna och som var just vad de väntade på för att komma igenom. Men om alla stod kvar skulle de inte komma igenom, så enkelt var det.

Till armborstskyttarna sade de gång på gång att de skulle ställa sig upp först när fienderna var så nära att de kunde se vitögonen på dem. Då men först då skulle de sikta och skjuta. Den som sköt utan att sikta hade bara förlorat sin pil, men om alla gjorde som de skulle föll mer än hundra ryttare framför lansarna och spärrade vägen för alla ryttare som kom bakom, om det ens kom några.

Sveahären var det emellertid inte lätt att försöka tala förstånd med. Dessa vilda män såg mera ut som om de skalv av otålighet att så fort som möjligt rusa ut på slagfältet och bli dödade.

Däremot fanns det viktiga ord att säga till långbågeskyttarna som stod längst bak och var den största delen av hären. Arn förklarade att det var de som skulle säkra segern, de och inga andra. Om var man gjorde som han blivit övad så var det seger. Annars skulle de alla dö tillsammans vid Lena.

När kung Erik och Arn talat med så många långbågeskyttar att de blivit torra i munnen såg de att det uppstod oro uppe i den danska hären, som om de gjorde sig klara för anfall. Tystnaden sänkte sig över slagfältet och alla bad till Gud och helgonen om seger och överlevnad. Danskarna kände redan segern inom räckhåll, eftersom de från sin höga utsiktsplats kunde se att det var en fiende med bara en tredjedel så stor här och mindre än en tredjedel så många ryttare de skulle möta.

Hos götar, erikar och folkungar bleknade ansiktsfärgen, medan svearna bara tycktes bli alltmer otåliga att få komma igång.

Arn red ner till långbågarna och bad en av de säkra skyttarna han kände från byn utanför Arnäs att sända iväg en pil med röda styrfjädrar i den höjd och riktning som alla var tillsagda att skjuta.

En ensam pil seglade snart långt och högt över slagfältet och slog ner ungefär på mitten mellan de två härarna. Det hördes grova skrattsalvor från danskarna där uppe, som tycktes tro att någon rädd bågskytt tappat besinningen. De hade alltså aldrig mött långbågar. Arn drog en djup suck av lättnad och bad sina sista böner.

När de tunga danska ryttarna satte sig i rörelse hördes ett mäktigt ljud av tusen och åter tusen frasande hästhovar i snön. Arn tänkte att det varit så mycket värre och mer skräckinjagande om marken varit hård och snöfri då dånet skulle ha blivit öronbedövande. Men även utan detta dån av anfallande tunga ryttare var det en väldig mur av död och stål som nu vällde nedför sluttningen.

Arn satt på sin häst vid en liten kulle ovanför långbågarna och befallde att alla skulle lägga första pil på och spänna och rikta som man var lärd, vilket var halva vägen mellan himmel och jord. Det rasslade starkt när tre tusenden bågar spändes.

Skramlet av vapen och dånet av hästhovar i snön kom allt närmare, men snön yrde också upp ett växande vitt moln, vilket var en fördel som Arn insåg först nu. Han såg stint på den avlägsna pilen med röda fjädrar och muren av ryttare i snöyra som närmade sig den. Så höjde han sin hand och skrek för full hals att alla måste vänta... och vänta... och vänta lite till!

"Nuuu!" vrålade han så mycket han orkade och slog ner sin höjda arm.

Och då mörknade det över slagfältet av ett svart stort moln som först steg och sedan sjönk mot de anstormande ryttarna och det ven och tjöt i luften som om tusen tranor lyft samtidigt.

När den första salvan pilar slog ner i den framstormande danska hären var det som om en Guds näve av järn hade drabbat dem rakt uppifrån. Hundratals hästar störtade skriande och sparkande i stora moln av snö som förblindade dem som kom strax bakom så att många som inte ens träffats föll. Och då var redan nästa svarta moln av pilar på väg.

En tunn linje av de främsta danska ryttarna hade passerat under det dödliga pilregnet och fortsatte med oförminskad fart framåt. De förstod aldrig att de nu bara var en liten del av den egna ryttarstyrkan.

Arn hade sänt iväg den tredje och sista salvan långbågepilar mot de fotsoldater som kom springande bakom sina egna ryttare och sedan fort ridit fram intill armborstskyttarna och befallt att alla tunga och lätta ryttare framför dem fort skulle rida undan åt sidorna för att inte vara i vägen.

Han ställde sin häst mitt bland armborstskyttarna och ropade åt både dem och männen med hästlansarna att de nu hade segern mycket nära om de bara väntade till rätt ögonblick. Så befallde han skyttarna att resa sig upp och sikta och höjde handen.

På tjugo stegs avstånd störtade nästan alla av det sista knappa hundratalet danska ryttare till marken. En och annan kom hasande i snön ända fram till lansarna och blev genast spetsad.

Nu kunde det oskadade folkungska rytteriet gå till anfall och det gick som en plog genom den söndertrasade danska hären och var snart framme vid de fotsoldater som vänt för att fly.

Svearna behövde han inte ge någon befallning, för de var redan på väg framåt under vilda härskrin och med yxorna svängande över sina huvuden. Arn måste kasta sig undan framåt och åt sidan för att inte själv bli nedslagen av några svear och red upp till kung Erik som han ställt med en skvadron lätta forsvikare uppe på en kulle med överblick över slagfältet.

"Vill Gud skänka oss segern denna dag!" flämtade kung Erik när Arn red upp vid hans sida.

"Det har Han redan gjort", svarade Arn. "Men det vet inte Sverker och hans danskar där uppe, för de kan nog inte se genom all snöyra."

Arn kallade in sina lätta ryttare från slagfältet där de inte längre behövdes bland alla flitigt huggande svear och ställde upp dem intill den plats där han och kung Erik betraktade slaget som nu blivit mera slakt än krig. De svealändska krigarna gick hårt fram där nere och hade nu fått ett krig som passade dem oväntat väl, med fiender som bara var till fots, de flesta redan döda eller sårade, och dessutom i snösörja.

Det hade blivit tid att bärga segern. Arn tog med sig kung Erik och hans fana och alla de lätta forsvikarna upp förbi kullen där danskarna stått när de anföll. Där delade han upp styrkan i två grupper och befallde riddar Oddvar och riddar Emund Jonsson att med sina män gå runt den kungliga danska fanborgen som skymtade ett stycke bort och skära av vägen bakåt.

Hos kung Sverker och hans män verkade det inte som om man ännu hade förstått vad som hänt. För när Arn och kung Erik och deras fanbärare med både de tre kronorna och det folkungska lejonet i sakta mak närmade sig verkade danskarna inte tro sina ögon. Och när de började bli oroliga och såg sig om bakåt fann de att de var omringade.

Segrarna tog god tid på sig och skrittade långsamt fram mot kung

Sverker och hans män, där de kände igen ärkebiskopen Valerius och marsken Ebbe Sunesson och några till som funnits på Näs.

När ringen av folkungska ryttare slutit sig helt runt Sverker och hans män spanade danskarna fortfarande bort mot slagfältet för att se hur undsättningen kom. Där nere hördes fortfarande många tjut från döende män och skriande hästar. Kung Erik och Arn red in på bara två lanslängder innan de sade något. Kung Erik var den som först yttrade sig. Han talade med lugn och stor värdighet.

"Nu, Sverker, är detta krig slut", började han. "Du är min på nåd och onåd och ditt liv håller jag som en fågelunge i min hand. Så är det också med dina män här omkring dig. Alla de andra är döda eller snart döda, det är det du hör där nere. Säg mig nu vad du skulle ha gjort om du vore jag?"

"Den som dräper kung blir bannlyst", svarade kung Sverker torr i munnen.

"Så du menar att du har Gud på din sida?" svarade kung Erik med ett underligt leende. "Då har Han visat dig Sin nåd på ett märkligt sätt denna dag. Fegt kom du till oss med utländsk här och Gud lönade dig efter förtjänst. Men nu skall jag säga dig vad jag har kommit fram till, och Gud vet att jag grubblat mycket över vad jag skulle göra när denna stund kom. Din far dräpte min farfar. Min far dräpte därefter din far. Låt det sluta därmed. Ge mig av fri vilja kungakronan som du bär på din hjälm. Vänd tillbaka till Danmark och kom aldrig åter till vårt rike. Tag dina män och din ärkebiskop med dig, utom Ebbe Sunesson, för han har en skuld att betala. Nästa gång kommer jag inte att skona ditt liv, det svär jag här inför var och en och inför Gud."

Kung Sverker hade inget svårt val. Utan lång betänketid tog han av sig kronan som han bar ovanpå sin hjälm och red fram till Erik och räckte honom den.

Men marsken Ebbe Sunesson, som förstått att hans liv just nu inte var mycket värt, krävde högt och utan rädsla i rösten att få värja sig i envig, gärna mot den fege folkung som inte vågat möta honom och vars bror han redan kväst.

Kung Erik och folkungarna blev alla lika häpna när de förstod att det var Arn Magnusson som den danske marsken talade om. De såg tvehågset på varandra som om de inte hade hört rätt.

"Det är sant", sade Arn, "att jag tidigare avstått från att döda dig som hämnd för att du bara för ditt eget nöjes skull dräpte min bror. Jag hade svurit Sverker min trohetsed, men den eden har han nu löst mig från. Jag tackar Gud för att Han valde mig att ge dig den lön du förtjänar."

Med de orden red Arn åt sidan och drog sitt svärd och sänkte kort sitt huvud i bön där det verkligen såg mer ut som tacksägelse än bön för det egna livet.

Ebbe Sunesson, som var en av få män på platsen som inte begrep vem det var han valt att gå i envig med, drog triumferande sitt svärd och red i god fart mot Arn. I nästa ögonblick föll hans huvud i snön.

Sverker Karlsson, hans ärkebiskop Valerius och ytterligare några män återvände till Danmark. De var bland de tjugofyra som kom tillbaka. Den krigshär Valdemar Segraren sänt mot svear och götar hade varit större än tolvtusen män. Dödandet och plundrandet vid Lena pågick i eldars sken hela den natten och fortsatte nästa dag.

Kung Erik, som nu drog sig tillbaka för vintern till borgen Näs, hade fått kronan ur Sverkers egen hand. Det hade Erik gjort klokt, för inte ens den heliga romerska kyrkan bestred nu att han verkligen var svears och götars nye kung.

Men han hade också skonat Sverker Karlssons liv även om han haft det i sin hand. Det var ädelt och värdigt en kung. Men som det skulle visa sig några år senare mindre klokt.

***

Segern vid Lena var den största i Nordens minne och den fick många fäder. För erikarna, varav de flesta befunnit sig avskurna i den södra delen av västra Götaland utan att kunna ta sig fram till Lena, var segern tvivelsutan kung Eriks ensam. Han hade bestått ett svårt prov och visat sig värdig kungakronan.

De flesta folkungar ansåg att det var det nya folkungska rytteriet som varit avgörande. Och om någon invände att det mest av allt varit långbågarna som krossat danskarna svarade var folkung att det i så fall var deras eget husfolk, trälar och brytar och bönder som gjort åt sina herrar vad de befallts att göra.

Den märkligaste förklaringen till den underbara segern vid Lena hade dock svearna, ty i Svealand spreds vid den här tiden sagan om hur guden Oden efter lång frånvaro visat sig på nytt. Många svealändska kämpar sade sig med egna ögon ha sett Oden i blå mantel på sin grå häst Sleipner rida före svearna ut på slagfältet.

Svearnas hädiska förklaring om avguden Oden som fader till segern förargade de tre ländernas alla biskopar som samstämmigt kom att predika, från Östra Aros, Strängnäs och Örebro till Skara och Linköping, att Gud Fader i Sin outgrundliga nåd skänkt svear och götar och kung Erik segern. Denna biskoparnas högljudda övertygelse hade det goda med sig att kung Erik i så fall segrat med Guds uttalade och tydligt visade vilja, varför biskopshopen mangrant slöt upp vid rådsmötet på Näs och försäkrade att Erik nu var rikets oomtvistade kung. Men när han då bad dem kröna honom krånglade de och förklarade att det inte gick utan ärkebiskop. Och den som skulle utse ny ärkebiskop efter den flyktade Valerius vore i så fall den nye danske ärkebiskopen Andreas Sunesson i Lund. Från honom fanns emellertid ingen välvilja att vänta, eftersom han inte bara var kung Valdemar Segrarens man utan dessutom bror till de stupade danska härförarna Ebbe, Lars, Jakob och Peder. Den ende av dem som fått en kristlig begravning hemma i Danmark var Ebbe Sunesson, som dock fick resa hem ett huvud kortare.

Detta förhållande, att Danmark skulle utse ärkebiskop åt svear och götar, var förvisso orimligt och skulle säkert gå att få bättre ordning på efter att man skrivit till den Helige Fadern i Rom. Det skulle emellertid inte vara avklarat i en handvändning.

Dock var det bra för den unge kungen att redan från början ha rikets biskopar på sin sida. En god sak för folkungarna med denna nya biskopliga välvilja var att dessa nu slutade vrenskas om att signa kyrkan i Forshem till Guds Grav, ty kyrkan hade stått färdig i flera år utan att tjäna som Guds hus. Kung Erik red själv till Forshem för att hedra sin marsk och kyrkans byggherre Arn Magnusson vid signandet.

Mellan kung Erik och Arn hade vänskapen vuxit sig fast. För Arn hade Erik på kort tid vuxit från yngling, lysten på enkla nöjen, till en man med stort allvar och värdighet. Och för Erik, som nu sett sin marsk i krig mot en övermäktig motståndare, fanns ingen tvekan om vem som egentligen var segerns fader. Det erkännandet gav han också Arn utan minsta förbehåll inför de världsliga i rådet, fast han fann det klokast att i biskopars närvaro hålla med om att segern kommit till skänks ur Guds händer.

Arn hade ingenting emot att uppmuntra biskopars tal om David mot Goljat, eftersom varje sådan mer eller mindre skarpsinnig liknelse från det heliga stärkte vissheten att Erik segrat med Guds vilja och således var den som rätteligen skulle bära kronan.

Men inom sig själv var Arn mer tvivlande. Han hade i sitt tidigare liv sett alldeles för många till synes oförklarliga segrar eller oväntade nederlag för att vara ärligt övertygad om att Gud lade sig i varje liten mänsklig strid på jorden. Dåraktigt befäl på den ena sidan var enligt Arns erfarenhet det vanligaste skälet till den andra sidans seger.

Och danskarna hade varit dåraktiga på mer än ett sätt, och dessutom högmodiga. De hade grovt underskattat sin fiende och de hade förlitat sig nästan helt på tungt rytteri, fastän de borde ha begripit att de skulle mötas av snö. Värst av allt för deras del var att de inte väntat sig långbågarna och därför ridit in i döden med hela sin slagstyrka på en gång. Så många grova misstag samtidigt kunde bara sluta i nederlag.

Som rikets marsk måste han emellertid främst av allt varna för högmod. En så stor seger som den vid Lena skulle aldrig kunna upprepas om danskarna fick för sig att komma på nytt. Det skulle de förvisso inte göra i första taget, eftersom det tog tid att ersätta förlusten av en stor här med så många riddare, hästar, vapen och rustningar.

Efter att svearna plundrat färdigt på slagfältet vid Lena, vilket tog dryga två dagar, forslades rustningar, sadeldon och insamlade pilar på femton fullastade oxkärror till Forsvik. Det räckte mer än nog för att rusta mer än tvåhundra nya tunga ryttare.

Därutöver fick man många viktiga kunskaper från de erövrade rustningarna. För danskarna hade en del nya sätt att skydda sig mot pil och svärd. Deras hjälmar var starkare och hade bättre skydd för ögonen och de hade många brynjor som inte var i ringsmide utan med hela stålplattor som fjällen på en fisk och som inte ens de långa nålvassa pilspetsarna kunde tränga igenom.

Dessa kunskaper skapade många nya arbetsuppgifter för bröderna Wachtian när det gällde både att efterlikna de bästa av de danska rustningarna och att tänka ut nya vapen som skulle bita bättre än de man redan hade. Ett sådant vapen blev den långa spikhammaren med hammarhuvud åt ena hållet och kort vass pik åt andra hållet som kunde slå hål på vilken hjälm som helst. Ett annat vapen, som de resonerade och grubblade sig fram till med Arn, var ett lätt armborst för ryttare som kunde fyras av med en hand. Det tog sin tid att få fram detta vapen, eftersom det måste förena till synes oförenliga egenskaper. Det skulle vara starkt nog att slå igenom stålplattor men ändå lätt nog att skötas med en hand från hästryggen, eftersom andra handen måste sköta tyglar och sköld.

Själva bågen måste vara av mycket segt stål, eftersom den skulle vara liten men ändå ge stor genomslagskraft. Då höll inga sensträngar, utan man måste ta till virad ståltråd som var en dyrbar utländsk vara. Och när man fick bågen så hård som man önskade gick det inte att spänna den från hästryggen. Jacob och Marcus byggde då en vev med hakar och kuggar så att bågen gick att spänna med nästan ingen kraft alls.

För att sedan vapnet skulle kunna avfyras med en hand lät de korta ner stocken och avsluta den med en vid klämma som skytten kunde lägga om överarmen. Men då måste avtryckaren flyttas långt fram i vapnet.

Mycket tankemöda kostade det, men till slut fanns ett vapen med vilket en lätt ryttare kunde rida nära inpå en tung fiende och fälla honom med ett enda säkert skott.

En rikets marsk måste förbereda sig på det värsta. Det var Arns fasta övertygelse och den förde han fram så ofta han fick tillfälle, fast andra rådsherrar och fränder mest tycktes övertygade att man nu levde i en god och evig fred, eftersom segern vid Lena varit så ofattbart stor.

Det värsta som kunde hända var att danskarna kom tillbaka med lika många tunga ryttare sommartid, utan att underskatta sin fiende och utan att lockas in under långbågarnas solförmörkande moln av pilar. Danskarnas starkaste vapen var den stora mängden av tunga pansrade ryttare. Ett anfall med en stor grupp av sådana ryttare slog som en järnnäve genom vilken här som helst. Om man sände iväg dem i rätt ögonblick.

Bristen på tunga ryttare var götarnas, men framför allt svearnas, största svaghet. Den enkla men bistra slutsatsen ledde till att övningarna på Forsvik kom att förändras grundligt de närmaste åren. Alla vuxna folkungar fick bege sig dit för att få ny rustning, både för sig själva och sina hästar, och därefter övades de så länge de gitte av ungherrar på fälten runt Forsvik som blivit som rännarbanor där intet gräs längre växte. Arns egen son Magnus Månesköld var bland de många herrar som kom för att lära sig vad det nya kriget krävde.

Det var förvisso lättare att öva upp tunga ryttare. De behövde inte kunna så mycket mer än att rida tätt samman med fälld lans utan att tveka när det väl bar iväg. Konsten var att inte sända iväg dem i fel läge. Därför menade Arn att de unga riddarna på Forsvik skulle bli de som hade ansvaret i krig. Men det fann alla de främsta folkungarna vara en omöjlig begäran. Män som Magnus Månesköld och Folke jarl kunde omöjligt ta emot befallningar från ynglingar som kunnat vara deras egna söner. En sådan ordning hade aldrig rått i vare sig götars eller svears länder.

I den nya riddarsalen på Forsvik hade Arn låtit bära in en stor låda sand och kring den samlade han de unga riddarna och skvadronsbefälen ett par gånger i veckan för att bland kullar och dalar som han formade med händerna ställa upp grankottar och tallkottar som föreställde rytteri eller fyrkanter med fotsoldater. Med dessa enkla medel försökte han lära ut det han visste om vad som skedde ute på slagfältet. Men bara unga män ville lära sig sådant, alla äldre folkungar trodde dubbelt så mycket på eget och fränders mod som de trodde på kunskaper som kom från kottar.

Ett annat sätt att förbereda sig för det krig ingen trodde skulle komma, inte ens Arn själv, var att göra nya forsviksskolor. Riddar Sigfrid Erlingsson hade ärvt en egen gård på Kinnekulle och där fick han börja öva unga män och minst hundra långbågeskyttar bland bönder och trälar. Riddar Bengt Elinsson hade nu två gårdar, eftersom han ärvt Ymseborg efter sina dräpta föräldrar och Älgarås efter sin morfar. På Ymseborg fick han skapa en egen skola och Älgarås köptes av Arn och Eskil och gavs i förläning till riddar Sune Folkesson mot att han åtog sig att skapa minst tre skvadroner lätta ryttare och tvåhundra långbågeskyttar. Ty själva Forsvik övergick mer och mer till att bli en skola och vapensmedja för tungt rytteri.

Särskilt för Sune Folkesson blev det känslosamt och svårt att skiljas från Arn och Cecilia. I förtroende berättade han hela sagan för dem om den stora kärleken mellan honom och kung Sverkers dotter Helena, hur denna kärlek kunnat kosta dem båda huvudet och hur han svurit att en dag ta en skvadron folkungar med sig för att hämta ut Helena från Vreta kloster, där hon fortfarande satt och torkade, fastän hennes far hade flytt med svansen mellan benen till Danmark.

Cecilia och Arn var nog de två människor i hela Västra Götaland som mest av alla kunde bevekas av en sådan berättelse. De hade aldrig svikit sin kärlek till varandra, de hade aldrig förlorat hoppet och deras dygder hade fått sin belöning.

Ändå blev Arn obevekligt hård mot Sune som ju hoppades få tillstånd att genast rida mot Vreta.

Ett klosterrov, för så skulle det heta hur frivilligt Helena än kom löpande, skulle reta upp hela biskopshopen. En sådan inre strid skulle inte det bräckliga nya riket tåla. Så länge förre kung Sverker levde var han Helenas giftoman, den rätten kunde ingen ta ifrån honom. Och så länge han var hennes giftoman blev det klosterrov, hur mycket de unga älskande än ville tro något annat.

Arn kunde bara se ett hopp för Sune och det vore samtidigt en stor olycka för alla andra. Om Sverker kom tillbaka med en andra dansk krigshär, om kung Valdemar Segraren verkligen inte fått nog av att få alla sina män utplånade en gång, skulle klosterrovet bli något annat. För då skulle kung Sverker vara död.

Inte ens Cecilia kunde, hur mycket hon än ömmade för de ungas kärlek, annat än sorgset hålla med om det hennes man hade sagt. Klosterrov var nidingsdåd och, alldeles bortsett från vad biskopshopen skulle anse, en obotlig synd.

En enda man i riket hoppades således på ett nytt stort krig och det var den bedrövade riddar Sune som nu drog sig upp till Älgarås för att börja sitt liv som krigslärare på egen gård. Arn sände alla de kvarvarande saracenska byggarna med honom för att bygga stenmurar där de nedbrända trämurarna stått.

***

Den ljumma vårdag då Alde Arnsdotter fyllde sjutton år dracks det största gillet sedan mycket lång tid på Forsvik. Då det var färre ungherrar i lära än på flera år rymdes alla kristna och också folk med annan tro i den stora gästabudssalen. En fröjdefull känsla spred sig att alla på Forsvik var som en egen ätt, även om man kanske inte ens talade samma språk. Forsvik var inte bara rikets största vapensmedja, utan också en plats där det skapades mycket rikedom, och alla forsvikare bidrog till detta. Smeder och mjölnare, glasmästare och kopparslagare, trädsågare, svärdsfejare, krukmakare, stenbyggare, pilmakare, väverskor, feltmakare och sadelmakare, jägare och mjölnare kände sig alla lika mycket som forsvikare som ungherrarna eller deras lärare. Alde var också mycket omtyckt av alla för sitt glada skratt och för den iver med vilken hon tog del av vars och ens särskilda kunskaper.

Både hon och unge Birger Magnusson hade nu gått mer än sju år i lära hos Broder Joseph och därmed hade de tömt hans kunskaps källa och han hade fått börja om från början med en liten grupp kristna barn. Alde var ju den som en dag skulle ärva Forsvik och de kunskaper hon behövde då kunde hon inte få från Broder Joseph. I stället hade Cecilia själv tagit sig an sin dotter och börjat lära henne räkenskapsböckernas hemlighet, som var både hjärta och huvud i all rikedom man skapade med både händernas och andens verk. Men för att Alde bättre skulle förstå det bokföringen berättade gick hon med sin mor runt till allt arbetsfolket och försökte sätta sig in i minsta sak.

Också för Birger Magnusson var tiden hos Broder Joseph slut och han gick nu på tredje året i lära bland ungherrarna med riddar Sigurd som sitt befäl. Eftersom han var Arns sonson fick han av ynnest sådant som inte förunnades vanliga ungherrar. Arns lectionis i riddarsalen i läran om slagfältets logik var egentligen bara till för de forsvikare som var dubbade riddare eller befäl för en skvadron, men till denna undervisning bjöds Birger från och med nu.

Arn hade mer tid för de båda unga än någonsin förut på Forsvik. Hans bror Gure skötte allt som hade med verkstäder och byggande att göra, Cecilia tog hand om all skeppshandel och unga riddare och befäl övade nya folkungska ynglingar med svärd, lans och häst. Arn hade fått ett större utrymme i sitt liv, eller åtminstone en ny föreställning om hur han skulle ägna sig mer åt sådant som han försummat alltför länge. Dit hörde både hans egen dotter Alde och hennes brorsbarn Birger.

Han tvivlade inte på att Broder Joseph lärt dem de två viktigaste språken latin och frankiska väl, för om han ville kunde han ju lika gärna tala med dem båda på något av de språken som på folkspråket. Att Broder Joseph också bankat in filosofen och logiken, grammatiken och Helga Skrift i Alde och Birger var heller inte till att misstro.

Men det fanns sådant om vilket en aldrig så gudfruktig och lärd cistercienser saknade all kunskap, sådant som inte fanns i några lärda skrifter och som bara kunde läras på slagfälten eller vid kungliga rådsmöten och hos kyrkans mäktigaste män. Det fanns inget ord för denna kunskap, men Arn kallade den läran om makten. Han började hålla alldeles egna lectionis med Alde och Birger i detta ämne.

Det viktigaste att lära om makten var enligt Arn att förstå hur den lika gärna kunde vara ond som god och att bara ett väl övat öga kunde skilja det ena från det andra. Makten kunde ruttna eller vissna som rosorna som nu växte i stora mängder runt hans och Cecilias hus och i trädgårdarna ned mot sjön. Cecilias ömma händer vårdade dessa älskade rosor från Varnhem med både sax och vatten.

Och vad som var livets vatten var inte svårt att förstå, det var Guds ord, den rena och osjälviska tron som kunde få makten att växa vidare som god.

Styrka var förstås makt, många järnklädda riddare var styrka och därmed makt. Men styrkan måste den gudfruktige använda rätt, ty som Paulus sade i Romarbrevet:

"Vi som är starka är skyldiga att hjälpa de svaga med deras bördor och får inte tänka på oss själva. Vi skall var och en tänka på vår nästa, på vad som är gott och bygger upp."

Sådana Guds ord var förstås som livets vatten och enligt dessa ord försökte man också leva och bygga på Forsvik.

Svårast att förstå var hur för mycket av trons klara vatten kunde grumla människors sinnen, så som skett i det Heliga Landet. Dock måste man försöka lära sig att se vart denna trons dårskap var på väg innan det var för sent. Och det kunde man bara göra med sitt förnuft. Ingen biskopshatt var större än förnuftet.

Hade Arn sagt något sådant under sin tid som riddare i Guds och Den Heliga Jungfruns Tempelherreorden hade han fått manteln avsliten och dömts till lång botgöring, det medgav han. Ty för många av trons högsta väktare fanns ingen skillnad mellan tro och förnuft, då tron var allt, stor och odelbar, och förnuftet bara den enskilda människans fåfänga eller själviskhet. Men Gud måste ha önskat att människorna, Hans barn, skulle lära sig något stort och viktigt av förlusten av Hans Grav och det Heliga Landet. Vad vore annars meningen med detta hårda straff?

Och det man lärde var att samvetet var som maktens betsel. Makt utan samvete var dömd att gå under i ondska.

Men makten var också småttig och vardagligt tröttande och enahanda som bondens arbete med jorden. Vid några tillfällen tog Arn med sig Alde och Birger till kungens rådsmöten på Näs, där de fick sitta tysta som möss bakom honom och Eskil, som nu återtagit sin plats i rådet. Allt vad de såg och hörde där talade de sedan i dagar om hemma på Forsvik. Makt var också att kunna sammanfoga olika viljor, vilket var en särskilt viktig egenskap för en kung. Inte sällan fann ju kung Erik att rådets världsliga herrar hade en helt annan syn på rikets skötsel än biskoparna, som föga intresserade sig för borgbyggen, kostnader för nytt rytteri eller danska tullar. Desto mer ville de tala om guld och silver till kyrkan eller möjligen om nya korståg till de av korståg ständigt plundrade länderna i öster. Kungens makt var då inte att tala med hög röst, slå näven i bordet och bli röd i ansiktet. Den var att lirka samman alla rådsherrar, världsliga som andliga, till gemensamma beslut som kanske ingen blev helt nöjd med, men heller ingen helt missnöjd. Det som kung Erik visade när han på detta sätt för det mesta fick som han ville, men aldrig till priset av osämja i rådet, var en annan sida av makten, den där salig Birger Brosa varit den starkaste av alla folkungar.

Ytterligare en sida av makten var den där Aldes farbror och Birgers farfars bror Eskil var den starkaste. I handel mellan olika länder och de strömmar av rikedom som sådan handel satte i rörelse fanns en makt lika stark som svärdets.

Den rena tron styrd av samvetet, svärdet och guldet var alltså de tre pelare som makten vilade på. Många män kände sig kallade att tjäna en av dessa sidor i maktens treenighet, men få var det som behärskade alla tre. Kungar måste dock besitta stor kunskap om allt inom denna maktens treenighet, annars blev de vräkta som kung Sverker.

Cecilia var inte övertygad om att den här sortens samtal var vad hennes dotter bäst behövde och innerst inne tyckte hon att det var stor fara på en plats som Forsvik att en ung kvinna blev fostrad som man. Det sätt som Alde red på kunde inte beskrivas som en vän jungfrus hand med hästar, även om hon fått ett av de mest älskliga arabiska stofölen på sin tolfte födelsedag. Längre än så hade det inte gått att hålla henne från hästarna.

Eftersom Cecilia själv var en mycket god ryttare hade hon i början försökt hålla Arn och ungherrar borta från Aldes övningar till häst och själv ridit med sin dotter. Men hon kunde ju inte vara överallt samtidigt och räkenskaperna tog sin dryga tid var dag och snart såg hon Alde rida ikapp med Birger och andra ungherrar. Det hjälpte föga att oroa sig eller ynka sig över den saken.

Och när höstens stora drevjakt kom till den första spårsnön var Alde en av skyttarna som jägarna ställde ut på pass medan Forsviks alla ryttare gav sig ut i en lång hästskoformad sväng för att driva in viltet. Redan på andra året sköt Alde sin första vildsvinsgalt.

Det hade ändå blivit som skördetid i livet, ansåg Cecilia. Hennes eget och Arns hår hade grånat och båda var de sedan länge närmare döden än födelsen. Fast härligt var det att leva när allt gick dem så väl i händer och ingen ondska eller fara syntes ens långt borta där himmel och jord möttes.

Ännu sista julottan före kriget skulle hon minnas som en tid av lugn och tillförsikt.

De hade druckit julöl på Arnäs i den stora varma stensalen med stockeldar och aldrig hade livet synts så gott. Vid julottan nere i Forshem kunde Arn utan blygsel visa sin stolthet över vad han låtit bygga och även över att han själv var avbildad i sten ovanför kyrkoporten som den som skänkte Gud nycklarna till kyrkan. Sedan biskoparna hade blivit lättare att komma till tals med efter segern vid Lena hade flera av dem försäkrat Arn att det varken var synd eller högmod med en sådan bild. Tvärtom vore den en god förebild för alla människor. För vad var godare gärning än att bekosta en så vacker kyrka med en sådan Gudi behaglig tillägnan som den till Hans Grav?

Graven fanns i slutet av mittgången, mitt i kyrkan framför altaret, och den var smyckad med mästaren Marcellus bästa arbete. Sista julottan före kriget sjöng Arn och Cecilia ensamma psalmerna till mässan, hon första stämman och han andra. Måhända var inte deras röster lika rena som förr, men det var ändå allas mening att man såg Guds änglar framför sig när man hörde deras sång.

***

Danskarna kom mitt i sommaren 1210, två och ett halvt fridfullt år efter segern vid Lena. Sverker Karlsson var fast besluten att ta tillbaka sin kungakrona och dessvärre hade han förmått kung Valdemar Segraren att ge honom en ny här som var nästan lika stor som den som utplånats under vinterkriget.

Vid första bud om fiendens ankomst i riket hade Arn kastat sig söderut från Forsvik med tre skvadroner lätta ryttare för att skaffa kunskaper medan bud om hjälp sändes till både Svealand och Norge.

Den här gången skulle det inte gå lika lätt, insåg Arn redan på andra dagen när han och hans ryttare red längs den danska hären. Och när han kom till mitten där Sverker Karlsson och hans biskop Valerius red kramades hans hjärta samman i en kall och ren skräck som han inte varit med om sedan sina första år i det Heliga Landet. Runt Sverker Karlsson red nästan hundra män i johanniterriddarnas dräkt och sköldemärken, röda vapenskjortor med vita kors.

Vad som fått johanniterna att sälla sig till Sverker Karlsson eller till kung Valdemar Segraren var inte lätt att förstå. Men en sak var säker. Hundra johanniterriddare var nästan lika med hundra tempelriddare och en sådan styrka skulle själve Saladin ha fruktat. En sådan styrka fanns ingen i Norden som kunde slå.

Varje johanniterriddare vore, liksom en tempelriddare, som tio danskar eller som fem forsvikare. Det som förvånade Arn mest när han väl förlikat sig med att man denna gång skulle tvingas slåss mot världens bästa riddare var att de inte red i täten som de brukade. Så hade det alltid varit i det Heliga Landet, att johanniterna höll täten och tempelriddarna slutet, eftersom dessa två ställen var de mest utsatta för en här på marsch. Men här red johanniterna i mitten och lämnade både förråden i slutet och de danska riddarna längst fram i fara för anfall med lätta ryttare. Arn gissade att danskarna bestämt att skyddet av Sverker Karlssons liv var det viktigaste i detta krig och att man därför hellre tog förluster i fronten och slutet än man satte sin kungakrävares liv på spel.

Denna gång gick den danska hären mot Falköping, som om man tänkte sig att komma tillbaka till Lena för att hämnas det förra nederlaget. Eftersom det var i mitten av sommaren och skörden ännu inte var bärgad var det inte brödsäd utan kött och dragdjur som fienden kunde plundra sig till för egen försörjning. Och även om den danska hären var minst skyddad i slutet, där alla oxkärrorna med förråd drogs, vore det inte så klokt att anfalla där förrän fienden var förbi Falköping.

Viktigare i så fall vore att rida tillbaka och varna invånarna i Falköping och försöka få dem att skaffa undan alla oxar och matdjur som annars bara skulle hamna i danskarnas käftar. Det tog två dagar att få detta gjort, och när den danska hären kom var Falköping tömt på allt sådant som fienden helst skulle ha plundrat sig till.

Arn var mer försiktig än han någonsin varit tidigare i sitt befäl och det dröjde nästan en vecka innan han gjorde något annat än att rida fram och åter längs fiendens långa orm av fotsoldater och ryttare. Han väntade in förstärkningar från både Bengt Elinsson och Sune Folkesson, och när de kom hade han inte bara fler lätta ryttare utan också en skvadron tunga. Då kunde han inte tillåta sig att avvakta längre.

Hur det första anfallet skulle gå till hade han tillsammans med riddar Bengt och riddar Sune enats om utan svårigheter. Men det måste ske på rätt plats för att kunna genomföras i hög fart. Det dröjde ytterligare någon dag innan forsvikarna fann en hög kulle med gles lövskog där den danska hären måste ta sig förbi. Där ställde man upp och väntade.

Danskarna hade vid det här laget vant sig vid att ständigt se lätta blåklädda ryttare på avstånd som aldrig tycktes våga sig in i strid och därför kom det första anfallet inte bara som en blixt från klar himmel utan överraskade än mer med sin väldiga tyngd. Tre skvadroner lätta ryttare dundrade plötsligt ner från en bokskog snett mot täten på den danska hären. När de närmade sig glesade de ut sig på en lång rad och red nära inpå och avfyrade varsitt armborst och lämnade ett tumult av skriande hästar och män som vrålade av smärta efter sig. Om de kom åt skulle de sikta mot fiendens ben. Träffade de hade fienden en riddare mindre och en sårad mer att släpa på. Missade de så dödade de åtminstone en häst.

När de sista av de lätta forsvikarna strök förbi kom de tunga in från sidan i hög fart så att de egna knappt hann undan innan riddarskvadronen med fällda lansar brakade in i den redan svårt sargade danska tätgruppen. Lika snabbt som forsvikarna anfallit var de borta och kvar låg mer än hundra fiender döda eller svårt sårade.

Två dagar i rad genomförde de ungefär samma anfall. När danskarna då flyttade upp fotsoldater med sköldar och bågar till skydd för täten hände ingenting mer där uppe. I stället slog forsvikarna till mot den bakersta delen av hären, dödade nästan alla dragdjur och satte eld på stora delar av förråden innan de fort drog sig undan för de riddare med vita kors mot röd botten som kom till undsättning. Arn hade strängt befallt att varje strid mot dessa riddare måste undvikas.

När danskarna förbättrat sitt skydd med fotsoldater och bågskyttar både bak och fram kom anfallet i stället en tredjedel ner från täten, där de flesta fotsoldaterna gick trångt tillsammans. Arn ledde de tunga ryttarna rakt genom den danska hären och lämnade en bred gata av fallna och sårade efter sig där de lätta forsvikarna red in med svärden dragna.

Så fortsatte kriget i en vecka medan danskarna långsamt arbetade sig upp mot samma område väster om Vättern som förra gången. Vad de tänkt sig nu var inte gott att veta. På vintern hade de haft en möjlighet att ta sig över isen till Näs, men mitt i sommaren? Arn gissade att de tänkte förskansa sig vid borgen Lena, eller först ta den och sedan vänta på vintern och is medan de redan var på plats i stället för att komma pulsande hela vägen upp i snö. Tid fanns det således gott om och den gällde det att använda klokt och med tålamod och inte ge sig in för tidigt i något stort slag.

Arn lämnade befälet över sina ryttarstyrkor till Bengt Elinsson och Sune Folkesson och red upp till Bjälbo där svearna och de flesta folkungar och erikar skulle samlas. Den här gången hade erikarna inte blivit inlåsta i söder utan kunnat ge sig av norrut längs Vätterns östra strand. Kung Erik var bland sina fränder.

Det krigsråd som hölls slutade enligt Arns mening olyckligt. Svearna och folkungarnas ledare i Östra Götaland, Folke jarl, ville drabba samman med danskarna så fort som möjligt, helst ville de ha kriget avklarat före skörden. Kung Erik försökte länge få det beslut som Arn ville ha, att man skulle vänta så länge som möjligt och låta forsvikarna hamra på den danska hären under tiden. Redan hade den minskats med ett par hundra ryttare och försinkats kraftigt efter alla förlorade dragdjur och hästar. Det var danskarna som var i fiendeland, det var de som hade den starkaste hären än så länge och det var de som hade mest att vinna på en avgörande strid så tidigt som före skörden.

Men svearnas ledare Yngve lagman menade att detta var vekt fruntimmersprat och föga värdigt en kung av den ätt som var Helge Sankt Eriks. Och att vänta länge på strid tröttade var stark man, hellre visa friskt mod när lusten att slåss var som störst.

Till Arns besvikelse höll Folke jarl och Magnus Månesköld med om allt tal om att gå i strid så fort som möjligt för att rädda skörden. Måhända hade de drabbats av högmod efter den lyckosamma segern vid Lena för två och ett halvt år sedan.

Inte ens Arns invändning att man borde vänta på förstärkningarna från norrmännen, som denna gång skickat bud med löfte om att komma manstarkt till hjälp, kunde få de tjockskalliga svearna att tåla sig. Som vanligt ville de dö genast.

Det beslutades att hela hären så fort man kunde skulle skeppas över Vättern för att gå mot söder och möta dansken vid ungefär samma välsignade plats som förra gången.

Med tungt sinne red Arn till Forsvik för att samla ihop varje man som kunde sitta till häst med vapen, lasta kärror med kött, vapen och sköldar och sända bud om allas samling nere mot Lena till.

Till Cecilias förfäran tog han med sig den blott sextonårige Birger Magnusson som sin confanonier, den som skulle rida vid sidan av Arn med det nya märket, en fana med blå färg och ett folkungalejon på ena halvan och de erikska tre kronorna på den andra. På sin egen sköld lät Arn måla till ett rött tempelriddarkors invid det gyllene folkungalejonet, liksom Birger Brosa haft en frankisk lilja och hans son Magnus hade en nymåne. Till Cecilia sade han att unge Birger skulle vara säkrare som hans fanbärare än någon annanstans, ty Arns skyldighet var den här gången inte att slåss utan fruktan, utan att hålla sig vid liv tills slaget var vunnet, då det fanns alltför många i riket som var angelägna att dö fort.

I åtta dagar lyckades Arn och hans forsvikare försena slutstriden genom dagliga anfall mot den danska hären. Men när det var mindre än en dagsritt kvar till den plats söder om Lena som hette Gestilren, där svear, folkungar och erikar och de nyanlända norrmännen under Harald Øysteinsson väntade, beslöt Arn att det inte gick att vara försiktig längre. Nu måste forsvikarna börja anfalla den grupp johanniterriddare i mitten av fiendens här som man hittills noga undvikit. Det skulle inte ske utan stora egna förluster. Men forsvikarna var de enda som hade den ringaste möjlighet mot johanniter och när slutstriden nu närmade sig, om än dåraktigt tidigt, måste var forsvikare ta sitt ansvar.

Arn satte sig själv i knipa när han sade så. Ty då kunde han inte gärna hålla sig själv i säkerhet när man gick i strid. Han rustade om till tungt rytteri och bytte häst och bestämde att han skulle leda två skvadroner rätt in bland de röda efter att de lätta ryttarna anfallit med sina armborst.

Forsvikarna stod bra inne i en hög skog och bad medan de väntade. Det var spänt och tyst bland dem och bara en enstaka frustning eller klingande stigbygel hördes. Där nere mellan bokstammarna såg de den danska hären komma stretande med solen i ögonen, obekymrade och pratande som om de tacksamt lugnat ner sig av att ha lämnats i fred under två hela dagar. Ty Arn hade varit mycket noga med att välja rätt plats och solljus för anfallet.

Han bad Gud om förlåtelse för att han nu gick i strid mot sina egna bröder johanniterna, men försökte urskulda sig med att det inte fanns annat att göra när de kom som fiender för att ta hans eget land och döda hans nära och kära. För sitt liv bad han för en gångs skull inte, eftersom han fann det förmätet just inför ett anfall på kära kristna bröder. Så sände han iväg riddar Bengt och riddar Sune i en vid båge nedåt så att de skulle komma in snett med solen i ryggen mot den stora gruppen av rödvita riddare och kanske i bästa fall riva upp så mycket damm från den torra jorden att fienden inte förrän för sent upptäckte vad som var på väg från den andra sidan raden av blåklädda snabba ryttare.

Deus vult, tänkte han utan att kunna hindra sig när han höjde armen och satte igång alla män framåt i lätt trav. När de kom ut ur skogen rättade de sig så att de kom nära varandra utan att lämna minsta lucka och red knä mot knä. Då ökade de till skarpt trav.

Arn höll ögonmått på den siste av de lätta forsvikarna som red där nere och skapade förvånansvärt stor oreda och rädsla bland johanniterna som inte ens formerat sig till sitt vanliga försvar.

Så vrålade han ut sin anfallssignal som upprepades av alla intill honom och i nästa ögonblick dånade de med fällda lansar rakt in bland de rödvita som föll utan motstånd och knappt förmådde värja sig. Forsvikarna kom ut på andra sidan utan att ha förlorat en enda man, och när Arn såg det vände han hela sin styrka och körde den på nytt med full kraft rakt genom de rödklädda. Därefter blev oredan för stor för att genomföra ett tredje anfall.

De saknade bara två man när de samlade sig vid de väntande lätta skvadronerna. Arn betraktade den stora oreda som rådde i den del av hären som förefallit honom obetvinglig och där nu nästan hundra riddare antingen dödats eller sårats. Det han såg var inte möjligt och det stod stilla en stund i huvudet på honom. Om forsvikarna med ett enda anfall besegrat så många johanniterriddare var det ett Guds mirakel. Men att Gud skulle drabba Sina egna trognaste kämpar med ett sådant straff trodde han inte på, lika lite som han brukade tro att Gud ständigt lade sig i människans små strider på jorden.

Danskarna hade använt sig av en krigslist, insåg han. De hade falskeligen klätt sig i röda vapenskjortor med vita kors för att se ut som johanniter och därmed sätta skräck i fienden. Och de hade sannerligen lyckats.

Arn lämnade utan ett ord ifrån sig sin blodiga lans till närmaste man, tog sin fanbärare Birger Magnusson med sig och red ner mot danskarna. Han stannade på ett drygt pilhåll och höll upp båda händerna till tecken på att han ville förhandla. Strax red sex rödvitklädda män upp mot honom.

Först tilltalade han dem höviskt på frankiska, som de inte förstod ett ord av. Då övergick han till deras eget språk och bad att få ut de två lik som han lämnat efter sig, då de var honom kära anförvanter som stupat. Danskarna svarade först att denna affär inte lät sig göras utan något i utbyte, men då Arn sade att han för sin del ansåg att hedern krävde att man på båda sidor gjorde sådana affärer utan egen vinning och att han för övrigt snart kunde skaffa bytesvara gav sig danskarna. Han frågade dem då om deras dräkt och de förklarade att den givits dem av Gud under korståg i öster och att det vita korset mot röd duk nu var kungariket Danmarks märke.

***

Vid Gestilren fanns flera höga kullar och där hade Arn ställt både tungt rytteri och långbågar, då han inte trodde att det åter skulle gå att ha alla långbågarna på ett och samma ställe och dessutom få danskarna att rida för andra gången i den fällan. Nedanför på slätten stod hela det tunga folkungska rytteriet under ledning av Folke jarl och Magnus Månesköld och bakom dem alla armborstskyttar som i sin tur stod i vägen för de redan otåliga svearna. Längst bak stod femhundra norska bågskyttar som Harald Øysteinsson kommit med från sin hembygd.

Det var en dåraktig uppställning där alla stod i vägen för varandra. Men som av Guds försyn var det nu så sent lidet på dagen att slaget måste anstå till nästa dag och därför hade man natten på sig för att ändra, ifall det gick att få svear och envisa högättade fränder att förstå att det sätt man ställde upp i den nya tidens krig var viktigare än mod i bröstet.

Det blev en lång natt med mycket gräl och besvärliga omflyttningar i mörkret, men nästa morgon i gryningen när den danska hären började växa fram i diset stod man åtminstone bättre än kvällen innan.

Arn befann sig intill kung Erik på den högsta kullen med hela den tunga delen av det forsvikska rytteriet och två skvadroner lätta ryttare som skulle skydda kungen eller föra honom undan vid fara. För Arn och hans tunga ryttare fanns en enda uppgift. De skulle döda Sverker Karlsson.

Sune Folkesson, som var den man i världen som mest av alla önskade livet ur förre kung Sverker, hade begärt att få rida tungt och intill sin herre och läromästare Arn. Det hade Arn inte kunnat säga nej till, i all synnerhet som han försökt sätta samman denna grupp med bara de bästa och äldsta av forsvikarna.

Uppe från sin höjd kunde de se över hela det blivande slagfältet. Om danskarna sände iväg sitt rytteri ner mot östgötar och det svealändska fotfolket skulle de den här gången få de svarta molnen av pilar från långbågarna över sig från sidorna. Östgötarna skulle inte själva anfalla förrän de såg en blå fana höjas uppe hos kungen. Så hade man till slut kommit överens.

Slaget såg ut att börja bra. Danskarna hade upptäckt att de även denna gång var helt överlägsna i antal tunga ryttare och att de, om de slog sig igenom de östgötska linjerna, skulle få fritt fram att meja ner allt fotfolket från Svealand.

Frestelsen blev därför för stor för dem och de gjorde sig klara att anfalla just så. Arn sänkte sitt huvud och tackade Gud.

Men när danskarna kom i sitt anfall väntade inte Folke jarl och Magnus Månesköld på den blå signalen uppe från kungens kulle innan de själva gick till anfall. Därför red de främsta av folkungarna in i samma mörka pilregn som fienden. Mitten av slagfältet förvandlades inom några ögonblick till en enda röra av döende och sårade, och då kunde inte svearna hålla sig längre utan började springa upp mot slaget så att de kom fram flämtande och uttröttade. Uppe från sin kulle såg Arn och kung Erik med vanmakt hur allt höll på att gå dem ur händerna. En stunds räddning kom från Harald Øysteinsson och hans norrmän som på andra sidan dalen började springa uppåt slaglinjen för att komma i läge så att de kunde vara säkra på att deras pilar bara slog ner bland danskar.

Hela det forsviska lätta rytteriet stod utanför slaget, eftersom meningen hade varit att de skulle anfalla bakom danskarna. Men där hade de ännu en alltför stor och samlad styrka emot sig, eftersom den danska hären inte gått tillräckligt långt in i fällan. Arn sände ryttare för att så snabbt som möjligt hämta ner forsvikarna till mitten av slaget med befallningen att anfalla efter bästa förstånd.

Allting höll på att förloras. För i ett utdraget oordnat slag skulle den sida vinna som hade flest män. Arn sade farväl till kung Erik, lämnade Birger Magnusson med den dubbla folkungska och erikska fanan uppe hos kungen och förde alla sina tunga ryttare i en vid båge uppåt och bakåt.

De kom så att de såg var Sverker Karlsson och hans starka fanborg befann sig, på tryggt avstånd från själva slaget. Det fanns inte längre någonting att vänta på och all tvekan skulle bara göra fienden mera förberedd.

De red ut ur skogen i oordning men samlade sig snabbt på linje medan de travade fram mot fiendens hjärta, ökade till full galopp och sänkte lansarna när de bara hade några andetag kvar. Bredvid Arn red Sune Folkesson, de hade båda upptäckt Sverker Karlssons märke, den svarta gripen med gyllene krona, och siktade ditåt.

Forsvikarna slog sig snabbt igenom de första linjerna av Sverkers försvarare, men därefter hade de flesta tappat både fart och lans eller brutit den och måste dra svärd eller stridshammare och börja hugga sig fram mot Sverker. Det gick allt långsammare och flera av dem stupade på vägen.

Men det var för sent att vända. Arn kämpade sig med ursinne framåt och hann upptäcka att hans svärd blivit för tungt på senare år. Då slängde han sin sköld, bytte svärdet till vänster hand och drog sin långa stridshammare med högra handen. Fyra män dödade han med stridshammaren och två med svärdet innan han nådde fram till Sverker samtidigt som denne värjde sig för hugg från Sune Folkesson och därmed blottade sin nacke för Arn som genast dödade honom med sin stridshammare.

När Sverker stelt rasade ner från sin häst blev det alldeles stilla bland de danskar och sverkrar som fortfarande satt i sadeln. Striden upphörde och alla såg sig omkring. Hälften av alla forsvikare var stupade, men ändå var de just nu fler än de danskar som sakta fylkade sig kring ärkebiskop Valerius och hans märke.

Först nu upptäckte Arn att han blödde på flera ställen och att han hade en avbruten lansspets som stack in i veka livet på vänster sida. Han kände ingen smärta men drog ut spetsen, slängde den på marken och sänkte huvudet en stund medan han hämtade andan. Sedan steg han lugnt av sin häst, gick fram till den dödade Sverker och högg av honom huvudet, hämtade en lans och trädde upp Sverkers huvud och sköld med kungamärke där innan han med viss möda satte sig i sadeln. Riddar Sune hämtade Arns sköld och räckte honom den. Danskarna kring ärkebiskop Valerius hade slutat slåss och Arn hade inte heller någon tanke på att fortsätta striden mot dem.

Med återstoden av sina tunga forsvikare red han därefter sakta till-baka mot själva slaget, med Sverkers huvud och sköld sträckta uppåt och framför sig på lansen. Han stannade ett stycke från striderna och väntade tills de första skriken av segerrus eller fasa började strömma emot honom. Med ens upphörde slaget.

Under den stillhet och tystnad som sänkt sig över slagfältet kunde Harald Øysteinssons norska bågskyttar försiktigt ta sig närmare, lik-som alla de armborstskyttar från den folkungska sidan som ännu inte fått mycket uträttat. Det lätta forsvikska rytteriet som tycktes haft små förluster samlade fort ihop sig till nya stridsgrupper fyra och fyra eller skvadronsvis.

Om slaget nu fortsatte skulle det bli lika blodigt som förra gången.

Då red kung Erik ner från sin kulle, omgiven av forsvikska ryttare, och styrde ut mot mitten av slagfältet. Där förklarade han med hög röst att han benådade alla dem som nu gav upp.

Det tog bara några timmar att komma överens. Några av Sverkers fränder, som funnits uppe i hans fanborg och fortfarande levde, fick kungligt lejdebrev att föra hans lik till begravning i den sverkerska ät-tens gravkyrka i Alvastra kloster. Den danska hären fick tillåtelse att stanna för att begrava sina döda innan de återvände hem. Det var i slu-tet av julihettan och alla sådana bestyr måste klaras av fort.

Segern var stor men mycket dyr. Bland de folkungar som inte kun-nat hålla sig från att gå för tidigt till anfall var nästan alla döda och var-annan av dem hade fallit för pilar som kom från den egna sidan. Många folkungar dog vid Gestilren, däribland Magnus Månesköld och Folke jarl. Bara hälften av de svear som kommit till striden kunde återvända hem.

Men kung Eriks rike var räddat för all framtid och han bestämde att det nya rikets märke för tid och evighet skulle vara de erikska kronor-na och det folkungska lejonet.

***

Vreta kloster hade byggts på en kulle ute på den östgötska slätten med fri sikt åt vart väderstreck. Alla på klostret, abbedissan Cecilia som var kung Sverkers syster, nunnorna, leksystrarna, familiares och de tjugo sverkerska hirdmän som sänts som skydd, visste att kriget skulle avgöras någon av dessa dagar. Mer än en av klostrets invånare sökte orsak att gå upp i klocktornet eller på någon mur för att spana ut över de vida fälten där den snart skördemogna säden vajade så långt ögat kunde nå. Helena Sverkersdotter var den mest angelägna av dem alla och det blev hon som såg först.

I fjärran närmade sig en grupp ryttare med de blå mantlarna släppta fritt bakom sig som segel. De var sexton män och de red fortare än man var van att se ryttare, trots att de måste komma långväga ifrån. Ty Vreta var sannerligen ingen folkungabygd.

De tjugo sverkerska hirdmännen gjorde vad de svurit att göra, red i fulla vapen mot de sexton folkungarna och blev genast dödade till siste man.

När den korta striden var över skrittade folkungarna sakta fram mot klostret där alla portar slagits igen och där många förskräckta ögon betraktade dem från murarna.

En liten sidoport öppnades och ut sprang jungfru Helena mot den främste av folkungarna, vars häst stod några steg framför de andras. Riddar Sune blödde från flera sår, ty han kom raka vägen från Gestilren. Men någon smärta kände han inte.

När jungfru Helena andfådd och snubblande kom fram till honom slog riddar Sune ut en stor blå mantel som han bjöd henne att svepa om sig.

Han lyfte henne upp i sadeln framför sig och så red alla folkungarna bort utan att göra sig någon brådska, ty det var lång väg till riddar Sunes borg Älgarås.

Där födde hon honom fyra döttrar och sången om Sune och Helena och klosterrovet vid Vreta levde i all evighet.

***

Arn Magnussons sår i sidan som han fått från en okänds lans var den långsamma döden. Om hans läkekunniga vänner Ibrahim och Yussuf fortfarande funnits kvar på Forsvik, dit man förde honom, hade han kanske fått leva.

Han dog långsamt och Cecilia satt hos honom de dagar och nätter det tog, och nästan lika mycket satt Alde där.

Det som plågade honom med döden var inte smärtan, för mycket värre smärtor än så hade han haft i andra sår. Men han sade sig sörja alla de dagar av fred och stillsamhet som nu väntat, då han kunnat sitta under Cecilias apelträd och bland hennes röda och vita rosor, med hennes hand i sin och sett Alde finna sin lycka så som hon själv ville bestämma.

Ty åt henne skulle ingen svealändsk lagmansson utses om hon inte själv ville ha honom. I det var hennes mor och far överens utan att ens ha behövt tala om saken, då de båda var ovanliga människor som trodde starkt på kärleken.

När unge Birger Magnusson kom för att ta farväl av sin farfar och läromästare i allt från krig till makt, rödgråten av att under så kort tid förlora både far och farfar, blev det mer tal om framtiden än om sorgen. Arn fick Birger att lova att aldrig leda landet från en så avlägsen plats som Näs utan bygga en ny stad där Mälaren rann ut i Östersjön. För det behövdes mest av allt svearnas stöd och var det så att inget annat hjälpte så finge man väl kalla det nya riket för Svea rige.

Eftersom Arn fortfarande talade nordiska mer som en dansk än som en götisk man lät det i Birger Magnussons öron som han sagt Sverige.

Birger svor att i allt försöka göra sin farfar till viljes och på dödsbädden räckte Arn honom sitt svärd och berättade dess hemlighet och vad de främmande tecknen betydde.

Tusen män följde den vördade marsken till hans grav i Varnhem. Bara en av dem hade rätt att bära svärd inne i kyrkan vid dödsmässan och det var den unge Birger Magnusson. Ty hans svärd var signat och en tempelriddares svärd.

I Varnhems klosterkyrka svor Birger inför Gud att leva så som han blivit lärd av sin älskade farfar, att bygga den nya staden och kalla de tre ländernas rike med ett ord för Sverige.

Historien känner honom under namnet Birger jarl.